# 書劍恩仇錄

金庸

前頁圖片／維人騎驢少女（局部），今人黃胄作。圖中爲新疆維吾爾人，即霍青桐姊妹及阿凡提之族人。該圖爲作者所藏。

乾隆佛裝像：原藏故宮壽皇

穿西裝之香妃。

乾隆晚年肖像。乾隆時年八十三歲，英國一七九七年所出版「馬戛爾尼大使」一書中所附。William Alexander作。乾隆五十八年（一七九三），英國派馬戛爾尼伯爵(Earl of Macartney)爲大使，朝見乾隆。

清皇貴妃冬朝冠：現藏台北故宮博物院。這頂帽子，乾隆企盼能戴在香香公主頭上，而終於無法

（部份）：郎世寧與唐岱合作，乘馬者爲乾隆。原圖現藏日本京都有隣館。

簪花圖：作者無題欵，原藏清宮壽皇殿，繪於大插屏之一面，另一面繪清高宗古衣冠半身行樂圖，即服明人服飾。相傳此爲香妃像。

長城一角：陳家洛與香香公主「魂斷城頭日已昏」處。

香妃戎裝像：郎世寧所作惟一之油畫，現藏台北故宮博

清軍大戰圖：乾隆十全武功之一。清軍進攻準噶爾部。
本圖為銅版圖，係法國藝術家根據郎世寧及其他三名天主教教士之繪畫在巴黎所作。原作現藏美國國會圖書館。

御苑春蒐圖．郎世寧作，乾隆戎裝，其後爲香妃。

維吾爾人少女：黃胄作。

富良江之戰
門戶黎城曰富良彼雖固壘衆倉皇我舟獨入真稱壯既勇知方深

安南之役圖：乾隆十全武功之一。乾隆五十四年平安南，清軍海陸傳捷，圖示兵船靠岸登陸情形。原作現藏美國國會圖書館。

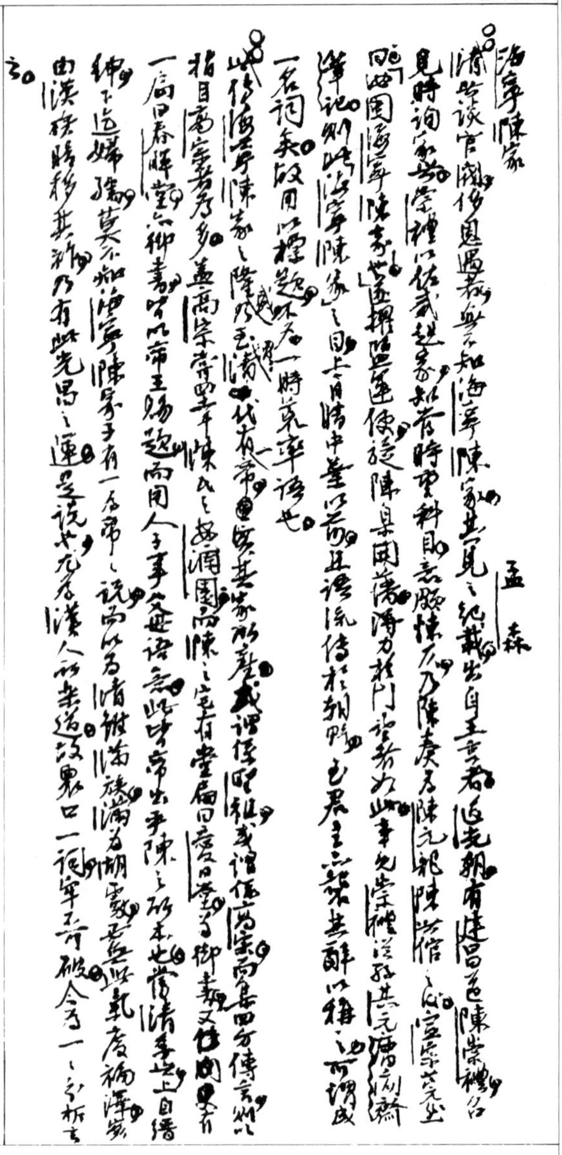

歷史學家孟森撰述「海寧陳家」一文之墨蹟。

## 海寧陳家

孟　森

清世談官閥，侈恩遇者，無不知海寧陳家。其見之紀載，出自王言者：道光朝，有建昌道陳崇禮，召見時詢家世。崇禮以佐貳起家，知當時重科目，意頗悚仄，乃陳奏爲陳元龍陳世倌之後。宣宗莞然，曰：「汝固海寧陳家也。」遂擢鹽運使，旋除臬開藩，得力於門望者如此。事見崇禮從孫其元庸閒齋筆記。則此「海寧陳家」之目，上自清中葉以前，其語流傳於朝野，至君主亦襲其辭以稱之，可謂成一名詞矣。故用以標題，不爲一時荒率語也。

世傳海寧陳家之隆盛乃至謂：清代有一帝，實其家所產，或謂係聖祖，或謂係高宗；而集四方傳言，則以指目高宗者爲多。蓋高宗嘗四幸陳氏之安瀾園；而陳之宅有堂扁曰愛日堂，爲御書，又有一扁曰春暉堂，亦御書。皆以帝王賜題，而用人子事父母語意。此皆帝出乎陳之所本也。當清季世，上自縉紳，下迄婦孺，莫不知海寧陳家子有一爲帝之說，而以爲清雖滿族，滿爲胡虜，必無此氣度福澤，實由漢族暗移其祚，乃有此光昌之運。是說也，尤爲漢人所樂道，

# 書劍恩仇錄

金庸著

書劍恩仇錄=Book and sword, gratitude and revenge
/金庸著．--三版．--台北市：遠流，
1996［民85］
冊；　公分．--（金庸作品集；1-2）
ISBN 957-32-2906-4（一套：精裝）

857.9　　85008888

金庸作品集②

# 書劍恩仇錄(二)

*Book and Sword, Gratitude and Revenge, Vol. 2*

作　者／金　庸



平裝版封面設計／霍榮齡　典藏版封面設計／霍榮齡
內頁插畫／王司馬　內頁圖片構成／霍榮齡・潘清芬・陳銘

發 行 人／王榮文
出版・發行／遠流出版事業股份有限公司
臺北市 100 南昌路 2 段 81 號 6 樓
電話／2392-6899 傳真／2392-6658
郵撥／0189456-1

印　刷／優文印刷股份有限公司
□1987 年 2 月 1 日　初版一刷
□2019 年 9 月 1 日　三版三十六刷

平裝版　每冊 250 元（本作品全二冊，共 500 元）



Printed in Taiwan
ISBN 957-32-2906-4（套：平裝）
ISBN 957-32-2908-0（第二冊：平裝）

YLib 遠流博識網
http://www.ylib.com　E-mail: ylib@ylib.com

目錄

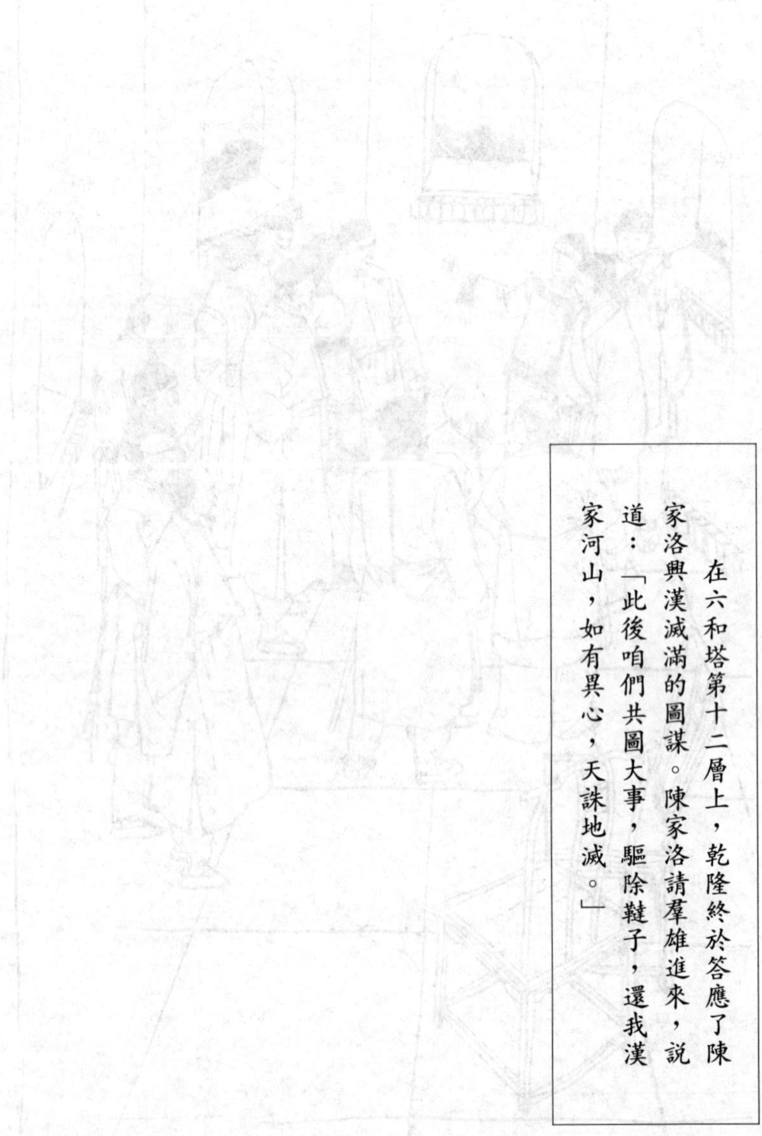

在六和塔第十二層上，乾隆終於答應了陳家洛興漢滅滿的圖謀。陳家洛請羣雄進來，說道：「此後咱們共圖大事，驅除韃子，還我漢家河山，如有異心，天誅地滅。」

# 第十一回　高塔入雲盟九鼎　快招如電顯雙鷹

乾隆在六和塔頂餓了兩日兩夜，又受了兩日兩夜的驚嚇氣惱，心力交瘁，甚是委頓。第三天早晨，忽有一個小書僮走近，說道：「少爺請東方老爺過去談談。」乾隆認得他是陳家洛的書僮心硯，心頭一喜，忙隨着他走到下一層來。

他一進門，陳家洛笑容滿臉的迎出，當先一揖。乾隆還了一揖，走進室內。心硯獻上茶來。陳家洛道：「快拿點心來。」心硯捧進一個茶盤，盤中放着一碟湯包、一碟蟹粉燒賣、一碟炸春捲、一碟蝦仁芝麻捲、一碗火腿鷄絲蓴菜荷葉湯，盤未端到，已是清香撲鼻。心硯放下兩副杯筷，篩上酒來。

陳家洛道：「小弟因要去探望一位朋友的傷，有失迎迓，還請恕罪。」乾隆道：「好說，好說。」陳家洛道：「請先用些粗點，小弟還有事請教。」乾隆餓得肚皮已貼到了背心。他素來體格強健，食量驚人，兩日兩夜不吃東西，如何耐得？見陳家洛先舉筷挾一個湯包吃了，當即下箸如飛，快過做詩十倍，頃刻之間，把四碟點心吃得乾乾淨淨，湯也喝了個「碗底朝天子」。陳家洛每碟點心只吃了一件，喝了口湯，就放下筷子，見他吃得香甜，只是微笑。點心吃完，乾隆說不出的舒服受用，端起茶杯，望着杯中碧綠的龍井細茶，緩緩啜飲，齒頰生津，脾胃沁芳。陳家洛把門推得洞開，道：「他們都守在底下，咱們在這裏說話再妥當也沒有，決不會有第三人聽見。」

乾隆扳起臉，一字字低沉的道：「你把我刦持到這裏，待要怎樣？」

陳家洛走上兩步，望住他臉。乾隆只覺他目光如電，似乎直看到了自己心裏去，不由得慢慢轉開了頭，隔了半晌，聽得陳家洛道：「哥哥，你到今日還不認我麼？」

這句話語音柔和，聲調懇切，鑽入乾隆耳中，卻如晴空打了個霹靂，他忽地跳起，顫聲道：「你……你……你說甚麼？」

陳家洛臉色誠摯，緩緩伸手握住他手，說道：「咱們是親兄弟親骨肉。哥哥，你不必再瞞，我甚麼都知道啦。」

自從文泰來被救，乾隆就知這個大秘密再也保守不住，但聽陳家洛突然叫自己為「哥哥」，仍不禁震驚萬分，登時全身無力，癱瘓在椅中。

陳家洛道：「你到海寧掃墓，大舉修築海塘，把爸爸姆媽封為潮神和潮神娘娘，我知你並沒忘本。你在這鏡子裏照照看。」說着把牆上畫旁的一根綫一拉，畫幅捲起，露出一面大鏡子來。

乾隆站起身來，見鏡中自己一身漢裝，面目神情，毫無滿洲人的痕迹，再看看站在身旁的陳家洛，兩人年歲不同，容貌卻實在頗為肖似，嘆了口氣，回坐椅中。陳家洛道：「哥哥，咱兄弟以前互不知情，以致動刀掄槍，骨肉相殘，爸爸姆媽在天之靈，一定很是痛心呢。好在大家並無損傷，並無做下難以挽救的事來。」

乾隆只覺喉乾舌燥，一顆心撲通、撲通的跳個不住，隔了半晌，說道：「我本來叫你到京裏去辦事，你自己不肯去。」見陳家洛轉身眼望大江，並不置答，續道：「我已查過，知道你已中鄉試，那好得很啊。憑你才學，會試殿試必可高中，將來督撫、尚書、大學士，豈有不提拔你之理？這於家於國，對你對我，都是大有好處，何苦定要不忠不孝，幹這種大逆不道之事。」

陳家洛忽地轉身，說道：「哥哥，我沒說你不忠不孝，大逆不道，你反說起我來。」乾隆咦了一聲，道：「臣對君盡忠，叛君則爲大逆。我旣已爲君，又怎說得上不忠？」

陳家洛道：「你明明是漢人，卻降了胡虜，這是忠嗎？父母在世之日，你沒好好侍奉，父親在朝廷之日，反而日日向你跪拜，你於心何安，這是孝麼？」乾隆頭上汗珠一粒一粒的滲了出來，低聲說道：「我本來不知。是你們紅花會已故的首領于萬亭今年春天進宮來，我才聽說的，現今我仍是將信將疑。不過爲人子的，寧可信其有，不可信其無。信錯了不過是愚，否則可是不孝。因此我到海寧來祭墓。」

實則這年春天于萬亭偕文泰來入宮，將陳夫人的一封信交給乾隆，信中詳述當時經過，又說他左股有一塊硃記，這是再也確切不過的明證，乾隆已然信了九成。待于萬亭走後，把當年餵奶的乳母廖氏傳來，秘密詢問。更得悉了詳情。

原來康熙五十年八月十三日，四皇子允禎的側妃鈕祜祿氏生了一個女兒，不久聽說大臣陳世倌的夫人同日生產，命人將小兒抱進府裏觀看。那知抱進去的是兒子，抱出來的卻是女兒。陳世倌知是四皇子掉了包，大駭之下，一句都不敢洩漏出去。

當時康熙諸子爭儲奪嫡，明爭暗鬥，無所不用其極，各人籠絡大臣，陰蓄死黨。允禎知父皇此時尚猶豫不決，兄弟中如允禟、允禩、允禵等才幹都不在自己之下，諸人勢均力敵。皇帝選擇儲君時，不但要比較諸皇子的才幹，也要想到諸皇子的兒子，要知立儲是萬年之計，皇子死了，皇孫就是皇帝。如果皇子英明，皇孫昏庸，決非長遠之策。允禎此時已有一子，但懦弱無用，素來不爲祖父所喜，他知道在這一點上吃了虧，滿盼再生一個兒子，那知生出來的卻是女兒。允禎不顧一切要做皇帝，湊巧陳世倌生了個兒子，就強行換了一個。允禎於諸皇子中手段最爲狠辣，陳世倌那敢聲張？

這換去的孩子取名弘曆，後來就是乾隆。他自小聰穎武勇，六歲即能誦「愛蓮說」，到了九歲時，更遇到一件事，使康熙十分喜愛。

這年弘曆跟隨祖父到熱河打獵，衞隊從山中趕了一隻大黑熊出來，趕到康熙跟前。康熙舉起火槍，一槍打中黑熊頭上，那熊撲地倒了。康熙放槍之時，弘曆騎了一匹小馬，舉起火槍，在祖父身旁躍躍欲試，見了那龐大的黑熊居然絲毫不懼。康熙看得有趣，說道：「你過去打牠一槍。」康熙愛惜孫兒，叫他去打一槍，就算是他打死的，將來說弘曆九歲擊斃大熊，可以誇示羣臣。弘曆下馬走到黑熊跟前，叫道：「打死你，打死你！」對準黑熊肚皮放了一槍，衆侍衞齊聲歡呼叫好，康熙也是撚鬚微笑。弘曆轉身回來，剛要上馬，那知黑熊沒有死透，突然人立，惡狠狠向康熙馬前撲來。衆侍衛大驚，數槍齊發，將之擊斃。康熙吃了一驚，對侍衛們道：「這孩子福份可眞不小，要是他在黑熊跟前之時那熊站了起來，那還有命麼？」

從此康熙認爲弘曆福命大，兼之他文武雙全，在諸孫中最爲得寵。允禎後來能做皇帝，實頗仗這假兒子之力。是以終雍正一朝，海寧陳家榮寵無比，雍正一來是報答，二來是籠絡，免得陳家有所怨望，而洩漏這天大秘密。

至於換到陳家的女兒，本是公主，後來嫁給常熟蔣溥。蔣溥的父親蔣廷錫於雍正初年任戶部侍郎，其時陳世倌任山東巡撫，兩人共同治水有功。陳蔣二人後來都入內閣。蔣溥由戶部尙書、禮部尙書、吏部尙書而大學士，終乾隆一朝，蔣家榮寵不衰。據常熟故老相傳，蔣溥陳夫人所住的樓堂，當地都稱爲「公主樓」。

乾隆初被抱入雍親王（允禎封號）府時啼哭不止，不肯吃奶。允禎的側妃鈕祜祿氏只得把陳家原來給乾隆餵奶的奶母廖氏召到府中，乾隆這才止哭吃奶。那知事隔多年，乾隆忽然問起，廖氏本不肯說，但聽他口氣，知道已悉詳情，無法再加隱瞞。廖氏這時已六十多歲，當夜就被乾隆派人絞死，防她走漏隱事。

乾隆說這番話時，想起廖氏撫育之勞，心頭頗爲自疚。

陳家洛道：「你自己看看又那裏像旗人了？還有甚麼好疑慮的？」乾隆沉吟不語。陳家洛道：「你是漢人，漢人的錦繡江山淪入胡虜之手，你卻去做了胡虜的頭腦，率領韃子來欺壓咱們黃帝子孫。這豈不是不忠不孝，大逆不道嗎？」

乾隆無言可對，昂然道：「我今天反正已落入你的手裏，你要殺便殺，何必多言。」陳家洛溫言道：「咱們在海塘上曾經約定，以後互不加害，言猶在耳，我豈能背誓？何況現下知道你是我的親哥哥，兄弟相會，親近還來不及，那有相害之理？」說着不禁掉下淚來。

乾隆道：「那麼你要我怎樣？要逼我退位麼？」陳家洛拭一拭眼淚，說道：「不，你仍然做你的皇帝，然而並非不忠不孝的皇帝，而是一位仁孝英明的開國之主。」乾隆奇道：「開國之主？」陳家洛道：「正是，做漢人的皇帝，不是滿清的皇帝。」

乾隆一聽此言，已明白他意思，道：「你要我把滿人趕出關外？」陳家洛道：「不錯，你一樣做皇帝，與其認賊作父，爲後世唾罵，何不奮發鷹揚，建立萬代不易之基？」乾隆本是好大喜功之人，聽了這幾句話，不由怦然心動。陳家洛鑒貌辨色，知道自己說詞已經見效，續道：「你現今做皇帝，不過是承襲祖宗餘蔭，有甚麼希奇？你看看這人。」

乾隆走到窗邊，順着他手指向下望去，見一個農夫在遠處田邊揮鋤耕作。陳家洛道：「要是這人生在雍親王府中，而你生在農家，那麼他就是皇帝，你卻須得在田間鋤地了。」乾隆一向自以爲天縱神武，迥非常人可比，此刻細細體會陳家洛的話，不由得爽然若失。陳家洛又道：「大丈夫生在世間，百年之期，倏忽而過，如不建功立業，轉眼與草木同朽，歷來帝皇，如漢高祖、唐太宗、明太祖，那才是眞英雄眞豪傑。元人如成吉思汗，清人如太祖努爾哈赤、太宗皇太極，也算得一代雄主。如漢獻帝、明崇禎這種人，縱使不是亡國之君，因人碌碌，又何足道哉？」

這番話每一句都打入了乾隆心坎。他知道自己是漢人後，曾幾次想下令宮中朝中改服漢人衣冠，都被太后和滿洲大臣攔住，心想倘若眞的依着陳家洛的話，把滿人趕出關外，重還漢家天下，自己就是陳姓皇朝的開國之主，功業實可上比劉邦、李世民。

他正想接話，忽聽得遠處傳來一陣犬吠之聲，又見陳家洛雙眉一揚，凝神外望，只見四條身軀異常龐大的狼犬向六和塔疾奔而來，後面跟着兩人。

轉眼之間，兩人四犬已奔到塔下，隱隱聽到有人厲聲喝問。六和塔塔高十三層，乾隆與陳家洛這時在第十二層上，與塔下相距甚遠，聽不清楚下面說話。只見兩人四犬都衝進了塔中，忽然四條狼犬反身奔逃，孟健雄手挾彈弓追出，一陣連珠彈把四犬打得狺狺狂叫。

陳家洛正在奇怪，不知兩人四犬是甚麼路數，忽見塔中一人竄出，身法迅疾無比，夾手把孟健雄的弓奪過，左掌便向他項頸劈落。孟健雄一閃沒避開，忙舉手格時，被那人用彈弓弓端在腰裏一戳，戳中穴道，俯身跌倒。那人頭也不回，直奔進塔。這人剛進塔門，塔裏便拋出一個人來，仰天跌在地下，動也不動，卻是安健剛。又聽得塔內的馬善均、馬大挺父子哨聲大作，連連報警。

乾隆眼見來了救援，心中大喜。陳家洛四下瞭望，見各處並無動靜，知道來攻的只此兩人，馬家父子此時才發警號，想是敵人行動過速，待到發現，敵已入塔。這兩人身手如此矯健，必是大內侍衞中的高手，看來比之金鈎鐵掌白振尙要勝得一籌。

四條狼犬重又折回，再竄進塔內，只聽得女子斥罵聲、少年叫喊聲、狼犬吠叫聲響成一片，那是把守第二層的周綺和心硯正在對付狼犬。突然兩聲驚叫，第二層窗口中投下兩件兵器來，一是單刀，一是軟鞭。陳家洛認得是周琦和心硯所用，想是被敵人奪去而擲下來的，不知兩人是否遇險，甚是擔心。

乾隆見陳家洛本來神色自若，忽然臉有憂色，知道自己手下人佔了上風，暗暗歡喜，突見他轉露微笑，忙向下望。只見一條大漢手舞大鐵槳，將四條狼犬打出塔來。周綺和心硯搶出來扶了孟健雄和安健剛進去。四條狼犬猛惡異常，直如四頭豹子一般。一條狼犬後腿給鐵槳打斷，兀自不退，仍然猛撲亂咬，蔣四根給四隻狗圍在垓心，一時也無法取勝。

心硯又從塔裏奔出，雙手連揮，十幾塊磚頭把狼犬打得汪汪亂叫。蔣四根乘機一槳，擊在一條狼犬臀部，把牠直摜出去。周綺也奔出塔外吶喊助威，眼見四犬就要給蔣四根和心硯盡數打死。忽然第六層窗口有人探出頭來，撮嘴作嘯，聲音甚是奇特。四犬一聽，立即掉頭，向外奔去。周綺和心硯拾起兵刃，站在塔下守禦，怕再有敵人來攻。

陳家洛見敵人在第六層窗口中指揮狼犬，心想：「那麼第四層上的十二哥，第五層的九哥和第六層的八哥都沒攔住他們……」想到這裏，暗叫：「不好。」敵人武藝高強，而且兩人合力，己方每層一人，一定攔他們不住，正要下令集合四人在第九層上攔截，忽見第七層窗中竄出一人，正是徐天宏。他剛躍出窗口，後面一人跟着跳出，一把抓住了他左脚。陳家洛大吃一驚，手中扣住的三粒圍棋子正要擲出，忽聽徐天宏大喝：「照鏢！」右手一揚，敵人一縮頭，卻無暗器射來，徐天宏乘機一掙，掙脫了左脚鞋子，已站在寶塔簷角之上。

這時距離已近，看淸敵人比徐天宏更矮，一身灰衣，滿頭白髮，竟是個老太婆。她背插單劍，雙手空着，凌空躍起，又抓了過去。徐天宏右手無刀，想來已被敵人打脫，左手鐵拐使招「一夫當關」在胸前一橫，又喝：「照鏢！」那老太婆罵道：「猴兒崽子，莫想再騙你奶奶！」夾手來奪單拐。那知徐天宏這一次卻非虛招，已揭起塔頂瓦片猛擲過去。那老婦避讓不及，迎面一掌，把瓦片擊得粉碎，四散紛飛。守在第八層的常氏雙俠似已被另一人纏住，始終沒出來相助。徐天宏武功遠不及那老婦，交手數招，迭遇兇險，他聲東擊西，又支持了幾招。

周綺抬起了頭，仰望徐天宏在塔角上和那老婦惡鬥，眼見不敵，很是焦急，大叫：「爸爸，爸爸，快動手哪！」

周仲英守在第十層上，也早見兩個徒弟被打倒，義子處境危險，探身窗外，叫道：「甚麼人在這裏撒野？」兩枚鐵膽一先一後向那老婦擲去。鐵膽未到，那老婦忽然如飛般直縱而下，左手手掌在瓦上一按，一個觔斗翻過來在第六層上站住，只聽得叮叮叮一陣亂響，袖箭、鐵蓮子、鋼鏢、背弩，一批暗器紛紛落在第八層塔頂上，卻是守在第九層上的趙半山爲助徐天宏而放。

周仲英鐵膽打空，拍拍兩聲，把塔角的木簷打斷。徐天宏俯身搶住一個，另一個在塔角瓦溝中亂轉。周仲英縱身躍下想拾，脚未踏實，突然一陣掌風向胸口襲來。

他身子臨空，無法避讓，掌風來勢凌厲，若是出手抵擋，懸空不能借力，必被敵人推下塔去，跌得粉身碎骨，危急中拔出金背大刀在面前一立，和身向敵人撲去，拚着受他一掌，落個兩敗俱傷。

敵人見周仲英撲來，側身讓過，左手來抓他手腕。周仲英見他手法又快又狠，不覺咦的一聲，暗暗驚心：「這人是誰？」當卽跳開，見常氏雙俠已從窗中跳出，和那人打在一起。那人魁梧異常，常氏雙俠是瘦長條子，此人身材卻比雙俠還高了些，一個鷹鈎鼻，臉色紅如硃砂，頭頂光溜溜的禿得不剩一根頭髮。周仲英見此人神威凜凜，武功好得出奇，心想：「這樣的人物也甘作清廷走狗？」

那禿頂老頭雙掌如風，迅疾無比，常氏兄弟在塔上跳躍來去，以二攻一。周仲英見常氏兄弟雖不能勝，也不致落敗，不必過去相助，向下望時，卻大吃一驚。

只見第六層上那白髮老婦正把周綺逼得連連倒退。徐天宏大叫：「綺妹，退開退開。」周綺很聽徐天宏的話，轉身便走。那老婦不追，待要上躍，周綺卻站住了脚，罵道：「老太婆，你敢追我麼？我這裏有埋伏。」那老婦雙脚一點，如一枝箭般直飛過來。周綺大駭，返身便逃。

周仲英右手發出鐵膽，向老婦後心飛去。那老婦堪堪追上周綺，剛要伸手抓她後心，忽聽得背後暗器之聲勁急猛惡，不敢伸手去接，當卽使出輕功中「寒江獨釣」招數，身子向外一挫，全身懸空塔外，只以左脚勾住塔角飛簷。噹的一聲大響，鐵膽打得塔頂火星亂飛，磚瓦碎片四濺。

那老婦避開鐵膽，又追周綺。周仲英向下跳到第六層上，橫刀當路，那時周綺已逃到塔後，兩人一逃一追，繞着寶塔打轉。周綺自與徐天宏訂婚後，心想丈夫是出名的聰明人，自己如一味鹵莽，怕被他看低了，是以臨事已不若以往那麼任性。這次聽徐天宏叫她退走，便打打逃逃，和敵人拖延時刻。周仲英剛立定身子，已見女兒從塔後繞了出來，那老婦仍然空手追趕，老婦背後卻又有一人跟着，雙鈎揮霍，向她後心挺刺，卻總是差了尺許，看他奮勇直前，救援周綺，正是九命錦豹子衞春華。

這時楊成協、石雙英等也從下層趕了上來，周仲英迎上搶過周綺，金刀呼呼生風，連劈兩刀。那老婦見他刀法精奇，不敢輕敵，退開三步，正要拔劍，忽然那禿頂老頭在上面喊道：「我上塔頂去攻下來，你從下面攻上！」聲若洪鐘，迸將下來。

那老婦一聽，不再和衆人纏戰，飛身縱起，左手在第七層塔角上一扳，借勢又翻上了第八層。這一層上已無人阻擋，仍以此法翻向第九層上。她從下面打上來時，知道每層守禦之人武功一層高過一層，雖避開了周仲英一膽兩刀，但已知他是少林高手，平地拚鬥，不弱於己，只怕上面有更厲害勁敵，凝神屏氣，身未上，劍先上，挽花護頂，忽覺手上一震，長劍被敵人兵刃黏住，險險脫手。

那老婦知道又遇勁敵，長劍乘勢向前一探，解去對方黏走之力，不敢正面縱上，向左斜奔三步，突然反身向右疾馳，一躍跳上第十層，寒風起處，一劍迎面刺到。

那老婦以攻爲守，刷刷刷三劍均攻對方要害。敵人以太極劍中「雲麾三舞」三式解開。老婦見他化解時舉重若輕，深得內家劍術三昧，不待對方回手，跳開一步，看敵人時，見是個身材微胖的中年漢子，上唇一叢濃髭，鬢髮微斑，左手揑住劍訣，凝神而視，並不追來。老婦叫道：「你一身好功夫，可惜可惜。」那人正是千手如來趙半山，他見這白髮老婦身手迅捷，也自驚佩。兩人挺劍又鬥在一起。

乾隆見兩人一路攻上，心頭暗喜，但見陳家洛氣度閒雅，不以爲意，反而拖了一張椅子到窗口坐下觀戰，心想來救我的只有兩人，總敵不過紅花會人多，正自患得患失之際，忽聽遠處傳來犬吠之聲，又有吆喝聲，馬匹奔馳聲。

梯上脚步響處，心硯奔上樓來，用紅花會切口向陳家洛稟報：「在塔外巡哨的頭目來報，有兩千多清兵正向這邊過來，方向對正六和塔。」陳家洛點點頭，心硯又奔下塔去。乾隆不懂心硯的話，但見他神情緊張，知道定是對他們不利的消息，凝神遠望，楓葉如火，林梢忽然白旗飄動，旗上大書一個「李」字。乾隆大喜，知是李可秀帶兵前來救駕了。

陳家洛俯身窗口大叫：「馬大哥，退到塔裏，預備弓箭！」馬善均在塔下答應。

陳家洛喊聲方畢，忽見那禿頂紅面老者直竄上來，常氏雙俠和周仲英在後緊追不捨。那老者繞塔盤旋，後面追得緊時就回身接幾招，找到空隙，又跳上一層。那邊廂趙半山和那老婦正鬥到緊處，那老者已跳到第十二層來。常赫志見他來勢猛惡，第十二層正是監視乾隆之處，不再追趕，腰間取出飛抓，迎風一幌，站在窗外，常伯志雙掌斜舉，搶在他身前兩步。兄弟兩人擺好陣勢，飛抓遠攻，肉掌近襲，雙雙擋在窗外。那老者眼見情勢，竟不過來，直上塔頂。周仲英追趕不及，從窗口跳入塔內。乾隆見他執刀跳進，吃了一驚，卻見他奔到塔頂通下來的梯級上橫刀待敵。

趙半山和那老婦攻拒進退，旗鼓相當，轉瞬間拆了百餘招。那老婦劍法迅速無比，趙半山展開太極快劍，也是以快打快，心中暗暗稱奇：「這人白髮如銀，又是女流，怎地竟然戰她不下？」心中焦躁，要摸暗器取勝，豈知那老婦逼得甚緊，微一疏神，左手衣袖竟被她長劍劃破了一道口子，雖然未傷皮肉，但也不免心驚。

徐天宏、楊成協、衛春華、石雙英和周綺手執兵刃，旁觀趙半山和那老婦惡鬥，見兩人劍光閃爍，打得激烈異常，盡皆駭然，忽見趙半山衣袖中劍，都吃了一驚。衛春華雙鈎一擺，便要搶上相助。趙半山一劍「李廣射石」，把老婦迫退一步，忽地跳開，說道：「老太太果然高明，請上吧。」衛春華愕然止步。

趙半山衣袖中劍，不再戀戰，心想：「陸菲青大哥守在十一層上，一別十餘年，想他武功必然精進，定可制住這老婦。衆兄弟均佩他雲天高義，卻未見識過他的超妙劍術。」他任由老婦上去，意在讓好友陸菲青露臉揚名，否則劃破袖口，儘可再戰，也未必會輸。

那老婦見他謙退，舉劍施了一禮，說道：「好劍法！」縱身直上。周綺叫道：「趙三叔，你沒輸啊，幹麼這麼客氣？」趙半山微微一笑，道：「她劍法好極啦，咱們去看看陸大爺的武當派功夫。咦，周姑娘，你幹麼這般客氣，叫我三叔？七弟可叫我三哥。」周綺臉一紅道：「呸，我只跟爹爹叫。」楊成協笑道：「那麼你叫他七叔麼？」說着向徐天宏一指。周綺道：「吓，他想麼？」各人知道己方人多，敵人雖然武功精湛，料也無能為力，大家一面說笑，一面奔上塔去。第九、第十兩層悄無一人，衝進第十一層時，只道陸菲青定在和那老婦鬥劍，那知室中空盪盪地竟無人影。

衆人吃了一驚，疾忙再上，將進室內，已聽得刀劍交併，錚錚有聲，一進門，只見周仲英使開金背大刀，風聲虎虎，正和那白髮老婦激戰，一個刀大力沉，一個劍走輕靈，一時不分高下。陳家洛把乾隆拖在一角，坐在榻上觀戰。

徐天宏一打手勢，楊成協、石雙英兩人守住窗口。徐天宏叫道：「拋下兵器，饒你不死！」

老婦見身陷重圍，並不畏懼，刷刷刷數記進手招數。周綺道：「這人的劍術和一個人很像，你說是麼？」徐天宏道：「不錯，我也覺得奇怪。」那老婦把周仲英迫退一步，突然一拉桌子，擋在胸前，貼牆而立。周仲英一刀急斬，險險砍在桌上，疾忙收刀。那老婦轉頭向乾隆叫道：「你是皇帝嗎？」

乾隆忙道：「我是皇帝，我是皇帝，救兵都來了麼？」那老婦一躍上桌，突然舉劍當胸，如一隻大鳥般向他急撲過去，一招「鵬搏萬里」，向乾隆胸口直刺。這一劍去勢既快且狠，羣雄只道她是乾隆的手下前來搭救，那知忽然行刺，這一下大出意料之外，人人均是愕然失色，手足無措。

陳家洛雖然站在乾隆身旁，但這劍實在來得太快，也是不及抵擋，立卽左手雙指一駢，向老婦脅下要穴點去，這是攻敵之不得不救。老婦劍尖將及乾隆胸口，突見陳家洛手指襲到，左掌「金龍探爪」，自下向上一撩，隨卽反手抓出，這是三十六路大擒拿法中的厲害招數，和點穴有異曲同工之妙，陳家洛只要腕脈被抓，當時就得全身癱軟。就這樣，她右手劍的勢道緩得一緩，陳家洛右手已拔出短劍，向上急架，錚的一聲，火星飛濺，左手跟着反擊敵人面門。這一招之後，緊着下面還有一腿，叫作「上下交征」。那老婦拳術嫻熟，見他左手擊來，又伸左掌抓拿，下盤向右閃避，手中劍刺向對方咽喉。不料陳家洛的「百花錯拳」每一招均與衆不同，老婦向右閃避，他一脚偏從右方踢來，好在她長劍亦已刺出，陳家洛腿力尚未使足，隨卽收勢。

兩人均起疑心，危勢既解，各退兩步。陳家洛把乾隆往身後一拉，擋在他面前，拱手道：

「請教老太太高姓？」這時那老婦也在喝問。兩人語聲混雜，都聽不清楚對方說話。

陳家洛住了口，那老婦重複一遍剛才的問話：「你這短劍那裏來的？」陳家洛聽得她不問別事，先問短劍，倒出於意料之外，答道：「是朋友送的。」老婦又問：「甚麼朋友？你是皇帝侍衞，她怎會送你？天池怪俠是你甚麼人？」陳家洛先答她最後一問：「天池怪俠是晚輩恩師。」他想老婦劍刺乾隆，定是同道中人，見她年齡旣長，武功又高，是以自稱晚輩。那老婦嗯了一聲，道：「這就是了。你師父雖然爲人古怪，卻是正人君子，你怎麼丟師父的臉，來做清廷走狗？」

楊成協忍耐不住，喝道：「這位是我們陳總舵主，你別胡言亂道。」那老婦面露詫異之色，問道：「你們是紅花會的？」楊成協道：「不錯。」

那老婦轉向陳家洛，厲聲道：「你們投降了清朝麼？」陳家洛道：「紅花會行俠仗義，豈能對滿清屈膝？老太太請坐，咱們慢慢談。」那老婦並不坐下，面色稍和，又問：「你這短劍那裏來的？」

陳家洛見到她武功家數，聽她二次又問短劍，已料到幾分，說道：「是一位回部朋友送的。」其時男女間授受物品，頗不尋常，陳家洛雖是豪傑之士，胸襟豁達，當着衆人之面也有些說不出口。那老婦又問：「你識得翠羽黃衫嗎？」陳家洛點點頭。

周綺見他吞吞吐吐，再也忍不住了，插嘴道：「就是霍青桐姊姊送的。你也認識她嗎？那麼咱們是一家人啦！」那老婦道：「她是我的徒弟。」陳家洛行下禮去，說道：「原來是天山雙鷹兩位前輩到了，晚輩們不知，多有冒犯。」

那老婦身子稍側，不受這禮，森然問道：「既說是一家人，幹麼你們卻幫皇帝，不讓我殺他？」

楊成協等見陳家洛對她很是恭敬，而這老太婆卻神態倨傲，都感氣惱。這時常氏雙俠也已從窗口跳進室內，常赫志道：「皇帝是我們抓來的，要殺也輪不到你。」那老婦咦了一聲道：「皇帝是給你們抓來的？」

陳家洛道：「前輩有所不知，皇帝確是我們請來的。我們只當兩位是清宮侍衛，前來打救皇帝，因此一路上攔截。兩位前輩武功實在高明之極，我們衆兄弟不是對手，沒能攔住，以致生了誤會。」其實紅花會羣雄已把二人截住，衆人都知他這話是謙遜之辭。

那老婦忽然探身窗外，縱聲大叫：「當家的，你下來。」過了半晌，不聞回答，忽然颼的一聲，塔下一枝箭直射上來。老婦伸左手抓住箭尾，轉身一擲，那枝箭插在桌面之上，箭尾不住顫動，厲聲喝道：「無信小輩，怎地又放暗箭？」

陳家洛道：「前輩勿怒，塔下兄弟尚未知情，以致得罪，回頭叫他們賠禮。」走到窗口，向下喊道：「是自己人，別放箭！」語聲未畢，又是一箭射到。這時陳家洛也已看得清楚，下面千餘名清兵已將六和塔團團圍住，彎弓搭箭，見窗口有人探頭就射箭上來。陳家洛對趙半山道：「三哥，你去派人守住塔門，別衝出去厮殺。」趙半山應聲下去。

周仲英道：「這位是雪鵰關老師父吧，在下久仰得很。」

那老婦正是雪鵰關明梅，是禿頭老者陳正德的妻子，兩人一高一矮，一個禿頭，一個白髮，江湖上人稱禿鷲雪鵰，合稱天山雙鷹。

關明梅聽了周仲英的話，微微點頭。陳家洛道：「這位是鐵膽周仲英周老英雄。」關明梅道：「嗯，我也聽到過你的名頭。」說到這裏，忽然張口大叫：「當家的，快下來，你在幹甚麼呀？」她正說得好好的，突如其來的一聲大喊，把衆人都嚇了一跳。

周仲英道：「陳老師父在和無塵道長鬥劍，咱們快去把事情說淸楚。」

陳家洛向常氏雙俠使個眼色。雙俠會意，走到乾隆身旁監視。陳家洛和關明梅等奔上梯級，走到第十三層來，在梯級上卻不聞刀劍之聲，羣雄都有點擔憂，心想這兩人武功卓絕，出手快速，兩虎相爭，必有一傷，如那一個失手疏虞，都是終身恨事。關明梅卻漫不在意，知道丈夫平生罕遇敵手，決不致有甚失閃。

衆人剛到室門，祇見白刃耀眼，滿室劍光，兩個人影在斗室中盤旋飛舞，雖祇兩柄劍相鬥，但金刃劈風之聲，有如數十人交戰一般。羣雄剛站定，無塵和陳正德又已拆了十餘招。兩人鬥到酣處，劍法一招緊似一招，點到即收，雙劍不交。

關明梅本來托大，但看到兩人拆了數十招後，丈夫絲毫未見便宜，不由得暗暗心驚：「怎地江南竟有如此人物？」祇見兩人越鬥越緊，兀自分不出高下。

陳家洛叫道：「道長，是自己人，請住手吧！」無塵舉劍一封，退後一步。陳正德殺得性起，劍招連綿，劍鋒不離敵手左右。無塵退後一步，他一劍「神駝駿足」刺了過去。無塵向左一閃，還了一劍。兩人又交數招。關明梅叫道：「當家的，他們是紅花會！」

陳正德一怔，說道：「是嗎？」他勢道微緩，高手鬥劍，直無毫髮之差，只聽得嗤的一聲，右邊衣襟已被無塵一劍穿過，這還是無塵聽了陳家洛的話後手下容情，否則這一劍當更爲狠辣。

陳正德大怒，喝道：「好老道！」刷刷刷連環三劍。無塵一步不退，還了四劍。

兩人又鬥數十招。陳正德使出「三分劍術」中的絕招，虛虛實實，變幻莫測。無塵展開「追魂奪命劍法」，七十二路正變中包藏八十一路奇變。只見陳正德一劍「冰河開凍」，向無塵右臂直劈下來。無塵向左側讓，陳正德長劍突然上撩，「夜半烽烟」，迅捷絕倫。那知無塵沒了左臂，這時反佔便宜，喝道：「好劍法！」一劍「孟婆灌湯」，直刺敵喉。

陳正德這劍撩了個空，心頭一驚：「老胡塗！他沒左臂，我怎地使上了這招？」心念甫動，無塵長劍劍尖已指到咽喉。來劍勢若電閃，陳正德再也不及閃讓，敗中求勝，舉劍橫削，眼見已不免兩敗俱傷。

衆人大驚，呼叫聲中，無塵突向右倒，將陳正德來襲之勢讓過，回劍接住來劍，只聽噹的一聲，兩劍顫動，聲若龍吟，嗡嗡之音，良久不絕。

無塵右膝跪地，雙劍交併，兩人都不敢移動，各運內力，勢均力敵，兩柄純鋼的長劍相交處各生缺口，慢慢互相陷入。

陳家洛見情勢危急，接過楊成協手中鋼鞭，搶上前去要將兩人隔開，剛跨出一步，只聽得頭頂一人哈哈長笑，叫道：「好劍法，好劍法！」語聲方畢，人影下墮，錚的一聲，無塵和陳正德雙劍齊斷。兩人各向前竄出數步，才收住勢子，各持半截斷劍，轉過身來，只見一人笑吟吟的站在中間，手中長劍如一泓秋水。

無塵見從樑上跳下來的是陸菲青，微微一笑，道：「好劍！」陳正德紅起了眼，撲上去要和他拚鬥。陸菲青笑道：「禿兄，你不認得小弟了嗎？」

陳正德一呆，向他凝視片刻，突然驚叫：「啊，你是綿裏針。」陸菲青笑道：「正是小弟。」陳正德道：「你怎麼在這裏？」陸菲青不答他問話，揷劍入鞘，回身向關明梅一揖，道：「大嫂，多年不見，你功夫越來越俊啦！」關明梅喜叫：「陸大哥！」

原來陸菲青在第十一層上守禦，見天山雙鷹攻上，二人生具異相，雖然多年不見，仍是一眼卽知。陸菲青和他們夫妻相交有素，知二人是俠士高人，決不會給清廷做走狗，何以拚命向監禁乾隆之處攻來，必有原因，決定躱起來看個究竟，因此關明梅闖到第十一層時無人阻截。他見關明梅劍刺乾隆，和陳家洛等說明誤會，就比衆人先一步上了第十三層，躱在樑上，他輕功卓絕，陳正德和無塵又鬥得激烈，都沒留心。他見兩人奮力相拚，時候久了必有損傷，於是削斷兩人長劍，解了僵持之局。

陳正德道：「哼，陸老弟，你的劍眞是寶物！」陸菲青知道此老火氣極大，笑道：「這是別人的東西，暫且放在我這裏的。」原來這便是張召重的凝碧劍，駱冰在獅子峯上取來後交給了總舵主。陳家洛以這是武當派歷代相傳的名劍，轉交給他。陸菲青又道：「虧得這把劍好，否則兩大高手鬥在一起，天下又有那一人解拆得開？」這句話把陳正德和無塵兩人一捧，兩人心氣頓和。陸菲青道：「不打不成相識，陳大哥，我給你引見引見。」於是從陳家洛起，逐一引見了。

陸菲青道：「我只道你們兩位在天山脚下安享淸福，那知趕到了江南來殺皇帝。」關明梅道：「你們都見過小徒霍青桐，這事就由她身上而起。皇帝派兵去打回部，青桐的爸爸木卓倫領兵抵抗，敵不過清兵人多，連吃了幾個敗仗。後來清兵的糧草在黃河邊上給人刦了……」陸菲青插嘴道：「那便是紅花會的各位英雄，爲了相助木卓倫老英雄而刦的。」

關明梅道：「嗯，在回部時我也聽人說起過。」望了陳家洛一眼，道：「怪不得她送這短劍給你。」陳家洛道：「那是在此之前，木卓倫老英雄率衆奪還經書，我們在途中遇到了。」關明梅道：「奪還經書，你們也幫過忙的。回人說起來，把你們說成個個是大英雄，哼！」言下之意，是說今日相見，卻也不見得如何高明，又道：「清兵沒糧草，敗了一仗，木卓倫便提和議，雙方正在停戰商談，那知兆惠得了糧草，又卽進攻。」

陸菲青道：「滿清官兵原本不守信義。」關明梅道：「回部百姓給清兵害得很慘，木卓倫老英雄抵敵不住，邀我們去商量。我們夫婦本來並不想理會這種事……」陳正德插口道：「都是你，現下又來撇清。」關明梅道：「怎麼都是我？你瞧着清兵在回部殺人放火、殘害百姓，心裏安麼？」陳正德哼了一聲，又要接嘴。陸菲青笑道：「你們老夫妻還是這麼一副脾氣，一說話就吵嘴，也不怕年輕人笑話。大嫂，莫理他，你說下去。」

關明梅向丈夫白了一眼，說道：「我們本想去刺殺統兵的兆惠，後來一想，殺了這個甚麼狗屁定邊大將軍，皇帝又可另派一個，殺來殺去沒甚麼用，不如把皇帝殺了來得直截了當。於是便趕去北京，路上得到消息說皇帝到了江南。靠了那幾條狗，我們老夫妻在杭州追蹤了大半夜。原來你們是從地道裏把皇帝抓走的，害得我們一路跟蹤，也鑽了一回地道。我們正自奇怪，皇帝爲甚麼大發雅興，要鑽地道。」陳正德道：「甚麼？皇帝是你們抓來的？」陳家洛把捉到乾隆之事簡畧說了。

陳正德道：「這一手做得不壞，祇是不夠爽快，何必餓他？一刀殺了，豈不乾淨利落？」無塵冷冷的道：「國家大事，豈是一刀一劍就能辦得了的。」陳正德怒道：「道長劍術高明之極，咱們還沒分高下，道長如有興致，再來玩玩如何？」無塵道：「瞧你這大把年紀，還沒你徒弟霍青桐這女娃子有見識。咱們是自己人，何必再打？」關明梅笑道：「你瞧，我說你胡塗，你從來不服。現下人家也說你來着，怎麼樣？」眼見老夫妻又要抬起槓來。陳正德道：「就算我沒見識。」轉身又對無塵道：「咱們又不是拚命，比試一下劍法打甚麼緊？你劍法確是不錯，那叫甚麼名堂，倒要請教。」

陸菲青怕兩人說僵了再動手，傷了和氣，忙插嘴道：「你的劍法叫作三分劍術，道長的叫作追魂奪命劍，都是震古爍今的絕技。」陳正德道：「也未必能將人追去了魂，奪得了命。」

無塵本來瞧在陸菲青份上讓他一步，那知這老頭十分好勝，簡直不通情理，聽了這幾句話心頭火起，說道：「好吧，那麼咱們再來比比。我輸了以後終身不再用劍。」羣雄一聽，都待要出言勸解，陳正德說道：「我們夫婦離開回部時，說過殺不了皇帝決不回去，既然你們不讓殺，那也得拿點本領出來，教人心服了才算。道長肯賜教，那是再好沒有。我輸了轉身就走，決不再來行刺。」語聲方畢，已從關明梅手中奪過劍來。

陳家洛走上一步，長揖到地，說道：「無塵道長雖然劍法精妙絕倫，但火候總還遜老前輩一籌。大家有目共覩，何必再比？」

陳正德傲然道：「陳總舵主你又何必客氣？你師父是世外高人，不屑跟我們凡夫俗子動手，我只好向你領教了。我先請道長賜教，再請你教訓教訓我這老頭子如何？」衆人都覺這個老頭兒實在不近人情，卻不知他和天池怪俠袁士霄素有心病，一直耿耿於懷，因此一口氣發作在陳家洛身上。陳家洛忍氣道：「我更不是老前輩的對手了。我恩師平時常對晚輩說起天山雙鷹，他是十分佩服的。」

陳正德一指關明梅，怒道：「你師父佩服的是她，不是我。」關明梅叫道：「當着這許多新朋友，你又呷甚麼乾醋了？」羣雄相顧愕然。陸菲青笑道：「禿兄，你們兩夫妻都是六十開外的人啦，這件事吵了幾十年還沒吵完嗎？」

陳正德橫性發作，鬚眉俱張，忽然如一枝箭般從窗中直竄出去，叫道：「小道士，不出來的不算好漢。」

紅花會羣雄都覺陳正德未免欺人太甚。楊成協道：「可惜四哥不在這裏，否則定可和他鬥上一鬥。」無塵聽了這一句激將之言，忍無可忍，叫道：「三弟，把劍給我。」這時趙半山已從下面上來，把劍遞了給他，低聲道：「道長，要顧全咱們和木卓倫、霍青桐的交情。」無塵點點頭，挺劍躍出窗去。

塔下的清兵見塔角上有人，早已箭如飛蝗般射將上來。無塵道：「咱們到下面去打，在箭叢裏較量一下如何？」陳正德那肯示弱，道：「好極啦！」雙脚一挺，頭下脚上，直撲下去，從第十三層頂撲到第六層，左手在塔簷上一扳，已在第五層塔角上立定。他外號禿鷲，輕身功夫自是高明之極，這一撲一翻，當眞如一頭大鷲相似。塔中羣雄齊聲喝采。塔下清兵箭射得密了。陳正德持劍撥箭，仰視無塵動靜。

無塵雙脚併攏，右手貼腿，如一根木棍般筆直墮下。塔下清兵齊聲吶喊，紛紛讓開。無塵墮到第五層時仍未止住，眼見要向第四層墮去，突然右臂平伸，劍鋒已在塔簷上平平貼住，手一使勁，趙半山那柄純鋼劍劍身柔韌，反彈起來。他一借勁，已站在第五層上。

陳正德見他這手功夫中輕功、內力、劍法、膽識，無一不是生平罕見，那裏敢有半點輕忽，待他站定，說道：「進招了！」劍走偏鋒，斜刺左肩。

清兵見兩人拚鬥，只道其中必有一個是自己人，怕有誤傷，當下停弓不射。無塵道：「咱們各擲一箭，引他們放箭！」陳正德道：「好！」兩人各從塔頂撿起一枝箭，以甩手箭手法甩了下去，射傷了兩名兵卒。塔下清兵高聲吶喊，千箭齊發。

這時離地已近，每一箭射中都可致命，兩人攻防相鬥，同時撥打下面射上來的箭枝，如此比武可說從所未有，羣雄都奔到第六層觀看。關明梅暗暗擔憂，心想這道人劍法狠辣異常，丈夫年事已高，耳目已不如昔日靈便，平地鬥劍決無疏虞，現下身處高塔，清兵箭如驟雨，實是兇險萬分，手中暗扣三粒鐵蓮子，站在窗口相護。

兩人在箭雨中鬥得激烈，連在第十二層上看守乾隆的常氏雙俠也忍不住探首窗外，向下觀戰。兩人各握住了乾隆的一隻手，防他逃走。乾隆雙手柔軟細嫩，給常氏兄弟這對精擅黑沙掌的粗手巨掌握住了，總算他兄弟不使勁力，否則一捏之下，乾隆手骨粉碎，從此再也不能做詩題字，天下精品書畫，名勝佳地，倒可少遭無數刼難。此時乾隆雖知來了救兵，但自己身在紅花會手中，倘若他們敗了，老羞成怒，說不定會給自己一刀，心想寧可讓紅花會得勝，聽陳家洛口氣，定可釋放自己。

塔角上雙劍於萬箭攢射中狠鬥，勝負難決。陳家洛大叫：「兩位劍法神妙，不必再比了。」

兩人鬥得正緊，那裏停得住手？陳正德心想：「這道人劍法果然高明，看來我無法取勝。」他逞強好勝，緩緩移動脚步，面向東方，背朝塔下清兵，這顯是十分不利的地位，日光耀眼，受箭又多，心想只須打成平手，無形中已然勝了對方。

無塵見他故意搶佔惡劣地勢，已知他用意，心道：「你自討苦吃，可莫怪我無情。」一使出追魂奪命劍中上八路劍法，專刺他面目咽喉，劍尖映日，耀眼生花。陳正德連拆三劍，暗叫不妙，忽聽背後呼呼數聲，六七枝箭射了上來。陳正德矮身低頭，一劍「平沙落雁」，疾刺無塵右臂，同時那些箭枝也向無塵射來。

無塵劍撥箭桿，左腿疾起，向陳正德太陽穴踢去。陳正德不知他腿上功夫如此精妙，吃了一驚，吸一口氣，倒退一步，正在此時，忽然一枝箭勁急異常，突向他背後射到。這箭是清宮侍衞中高手所發，來得極快，他向後疾退，恰是以背迎敵。關明梅叫聲：「啊喲！」發鐵蓮子救援已然不及，羣雄也齊聲驚呼。

無塵忽施「馬面擲叉」絕技，長劍脫手，把那枝箭碰歪，長劍和箭枝同時向塔下跌去。羣雄喘了口氣，剛要喝采，下面又射來數箭，無塵手中沒劍，無法撥打，只得閃避。關明梅鐵蓮子發出，打落三箭，陳正德也回身撥打。兩人本來狠命廝拚，這時卻互相救援，塔下官兵大爲不解。

白振見無塵手中沒了兵器，他在西湖中較藝曾輸在這道人手上，心中記恨，叫箭手齊射無塵。一時羽箭蝗集。無塵東躲西避，鬧了個手忙脚亂。陳正德叫道：「別怕，我給你擋住！」挺劍上來，正要撥打，忽然第六層窗口中飛身縱出一人，搶在其前，尚未立定，轉瞬間雙手已接住十幾枝羽箭，使開甩手箭手法，擲箭出去擊打來箭，手法奇妙，快速已極，隨來隨接，隨接隨擲，竟無一箭落空，一個人便似生了幾十條手臂一般。

塔下清兵看得呆了，都停了放箭。楊成協俯身大叫：「今日叫你們見見千臂如來的手段！」清兵隊中兵將侍衞衷心佩服，采聲如雷。趙半山微笑抱拳，躬身答謝。衆官兵見他風度如此，更是情不自禁的鼓掌。

三人縱身躍入塔中，羣雄都過來道賀。陳氏夫婦這時才眞心欽佩無塵、趙半山的武功，對無塵捨已救敵的俠義心腸尤爲敬服。衆人互相謙讓讚譽了幾句，塔下清兵鼓噪又起。徐天宏道：「我去叫皇帝壓服他們。」說罷飛步上樓。

過了半晌，只見乾隆從第七層窗口探出頭來，叫道：「我在這裏。」白振叫道：「皇上在塔上。」率領衆人，伏地高呼：「萬歲！」乾隆叫道：「我在這裏有事，你們別吵！」隔了一會，又道：「各人退後三十步！」李可秀奉旨，勒兵後退。

陳家洛笑道：「七哥指揮皇帝，皇帝指揮官兵，這比衝下去大殺一陣好得多啦。皇帝者，天下之至寶也，與其殺之，不如用之。」羣雄聽得陳家洛掉文，盡皆大笑。

衞春華望着清兵後退，見他們隊伍中有幾名獵戶牽着獵狗，說道：「我正想不通他們怎會找到這裏，原來他們也帶了狗。」從小頭目手中接過弓箭，彎弓搭箭，颼颼兩箭向塔下射去，只聽得幾聲長嘷，兩條狗被射死在地。清兵發一聲喊，退得更快。

陳家洛向陸菲青道：「陸周兩位前輩，請你們陪陳老前輩、關老前輩說話，我上去和皇帝再談。」衆人都道：「總舵主請便。」他上樓時紅花會羣雄都站起來相送，陸周兩人也欠頗以爲異。

身爲禮。陳正德和關明梅見陳家洛形容淸貴，丰神俊雅，年紀又輕，羣豪對他卻都執禮甚恭，

陳家洛走到第七層上，常氏雙俠和徐天宏行禮退出。乾隆嗒然若失，悶坐椅上。陳家洛道：「你打定了主意沒有？」乾隆道：「我旣落入你手裏，要殺便殺，何必多說？」陳家洛歎道：「可惜，可惜！」乾隆道：「可惜甚麼？」陳家洛道：「我一向以爲你是個雄才大畧之人，慶幸我爸爸姆媽生了你這好兒子，我有一個好哥哥，那知道……」乾隆問道：「那知道怎樣？」

陳家洛沉吟半晌，道：「那知外表似乎頗有膽量，內裏卻是膽小萬分。」乾隆怒道：「我甚麼地方膽小了？」陳家洛道：「不怕死，那最容易不過了。匹夫之勇，有甚麼可貴？可是圖大事、決大疑，卻非大勇者所不能爲。這個你就不能了。」

乾隆怫然而起，道：「天下建大功、立大業之事，有沒有被人脅逼而成的？」

陳家洛道：「當年唐高祖在太原起事之初，猶豫不決，他兒子李世民多方部署，令他迫於情勢，不得不從。宋太祖如無陳橋兵變，豈有黃袍加身？這兩位開國之主雖受兒子或部下所迫，不得不冒險自立，終成大事，但後世何嘗不對他們景仰拜服？」乾隆沉吟不語，頗爲心動。陳家洛又道：「何況哥哥你才能遠勝李淵、趙匡胤。只要你決心恢復漢家天下，我們這許多草莽豪傑立時聽你指揮。我可拍胸擔保，他們從此決不敢對你有絲毫不敬，不盡爲臣子之道。」

乾隆不住點頭，心下尚還有一份顧慮，卻是不便出口。陳家洛猜到他心意，說道：「我只要見哥哥把滿清胡虜趕到關外，那就心滿意足。那時要請你准我歸隱西湖，和我手下這些兄弟們賞花飲酒，共享太平，以終餘年。」乾隆道：「這是那裏話？如能成就大事，天下軍政大計都要請你輔佐才好。」陳家洛道：「咱們話說在先，一等大事成功，你必須准我退休。須知我們這些兄弟不知禮法，如有不合你心意之處，反而失了君臣之禮、兄弟之義。」

乾隆聽他說得斬釘截鐵，去了心中顧慮，伸手在桌上一拍，道：「好，就這麼辦！」陳家洛大喜，道：「你再沒猶豫了？」乾隆道：「沒有了。只是我要託你一件事，你們故總舵主于萬亭，有幾件東西放在回部，說是我出身的證據，你去拿來給我瞧瞧。我看了之後，對自己眞是漢人這件事才沒絲毫疑心，那時必定和你共圖大事。」陳家洛心想這倒也合情合理，道：「好，這些東西聽文四哥說要緊非常，我明日就動身親自去拿。」

乾隆道：「等你回來，你先來御林軍辦事，我把你升作御林軍總管，統率護軍、驍騎、前鋒三營，過些時候，再兼京師九門提督。天下各省兵權也慢慢交在咱們親信的漢人手裏。等到我命你做兵部尚書，把八旗精兵分散得七零八落之後，咱們就可舉事了。」陳家洛大喜，道：「皇上計謀深長，何愁大事不成。」當即跪下行君臣之禮，乾隆忙伸手扶起。

陳家洛道：「今日之事，須和衆人立誓爲盟，不得反悔。」乾隆點點頭。陳家洛雙掌一拍，命心硯取來乾隆原來的衣冠，服侍他換過了。陳家洛道：「請大家進來參見皇上。」

羣雄入內。陳家洛說明乾隆已允驅滿復漢，朗聲道：「以後咱們輔佐皇上，共圖大事，如有異心，洩露機密，天誅地滅。」當下歃血爲盟。乾隆也飲了一口盟酒。只有陳正德和關明梅在一旁微微冷笑。

陸菲青道：「大哥、大嫂，你們也來喝一杯盟酒！」陳正德道：「官府的話說得再好聽，我也從來不相信，何況是官府的頭腦？」關明梅道：「恢復漢家山河，那是咱們每個黃帝子孫萬死不辭之事。只要皇帝眞有此心，如有用得着我們夫妻的地方，陳總舵主送個信來，我們這對老骨頭赴湯蹈火，決沒半點含糊。這口酒，我們是不喝的了。」陳正德右手一伸，忽地揷入牆中，抓下了一大塊泥土磚石，厲聲說道：「要是誰狼心狗肺，負義背盟，出賣朋友，壞了大事，這就是榜樣！」手指一發力，磚石都碎成細粉，簌簌而落。乾隆見牆上那洞指痕宛然，甚是驚駭。

陳家洛道：「兩位老前輩雖不加盟，和大家也是一條心。這裏都是血性朋友，我也不必多囑。但願皇上不可三心兩意，忘了今日之盟。」乾隆道：「大家儘管放心。」陳家洛道：「好，我們送皇上出去。」衞春華奔到塔外，叫道：「你們過來迎接皇上！」

李可秀與白振聽了，將信將疑，怕紅花會又使詭計，率領兵卒慢慢走近，見乾隆果然從塔中走出，忙伏地迎接。白振牽過馬來，乾隆上了馬，對白振道：「我在這裏和他們飲酒賦詩，貪圖幾日清靜。你們偏要大驚小怪，敗了我的清興。」白振連說：「臣該死！」當下前後擁衞，旌旗招展，打起得勝鼓，威風凜凜的奏凱回杭。只是金鼓聲中，偶夾幾聲獵犬的「汪汪、嗚嗚」，畧嫌美中不足。

紅花會羣雄正要重回六和塔，陳正德道：「我們老夫婦今日會到江南羣雄，見了素來仰慕的周老英雄，又和分別多年的陸老弟重逢，實在高興得很。得與無塵道長兩番交手，更是生平第一快事。我和老妻另有俗事，就此別過。」

陳家洛忙道：「兩位前輩難得到江南來，務必要請多住幾日，好讓後輩多多請教。」陳正德白眼一翻，道：「你師父本領比我大得多，你向我請教甚麼？無塵道長，將來咱們再鬥一門酒量，看誰厲害。」無塵笑道：「那我是甘拜下風。」

關明梅把陳家洛拉在一旁道：「你娶了親沒有？」陳家洛臉一紅道：「沒有。」關明梅又道：「定了親麼？」陳家洛道：「也沒有。」關明梅點點頭，微微一笑，忽然厲聲道：「如你無情無義，將來負了贈劍之人，我老婆子決不饒你。」陳家洛不禁愕然，無辭以對。

那邊陳正德叫道：「喂，你蝎蝎螫螫的，跟人家年輕小夥子談甚麼心？好走啦！」關明梅眉頭一皺，轉身過去，忽然撮唇作哨，四條大狗從樹林中奔了出來。兩夫婦向羣雄施了一禮，帶了四犬便走。

陸菲青叫道：「大哥、大嫂，你們去那裏？」兩人不答，不一會，身影已在林中隱沒，只聽犬吠之聲漸漸遠去。

常氏雙俠憤憤不平，常赫志道：「倚老賣老。」常伯志接口道：「沒點禮數。」陳家洛道：「世外高人，大抵如此。咱們到塔裏談吧。」

衆人回到六和塔內。陳家洛道：「我答應了皇帝，要到我師父那裏去拿兩件要緊物事，現下咱們先去天目山看四哥和十四弟的傷勢，然後再調配人手如何？」衆人都無異議。

出得塔來，馬善均、馬大挺父子自回杭州。

羣雄乘馬向西進發，次日到了於潛，又一日上山來看文泰來和余魚同。

余魚同與李沅芷避入了山洞之中。一陣寒風吹來，李沅芷微微一顫。余魚同脫下長袍給她披在身上。

# 第十二回　盈盈彩燭三生約　霍霍青霜萬里行

山上林木蔭森，此時已是深秋，滿山都是紅葉，草色漸已枯黃。山上小頭目得到消息，通報上去，章進下來迎接。

陳家洛不見駱冰，心中一驚，怕有甚意外，忙問：「四嫂呢？四哥、十四弟好麼？」章進道：「十四弟沒事。四嫂說去給四哥拿一件好玩的東西，已走了兩天，你們途中沒遇上麼？」陳家洛道：「甚麼東西？」章進笑道：「我也不知道，四哥這兩天傷勢大好啦，整天躺着悶得無聊。四嫂就出主意去找玩物，也不知是誰家倒霉。」

趙半山笑道：「四弟妹也眞是的，這麼大了，還像孩子般的愛鬧，將來生了兒子，難道也把這門祖傳的玩藝兒傳下去。」羣雄轟然大笑。

羣雄談笑上山，走進一座大莊院去。大家先去看文泰來。他正躺在籐榻上發悶，見羣雄進來，大喜過望，起身迎接，衆人把經過情形約畧一說，到對面廂房去看余魚同。

各人躡足進門，忽聽一陣嗚咽之聲。陳家洛過去揭開帳子，見余魚同臉朝床裏，背部聳動，哭泣甚悲。這一下頗出衆人意料之外，羣雄都是慷慨豪邁之人，連駱冰、周綺等女子都極少哭泣，見他悲泣，均覺又是驚奇又是難過。

陳家洛低聲道：「十四弟，大家來瞧你啦，覺得怎樣？傷勢很痛，是不是？」

余魚同停了哭泣，卻不轉身，說道：「總舵主、周老爺子、師叔、各位哥哥，多謝你們來探望。恕我不起身行禮，傷勢這幾天倒好得多，只是我的臉燒成了醜八怪，見不得人。」

周綺笑道：「十四哥，男子漢燒壞了臉有甚麼打緊？難道怕娶不到老婆嗎？」衆人聽她口沒遮攔，有的微笑，有的便笑出聲來。

陸菲青道：「余師侄，你燒壞臉，是爲了救文四爺和救我，天下豪傑知道這事的，那一個不肅然起敬？那一個不說你是大仁大義的英雄好漢？你的臉越醜，別人對你越是敬重，何必掛在心懷？」余魚同道：「師叔教訓的是。」可是又忍不住哭了出來。

原來他自來天目山後，駱冰朝夕來看他傷勢，文泰來也天天過來陪他說話解悶。他自知對駱冰痴戀萬分不該，可是始終不能忘情，每當中宵不寐，想起來又苦又悔。他見駱冰、文泰來、章進看着他時，臉上偶爾露出驚訝和憐惜神色，料想自己面目定已燒得不成模樣，幾次三番想取鏡子來照，始終沒這份勇氣。他本想捨了性命救出文泰來，以一死報答駱冰，解脫心中冤孽，那知偏偏求死不得，再想李沅芷對己一往情深，卻是無法酬答，有負紅顏知己，又是十分過意不去。這般日日夜夜思潮起伏，竟把一個風流瀟洒的金笛秀才折磨得瘦骨嶙峋、憔悴不堪了。

羣雄別過余魚同，回到廳上議事。文泰來抑鬱不樂，說道：「十四弟爲了救我，把臉毀成這個模樣。他本是個俊俏少年。現今……唉！」無塵道：「男子漢大丈夫行俠江湖，講究的是義氣血性。容貌好惡，只沒出息的人才去看重。我沒左臂，章十弟的背有病，常家兄弟一副怪相，江湖上有誰笑話咱們？十四弟也未免太想不開了。」趙半山道：「他是少年人心性，又在病中，將來大家勸勸他就沒事了。今天咱們來痛飲一番，和四弟慶賀。」羣雄轟然叫好，興高采烈，吩咐小頭目去預備酒席。

周綺道：「可惜冰姊姊不在，不知她今天能不能趕回來。她是騎白馬去的麼？」章進道：「不是，她說白馬太耀眼，四哥和十四弟傷沒好全，別惹鬼上門。」楊成協笑道：「此刻咱們大夥兒都在這裏了，有鬼上門，那是再好不過。」蔣四根聽得說到鬼，向着石雙英咧嘴一笑。石雙英綽號鬼見愁，不過這渾號大家在常氏雙俠面前從來不提，雙俠綽號黑無常白無常，無常是鬼，豈不是哥哥怕了兄弟？

陳家洛和徐天宏低聲商量了一會，拍一拍掌，羣雄盡皆起立。陳家洛道：「陸、周兩位前輩請坐，下次請別這麼客氣。」陸菲青和周仲英說聲：「有僭。」坐了下來。

陳家洛道：「這次咱們的事情辦得十分痛快，不過以後還有更難的事。眼下我分派一下。九哥和十二哥，你們到北京去打探消息，看皇帝是不是有變盟之意，有何詭計。這是首要之事，也是極難查明，兩位務必小心在意。」衛石兩人點頭答應了。

陳家洛又道：「兩位常家哥哥，請你們到四川雲貴去聯絡西南豪傑。八哥到蘇北皖南一帶，道長到兩湖一帶，十三哥到兩廣一帶聯絡。三哥與馬氏父子聯絡浙、閩、贛三省的豪傑。山東、河南一帶，請陸老前輩主持。西北諸省由周老前輩帶同孟大哥、安大哥、七哥、周姑娘主持。四哥、十四弟兩位在這裏養傷，仍請四嫂和章十哥照料。心硯隨我去回部。各位以為怎樣？」羣雄齊道：「當遵總舵主號令。」

陳家洛道：「各位分散到各省，並非籌備舉事，只是和各地英豪多所交往，打好將來大事根基，咱們的事機密異常，任他親如妻子，尊如父母師長，都是不可洩漏的。」衆人道：「這個大家理會得。」陳家洛道：「以一年為期，明年此時大夥在京師聚齊。那時四哥和十四弟傷早好了，咱們就大幹一番！」說罷神采飛揚，拍案而起。羣雄隨着他步出中庭，俱都意興激越。

章進聽得總舵主又派他在天目山閒居，悶悶不樂。文泰來猜到他心意，對陳家洛道：「總舵主，我的傷已經大好，十四弟火傷雖然厲害，調養起來也很快。這一年教我們悶在這裏，實在不是滋味。我們四人想請命跟你同去回部，也好讓十四弟散散心。」章進大喜，忙道：「對，對。」文泰來道：「咱們沿路遊山玩水，傷勢一定好得更加快些。」陳家洛道：「那也好，只不知十四弟能不能支持。」文泰來道：「讓他先坐幾天大車，最多過得十天半月，我想就可以騎馬啦！」陳家洛道：「好，就這麼辦。」章進喜孜孜的奔進去告知余魚同，隨即奔出來道：「十四弟說這樣最好。」

周仲英把陳家洛拉在一邊，道：「總舵主，現下四爺出來啦，你和皇上又骨肉相逢，實是喜事重重。我想再加一樁喜事，你瞧怎樣？」陳家洛道：「老爺子要給七哥和大姑娘合巹完婚？」周仲英笑道：「正是。」陳家洛大喜，道：「那是再好沒有，乘着大夥都在這裏，大家喝了這杯喜酒再走，祇是匆促了一點，不能遍請各地朋友來熱鬧一番，未免委屈了大姑娘。」周仲英笑道：「有這許多英雄好漢，還不夠麼？」陳家洛道：「那麼咱們來挑個好日子。」周仲英道：「咱們這種人還講究甚麼吉利不吉利，我說就是今天。」

陳家洛知他顧全大體，不願因兒女之事躭誤各人行程。說道：「老爺子這等眷顧，我們眞是感激萬分。」周仲英笑道：「老弟台，你還跟我客氣麼？」

陳家洛笑嘻嘻的走到周綺跟前，作了一揖，笑道：「大姑娘，大喜啦！」周綺登時滿臉飛紅，道：「你說甚麼？」陳家洛笑道：「我要叫你七嫂了！七嫂，恭喜你啦。」周綺啐道：「呸，做總舵主的人也這麼不老成。」陳家洛笑道：「好，你不信。」他手掌一拍，羣雄登時靜了下來。

陳家洛道：「剛才周老爺子說，今兒要給七哥和周大姑娘完婚，咱們有喜酒喝啦！」羣雄歡聲雷動，紛向周仲英和徐天宏道喜。

周綺才知不假，忙要躲進內堂。衞春華笑道：「十弟，快拉住她，別讓新娘子逃走了。」章進作勢要拉。周綺左手橫劈一掌，章進一讓，笑着叫道：「啊喲，救命哪，新娘子打人啦！」周綺噗哧一笑，闖了進去。

衆人正自起轟，忽聽門外一陣鸞鈴響，駱冰手中抱着一隻盒子，奔了進來，叫道：「好啊，大家都來了。甚麼事這般高興？」說着向陳家洛參見。衞春華道：「你問七哥。」駱冰道：「七哥，甚麼事啊？」徐天宏一時吶吶的說不出話來。駱冰道：「咦，奇了，咱們的諸葛亮怎麼今兒傻啦？」蔣四根躲在徐天宏背後，雙手拇指相對，屈指交拜，說道：「今天諸葛亮招親，他要作傻女壻啦。」

駱冰大喜，連叫：「糟糕，糟糕！」楊成協笑道：「四嫂你高興胡塗啦，怎麼七哥完婚，你卻說糟糕？」羣雄又轟然大笑。駱冰道：「早知七哥和綺妹妹今天完婚，就順手牽羊，多拿點珍貴的東西來，眼下我沒甚麼好物事送禮，豈不糟糕？」楊成協道：「你給四哥帶了甚麼好東西來了，大家瞧瞧成不成？」

駱冰笑吟吟的打開盒子，一陣寶光耀眼，原來便是回部送來向皇帝求和的那對羊脂白玉瓶。羣雄都驚呆了，忙問：「那裏得來的？」駱冰道：「我和四哥閒談，說到這對玉瓶好看，瓶上的美人尤其美麗，他不信……」徐天宏接口道：「四哥一定說：『那有你美麗啊，我不信！』是不是？」駱冰一笑不答，原來當時文泰來確是那麼說了的。徐天宏道：「你到杭州皇帝那裏去盜了來？」

駱冰點點頭，很是得意，說道：「我就去拿來給四哥瞧瞧。至於這對玉瓶怎樣處置，聽憑總舵主吩咐。送還給霍青桐妹妹也好，咱們自己留下也好。」文泰來細看玉瓶，不禁嘖嘖稱賞。駱冰笑道：「我說的沒錯吧？」文泰來笑着搖搖頭，駱冰一楞，隨即會意，丈夫是說瓶上的美人再美，也不及自己妻子，望了他一眼，不禁紅暈雙頰。

無塵道：「四弟妹，皇帝身邊高手很多，這對玉瓶如此貴重，定然好好看守，怎會給你盜來？你這份膽氣本事，眞是男子漢所不及，老道今日可服你了。」駱冰笑着將她怎樣偷入巡撫衙門、怎樣抓到一個管事的太監逼問、怎樣用毒藥饅頭毒死看守的巨獒、怎樣裝貓叫騙過守衛的侍衛、怎樣在黑暗中摸到玉瓶等情說了一遍。羣雄聽得出神，對駱冰的神偷妙術都大為讚歎。

陸菲青忽道：「四奶奶，我和你老爺子駱老弟是過命的交情，我要倚老賣老說幾句話，你可別見怪。」駱冰忙道：「陸老伯請說。」陸菲青道：「你膽大心細，單槍匹馬幹出這件事來，確是令人佩服的了。不過事有輕重緩急，倘若這對玉瓶跟咱們所圖大事有關，要不然是爲了行俠仗義，那麼這般冒險是應該的。現下不過是和四爺一句玩話，就這般孤身犯險，要是有甚麼失閃，不說朋友們大家擔憂，你想四爺是甚麼心情？」這番話駱冰只聽得背上生汗，連聲說「是」。陸菲青又道：「這晚恰好皇帝給咱們請去了六和塔，衆侍衛六神無主，只顧尋訪皇帝，是以沒高手在撫衙守衛，要是甚麼金鈎鐵掌白振等都在那邊，你這個險可冒得大啦！」駱冰答應了，掉過頭來向文泰來伸了伸舌頭。

陳家洛出來給駱冰解圍：「四哥出來之後，四嫂是高興得有點胡塗啦，以後可千萬別這樣。」駱冰忙道：「不啦，不啦！」

陳家洛道：「好。現下咱們給七哥籌備大禮。喂，七哥，眼前事情急如星火，山中採購東西又是不便，你神機妙算，足智多謀，快想條妙計出來。」羣雄鬨堂大笑。徐天宏想到就要和意中人完婚，早就心搖神馳，也眞胡塗了，大家開他玩笑，只是笑嘻嘻的說不出話來。

陳家洛笑道：「武諸葛今兒變了傻女壻，那麼我來出個主意吧。女家是周老爺子主婚，那不用說了，男家請三哥主婚，陸老爺子是大媒。九哥，你趕快騎四嫂的白馬，到於潛城裏採購婚禮物品。孟大哥，你到山下去籌備酒席。咱們的禮就暫且免了，將來待七嫂生了兒子，大家送個雙份。各位瞧這樣好不好？」衞春華和孟健雄答應着先去了。趙半山道：「男方主婚還是要總舵主擔任，待會我來贊禮就是了。」陳家洛謙遜推讓。衆人都說當然應由首領主婚，陳家洛也就答應了。

到得傍晚，孟健雄回報說酒席已經備好，衹是粗陋些，衆人都說不妨。又過半個時辰，衞春華也回來了，各物採購齊備，新娘的鳳冠霞帔也從采禮店買了來。

駱冰接過新娘衣物，要進去給周綺打扮，見連胭脂宮粉也都買備，笑道：「九哥，你眞想得周到，不知那一位姑娘有福氣，將來做你的新娘子？」衞春華笑道：「四嫂，你莫開玩笑，咱們今晚想個新鮮花樣鬧鬧新郎新娘。」駱冰拍手笑道：「好啊，你有甚麼主意？」

蔣四根等聽得他們商量要鬧新房，都圍攏來七張八嘴的出主意。衞春華道：「四嫂，你把皇帝身邊的玉瓶盜來，大家確是服了你。不過剛才陸老前輩也說，要是大內的高手都在那邊，只怕也沒這麼容易得手。」駱冰笑道：「偷盜是鬥智不鬥力的玩意，我雖打不過人家，也未必就盜不出來。」衞春華道：「照啊！咱們七哥是最精明不過了，要是今晚你能偷到他一件東西，那我就眞服了你。」駱冰笑說：「偷他甚麼啦？」衞春華笑道：「你等新郎新娘安睡之後，把他們的衣服都偷出來，教他們明朝起不得身。」章進等都轟然叫好。趙半山過來笑問：「這麼高興，笑甚麼了？」蔣四根把他推開，道：「這裏沒三哥你的事。」大家怕趙半山老成厚道，偷偷去告訴徐天宏，不許他聽。

趙半山走開之後，楊成協道：「咱們對付皇帝，也是這法子，教他沒了衣衫，起不得身。四嫂，這件事難得很，我瞧你不成。」駱冰皺起眉頭不答，心想：「這件事的確不好辦。玩笑又開得太大，對不起綺妹妹。」但聽楊成協一激，好勝之心油然而生，說道：「要是我偷到了怎麼辦？」衞春華道：「這裏八哥、十弟、十二弟、十三弟連我一共五人，我們打一副純金的馬具給你那匹白馬，式樣包你稱心滿意。」駱冰道：「好。就是這樣辦。要是我偷不到，我繡五個荷包，你們每人一個。」楊成協和衛春華齊道：「好，一言爲定。」蔣四根笑道：「這荷包可不能馬馬虎虎，偷工減料。」駱冰笑道：「咦，四嫂會欺你嗎？你們可不許去對七哥七嫂說。」楊成協等齊道：「那當然，我們寧可輸給你，好瞧熱鬧。」六人商量已定，分頭去幫辦喜事。駱冰這個賭是打下了，可是眞不知如何偷法，對付周綺倒好辦，徐天宏卻智謀百出，說到用計，不是他的敵手，只好隨機應變，走着瞧了。

一會大廳上點起明晃晃的彩繪花燭，徐天宏長袍馬褂，站在左首。駱冰把周綺扶了出來。趙半山高聲贊禮，夫婦倆先拜天地，再拜紅花老祖的神位，然後雙雙向周仲英夫婦和陳家洛行禮。周仲英和周大奶奶還了半禮。陳家洛不受大禮，也跪下去還禮。周仲英在旁邊連聲謙讓。新夫婦又謝大媒陸菲青。

新夫婦交拜畢，依次和無塵、趙半山、文泰來、常氏雙俠等見禮。心硯把余魚同扶出來坐在椅上。他臉上蒙了塊青布，露出兩個眼珠，也和新夫婦見禮。大廳中喜氣洋溢。余魚同取出金笛，吹了一套「鳳求凰」。羣雄見他心情好轉，更是高興。

開上酒席之後，衆人轟飲起來，無塵執了酒壺叫道：「今晚那一個不喝醉，就不許睡……」語聲未畢，突然手一揚，一把酒壺向庭中的桂花樹上擲去。

酒壺剛擲出，衛春華和章進已躍到庭中。兩人飲酒之際未帶兵刃，空手縱到桂花樹下。那酒壺並未擊中誰人，掉了下來，衛春華伸手接住。章進躍上牆頭，四下一望，並無人影，回來報知陳家洛，請問要不要出去搜索。陳家洛笑道：「今兒是七哥大喜的日子，別讓鼠輩敗壞了興意。咱們還是喝酒。」輕聲吩咐心硯：「帶幾名頭目四下查看，莫讓歹人混進來放火。」心硯答應着去了。羣雄見他毫不在乎，又興高采烈鬥起酒來。

陳家洛低聲對無塵道：「道長，我也見到樹上人影一幌，瞧這傢伙的身手，不是甚麼高明之輩。」無塵道：「不錯，讓他去吧。」陳家洛站起身來，朗聲笑道：「道長在六和塔上大展神威。叫天山雙鷹不敢小覷了咱們。來，大家同敬一杯。」羣雄都站起來與無塵把盞。無塵笑道：「天山雙鷹果然名不虛傳。陳正德那老兒要是年輕二十歲，老道一定不是他對手。」趙半山笑道：「那時他身手雖然矯健，功夫又沒這麼純了。」

那邊席上章進和石雙英呼五喝六的猜拳，越來越大聲。楊成協、蔣四根兩人聯盟和常氏雙俠鬥酒，四人各已喝了七八碗黃酒。文泰來和余魚同身上有傷，不能喝酒吃油膩，坐在席上飲茶相陪。大家不住逗余魚同說笑解悶。

吃了幾個菜，新夫婦出來敬酒。周仲英夫婦老懷彌歡，咧開了嘴笑得合不攏來。周綺素來貪杯，這天周大奶奶卻囑咐她一口也不得沾唇。她出來敬酒，大家不住勸飲。她很想放懷大喝，但想起媽媽的話，無奈只得推辭，心頭氣悶，不悅之情不覺見於顏色。

衞春華笑道：「啊喲，新娘子在生新郎的氣啦。七哥，快跪快跪。」蔣四根道：「七哥，你就委屈一下，跪一跪吧，新郎跪了，頭胎就生兒子……」周綺忍不住噗哧一聲笑出來，說道：「你又沒兒子，怎麼知道？眞是胡說八道！」衆人見周綺天眞爛漫，無不感到有趣。周大奶奶笑着儘搖頭，連聲歎道：「這寶貝姑娘，那裏像新媳婦兒。」

駱冰輕輕對衞春華道：「你們多灌七哥喝些酒，幫我一個忙。」衞春華點點頭，和蔣四根一使眼色，兩人站起來敬新郎的酒。徐天宏見他們鬼鬼祟祟，知道不懷好意，今天做新郎喝酒是推不掉的，酒到杯乾，十分豪爽，喝了十多杯，忽然搖搖幌幌，伏在桌上。周大奶奶愛惜女壻，連說：「他醉啦，醉啦。」叫安健剛扶他到內房休息。楊成協等見徐天宏喝醉，對駱冰道：「這次你多半贏了。」

駱冰一笑，拿了一把茶壺，把茶倒出，裝滿了酒，到新房去看周綺。周綺見她進來，很是高興，笑道：「冰姊姊快來，我正悶得慌。」駱冰道：「你口喝嗎？我給你拿了茶來。」周綺道：「我煩得很，不想喝。」駱冰把茶湊到她鼻邊，道：「這茶香得很呢。」周綺一聞，酒香撲鼻，不由得大喜，忙雙手捧過，咕嚕嚕的一口氣喝了半壺，停了一停，道：「冰姊姊，你待我眞好。」

駱冰本想捉弄她，見她毫無機心，倒有點不忍，但轉念一想，鬧房是圖個吉利，再惡作劇也不相干，便笑道：「綺妹妹，我想跟你說一件事。本來嘛，這是不能說的，不過咱們姊妹這麼要好，我就是有甚麼對你不起，做得過了份，你也不能怪我，是不是？」周綺道：「當然啦，你快說。」駱冰道：「你媽有沒有教你，待會要你先脫衣裳？」周綺滿臉通紅，道：「甚麼呀，我媽沒說。」駱冰一臉鄭重其事的神色，道：「我猜她也不知道。是這樣的，男女結親之後，不是東風壓倒西風，便是西風壓倒東風，總有一個要給另一個欺侮。」周綺道：「哼，我不想欺侮他，他也別想欺侮我。」駱冰道：「是啊，不過男人家總是強兇霸道的，有時他們不知好歹起來，你眞拿他們沒法子。尤其是七哥，他這般精明能幹，綺妹妹，你是老實人，可得留點兒神。」

這句話正說到了周綺心窩中，她雖對丈夫早已情深一往，然想到他刁鑽古怪，詭計多端，卻也眞是頭痛，心下對這事早有些着慌，但在駱冰面前也不肯示弱，說道：「要是他對我不起，我也不怕，咱們拿刀子算帳。」駱冰笑道：「綺妹妹又來啦，夫妻總要和美要好，才是道理，怎能動刀動槍的，不怕別人笑話麼？再說，七哥對你這麼好，你又怎能忍心提刀子砍他？」周綺噗哧一笑，無言可答。

駱冰道：「文四爺功夫比我強得多啦，要是講打，我十個也不是他對手，可是我們從來不吵架，他一直很聽我的話。」周綺道：「是啊，好姊姊……」說到這裏停住了口。駱冰笑道：「你想問我有甚麼法兒，是不是？」周綺紅着臉點了點頭。

駱冰正色道：「本來這是不能說的，既然你一定要問，我就告訴你，你可千萬別跟七哥說，明兒你也不能埋怨我。」周綺怔怔的點頭。駱冰道：「待會你們同房，你先脫了衣服，等七哥也脫了衣服，你就先吹熄燈，把兩人衣服都放在這桌上。」她指了指窗前的桌子，又道：「你把他的衣服放在下面，你的衣服壓在他的衣服之上，那麼以後一生一世，他都聽你的話，不敢欺侮你了。」

周綺將信將疑，問道：「眞的麼？」駱冰道：「怎麼不眞？你媽媽怕你爸爸不是？定是她不知這法兒，否則怎會不教你？」周綺心想媽媽果然有點怕爸爸，不由得點頭。

駱冰道：「放衣服時，可千萬別讓他起疑，要是給他知道了，他半夜裏悄悄起身，把衣服上下一掉換，那你就糟啦！」周綺聽了這番話，雖然害羞，但想到終身禍福之所繫，也就答應照做，心中打定了主意：「但教他不欺侮我便成，我總是好好對他。他從小沒爹沒娘，我決不會再虧待他。」駱冰為了使她堅信，又教了她許多做人媳婦的道理，那些可全是眞話了。周綺紅着臉聽了，很感激她的指點。

正說得起勁，忽然門外人影一幌，跟着聽到徐天宏呼喝。周綺首先站起，搶到門外，只見徐天宏一身長袍馬褂，手中拿了單刀鐵拐，從牆上躍下。周綺忙問：「怎麼，有賊嗎？」徐天宏道：「我見牆上有人窺探，追出去時賊子已逃得沒影蹤了。」周綺打開衣箱，從衣衫底下把單刀翻了出來。原來周大奶奶要女兒把兇器拿出新房，周綺執意不肯，終於把刀藏在箱中。她拿了刀，叫道：「到外面搜去！」駱冰笑道：「新娘子，算了吧。你給我安安靜靜的，這許多叔伯兄弟們都在這兒，還怕小賊偷了你的嫁粧嗎？」周綺一笑回到房。

駱冰笑着指住徐天宏道：「好哇，你裝醉！我先去捉賊，回頭瞧罰不罰你。你給我看住新娘子，不許她動刀動槍的。」一邊說一邊把他手中兵刃接了過去。徐天宏笑嘻嘻的回入新房，聽得屋頂屋旁都有人奔躍之聲，羣雄都已聞聲出來搜敵，尋思：「咱們和皇帝定了盟，按理不會是朝廷派人前來窺探，難道皇帝一回去馬上就背盟？瞧那牆頭之人身手，不似武功如何了得，多半是過路的黑道朋友見到這裏做喜事，想來拾點好處。」

正自琢磨，駱冰、衛春華、楊成協、章進、蔣四根等走了進來，手中拿着酒壺酒杯，紛紛叫嚷：「新郎裝假醉騙人，怎麼罰？」徐天宏無話可說，只得和每人對喝了三杯。衆人存心要看好戲，仍是不依。徐天宏笑道：「毛賊沒抓到，大家少喝兩杯吧。別陰溝裏翻船，教人偷了東西去。」楊成協哈哈大笑道：「你儘管喝，衆兄弟今晚輪班給你守夜。」

正吵鬧間，周仲英走進房，見新女壻醉得立足不定，說話也不淸楚了，忙過來打圓場，和每人乾了一杯酒。大家見新郎是真的醉了，和周綺說些笑話，都退出房去。

周綺見衆人散盡，房中只賸下自己和丈夫兩人，不由得心中突突亂跳，偷眼看徐天宏時，見他和衣歪在床上，已在打鼾，輕輕站起，閂上房門，紅燭下看着夫壻，見他臉上紅撲撲地，睡得正香，輕聲叫道：「喂，你睡着了嗎？」徐天宏不應。周綺嘆道：「那你真是睡着了。」四下一望，確無旁人，又側耳傾聽，聲息早靜，料想歹人已遠遠逃走了。這才脫去外衣，走到床前推了推夫壻。他翻個身，滾到了裏床。周綺把他鞋子和長袍馬褂除下，再想解他裏衣，忽然害羞，心想：「有了袍褂，也就夠了吧？我又不想當眞壓倒了他。」於是依着駱冰的教導，把他袍褂放在窗邊桌上，再把自己衣服壓在上面，回到床邊，抖開棉被蓋在徐天宏身上，自己縮在外床，將另一條被子緊緊裹住身子，一動也不敢動。

過了良久，徐天宏翻了個身，周綺嚇了一跳，盡力往外床一縮，正在此時，紅燭上燈火畢卜一聲，爆了開來。周綺怕丈夫醒來見到衣服的佈置，想起來吹熄蠟燭，那知脫了衣服之後睡在男人身旁，心中說不出的害怕，無論如何不敢起來。她暗暗咒罵自己無用，急出了一身大汗。正自惶急，靈機一動，在內衣上撕下兩塊布來，在口中含濕了，團成兩個丸子，施展打鐵蓮子手法，撲撲兩聲，把一對花燭打滅了。

徐天宏睡得極沉，他酒量本來平平，這次給硬勸着喝到了十二分，直睡得人事不知。他翻一次身，周綺總是一驚，擁着棉被不敢動彈。也不知過了多少時候，忽聽得窗外老鼠吱吱吱的叫個不停，又過片刻，一隻貓妙嗚妙嗚的叫了起來。蓬的一聲，窗子推開，一隻貓跳了進來，在房裏打了個轉，跑不出去，跳上床來。就在周綺脚邊睡了。周綺見再無聲息，床上多了一隻貓相伴，反覺安心，迷迷糊糊合上了眼，卻始終不敢睡熟。

挨到三更時分，忽然窗外格的一響，周綺忙凝神細聽，窗外似有人輕輕呼吸，心想這是弟兄們開玩笑，來偷窺新房韻事，正想喝問，猛想起這可叫喊不得，只覺臉上一陣發燒，忙把已經張開的嘴閉上了。

忽聽得心硯在外喝問：「甚麼人？不許動！」接着是數下刀劍交併，又聽得常氏兄弟的聲音：「龜兒子好大膽！」一個生疏的聲音「啊喲」一叫，顯是在交手中吃了虧。

周綺霍地跳起，搶了單刀，往桌上去摸衣服時，只叫得一聲苦，衣衫已然不知去向。這時再也顧不得害羞，一把將徐天宏拉起，連叫：「快醒來，快……快出去拿賊。小賊把咱們衣服……衣服都偷去啦。」徐天宏一驚之下，登時清醒，只覺得一隻溫軟的手拉着自己，黑暗中香澤微聞，中人欲醉，才想起這是他洞房花燭之夕。

他心中一蕩，但敵人當前，隨卽寧定，把妻子往身後一拉，自己擋在她身前，拖過手旁一張椅子，預備迎敵，只聽得屋頂和四周都有人輕輕拍掌，低聲道：「弟兄們四下守住了，毛賊別想逃走。」周綺道：「你怎知道？」徐天宏道：「這些掌聲是我們會中招呼傳訊的記號，四方八面都看住了，咱們不必出去吧。」放下椅子，轉身摟住周綺，柔聲說道：「妹子，我喝多了酒，只顧自己睡覺，眞是荒唐……」噹啷一聲，周綺手中單刀掉在地下。

兩人摟住了坐在床沿，周綺把頭鑽在丈夫懷裏，一聲不響。過了一會，聽得無塵罵道：「這毛賊手脚好快，躲到那裏去了？」窗外一陣火光耀眼，想是羣雄點了火把在查看。徐天宏道：「你睡吧，我出去瞧瞧。」周綺道：「我也去。」徐天宏道：「好吧，先穿衣服。」

周綺開了箱子，取出兩套衣服來穿上。

徐天宏拔門出門，只見自己的長袍馬褂和周綺的外衣摺得整整齊齊的放在門口，剛呆得一呆，周綺已叫了起來：「這毛賊眞怪，怎麼又把衣服送了回來？」徐天宏一時也琢磨不透，問道：「咱們的衣服本來放在那裏的？」周綺含糊回答：「好像是床邊吧，我記不清楚啦。」這時駱冰和衞春華手執火把奔近，衞春華笑吟吟道：「毛賊把新郎新娘也吵醒啦，」駱冰假裝一驚，道：「唷，怎麼這裏一堆衣服？」衞春華嗤的一聲笑了出來。徐天宏一看兩人神色，就知是他們搗鬼，當下不動聲色，笑道：「我酒喝多啦，連衣服給小賊偷去也不知道。」駱冰笑道：「只怕酒不醉人人自醉呢。」徐天宏一笑，不言語了。

原來駱冰挨到半夜，估量周綺已經睡熟，輕輕打開新房窗戶，怕撬窗時有聲，嘴裏不斷裝老鼠叫，隨即推窗將一隻貓丟了進去，乘窗子一開一閉之間，順手把桌上兩人的衣服抓了出來。楊成協等坐在房中等候消息，見她把衣服拿到，大為佩服，問她使的是甚麼妙法，駱冰微笑不答。衆人談笑一會，正要分頭去睡，忽然心硯叫了起來，發見了敵人。駱冰心想衣服已經偷到，正好乘此機會歸還，免得明晨周綺發窘，奔到新房窗邊，聽得房內話聲，知兩人已醒，便將衣服放在門口。

這時陳家洛和周仲英一干人都走了過來。陳家洛道：「宅子四周都圍住了，不怕他飛上天去，咱們一間間房搜吧。」羣雄逐一搜去，竟然不見影蹤。無塵十分惱怒，連聲大罵。

徐天宏忽然驚叫：「咱們快去瞧十四弟。」衞春華笑道：「總舵主早已請陸老前輩守護十四弟，請趙三哥守護文四哥，怕他們身上有傷，受了暗算。要是沒人守着四哥，四嫂還有心情來跟你們開玩笑麼？」徐天宏道：「是。不過咱們還是去看一看吧，只怕這賊不是衝着四哥，便是衝着十四弟而來。」陳家洛道：「七哥說得有理。」

羣雄先到文泰來房中，房中燭光明亮，文泰來和趙半山正在下象棋，對屋外吵嚷似乎充耳不聞。衆人又到余魚同房去。陸菲青坐在石階上，仰頭看天上星斗，見羣雄過來，站起身來，說道：「這裏沒甚麼動靜。」這一羣英雄好漢連皇帝也捉到了，今晚居然抓不到一個毛賊，都是又氣惱又奇怪。

徐天宏忽見窗孔中一點細微的火星一爆而隱，顯是房中剛吹熄蠟燭，心頭起疑，說道：「咱們去瞧瞧十四弟吧。」陸菲青道：「他睡熟了，所以我守在外面。」駱冰道：「咱們快到別的地方去搜。」徐天宏道：「不，還是先瞧瞧十四弟。」他右手拿着火把，左手一推，房門應手而開，卻是虛掩着的，見床上的人一動，似乎翻了個身。

徐天宏用火把去點燃蠟燭，一時竟點不着，移近火把一看，原來燭芯已被打爛，陷入燭裏，顯然燭火是用暗器打滅的。他吃了一驚，生怕余魚同遭逢不測，快步走到床前，叫道：「十四弟，你好麼？」

余魚同慢慢轉過身來，似是睡夢剛醒，臉上仍是蒙着帕子，定了定神才道：「啊，是七哥，你今晚新婚，怎麼看小弟來啦？」徐天宏見他沒事，才放了心，拿火把再到燭邊看時，只見一枚短箭釘在窗格上，箭頭還染有燭油烟煤。他認得這箭是余魚同的金笛所發，更是大惑不解：他爲甚麼見到大夥過來就趕緊弄熄燭火？又是這般緊急，來不及起身吹熄，迫得要用暗器？

這時陳家洛等都已進房。余魚同道：「啊喲，各位哥哥都來啦，我沒事，請放心。」徐天宏伸手要拔窗格上短箭，陳家洛在他背後輕輕一拉，徐天宏會意，當即縮手。這時羣雄都已看出余魚同床上的被蓋隆起，除他之外裏面還藏着一人。陳家洛道：「那麼你好好休息吧。」率領羣雄出房，對陸菲青道：「陸老前輩還是請你辛苦一下，照護余兄弟，咱們出去搜查。」陸菲青答應了，等羣雄走開，又坐在階石上。

衆人跟着陳家洛到他房裏。陳家洛道：「把卡子都撤回來吧！」心硯傳令出去，在屋外把守的常氏雙俠、章進、石雙英、蔣四根都走進房來。

陳家洛坐在床上，羣雄或坐或站，圍在四周，大家都感局面頗爲尷尬，可是誰也不說話。無塵終於忍耐不住，說道：「那毛賊明明躲在十四弟被窩裏，那究竟是甚麼人？十四弟幹麼要庇護他？」這一說開頭，大家七張八嘴的議論起來。有的說余魚同近來行爲古怪，教人捉摸不透，有的說他爲何躲在李可秀府裏，混了這麼多時候。常氏雙俠又提到他救獲李可秀的事。說了一會，章進叫道：「大夥兒去問個清楚。我不是疑心十四弟對大家不起，他當然是血性男子。不過既是異性骨肉，生死之交，何事不能實說，幹麼要瞞咱們？」羣雄齊聲說是。

徐天宏道：「十四弟或者有甚麼難言之隱，當面問他怕不肯說，要心硯假意送點心，去察看一下怎樣？」蔣四根道：「七哥這法子不錯。」周仲英嘴唇動了一下想說話，但又忍住，眼望陳家洛，瞧他是甚麼主張。

陳家洛道：「闖進來的那人躲在十四弟房裏，那是大家都瞧見的了。十四弟和大夥兒一起同生共死，這次又拚了性命相救四哥，咱們對他決無半點疑心，他既這麼幹，總有他的道理。我剛才請陸老前輩在房外照顧，祇是防那人傷害於他。只要他平安無事，我想其餘的事不必查究，別傷了大夥兒的義氣。」周仲英叫道：「陳總舵主的話對極。」陳家洛道：「將來他要是肯說，自然會說，否則大家也不必提起。少年人逞強好勝，或者有甚麼風流韻事，有時也是免不了的，祇要他不犯會規，十二哥自然不會找他算帳。大家請安睡吧。明天要上路呢。」

這番話羣雄聽了都十分心服。徐天宏暗暗慚愧，心想：「講到胸襟氣度，總舵主可比我高得多了。」

駱冰笑道：「春宵一刻值千金，你們新婚夫婦還在這裏幹麼呀？」衆人都大笑起來。這一笑之下，大宅子中又是一片喜氣洋洋。

余魚同待羣雄一走，急忙下床，站在桌旁，等衆人脚步消失，亮火摺子點了蠟燭，低聲道：「你來幹麼？」

床上那人揭開棉被，跳下床來，坐在床沿之上，低頭不語，胸口起伏，淚珠瑩然，正是李可秀的女兒、陸菲青的女徒弟李沅芷。祇見她一身黑衣，更襯得肌膚勝雪，一雙手白玉一般，放在膝蓋上，一言不發，眼淚一滴一滴落在手背。

那日提督府一戰，余魚同隨紅花會羣雄飄然而去，李沅芷傷心欲絕，整天騎了馬在杭州城裏城外亂闖。李可秀明白女兒心事，也不加管束，讓她自行散心。這天黎明，她在西城馳馬，剛巧遇到駱冰從巡撫衙門盜了玉瓶回去。她曾和駱冰數次會面，知她是紅花會中人物，於是遠遠跟隨，直到天目山來。只是她萬萬料想不到，自己魂牽夢縈的那個心上人，竟然就是對這個美貌少婦夢縈魂牽。李沅芷十分機伶，駱冰又心情暢快，絲毫沒有提防，居然沒發覺後面有人跟蹤。

當晚李沅芷蹤迹數次被羣雄發現，均得僥倖躲過。她只想找到余魚同，向他剖白心事，卻闖到了徐天宏和周綺的新房之外。心硯一叫嚷，羣雄四下攔截，李沅芷左肩終於吃了常赫志一掌。她忍痛在暗中一躲，聲東擊西的丟了幾塊石子，直闖到後院來，在庭中劈面遇到陸菲青，被他一把拉住。李沅芷驚叫：「師父。」陸菲青怒道：「你來幹甚麼？」李沅芷道：「我找余師哥有話說。」陸菲青嘆氣搖頭，心中不忍，向左邊的廂房一指。李沅芷拍門，叫了幾聲：「余師哥。」

當衆人四下巡查之時，余魚同已然醒來，手持金笛，斜倚床邊，以防敵人襲擊，忽然聽得李沅芷的聲音，大吃一驚，忙拔開門閂，李沅芷衝了進去。他想：黑暗之中，孤男寡女同處一室甚是不妥，便亮火摺點燃蠟燭，剛想詢問，羣雄已查問過來。此情此景，原本無私，卻成有弊，實在好不尷尬，只得先行遮掩再說，以免她從此難以做人。他身上有傷，行動不便，便用笛中短箭打滅燭火。兩人屏息不動。待聽得徐天宏拍門，李沅芷低聲道：「余師哥救我。」余魚同無法可想，只得讓她躲入了被窩。

若非陳家洛一力迴護，這被子一揭，當眞不堪設想。好容易脫險，但見她淚眼盈盈，深情欵欵，余魚同心腸登時軟了，嘆了口氣，說道：「你對我一片眞心，我又不是蠢牛木馬，那會不知？但你是官家小姐，我卻是江湖上的亡命之徒，怎敢害了你的終身？」

李沅芷哭道：「你這麼突然一走，就算了嗎？」余魚同道：「我也知對你不起。但我是苦命之人，心如槁木死灰……你，你還是回去吧。」李沅芷道：「你爲了救朋友，跟我爹爹作對，我並不怪你，你是爲了義氣。」沉吟了一下又道：「似你這般文武雙全，幹麼不好好做事，圖個功名富貴？偏要在江湖上廝混，這多麼沒出息，只要你向好，我爹爹……」余魚同怒道：「我們紅花會行俠仗義，個個是鐵錚錚的漢子，怎能做滿洲人的走狗？」

李沅芷知道說錯了話，漲紅了臉，過了一會道：「人各有志，我也不敢勉強。只要你愛這樣，我也會覺得好的。我答應聽你的話，以後決不再去幫爹爹，我想我師父也會喜歡。」最後兩句話說得聲音響了些，多半窗外的陸菲青也聽見了。余魚同坐在桌邊，只是不語。李沅芷低聲道：「你說我官家小姐不好，那我就不做官家小姐。你說你紅花會好，那我也……我也跟着你做……做江湖上的亡命之徒……」這幾句話用了極大的氣力才說出口，說到最後，又羞又急，竟哭了出來。

余魚同柔聲道：「我當初身受重傷，若非得你相救，千山萬水的送到杭州你府上調養，這條性命早就沒啦，按理說，那是粉身碎骨也報答不了。只是……唉，你的恩德，只好來生圖報了。」

李沅芷霍地站起，說道：「你是不是另有美貌賢慧的心上人，以致這樣把我瞧得一錢不值？」在余魚同，那確是「除卻巫山不是雲」，他始終對駱冰一往情深。李沅芷人品相貌並不在駱冰之下，但情有獨鍾，卻是無可奈何，聽她如此相詢，不知怎生回答才是。

李沅芷道：「你對她這樣傾心，那她定是勝我十倍了，帶我去見見成不成？」余魚同給她纏得無法可施，忽然拉下臉上蒙着的手帕，說道：「我已變成這麼一個醜八怪，你瞧個清楚吧！」李沅芷驀地見到他臉上凹凹凸凸，儘是焦黃的瘡疤，燭光映照下可怖異常，不由得嚇了一跳，倒退兩步，低低驚呼一聲。

余魚同憤然道：「我是不祥之人。我心地不好，對人不住，做了壞事，又是生來命苦……現今你好走了吧！」李沅芷驟然見到他這副模樣，心驚膽戰，不知如何是好。余魚同哈哈大笑，說道：「我這副醜怪樣子，你見一眼也受不了。李小姐，你後悔今晚到這裏來了吧？哈哈，哈哈！」他邊說邊笑，狀若瘋狂。李沅芷更是害怕，大叫一聲，掩面奔出房去。余魚同笑了一會，自悲身世，伏在桌上痛哭起來。

陸菲青坐在房外階石之上，雖然不明詳情，也已料到了七八成，心知這時對余魚同勸慰開導都無用處，心想：「沅芷夜來之事，雖然有關女孩子的名節，但如不說明謝罪，可對不起紅花會衆位朋友。」於是走到陳家洛房來。

陳家洛剛睡下，心硯聽得陸菲青叫門，忙開房門，陳家洛起床披衣相迎。陸菲青道：「總舵主，我向你請罪來啦！」陳家洛驚道：「甚麼？十四弟怎麼樣？」只道余魚同遭遇凶險。陸菲青道：「不是，他很好。你道今晚來搗亂的是誰？」陳家洛道：「不知。」陸菲青道：「那是我的小徒。我管教無方，縱得她任性胡爲。今日是七爺大喜的日子，無禮打擾，驚動各位，實在是萬分抱憾。」陳家洛默然不語。陸菲青道：「小徒已經走了，日後我定要找到她，向各位陪罪。現今我先行謝過。」說着站起來深深一揖。

陳家洛忙站起還禮，隔了一會，說道：「令徒武功得自前輩眞傳，身手確是不凡。」陸菲青只道陳家洛是指她今晚闖莊而言，那知他兩人曾在西湖交過手，說道：「這孩子少不更事，到處惹禍，得罪朋友，我有時眞後悔收了這個不成器的徒兒。」陳家洛道：「前輩太客氣了。令徒曾到過回部吧？」陸菲青道：「她從小在西北一帶。」陳家洛道：「嗯，我見他和那位回人姑娘好似交情不錯。」霍青桐和陳家洛離別之時，曾說過一句話：「那人是怎樣的人，你可去問她師父。」陳家洛幾次想問陸菲青，總覺太着痕迹，始終忍着不問，此刻陸菲青自己過來談起，這才輕描淡寫、似乎漠不關心的問了幾句，其實心中已在怦怦暗跳，手心潛出汗水。

陸菲青道：「那是爲了搶可蘭經的事，才和她結識的。起初有過一點誤會，霍青桐姑娘還和小徒交過兩次手，後來我出來說明跟天山雙鷹的交情，兩人才結成朋友。年輕人一見如故，倒着實親熱得很呢。」說罷撚鬚微笑。陳家洛聽着卻滿不是味兒。

陸菲青只道他早知李沅芷是女子，始終沒提她女扮男裝的事。陳家洛心中不快，臉上雖然沒顯出來，但語言之間不免稍露冷淡。陸菲青只道他心惱李沅芷無禮闖莊，紅花會這許多英雄人物，居然沒能扣住一個初出道的少女，未免很失面子，心下甚是歉然，那猜得到他另有心事，當下又道歉幾句，正要告退，忽然門外心硯叫道：「少爺，十四爺來啦！」

門簾一掀，一名莊丁扶着余魚同進來，他見陸菲青也在這裏，不覺一愣。莊丁退了出去。陳家洛道：「你有事對我說，我過來不是一樣？你身上有傷，別多走動。」余魚同道：「總舵主，剛才有個人躲在我房裏，你一定看出來了。你當時故作不知，給我面子，做兄弟的很感激你的好意。你雖然不問，我可不能不說。」陳家洛道：「咱們情同骨肉，還有甚麼信不過的。」余魚同道：「這人全是衝着小弟一人而來，和大夥決無干係。只因這事說來和人名節有關……」陳家洛道：「既然如此，那不必說了。好啦，這事以後咱們誰也別提，你回去休息。心硯，扶十四爺回去。」余魚同以爲陸菲青已將此事說過，陳家洛怕他不好意思，是以不願再提，於是致謝回房，陸菲青也卽作別。

次晨羣雄齊下山來。各人互道珍重，分頭進發。

陳家洛和周仲英一路本是同往西北，但周仲英說，他當年在嵩山少林寺學藝之時，便曾聽師父及師伯叔們說起，南方莆田少林下院的武功與嵩山少林一脈相傳，但數百年來莆田少林寺出了幾位了不起的人物，於少林派武功頗有發揚，乘着此番南來，意欲就近前去探訪，盼有機緣切磋求教。陳家洛道：「南少林門人弟子遍於江南，聲勢浩大，周老前輩於切磋武功之餘，盼多所結納。日後咱們舉事，要是少林寺肯助一臂之力，實是天下百姓之福。」周仲英道：「謹當奉命。」於是帶同妻子、徒弟孟健雄、安健剛，啓程向南。

臨別時周大奶奶對周綺再三叮囑，現今做了媳婦，不可再鬧小性子，爭鬥生事。周綺撅起嘴唇道：「要是他欺侮我呢？」說着嘴唇向徐天宏背心一歪。周大奶奶道：「好好的怎會欺侮你？」昨晚花燭之夜，李沅芷前來一鬧，駱冰把他們的衣服搬了個地方，也不知那個法兒還靈不靈，周綺心中很是惦記，但不好意思再問駱冰，這時見父母遠別，不禁掉下淚來。

周仲英囑咐了女兒幾句，對徐天宏道：「你妹子性子直爽，很不懂事，宏兒你要多多擔待。要是她衝撞於你，可別跟她一般見識，將來讓我罰她。」周綺急道：「爹爹你也幫他，難道定會是我不好？」周仲英一笑上馬，向陳家洛和文泰來等抱拳作別，向南而去。

陳家洛、文泰來、駱冰、徐天宏、周綺、章進、余魚同、心硯一行八人，向北經孝豐、安吉、溧陽，到了金陵。渡過長江後，文泰來傷勢已然痊愈，余魚同也已大好。一路往北，天時漸寒，草木枯黃，已是初冬景象。過開封後，余魚同傷勢痊可，便棄車乘馬。

這一日出了開封西門，八騎馬放開脚步，沿着大道奔去。朔風怒號，塵沙撲面。文泰來所乘白馬脚程奇快，一騎馬先衝了上去，一口氣奔出五十里，來到一處鎮甸，叫飯店殺鷄做飯，先行預備，等衆人到時打尖。他坐在店口，泡了壺茶，拿着手巾抹臉，忽見東邊店房中人影一幌，有人探頭張望，一見到他便疾忙縮回。文泰來起了疑心，背轉身喝茶。過了小半個時辰，陳家洛等也都趕上來了，文泰來悄悄和衆人說知。徐天宏向東店房一看，只見窗紙舐濕，一顆烏溜溜的眼珠正向他們注視，見到徐天宏的眼光射來，立卽避開。徐天宏低聲笑道：「那是初出道的雛兒，半點規矩也不懂，一下子就露出了馬脚。」駱冰笑道：「這樣的人也出來混道兒，看來還在打咱們的主意呢。」

陳家洛向心硯道：「你過去瞧瞧，要是他手頭不便，就接濟他一點。」心硯應聲站起，走到那店房門口，高聲吟道：「天下萬水俱同源，紅花綠葉是一家。」這是紅花會招呼同道的訊號。江湖上各幫會互通聲氣，患難相助，縱然不是紅花會會友，只要知道訊號，回答一句：「小弟是某某幫某某舵主屬下，有求紅花會大哥相助。」那麼幾兩銀子的接濟是一定有的。心硯見房中寂然無聲，又說了一遍，忽然房門呀的一聲打開，一個黑衣人走了出來，那人一頂大帽遮住了半邊臉，伸手遞過一個紙團，道：「給你們十四爺。」心硯接住了，正要詢問，那人已奔出店門，上馬疾馳而去。

心硯把紙團交給余魚同，道：「十四爺，那人叫我給你的。」余魚同接過打開，見紙上寫着十六個細字：「情深意眞，豈在醜俊？千山萬水，苦隨君行。」一筆致娟秀，認得是李沅芷的字迹，不料她竟一路跟隨而來，眉頭一皺，把字條交給陳家洛。

陳家洛看了，料想是男女私情之事，不便多問，將字條還了給他。余魚同道：「這人跟我糾纏不清，現下一定在前路等待。小弟想在此棄陸乘舟，避開這人，到潼關再和大家會齊。」章進怒道：「咱們這許多人在這裏，又何必怕他？他本事再好，咱們也鬥他一鬥。」余魚同道：「不是怕，我是不想見這個人。」章進道：「那麼咱們教訓教訓他，教他不敢跟隨就是了。這是甚麼人？這般不識好歹！」余魚同好生爲難，不便回答。

陳家洛知他有難言之隱，說道：「十四弟既要坐船，那也好，在船上可以多睡睡，沒騎馬那麼勞頓。心硯，你跟着服侍十四爺。」心硯答應了，他小孩心性，嫌坐船氣悶，雖然公子之命不敢違抗，不免快快。余魚同看出了他的心意，堅稱傷勢已經痊愈，不必心硯隨伴。於是衆人來到黃河邊上，包了一艘船，言明直放潼關。

陳家洛等送余魚同上船，眼見那船張帆遠去，才乘馬又行。章進對余魚同吞吞吐吐的神氣很是不滿，連罵：「酸秀才，不知搞甚麼鬼。」駱冰道：「十四弟燒壞臉後，心情很是不快，作事不免有點異常，咱們就順着他點兒。」周綺道：「那次咱們在文光鎭上，聽說他和一個姑娘在一起，後來又不知怎樣的到了杭州。」章進道：「他鬼鬼祟祟的，多半跟娘兒們有關，否則爲甚麼怕人家找麻煩？」文泰來喝道：「十弟你別胡說。」

余魚同坐船行了幾日，見李沅芷不再跟來，才放下了心。這日遇上了逆風，天色已黑，離鎮甸仍遠，水勢湍急，舟子不敢夜航，只得在荒野間泊了船。余魚同中夜醒來，翻來覆去的儘睡不着，只見一輪圓月映在大河之上，濁流滾滾而下，氣象雄偉，逸興忽起，抽出金笛，悠悠揚揚的吹了起來。他感懷身世，滿腔心事，都在這笛子中發洩出來，忽而激越，忽而淒楚，正自全神吹奏，忽聽背後有人高聲喝采：「好笛子！」微微一驚，收笛回頭，月光下只見有三人沿河岸走來。

三人走近，其中一人說道：「我們貪趕路程，錯過了宿頭，正自煩惱，聽閣下笛聲清亮，禁不住喝采，還請勿怪。」余魚同聽他說得客氣，忙站了起來，說道：「荒野之間，小弟胡亂吹奏，聒噪擾耳，有辱清聽。」那人聽他說話文謅謅地，似是個讀書人，緩緩走近。

余魚同道：「如蒙不棄，請下舟來小酌一番如何？」那人道：「最好，最好！」三人走到岸邊，縱身一躍，都輕飄飄的落在船頭。余魚同心中吃驚，暗忖：「這三人武功不弱，不知是何等人物，倒要小心在意。」當下假作文弱膽怯，雙手緊緊握住船邊，只怕船側而落下水去。

只見當先一人軀幹魁偉，穿件繭綢面棉袍，似是個鄉紳。第二人滿頤濃鬚，整張臉只見黑漆一團。第三人卻穿蒙古裝束，一件羊羔皮袍翻出半截，身形舉止，顯得剽悍異常。這三人都揹着包裹，帶了兵刃。余魚同知金笛惹眼，在三人上船之前早就收起。他叫醒舟子，命暖酒做飯，欵待來客。舟子見深夜中忽然來了生人，甚是疑懼，但一路上余魚同使錢十分豪爽，既是僱主吩咐，也就照辦。

那身材魁梧的人道：「深夜打擾，實在冒昧。」余魚同道：「四海之內，皆兄弟也，何冒昧之有？」那人聽余魚同說話愛掉文，說道：「請教閣下尊姓大名？」余魚同道：「小弟姓于名通，金陵人氏，名字雖然叫通，可是實在不通之極，此番應舉子業，竟爾名落孫山，回鄉愧對父老，說來汗顏無地。」那人道：「原來是一位秀才相公，失敬了。」余魚同道：「小弟鄉試不捷，禍不單行，舍下復遭回祿。祝融肆虐，房屋固是片瓦無存，顏面亦是大毀，難以見人，無可奈何，只得想到甘肅去投親，擬謀一席西賓，聊作鷦寄。唉，時也命也，生不逢辰，夫復何言？」這番話只把另外兩人聽得面面相覷，不知所云。那鄉紳模樣的人卻讀過一點書，說道：「相公也不必灰心。」

余魚同道：「請教三位尊姓。」那人道：「小弟姓滕。」指着那黑臉鬍子道：「這位姓顧。」指着那蒙古裝束的人道：「這位姓哈，是蒙古人。」余魚同作揖，連說：「久仰，久仰。萍水相逢，三生有幸。」那姓滕的見他酸氣沖天，肚裏暗笑。余魚同聽他說話是遼東口音，心想：「這三人不知是敵是友，如是江湖好漢，倒可結交一番，日後舉事，也可多一臂助。」說道：「三位深夜趕路，那可危險得緊哪？」姓滕的道：「不知有甚麼危險？」余魚同搖頭幌腦的道：「道路不寧，萑苻遍地，險之甚矣，險之甚也。」那姓顧的一拉姓滕的袖子，問道：「他說甚麼？」姓滕的道：「他說道上盜賊很多。」姓顧的和姓哈的一聽，都哈哈大笑。

這時舟子把酒菜拿了出來，那三個客人也不和余魚同客氣，大吃大喝起來。那姓滕的道：

「相公笛子吹得眞好，請再吹一曲行麼？」余魚同怕金笛洩露了自己行藏，只是推辭，道：「小弟生性怯場，一見有人，便手足無措。文戰失利，亦緣於此。」那姓哈的道：「我來吹一段。」從衣底摸出一隻鑲銀的羊角，站直身子，嗚嗚嗚的吹了起來。余魚同聽那角聲悲壯激昂，宛然是「風吹草低見牛羊」的大漠風光，心中激賞，暗暗默記曲調。

三人喝完酒後，起來道謝告辭。余魚同有心結納，說道：「如承不棄，就在舟上委屈一宵，天明再行如何？」那姓滕的道：「那也好，只是打擾了。」余魚同仍是睡在後艙，那三人也不脫衣，便在前艙臥下。不一會，余魚同假裝鼾聲大作，凝神竊聽三人說話。

只聽那姓哈的道：「這秀才雖然酸得討厭，倒不小氣。」姓顧的道：「算他運氣。」姓哈的道：「明天能到洛陽麼？」姓滕的道：「過了河，找三匹馬，趕一趕也許能行。」姓哈的道：「我就擔心韓大哥不在家，讓咱們白跑一趟。」姓顧的道：「要是見他不着，咱們就找到紅花會的太湖老巢去，鬧他個天翻地覆。」姓滕的忙道：「悄聲。」余魚同大吃一驚，心想：「原來這三人是紅花會的仇人，他們到洛陽去找姓韓的，多半是找韓文沖了。」

那姓滕的道：「紅花會好手很多，他們老當家雖然死了，聽說新任的總舵主也是個厲害脚色。這裏不比關東，老二你可別胡來。」姓顧的道：「咱們關東六魔橫行關外，江湖上好漢提到咱們名頭，那個不忌憚幾分？那知老三和老五、老六忽然都不明不白的給紅花會人害死了，這仇要是報不了，咱們也不用做人啦。」言下極是氣憤。余魚同心想：「原來是關東六魔中的人物，三魔焦文期是陸師叔殺的，五魔閻世魁、六魔閻世章死於回人之手，怎麼這幾筆帳都寫在紅花會頭上？」

原來關東六魔中大魔滕一雷是遼東大豪，家資累萬，開了不少參場、牧場和金礦。二魔顧金標是著名馬賊。四魔哈合台本是蒙古牧人，流落關東，也做了盜賊。他們在遼東聽說焦文期受託找尋一個被紅花會拐去的貴公子。突然失蹤，數年來音訊全無。最近接到焦文期的師弟韓文沖來信，才知這結義兄弟已在陝西遇害。三人怒不可遏，當即南下，要找紅花會報仇。到北京後，得悉閻氏兄弟也給人害了，這事與紅花會也有干係。三人更是驚怒，趕到洛陽來找韓文沖要問個清楚，卻與余魚同在黃河中相遇。

那三人談了一會，就睡着了。余魚同卻滿腹心事，直到天色將明才朦朧入睡，只合眼了一會，忽聽得人聲嘈雜，吆喝叫嚷之聲，響成一片。他從夢中驚醒，跳起身來，抽金笛在手，從船艙中望出去，只見河中數百艘大船連檣而來。當先一艘船上豎着一面大纛，寫着：「定邊大將軍糧運」七個大字，原來是接濟兆惠的軍糧。大船過去，後面跟着數十艘小船，都是官兵沿河擄來載運私人物品的。

余魚同那船的舟子見情勢不對，正要趨避，已有六七名清兵手執刀槍跳上船來，不問情由，就打了舟子一個耳光，命他駕船跟隨。余魚同知道官兵欺壓百姓已慣，難以理喻，也就順其自然。哈合台十分惱怒，想出去和清兵拚鬥，被滕一雷一把拉住。

清兵走到後艙，見余魚同秀才打扮，態度稍和，喝問滕一雷等三人幹甚麼的。滕一雷道：「咱們上洛陽去探親。」一名清兵喝道：「都到前艙去，把後艙讓出來。」哈合台怒目相向，便欲出手。滕一雷叫道：「老四，你怎麼啦？」哈合台忍住怒氣。余魚同便到前艙，低聲道：「秀才遇着兵，有理說不清。我索性不說，你兵大爺豈能奈何我秀才哉？」

幾名清兵搭上跳板，從另一艘小船裏接過幾個人來。一名清兵道：「言老爺，這艘船乾淨得多，你老人家瞧瞧中不中意？」那言老爺從後梢跨進艙來，瞧了一眼，道：「就是這裏吧！」大剌剌的坐了下去。余魚同向那言老爺望得一眼，心中突突亂跳。原來這人便是曾去鐵膽莊捉拿文泰來的言伯乾。他被余魚同的短箭射瞎了一隻眼睛後，才養好傷不久，帶了一個師弟、兩個徒弟，要到兆惠軍中去効力立功。

言伯乾雖然只剩一目，眼光仍是十分敏銳，一見余魚同身形，便即起疑，又見他臉上遮布，疑心更盛，假意走到前艙來，和滕一雷攀談了幾句，忽然身子一側，似乎立脚不定，右手在空中亂抓幾下，一把抓住余魚同臉上的布巾，拉了下來。其時顧金標見他要摔向自己身上，自然而然的伸出左掌，向他肩頭輕輕捺去。言伯乾猛然一縮，竟沒讓他捺到，這一來，兩人都知道對方武功不弱，對瞧了一眼。

言伯乾先不理會顧金標，向余魚同臉上一瞧，見他滿臉瘡疤，難看異常，與射瞎他的那個俊俏小夥子全不相同，說道：「船幌了幌，沒站穩，對不住啦。」把帕子還給了他。余魚同接過，蒙在臉上，哈哈一笑，道：「大火燒壞了臉，這副德性見不得人，沒嚇壞你吧？」

言伯乾聽他口音，心中又是一動，但想到他的相貌，不再有絲毫疑心，轉身對顧金標道：「老兄原來是江湖同道，請進來坐吧。」滕一雷等三人也不客氣，先問言伯乾的姓名，聽說他是辰州言家拳的掌門人，江湖上說來也頗有名望，於是不加隱瞞，說了自己姓名。言伯乾的師弟名叫彭三春，是湖南岳陽人。雙方談些關外與三湘的武林軼事，倒也投契。這一來喧賓奪主，余魚同反給冷落在前艙了。

余魚同見兩路仇人會合，自己孤身一人，實是凶險異常，他本來心灰意懶，這時大敵當前，敵愾之氣一生，反而打起了精神，獨自在前艙吟哦從前考秀才時的制藝八股，甚麼「先王之道，聖人之心」，甚麼「刑不上大夫，禮不下庶人」，越讀聲音越響，得意非常，一面卻在用心竊聽他們談話。言伯乾聽了他的背書之聲，只覺有些討厭，更加沒有疑心。吃晚飯時，余魚同拿酒出來欵客。言伯乾溫言和他敷衍了幾句。余魚同只是之乎者也的掉文，四人聽了既然不懂，自是膩煩之極，都不去理他，自行高談闊論。

言伯乾探問三人進關來有甚麼事，滕一雷只說到洛陽訪友，後來談到南方的武林幫會，哈合台忽然提到了紅花會。言伯乾倏然變色，連問他們識得紅花會中何人。滕一雷不動聲色，只推不認識，也不提報仇之事。雙方兜來兜去的試探，都怕對方與紅花會有甚麼淵源。這一來相互有了顧忌，你防我，我防你，說話就沒先前爽快了。

這天逆風仍勁，整天只駛出二十幾里，還沒到孟津，糧船隊便都停泊了。晚飯過後，滕一雷等三人和余魚同自在前艙安息。余魚同睡入被窩，不敢脫衣，把金笛藏在被內，二更時分，忽然隔船傳來兩聲慘厲的叫喊，靜夜聽來，令人毛骨悚然。接着一個女人聲音大叫：「救命哪，救命！」余魚同料知鄰船官兵在幹傷天害理之事，本應就去救援，但一來官兵勢大，二來身旁強敵環伺，只要自己身分一露，立時便是殺身大禍，正要用被頭蒙住耳朵不聽，那女人叫得更慘了：「總爺，你行行好事，饒了我們吧！」又聽得一個孩子哭叫：「媽媽，媽媽！」

余魚同忍耐不住，坐起身來，側耳細聽，聽得又有另一個女子的哭聲。一名清兵粗聲喝道：「你不肯，老子先殺了你的兒子。」在女人慘叫與哀告聲中，夾着幾名官兵的狂笑，接着聽得兩個女人嗚嗚嗚的叫不出聲，嘴巴已被人按住。

余魚同氣憤塡膺，再也顧不得自己生死安危，走到船舷邊，聽得哈合台道：「咱們去瞧瞧。」滕一雷道：「老四你莫管閒事，那姓言的師兄弟很有點門道，倘若他們與紅花會是一路，咱們可先露了……」余魚同不等他說完話，脚下使勁，已縱到鄰船後梢。關東三魔見這秀才居然一身輕功，甚是了得，都吃了一驚，一打手勢，跟了過去。這時言伯乾和彭三春也已驚醒，見余魚同等先後躍過船去，便各取兵刃，站在船舷上觀看。

余魚同見後梢無人，在船舷上縮身向艙內張去，只見艙裏蠟燭點得明晃晃地，七八名清兵拉住兩個女子，正要施行強暴。一個女人跪在艙板上不住哭求，另一個女人死命摟住一個幼兒，嚇得只是發抖。艙板上有幾個男子的屍首，幾隻衣箱打開着，到處散滿了衣物銀兩。看情形顯是清兵借運糧爲名，沿河強拉民船，夜中殺死客商，謀財刦色。

余魚同怒火上沖，正要跳進艙去，忽聽得背後哈合台道：「老大，這事我非管不可。」滕一雷道：「不行！」就在這時，一名清兵從那女人懷中奪過幼兒，狠命在艙板上一摔，擲得腦漿迸裂。那女人一呆，登時暈了過去。兩名清兵哈哈大笑，將她按倒在地，撕她衣服。

余魚同心中默祝：「紅花老祖在上，弟子余魚同今日捨命救人，求你保佑。」他不抽金笛，大喝一聲，空手跳進船艙，左脚踢出，右手一拳，將按住女子的兩名清兵打翻，跟着揪住一名清兵頭頸一扭，那兵痛得大叫，他隨手奪過了刀，砍斷一名清兵右脚。其餘清兵紛抽兵刃抵敵，余魚同使刀雖不熟手，但只鬥數合，又砍翻兩名清兵。餘下清兵紛向船頭逃去，只聽撲通、撲通數聲，都被哈合台踢下河去。

余魚同拉起兩個女子，說道：「快上岸逃命。」兩個女子嚇得呆了，這時鄰船的兵士聽得格鬥叫喊之聲，已有人點了火把，站在船頭喝問。哈合台走進艙來，說道：「好秀才，佩服佩服。」余魚同挾住一個女子，跳上岸去，接着哈合台也帶了一個女子上來。顧金標抽出背上的短柄獵虎叉，站在河邊斷後。滕一雷雙手抓住船舷，喝一聲：「起！」雙臂用力，把那艘船翻了轉來，船底朝天，死屍雜物，紛紛落水。余魚同暗驚：「這人好大力氣！」四人乘着清兵亂鬨鬨查看翻船，在黑暗中帶了兩個女人走了。

余魚同儘揀樹木茂密之地奔去，見清兵沒有追來，停步問那女人：「你怎麼會落在他們手裏？」那女人驚魂未定，跪在地下不住磕頭，一句話也說不出來。余魚同道：「眼下你已脫險，躲在這裏別動，等明天兵船開了再出去。」他提高嗓音，向後面三人叫道：「三位大哥，多謝相助，小弟告辭了。」不等他們回答，轉身就走。

剛跨出三步，只聽得前面黑暗中一人陰惻惻的道：「余十四爺，且請留步。」余魚同退後一步，那人從黑影中走了出來，正是死對頭言伯乾，後面還跟着他的師弟彭三春。彭三春雙手握三節棍往右邊一站，隱然監視，防余魚同逃走。這時滕一雷等三人也帶了那個女子趕到，見言伯乾忽然出現，頗感訝異。

余魚同一拱手，說道：「後會有期。」一向滕一雷與顧金標兩人之間竄了過去。彭三春右膝彎，噹啷一聲，三節棍出手，向余魚同下盤橫掃過來。余魚同一個「鯉躍龍門」，跳過三節棍，左脚在地上一點，躍出尋丈。彭三春一擊不中，三節棍餘勢甚大，將要掃到顧金標腿上，忙向外一抖，向前送出，三節棍筆直的向余魚同背心點來。余魚同向前一撲，待三節棍在頭頂掠過，仍不還手，乘隙脫逃，忽然金刃劈風，黑暗中白光閃動，兩柄單刀迎面砍來，原來是言伯乾的兩個徒弟宋天保、覃天丞趕到。

余魚同三面受敵，避無可避，右手在左邊衣袖中抽出金笛，噹噹兩聲，架開雙刀。彭三春正要上前夾擊，在旁觀看的哈合台怒道：「喂，三個打一個，算甚麼好漢？」彭三春一怔，哈合台出手奇快，已抓住三節棍尾梢向外一奪。彭三春疾忙回奪，兩人都沒脫手。

彭三春欺進一步，左手在三節棍中截一搭，右手棍端突然離手，彎過來打向哈合台左肩，這是他三節棍的救命變招，叫做「毒蛇擺尾」。哈合台猝不及防，黑暗中只覺棍端砸來，忙向右避讓，棍端已掃中他肩頭，砰的一聲，甚是疼痛。哈合台大怒，鬆手撒棍，一把抓住彭三春腰帶，大叫一聲：「呼！」將他肥肥一個身軀舉過頭頂，摔在地下。哈合台擅於蒙古人摔跤之技，這一下把彭三春摔得頭昏腦脹，眼前金星亂冒。

滕一雷見哈合台取勝，叫道：「別惹禍，快走！」言伯乾叫道：「好哇，關東六魔原來投降了紅花會。」顧金標轉頭怒道：「你說甚麼？」言伯乾道：「你們不投降紅花會，幹麼要幫這紅花會的頭目？」滕一雷奇道：「他是紅花會的？」

言伯乾見兩個徒弟被余魚同逼得手忙脚亂，形勢危急，不暇回答，從長衫底下掏出一對鋼環，嗆啷啷一抖，左環向余魚同背心砸去。余魚同金笛回轉，向他「期門穴」點到。兩人搭上手拆了數招。滕一雷連叫住手，言伯乾只是不聽，想起傷目之恨，雙環如狂風驟雨般向仇人要害打去。滕一雷從背上卸下獨脚銅人，縱近身去，向下一壓，只聽得噹的一聲猛響，兩件兵器都被震了開去。余魚同和言伯乾手臂發麻，暗暗心驚。

滕一雷道：「且莫混戰，聽兄弟一言。」轉頭問余魚同道：「閣下是紅花會的麼？」余魚同心想，今日之事，走爲上着，也不回答，突然向黑暗處躍去。宋天保站得最近，挺刀追來，余魚同回身持笛一吹，颼的一聲，一支短箭釘上了宋天保面頰，痛得他哇哇大叫。滕一雷和言伯乾隨後追來，黑暗中看不清楚，又怕余魚同吹箭厲害，不敢十分迫近。滕一雷和言伯乾對答了幾句話，言伯乾說明了余魚同的身分來歷，各人四散找尋。

余魚同越逃越遠，慢慢挨向河邊，心想：還是混到清兵糧船上最爲太平，明天開船，就不妨事了。他在樹叢中傾聽追兵聲音，伏在地上慢慢爬行，忽聽前面兩聲女人驚叫，夾着清兵的怒罵之聲，原來救出來的那兩個女人又給清兵找着了。

他這時自身難保，顧不得旁人，縮身不動，但叫聲越來越慘厲，忍不住探頭出去一張，只見一個清兵雙手各拖一個女人向河岸走去。兩個女人不肯走，大聲哭叫，卻被清兵在地上橫拖倒曳而去。余魚同心道：「貪生忘義，非丈夫也！」金笛對準清兵後腦，用力一吹，短箭飛去，沒入腦中，清兵狂叫一聲，登時斃命。余魚同一箭吹出，隨即向岸上疾奔。

這一箭終於洩露了行藏，他奔出數丈，顧金標斜刺裏挺獵虎叉前來攔住。余魚同展開柔雲劍術，想打倒了他逃命，豈料數招過後，只覺對方身手迅捷，竟是勁敵。顧金標一面打，一面連連唿哨。余魚同見遠處黑影掩襲而來，不敢戀戰，以進爲退，和身向前撲去，左手雙指直點敵人胸前要穴。顧金標虎叉橫胸。余魚同倒退躍開，但彭三春的三節棍已打了過來。同時滕一雷和言伯乾、覃天丞也均趕到，四面合圍。

滕一雷叫道：「抛下兵器！」余魚同不理，使笛如風，混戰中挺脚把覃天丞踹倒。滕一雷手揮銅人，呼的一聲當頭砸了下來。余魚同知道他力大異常，不敢擋架，縱身閃過。

滕一雷兵刃笨重，但因膂力奇大，使用之際仍十分靈活，一砸不中，隨即收勢，「横掃千軍」，向余魚同腰裏揮擊過來。余魚同一低頭，銅人在頭頂飛過，立時猱身直進，欺到滕一雷懷裏，金笛向他「氣兪穴」點去。滕一雷銅人豎起，欲待震飛金笛。余魚同忽然拔起，躍過宋天保頭頂，落下時順勢挺膝蓋在他背心一頂。宋天保站脚不住，向滕一雷的銅人上撞去。言伯乾斜刺裏急抄挽住，罵道：「送死麼？」滕一雷讚了句余魚同：「好俊身手！」這邊彭三春和顧金標又已截住去路。

哈合台在旁觀戰，見衆人兵刃齊下，眼見余魚同要血濺當地，心中敬他救援婦孺的俠義心腸，忽地縱入戰圈，叫道：「老大、老二退開。」滕一雷和顧金標齊齊躍出。余魚同力敵數人，已累得渾身是汗，笛子打出去全然不成章法，滕顧兩人剛躍開，言伯乾右手鋼環已套住笛端，左手鋼環猛力砸向笛身，噹的一聲，金笛脫手飛出，鋼環順勢又向余魚同太陽穴砸到。哈合台把余魚同向後一拉，避開這一擊，同時使出蒙古摔跤之法，右脚一勾，左手在他肩頭一扳，余魚同站立不穩，跌倒在地，被哈合台按住擒牢。金笛從空中落下，顧金標伸手接住，插入腰裏。

宋天保和覃天丞吃過余魚同的苦頭，奔過來要打。哈合台道：「且慢！」撕下余魚同長衫衣襟把他反手縛住，拉起來站定，說道：「朋友，我知你是好漢子，有話好好說，我們決不難爲你。」余魚同哼了一聲，並不言語。

滕一雷道：「朋友，你是紅花會的麼？」余魚同道：「我姓余名魚同，江湖上人稱金笛秀才，在紅花會坐的是第十四把交椅。」滕一雷點頭道：「這就是了，我也聽到過你的名頭，我向你打聽幾個人。」余魚同道：「你要問焦文期和閻氏兄弟的下落，我老實告訴你，那不是我們紅花會殺的。」

言伯乾在一旁冷冷的道：「現今你當然不認啦！」余魚同潑口大罵：「你這瞎眼賊，我又不是跟你說話，你的眼是我射瞎的，怎麼樣？老子怕了你不是好漢。」宋天保大怒，舉刀砍來。哈合台把擱在余魚同腿邊的右脚一鬆，余魚同雙足頓得自由，向左一偏頭，讓過這一刀，右腿飛起，踢在宋天保左腿「伏兔穴」上。宋天保單刀脫手，登時軟麻在地。覃天承忙搶過來扶起。

彭三春見師侄丟臉，舉拳撲將過來。哈合台道：「要打架？我放了他和你一對一打個痛快如何？」彭三春怒道：「我先和你比劃比劃也可以。」嗆啷啷一抖三節棍。哈合台道：「想再摔一跤麼？」

言伯乾忙把彭三春往身後一拉，靜觀滕一雷如何處置。滕一雷又問余魚同道：「江湖上多說我們三個兄弟是紅花會所害，寃有頭，債有主，只要你老實說一句，這件事是何人指使、何人動手，我們自會去找他算帳，你不必畏懼隱瞞。難道我們還能把紅花會幾萬人斬盡殺絕不成？」余魚同道：「今日落在你們手裏，要殺便殺，何必多說。你以爲紅花會怕你們這幾個人，那眞是在做夢了。」哈合台道：「你是好漢子，我是很佩服的，我只請問，我們三兄弟到底是誰害的。」余魚同道：「老實說，這三人是誰殺死的，我知道得清清楚楚，不過決不是紅花會。」顧金標道：「那麼你說出來，我們馬上放你。」余魚同道：「余某雖是無名小輩，既然身屬紅花會，豈能讓人威迫？殺死那三人的是誰，本來跟你們說了也不相干，他也不會怕你們去尋仇。但你們如此逼迫，我偏偏不說。」顧金標獵虎叉一抖，叉桿上三個鐵環噹啷啷一陣響，喝道：「你說不說？」

余魚同昂頭也喝：「不說怎樣？你有種就在胸口上給我一叉。我們紅花會兄弟給我報起仇來，可不會像你這麼膿包，到今天連仇人是誰也不知道。」顧金標氣得只是抖叉，連連咒罵。哈合台道：「你如認為我這朋友還可交交，那麼請你告訴我。」余魚同見這幾人中只有哈合台對他有友善之意，便道：「你們幹麼不去問韓文沖？不過他不在洛陽，現下和威震河朔王維揚一起在杭州。」滕一雷道：「當眞？」余魚同喝道：「我幾時說過假話？」

哈合台見他雖然被擒，反而越來越強項，對他更是敬佩，把滕一雷和顧金標拉在一邊，道：「再逼也無用，放了他吧。」顧金標道：「咱們放他，江湖上還道關東六魔不敢惹紅花會，依我說，斃了算啦。」滕一雷道：「斃了也沒好處，咱們就奔杭州去找韓文沖，把他帶着，在路上慢慢套問，總要問個水落石出，再殺不遲。」顧金標道：「好，就是這樣。」

滕一雷回來對余魚同道：「我們把你帶到杭州去和韓大哥對質。要是你說的不錯，我們就放你。」余魚同心想：「這很好，一路上不遇救援，也總有脫身之策。」於是點頭答允。滕一雷向言伯乾一舉手，說道：「後會有期。」轉身要走。

言伯乾縱上一步道：「慢來，慢來。這人是咱們一起擒住的，就這樣便宜的讓你帶走？」哈合台怒道：「你要怎樣？」言伯乾自忖，己方雖有四人，但對方三人武功高強，自己雖然還可對付，師弟和徒弟就不行了，用強不得取勝，說道：「他射瞎了我一隻眼，我便剜他兩隻眼抵帳，人就讓你們帶走。」

滕一雷和顧金標心想，擒拿余魚同，他確是也有功勞，他是官府中人，何必得罪了他，而且余魚同沒了眼睛，帶他上路時反而方便，不怕他逃走，當下並不阻攔。言伯乾右手食中兩指「雙龍搶珠」，向余魚同雙目戳了過來。余魚同退後一步想避，顧金標執住他身子向前一推，使他動彈不得。

陳家洛等一行沿黃河西上，只見遍地沙礫汚泥，盡是大水過後的遺迹，黃沙之中偶然還見到骷髏白骨，想像當日波濤自天而降，衆百姓掙扎逃命，終於葬身澤國的慘狀，都不禁惻然。陳家洛吟道：「安得禹復生，爲唐水官伯，手提倚天劍，重來親指畫！」吟罷心想：「白樂天這幾句詩憂國憂民，眞是氣魄非凡。我們紅花會現今提劍只是殺賊，那一日提劍指畫而治水，才是我們的心願。」

不一日來到潼關，徐天宏和章進兩人分頭到各處街頭牆角查看，不見有余魚同留下的記號，知他尚未到達，便在一家客店中住了下來，等了三日，始終不見他到來。徐天宏和章進到水陸兩路碼頭查問，都說不見有這麼一位秀才相公。到第四日上，大家一計議，都覺事有蹊蹺，只怕中途出了亂子。

潼關一帶佔碼頭的幫會是龍門幫，紅花會和他們素無交往，生怕余魚同着了他們的道兒，於是徐天宏拿了自己名帖，去拜訪龍門幫的龍頭大哥上官毅山。

上官毅山聽得徐天宏來訪，知他是紅花會七當家、江湖上有名的武諸葛，忙迎接出來。徐天宏說明來意。上官毅山道：「久慕貴會仁義包天，只是貴會一向在江南開山立櫃，無緣結交。要是早知貴會十四當家在黃河中坐船，一定好好接待。我馬上派人去查問。」當着徐天宏的面，立卽派出八名弟兄出去，叫四人到河中查詢，四人沿黃河兩岸迎接下去，一見到余十四當家，馬上接待到潼關來。

徐天宏見他着力辦事，十分義氣，不住道謝。上官毅山留他在家中居住，徐天宏一定不肯。下午上官毅山前來回拜。陳家洛怕驚動了人，都迴避不見，只徐天宏一人接待。

上官毅山當晚大排筵席，給徐天宏接風，遍邀當地武林豪傑作陪。潼關武林人士識得周仲英的人很多，聽說徐天宏是名震西北的鐵膽周之壻，更是傾心結納。有些人私下議論，武諸葛名聞江湖，那知竟是如此瘦弱矮小，眞是人不可以貌相。衆人見他談吐豪爽，很夠朋友，都生敬仰之心。

次日上午，上官毅山又到客店拜訪，說手下人並未找到余魚同，但得了一點綫索：「據水路上弟兄報知，這幾日征西大軍趕運軍糧，黃河中封船，只怕余十四爺給糧運阻住了。」徐天宏稍覺放心，道了勞。

到得晚間，上官毅山又親來通知，說陸上弟兄報知，孟津大街的醉仙樓上，十天前曾有一個相貌怕人的秀才和人打架，把酒樓打得一塌胡塗。徐天宏驚道：「那就是余十四弟，後來怎樣？」上官毅山道：「兄弟派去查訪的人還沒回來，這是他叫人帶來的消息，詳細情形不大清楚。」徐天宏道：「上官大哥如此盡心，眞是感激萬分，兄弟給你引見幾位朋友。」

於是到隔壁房裏把陳家洛、文泰來、駱冰、章進、周綺都請過來和他相見。

上官毅山欣喜異常，雙方互道仰慕。陳家洛道：「十四弟爲人精細，決不會使酒鬧事，他既與人打架，定是遇上了仇家，咱們快去孟津。」文泰來道：「對，立刻就走。」

上官毅山道：「各位來到潼關，兄弟本應稍盡地主之誼，現今既有急事，兄弟隨伴各位同走一遭。」陳家洛見他重義，也不客氣推辭。上官毅山帶了兩名副手，衆人乘馬急奔孟津而去。

文泰來騎了白馬，越衆當先。衆人離孟津還有六十多里，文泰來已回頭迎上，說道：「我去醉仙樓打聽。酒保說確有這回事。和十四弟打架的是本地一個大紳士，叫甚麼孫大善人，還有幾個衙門裏的捕快。」上官毅山奇道：「孫大善人今年已六十多歲，不會武功，一向對人客客氣氣，怎會和他打架？」陳家洛道：「後來怎樣？」文泰來道：「後來的事那酒保呑呑吐吐的說不明白。」陳家洛道：「好，咱們快去。」

衆人催馬前行，到孟津後上官毅山到醉仙樓去找老闆。那老闆見是龍門幫的龍頭大哥，忙不迭的擺酒招待，絲毫不敢隱瞞，但所說也和文泰來打聽到的差不了多少。那老闆指着欄干和板壁上兵刃所砍痕迹，說是那天打鬥留下來的。

那日言伯乾要剜余魚同雙目，眼見他手指便將戳到，哈合台忽地伸手抓住言伯乾後心，猛力一拉，把他拉得退後了數尺。言伯乾大怒，左掌向後撩出，拍的一聲，擊在哈合台右腕之上。哈合台吃痛，疾忙放手。兩人各自縱出一步，拉開架式便要放對。滕一雷搶到兩人之間，銅人一擺，說道：「咱們好朋友莫傷了和氣。」

哈合台對言伯乾道：「你要報仇，等我們的事了結之後，你再去找他，我們誰也不幫。這時候你要胡來，那可不行。」滕一雷知道哈合台性情梗直，說過了的話決不輕易變更，雖然這麼辦不甚妥當，但在外人面前，自己兄弟間不能爭辯，免得給人笑話，當下不作一聲。言伯乾情知用武不能取勝，氣忿忿的收了雙環，說道：「終有一日我取了他的雙眼給你瞧瞧。」哈合台道：「那很好，再見啦。」關東三魔押了余魚同便走。言伯乾給徒弟解開腿上被點穴道，心頭很不服氣，遠遠跟在後面。

巳牌時分，滕一雷等到了孟津，上酒樓吃飯。那酒樓叫做「醉仙酒樓」。滕一雷要了酒菜，與余魚同同席而坐。剛吃了幾杯酒，只聽樓梯上脚步響，上來七八名捕快和一個衣飾考究的老人。那老人叫下不少酒菜，宴請捕快。捕快和酒保都叫他「孫老爺」，言下很是恭敬，看來這人是當地有面子的縉紳。

過了一會，又上來四人，哈合台倏然變色，原來言伯乾師徒竟也跟着到了。余魚同裝作不見，神色自若的飲酒。滕一雷對哈合台道：「老四，咱們到關內來是給老三報仇，你怎麼反而儘護着仇家，老三他們在九泉之下怕要怪你呢。」哈合台道：「我怎麼護着仇家？我不過見他是條漢子，不許別人胡亂作賤。倘若查明他眞是仇家，我首先就取他性命。」顧金標道：「這裏到杭州路遠着呢，他們……」說着向言伯乾等嘴一努：「又不死心，陰魂不散，讓他們剜了他眼睛就是，否則路上必出亂子。」哈合台只是不依，三人吵嚷了起來。

哈合台勢孤，一向又是聽大魔滕一雷指揮慣了的，拗不過他們，氣忿忿的站起，道：「老大、老二，我先走一步，在杭州等你們。這個人的事我不管啦！」飯也不吃，大踏步下樓去了。顧金標伸手拉他，被他一捽手，險險跌了一交。哈合台自幼熟習蒙古摔跤之技，隨手一捽，都是勁道十足。

滕一雷道：「老二，莫理他，他是牛脾氣。你看住這個人。」顧金標拔出匕首，翻轉藏在腕底，低聲對余魚同道：「你要逃走，我先給你幾個透明窟窿。」余魚同置之不理。滕一雷走到言伯乾桌邊去打招呼、套交情。

余魚同見哈合台一去，知道禍在眉睫，望見言伯乾臉有喜色，自是滕一雷跟他說了，讓他剜出自己眼珠，一時焦急無計。這時酒保端上一大碗熱騰騰的黃河鯉魚羹，顧金標喝了一口，叫道：「老大，魚羹很鮮，快來喝吧。」余魚同伸出羹匙，也去舀羹，手伸近時突然在碗底一抄，把一碗熱羹劈面倒在顧金標臉上。

顧金標正在喜嘗魚羹美味，那知變起俄頃，一碗熱羹突然飛來，眼上鼻上全是羹湯，痛得哇哇亂叫。余魚同不等他定神，掀起桌子，碗筷菜餚全倒在他身上。顧金標睜不開眼，那能避讓。滕一雷和言伯乾等忙縱過救援。余魚同又掀翻一張桌子，阻住敵人來路，暗忖此時雖可脫逃，但逃不多遠，勢必又會給追上了，唯有覓地躲避，以待外援，鬧市之中，最穩妥的躲避處莫過於官家監獄。

酒樓上登時大亂，酒客紛向樓下奔跑。余魚同縱到那孫老爺面前，拍的一聲，結結實實打了他個巴掌。那孫老爺只覺眼前金星亂冒，坐倒在地。余魚同扯住他鬍子，提了起來，緊緊扭住。衆捕快大驚，奔上救護。余魚同抱住孫老爺不放，向滕一雷等招手道：「老大老二快來啊，我得手啦，你們快來把鷹爪孫趕開。」衆捕快聽得土匪要綁架孫大善人，抽出鐵鍊鐵尺，連叫：「好大的膽子！」向滕一雷等奔來。

這幾名捕快那在滕一雷心上，但孟津是大地方，和捕快衙役一爭鬥，官兵馬上就到。滕一雷暗罵余魚同狡猾，踢倒一名捕快，拉了顧金標飛身下樓。言伯乾大叫：「咱們是官兵，來捉強盜的啊！」但混亂中又怎聽得清楚？轉眼間彭三春已打倒了一名捕快，其餘的連連吆唷，招集同伴，遠處噹噹噹銅鑼響起，看來大隊援兵便要趕到。言伯乾喝道：「彭師弟，快走！」師徒四人衝下樓去，衆捕快怎攔得住，只用鐵鍊鎖住了余魚同一人。

言伯乾等一行四人逃出孟津，找了個荒僻地方休息。彭三春大罵余魚同詭計多端。言伯乾陰沉沉的道：「諒這小小孟津衙門，也不能庇護了他，咱們今晚就去劫獄，把這惡賊劫出來痛痛快快的折磨。」彭三春怕官，聽說要劫獄，很是躊躇，可是師兄的話又不敢違拗。到得三更，各人蒙起了臉，向孟津衙門奔來，彭三春落在後面，很不起勁。言伯乾知他甚是勉強，也不點破。將近官衙，忽見前面人影一幌，有人一掠而過。言伯乾見這人身手甚快，向徒弟叮囑：「小心！」忽然身後有人低呼：「是言兄麼？」言伯乾轉過身來，見是滕一雷和顧金標。滕一雷道：「大夥兒齊心來幹，那更好啦。」顧金標道：「咱們不能讓這臭賊痛痛快快的吃一刀就算，先得讓他多受點兒罪。」他臉上給燙起了無數熱泡，對余魚同可恨入了骨。當下六人越牆入內。

陳家洛和上官毅山細問醉仙樓的老闆，再也問不出甚麼了，只知那秀才後來給捕快鎖了去。陳家洛聽說余魚同被捕，便放了心，就算犯了死罪，官府公文來往，也得躭擱好久才會處決，於是和上官毅山去拜訪孫大善人。

孫大善人是當地首富，田莊、當鋪不計其數。他見上官毅山和一個自稱姓陸的公子來訪，心中嚇了一跳，打好了主意，如果龍門幫要錢，只好捨財消災。那知上官毅山寒暄了幾句之後，口風轉到那天在酒樓鬧事的秀才身上，孫大善人更是吃驚，連稱：「兄弟年紀這麼一大把，素來不敢得罪甚麼人，要是江湖上朋友們手頭不便，兄弟一向量力而爲，決不敢小氣。」上官毅山道：「那位秀才相公和小弟有點淵源，不知爲甚麼和孫老爺打了起來。」孫大善人道：「我實在不知，看他們神色，似乎要綁架兄弟。」於是說了當時情形。

陳家洛暗忖：「十四弟怎會約人來綁架他，中間一定另有隱情。孟津幾名捕快，又怎能把十四弟逮去，難道此地另有能人？」於是對上官毅山道：「那麼請孫老爺引我們去監獄探探這個秀才。」孫大善人忙道：「這秀才當晚就給人刼出獄去，難道你們不知？」陳家洛更是奇怪，向上官毅山使個眼色，告辭出來，只見許多公差捕快喬裝改扮了，在孫宅前後保護。

上官毅山和陳家洛等來到孟津龍門幫頭目家裏，派人到衙門打聽，果然那秀才當晚便給人刼出，還傷了好幾名牢頭禁子。陳家洛雙眉深皺，和徐天宏琢磨了半天，絲毫沒有頭緒。

晚飯後衆人到監獄附近踏勘，駱冰忽然一指牆脚，道：「瞧！」衆人一看，喜形於色。上官毅山卻莫名其妙。徐天宏道：「這是十四弟留下的記號，他說給仇人追逼，迫得向西逃避。」章進道：「甚麼仇人？定是纏着他的那個少年。」徐天宏道：「這少年的武功不及十四弟，局面不致如此緊急，料來另有別情。」文泰來道：「咱們快去。」

衆人向西尋去，到了郊外，在一株大樹脚邊記號又現，但見畫得潦草異常，顯得處境十分危急。眾人加緊脚步，在一條通到山中的岔路邊又見到了記號。

文泰來和章進當先奔馳入山，沿途只見所畫的記號愈來愈不成模樣，有時只是隨手一鈎一畫。轉了幾個彎，章進忽然咦的一聲，縱上前去，在一株小樹上拔下一枝竹箭。文泰來和徐天宏同時叫了出來。他二人久歷江湖，見多識廣，認得這是湖南辰州言家拳的獨門暗器。文泰來怒道：「原來追逼十四弟的是言伯乾這奸賊。」這時駱冰又從樹叢中發見了幾枝竹箭。周綺忽然驚呼一聲，指着地下。眾人看時，見是點點血迹。沿着血點追尋過去，撥開樹叢，忽見黑黝黝的一個山洞。山洞淺小，僅足容身，洞旁竹箭、鋼鏢、飛錐、小鋼叉等落了一大堆，想見余魚同那日受人圍攻時打得十分激烈。眾人十分擔憂，不知他性命如何。

徐天宏和文泰來撿起各種暗器細看，鋼鏢和飛錐武林常見，瞧不出用者身分，發小鋼叉的人卻極少，不知是何等人物。從諸般暗器看來，圍攻余魚同的至少也有四五人。

那天滕一雷、顧金標、言伯乾等六人越牆入獄，想找獄卒逼問監禁余魚同的所在。宋天保忽然脚下一絆，險些跌了一交，俯身看時，見一人給反背綁在地下，忙提他起來，幌亮火摺，見是個身穿號衣的獄卒，口中塞着甚麼東西，眼睛骨碌碌的亂轉，說不出話來。言伯乾右手扠住他喉嚨，左手挖出他口中之物，卻是兩塊綉花手帕。言伯乾低喝：「今天抓來的秀才關在那裏？快說！你一叫就扠死你。」那獄卒嚇得不住發抖，說道：「在……在那邊第三……第三間牢房。」言伯乾懶得再綁他，手下使勁，獄卒頓時閉氣而死。滕一雷道：「快去，怕已有人先來刦獄。」

眾人趕到牢房，果然聽得有銼物之聲。顧金標幌亮火摺，見一個黑衣人蹲在余魚同身邊，顯是他朋友前來救人。余魚同見到火光，叫道：「有人來。」黑衣人並不理會，銼得更緊。滕一雷低喝：「是誰？」黑衣人突然躍起，回身一劍，這一劍又快又準，寒光閃處，劍鋒已及面門。滕一雷身子雖胖，動作卻極迅捷，右手銅人疾向劍刃壓下。黑衣人手上劇震，虎口發痛，知道對方力大異常，不敢戀戰，迴劍向覃天丞刺去。覃天丞一讓，黑衣人已跳出牢房。言伯乾道：「別追，劫人要緊！」這麼一交手，滿牢獄卒都已驚醒，知道有人劫獄，登時大亂。滕一雷在牢門口一站，喝道：「你們快銼，我在這裏抵擋。」言伯乾和顧金標各自拿出鐵銼，同時使力，不一刻已把鎖住余魚同手脚的鐵鍊銼斷。

言伯乾扣住余魚同脈門，和彭三春兩人合力抬出牢房。衙役軍士湧上來攔截，都被滕一雷揮銅人打傷。眾人見他猛惡，不敢近前，只在遠處吶喊。顧金標當先開路，宋天保、覃天丞斷後，擁着余魚同越牆而出。那知監獄外已有大隊軍士守候，刀槍並舉，圍了上來。顧金標、言伯乾、彭三春分頭迎敵，砍傷了幾名，但官兵人眾，吶喊殺上。

混戰中突然牆角一條黑影飛出，奔到余魚同身邊。覃天丞過來攔阻，那人手一揚，覃天丞只感到胸口劇痛，已中了甚麼暗器，支持不住，蹲下地去。宋天保一呆，那人已拉了余魚同逃走。宋天保大叫：「師父，那……那人逃啦！」

余魚同卻並不急退，蹲在地下匆匆畫了些記號。言伯乾撲將過去，斜刺裏突然一劍刺到。言伯乾舉環一鎖，那人劍法奇快，早已變招，拆不兩招，余魚同把一名軍官拉下馬來，躍上馬背，縱馬馳近，大叫一聲，向言伯乾迎面衝來。言伯乾向旁躍開，余魚同拉住使劍人的手，將那人提上馬背，兩人一騎，向西奔去。

這時滕一雷已翻出牆外，見余魚同逃走，暗罵言伯乾師徒無用，大叫：「快追！」彭三春和宋天保左右挾住了覃天丞，向余魚同馬後趕去。他們腳下甚快，奔出數里，已把官差拋在後面。衆官差眼見追不上，便收兵回去了。

滕一雷等趕了一陣，功夫便卽分出高下，滕一雷遙遙在前，顧金標和他相距不遠，言伯乾卻已被拋在後面，彭三春等是更加落後了。滕一雷在遼東雖然養尊處優，功夫卻沒擱下，輕功着實了得。山路馳馬不便，余魚同的馬上騎了兩人，那馬又非良馬，追逐了一會，滕一雷越趕越近。黑暗中那馬突然踏入山道中一個小坑，左足跪了下去，頭一低，把余魚同拋下馬來。

余魚同一個觔斗，輕輕落下。馬上那人一提韁繩，那馬哀嘶一聲，竟沒站起，原來左腿脛骨已經折斷。那人見滕一雷追近，飛身下馬，和余魚同穿入樹叢。行不數步，見前面有個山洞，兩人躲了進去。

余魚同嘆道：「李師妹，又是你來救我。」

那黑衣人便是李沅芷。她跟隨紅花會人衆，忽然不見了余魚同，畧一凝思，猜到他必是改走水路，便沿着黃河上溯尋訪。到得孟津，在茶館酒樓中聽得到處都談論醜臉秀才綁架孫大善人不遂之事，於是半夜裏前來刦獄，那名獄卒就是被她綁住的。

李沅芷救出了余魚同，芳心喜慰，教余魚同躺下養神，自己在洞口守禦。余魚同坐在地上，望着她俏生生的背影，感慨萬千，一陣寒風吹來，只見她微微一顫，便脫下長袍，給她披在身上。李沅芷自識得這位師哥以來，這是他第一次對自己稍示憐惜之情，不由得回頭嫣然一笑，身上心頭，溫暖異常。

正要說話，忽然前面颼的一聲，一枝竹箭射了過來。余魚同見她沒察覺暗器襲到，忙伸手將她一推，左手接住竹箭，叫道：「留神暗器！」

話聲未畢，外面又擲了一塊飛蝗石進來。李沅芷閃身接住，只聽得外面喝罵：「奸賊，快滾出來，免得大爺動手。」同時幾個黑影迫近洞口。余魚同提起竹箭箭尾，用打甩手箭手法向黑影擲去，一人呼痛跳開，卻是彭三春胯上中箭。

滕一雷等以敵暗我明，不敢過份迫近，諸般暗器紛紛向洞裏擲去。余魚同和李沅芷縮在一邊，撿起落在洞內的飛鏢小叉，在敵人攻近時就還敬一枝。李沅芷靠在余魚同身上，雖然情勢危急，反覺實是生平未歷之佳境，山洞寒冷黑黼，洞外強敵環攻，然而提督府中的繡樓香閨卻無此溫馨。

余魚同低聲問道：「咱們怎生出去？」李沅芷笑道：「何必出去？反正他們又攻不進來。」余魚同急道：「天明了怎麼辦？」李沅芷聽他語氣焦急，笑道：「好，我想法子……喂，暗器來啦！」余魚同向後急縮，又是一柄小鋼叉釘在脚邊地上。顧金標氣憤之極，兩柄小叉發出，使動鋼叉護住門面，搶到洞口。

李沅芷揚手發出三枚芙蓉金針。暗器細小，又在黑暗之中，本難閃避，但她發針手法未臻化境，顧金標總算及時發覺，猛一縮頭，兩針落空，只一針刺進頭髮，刺傷了頭皮。他頭頂刺痛，想到這類細微暗器多半帶有劇毒，心中一駭，疾忙跳開，拔下金針，亮火摺看時，見針尖之血並非黑色，知道無毒，這才放心。

滕一雷接過金針一看，氣得哇哇大叫，說道：「老三頭骨上釘的，不就是這種金針？原來害死他的就是這奸賊。」

那日焦文期被陸菲青以金針射瞎雙目，屍首過了幾年才給人在山谷中發現，其時面目早已腐壞，只從他兵器和衣飾上才認了出來，臉上肌肉爛去，露出幾枚金針牢牢的釘在頭骨之上。當日陸菲青以一把金針擲在焦文期臉上，大部份拔回，但深入肉裏的幾枚卻未起出。韓文沖信中曾詳述此事和金針形狀。豈知當時殺焦文期的固然不是余魚同，而今日射傷顧金標的也並不是這金笛秀才。

滕顧兩人憤怒異常，攻得更緊，但害怕金針厲害，不敢再竄近洞口。

李沅芷眼望洞外禦敵，說道：「你幹麼避開我？難道你見到我就討厭嗎？」余魚同道：「李師妹，你幹麼現下說這些話？咱們脫了險之後再說行不行？」李沅芷默然不語，過了一會，說道：「那時候你又要避開我了。」余魚同聽她語氣淒楚，心中一動，頗感歉仄。突然蓬的一聲，一個火光擲在洞口，余魚同一呆，火把中只見她俏臉含怨，淚珠瑩然，一張雪白的臉被火光一迫，更覺嬌艷。

李沅芷叫道：「他們要用烟薰。」她縱身出去想踏滅火把，敵人暗器紛紛攢擊，只得退回。不出她所料，言伯乾和宋天保果然割了不少草來，擲在火把上，濃烟升起，順風湧進山洞，把兩人薰得不住咳嗽。不久火把漸熄，烟卻越來越濃。

李沅芷知道在洞中無法再呆，說道：「你守住洞口。」把劍交給余魚同，退到他身後。

余魚同聽到背後衣衫抖動之聲，不知她在幹甚麼，回頭一望。李沅芷忙叫：「回過頭去！」余魚同大為奇怪，原來烟霧中見她在解外衣。這時他雙目被濃烟薰得不住流淚，強自撐住。

李沅芷走上前來，接過長劍，把一件長衣擲在他身上，說道：「快穿上。」余魚同想問。李沅芷連催：「快穿，快穿。」見他穿了，又把劍交給了他。

這時濃烟漸弱，又是一個火把擲了過來，這次的火把更旺，照得一片明亮。李沅芷道：「咱們分頭走，你千萬不可跟我。」不等余魚同回答，已空手縱出洞去。余魚同大驚，伸手急拉，卻沒拉住。

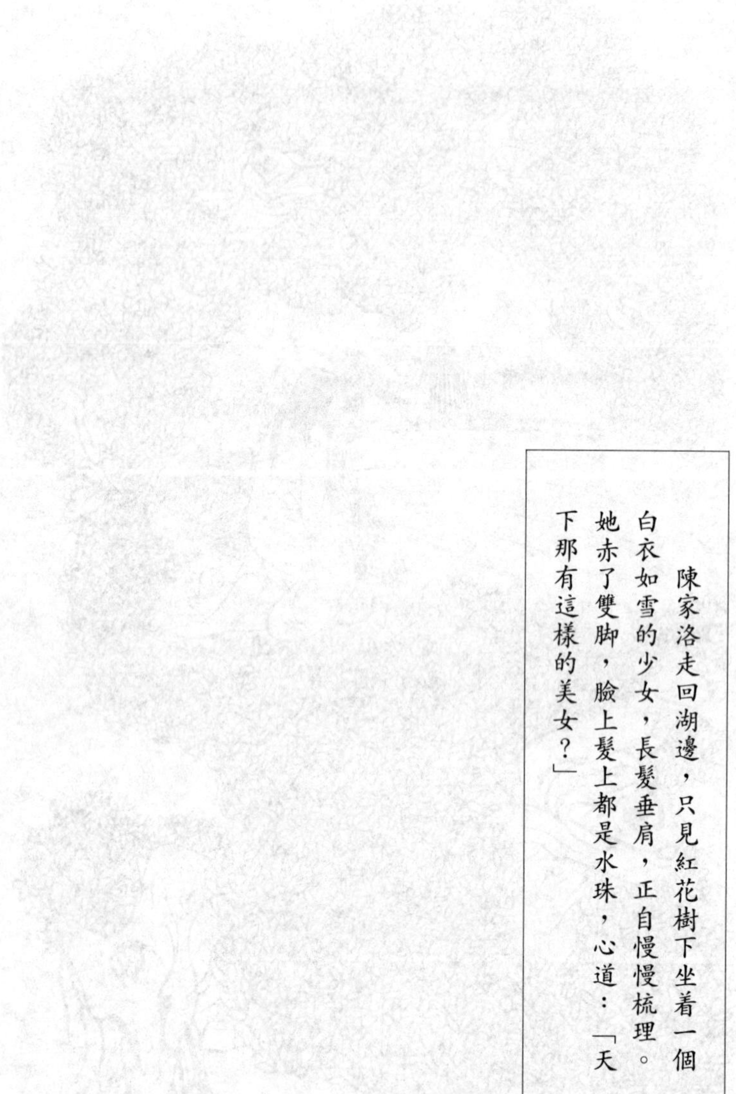

陳家洛走回湖邊，只見紅花樹下坐着一個白衣如雪的少女，長髮垂肩，正自慢慢梳理。她赤了雙脚，臉上髮上都是水珠，心道：「天下那有這樣的美女？」

# 第十三回　吐氣揚眉雷掌疾　驚才絕艷雪蓮馨

陳家洛等一行在山洞附近察看，又發見了烟薰火焚的痕迹，可是余魚同性命如何，去了何方，卻無絲毫端倪。文泰來憂心如焚，把幾枝竹箭在手中折成寸斷。駱冰道：「十四弟機警得很，打不過人家定會逃走，咱們煩上官大哥多派弟兄在附近尋訪，必有頭緒。」上官毅山道：「文四奶奶說得對，咱們馬上回去。」

衆人回到孟津，上官毅山把當地龍門幫得力的弟兄都派了出去，叮囑如發見可疑眼生之人，立即回報。挨到初更時分，衆人勸文泰來安睡。徐天宏道：「四哥，你不吃飯，不睡覺，要是須得立即出去相救十四弟，怎有精神對敵？」文泰來皺眉道：「我如何睡得着？」又等了一會，上官毅山走進房來，搖頭道：「沒消息。」徐天宏道：「這幾天中可有甚麼特異事情？」上官毅山沉吟道：「只曾聽人說，西郊寶相寺這幾日有人去囉唆吵鬧，還說要放火燒寺。我想這事和十四爺一定沒有關係。」衆人心想，和尚與流氓爭鬧事屬尋常，無論如何牽扯不到余魚同身上。當下言定第二日分頭再訪。

文泰來在床上翻來覆去，想起余魚同幾次捨命相救的義氣，熱血上湧，怎能入夢？見身旁駱冰睡得甚沉，於是悄悄起身，開窗跳出房去，心想：「我到處瞎闖一番，也好過在房中睡覺。」展開輕功疾奔，不到半個時辰，已在孟津東南西北各處溜了一遍，鬱積稍舒，忽見黑影閃動，一個人影向西奔了下去。他精神一振，提氣疾追。

那人影奔跑一陣，輕輕拍掌，遠處有數人拍掌相應。文泰來見對方人衆，悄悄跟蹤。那人一路向西，不一刻已到郊外。四周地勢空曠，文泰來怕他發覺，遠離相隨，行了七八里，那人向一座山崗上走去，於是跟着上山，望見山頂有座屋宇，知道那人定是向屋走去，於是不再跟隨，在樹叢中一躲，抬頭望時，不禁大失所望，原來那屋宇是座古廟，廟額匾上三個大字，於朦朧微光中隱約可辨：「寶相寺」。

文泰來低呼：「倒霉！」跟了半天，跟的卻是要跟寺中和尙爲難的流氓。轉念一想，既然來了，便瞧瞧到底誰是誰非，要是有人恃強淩弱，不妨伸手打抱個不平，聊洩數日來胸中惡氣，於是溜到廟邊，越牆入內，從東邊窗內向大殿望去，見一個和尙跪在蒲團上虔誠禮佛。過了一會，那和尙慢慢起來，回過頭來，文泰來眼見之下，不由得驚喜交集。

滕一雷等見火光中一人穿着長衫、蒙了臉從洞中竄出，忙上前兜截。那人喝道：「金笛秀才在此，你們敢追來麼？」滕、顧、言三人對他都欲得之而甘心，不再去理會洞中那黑衣人，一齊急步追趕。滕一雷脚步最快，轉眼間已撲到那人身後，獨脚銅人前送，一招「毒龍出洞」，直向他後心點去。那人縱出一步，回手一揚，滕一雷急忙倒退，怕他金針厲害。那人其實是李沅芷，她披了余魚同的長衫，要引開敵人，好讓余魚同脫逃，手中扣了金針，敵人追近時便發針抵擋。滕一雷武功雖高，可是在黑暗之中，實在懼怕這無聲無影的細微暗器，只得遠遠跟住，卻也毫不放鬆，直追到孟津市上。相持了半夜，其時天色已明。李沅芷見一家客店正打開門板，便闖了進去。

店伴嚇了一跳，張口要問，李沅芷掏出一塊銀子往他手裏一塞，說道：「給我找一間房。」店伴手裏一掂，銀子總有三四兩重，便不多問，引她到了東廂一間空房裏。李沅芷道：「外面有幾個債主追着要債，你別說我在這裏。我只住一晚，多下來的錢都給你。」店伴大喜，笑道：「你老放心，打發債主，小的可是大行家。」

店伴剛帶上房門出去，滕一雷等已闖進店來，連問：「剛才進來的那個秀才住在那裏？咱們找他有事。」店伴道：「甚麼秀才？」言伯乾道：「剛才進來的那個。」店伴道：「大清早有甚麼人進來？你老人家眼花了吧。秀才是沒有，狀元、宰相倒有幾個在此。」

顧金標大怒，伸手便要打人，滕一雷忙把他拉開，悄聲道：「咱們昨晚剛劫了獄，這時風聲一定很緊，快別多事。」言伯乾對店伴道：「好，我們一間間房挨着瞧去，搜出來要你的好看。」店伴道：「啊喲，瞧你這副兇相，難道是皇親國戚？」這時掌櫃的也過來查問了。顧金標不去理他，一把推開，闖到北邊上房門前，砰的一聲，踢開房門。房內一個大胖子吃了一驚，赤條條的從被窩中跳了出來。顧金標一見不對，又去推第二間房的門。那大胖子滿口粗言穢語，顧金標的十八代祖宗自然是倒上了霉。

客店中正自大亂，忽然東廂房門呀的一聲開了，一個美貌少女走了出來。言伯乾回頭一望，只覺這少女美秀異常，卻也不以為意，仍是挨房尋查。李沅芷換了女裝，笑吟吟的走出房外，剛到街上，只見一隊捕快公差蜂擁而來，原來得到客店掌櫃的稟報，前來拿人了。

余魚同見勁敵已被引開，持劍出洞。彭三春和宋天保、覃天丞上前夾攻。余魚同展開柔雲劍術，三四招一攻，又把本已受傷的覃天丞左臂刺傷，乘空竄出。彭三春三節棍着地橫掃，余魚同身子縱起，三節棍從脚下掠過，忽然「啊喲」一聲，向前摔倒。彭三春和宋天保大喜，雙雙撲來，滿擬生擒活捉，不料想他突然回身，左手一揚，一大把灰土飛了過來，彭宋二人登時滿臉滿眼儘是塵沙。彭三春着地滾出數步，宋天保卻仍然站在當地，雙手在臉上亂擦。余魚同挺劍刺進他的左腿，轉身便走。這些灰土就是他們燒草薰洞時留下來的。

彭三春擦去眼中灰土，只見兩個師侄一個哼，一個哈，痛得蹲在地下，敵人卻已不知去向。彭三春又是氣惱，又是慚愧，給兩人包紮了傷口，叫他們在山洞中暫時休息，自己再出去追蹤，沿山道走了七八里路，卻遇見了言伯乾、滕一雷等人。哈合台又和他們在一起了，還多了一個不相識的，這人四十上下年紀，揹着個鐵琵琶，脚步矯健，看來武功甚精。

言伯乾見師弟在路上東張西望，神態狼狽，忙上前相問。彭三春含羞帶愧的說了，幸好滕一雷等三人也是一無所獲，大家半斤八兩。

回到山洞，言伯乾給彭三春引見了，那背負鐵琵琶之人便是韓文沖。他在杭州給紅花會擺佈得哭笑不得，心灰意懶，王維揚要他回鎮遠鏢局任事，他無論如何不肯，反勸總鏢頭及早收山。王維揚和張召重在獅子峯一戰，死裏逃生，心想此後幫紅花會固然不行，跟他們作對也是不妥，事在兩難，聽韓文沖一說，連聲道：「對，對！」便即北上，去收束鏢局。韓文沖自回洛陽，滿擬從此閉門家居，封刀退出武林，那知卻在道上遇見了正要上杭州去找他的哈合台。他不願再見武林朋友，低頭假裝不見，但他的鐵琵琶極是起眼，終於躲不開，給哈合台認了出來。

兩人在客店中一談，韓文沖把焦閻三魔送命的經過詳細說了，哈合台才知金笛秀才和紅花會果然不是他們仇人，他對余魚同很有好感，忙約韓文沖趕去解救。韓文沖不想再混入是非圈子，但哈合台說，只有他去解釋，滕顧兩人才不致跟余魚同為難，否則傷了此人，日後紅花會追究尋仇，他焉能置身事外？韓文沖一想不錯。兩人趕到孟津，正逢滕一雷等從客店中打退公差奔出。五人會合在一處，回頭來找山洞中的黑衣人。

余魚同逃離險地，心想仇人中三個好手都追李沅芷去了，她一個少年女子，如何抵擋，心中甚是憂急，一路尋找，不見影蹤，尋到孟津郊外，知道公門中識得自己的人多，不敢尋將下去，挨到晚上，闖到一家小客店歇了。這一晚又那裏睡得着？心下自責無情，李沅芷兩次相救，然而眼前心上，仍然儘是駱冰的聲音笑靨，遠遠聽得「的篤、的篤、鏜鏜」的打更聲，卻是已交二更天了。

正要朦朧合眼，忽然隔房「東弄」一響，有人輕彈琵琶。他雅好音律，側耳傾聽，琵琶聲輕柔宛轉，蕩人心魄，跟着一個女人聲音低低的唱起曲來：「多才惹得多愁，多情便有多憂，不重不輕證候，甘心消受，誰教你會風流？」

他心中思量着「多情便有多憂」這一句，不由得痴了。過了一會，歌聲隱約，隔房聽不清楚，只聽得幾句：「……美人皓如玉，轉眼歸黃土……」出神半晌，不由得怔怔的流下淚來，突然大叫一聲，越窗而出。

他在荒郊中狂奔一陣，漸漸的緩下了脚步，適才聽到的「美人皓如玉，轉眼歸黃土」那兩句，儘在耳邊縈繞不去，想起駱冰、李沅芷等人，這當兒固然是星眼流波，皓齒排玉，明艷非常，然而百年之後，豈不同是化爲骷髏？現今爲她們憂急傷心，再過一百年想來，眞是可笑之至了。想到這裏，不禁心灰意懶，低頭亂走，見前面山脚下一顆大樹亭亭如蓋，過去坐在樹下休息一陣。連日驚恐奔波，這時已疲累非凡，靠在樹上，朦朦朧朧的便睡着了。

睡夢中忽聽得鐘聲鏜鏜，一驚而醒，一抽身邊金笛沒抽到，想起早已被顧金標搶去，不覺啞然。這時天已黎明，鐘聲悠長清越，隱隱傳來。他睡了半夜，精神已復，心想：「暮鼓晨鐘，眞是發人深省。」信步隨着鐘聲走去，原來是山崗上一所寺院中所發。依着山道上崗，見廟宇已頗殘破，匾額上寫着「寶相寺」三字。

走進大殿，見殿上一尊佛像，垂頭低眉，似憐世人愁苦無盡，心下感慨，只見四壁繪滿了壁畫，正待觀看，一個老和尚迎了出來，打個問訊，道：「居士光降小寺，可有事麼？」余魚同一怔，道：「在下到處遊山玩水，見寶剎十分清幽，想借住數日，納還香金，不知會打擾麼？」那老僧道：「小寺本爲十方所捨，居士要住，請進來吧。」命知客僧接待到客房裏，素麵相待。

余魚同吃過麵後，又睡了兩個時辰。睡醒起來，紅日滿窗，已是正午，佛殿上傳來木魚之聲。出得房來，想下崗去找李沅芷，經過殿堂時見到壁畫，駐足畧觀，見畫的是八位高僧出家的經過，一幅畫中題詞說道，這位高僧在酒樓上聽到一句曲詞，因而大徹大悟。余魚同不即往下看去，閉目凝思，那是一句甚麼曲詞，能有偌大力量？睜開眼來，見題詞中寫着七字：「你既無心我便休」。這七個字猶如當頭棒喝，耳中嗡嗡作響，登時便呆住了。

痴痴呆呆的回到客房，反來覆去的唸着「你既無心我便休」七字，一時似乎悟了，一時又迷糊起來。當日不飲不食，如癲如狂。知客僧來看了幾次，只道他病了，勸他早睡。余魚同睡在床上，聽寺外風聲如嘯、松濤似海，心中也像波浪般起伏不定，二十三年來往事，一幕幕湧上心頭，中秀才、殺仇人、走江湖、行俠仗義，不知經歷了多少危險，卻一直無憂無慮，逍遙自在，那知在太湖總舵中有一日斗然遇見了這個前生寃孽，從此丟不開、放不下，苦惱萬分。回想駱冰對待自己，何曾有過一絲一毫情意？你既無心，我應便休，然而豈能便休？豈能割捨？心緒煩躁，坐起來點亮了燈，見桌上有一部經書，乃是從天竺最早傳到中國的「四十二章經」。

隨手一翻，翻到了經中「樹下一宿」的故事，敍述天神獻了一個美麗異常的玉女給佛，佛說：「革囊衆穢，爾來何爲？」看到這裏，胸口猶似受了重重一擊，登時神智全失，過了良久，才醒覺過來，心想：「佛見玉女，說她不過是皮囊中包了一堆污血污骨，我何以又如此沉迷執着？」當下再不多想，衝出去叫醒老僧，求他剃度。

那老僧勸之再三，余魚同心意愈堅。老僧拗他不過，次日早晨只得集合僧衆，在佛前和他剃度了，授以戒律，法名空色。

余魚同禮佛誦經，過了幾天清靜日子。這一日跪在佛前做早課，默念我佛慈悲，普渡衆生，心頭清涼明淨，眞似一塵不染。忽然背後一人用江湖黑話說道：「孟津周圍都找遍了，這合字在這裏又沒垛子窰，能扯到那裏去呢？」余魚同一驚：「這聲音好熟。」又聽得另一人陰森森的道：「就是把孟津翻個身，也要找到這小賊。」余魚同一咬牙，心道：「好，你們終究尋來了。」原來這時滕一雷和言伯乾等人已站在他的身後。

他一動不動，聽哈合台和顧金標在他背後激烈爭辯。哈合台力主即刻動身，到回部去找霍青桐報仇，顧金標不依，定要先找余魚同。不久聽得言伯乾詢問住持，有沒有一個醜臉秀才到寺裏來過。住持一呆，支吾其詞。言伯乾起了疑心，闖到後院各房中去搜查，在僧房中找到了李沅芷那件黑衫。

言伯乾立即變色，回出來嚴詞質問。住持說：「那秀才相公早已不在了，你們永遠找不到這秀才了。」余魚同站起身來，敲着木魚，慢慢走向後殿。言伯乾起了疑心，向宋天保一努嘴。宋天保會意，直跟進去，叫道：「喂，你那和尚，我有話說。」余魚同不理，脚下加快。宋天保追上去伸手抓他後心。余魚同身子一側，僧袍左袖揮起，拂向他臉。宋天保疾忙後退，只覺脅下奇痛，原來已被木魚槌重重戳了一記，叫道：「哎唷，好痛！」蹲下地來。余魚同唸道：「阿彌陀佛，痛是不痛，不痛是痛！」敲着木魚，走向後院去了。

言伯乾等聽木魚篤篤之聲漸遠，卻不見宋天保出來，忙撇下住持搶到後殿，見他坐在地上，愁眉苦臉的按住脅下。彭三春喝道：「坐在這裏幹甚麼？那和尚呢？」宋天保說不出話，滿頭大汗，向後面一指。彭三春和顧金標向後追去，除了厨下有個火工，此外不見有人。言伯乾拉起宋天保，看他脅下傷處，只見烏青了一塊，傷勢竟自不輕，忙問：「那和尚傷的？」

宋天保點點頭。言伯乾又問：「那和尚是怎樣一個人？」宋天保張口結舌，說不出話來，他始終沒見到和尚一面。

這時滕一雷已把住持抓了進來，覺他手脚軟弱無力，知他不會武功，喝問：「剛才那和尚是那裏來的？」住持推說是外地來的掛單和尚，不知來歷。滕一雷等雖然疑心，但問了半天，問不出結果，只得罷了。言伯乾說要放火燒寺，那住持很有骨氣，並不畏懼。

滕一雷一使眼色，衆人退出寺去。滕一雷道：「這廟裏有點古怪，咱們晚上來探。」衆人到附近鄉村中買些麵食吃了，晚上越牆進寺，窺探了一個多時辰，毫無動靜。第二天哈合台嚷着要到回部找霍青桐，顧金標不死心，記着潑糞之恨，又到寺裏和住持爭執了一回，對哈合台道：「今晚如再找不到那惡和尚，明天一早就依你動身。」文泰來夜中所見到的黑影，便是滕一雷和言伯乾那批人。

文泰來見那和尚回過頭來，滿臉傷疤，竟是十四弟余魚同，又驚又喜：「他怎麼躲在此地，做了和尚？」心下大疑，且不招呼，縮在一旁觀看動靜。就在此時，蓬的一聲，殿門推倒，七八個人闖了進來，文泰來只識得言伯乾一人，想起這人在鐵膽莊捉拿自己，後來在涼州又對自己肆意侮辱，仇人一見，怒火上衝，暗道：「菩薩有靈，教這賊子今日撞在我手裏！」

滕一雷等奔進大殿，各舉兵刃，在余魚同身周圍住。那知他跪在佛像面前，對敵人毫不理會，雙手合十祝告：「弟子罪孽深重，招引邪魔外道，滋擾清淨佛地，我佛慈悲。」衆人見他如此，頗爲訝異。言伯乾一把抓住他右臂，喝道：「搗甚麼鬼，走吧！」

寺中住持和僧衆聞聲起來，見這干人手執明晃晃的兵器，猶似兇神惡煞一般，都躲在殿後，不敢出來。余魚同並不抵抗，跟着言伯乾便走。覃天丞搶到前面，拉開殿門。

大門開處，只見一人默不作聲的擋在門口。衆人出其不意，都退後了一步，只見這個人身穿灰布衫褲，腰中紮了一條布帶，圓睜雙眼，虎虎生威。

言伯乾認得他是文泰來，這一驚非同小可，此人越獄之事，他還未知曉，喝道：「你……你是奔雷……」話未說完，文泰來右掌已向他手腕擊下，這一招快得異乎尋常，言伯乾不及招架退縮，急忙鬆手，手腕已被拂中，余魚同也被他扯了過去。言伯乾跳出兩步，才覺到手腕上一陣劇痛，似乎骨頭都已斷了幾根。

滕一雷等七人都未見過文泰來，但見他手法快得出奇，不免心驚。滕一雷一擺銅人，站在門口，心想己方共有八人，有五人是江湖上一等一的好手，對方再厲害，也敵不過人多，搶在門口截攔，以防敵人逃走。

文泰來把余魚同拉過，一齊躍到殿左。余魚同叫道：「四哥，你……」文泰來道：「受傷了嗎？」余魚同道：「沒有。」文泰來道：「好，咱哥倆今日打個痛快。」余魚同還想說話，宋天保和覃天丞已各挺兵刃撲了上來。

文泰來一見二人身法，知是辰州言家拳一派中人，他本就嫉惡如仇，這幾個月來又遭到生平從所未有的屈辱，這時下手再不容情，身子一幌，已竄到了宋覃兩人背後。兩人兵刃尚未砸下，敵人忽已不見，正要收招轉身，後領已被抓住。彭三春站得最近，三節棍「毒蛇出洞」，向文泰來後心點來。文泰來雙手抓住兩人，陡然轉身，把兩人提着打了個圈子，大喝一聲，猶如晴空打了個霹靂。彭三春一驚，三節棍嗆啷啷一聲掉在地下。大喝聲中，文泰來雙臂平舉，用力合攏，覃宋兩人頭蓋碰頭蓋，砰的一聲，撞得血肉模糊，腦漿迸裂。

文泰來毫不停手，提起兩具屍體向敵人擲去，顧金標等躍開避過。言伯乾畢竟師徒關心，伸手接住了覃天丞，卻沒餘裕想到是具屍體。這只是刹那間之事，彭三春嚇得胡塗了，手足無措，既不拾棍，也不逃開。文泰來踏上一步，左手反手一拳，彭三春舉臂擋格，喀喇一聲，臂骨早斷。文泰來左手已順勢抓住他胸衣。彭三春情急拚命，飛起鴛鴦連環腿，向他胸口踢來。文泰來右手如風，一把抓住他左脚，左手推下，右手上舉，把他倒提起來。顧金標和言伯乾雙雙來救。文泰來又是猛喝一聲，雙手用力向地下打樁般一錘，彭三春頭蓋撞在佛殿的青石板上，焉得不碎？這兩招迅速已極，彭三春本來是連環雙腿，左脚踢出，右脚隨上，那知頭蓋撞破之後，右脚方才踢出。

奔雷手大展神威，頃刻間連斃三敵，眼見顧金標和言伯乾左右攻來，知道這兩人乃是勁敵，迥非適才三人可比，忽地退後一步，順手舉起供桌上的一隻大香爐，向顧金標猛擲過去。這香爐重達七八十斤，加上這急擲之勢，顧金標那裏敢接，忙斜身閃避。香爐急擲之勢不停，直向滕一雷飛去。滕一雷被顧金標遮住目光，等他躍開時，香爐已到眼前。哈合台急叫：「老大，留神！」滕一雷不及避讓，提起獨脚銅人猛力一擊，只見砰的一聲大響，石香爐被擊成數塊，石屑香灰四處亂飛。

這時言伯乾和文泰來已交上了手。余魚同搶起一個鼓槌，站在文泰來身後衞護。滕顧兩人臉上都被石屑擦傷數處。顧金標挺叉上前，正要加入戰團，文泰來身法如風，在言伯乾臉前虛幌一掌，倏地搶到了哈合台身邊。他觀看情勢，雖然已斃三人，仍是敵衆我寡，而且其餘五人武功似乎均非泛泛，必須出其不意再傷數人，才能取勝。他見哈合台與韓文沖兩人站得較近，突然縱身過去，發掌打向哈合台後心。

哈合台一矮身，讓開了這掌，反手勾拿敵腕。文泰來見他手法快捷，「咦」了一聲，左掌橫過他面門，斜擊對方項頸。哈合台又是一低頭，伸手抓他手腕。文泰來見他每招出手都是擒拿手，可是手法甚怪，頗感驚奇。

哈合台和文泰來拆了兩招，兩次都沒勾住他手腕，這本是他百不失一的絕技，心中一驚，蓬的一聲，背上已中了一掌。文泰來見這一掌居然沒能將他打倒，更是驚奇，卻不知哈合台雖在遼東多年，仍是依照蒙古人習俗，穿着牛皮背心。

這一掌如中敗革，文泰來還道他練有奇特功夫，哈合台卻也一直痛到了前心，突往地下一坐，伸臂來抓文泰來腰側。文泰來右掌翻過，「電母照鏡」，橫擊對方臉頰。哈合台一側頭，已抓住他右腕，抬手把他甩起，正要擲向地下，忽然手腕一麻，半身酸軟。

余魚同見文泰來遭危，大驚上來搶救，剛縱出一步，忽見文泰來落在地上，已把哈合台夾在腋下，原來文泰來順手點中了他的穴道，反手擒住，雙手一送，將他直摜了出去。余魚同急叫：「四哥，那是朋友！」哈合台頭前脚下，平平向巨鐘撞去。滕一雷和顧金標站在門口，搶來相救已然不及。

文泰來聽余魚同一叫，倏然如箭般撲上去，去勢竟比哈合台飛身撞出更快，便在千鈞一髮之際，伸手抓住他右足皮靴，硬生生的抓了回來，左掌在他「肩井穴」一拍一揉，拉起站住，說道：「啊，是朋友，對不住。」哈合台死裏逃生，怔怔的站在當地。滕一雷和顧金標突見文泰來救了盟弟性命，本來雙雙撲上拚命，忽地收住，滕一雷把哈合台扶在一旁。

余魚同叫道：「小心後面！」文泰來猛覺腦後風生，回身一個掃堂腿，不避不讓，先踢敵人。言伯乾雙手鋼環叮噹一碰，和身躍起，右環護身，左環平身，掃向文泰來腰骨，將要掃到，忽地收住，右環斗然發了出去。文泰來大喝一聲，伸手奪環。

這次仇人相見，不見死活不收手，佛殿中燈火黯淡，如來佛俯首低眉，望着座前兩人狠惡拚鬥。余魚同靠在佛像一旁，滕一雷、顧金標、哈合台、韓文沖四人站在門口，面向殿裏。大殿上橫着三具屍首，都是頭蓋破裂，血肉模糊。言伯乾見滕一雷等居然並不上前相助，心中憤怒異常，把雙環使得呼呼風響。

他拳法上固有獨得之秘，在這對雙環上也是下了數十年苦功。文泰來和他拆了十餘招，見他攻守嚴密，動作迅捷，頗有法度，猛喝一聲，雙掌翻飛，拳法已變。每一拳掌之出都是猛喝一聲，或先呼喝而掌隨至，或拳先出而聲後發，或拳聲齊作，或有聲無拳，喝聲和掌法拳招搓揉一起，身法愈快，喝聲愈響，神威逼人，言伯乾漸見不支。

文泰來這路「霹靂掌」的掌風喝聲之中，隱隱蓄有風雷之勢。言伯乾支撐到此刻，已是全身大汗淋漓，雙臂發麻，雙環交叉，退後一步，他知文泰來必定搶攻，果然對方毫不放鬆，踏步發掌。言伯乾雙環「白燕剪尾」，右環本來在左，左環本來在右，這時驀地向兩旁豁開，眼見敵人一條前臂便要被雙環砸斷。那知文泰來將計就計，伸掌直按向他胸前。言伯乾知道這一掌如被按上了不死也傷，只得回過左環，擋在胸前，右環反砸敵肩。文泰來大喝一聲，五指一彎，已抓住鋼環，跟着飛快繞到敵人身後。言伯乾呆得一呆，右環也已被抓住。文泰來用力扳轉，言伯乾雙手彎了過來，如不放手，雙手立斷，只得鬆了十指，一對鋼環已落入對方手中，疾忙向前縱出三步，方才回身。

文泰來喝道：「還你的！」雙環向他擲去。這一下勁道大得出奇，言伯乾雖見兵刃飛回，然而耳聽風聲勁急，眼見鋼環來勢凌厲，若是伸手去接，手指非折斷不可，忙向右閃避，噹噹兩聲大響，雙環嵌入了巨鐘。滕一雷、顧金標等不自禁的同聲喝采。

言伯乾忽然兩目上翻，雙臂平舉，僵直了身子，一跳一跳的縱躍過來，行動儼如僵屍。這是言家拳中的一路奇門武功，混合了辰州祝由科的懾心術而成。他雙目如電，勾魂懾魄的射向敵人，兩臂直上直下的亂打，膝頭雖不彎曲，縱跳卻極靈便。文泰來和他目光一接，機伶伶的打個冷戰，心中一震，急忙轉頭，展開霹靂掌，接戰他這江湖上罕見的「僵屍拳」，又拆了十餘招，一聲猛喝，突然跳開。

言伯乾兩眼發直，如同醉酒，身子不住搖幌，忽然流下淚來。衆人正感奇怪，他「哇」的一聲，一股鮮血從口中直噴而出，身子僵直，站着不再動了。

衆人見他如此陰森可怖，均覺有一陣寒氣迫人而來。文泰來見他流淚吐血，也就不再追迫。余魚同道：「禍福無門，唯人自召，你去吧！」言伯乾雙目直視，絲毫不動。

韓文沖道：「言大哥，咱們走吧！」見他不動，拉他一把，不料言伯乾應手而倒，摸他身子，早已氣絕多時了。他前腦後背連接被文泰來擊中兩掌，已然震死。

韓文沖嘆了一口氣，向文泰來拱手道：「這位是奔雷手文四爺？」文泰來點了點頭。韓文沖道：「兄弟韓文沖。」文泰來知道他是鎭遠鏢局的人，又點了點頭。以前率人到鐵膽莊來拿他的，是鎭遠鏢局的童兆和，可是這次在杭州獅子峯門張召重，他鏢局又和紅花會聯手，因此這人可說是介於友敵之間。韓文沖指着滕一雷等三人，說了姓名，相互點了點頭，都不說話。韓文沖道：「他們三位過去對紅花會有點誤會，現今已由兄弟說明。」他見文泰來冷冷的，知他心中對鎭遠鏢局尙有餘怒，說道：「告辭了。」拱手爲禮，轉身出寺。關東三魔也跟着走出殿去。

文泰來見顧金標轉過身來，背後腰裏揷着余魚同那枝金笛，走上兩步，叫道：「顧老哥，把我兄弟的兵器留下吧。」顧金標停步轉身，怒道：「好，他有本事，自己來取。」他武功頗非泛泛，十餘年來縱橫遼東，殺人越貨，罕逢敵手，除了對老大滕一雷稍有忌憚外，誰都沒放在眼裏，對余魚同的沸羹潑面之辱，更是恨得牙癢癢地，適才見了文泰來的神威，自知非敵，不敢生事，但他旣惹到自己頭上，卻也不肯示弱，就此將金笛乖乖的送上，當下一抖虎叉，準備迎敵。文泰來伸手就來奪他虎叉。

兩人正要廝拚，余魚同突然躍出，說道：「四哥，小弟已經出家，這笛子用不着了，讓顧大哥帶去吧。」文泰來見他這麼說，倒也不便再代他出頭，哼了一聲，讓開了兩步。顧金標收起虎叉，躍出殿外。

滕一雷心想：「這姓文的好橫，你武功雖好，難道我們就懼怕於你？不如顯上一手，也好教你知道厲害。」這時三人已走到外殿，見韋護手執降魔寶杵，站在正中，神像前點着油燈，四大金剛坐在兩旁。滕一雷躍上神座，運起功力，把每個神像都搖幌了一會，喝道：「走吧！」

文泰來和余魚同聽得殿外格格聲響，奔出來看，猛見五個神像似乎活了一般，一一撲將下來。這時回身已然不及，文泰來暗叫：「不好！」抓住余魚同左臂，使開「瞬息千里」輕身功夫，躍出山門。脚未落地，已聽得殿裏蓬蓬蓬幾聲巨響，烟霧瀰漫，塵土飛揚，幾尊神像跌得粉碎。四大金剛又大又重，跌下來聲勢十分猛惡。文泰來大怒，拔步追出。余魚同道：「四哥，今晚殺了四人，已經夠啦！」文泰來一怔停步，問道：「你怎麼做了和尚？」

滕一雷弄倒神像，卻也怕文泰來趕來尋釁，和顧金標等疾向山下奔去。顧金標忽覺後腰一動，伸手一摸，金笛已然不見，大駭之下，「咦」的一聲驚呼。滕一雷等停步詢問。顧金標又驚又怒，罵道：「操他奶奶雄，這姓文的像鬼一樣，把金笛偷去啦。」四人明明瞧見文泰來和余魚同從殿裏奔出，相距甚遠，怎麼轉眼之間便能趕上來搶回金笛，身法之快，令人不寒而慄。哈合台道：「老二，別罵啦，要是他不拿金笛，給你背上一掌，你還有命嗎？」顧金標心想文泰來確是手下留情，也就不言語了。

四人商量着到回部去找霍青桐，給遼東三魔報仇。韓文沖一定不肯同去，三人不便勉強，到了孟津就此分手。韓文沖回到洛陽隱居，閉門彈琵琶，再不出山，終於得享天年。

余魚同聽文泰來問他出家原因，嘆了一口氣，說道：「四哥，我對你不住，你肯原諒我嗎？」文泰來道：「咱們是好兄弟，別說你沒甚麼對我不起，就是有，那也是無心之過，我怎會介意？」余魚同道：「這不是無心之故，乃是有意的忘恩負義。」文泰來微微一笑，道：「你捨命救我，非止一次，若說對我無義，有誰能信？」月光下見他身披袈裟，面目毀傷，又怎是昔日那個英俊少年，不由得一陣心酸，說道：「十四弟，咱們是生死骨肉的交情。便有天大的難事，四哥也一力為你擔當，為何如此心灰意懶？」

余魚同自從父母被害，流落江湖，以往紅花會眾兄弟間雖然交情都好，但從沒人如此眞如親哥哥般對他說話，不覺動情，但轉念一想，我既已出家，一切情絲俗緣都要斬斷，於是硬起心腸，冷冷的道：「四哥，你請回去吧。以後咱們不一定有再見之日。我叫空色，你別再叫我十四弟啦。」說罷突然轉身進寺。

文泰來呆了半晌，看他神情，知道再勸也是無用，雖然掌斃強敵，得報深仇，然見余魚同如此，甚是鬱鬱，不由得長嘆一聲，悄回孟津。

余魚同回入寺中，只見滿殿佛像碎片，四具屍體橫臥就地。他跪在殘破的佛像之前，深切懺悔，忽聽得輕輕的嗆啷一響，抬起頭來，自己那枝金笛竟便在面前閃閃生光。他吃了一驚，回過頭來，只見李沅芷站在身後。這時她穿了女裝，燈光下越顯嫵媚，只是滿臉幽怨。余魚同合十打了一躬，並不作聲。李沅芷見他如此忍心，欲言又止，再也忍不住，坐在地下掩面哭了出來。

文泰來回到客店，駱冰已穿好衣服，帶了兵刃，正要出外尋他，見他回來，心中大喜，怪道：「怎麼悄悄一個人出去，也不叫人家一聲。」文泰來道：「誰叫你睡得這樣沉？那一天讓人綁了去，怕還睡得不知道呢。」駱冰笑道：「那最好，也好讓你嚐嚐着急的滋味。」見丈夫神色淒然，忙問：「怎麼啦？」文泰來道：「我見到了十四弟，他做了和尚。」駱冰一怔。文泰來道：「咱們見總舵主去。」叫醒了陳家洛、徐天宏等人，述說經過，章進第一個忍不住，跳起身來。衆人忙奔寶相寺而去。

到得寺中，只見空蕩蕩的已無一人，想是寺僧見衆人惡鬥兇殺，嚇得逃走了還沒敢回來。駱冰見佛像前供桌上壓着一張字條，取在手中，衆人圍攏來看，見字條上寫道：

「總舵主暨各位哥哥英鑒：小弟罪孽深重，出家懺悔，以了塵緣，望各位努力大事，以成不世功業，小弟日夕在佛前爲此禱告。小弟現出外募化，重修佛像金身，或數月之後，方能歸也。關東三魔已首途回部，尋翠羽黃衫去矣，務請設法攔阻爲要。小弟魚同頓首再拜」

衆人看了都很傷感，駱冰心中更是說不出的滋味。章進怒道：「出甚麼屁家？咱們把這廟放火燒了，瞧他還做不做成和尚？」說着拿了燭台，就要去放火，駱冰連忙喝止。

徐天宏道：「我看十四弟凡心未斷，未必能做一輩子和尚。」文泰來忙問：「何以見得？」徐天宏道：「第一、他還掛念咱們的大事。第二、他要募化重修佛像，但他素來心高氣傲，不屑求人，要他募化，那能成功？我瞧他勢必仍用老法子，要去刦盜爲富不仁的大戶。」說到這裏，衆人都笑了起來。陳家洛笑道：「那還像甚麼和尚？」徐天宏道：「他連翠羽黃衫都還放心不下，只怕做和尚很難。這字條上署的是他本名，不寫和尚法名。看來他對自己的和尚身分也不怎麼在乎。」衆人聽他一說，都覺有理，也就寬懷。

文泰來道：「這關東三魔武功很強，不知那翠羽黃衫能敵得住嗎？」徐天宏道：「我們曾見霍青桐姑娘和六魔閻世章相鬥，霍姑娘稍勝他一籌。不過若非總舵主出手相救，只怕也已遭了他的毒手。」文泰來道：「那不成，這大魔滕一雷力氣大得異乎尋常，十分厲害。」

徐天宏道：「那麼咱們趕快動身去回部，路上把三魔截住。等咱們辦完正事，再回來勸十四弟吧。」衆人都說不錯。

衆人回到孟津，天已發白，便到酒樓去吃麵喝酒。

徐天宏道：「三魔既已動身，咱們最好有人騎四嫂的白馬趕過頭去。眼下回部軍情緊迫，木卓倫老英雄他們正忙於應付，別讓翠羽黃衫冷不防的給三魔打個措手不及。」陳家洛心想此言甚是，皺眉不語。

章進道：「那我先去吧，你們隨後來。」徐天宏道：「你性子急，別途中惹事，誤了大事。」章進道：「我不惹事就是。」駱冰明白徐天宏的意思，說道：「你不懂回語，途中好生不便，目下到處有戰事，別讓回人們起了誤會。」座中只有陳家洛和心硯兩人在回疆住過十年之久，精通回語，駱冰這句話明明是要他們去了。陳家洛仍是不語。心硯道：「少爺，那麼我先走吧。」徐天宏道：「總舵主，我瞧你還是先走最妥。你懂回語，功夫又好，關東三魔和你沒朝過相，就是狹路相逢，動手不動手都不打緊。你趕到之後，要是兆惠仍不停手，你還可以幫他們出些主意。」陳家洛沉吟半晌，說道：「好吧！」吃過麵後，謝了上官毅山，和衆人作別，跨上駱冰的白馬，向西馳去。

陳家洛得知關東三魔要去找霍青桐報仇，甚是關切，翠羽黃衫的背影在大漠塵沙中逐漸隱沒的情景，當即襲上心頭，但想到那姓李少年和她親密異常的模樣，以及陸菲青所說他徒兒與她兩相愛悅的言語，又覺自己未免自作多情，徒尋煩惱，然而要將心頭的思念置之度外，卻又不能。

那白馬脚程好快，只覺耳旁風生，山崗樹木如飛般在身旁掠過。到得午間，已奔出二百多里，自必早把關東三魔遠遠拋在後面。打過尖後，縱馬又馳，心想今日奔跑一日，關東三魔永遠別想再趕得上，晚間在客店中歇宿時，已全然放心。

不一日已到肅州，登上嘉峪關頭，倚樓縱目，只見長城環抱，控扼大荒，蜿蜒如綫，俯視城方如斗，心中頗爲感慨，出得關來，也照例取石向城投擲。關外風沙險惡，旅途艱危，相傳出關時取石投城，便可生還關內。行不數里，但見烟塵滾滾，日色昏黃，只聽得駱駝背上有人唱道：「一過嘉峪關，兩眼淚不乾，前邊是戈壁，後面是沙灘。」歌聲蒼涼，遠播四野。

一路曉行夜宿，過玉門、安西後，沙漠由淺黃逐漸變爲深黃，再由深黃漸轉灰黑，便近戈壁邊緣了。這一帶更無人烟，一望無垠，廣漠無際，那白馬到了用武之地，精神振奮，發力奔跑，不久遠處出現了一抹崗巒。

轉眼之間，石壁越來越近，一字排開，直伸出去，山石間雲霧瀰漫，似乎其中別有天地，再奔近時，忽覺峭壁中間露出一條縫來，白馬沿山道直奔了進去，那便是甘肅和回疆之間的交通孔道星星峽。

峽內兩旁石壁峨然筆立，有如用刀削成，抬頭望天，只覺天色又藍又亮，宛如潛在海底仰望一般。峽內岩石全係深黑，烏光發亮。道路彎來彎去，曲折異常。這時已入冬季，峽內初有積雪，黑白相映，蔚爲奇觀，心想：「這峽內形勢如此險峻，眞是用兵佳地。」

過了星星峽，在一所小屋中借宿一晚。次日又行，兩旁仍是綿亙的黑色山崗。奔馳了幾個時辰，已到大戈壁上。戈壁平坦如鏡，和沙漠上的沙丘起伏全然不同，凝眸遠眺，只覺天地相接，萬籟無聲，宇宙間似乎唯有他一人一騎。他雖武藝高強，身當此境，不禁也生慄慄之感，頓覺大千無限，一己渺小異常。

到哈密城後，心想軍情緊急，對外來旅客盤查必嚴，於是繞過城市，逕到城西的二堡。次日起來，尋思一過二堡向西，就要打聽霍青桐的所在了，自己是漢人，只怕回人疑心自己是奸細，如何取得他們信任，倒要費一番周折，還是換了回人裝束較好，於是在二堡買了回人戴的繡花小帽、皮靴和條紋衣衫，到曠野中換了，把原來衣服埋在沙中。臨溪一照，宛然是個回族少年，自覺有趣，不禁失笑。

但一路之上，竟沒遇到一個回人。沿途回人聚居的村落市集都已燒成白地，自是兆惠大軍幹的好事，所有回人必定都已逃入沙漠腹地。不由得着急起來，在這無邊無際的大漠之上，卻到那裏去找霍青桐？心想如沿大路尋訪，只怕再也找不到一人，於是折而向南，儘往偏僻山地中亂走。回疆本就荒涼，不循大路，更是難遇人烟，向南走了三天，乾糧吃完，幸好不久便打死了一隻黃羊。

又走了兩日，途中見到幾個牧人，一問之下，卻都是哈薩克族人。他們只知滿清大軍來了之後，回部大隊人衆都往西退走，卻不知退往何處。

徬徨無計，只得縱馬向西，信蹄所之，不加控馭，每天奔馳三四百里。如此走了四日，眼見皆是黃沙，天色濛暗，不知盡頭。

這日天氣忽然熱了起來，大漠之中氣候變化劇烈，往往一日之內數歷寒暑。本來水囊中的水都結了薄冰，這時卻越走越熱，烈日當空，人馬身上都是汗水，他想找個陰涼所在休息，四顧茫茫，盡是沙丘，只得馳到一個大沙丘的背日處，打開水袋喝了三口，也讓白馬喝了三口，雖然奇渴難當，卻不敢多喝，只怕附近找不到水源，喝完了水那可是死路一條。

人馬休息了一個時辰，上馬又行。正走得昏昏沉沉、人困馬乏之時，忽然白馬仰起頭來，向天空嗅了幾嗅，振鬣長嘶，轉過身來，向南奔馳，陳家洛知道此馬頗具靈性，便也由牠。奔不多時，沙丘間忽然出現了稀稀落落的鐵草，再奔一陣，地下青草漸多。陳家洛知道前面必有水源，心中大喜。那白馬這時精神大振，四蹄如飛。不一會，已聽得淙淙水聲。

轉眼之間，面前出現一條小溪，白馬奔到溪邊，陳家洛跳下馬來，見水清見底，撫摸馬背，笑道：「多虧你找到這條小溪，咱們一起喝吧！」俯身溪邊，掬了一口水喝下，只覺一陣清涼，直透心肺。那水甘美之中還帶有微微香氣，想必出自一處絕佳的泉水。溪水中無數小塊碎冰互相撞擊，發出清脆聲音，丁丁東東，宛如仙樂。那馬喝了幾口水後，長嘶一聲，跳躍了數下，也是說不出的歡喜。

陳家洛飲足溪水，心曠神怡，胸襟爽朗，回顧身上滿是沙塵，於是捲起褲脚，踏入水中，把頭臉手脚洗了個乾淨，再把馬牽過，給牠洗刷一遍。然後在兩隻皮袋中裝滿了水。冰塊閃耀之中，忽見夾雜有花瓣飄流，溪水芳香，當是上游有花之故，心想：「沿溪上溯，或許遇得到人，能問到霍青桐的行蹤。」於是騎上了馬，沿溪水向上游行去。

漸行溪流漸大。沙漠中的河流大都上游水大，到下游時水流逐漸被沙漠吸乾，終於消失。

他久住回疆，也不以爲奇，但見溪旁樹木也漸漸多了。縱馬急馳了一陣，溪水轉彎繞過一塊高地，忽然眼前一片銀瀑，水聲轟轟不絕，匹練有如自天而降，飛珠濺玉，頓成奇觀。

在這荒涼的大漠之中突然見此美景，不覺身神俱爽，好奇心起，想看看瀑布之上更有甚麼景色，牽馬從西面繞道而上。轉了幾個彎，從一排參天青松中穿了出去，登時驚得呆了。眼前一片大湖，湖的南端又是一條大瀑布，水花四濺，日光映照，現出一條彩虹，湖周花樹參差，雜花紅白相間，倒映在碧綠的湖水之中，奇麗莫名。遠處是大片青草平原，無邊無際的延伸出去，與天相接，草地上幾百隻白羊在奔跑吃草。草原西端一座高山參天而起，聳入雲霄，從山腰起全是皚皚白雪，山腰以下卻生滿蒼翠樹木。

他一時口呆目瞪，心搖神馳。只聽樹上小鳥鳴啾，湖中冰塊撞擊，與瀑布聲交織成一片樂音。呆望湖面，忽見湖水中微微起了一點漪漣，一隻潔白如玉的手臂從湖中伸了上來，接着一個濕淋淋的頭從水中鑽出，一轉頭，看見了他，一聲驚叫，又鑽入水中。

就在這一刹那，陳家洛已看清楚是個明艷絕倫的少女，心中一驚：「難道眞有山精水怪不成？」摸出三粒圍棋子扣在手中。

只見湖面一條水綫向東伸去，忽喇一聲，那少女的頭在花樹叢中鑽了起來，青翠的樹木空隙之間，露出皓如白雪的肌膚，漆黑的長髮散在湖面，一雙像天上星星那麼亮的眼睛凝望過來。這時他那裏還當她是妖精，心想凡人必無如此之美，不是水神，便是天仙了，只聽一個清脆的聲音說道：「你是誰？到這裏來幹麼？」

說的是回語，陳家洛雖然聽見，卻似乎不懂，怔怔的沒作聲，一時縹緲恍惚，如夢如醉。

那聲音又道：「你走開，讓我穿衣服！」陳家洛臉上一陣發燒，疾忙轉身，竄入林中。

他坐在地下，心中突突發跳，暗想：「難道這只是個尋常的回人少女？她裸着身子在湖中洗澡，我居然看見了還不避開，咳，眞是不該。」他十分不好意思，就想馬上逃開，但想好容易見到了人，怎不問問她霍青桐的信息，一時委決不下。忽然湖那邊傳來了嬌柔淸亮的歌聲：

「過路的大哥你回來，
　為什麼逃得快？口不開？
　人家洗澡你來偷看，
　我問你喲，
　這樣的大膽該不該？」

歌聲輕快活潑，想見唱歌的人頰邊含有笑意。

陳家洛聽她歌中含意嘲弄多於責怪，於是慢慢走回湖邊，緩緩抬頭，只見湖邊紅花樹下，坐着一個全身白衣如雪的少女，長髮垂肩，正拿着一把梳子慢慢梳理。她赤了雙脚，臉上髮上都是水珠。陳家洛一見她的臉，一顆心又是怦怦而跳，暗想：「天下那有這般美女？」只見她舒雅自在的坐在湖邊，明艷聖潔，儀態不可方物，白衣倒映水中，落花一瓣一瓣的掉在她頭上、衣上、影子上。他平時瀟洒自如，這時竟吶吶的說不出話來。

那少女向他嫣然一笑，招手要他走近。陳家洛用回語說道：「在下路過此地，天熱口渴，忽然遇到這條清涼的溪水，找到了這裏。不料無意沖撞了姑娘，實是無心之過，還請原諒。」

說着行了一禮。那少女見他說得斯文，又是一笑，唱了起來：

「過路的大哥那裏來？
你過了多少沙漠多少山？
你是大草原上牧牛羊？
還是趕了駝馬做買賣？」

陳家洛知道回人喜愛唱歌，平時說話對答，常以歌唱代替，出口成韻，風致天然，自己雖在大漠多年，但每日勤練武功，卻沒學到這項本事。他不知這少女的來歷，不願把自己的事據實以告，說道：「我從東邊來，原是在關內趕駱駝做生意的，現今有件要事，要找一個人，要向姑娘打聽。」

那少女見他不會唱歌，微微一笑，也就不唱了，問道：「你叫甚麼名字？」陳家洛道：「我叫阿密特。」那是回人最常用的男人名字。那少女笑道：「好吧，那麼我叫愛西翰。」那也是回人女子中最多用的名字，有如漢人的芬芳貞淑之類。

那少女又道：「你要找誰？」陳家洛道：「我要找木卓倫老英雄。」那少女微微一怔，說道：「你識得他麼？找他有甚麼事？」陳家洛道：「我識得他。我還識得他的兒子霍阿伊和女兒霍青桐。」

那少女道：「你在那裏見過他們？」陳家洛道：「他們到中原去奪還聖經，我剛巧遇着。」那少女道：「這就是了，你坐下吧，我去拿點東西給你吃。」她赤着雙脚，奔進樹叢中，不一會拿來一個碧綠的哈密瓜，一大碗馬乳酒，遞給了他。陳家洛謝了，先喝一口馬乳酒，甚覺甘美。那少女又遞給他一把小銀刀，剖開瓜來，瓜肉如黃色緞子一般，咬了一口，香甜爽脆，汁液勝蜜。

那少女問道：「你找木卓倫老爺子有甚麼事？」陳家洛聽她語氣，對木卓倫很是尊敬，問道：「木卓倫老英雄是姑娘一族的麼？」那少女點點頭。陳家洛道：「他們在奪還聖經時殺了幾名鏢師，現今鏢師的朋友要來報仇。我得知訊息，趕來報信，好教他們防備。」

那少女本來一直笑口吟吟，聽了這話，登現關懷之色，忙問：「來報仇的人很厲害麼？人很多麼？」陳家洛道：「人倒不多，不過武藝很好。但咱們只要事先有備，也不必怕。」那少女放了心，笑道：「那麼我馬上領你去，路上得走好幾天呢。」她一面梳髮結辮，一面道：「滿清大軍無緣無故的來打咱們，男人都打仗去啦，我和姊妹們在這裏瞧着牲口。天氣熱，我下湖洗澡，那想到這裏還有你這個男人躲着。」陳家洛見她說話時天真爛漫，毫無機心，而玉容麗色，生平連做夢也想像不到，此情此境，非復人間，一時不由得痴了。

那少女梳完了頭，拿起一隻牛角來嗚嗚的吹了幾下，便有幾個回族女子騎馬從草原上奔來。那少女迎上去，和她們說了一陣，想來總是說要領他到木卓倫那裏，要她們幫同照料牲口之意。那幾個女子不住打量陳家洛，甚感好奇。

那少女回到林中帳篷，拿了乾糧和使用物品，牽了一匹紅馬過來。這馬全身上下如火炭般紅，並無半根雜毛，腿長膘肥，也是匹良駒。陳家洛去牽了白馬。那少女道：「你這匹馬很好。咱們走吧！」一躍上馬，體態輕盈。她當先領路，沿着溪流逕往南行。

那少女道：「你到了漢人的地方，漢人對你好不好呀？」陳家洛道：「有的好，有的壞，不過好的多。」這時本想說明自己乃是漢人，但見她毫無猜疑的神情，一時倒說不出口。那少女問起漢人地方的風土人情，陳家洛揀有趣的說了一些，她聽得憨憨的出了神。

這天將到傍晚，行到了一座大山之側，那少女一抬頭，忽然驚叫起來。陳家洛依着她目光望去，只見半山腰裏峭壁之上，生着兩朵海碗般大的奇花，花瓣碧綠，四周都是積雪，白中映碧，加上夕陽金光映照，嬌艷華美，奇麗萬狀。

那少女道：「這是最難遇上的雪中蓮啊，你聞聞那香氣。」陳家洛果然聞到幽幽甜香，從峭壁上飄將下來，那花離地約有二十餘丈，仍然如此芬芳馥郁，足見花香之濃。那少女望着那兩朵花，戀戀不捨的不願便走。

陳家洛知她心中愛極，說道：「你想要麼？」那少女歎了一口氣，道：「走吧，咱們今日見到了雪中蓮，聞到了花香，那也是很大福氣了。」陳家洛微微一笑，忽然縱身離鞍，向峭壁上躍去。那少女驚叫起來：「喂，你幹麼啊？」

陳家洛這時凝神屏氣，全神貫注，已聽不到她的叫聲。他丹田中一股內息提在胸腹之間，以自己輕功是否能上得峭壁，實無把握，但這時渾沒計及生死，手脚並用，緩緩的攀上了十多丈，再向上時，峭壁上積雪都結了冰，滑溜不堪，幾次失足，都是以輕功借勢旁竄，才沒落下。爬到離花還有丈許之地，峭壁忽然整塊凸出，在下面看來並不明顯，要爬上去卻絕無可能。心想：「難道到了這裏，仍然功虧一簣？」靈機一動，從懷裏取出珠索，看準花旁一塊凸出的山石，拋了上去纏住了。這時劍盾已拿在左手，右手拉着珠索一使勁，凌空躍起，看準地點，落在雪中蓮之旁，左手劍盾牢牢按在堅冰之中，這才長長吁了口氣，只覺幽香中人欲醉，於是輕輕把兩朵大花折下，交在左手，以劍盾護住。

下去時看似艱險，於身有武功之人卻甚容易，他沿着峭壁直溜下去，溜得太快時劍盾便在山石上一按，稍阻下墮之勢，到離地三四丈時，雙脚在峭壁上一撐，如一隻大鳥般撲下來，輕飄飄的落在少女馬前，抛下劍盾珠索，微微一笑，雙手將兩朵蓮花捧到她面前。

那少女伸出一雙纖纖素手來接住了。陳家洛見她的手微微顫動，抬頭望她臉時，只見珍珠般的眼淚滾了下來，有幾滴淚水落在花上，輕輕抖動，明澈如朝露。陳家洛不明白她為甚麼流淚，卻也不問。

兩人默默無言的上馬走了一陣，陳家洛心想：「我今日眞如傻了一般，也不知為甚麼，她想要那花，我就不顧性命的去給她取來。」回頭瞧那峭壁，但見峨然聳立，氣象森嚴，自己也不禁心驚。忽覺全身一片冰涼，原來攀上峭壁時大汗淋漓，濕透衣衫，這時汗水冷了，手足也隱隱酸軟。那少女的至美之中，似乎蘊蓄着一股極大的力量，教人為她粉身碎骨，死而無悔。

天色將黑時，兩人在河旁的一塊大石下歇宿。那少女生了火，把帶着的乾黃羊烤熟，切開了與他共吃。她一直不說話，陳家洛也不敢開口，好似一說話便褻瀆了這聖潔的情景。那少女默默望了他一眼，忽然奔出數十步，俯伏在地，向神禱祝。火光熊熊，映着她背影，四下寂靜，只有雪中蓮的香氣暗暗浮動。

那少女站起身來時，笑容滿臉，走回來說道：「你不怕摔死嗎？」陳家洛道：「那時沒想到會不會摔死，就怕摘不到你心愛的那兩朵花。」那少女微微一笑，分了一朵雪中蓮給他，道：「這朵給你。」

陳家洛本想推辭，但她溫婉柔和的一句話，卻似是最嚴峻的命令一般，教人無法違抗，便接了過來，暗忖：「要是紅花會衆兄弟見到，他們總舵主竟這般乖乖的聽一個女孩子的話，不知會怎樣想？」

那少女問道：「你學過武功是不是？怎麼能爬到那樣高的山崖上去？」陳家洛聽她語氣，知她全不會武，因此竟沒看出自己一身上乘的輕身功夫，說道：「其實也不怎樣難的，只要膽子大一些，也就成了。」那少女不知這是謙辭，想了一會，讚歎道：「啊，你眞勇敢！」

她隨即告訴他，自己從小在草原上牧羊，最愛花草。她說：「有許多許多好看的花，開在草地上。你一眼望出去，鮮花一直開到天邊。我寧可不吃羊肉，也要吃花。」陳家洛奇道：「花也可吃麼？」那少女道：「當然啦，我從小吃到現在。爸爸和哥哥本來不許，可是我一個人出來牧羊，他們又管我不着。後來見我吃了沒事，也就不管啦！」陳家洛本來想說：「怪不得你像花一樣好看。」可是這句話衝到口邊，又縮了回去。

坐在那少女身旁，只覺得一陣陣淡淡幽香從她身上滲出，明明不是雪中蓮的花香，也不是世間任何花香，只覺淡雅淸幽，甜美難言，心想：「不見她搽甚麼脂粉，怎麼這般香？而世上脂粉之中，又那有如此優雅的香氣？」正自神魂顚倒，突然一驚，想到禮法之防，不由得稍稍坐開了些。

那少女覺察到了他辨別香氣的神態，嫣然一笑，說道：「想是因爲我愛吃花，所以自幼兒身上就有股氣味，你不喜歡嗎？」陳家洛給她問得面紅過耳，吶吶的說不出話來，轉念一想：「這姑娘天眞爛漫，心地坦白，我如再以世俗之見相待，反不夠光明磊落了。」這麼一想，登覺心中光風霽月，再無蝎蝎螫螫之態，和她暢談起來。

那少女說的儘是草原上牧羊、採花、看星、覓草，以及女孩子們的遊戲鬧玩。陳家洛自離家之後，一直與刀槍拳脚爲伍，這些嬰嬰宛宛之事早已忘得乾淨，此時聽她娓娓說來，眞有不知人間何世之感。那少女說了一陣，抬頭望天，只見耿耿銀河橫列天際，牛女雙星，夾河相對。

陳家洛指着織女星道：「這是一個女子。」又指着牽牛星道：「這是一個男人。」那少女很感興味，道：「你講這故事給我聽。」於是陳家洛把牛郎織女的故事說給她聽了。那少女仰望銀河，見雙星隔河相望，不能相會，登感鬱鬱，說道：「從前瞧見喜鵲，覺得黑黑的挺不好看，向來不喜歡，那知道牠們這麼好，會造橋給牛郎織女相會。以後我一定多餵些東西給牠們吃。」

陳家洛道：「天上兩個仙人雖然一年只會一次，可是他們千千萬萬年都能相會，比凡人數十年就要死去，又好得多了。」那少女點點頭。陳家洛道：「漢人有個詩人，做了一個歌兒，講這件事的。」於是把秦觀那闋「鵲橋仙」的詞譯成了回語。

那少女聽到「金風玉露一相逢，便勝卻人間無數」，以及「柔情似水，佳期如夢」，「兩情若是久長時，又豈在朝朝暮暮」這幾句時，眼中又有了晶瑩的淚珠，默默不語，望着火光，過了一會，悄悄說：「漢人眞聰明，會編出這樣好的歌兒來。」

大漠上一到夜晚，氣候便即奇冷，陳家洛找了些枯草樹枝，生旺了火，兩人裹着毯子，各自睡了。兩人睡處相隔很遠，然而陳家洛在夢中似乎儘聞到那少女身上的幽香。

次晨又行，向西走了四日，已到塔里木河邊。這天下午，忽然南面山邊出現了兩名回人的騎兵。那少女迎上去和他們講了幾句話，回人行禮退開。

那少女回來對陳家洛道：「滿洲兵已佔了阿克蘇和烏什，木卓倫老英雄他們已退到了葉爾羌，這裏去還有十多天路程呢。」陳家洛聽得清兵得勝，甚是憂慮。那少女道：「剛才那兩個大哥說，滿洲兵人多，咱們只好一路西退，叫他們糧草接濟不上，在這大戈壁裏餓得要命，沒力氣打仗。」

陳家洛本來擔心霍青桐的安危，聽了此言，心想回人大隊西退，諒來清兵一時也奈何他們不得，只要乾隆停戰的敕命一到，兆惠自會退兵。現下霍青桐離中土萬里，又是在大軍環擁之中，決不怕滕一雷等區區三人尋仇，這麼一想，便即寬慰。

兩人曉行夜宿，言笑不禁，日益融洽。陳家洛內心似乎隱隱盼望：「最好這條路永遠走不到盡頭，就這樣走一輩子。」但這個念頭卻想也不敢去想，心頭一現此意，向那純潔無邪的少女望了一眼，登感自慚形穢，但覺自己一介凡夫俗子，能陪得她同行數日，已是非份之福，豈可更有他求？

這天傍晚，眼見太陽將要在天邊草原隱沒，突然忽喇一聲，一隻小鹿從樹叢中跳了出來。那少女嚇了一跳，隨即拍手嘻笑，叫道：「一隻小鹿，一隻小鹿！」那小鹿生下不久，稚弱異常，咩咩的叫了兩聲，又跳回樹叢。

那少女跟過去瞧，突然退了回來，輕聲道：「那邊有人！」陳家洛湊到樹叢邊一望，只見五名清兵正圍着在剝切一頭大鹿。小鹿在他們身邊繞來繞去，不住悲鳴，那頭被打死的大鹿定是牠母親了。一名清兵罵道：「他媽的，連你一起吃了！」站起身來，彎弓搭箭，對準小鹿要射。小鹿不知奔逃，反越走越近。

那少女驚呼一聲，從樹叢中奔了出來，擋在小鹿面前，叫道：「別射，別射！」那清兵一驚，待看清楚時，見那少女光艷不可逼視，不由得退了一步。其餘四名清兵也都站了起來。這時陳家洛也早躍出，站在少女身旁相護。那少女俯身抱起小鹿，摸着牠柔軟的皮毛，柔聲說道：「你媽媽給人打死了，眞可憐。」側着頭親親牠，恨恨的望了清兵一眼，轉過身走出樹叢。

五名清兵議論了幾句，忽然齊聲發喊，挺刀追來。那少女也發足奔跑，要跑到馬邊。清兵的一名把總呼喝口令，五人分散了包抄上來。

陳家洛拉住少女的手，說道：「別害怕，我打死這些壞人，給小鹿的媽媽報仇。」那少女這時對他已全心全意的信任，雖想一個人要抵敵對方五人只怕不易，但他既然說了，就沒絲毫懷疑，抱着小鹿，靠在他身邊。陳家洛伸手輕撫小鹿。

五名清兵追到，四面圍攏。那把總打着半生不熟的回語喊道：「幹麼的？過來。」那少女抬頭望着陳家洛，陳家洛向她微微一笑，那少女也報之一笑，登時寬懷，心想他是在微笑，那麼這些清兵也決不會傷害他們了。

那把總叫道：「拿下來！」四名清兵拋下兵刃，撲了上來。說也奇怪，這些兵士平素最喜凌辱婦女，但見了那少女的容光，竟然不敢褻瀆，都是撲向陳家洛。那少女驚叫起來，叫聲未畢，忽然呼蓬、呼蓬數響，四名清兵一齊飛出，跌倒在地，哼哼唧唧的爬不起來，原來都給點了穴道。那把總見勢頭不對，轉身飛奔。陳家洛叫道：「回來！」珠索飛出，套住他的脖子，向後一扯，那把總接連兩個觔斗，翻了過來。

那少女拍手嘻笑，眼露敬慕之色，望着陳家洛。他牽了她手，在身旁大石上坐下，用回語問那把總道：「你們到這裏來幹麼？」

那把總楞楞的爬起身來，見四名下屬都躺在當地，動彈不得，知道今日遇上了剋星，不敢倔強，說道：「我們，兆惠將軍，部下小兵，上司差去，那裏，我們，那裏。」陳家洛心想這話倒也不錯，問道：「你們五個人要到那裏？你不說實話，我就不放人，不給救治，讓你們在這大沙漠中餓死渴死。」把總聽了這話，身子發抖，忙道：「我不騙，上司差去，星星峽，接人。」他說回語結結巴巴的說不清楚，陳家洛改用漢語問他：「去接誰？」把總也用漢語說道：「接驍騎營一位佐領。」陳家洛道：「他叫甚麼名字？你把公文拿給我看。」那把總遲疑半晌，從懷裏掏出一件公文來。陳家洛一瞥之下，吃了一驚，原來公文封皮上寫着：「呈張佐領召重大人勛啓」幾個大字。

陳家洛心想：「那日杭州獅子峯一戰，張召重已由他師兄馬眞帶去管教，怎地又到回疆來？」隨手撕開公文。那把總忙要攔阻，陳家洛理也不理，抽出公文看時，見文中道：得知張大人奉旨前來回疆，甚是欣慰，現特派人前來迎接，下面署名的是兆惠。陳家洛心想：「張召重奉旨而來，似是下達收兵的敕命，倒是不應阻攔。」把公文還給了把總，解開四名兵士身上穴道，更不多說，與那少女上馬而去。

那少女笑道：「你眞能幹。像你這樣的人，在咱們族裏一定很出名，怎麼我以前沒聽說過呀？」

陳家洛微微一笑，說道：「小鹿一定餓啦，你給牠甚麼吃的？」那少女道：「不錯，不錯！」從皮袋裏倒了些馬奶在掌，讓小鹿舐吃。她手掌白中透紅，就像一隻小小的羊脂白玉碗中盛了馬奶。小鹿吃了幾口，咩咩的叫幾聲。少女道：「牠是在叫媽媽呀！」

陳家洛等向東邊佯攻。心硯乘了駱冰的白馬，冒險出去求救。白馬放開四蹄，衝風冒雪，向西疾馳而去。清兵疏疏落落的射了幾箭，並不出力阻攔。

# 第十四回　蜜意柔情錦帶舞　長槍大戟鐵弓鳴

兩人又行了六天，第七日黎明行不多時，忽然望見遠處一陣雲霧騰空而起。陳家洛道：「怕要颳風吧？」那少女仔細一看，說道：「這不是烏雲，是地下的塵沙。」陳家洛道：「怎麼這樣多？」那少女道：「我也不知道。咱們過去瞧瞧！」兩人縱馬疾馳，跑了一陣，前面塵沙揚得更高，更聽得隱隱傳來金鼓之聲。陳家洛一怔，急忙勒馬，說道：「是軍隊，你聽這聲音。」驀地裏號聲大作，戰鼓雷鳴。

陳家洛驚道：「雙方大軍開戰，咱們快避開了。」兩人勒馬向東，走不多時，前面塵頭大起，一彪軍馬直衝過來。只聽得鐵甲鏗鏘，塵霧中一面大旗飛出，寫着斗大一個「兆」字。陳家洛在黃河渡口曾與兆惠的鐵甲軍交過手，知道厲害，一打手勢，又折向南奔。幸好兩人坐騎脚程奇快，奔了一會，和鐵甲軍離得遠了。

那少女面現憂色，說道：「不知咱們的隊伍敵不敵得住。」陳家洛正要出言安慰，忽然前面號角齊鳴，一排排步兵列成隊伍踏步而前，又聽得左側戰鼓急擂，大地震動，數萬隻馬蹄敲打地面，漫山遍野的騎兵湧了過來。陳家洛左手一抄，把那少女抱到自己馬上，拿出劍盾，護在她胸口，柔聲道：「別害怕。」那少女回頭一笑，點點頭，說道：「你說不怕，我就不怕。」她說話時吹氣如蘭，陳家洛和她相隔既近，幽香更是中人欲醉，雖然身入重圍，心頭反生纏綿之意。

眼見東北南三面都有敵兵，於是縱馬向西馳去。那少女抱了小鹿，紅馬跟在後面。跑了一陣，忽見前面也出現清兵，隊伍來去，正自佈陣，四處已無路可走。

陳家洛暗暗心驚，縱馬馳上一個高坡，想看清戰場形勢，再找空隙衝出去。一瞧之下，登時呆了，只見西首密密層層的排着一隊隊滿清步兵，兩翼則是騎兵。對面遠處是身穿條紋衣服的回族戰士，長槍如林，彎刀似草，聲勢也極浩大。雙方射住陣脚，轉眼便要交鋒。原來陳家洛和那少女已陷在清兵陣裏。只見陣中將校往來奔馳指揮，千軍肅靜無聲。這時清軍已發見了兩人，有數名兵丁奉命前來查問。

陳家洛心想：「今日鬼使神差，陷入清兵大軍陣裏，看來這條性命要送在這裏了。」想到得與懷裏的姑娘同死，心中一甜，臉露微笑，右手一揮珠索，左手提韁，喝一聲：「快跑！」雙腿一夾，那白馬如箭離弦，一溜烟般直衝出去。清兵待要喝問，白馬早已奔過身邊。那馬奔馳奇速，一幌眼奔過三隊清兵。

陳家洛心中正自暗喜，白馬突然收蹄停步，卻是前面鐵甲軍排得緊密，難以逾越。陳家洛凝神屏氣，兜轉馬頭，繞過鐵甲軍隊伍，只見弓箭手彎弓搭箭，長矛手斜挺鐵矛，一個間着一個，一眼望去，不計其數。只消清兵將官一聲令下，他和懷中少女身上立時千矛叢集，萬矢齊至，縱有通天本領也逃不過去，索性勒緊馬韁，緩緩而行，挺直了身子，目光向清兵望也不望，傲然走過。

其時朝陽初升，兩人迎着日光，控轡徐行。那少女頭髮上、臉上、手上、衣上都是淡淡的陽光。清軍官兵數萬對眼光凝望着那少女出神，每個人的心忽然都劇烈跳動起來，不論軍官兵士，都沉醉在這絕世麗容的光照之下。兩軍數萬人馬箭拔弩張，本來血戰一觸卽發，突然之間，便似中邪昏迷一般，人人都獃住了。

只聽得噹啷一聲，一名清兵手中長矛掉在地下，接着，無數長矛都掉下地來，弓箭手的弓矢也收了回來。軍官們忘了喝止，望着兩人的背影漸漸遠去。

兆惠在陣前親自督師，呆呆的瞧着那白衣少女遠去，眼前兀自縈繞着她的影子，但覺心中柔和寧靜，不想厮殺，回頭一望，見手下一衆都統、副都統、參領、佐領和親兵，人人神色和平，收刀入鞘，在等大帥下令收兵。

兆惠不由自主叫道：「收兵回營！」將令下達，數萬步兵騎兵翻翻滾滾的退了下來，退出數十里地，在黑水河旁紮下大營。

陳家洛脫離險境，已是渾身冷汗淋漓，雙手微微發抖，那少女卻神色自若，竟是全然不知適才經歷了九死一生的大險。她微微一笑，縱身躍到紅馬背上，笑道：「前面是咱們的隊伍。」陳家洛收起劍盾，兩人躍馬向回人隊伍奔去。

一小隊回人騎兵迎了上來，大聲歡呼，馳到跟前，都跳下馬來向那少女致敬。那少女說了幾句話。騎兵隊長也上來對陳家洛行禮，說道：「兄弟，辛苦啦，願眞主阿拉保佑你。」

陳家洛回禮致謝。那少女不再等他，縱馬直向隊伍中馳去。她在回人中似乎頗有威勢，紅馬到處，人人歡呼讓道。

騎兵隊長招待陳家洛到營房中休息吃飯。陳家洛要見木卓倫。隊長道：「族長出去察看敵陣去啦，待他回來，馬上給你通報。」陳家洛旅途勞頓，適才經歷奇險，死裏逃生，已是心力交疲，於是在營中睡了一覺。

過了晌午，那騎兵隊長說木卓倫要到晚上方能回來。陳家洛問他白衣少女是誰。隊長笑道：「除了她，還有誰能這樣美？今兒晚上咱們有偎郎大會，兄弟你也來吧，在會上準能見到族長。」陳家洛心下納悶，不便多問。到得傍晚，只見營中青年戰士忙忙碌碌，加意修飾，個個容光煥發，衣履鮮潔。

大漠上暮色漸濃，一鈎眉毛月從天邊升起。忽聽得營外鼓樂之聲大作，那騎兵隊長走進帳來，拉了陳家洛的手，說道：「新月出來啦，兄弟，走吧。」

兩人來到營外，只見平地上燒了一大堆火，回人青年戰士正從四面八方走來，圍在火旁。四周有的人在烤牛羊、做抓飯，有的在彈琴奏樂，一片喜樂景象。

只聽號角吹起，一隊人從中間大帳走了出來，當先一人正是木卓倫，他兒子霍阿伊跟隨在後。陳家洛心想：「等他們辦完正事之後，我再上去相認。」於是把袷袢衣襟翻起，遮住了半邊臉。

木卓倫向衆人一揮手，大家跪了下來，向眞神阿拉禱告。陳家洛也隨衆俯伏。禱告完畢，木卓倫叫道：「已有妻室的弟兄們，今日你們辛苦一點，在外面守禦，讓你們的年輕兄弟高興一晚。」號角響起，三隊戰士列隊而出，各人左手牽馬，右手執着長刀。霍阿伊跨上戰馬，向坐在地下的年輕戰士叫道：「眞神保佑，讓你們今晚和心愛的姑娘歡敘。」年輕的戰士們歡呼叫喊：「眞神保佑，多謝你們辛苦抵擋敵人。」霍阿伊長刀虛劈，率領三隊戰士出外守禦去了。陳家洛見衆回人調度有方，軍容甚盛，暗暗欣慰。他久在回疆，知道回人婚配雖也由父母之命，須受財產地位等諸樣羈絆，但究比漢人的禮法要寬得多。偎郎大會是回人自古相傳的習俗，青年未婚男女在大會中定情訂婚，所謂「偎郎」，是少女去偎情郎，錦帶繞頸，一舞而定終身，自來發端於女方，卻是凰求鳳，而不是鳳求凰了。

不久樂聲忽變，曲調轉柔，帳門開處，湧出大羣回人少女，衣衫鮮艷，頭上小帽金絲銀絲閃閃發亮，載歌載舞的向火堆走來。陳家洛倏地一震，只見兩個少女並肩走到木卓倫身旁，一個穿黃，一個穿白。穿白的就是與他同來的美麗少女，穿黃的帽上插了一根翠羽，正是霍青桐。月光下看來，窈窕婀娜，一如當日。兩人一左一右，在木卓倫身旁坐下。

陳家洛忽然想起：「這白衣姑娘難道就是霍青桐的妹子？怪不得總覺她相貌有些熟悉，原來在玉瓶上見過她畫像。只是肖像畫得雖好，那有眞人美麗之萬一？」他臉上發紅，手心出汗，一顆心突突亂跳。自那日與霍青桐一見，不由得情苗暗茁，但見她與陸菲青的徒弟神態親熱，自以爲她已有愛侶，只得努力克制相思之念。這幾日與一位絕代佳人朝夕相聚，滿腔情思，不自禁的早轉到白衣少女身上了。此刻並見雙姝，不由得一陣迷惘，一陣恍惚。

樂聲一停，木卓倫朗聲說道：「穆聖在可蘭經上教導咱們，第二章第一百九十節說：『你們當爲主道，抵抗進攻你們的人。』第廿二章第三十九節說：『被攻擊的人，已得抗戰的許可，因為他們已受虧枉了。安拉援助他們，確是全能的。』咱們受人欺侮，安拉一定眷顧佑護。」衆回人轟然歡呼。木卓倫叫道：「各位兄弟姊妹們，儘量高興吧！」

馬頭琴聲中，歌聲四起，歡笑處處。司炊事的回人把抓飯、烤肉、蜜瓜、葡萄乾、馬奶酒等分給衆人。每人手中拿着一個鹽岩彫成的小碗，將烤肉在鹽碗中一擦，便吃了起來。過了一會，新月在天，歡樂更熾。許多少女在火旁跳起舞來，跳到意中人身旁，就解下腰間錦帶，套在他項頸之中，於是男男女女，成雙成對的載歌載舞。

陳家洛出身於嚴守禮法的世家，從來沒遇到過這般幕天席地、歡樂不禁的場面，歌聲在耳，情醉於心，幾杯馬奶酒一下肚，臉上微紅，甚是歡暢。

突然之間，樂聲一停，隨卽奏得更緊，正在歌舞的男女紛紛手攜手散開，臉上均露詫異之色，向木卓倫等一羣人凝望。陳家洛隨着他們眼光看去，只見那白衣少女已站起身來，正輕飄飄的走向火堆。衆回人大為興奮，竊竊私議。陳家洛聽得身旁的騎兵隊長道：「咱們香香公主也有意中人啦，誰能配得上她呢？」

木卓倫見愛女忽然也去偎郎，大出意外，很是高興，眼中含着淚光，全神注視。霍青桐從不知妹子已有情郎，也是又驚又喜。原來她妹子喀絲麗雖只十八歲，但美名播於天山南北，她身有天然幽香，大家叫她香香公主。回族青年男子見到她的絕世容光，一眼也不敢多看，從來沒人想到敢去做她的情郎，此時忽見她下座歌舞，那眞是天下的大事。

香香公主輕輕的轉了幾個身，慢慢沿着圈子走去，雙手拿着一條燦爛華美的錦帶，輕輕唱道：「誰給我採了雪中蓮，你快出來啊！誰救了我的小鹿，我在找你啊！」

陳家洛一聽，耳中嗡的一聲，登時迷迷糊糊的出了神，忽然一隻纖纖素手輕輕搭上了他肩頭，那條錦帶套到了他頭頸之中，輕輕向上拉扯。陳家洛怔怔的跟她站了起來。衆回人一陣歡呼，高聲唱起歌來。男男女女擁了上去，向兩人道喜。

朦朧月光之下，木卓倫和霍青桐都沒看清楚陳家洛的面貌，以爲只是個尋常回人，正要擠進人叢去相會，突然遠處號角嘟嘟嘟的吹了三聲。那是有緊急軍情的訊號，衆人一聽，立時散開。木卓倫與霍青桐也卽歸座。

香香公主牽了陳家洛的手，坐在衆人身後。陳家洛覺得她嬌軟的身軀偎倚着自己，淡淡幽香傳入鼻端，神魂飄盪，眞不知是身在夢境，還是到了天上。

衆人齊向號角聲處凝望，男子抄起兵刃，預備迎戰。兩騎馬馳近，兩名回人翻身下馬，報道：「清軍兆惠將軍派使者求見。」木卓倫道：「好，領他來吧。」兩人乘馬奔出。不一會，兩騎在前，後面跟着五騎，向人羣馳來。離人羣約十餘丈時，各人下馬走來。

那滿清使者身材魁梧，步履矯健，後面跟着四名隨從，卻是嚇人一跳。那四人都是七尺以上身材，比常人足足要高兩個頭，身子粗壯結實，實是罕見的巨人。

那使者走到木卓倫跟前，點了點頭，說道：「你是族長麼？」神態十分倨傲。清兵無故入侵回部，殺人放火，回人早已恨之刺骨，這時見那使者如此無禮，幾個回人少年更是忍耐不住，刷刷數聲，白光閃動，長刀出鞘。

那使者毫不在意，朗聲說道：「我奉兆惠大將軍之命，來下戰書。要是你們識得時務，及早投降，大將軍說可以饒你們性命，否則兩軍後天淸晨決戰，那時全體誅滅，你們可不要後悔。」他說的是回語，衆回人一聽，都跳了起來。

木卓倫見羣情洶湧，雙手連揮，命大家坐下，凜然對使者道：「你們無緣無故來殺害我們百姓，搶掠我們財物，眞神在上，定會懲罰你們的不義行爲。要戰就戰，我們只賸一人，也決不投降。」衆回人舉刀大呼：「要戰就戰，我們只賸一人，也決不投降。」月色下刀光如雪，人人神態悲壯。衆人均知淸兵勢大，決戰勝多敗少，但他們世代虔誠奉信伊斯蘭教，寶愛自由，決不做人奴隸。

那使者見此情形，嘴唇一扁，說道：「好，到後天教你們個個都死！」一口唾沫，狠狠的吐在地上，這是嚴重侮辱對方之意。早有三個回人少年跳出人羣，喝道：「今日你是使者，我們敬重賓客，讓你好好回去，後天在戰場上相見，那時再不客氣。」那使者嘴一努，四名隨從巨人搶將上來，推開三名回人少年，團團站在使者四周。使者叫道：「呸，你們這種人有甚麼用？今日讓你們瞧瞧我們滿洲人的手段。」手掌一拍，說道：「來吧！」

一名巨人四下一望，見有幾匹駱駝繫在一株白楊樹上，便大步走到樹旁，雙手抱住白楊樹，用力搖撼幾下，猛喝一聲：「起！」竟把那株白楊樹拔了起來。衆人見此神力，盡皆駭然。那人輕輕一拉，已把一頭大駱駝的韁繩扯斷，在駱駝後臀踢了一脚。駱駝受痛，直奔出去。駱駝平日走路慢條斯理，可是發起性來，比奔馬還快得多，等牠跑出十多丈，第二個巨人突然發脚追去。那巨人身軀雖大，行動竟然迅捷異常，一下子已趕及駱駝，捉住四脚，提了起來，把一隻幾百斤的大駱駝負在肩上，大踏步奔回，奔到火堆之旁放下，傲然站立。第三個巨人哼了一聲，伸出大掌，砰的一聲，對準駱駝頭上就是一拳。駱駝如此龐大的身軀竟爾站立不穩，搖幌幾下，撲地倒了。第四個巨人抓住駱駝兩腿，高舉過頂，在空中打了兩個圈，一聲叫喊，擲出六七丈之外。

這四個巨人是同胞兄弟，名叫忽倫大虎、忽倫二虎、忽倫三虎、忽倫四虎，是遼東寧古塔人氏。四兄弟一胎所生。他們母親生育這四個巨嬰時過於辛苦，勉強挨到生下忽倫四虎，就此失血而死。他們父親是個窮獵戶，死了妻子，沒有母乳如何養育這四個孩子，正在徬徨煩惱之際，忽聽得林中吼聲連連，卻是一隻母虎失足陷在捕獸阱內。他和同伴把母虎綑住，見牠身邊還有三頭剛生下的小虎，靈機一動，把小虎殺了，卻把母虎養在家裏，每日獵些野獸餵牠，擠虎乳把四個孩子養大。四兄弟自幼便力大無比，長大後更是身材魁偉，神力驚人，只是有些傻裏傻氣。出獵時不用器械，見到野獸，奔過去抓住頭頸，往山石上一擲，野獸登時斃命。四兄弟食量奇大，靠打獵為生總是不能吃飽。有一日兆惠到長白山中圍獵，遇見四人，見他們生具異相，便收為親兵，讓他們日日飽餐，這次要他們隨同使者前來，乘機一顯威風，好叫回人見之畏服。

衆回人見四個巨人露了這麼一手，都是暗暗吃驚，但在敵人面前那肯示弱，紛紛呼喝：「好好一頭駱駝，為甚麼弄死了？你們有人性麼？」那使者反唇相稽。衆回人更是忿怒，七張八嘴，吵了起來，眼見便要羣毆。那使者叫道：「你們想倚多為勝，欺辱使者麼？」

木卓倫喝止衆人，說道：「你是使者，卻命隨從弄死我們牲口，實是無禮已極，你若不是賓客，決計容你不得。你快走吧。」那使者傲然道：「我們堂堂滿洲人，難道會怕你們這種沒用的東西？你有回信，就交我帶去，諒你們也沒人敢去見兆惠將軍。」此言一出，眾回人又都叫嚷呼叱。

霍青桐突然站起，說道：「你說我們不敢去見兆惠將軍，哼，我們這裏個個人都敢去，別說男人，女人也敢去。」那使者一怔，仰天大笑，叫道：「女人？女人見到我們大軍不嚇死才怪呢！」霍青桐怒道：「你別小覷了人，我們馬上派人和你同去。像你這樣的人哪，我們這裏個個比你都強。由你來挑吧，挑着誰，誰就去。讓你瞧瞧我們穆罕默德信徒的氣概。」衆回人齊聲歡呼，男男女女都叫了起來：「你來挑吧，挑着誰，誰就去。」

那使者冷冷的道：「好。」他要找一個最嬌弱無用的女子，嚇得她當場號哭，好教衆回人臉上無光，大大出醜。他眼珠亂轉，在人叢中東張西望，突然眼睛一亮，走到香香公主面前，指着她道：「那麼讓她去吧！」

香香公主向他望了一眼，緩緩站起，朗聲說道：「爲了全族父老兄弟姊妹，我到那裏都不怕，眞神必定祐我。」

那使者見她氣宇軒昂，神態凜然，已全不是剛才那副嬌弱羞澀的模樣，更見到她的麗色容光，不由得低下頭去，心感後悔，覺得這個少女實在也殊不可侮。木卓倫、霍青桐和衆回人見他指中香香公主，而她竟絕不示弱，雖然佩服她的勇氣，但都不免暗暗擔憂。霍青桐更是懊悔，她們姊妹之情素篤，妹子不會武藝，以嬌弱之軀而投虎狼之域，危險不可言喻，說道：「她是我妹子，我代她去好了。」

那使者笑道：「我早知女子之言，全不可靠。你們不敢，何必派人？是戰是降，由我帶信去好了。」霍青桐怒道：「你如此無禮，後日在戰場上相會，可別逃走，叫你見見我們女子有沒有用。」那使者笑道：「似你這樣的美人，我自會手下留情。」衆回人聽他口舌輕薄，個個咬牙切齒。

香香公主對霍青桐道：「姊姊，我去好啦，我不怕。」俯身牽了陳家洛的手站起，說道：「他會陪我去的。」

火光照映之下，霍青桐斗然見到陳家洛的臉，一震之下，登時呆了，說不出話來。

陳家洛向她微微搖了搖手，示意暫不相認，轉身對那使者道：「我們男子女子，說話一樣作數，我孤身一人，隨她到你們軍中去見兆惠將軍便是，何必像你這樣，要四條大漢保護？其實，你這四個大漢又抵得甚麼用？」香香公主道：「駱駝負千斤，人只負百斤。然而是人騎駱駝呢，還是駱駝騎人？」衆人聽了這比喻，都大笑起來。

忽倫大虎問使者道：「他們笑甚麼？」使者道：「他們笑你們身材雖巨，力氣雖大，可是並不中用。」忽倫大虎大怒，雙拳擂胸，厲聲喝道：「誰敢來和我比武？」使者對陳家洛道：「你又有甚麼用？像你這樣的瘦小子，十個加起來，也不及他的力氣大。」

陳家洛心想今日如不挫折這使者的氣燄，可讓滿洲人把衆回人瞧得小了，當下走上三步，說道：「我是回人中最沒用的人，可是比你們滿洲人還中用一點。你叫這四個大傢伙上來吧！」

這時木卓倫也已看清楚陳家洛的面貌，又驚又喜，叫道：「青兒，你瞧他是誰。」霍青桐不答。木卓倫側過頭來，只見女兒眼中含淚，嘴唇顫動，登時會意，心中一陣難過：兩個女兒都是自己所疼愛的，怎麼忽然同時愛上了他？又不知他怎麼會和小女兒相識？一時無數不解之事都湧上心頭，見他要和四個巨人比武，又是驚心擔憂。

衆回人見陳家洛生得文弱，面目如畫，站在那使者身旁，還比他矮了半個頭，和那四個巨人相較，那是小孩與大人一般的了。他是香香公主的意中人，爲了香香公主被對方使者選中，不得不挺身應戰，以免失了本族威風，這番志氣勇敢，自是可敬可佩，但強弱懸殊，如何是巨人的敵手？衆回人敵愾同仇，早有幾個族中知名的大力士站出身來，要代他決鬥。陳家洛舉手道謝，說道：「各位哥哥，這幾個滿洲人不中用得很，何勞你們動手？先讓最不濟的小弟弟來試試吧。」語氣之中，對四個巨人十分輕蔑。

那使者把他的話傳譯了。四個巨人大怒，一齊奔上，伸手要抓。陳家洛站着不動，微微而笑。那使者忙伸手攔住四人，對木卓倫道：「這位既要和我隨從比武，如有損傷，可怪不得誰，而且只能一個對一個，旁人不可相助。」他想忽倫四虎雖然神力驚人，但好漢敵不過人多，如打死了陳家洛，對方羣起而攻，終究抵擋不住。

木卓倫哼了一聲。陳家洛道：「一對一有何趣味？你叫四個大傢伙同時上來。」那使者道：「那麼你們出幾個人？」陳家洛道：「幾個人？當然就是我一人。」衆人一聽，盡皆聳動，都覺他未免過份。

那使者冷笑道：「哼，你們回人這麼厲害？大虎，你先上。」忽倫大虎應聲上前。使者對陳家洛道：「你是要文比還是武比？」陳家洛道：「文比怎樣？武比怎樣？」使者道：「文比是你打他一拳，他打你一拳，大家不許招架退讓，誰先跌倒算輸。武比就是任意出拳。」陳家洛道：「一個不夠我打，要打就四條大漢一起來。」那使者心想：「瞧這人似乎不是瘋子，多半別有詭計。」說道：「你只要能打敗這人，他們四人自然會一擁而上，有得你夠受的，何必性急？」陳家洛淡淡一笑，道：「好吧，文比武比都是一樣。」使者道：「咱們只在比力氣、鬥功夫，武比傷了和氣，還是文比吧。」看陳家洛身材，料想靈活便捷，如一味躲閃，忽倫大虎或許打他不着，是以要文比，心想：「這麼你可躲不過了。」

忽倫大虎聽使者說了，虎吼一聲，脫去上身衣服。衆人見他身上肌肉盤根錯節，就如老樹樹根一般，兩個拳頭都有大碗的碗口大小，一拳打出，大駱駝都經受不起，何況這麼一個文秀青年？

木卓倫和霍青桐離座走近。霍青桐向妹妹偷望一眼，見她容光煥發，凝望着陳家洛，眼光中流露着千般仰慕，萬種柔情，竟無絲毫擔心害怕，不由得暗暗嘆了口氣，轉頭望陳家洛時，見他神定氣閒，泰然自若。兩人目光相接，陳家洛溫然微笑。霍青桐臉上一陣暈紅，轉開了頭。

那使者道：「誰先打，咱們來拈鬮。」陳家洛道：「你們是客，讓他先打吧！」霍青桐搶着說：「不必跟他客氣，還是拈鬮的好。」她知陳家洛武功甚精，若比拳術兵刃，即或不勝，也決不會輸給這巨人，但如此你一拳我一拳的蠻打，又不許躲閃避讓，他究是血肉之軀，本領再好，也受不起這大鐵槌似的巨拳之一擊，如能讓他先打，或能出奇制勝。

陳家洛又向霍青桐一笑，意示感激，向忽倫大虎走上兩步，挺胸說道：「你打吧！」那使者對霍青桐說：「請你過來，咱們兩人一齊瞧着，要是誰腳步移動，用手招架，或是彎腰側身，閃避躲讓，都算輸了。」

霍青桐走到陳家洛身邊，低聲道：「別比吧，咱們另想法子勝他。」陳家洛低聲道：「你放心。」霍青桐無奈，只得和那使者站在兩側作證。

陳家洛與忽倫大虎相向而立，相距不到一臂。衆人凝神注視，數千人悄無聲息。

那使者高聲叫道：「滿洲好漢打第一拳，回族好漢打第二拳，如果大家沒事，那麼滿洲好漢打第三拳，回族好漢再打第四拳。」霍青桐抗聲說道：「第一回合你方先打，第二回合就得由我方先打，第三回合再讓你方先打。依次輪流，方得公平。」那使者還未回答，陳家洛道：「他們是客，咱們就一路讓到底吧。」那使者微微一笑，說道：「你倒慷慨大方。」提高聲音，叫道：「好啦，滿洲好漢打第一拳！」

一片寂靜之中，只聽得忽倫大虎呼呼喘氣，全身骨節格格作響，運氣提勁，突然右胸凸起，右臂粗漲了幾乎一倍。陳家洛雙脚不丁不八，身子微微前傾，笑道：「發拳吧！」

幾名回族青年見了忽倫大虎的威勢，生怕陳家洛被他一拳打得直飛出去，跌下來撞破頭骨，站在陳家洛身後，擺好馬步，以便他飛跌出來時接住。木卓倫和霍青桐默禱眞神護佑。香香公主卻是一派天眞，心想既然我的郎君說過不怕，那就一定不怕。

忽倫大虎雙腿微蹲，勁貫右臂，呼的一聲，鐵拳夾着一股疾風，向陳家洛胸上猛擊過去，突覺對方胸部順着拳勢向後一縮。陳家洛胸部內吸之勢，和他這當胸一擊配合得若合符節，絲絲入扣，快慢尺寸，實無厘毫之差。旁人只見這一拳把他胸部打得凹了進去，可是說也奇怪，竟無半點聲息發出。

忽倫大虎一拳打到了底，明知再向前伸出半寸，便可結結實實的打在他胸上，然而就是差了這半寸，拳面不過在他衣襟上輕輕一擦。他一呆之下，拳頭一時沒縮回去。陳家洛笑道：「夠了麼？」忽倫大虎臉上一紅，這才縮回右拳。

眾人見這一拳明明是打中了，可是便如全然打在空處，無不驚奇。只有木卓倫和霍青桐看了出來，原來陳家洛內功精深，胸肌借勢消勢，登時又是佩服，又是欣慰。霍青桐笑靨如花，長長吁了口氣。那使者精通武功，也看出了這點，甚是驚疑。

陳家洛微微一笑，說道：「我要打了！」忽倫大虎大叫道：「打！」凝氣挺胸，胸口黑毛根根豎了起來。陳家洛手臂也不向後作勢，隨手一伸，輕飄飄一拳打出，波的一聲，在忽倫大虎胸前一推，使的是重手法中「大力金鋼杵」之勁。忽倫大虎覺得胸口雖不疼痛，然而有一股極大力量把他向後推去，知道脚步稍一移動，就是輸了，忙運全力，和身向前猛撞，抗拒對方這一推。這只是一刹那之事，那知陳家洛這一拳發得快，收得更快，勁未使足，倏然收回。忽倫大虎千斤之力都在向前猛挺，前面忽然失了憑依，要想收勢，那裏還來得及？只見陳家洛身子微偏，砰蓬一聲，塵土飛揚，忽倫大虎一個巨大的身軀已撲翻在地。

眾人都是一呆，這才拍手大笑起來。陳家洛一拳把這巨人打倒已經大奇，更奇的他不是仰面向天跌倒，而是俯伏在地。那使者忙伸手把他拉起，只見他滿口鮮血，哇哇大叫，原來已撞下了兩顆門牙。

忽倫三兄弟見大哥受傷，連聲怪叫，同時向陳家洛撲來。忽倫大虎一定神，狂吼一聲，也撲上廝拚。眾回人見狀，紛紛搶前救援，混亂中兩個人影從眾人頭頂上躍過，人羣中不見了陳家洛與霍青桐兩人。忽倫四兄弟突然找不到敵人，楞在當地。霍青桐叫道：「大家退下。」

眾回人素聽她號令，一齊退開。

陳家洛緩步上前，笑道：「我早說要你們四人齊上。這就來吧。」大虎怒極，揮拳當頭猛擊。陳家洛幌身繞到三虎背後，雙手「閉窗推月」，在他背上一推。三虎一個踉蹌，險些撞在二虎身上。四虎左肘向陳家洛頭上撞到。陳家洛矮身從他脅下鑽過，隨手在他臂窩裏掏了兩把。四虎大癢，身子縮成一團，亂顫亂動，呵呵大笑起來。

眾人見這麼一個粗蠻大漢居然和少女般嫵媚怕癢，憨態可掬，俱都鬨笑。香香公主叫道：「喂，你再呵他。」陳家洛依言縱近，又在他腰裏搔了幾下。四虎笑得蹲在地下，雙拳亂舞，卻那裏打得着人？

霍青桐驚叫：「小心後面！」陳家洛已覺到背後有拳風來襲，倏地縱身，躍起丈餘，二虎一拳便打了個空。四虎笑聲未歇，扭腰回身，右拳猛擊而出，正好打在二虎拳上。兩人一震，各自退出三步，連連怒吼，轉身來捉。

陳家洛在四人中間如穿花蝴蝶般往來遊走，存心戲弄，也不出手還擊，八個巨拳此起比落，往他身上猛敲猛打，始終連衣衫也沒能碰到。眾人初見陳家洛趨避之際，往往間不容髮，俱都爲他擔心，但時候一長，都看出四個巨人定然奈何他不得。四巨人連連大吼聲中，突然嗤的一聲，二虎的褂子被撕下了一大片，眾回人又是一陣轟笑。那使者早看出陳家洛是武術高手，非四虎所能敵，連聲叫道：「住手，不必打啦！」忽倫四兄弟打發了性，卻那裏止得住？大虎唿哨一聲，倏然躍起，如一頭猛鷹般向陳家洛撲了下來，同時二虎、三虎、四虎一齊站到他身後，張開六條手臂，截他退路。這是他四兄弟獵獸時常用之法，縱然猛如虎豹，捷如猿猴，也是難以逃脫。衆回人一見大驚，許多少女齊聲尖叫。

陳家洛見大虎撲來，正想後退，火光下見三個巨大的影子映在地下，張開手臂，猶如鬼魅要搏人而噬。他身子微蹲，不再退避，待大虎撲到，左臂快如閃電，突然長起，在大虎左脅下一攔，用力向外推出，大虎登時在空中被他轉了小半個圈子，這時他右掌也已搭上大虎左腿，黏着一送，一半借勁，一半使力，大虎一個巨大的身軀向前直飛出去，蓬的一聲，頭下脚上，倒揷在一個坑裏。這土坑正是他適才拔起白楊樹所留下。樹大坑深，泥土直沒到腰間，雙脚在空中亂踢，那裏掙扎得出？

四虎猛吼追來。陳家洛跟他兜了半個圈子，看準方位，突然站住。四虎飛起右脚，當胸踢到。陳家洛搶到右側，右手抓住他褲子，左手抓住他背心，順着他一踢之勢向外力甩，四虎就如騰雲駕霧般飛了出去，在空中手足亂舞，嘴裏怪叫，心裏害怕，只怕這一下要摔個半死，那知波的一聲跌下來，身子軟軟的一彈，忙翻身坐起，原來恰好壓在那頭死駱駝身上。陳家洛剛才見他手擲大駱駝，卽以其人之道，還治其人之身。陳家洛力氣其實遠不及他，一則四虎身子雖巨，究竟沒駱駝重；二則他這一脚踢出使勁極大，借勢推擲，大半還是用了他自身力道。

四虎還在半空，二虎三虎已從兩側同時搶到。二虎彎腰挺頭，向前猛衝，要一頭把敵人撲倒，三虎舉起雙臂，朝陳家洛頭頂狠狠砸下。

陳家洛立定不動，等兩人勢若瘋虎般攻到、相距不到四尺之際，右脚突然使勁，身子如箭離弦，呼的一聲，斜飛而出。他挨到最後一刻方才避開，要使這兩個巨人收勢不及。果然二虎一頭撞中三虎肚子，三虎雙拳也擊中了二虎背心。只聽得蓬蓬連聲，兩條大漢如寶塔般倒了下來。陳家洛不等他們爬起，縱身過去，乘着兩人頭暈眼花，抄起兩人辮子，牢牢的打了兩個死結，這才長笑一聲，走到香香公主身旁。香香公主樂得眉花眼笑，拍手叫好，衆回人更是吶喊歡呼。

四虎爬起身來，忙把大哥從樹坑中拔出。二虎三虎不知辮子打結，拚命掙扎，滾作一團。那使者忙去給他們拆解。只因兩人用力拉扯，辮結扯得極緊，使者解了半天方才解開。

忽倫四兄弟呆呆的望着陳家洛，非但不恨，反而齊生敬仰之心。大虎先走上來，大拇指一豎，說道：「你好本事，我大虎服了。」說着拜了下去。二虎等三兄弟也過來拜倒。陳家洛忙跪下還禮，見這四人質樸天眞，對剛才如此戲弄倒着實有點後悔。五人站起身來，陳家洛不住道歉，四兄弟很是高興。

忽倫四虎突然奔出去，把那頭死駱駝揹了回來。三虎把他們的四匹坐騎牽到木卓倫面前，說道：「我打死了你們的駱駝，很是不該，這四匹馬賠給你們吧。」木卓倫執意不要。

那使者見此情形，十分尷尬，對忽倫四兄弟喝道：「走吧！」跳上了馬背，心中仍不服氣，對香香公主道：「你眞的敢去？」

香香公主答道：「有甚麼不敢？」走到木卓倫面前，說道：「爹，你寫回信，我給你送去吧。」木卓倫心下躊躇，這滿洲使者一再相激，非要他這小女兒去不可，不去是失了全族面子，讓她去吧，可實在放心不下，便向陳家洛招招手。陳家洛走了過來，木卓倫離座相迎，携了他的手走到帳中。霍青桐與香香公主姊妹隨後跟了進去。

木卓倫一進營帳，立即抱住陳家洛，說道：「陳總舵主，那一陣好風把你吹到這裏來？」陳家洛道：「我有事到天山北路來，途中得到消息，因此趕着來見你，想不到竟會遇見你的二小姐。」香香公主聽父親叫他「陳總舵主」，呆了一呆。

陳家洛雖與木卓倫講話，一直留神着她兩姊妹，見香香公主臉露惶惑之色，忙轉頭道：「有一件事很對你不起，我沒跟你說我是漢人。」木卓倫接着道：「這位陳總舵主是我族大恩人，咱們的聖經就是他給奪回來的。他救過你姊姊性命，最近又散了兆惠的軍糧，清兵不敢迅速深入，咱們才能調集人馬抵擋。他對咱們的好處，眞是說也說不盡。」陳家洛連聲遜謝。香香公主嫣然一笑，說道：「你不說自己是漢人，原來是不肯提到你對我們的恩惠，我自然不會怪你。」

木卓倫道：「那滿洲使者如此狂傲無禮，幸得總舵主仗義出手，挫折了他的驕氣。他激喀絲麗去做使者，總舵主你瞧去得麼？」陳家洛心想：「他們族中大事，旁人不便代出主意，我只能從旁盡力相助。」說道：「我從內地遠來，這裏的情形完全不知，木老英雄如說可去，在下自當盡力護送。要是覺得不去的好，那麼咱們另想法子回絕他。」

香香公主凜然說道：「爹，你與姊姊天天都爲了族裏的事操心，還在戰場上跟他們性命相拚。我只恨自己沒用，不能出一點兒力。我去做一趟使者，又不是甚麼大事，要是不去，可讓滿洲人取笑咱們。」霍青桐道：「妹妹，我只怕滿洲人要難爲你。」香香公主道：「你每次出戰，也總是冒着性命危險，我冒一次險也是應該的。他本事這樣好，我跟他去一點也不怕，姊姊，我眞的不怕。」

霍青桐見妹子對陳家洛一往情深，心中一股說不出的滋味，對木卓倫道：「爹，那就讓妹子去吧。」木卓倫道：「好，陳總舵主，那麼我這小女託給你啦。」陳家洛臉上一紅。香香公主一雙明如秋水的眼睛向他溜了一溜。霍青桐卻把頭轉向一邊。

木卓倫寫了回書，只有幾個大字：「抗暴應戰，神必佑我。」陳家洛見這寥寥數字辭氣悲壯，連連點頭說好。木卓倫把信交給香香公主，吻吻她的面頰，給她祝福。

霍青桐道：「妹妹，眞神佑你，願你早去早回。」香香公主抱住了姊姊，笑着稱謝。

四人走到帳外，木卓倫下令設宴，欵待使者和他的隨從。席上那使者方通姓名，叫作和爾大。食畢，鼓樂手奏樂歡送賓客。和爾大一舉手，一馬當先，絕塵而去。香香公主等騎了馬跟隨在後。霍青桐望着七人背影在黑暗中隱沒，胸中只覺空盪盪地，似乎一顆心也隨着七匹馬的蹄聲，消失在無邊無際的大漠之中。

木卓倫道：「青兒，你妹子眞勇敢。」霍青桐點點頭，忽然掩面奔進營帳。

香香公主和陳家洛跟着使者奔馳半夜，黎明時到了清軍營中。和爾大請他們在一座營帳中休息，自行去見兆惠。向兆惠行禮畢，見他身旁坐着一名軍官，身穿皇帝親軍驍騎營漢軍佐領服色，向他微一點頭，對兆惠道：「稟告大將軍，小將已將戰書送去。回子很是橫蠻，不肯投降，還派人送了戰書來。」兆惠哼了一聲，道：「眞是至死不悟。」對身畔的清兵道：「傳令升帳。」

命令下去，號角齊鳴，鼓聲蓬蓬，各營正副都統、參領、佐領，齊在大帳伺候。兆惠步到帳中，衆軍官躬身施禮。兆惠命在將位左側設一位子，請奉旨到來的驍騎營軍官坐下，再命三百名鐵甲軍親兵手執兵刃，排成兩列，兵衞森嚴，然後傳回人使者入見。

香香公主在前，陳家洛跟在身後。香香公主臉露微笑，毫無畏懼之色。衆人見回人使者便是昨日陣上所見的青年男女，都感驚異。兆惠本想臨之以威，那知從刀槍叢中進來的竟是這美貌少女，一時倒呆住了。香香公主向兆惠行了禮，取出父親的覆書，雙手呈上。

兆惠的親兵過來接信，走到她跟前，忽然聞到一陣甜甜的幽香，忙低下了頭，不敢直視，正要伸手接信，突然眼前一亮，只見一雙潔白無瑕的纖纖玉手，指如柔葱，肌若凝脂，燦然瑩光，心頭一陣迷糊，頓時茫然失措。兆惠喝道：「把信拿上來！」那親兵吃了一驚，一個踉蹌，險險跌倒。香香公主把信放在他手裏，微微一笑。那親兵漠然相視。香香公主向兆惠一指，輕輕推他一下。那親兵這才把信放到兆惠案上。

兆惠見他如此神魂顚倒，心中大怒，喝道：「拉出去砍了！」幾名軍士擁上來，把那親兵拉到帳外，接着一顆血肉模糊的首級托在盤中，獻了上來。

兆惠喝道：「首級示衆！」士兵正要拿下，香香公主見他如此殘暴，想到那親兵爲她而死，很是傷心，從軍士手上接過盤子，望着親兵的頭，眼淚一滴一滴的落下。

帳下諸將見到她的容光，本已心神俱醉，這時都願爲她粉身碎骨，心想：「只要我的首級能給她一哭，雖死何憾？」兆惠見諸將神情浮動，正要斥罵，那斬殺親兵的軍士見她愈哭愈哀，不禁心碎，叫道：「我殺錯了，你別哭啦！」拔出佩刀在頸上一勒，倒地而死。

香香公主更是難過。陳家洛心想：「這孩子哭個不了，怎是使者的樣子。」伸手輕輕扶住，低聲慰撫。

兆惠素性殘忍驁刻，但被她一哭，心腸竟也軟了，對左右道：「把這兩人好好葬了。」打開回信一看，見了那幾個字，哼了一聲，道：「好，後天決戰，你們回去吧！」坐在他身旁的軍官忽道：「將軍，皇上要的只怕就是這個女子。」

陳家洛本來全心都在香香公主身上，對帳中諸將視若無覩，聽得這話，抬起頭來，只見坐在兆惠身旁的竟然便是大對頭張召重。這時張召重也認出了陳家洛，見他穿着回人服裝，更是訝異。兩人四目相視，誰都想不到對方竟會在此處現身。

陳家洛牽了香香公主的手，轉身而出。張召重忽地從座上躍起，不等落地，掌風已及陳家洛身後。陳家洛左手攬住香香公主的腰，右手反擊一掌，脚下毫不停留，搶出帳去。張召重身法奇快，直追出來。衆將對香香公主都有好感，心想大將軍已讓他們回去，何以這驍騎營軍官要多管閒事，心下不滿，均不相助攔阻。

陳家洛攬着香香公主奔向自己坐騎，只竄出兩步，張召重已繞到前面，冷笑道：「陳總舵主，幸會幸會！」陳家洛暗暗心驚，懷中掏出六枚圍棋子，一把向他上中下三路打去，對香香公主道：「我纏住這人，你快上馬逃走！」香香公主道：「不，等你打倒他，咱們一起走。」陳家洛那有餘裕對她說明這人武功比自己高強，明知棋子打他不中，乘他躲避閃讓，抱起香香公主放上紅馬鞍子。

張召重雙手各接住兩枚棋子，低頭縱躍，向陳家洛撲來，避開了餘下的兩枚棋子，這一躍既避暗器，又追敵人，守中帶攻，不讓對方有絲毫緩手之機。陳家洛不敢戀戰，身子一挫，鑽入了白馬腹底。張召重一掌堪堪擊到馬臀，倏地收勁，改擊爲按，單掌按住馬身，人未落地，飛脚向陳家洛踢去。

陳家洛處身馬底，轉身不便，敵人這一脚又來如閃電，人急智生，忽地伸手在馬腹上一舉，白馬受驚，雙腿向後倒踢。張召重單掌使勁，倏地躍出丈餘。陳家洛翻身上馬，叫道：「快走！」香香公主提韁縱馬，張召重又已躍上，飛身向她撲去。陳家洛大驚，雙脚力踹馬蹬，和身縱起，向張召重撲去。陳家洛知道功力不如對方，正面碰撞必定吃虧，堪堪碰到，右手已拔短劍刺出。張召重左手急翻，勾住他握劍的手腕，兩人一齊落地。張召重右手隨手一掌，陳家洛施展師門絕藝「反腕勾鎖」，左手幌處，已拿住他的右掌。兩人在地下糾纏拚鬥，貼身而搏，誰都不敢放手。

衆將擁出帳來觀看。忽倫四兄弟心想：「我們到回人那裏送信，他們客氣相待。怎地人家過來送信，我們便這般不講道理？」他們對陳家洛俱都敬服，見他身遭危難，四人一樣心思，也不商量，一齊奔上。

陳家洛和張召重各運內力相拚，初時尚勢均力敵，時候稍長，漸感不支，又見四名巨人奔到，心道：「罷了，罷了，這次糟啦。」那知忽倫四兄弟伸出八隻巨掌齊把張召重按住，叫道：「你快走。」張召重武功雖高，但正與陳家洛僵持，四人按來，當下既無招架之力，又無迴避之地，被四虎數千斤之力壓住，動彈不得，手一鬆，陳家洛跳了起來，說道：「這時殺你，不是大丈夫行徑，再饒你一次！」說罷收劍上馬。張召重空有一身武藝，背上卻如壓着四座小山一般，眼睜睜望着兩人並轡而去。

兩人馬匹脚程奇快，倏忽已衝過大軍哨崗，待兆惠集兵來追，早去得遠了。陳家洛適才一陣劇鬥，爲時雖暫，但死拚硬搏，實已心力交瘁，奔馳一陣，漸漸支撐不住。香香公主見他困怠，又見他右腕被揑得青一塊紫一塊，心生憐惜，說道：「他們追不上啦，下馬休息一會吧。」陳家洛搖搖幌幌的跨下馬來，仰臥在地，喘息一陣。香香公主從皮囊中倒出些羊乳，給他在手腕上塗抹。陳家洛緩過氣來，正要上馬，忽聽身後蹄身急促，喊聲大振，數十騎急馳追來。兩人不及收拾皮囊，躍上馬背，向前急奔。忽見前面塵土飛揚，又有一彪軍馬衝來。

陳家洛暗暗叫苦，雙腿一夾，那白馬如箭離弦，飛馳出去，搶過香香公主身邊。陳家洛叫道：「跟着我衝！」白馬向前飛奔，跑了一段路，見前面只七八乘馬，心中一喜，勒定馬等候，待香香公主奔到，對面各騎也已馳近。陳家洛取出點穴珠索，上馬迎敵，卻覺手臂酸軟，眼前金星亂舞，一凝神間，忽見對面當先一人翻鞍下馬，大叫：「總舵主，是你嗎？」滾滾沙塵中狼牙棒上尖刺閃耀，那人身矮背駝，陳家洛這一下喜出望外，叫道：「十哥，快來！」語聲未畢，後面清兵羽箭已颼颼射到。

章進躍上馬背。陳家洛忙叫道：「有敵兵追來，給我抵擋一陣。」章進叫道：「好極了！」拍馬而前，剛馳到陳家洛身邊，對面一人縱馬如飛，倏忽搶在章進之前，轉瞬殺入清兵隊裏。那人生龍活虎般勇不可當，不是九命錦豹子衞春華是誰？陳家洛更覺詫異，只見文泰來、駱冰、徐天宏、周綺四人飛騎而來，經過身旁時都大呼一聲：「總舵主你好！」便衝向清兵。隨後心硯奔到，下馬向陳家洛叩頭，站起來喜孜孜的道：「少爺，我們來啦。」陳家洛問：

「怎麼九哥也來了？」心硯未及回答，又有一人掠過身旁，衝入敵人隊伍。陳家洛見那人灰衣蒙面，光頭僧袍，手持金笛，心下詫異，叫道：「十四弟麼？」余魚同遙遙答應：「總舵主你好！」

待余魚同衝到，文泰來等已把追騎的先頭部隊殺散，但見後面塵頭大起，又有大軍趕來。衆人馳回，奔到陳家洛身邊。文泰來道：「咱們向那裏退？」陳家洛見追兵聲勢極盛，心想：「回人大軍在西，我們如向西退，追兵跟到，他們猝不及防，只怕要受損折。」叫道：「向南！」手一指，十騎馬向南奔去。衆人不意相遇，都欣喜異常。各人所乘都是好馬，和追兵越離越遠，只是大漠上一望無際，毫沒隱蔽，距離雖遠，仍是舉目可見。陳家洛見兆惠點了大軍追趕他們兩人，未免小題大做，正暗笑他這般沒見識，如何能做大將，猛然想起張召重對兆惠輕聲所說的那句話：「皇上要的只怕就是這個女子。」一怔之下，心中琢磨這句話的意思，忽見又有一隊追兵從南包抄上來。

衆人一驚，當刻勒馬。徐天宏道：「咱們快做掩蔽，守到夜裏再走。」陳家洛道：「不錯，在大漠上白天走不了。」衆人下馬，有的用兵刃，有的便用雙手，在沙上挖了個大坑。駱冰對香香公主道：「妹妹，你先躲進去。」香香公主不懂漢語，微微一笑，卻沒有動。

清兵漸近，駱冰抱住香香公主，首先跳進坑裏，衆人跟着跳入。文泰來、章進、徐天宏、余魚同四人這次來到回部，身上都帶備弓箭，彎弓搭箭，登時射倒了十幾名官兵。文、徐、余三人箭無虛發。章進弓箭卻不擅長，連射七八箭沒一箭射中，怒火沖天，拋下弓箭，提了狼牙棒要上去廝殺。周綺一把抓住他手臂，罵道：「去送死嗎？」駱冰見她居然已能審察敵我情勢，不再一味蠻打，自是徐天宏陶冶之功，不由得嗤的一笑。周綺橫了她一眼道：「我說得不對嗎？」駱冰笑道：「很是，很是。」

衛春華撿起章進拋下的弓箭，連珠箭射倒六名清兵。心硯連連拍手大讚：「好箭法！」吶喊聲中，一隊清兵衝到坑口。文泰來一箭射出，在一名領隊的把總胸口對穿而過，箭枝帶血，又飛出數丈，這才落地。衆兵見這一箭如此手勁，嚇得魂飛魄散，轉頭就跑。

頭一仗殺退了追兵，但一眼望出去，四面八方密密層層的圍滿了人馬，幸喜清兵並不射箭，否則縱有沙坑，也決計難避萬箭蝗集。徐天宏道：「沙坑已夠深啦，快向旁邊挖。」沙漠上面是浮沙，挖下七八尺後出現堅土，陳家洛、駱冰、周綺、心硯與香香公主一齊動手，向旁挖掘，將沙土掏出來堆在坑邊，築成擋箭的短牆，衆人才喘了一口氣。章進對心硯道：「我護着你，上去撿弓箭。」舞動狼牙棒，躍上坑邊。心硯跟着跳出，在射死的清兵身旁撿了七八張弓，捧了一大綑箭回來。

這時陳家洛才給香香公主與衆人引見。衆人聽說她是霍青桐的妹妹，見她容顏絕麗，溫雅和藹，都生親近之意，只是言語不通，無法交談。

陳家洛休息良久，力氣漸復，心想：「張召重這人當眞了得，我只和他相持片刻，現下仍是雙臂酸軟，開不得弓。」問道：「九哥你怎麼也來了？十二哥呢？」衛春華從坑邊躍下，說道：「總舵主精神好些了吧？我來稟告好麼？」陳家洛道：「好，你說吧。」又朗聲道：「四哥、十弟、十四弟、心硯，你們在上面看着敵兵動靜，咱們等到半夜裏再突圍。」文泰來等在上面答應。

衛春華道：「我和十二弟奉總舵主之命到北京打探朝廷動靜，一時也沒查到甚麼。有一天在街頭忽然見到張召重那奸賊和他師兄馬眞道長。」陳家洛道：「咱們把張召重交給他師兄，馬眞道長說要帶他去武當山好好管教。我正奇怪他怎麼又出來了，原來他到過北京。」徐天宏道：「總舵主最近見過他？」陳家洛道：「剛才就是和他交了手，眞是好險。」於是說了和他相遇之事。衆人都是又驚又怒。

衛春華道：「他們師兄弟一路說得很起勁，沒瞧見我們。我想：莫不是馬眞道人和師弟聯了手騙人？我們悄悄跟着，見他們走進一條胡同的一所屋裏，到天黑都不出來，看來便是住在那兒了。我和十二弟商量，得去探個明白。到了二更天，我們跳進牆去，這兩人非同小可，單是張召重，我和十二弟加起來也不是對手，何況還有他師兄？因此我們連大氣兒也不敢喘一口，在院子裏伏着不動。等了半天，聽得一間屋裏有人聲，我們悄悄過去，在窗縫中一張，見馬道長躺在炕上，那奸賊卻走動不停，兩人大聲爭論，我們不敢多看，矮了身子細聽。原來張召重說要到北京料理些銀錢私事後才能去湖北。他師兄便和他同來。過了幾天，皇帝也回京了。」陳家洛聽得乾隆已回北京，嗯了一聲。

衛春華又道：「張召重說，皇帝給了他一道旨意，要他到回部來辦一件大事。」陳家洛忙問：「甚麼大事？」衛春華道：「他沒說清楚，好像要來找一個甚麼人。」陳家洛眉頭一皺，隱隱覺得有甚麼事不對。

衛春華道：「馬道長的話很嚴厲，要他馬上辭官。張召重卻抬出皇帝來壓他，說聖旨怎可違抗？若是違旨，只怕武當山也要給皇帝派兵踏平了。馬道長說，咱們江山都教韃子佔了，就算再毀武當山也不足惜。兩人越說越僵，馬道長大怒，從炕上跳起來，喝道：『我在紅花會朋友們面前怎麼說的？』張召重說：『這些造反逆賊，師兄何必跟他們當眞？』只聽得豁的一聲，似乎馬道長拔了劍。我忙湊到窗縫上去看，見馬道長手中持劍，臉色鐵青，罵道：『你還記不記得師父的遺訓？你這忘恩負義之徒，一意要替滿淸朝廷做走狗，眞是無恥之極。我今日先與你拚了。』十二弟向我伸伸大拇指，暗讚馬道長是非分明，大義凜然。張召重軟了下來，嘆了口氣道：『師兄旣這麼說，明兒我跟你去湖北就是。』馬道長這才收了劍，安慰了他兩句，在炕上睡了。張召重坐在椅上，臉上一忽兒滿是殺氣，一忽兒似乎躊躇不決，身子不住輕輕顫動。我和十二弟只怕給他發覺，想等他睡了再走，等了快半個時辰，張召重始終不睡，好幾次站了起來，重又坐下，突然雙眉豎起，牙齒一咬，輕輕叫道：『大師哥！』馬道長這時已睡得很熟，微微發出鼾聲。張召重悄悄走到炕前……」

說到這裏，香香公主忽然驚叫了一聲，她雖不懂衞春華的話，卻也感到了他語氣中那股森森陰氣，不自禁有慄慄之感。她拉住陳家洛的手，輕輕偎在他身上。周綺狠狠瞪了她一眼，嘴唇一動，要待說話，終於忍住。

衞春華續道：「只見張召重走到炕邊，驀地向前一撲，隨卽向後縱出。只聽得馬道長慘叫一聲，跳了起來，雙眼鮮血淋漓，兩顆眼珠已被那狼心狗肺的奸賊挖了出來！」

陳家洛義憤塡膺，忽地跳起，右掌在坑邊一拍，打得泥沙紛飛，切齒說道：「不殺這奸賊，誓不爲人！」香香公主從未見過他如此大怒。心中害怕，緊緊拉住他衣袖。徐天宏等已聽衛春華說過，這時卻仍是憤怒難當。

衛春華手中雙鈎抖動，格格直響，語言發顫，續道：「馬道長不作一聲，一步一步向張召重走近，臉上神色十分怕人，突然飛脚踢出。張召重閃躍退開。馬道長瞧不見，這一脚踢在炕上，砰的一聲，土炕給他踢去了半邊，屋中灰土飛揚。張召重似乎也有點怕了，想奪門而出，馬道長已搶到門口，攔住去路，側耳靜聽。張召重走不出去，忽然哈哈笑了兩聲。馬道長聽準來路，和身撲上，左腿橫掃過去。那知張召重是故意誘他來踢，先已把長劍揷在自己身前。馬道長這腿掃去，剛好踢到劍上，一隻左脚登時切了下來。」周綺咬牙切齒，提刀不住的狠砍身旁沙土。

衛春華道：「這時我和十二弟實在忍不住了，顧不得身在險地，非他敵手，兩人不約而同的破窗而入，齊向那奸賊殺去。想是他作了惡事心虛，又怕我們還有幫手，只鬥了幾回合就逃了。我們追出去，十二弟被奸賊的金針打中。我扶了十二弟回到屋裏，想先給馬道長止血。他只說了一句話，就在牆上撞死了。」陳家洛道：「他說了句甚麼話？」

忽然一陣寒風吹來，人人都是一凜。

衛春華道：「馬道長說：『要陸師弟和魚同給我報仇！』這時外面聽到我們爭鬥的聲音，有人起來喝問。我忙把十二弟扶回寓所。第二天我再去探看，見他們已把馬道長收殮了。十二弟被打中五枚金針，我給他取出之後，現今在北京雙柳子胡同調養。張召重說皇帝要他來回部找一個人，我想莫非是來找總舵主的師父？曾聽總舵主說，皇帝有兩件干係重大的東西寄存在袁老前輩那裏。雖然袁老前輩武功精湛，決不懼他，只是這奸賊如此惡毒，倘若大夥兒以為他已改過，說不定會中了他奸計，因此我日夜不停的趕來報信。在河南遇到了龍門幫的人，得知總舵主見過他們幫主上官大哥，我就去見他，剛好遇到四哥、七哥他們。我們一起去找十四弟。他得知師父遇害，傷心得不得了，大家趕到這裏，想不到會和總舵主相遇。」陳家洛道：「十二哥傷勢怎樣？」衞春華道：「傷勢可不輕，幸好沒打中要害。」

這時寒風越來越大，天上鉛雲密密層層，似欲直壓上頭來。香香公主道：「就要下雪了……」但覺寒意難當，向陳家洛身上更靠緊了些。

周綺胸頭一直憋着一股氣，這時再也忍不住，衝口而出：「她說甚麼？」陳家洛見她聲勢洶洶，有點奇怪，說道：「她說就要下雪了。」周綺怒道：「哼！她怎知道？」過了一會，板起臉說道：「總舵主，你到底心中愛的是霍青桐姊姊呢，還是愛她？」

陳家洛臉紅不答。徐天宏扯扯她衣角，叫她別胡鬧。周綺急道：「你扯我幹甚麼？霍姊姊人很好，不能讓她給人欺侮。」陳家洛心想：「我幾時欺侮過她了？」知道周綺是直性人，不說清楚下不了台，便道：「霍青桐姑娘為人很好，咱們大家都是很敬佩的……」周綺搶着道：「那麼為甚麼你見她妹妹好看，就撇開了她？」

陳家洛被她問得滿臉通紅。駱冰出來打圓場：「總舵主和咱們大家一樣，和她見過一次面，只說過幾句話，也不過是尋常朋友罷了，說不上甚麼愛不愛的。」周綺更急了，道：「冰姊姊，你怎麼也幫他？霍青桐姊姊送了一柄古劍給他，總舵主瞧着她的神氣，又是那麼含情脈脈的，我雖然蠢，可也知道這是一見鍾情……」駱冰笑道：「誰說你蠢了？又是含情脈脈，又是一見鍾情的？」周綺怒道：「你別打岔，成不成？冰姊姊，咱們背地裏都說他兩個是天生一對。怎麼忽然又不算數了？他雖是總舵主，我可要問個清楚。」

香香公主聽她們語氣緊張，睜着一雙圓圓的眼睛，很是詫異。

陳家洛無奈，說了出來：「霍青桐姑娘在見到我之前，就早有意中人了，就算我心中對她好，那又何必自討沒趣？」周綺一呆，道：「眞的麼？」陳家洛道：「我怎會騙你？」周綺登時釋然，說道：「那就是了。你很好，我錯怪你啦。害得我白生了半天氣。對不起，你別見怪。」大家見她天眞爛漫，當場認錯，都笑了起來。

周綺本來對香香公主滿懷敵意，這時過來拉住她手，很是親熱，忽然面上一涼，一抬頭，只見鵝毛般的雪花飄飄而下，喜道：「你說得眞準，果然下雪了。」陳家洛一躍而起，叫道：「咱們衝！」

衆人跳了起來，把馬匹從坑中牽上。清兵見到，吶喊衝來。衆人躍上馬背，衞春華當先衝出，奔不數丈，忽然「哎喲」一聲，連人帶馬摔倒在地。文泰來大驚，拍馬上前，尚未走近，坐馬中箭滾倒。文泰來躍起縱到衞春華身旁，衞春華已經站起，說道：「馬給射死啦，我沒事……」話聲未畢，章進與駱冰兩騎馳到。

兩人彎腰伸手，一人一個，把衞春華和文泰來拉上馬背，霎時之間，心硯與章進的馬又中箭倒下。陳家洛叫道：「回去，回去！」各人掉頭奔回坑中。清兵乘勢追來，被文泰來、余魚同、衞春華一輪箭射了回去。

這一下沒衝出圍困，反而被射死四匹馬。清兵似乎守定「射人先射馬」的宗旨，羽箭盡是射馬。大漠之中，如無馬匹，如何突出重圍？衆人凝思無計，愁眉不展。

駱冰道：「如沒救兵，咱們死路一條。」徐天宏道：「木卓倫老英雄見總舵主和女兒久出不歸，定會派兵接應。」陳家洛道：「他們一定早已派兵，只是我們向南奔出這麼遠，只怕他們一時難以找到。」徐天宏道：「那只有派人去求救。」心硯道：「我去！」陳家洛沉吟一下，道：「好！」心硯從包裹中取出文房四寶。陳家洛請香香公主寫了封信求救。陳家洛對心硯道：「你騎四奶奶的白馬去。我們向東佯攻，你在西面衝出去。」說了去回人大營的方向路徑。於是衆人齊聲吶喊，徒步向東衝去。周綺和香香公主留在坑中。

心硯悄悄把白馬牽上，伏身馬腹之下，雙手抱住馬頸，兩腿勾住馬腹，右脚輕輕在馬肋上一踢。那白馬放開四蹄，向西疾奔而去。淸兵疏疏落落的射了幾箭，箭力旣弱，更是毫無準頭，都落在馬旁數丈之外。

衆人見心硯馳出已遠，便退回坑內，凝神遙望，見白馬衝風冒雪，突出重圍，都歡呼起來。陳家洛這些年來待心硯就如兄弟一般，見他小小年紀，干冒萬險去求救兵，不知性命如何，心中一陣難受，當下命徐天宏、衞春華兩人上去守衞，把文泰來等人接替下來休息。

文泰來渾不以身處險地爲憂，下來後縱聲高歌，唱的是江南農家田歌，駱冰應聲相和：「上山砍柴唱山歌，不怕豹子不怕虎，窮人生來骨頭硬，錢財雖少仁義多。」

香香公主對陳家洛道：「你們漢人唱歌也這麼好聽。他們唱的是甚麼呀？」陳家洛把歌曲大意譯給她聽。香香公主輕輕跟着文泰來唱，學他曲調，唱了一會，便睡着了。

這時雪愈下愈大，一眼望出去，但見白茫茫的一片。天將黎明時，香香公主仍是沉睡未醒，頭髮上肩上都是積雪，臉上的雪花卻已溶成水珠，隨着她呼吸微微顫動。駱冰輕聲笑道：

「這孩子眞是一點也不擔心。」

又過良久，徐天宏雙眉緊鎖，緩緩的道：「怎麼隔了這久還沒救兵消息？」文泰來道：「不知心硯路上會不會出事？」徐天宏道：「我擔心的是另一件事。」周綺道：「甚麼事？怎麼吞吞吐吐，要說不說的？」

徐天宏在甘涼道上見到回人奪經之時，霍青桐發號施令，衆回人奉命唯謹，問陳家洛道：「回人營中事務，是木卓倫老英雄管呢，還是霍青桐姑娘管？」陳家洛道：「看來兩人都管。木老英雄凡事都和女兒商量。」徐天宏嘆道：「要是霍青桐不肯發兵，那就……難了。」衆人明白他的意思，默然不語。周綺卻跳了起來，急道：「你……你怎把霍姊姊看成這樣的人？她不是另有意中人嗎？再說，就算她跟妹子吃醋，難道會不救自己心中喜歡的他？」徐天宏道：「女人妒忌起來，甚麼事都做得出。」周綺大怒，嘩啦嘩啦亂叫。香香公主醒了，睜開眼睛，微笑着望她。衆人和霍青桐都只見過一面，雖然覺得她好，但她究竟爲人如何，並不深知，聽徐天宏一說，覺得也不無有理，只是周綺絕不肯信。

心硯急馳突圍，依着陳家洛所說道路，馳入回人軍中，把信遞了上去。

木卓倫正派人四出尋訪，但茫茫大漠之中，找尋兩個人談何容易，清兵集結之處又不能前去打探，正自焦急萬狀，一見女兒的信，大喜躍起，對親兵道：「快調集隊伍。」

霍青桐問心硯道：「圍着你們的清兵有多少人？」心硯道：「總有四五千人。」霍青桐咬着嘴唇，在帳裏走來走去，沉吟不語。不一刻，篷帳外號角吹起，人奔馬嘶，刀槍鏗鏘，隊伍已集。木卓倫正要出帳領隊前去救人，霍青桐牙齒一咬，說道：「爹，不能去救。」

木卓倫吃了一驚，回過頭來，驚疑交集，還道聽錯了話，隔了片刻，才道：「你……你說甚麼？」霍青桐道：「我說不能去救。」木卓倫紫漲了臉，怒氣上沖，但隨即想到她平素精細多智，或許另有道理，問道：「為甚麼？」霍青桐道：「兆惠很會用兵，決不能只為要捉咱們兩個使者，派四五千人去追趕圍困，其中必有詭計。」木卓倫道：「就算有詭計，難道你妹子與紅花會這些朋友，咱們就忍心讓清兵殺害？」霍青桐低頭不語，隔了半晌，說道：「我就怕領了兵去，不但救不出人，反而再饒上幾千條性命。」

木卓倫雙手在大腿一拍，叫道：「且別說你妹子是親骨肉，陳總舵主與紅花會這些朋友，對咱們如此仁至義盡，就算為他們死了，又有甚麼要緊？你……你……」見女兒突然不明義理，心中又是憤怒，又是痛惜。

霍青桐道：「爹，你聽我的話，咱們不但要救他們出來，說不定還能打個大勝仗。」木卓倫喜道：「好孩子，你怎不早說？怎樣幹？我，我聽你的話。」霍青桐道：「爹，你真肯聽我話？」木卓倫笑道：「剛才我急胡塗啦，你別放在心上。怎樣辦？快說。」霍青桐道：「那麼你把令箭交給我，這一仗由我來指揮。」木卓倫微一遲疑，想到她智謀遠勝於己，便道：「好，就交給你。」一把號令全軍的令旗令箭雙手捧着交過去。

霍青桐跪下接過，再向真神阿拉禱告，然後站起身來，道：「爹，那麼你和哥哥也得聽我號令。」木卓倫道：「只要你把人救出，打垮清兵，要我幹甚麼都成。」霍青桐道：「好，一言為定。」和父親走出帳外，各隊隊長已排成兩列等候。

木卓倫向衆戰士叫道：「咱們今日要和滿洲兵決一死戰，這一仗由霍青桐姑娘發施號令。」衆戰士舉起馬刀，高聲叫道：「願眞神護佑翠羽黃衫，願眞神領着咱們得到勝利。」霍青桐把令旗一展，說道：「好，現下散隊，大家回營休息。」各隊長率領衆人散了。木卓倫錯愕異常，說不出話來。

回入帳內，心硯撲地跪下，不住向霍青桐磕頭，哭道：「姑娘，你如不發兵去救，我家公子可活不成啦。」霍青桐道：「你起來，我又沒說不去救。」心硯哭道：「公子他們只有九人，當中姑娘的妹子是不會武的。敵兵卻有幾千。救兵遲到一步，公子他們就……就……」霍青桐道：「清兵的鐵甲軍有沒有衝鋒？」心硯道：「還沒有。只怕這時候也已衝了。他們穿了鐵甲，箭射不進，那怎擋得住……」越想越怕，放聲大哭。霍青桐皺眉不語。

木卓倫見心硯哭得悲痛，心想：「他年紀雖小，對主人卻十分忠義。我們若不去救，如何對得起人？」在帳中踱來踱去，徬徨無策。

霍青桐道：「爹，你不見捉黃狼用的機關？鐵鈎上鈎塊羊肉，黃狼咬住肉一拖，引動機關，登時把狼拿住。兆惠想讓咱們做狼，妹子就是那塊羊肉了。沙漠之中，無險可守，紅花會的人再英雄，單憑八人，決計擋不住四五千人馬。那定是兆惠故意不叫猛攻。」木卓倫點頭說是。霍青桐又道：「這小管家說，清兵鐵甲軍沒出動，可到那裏去啦？」蹲下地來，用令旗旗桿在地下畫個小圈，道：「這是羊肉。」在圈旁畫了兩道粗綫，說道：「這是鐵甲軍，那便是機關了。咱們從這裏去救，他鐵甲軍兩面夾擊，咱們還有命麼？」木卓倫回頭望着心硯，無話可說。

霍青桐道：「清兵是故意放這小管家出來求救，否則他孤身一人，從四五千軍馬中衝殺出來，談何容易？」木卓倫道：「你說兆惠要咱們上當，那麼咱們從他隊伍側面進攻，打他個措手不及。」霍青桐道：「他們有四萬多兵，咱們卻只一萬五千，正面開仗一定吃虧。」木卓倫大叫：「依你說，你妹子和那些朋友是死定了？我捨不下你妹子，也決不能讓紅花會的朋友們遇難。我只帶五百人去，救得出是眞神保佑，救不出就和他們一塊兒死。」霍青桐沉吟不語。

心硯見霍青桐執意不肯發兵，急得又跪下磕頭，哭道：「我們公子有甚麼地方對不起姑娘，請你大量包容，等救他出來之後，小人一定求公子給姑娘賠禮。姑娘救他性命，我們不會不感激姑娘的恩德。」霍青桐聽了這幾句話，知心硯已有疑她之意，秀眉一豎，怒道：「你別不清不楚的瞎說。」心硯一楞，跳起身來，說道：「姑娘這麼狠心。我去和公子死在一塊。」哭着騎上白馬，奔馳而去。

木卓倫大聲道：「如不發兵，連這小孩子都不如了。就是刀山油鍋，今日也要去走一遭。爲義而死，魂歸天國！」越說越是激昂。

霍青桐道：「爹，漢人有一部故事書，叫做『三國演義』。我師父曾給我講過不少書中用計謀打勝仗的故事，那些計策可眞妙極了。那部書中說道，將在謀而不在勇。咱們兵少，也只有出奇，方能制勝。兆惠旣有毒計，咱們便將計就計，狠狠的打上一仗。」

木卓倫將信將疑，道：「當眞？」霍青桐顫聲道：「爹，難道你也疑心我？」木卓倫見她雙目含淚，臉色蒼白，心中不忍，說道：「好吧，由得你。那你就立刻發兵救人。」

霍青桐又想了一會，對親兵道：「擊鼓升帳。」鼓聲響起，各隊隊長走進帳來。霍青桐居中坐下，木卓倫和霍阿伊坐在一邊。這時帳外雪更下得大了，地下已積雪數寸。木卓倫想到小女兒被困沙漠，再加上這般大雪，不餓死也要凍死，心下甚是惶急。

霍青桐手執令箭，說道：「青旗第一隊隊長，你率領本隊人馬，在戈壁大泥淖西首如此如此，青旗第二、三、四、五、六各隊隊長，你們率領人馬，召集牧民、農民，在大泥淖旁如此如此。」六隊青旗兵隊長接奉號令，各率一千人去了。

木卓倫見女兒把本部精銳之師派出去構築工事，卻不去救人，頗感不滿。霍青桐又道：「白旗第一、二、三隊三位隊長，你們在葉爾羌城中和黑水河兩岸如此如此。黑旗第一隊隊長，哈薩克隊隊長，你們兩隊在黑水河旁的山上如此如此。蒙古隊隊長，你們這隊駐紮在英奇盤山頂，如此如此。」各隊隊長接令去了。此役清兵西侵，不但回人遭害，天山北路的哈薩克部、蒙古部也大受池魚之殃，因此不少部落和回人聯手抗敵。

霍青桐道：「爹爹，你任東路青旗軍總指揮。哥哥，你任西路白旗、黑旗、哈薩克、蒙古各隊人馬總指揮。我率領黑旗第二隊居中策應。這一仗的方略是這樣……」正要詳加解釋，木卓倫跳起身來，叫道：「誰去救人？」

霍青桐道：「黑旗第三隊隊長，你率隊從東首衝入救人。黑旗第四隊隊長，你率隊從西首衝入救人。遇到清兵時如此如此。你們兩隊和青旗軍調換馬匹，要騎最好的良馬，不許有一匹馬是次等的。」黑旗軍兩名隊長接令去了。

木卓倫叫道：「你把一萬三千名精兵全都調去幹不急之務，卻派兩千老兵小兵去救人，這是甚麼用心？」原來回人中青旗白旗兩軍最精，黑旗軍遠爲不及，黑旗第三、第四兩隊由老年及未成丁少年組成，尤爲疲弱，平時只做哨崗、運輸之事，極少上陣。霍阿伊對妹子素來敬服，這時心中也充滿懷疑。

霍青桐道：「我的計策是……」木卓倫怒火沖天，叫道：「我再不信你的話啦！你，你喜歡陳公子，他卻喜歡了你妹子，因此你要讓他們兩人都死。你……你好狠心！」

霍青桐氣得手足冰冷，險些暈厥。木卓倫氣頭上不加思索，話一出口，便覺說得太重，呆了一呆，翻身上馬，叫道：「我去和喀絲麗死在一起！」長刀一揮，叫道：「黑旗第三、第四隊，跟我來！」兩隊老少戰士剛掉換了良馬，跟隨族長，在風雪中向大漠馳去。

霍阿伊見妹子形容委頓，說道：「妹妹，爹爹心中亂啦，自己都不知道說甚麼，你別放在心上。」霍青桐右手按住心口，額頭滲出冷汗，隔了一會，道：「我去接應爹爹。」霍阿伊道：「瞧你累得這樣子，你息着。我去接應爹爹。」霍青桐道：「不，你指揮東路青旗各隊，我去。」跨上戰馬，帶領黑旗第二隊奔了出去。

這時回人大營只餘下兩三百名傷兵病兵，一萬五千名戰士空營而出。

心硯心中氣苦，騎了白馬，哭哭啼啼的向陳家洛等被圍處奔去。馳近敵軍時，清兵居然並不出力阻攔，敷衍了事般的放了十幾枝箭，羽箭飛來，都離得心硯遠遠的，少說也有丈餘。他衝近土坑，章進歡呼大叫：「心硯回來了！」

心硯一聲不響，翻身下馬，把白馬牽入坑內，坐倒在地，放聲大哭。周綺道：「別哭，別哭，怎麼啦？」徐天宏嘆道：「還有甚麼可問的？霍青桐不肯發兵。」心硯哭道：「我跪下跟她磕頭……苦苦哀求……她反而罵我……」說罷又哭。衆人默然不語。

香香公主問陳家洛這孩子爲甚麼哭。陳家洛不願讓她難受，說道：「他出去求救，走了半天，衝不出去。」香香公主掏出手帕，遞了過去。心硯接過，正要去擦眼淚，忽覺手帕上一陣清香，便不敢用，伸衣袖擦去眼淚鼻涕，把手帕還了給她。

徐天宏道：「咱們是衝不出去了。四哥，你說該怎麼辦？」文泰來聽徐天宏忽然問他而不問陳家洛，微一沉吟，已知他用意，說道：「總舵主，你快和這位姑娘騎白馬出去。」陳家洛訝道：「我們兩人？」文泰來道：「正是，咱們一起出去是決計不能的了。你肩頭擔負着天大擔子。不但紅花會數萬弟兄要你率領，漢家光復大業也落在你身上。」衛春華、余魚同、周綺等都道：「只要你能出去，我們死也瞑目。」陳家洛道：「你們死了，我豈能一人偷生？」徐天宏道：「總舵主，時機緊迫。你若不走，我們可要用強了。」

陳家洛頓了一頓，說道：「好。」把白馬牽出坑外，向衆人一拱手，把香香公主扶了出去。文泰來等均知這番是生離死別，都十分難過，駱冰已流下淚來。陳家洛卻若無其事的和香香公主上馬而去。

衆人心頭沉鬱，又擔心陳家洛不能衝出重圍。文泰來豪邁如昔，大聲道：「咱們這裏連總舵主和那位回人姑娘，不過十個人，現今已殺了七八十名敵兵。各位兄弟，咱們要殺滿多少人才肯死？」駱冰道：「至少再殺一百名。」周綺道：「這些滿清兵壞死啦，咱們殺足三百名。」文泰來道：「好，大家數着。」章進道：「湊足五百名！」

衞春華在上守望，回過頭來叫道：「咱們這裏還有八人。紅花會的英雄好漢要以一當百，瞧着！」這時正有三名清兵在雪地中慢慢爬過來，衞春華扯起長弓，連珠箭箭無虛發。只聽心硯數道：「一、二、三！好！九爺，好極啦。」余魚同興致也提了起來，叫道：「就是這樣，要咱們死，可不大容易，總得殺滿八百人。」徐天宏笑道：「這越來越不容易啦。要是殺不足數，咱們豈不是死不瞑目？」駱冰笑道：「那只好請五哥、六哥慢一點駕到。」衆人都大笑起來。要知常赫志、常伯志綽號黑無常、白無常，人死時由無常鬼拘魂。

羣雄死意既決，反而興高采烈。心硯本來甚是害怕，見大家如此，也強自壯膽，心想：「公子是英雄豪傑，我可不能辱沒了他。」章進哈哈傻笑，顛來倒去的大叫：「老爺今日要歸天，先殺韃子八百人！」

忽聽得衞春華喝問：「誰？」只聽陳家洛笑道：「幹麼不殺足一千人？」衞春華叫道：「啊，總舵主，怎麼你回來啦？」陳家洛縱身入坑，笑道：「我把她送走，自然回來啦。當年劉關張說要同年同月同日死。他們義垂千古，到頭來卻還是做不到。咱們兄弟姊妹九人，今日卻做到啦。」衆人見他如此，知道再也勸他不回，齊聲大叫：「好，咱們同年同月同日死。」陳家洛道：「心硯，好兄弟，你別再叫我少爺了。你做咱們的十五弟吧！」衆人都說：「不錯，不錯。」心硯大是感動，哭了起來。

這時坑中雪又積起數寸，衆人一面把雪抄出去，一面閒談。徐天宏笑道：「這時如有一罎老酒，可有多好。」周綺瞪了他一眼道：「又來逗我啦！」衆人笑了起來。

余魚同呆了一陣，忽道：「四哥，我有一件事很對你不起。我可不能藏在心裏死去。」

文泰來一怔，道：「甚麼？」余魚同於是把自己如何對駱冰痴心、如何在鐵膽莊外調戲她的事，原原本本的說了，最後說道：「我喪心病狂，早就該死了，卻又不死，心中老大不安，只得做了和尚。四哥，你能原諒我嗎？」

文泰來哈哈大笑，說道：「十四弟，你道我以往不知麼？可是我待你曾有甚麼絲毫異樣？你四嫂從來沒提過一字，但我自然看得出來。我知你年輕人一時胡塗，向來不當它一回事，早就原諒了你，又何必要你今日再來求我？」余魚同又是慚愧，又是感激。

駱冰笑道：「十四弟，這事早過去啦，何必再提？可是有一件事我卻很不樂意。」余魚同一怔，道：「怎……怎樣？」駱冰道：「你是大和尚，歸天之後，我佛如來接引你去西方極樂世界。我們八人卻給五哥、六哥拘去陰曹地府。這一來，豈不是違了當年咱們有福共享、有難同當的誓言？」眾人越聽越是好笑。余魚同把身上僧袍一扯，笑道：「反正我今天已殺人破戒，我佛慈悲，弟子今日決意還俗。與眾位哥哥姊姊同赴地獄，勝於一人獨登極樂！」羣雄拍手叫好。

轟笑聲中，上面衞春華與心硯叫了起來。眾人齊上坑邊，預備迎敵。月光冷冷，雪花飛舞之中，只見一個白衣人手牽白馬，緩緩走來。這時遍地瓊瑤，這白衣人踏雪而來，真如仙子下凡一般，正是香香公主。陳家洛吃了一驚，縱出沙坑，迎了上去。

香香公主道：「你怎麼撇下我一人？」陳家洛頓足道：「我叫你逃回去啊，在這裏有死無生。」香香公主流下淚來，道：「你死了，我還活得成麼？難道你……你不知道我的心？」陳家洛呆了半晌，道：「好，咱們回去。」拉了她手，回入坑中。

周綺嘆道：「總舵主，本來我還有些怪你心志不堅，其實當眞是我錯了。」陳家洛道：「怎麼？」周綺道：「想不到這小姑娘對你竟如此情義深重。別說她似仙女一般，就算醜得像母夜叉，只要有這樣的心，我也愛她。」

陳家洛一笑，心想今日良友愛侶同在一起，雖死無憾。

駱冰對周綺道：「怪不得你這般愛七哥，原來他心好。」周綺道：「不是麼？他人雖鬼靈精，心腸卻是很好的。」徐天宏得愛妻當衆稱讚，心中樂意之極。

香香公主對陳家洛道：「我唱個故事給大家聽。」陳家洛拍手叫好。香香公主柔聲唱了起來：「孔雀河畔鐵門關，兩岸垂柳拂水面，高山嶺上一個墳喲，葬着塔依爾與柔和娜。」她唱一段，陳家洛低聲翻譯一段。

她唱的是回族的一個傳說。古焉耆王國公主柔和娜，和首相之子塔依爾從小相戀。後來首相因直諫而被國王處死，國王不許女兒再和塔依爾相好，要把她嫁給奸臣的兒子黑英雄，把塔依爾關入箱中，順着孔雀河水放逐出境。恰好庫車國公主正在遊河，救起了他。

庫車國老國王見他英俊能幹，想招他做駙馬，並讓他繼承王位。塔依爾卻說：「陛下的財富和王位，再加上美麗的公主，也不能令我負了柔和娜的深情。」堅不接納老國王的美意，後來便偷偷回國。這時柔和娜因懷念情人而生了病，國王假造了塔依爾的書信來安慰她。等她病好，國王又強迫她嫁給黑英雄。她含着眼淚，打開百姓送來給她道賀的一隻禮物箱子時，塔依爾從箱中跳了出來。

便在這時，黑英雄闖了進來，跟塔依爾搏鬥，被塔依爾殺死。國王下令將塔依爾處絞。

公主向父王苦苦求情，也被憤怒的父王扼死。衆百姓抬了這對戀人的屍身，唱着輓歌，走上高山給他們舉行葬禮。

當她唱到曼長淒切的輓歌時，駱冰和周綺雖不懂詞義，也不禁淚水盈眶。衆人沉默良久，想着這對古代戀人不幸的命運。

忽然衞春華在上面哈哈大笑，叫道：「快來瞧！」大家爬到坑邊，只見六七名清兵嗚嗚亂叫，動彈不得。原來他們爬過來偷襲，衞春華早看到了，想等他們爬近些再發箭，那知他們聽到香香公主的歌聲，心神俱醉，伏在雪地裏靜聽。酷寒之中，只過得片刻，身上積雪便都結成了冰，等到歌聲停止，想再爬動時，冰塊已將他們全身牢牢膠住，再也掙不脫了。大雪不斷落下，隨落隨凍，不多時，將這幾名清兵埋葬在冰雪之中。

羣雄這時也冷得抵受不住，心硯撿了一大批箭枝來，在坑中點火取暖。

第三日天明，大雪仍下個不停。徐天宏道：「大家上去，只怕清兵馬上就要進攻。」除香香公主外，衆人都彎弓搭箭守在坑邊。這時天色大亮，清兵卻只是疏疏落落的射些冷箭，並不集隊來攻。

徐天宏大惑不解，忽地想起一事，忙問心硯：「霍青桐姑娘問你些甚麼話？」心硯道：「她問我圍困咱們的清兵有多少人，又問鐵甲軍有沒衝鋒。」徐天宏大喜，叫道：「咱們有救了，有救了！」衆人瞪眼望着他。

徐天宏道：「我眞胡塗，疑心霍青桐姑娘，眞是以小人之心度人了。她可比我精明得多。」周綺道：「怎麼？」徐天宏道：「清兵的鐵甲軍一衝過來，咱們還有命麼？」周綺道：「咦，也眞奇怪。」徐天宏道：「他們就算沒鐵甲軍，周圍這幾千人一起衝鋒，咱們八九個人怎擋得住？數千人馬也不用動手，只須排了隊擠將過來，也把咱們踏成了肉泥。再說，他們一直沒當眞向咱們射箭，只是裝個樣子。」衆人都說確是如此，這次淸兵可客氣得很，手下留情。

陳家洛登時恍然，叫道：「是了，是了。他們故意不衝，要引回人救兵過來，可是霍靑桐姑娘料到了，不肯上當。」章進道：「她不上當，咱們可糟啦。」陳家洛道：「不會糟，她一定另有法子。」周綺笑道：「是麼？我本來不信她會這麼壞。」

衆人登時精神大振。留下余魚同與心硯守望，餘人回入坑中休息。

霍青桐隔着沙丘，聽得那三人大罵翠羽黃衫，卻原來是關東六魔的一夥人，尋思：「大漠之中，無可逃避。只有明日我自行迎上去，設法帶他們去見我師父師公。」。

# 第十五回　奇謀破敵將軍苦　兒戲降魔玉女瞋

忽倫四兄弟按住張召重，放脫了陳家洛，直至兆惠出來喝開，忽倫四兄弟這才放手。張召重憤怒異常，倏地跳起，反手一掌，又快又重，拍的一聲，把忽倫二虎打落了半邊牙齒。二虎痛得險險暈去。四兄弟大怒，一齊撲上廝打。兆惠連聲喝罵，四兄弟才悻悻退下。

張召重恨恨的道：「大將軍，皇上差卑職到回疆來，有兩件欽命，第一件就是拿剛才這女子進京。」兆惠道：「張兄從未來過這裏，怎識得這女子？」張召重道：「回人送了一對玉瓶向皇上求和。玉瓶上畫的就是這女子肖像。皇上很想一見眞人，命卑職趕來辦這件事。福統領拿玉瓶給卑職細看過，因此認得。」兆惠嗯了一聲。張召重道：「剛才那男子不是回人，是紅花會大頭腦陳家洛。」兆惠驚道：「是麼？他怎麼到了這裏？」張召重道：「皇上要他來取幾件東西，命卑職等他取到後便截他下來。只怕皇上要的東西就在他身邊。這兩人自行投到，正是皇上洪福，咱們卻白白放過了，實在可惜。」說着連連拍腿嘆氣。

兆惠笑道：「張兄不必連聲可惜。他們使者來時，我早已調兵遣將，佈置定當。要叫這使者做餌，釣一條大魚上來。既然皇上要這兩人，那更是一舉兩得了。」轉頭對身旁親兵道：「去對德都統說，不可傷那兩人性命。」親兵應令去了。兆惠笑道：「這兩人既是非同尋常，回人定會派重兵相救。等他們過來，我的鐵甲軍從兩旁這麼一夾。」張開兩臂，往中間一合，笑道：「就是這樣！」張召重道：「大將軍神機妙算，人不可及，因此皇上如此親任，征回大事，便差大將軍統兵。」兆惠十分得意，呵呵大笑。

張召重道：「大將軍這場勝仗是打定的了。只是亂軍之中，若把皇上要的那兩人殺了，或是弄得不知下落，皇上必定怪罪。」兆惠道：「你說怎樣？」張召重道：「卑職想請令先去把這兩個人擒了。我軍則繼續圍困不撤，好把回人主力引來。」兆惠沉吟道：「此刻便去，只怕給回子識破了我的計謀。張兄稍待。」直等到第三日清晨，兆惠這才發下令箭，張召重帶領了一百名鐵甲兵疾馳而去。

奔到土坑邊上，坑內十餘箭射出，三名鐵甲兵臉上中箭，撞下馬來。鐵甲軍攻勢稍挫，張召重領頭吶喊，又衝了上去。

徐天宏驚道：「鐵甲軍到了，難道我猜的不對？」衛春華大叫：「是張召重那奸賊！」

余魚同想起恩師慘死，目眦欲裂，手持金笛，縱身出坑，沒頭沒腦向張召重打去。張召重忽見一個醜臉和尚以本門武術猛打急攻而來，大爲詫異，呆得一呆，衛春華挺雙鈎也已撲上。張召重持劍擋住。他武功比這兩人高得多，但衛春華上陣向來捨命惡拚，余魚同更是甩出了性命，不惜與仇人同歸於盡。常言道：「一人拚命，萬夫莫當。」更何況兩人拚命？一時之間，三人在坑邊堪堪打了個平手。

這時數十名鐵甲軍已衝到坑邊。陳家洛、文泰來、徐天宏、章進、駱冰、心硯都跳了上去。章進揮狼牙棒噹噹亂打，鐵甲軍盔甲堅厚，傷他們不得，反而險被長矛刺中。駱冰、心硯、徐天宏三人也只落得奮力抵擋，傷不了人。文泰來單刀砍出，給鐵甲反震回來，大喝一聲，拋去單刀，空手向一名鐵甲軍撲去。那兵挺矛疾刺，文泰來抓住矛頭一拉，那兵啊喲一聲，長矛脫手。文泰來不及輪轉矛頭，就將矛柄向他臉上倒搠進去，直插入腦心，未及拔出，聽得駱冰急叫：「留神後面！」只覺背後風勁，當即左手勾轉，已把一柄刺來的長矛夾在脅下，在背心偷襲的清兵雙手使勁拉奪。文泰來右手一提，從清兵腦袋中拔出了長矛，回身對準那清兵臉孔，一矛飛出，直插入他鼻樑，從腦後穿出，將他釘在地下。

鐵甲軍奉命擒拿陳家洛和香香公主，不同四周其餘清兵那般只是佯攻，卻是奮勇爭先，狠刺眞殺，雖見文泰來神勇，兀自不退。文泰來手挺雙矛，衝入人叢，雙矛此起彼落，猛不可當，霎時之間，九名鐵甲軍被他長矛搠入臉中而死。

陳家洛沒帶兵刃，叫道：「心硯、十哥，跟我來。」見一名鐵甲軍挺長矛當胸搠來，陳家洛身子一側，長矛搠空，左手馬鞭揮出，纏住他雙足一扯，那兵撲地倒了。陳家洛叫道：「心硯，扯下他頭盔。」鐵甲軍穿了鐵甲，身子笨重，跌倒之後，半天爬不起來。心硯早把他頭盔扯落，章進隨手一棒，打得腦漿迸裂。三人隨扯隨打，頃刻間也打死了八九名敵兵。餘兵見文泰來挺矛衝到，心寒膽落，發一聲喊，都退走了。

這時衞余兩人漸漸抵敵不住張召重的柔雲劍法，徐天宏已上去助戰。張召重見落了單，刷刷數劍，把三人逼退兩步，退了下去。文泰來挺矛欲追，清兵羽箭紛射。

駱冰忽然驚叫：「你們快來！」跳進坑中。衆人紛紛跳入，只見周綺披散了頭髮，滿臉血汚，一柄單刀左擋右抵，在坑中與四名鐵甲軍苦鬥。坑中長矛施展不開，四兵都使佩刀進攻。羣雄大怒，一齊撲上。四兵一個被駱冰單刀搠死，一個被衞春華一鈎刺入口中，其餘兩個被文泰來左手抓住後心，右手擰住頭盔，交叉一扭，扭斷了頸骨。徐天宏忙去扶住周綺，見她肩上臂上受了兩處刀傷，甚是痛惜。香香公主撕下衣服給她裹傷。

徐天宏道：「兆惠本想把我們圍在這裏，引得回兵大隊來，才出動伏兵夾擊，定是張召重那奸賊見了總舵主，等不及搶着要建功。」陳家洛道：「他退去之後必不甘心，還會帶兵再來。」徐天宏道：「咱們快挖個陷阱，先拿住這奸賊再說。」

衆人大爲振奮，照着徐天宏的指點，在北首冰雪下挖進去。上面冰雪厚厚的凍了將近一尺，下面沙土掏空，絲毫看不出來。

陷阱挖好不久，張召重果然又率鐵甲軍衝到。他在兆惠面前誇過口，要逞豪強，竟不增兵，仍只帶領餘下的那數十名鐵甲軍。這一次每個軍士手中都拿了盾牌，擋住羣雄的羽箭，霎時間衝到坑前。陳家洛跳出坑外，向張召重喝道：「再來見過輸贏！」張召重見他手中沒兵器，將長劍往地下一拋，說道：「好，今日不分勝敗不能算完。」兩人一個展開百花錯拳，一個使起無極玄功拳，登時在雪地上鬥在一起。

文泰來、徐天宏、章進、衞春華、余魚同、心硯六人也縱出坑來接戰。陳家洛一面打，一面移動脚步，慢慢退近陷阱，眼見張召重再搶上兩步就要入伏，那知斜刺裏一名鐵甲軍衝到，一脚踏上陷阱，驚叫一聲，跌了下去，接着一聲慘呼，被守在下面的駱冰一刀戳死。

張召重吃了一驚，暗叫：「僥倖！」手脚稍緩。陳家洛見機關敗露，驀地和身撲上，抱住他身子，用力要推他下去。張召重雙足牢牢釘在雪地，運力反推。兩人僵持在坑邊，一個掙不脫，另一個也推他不下，誰也不敢鬆手。

兩名鐵甲軍挺矛來刺陳家洛。徐天宏從旁躍過，舉單拐擋開長矛，俯身雙手一抬，將陳張兩人抬入陷阱之中，隨卽一個打滾，鐵甲軍兩柄長矛刺入雪地。

陳張兩人跌入沙坑，同時鬆手躍起。駱冰右手刀向張召重砍去，卻被他施展空手入白刃功夫反拿手腕，一扯之下，已將短刀搶在手中。陳家洛背後飛脚踢到，張召重不及向駱冰進攻，回身一刀。陳家洛側身避過，舉兩指向他腿上「陰市穴」點去。張召重右腿一縮，駱冰颼颼颼擲出三柄飛刀。沙坑之中無迴旋餘地，但張召重在間不容髮之際，居然將三把飛刀一一避過。駱冰叫道：「總舵主接刀！」長刀丟出。

陳家洛接住刀柄，使開金剛伏虎刀法，和張召重的短刀狠鬥起來。他武功本雜，各家兵刃全都會使，不似張召重獨精劍術，登時在兵器上佔了便宜。拆了十餘合，張召重迭遇險招，左手連以拳術助守，才得化解。駱冰對自己的這對鴛鴦刀的長刀短刀本來無所偏愛，這時卻只盼長刀得勝，短刀落敗。

周綺持刀護在香香公主身前。只聽得長刀短刀錚錚交撞數下，張召重忽然把短刀擲出坑外，說道：「我空手接你兵刃。」左拳右掌，往陳家洛閃閃刀光中猛攻直進。陳家洛對駱冰叫道：「接刀！」將長刀擲還給她，左手一指往敵人「曲澤穴」點到。沙坑中尋丈之地，轉身都是不便，更別說趨避退讓，兩人竭盡生平所學，性命相搏。數十招後，漸漸分出高下，陳家洛百花錯拳雖然精妙，終不及張召重功力深厚，內力又沒他大，時候一長，已是攻少守多。駱冰空自着急，見兩人打得緊湊異常，要想相助，卻那裏插得下手去？

眼見陳家洛越打越落下風，張召重飛脚踢出，陳家洛向左一讓，張召重左掌反擊，其勢如風。突然坑上一人大喝：「鐵膽來了！」張召重左掌倏然收回，護住頂心。果然黑黝黝一枚鐵膽猛擲下來。張召重吃過周仲英鐵膽的苦頭，心中一寒，暗想：「這老兒怎麼也來了？他居高臨下，投擲之勢更爲兇狠。」既不敢接也不敢讓，猛然向後一拔，退開三尺，身子在沙坑邊上一撞，只聽拍的一聲，鐵膽打落坑心，徐天宏隨勢縱下。原來周仲英那日收他爲義子，當天即把稱雄武林的絕技子母鐵膽教給了他。這些日子中徐天宏奔波無定，每日仍是擠出功夫習練，今日臨敵初試，仗着岳父聲威，雖然一擊不中，但也把張召重嚇得倒退。

張召重雙足在地上一點，身子縱起，往坑外躍去，突然當頭一掌劈到，勢勁力疾，生平未遇。他右手一帶，化解了掌力，但這樣一來，終究躍不出去，隨着落下，暗暗心驚：「這是誰？此人功夫實不在我之下。」脚剛點地，一人跟落，聲若巨雷，喝道：「奸賊，認得我麼？」那人身高膀闊，氣度威猛，正是奔雷手文泰來。

衞春華等已把鐵甲軍殺退，跟着跳下。文泰來與張召重面面相對，想起鐵膽莊被擒之辱，一路上又受了他無數折磨，劍眉倒豎，虎目生光，大喝一聲，出手便是生平絕技「霹靂掌」，呼呼數掌，疾如閃電，聲逾轟雷。

這一番惡戰，比陳張兩人剛才決鬥更爲激烈。香香公主見文泰來大聲吆喝，風雷般向張召重攻去，不禁害怕。陳家洛見到她臉上驚懼之色，靠着坑壁走到她身旁，牽住她手，向她微微一笑。香香公主凝望他的臉，露出詢問之意。陳家洛知是問他剛才打鬥是否很累，緩緩搖了搖頭。香香公主伸起衣袖，替他揩拭臉上的汗水泥污。

陳家洛摸出三粒圍棋子，以防文泰來萬一遇險，立可施救。他手中拿到棋子，心念一動：「這眞像一局搏殺兇猛、形勢繁複的棋局，中間是文四哥與張召重全力廝拚。我們在外面圍住。在我們外面是一重清兵包圍住了。霍青桐姑娘又在外面設法施救，更在外面又有清兵大軍列陣包圍。這局勢只要棋錯一着，滿盤皆輸。」

羣雄知道文泰來滿腔怨氣，這次非親手報仇不可，都在一旁觀戰，只防張召重逃走，並不出手相助。大家素知文泰來武功卓絕，縱然不勝，也決不致落敗。但見一個猛攻，一個固守，就似大海中驚濤駭浪，浪頭一個接着一個向礁石撲去，但礁石始終屹立不動，浪頭過去，礁石又穩穩的露在海面。

陳家洛尋思：「別人出手，四哥或許會不快，但四嫂相助，他決不致見怪。」便向駱冰使個眼色。駱冰會意，想放飛刀相助，但兩人鬥得正緊，惟恐誤傷了丈夫，急道：「總舵主，你快出手，我不成。」陳家洛正要她這句話，嗤嗤嗤，三粒棋子向張召重要穴上打去。張召重連連閃避，文泰來乘勢直上。

正要得手，忽聽得上面喊聲大振，馬匹奔馳，刀槍相交。一人衝到坑邊，大叫：「陳公子，喀絲麗，你們在那裏？」香香公主叫道：「爹爹，爹爹，我們在這裏！」陳家洛叫道：「救兵來啦，大家上，先殺了這奸賊！」衆人兵刃並舉，齊向張召重攻去。張召重雙掌如風，忽向香香公主後心擊去。衆人大驚，不約而同的搶過救援。那知他這一下是聲東擊西，身子急縮，在坑邊抓起一把沙土一揚，坑中塵沙瀰漫。眾人眼睛一花，已被他躍上坑去。只聽他哼的一聲，臀部中了徐天宏一枚鐵膽，但終於逃了出去。

羣雄紛紛躍出追擊，只見木卓倫手舞長刀，一馬當先衝到，回人戰士跟在其後，眾清兵大呼阻攔，張召重在人叢中閃得數閃，便不見了去向。文泰來奪得一條長矛，跨上白馬，要殺入敵陣追趕，被駱冰一把拖住。

木卓倫率領的黑旗隊雖是老弱，但人人奮勇，挺起盾牌，擁衞主帥。

香香公主見父親趕到，臉上、鬍子上、刀上濺滿了鮮血，縱身入懷，連叫：「爹爹！」木卓倫攬住她，輕輕拍她背脊，說道：「乖乖別怕，爹爹來救你啦。」

徐天宏站上馬背觀看形勢，見東首塵頭大起，雪地之中，尚且踏得塵土飛揚，知有鐵甲軍衝來，叫道：「木老英雄，咱們快向西面高地退卻。」木卓倫知他機智，上次可蘭經就是他使計奪回，當卽發令向西。清兵隨後趕來。眾人奔了一陣，西面斜刺裏又有一彪清兵殺到，將回人夾在中間。木卓倫和文泰來雙馬並馳，大呼衝出，被清兵一陣箭射了回來。

木卓倫心想：「青兒的話果然不錯。剛才我是錯怪她了。她現下一定十分傷心。唉，我這一下可是凶多吉少。」只得率領眾人奔上一座大沙丘，憑勢固守，俟機脫困。回人居高臨下，清兵一時倒也不敢衝上。

霍青桐率隊到離敵陣十里處駐紮。這天中午，各隊隊長和傳令騎兵先後來報，均已依令辦理。霍青桐道：「很好，各位辛苦了。」拿出令箭，說道：「青旗第二隊隊長，你率領五百名弟兄，在黑水河南岸固守，不許清兵過河。對方大軍來攻，切不可與他們硬拚，只求拖延時間，有一名清兵渡河，別來見我。」那隊長接令去了。

霍青桐又道：「白旗第一隊隊長，你帶領本部人馬，引清兵向西追趕，一路上接戰只許敗不許勝，逃入大漠，越遠越好。」那隊長素來兇悍好勝，昂然說道：「咱們回人只會打勝仗，打敗仗我可不會。」青桐道：「這是我的命令。你把携帶着的四千頭牛羊一路丟棄，引得他們搶掠。」那隊長道：「幹麼把自己的牲口送人？我可不幹！」

霍青桐一張小嘴繃得緊緊的，沉聲問道：「你不聽號令？」那隊長揚刀大呼：「你領我們打勝仗，我聽你號令。你叫我打敗仗，我拚死不服。」霍青桐道：「我是領你們打勝仗。你先敗退，再反攻。」那隊長紅了眼，叫道：「連你爹爹也不信這套鬼話，怎騙得過我？你當我不知你是甚麼心思？你叫我們四散逃走，丟棄牲口，就偏不去救香香公主！」霍青桐喝道：「抓起來。」四名親兵搶上前去，抓住了他雙臂。那隊長並不抵抗，只是冷笑。

霍青桐大聲道：「滿洲兵來欺侮咱們，咱們要全軍一心，方能打勝仗。你到底聽不聽號令？」那隊長大叫：「不聽！你能把我怎樣？」霍青桐道：「把他砍了！」那隊長自負勇猛，以爲霍青桐不敢罰他，聽了這話，登時臉如土色。親兵將他推出帳外，一刀將他的頭割下。霍青桐下令首級示衆。衆軍無不凜然。

霍青桐令白旗第一隊副隊長升任隊長，引清兵向大漠追趕，待見東首狼烟升起，繞道趕回。新任隊長接令去了。霍青桐再令餘下各隊，盡數開往東邊大泥淖旁集中。

她發令已畢，一人騎馬向西，下馬跪下，淚流滿面，低聲禱祝：「萬能的眞主，願你聖道得勝，打敗入侵的敵人。現今我爹爹不相信我，哥哥不相信我，連我部下也不相信我，爲了要使他們聽令，我只得殺人。真主，求你佑護，讓我們得勝，讓爹爹和妹妹平安歸來。如果他們要死，求你千萬放過，讓我來代替他們。求你讓陳公子和妹妹永遠相愛，永遠幸福。你把妹妹造得這樣美麗，一定對她特別眷愛，望你對她眷愛到底。」

祝禱已畢，上馬拔劍，回馬叫道：「黑旗第一、第二兩隊隨我來，其餘各隊分赴防地。」

木卓倫、陳家洛等困守沙丘。清兵衝鋒兩次，都被衆回人奮勇擋住，沙丘四周屍首堆積，雙方損折均重。

過了午間，忽然清兵陣動，一彪軍馬衝了進來。雪花飛舞下只見當先一人身披黃衫，手揮長劍，頭上一根碧綠的羽毛微微顫動，正是霍青桐。木卓倫叫道：「大夥兒衝！」率領回兵往下衝殺，兩面夾擊，清兵阻攔不住。四隊黑旗軍合兵一處。香香公主縱馬上前，與姊姊擁抱。

霍青桐拉着妹妹的手，叫道：「黑旗三隊隊長，你率隊快向西退，與白旗第一隊會合，聽白旗第一隊隊長號令。」那隊長接令帶隊馳出。這一隊騎的都是特選快馬，遠遠只見紅旗幌動，清兵正紅旗精兵追了下去。

霍青桐喜道：「好極了。黑旗一隊隊長，你退向葉爾羌城中，聽我哥哥號令。黑旗二隊隊長，你向黑水河南岸退去，那邊有青旗二隊隊長接應。你聽他號令。」兩隊黑旗兵又突圍而出，只見清兵正白、鑲黃兩旗分兩路追趕而去。

霍青桐叫道：「大家向東衝！」三百名近衛親兵長刀飛舞，擁衞主帥當先開路。木卓倫、香香公主、陳家洛等衆人與黑旗第四隊人馬向東疾馳。

兆惠親率鐵甲軍兩翼包抄過來。這些是滿洲正藍旗精兵，正副都統手執長槍大戟，奮勇急追。回人戰士數百人斷後，邊戰邊逃，霎時間數百人都被清兵裹住，盡數殺死。兆惠大喜，指着霍青桐身旁的新月大纛，叫道：「誰奪到這面大纛，賞銀一百兩。」鐵甲軍爭先恐後，在大漠上狂奔追趕。

黑旗第四隊乘坐的都是精選良馬，鐵甲軍一時追趕不上。奔出了三四十里地，回人戰士有的馬力不繼，掉隊墮後，奮力死戰，都爲清兵所殺。兆惠見所殺回人不是老人，就是少年，喜道：「他們主帥身邊沒有精兵，大家努力追趕！」再追七八里地，回兵隊伍更見散亂，只見新月大纛在一座大沙丘上迎風飛舞。

兆惠胯下是匹大宛良馬，手揮大刀，領隊衝去。衆親兵前後衞護。

霍青桐等見清軍大兵衝到，縱馬下丘。

兆惠登上沙丘，向前一望，這一下只嚇得魂飛魄散，全身猶似墮入了冰窖，但見南邊一隊隊回人戰士整整齊齊的列成方陣，毫無聲息。一眼望去，青旗似林，圓盾如雲。

兆惠雙手發軟，拋下大刀，身上一陣陣發寒，心道：「這些回人好狡猾，原來大隊人馬集中在此。」一向北一看，只見一片白旗招展，又是數隊回兵緩緩推來，當下已無細思餘裕，急叫：「後隊作前隊，快退！」親兵傳令下去，清兵登時大亂。回人箭如飛蝗，直逼過來。

清兵本比回人多過數倍，但分兵追趕，追到這裏只有一萬名鐵甲軍，回兵全部主力卻盡集於此，登時強弱易勢。西邊又有兩隊回兵衝將過來。兆惠見西、南、北三面都有敵兵，只東面留出空隙，叫道：「大隊向東衝。」自率親兵斷後，三面回人逐漸逼近。

清兵大隊向東邊缺口中湧去。混亂中前面鐵甲軍忽然齊聲驚呼。一名騎兵奔到兆惠面前，大叫：「大將軍，不好啦，前面是大泥淖。」只見一千名鐵甲兵人馬已在泥淖中打滾，陷入軟泥。原來大漠之上河流不能入海，在沙漠中匯成湖泊，逐漸乾枯，便成泥淖。這大泥淖方圓十多里，軟泥深達數十丈，多的是泥鰍爬蟲之屬，卻是人獸所不至，大雪一蓋，上面毫無痕迹，若非當地土著，決難得知。霍青桐伏兵於此，兆惠貪勝猛追，竟自入了絕地。

陳家洛等站在沙丘上觀戰，只見清兵陷入泥淖的越來越多，後隊人馬想向外奔逃，回人早已掘下深溝，馬匹難以跨越。鐵甲軍三面受迫，自相踐踏，不由自主的一個個擠入泥淖之中。沙泥緩緩從脚上升到大腿，升到膝上，再升到腰間。無數清兵在大泥淖中狂喊亂叫，慘不忍聞。等到沙泥升到口中，喊聲停息，但見雙手揮舞，過了一會，全身沉入泥中。

回人一萬多戰士左手持盾，右手衣袖高舉，刀光與白雪交相輝映，一聲不作，聚集在深溝外監視。兩隊精兵不住向鐵甲軍猛撲。清兵越戰越少，不到半個時辰，一萬多名正藍旗鐵甲軍全數被逼入大泥淖中。兆惠在百餘名清兵捨死保護下衝開一條血路，逃了出去。

香香公主見數不清的兵士馬匹在大泥淖中滾動廝打、擁抱哭叫，拚命掙扎，心中不忍，轉過了頭不忍觀看。木卓倫狂喜之下大笑大叫，忽然住口不叫，對霍青桐道：「青兒，我剛才說錯了話，你別見怪。實在是我性子太急，是爹爹不好。」霍青桐咬住嘴唇不語。

心硯跪倒在地，向她磕了兩個頭，道：「小的該死，不知姑娘另有神機妙算，衝撞了姑娘。你大人不記小人過……」話未說完，霍青桐一提韁繩，縱馬下了沙丘，把他僵在當地。

章進笑道：「算啦，待會請總舵主給你說情吧。」他手舞足蹈，哈哈大笑，又道：「我就是不明白，幹麼她不把全部清兵都引進大泥坑中去。」徐天宏道：「眼前回兵比清兵多，方能把他們趕入大泥坑，要是清兵全軍都到了，一齊向外衝逃，又怎攔阻得住？」章進道：「不錯，剛才大家都錯怪了她。」

這時大部清軍已陷沒泥中，無影無蹤，餘下來的小部人馬也陷沒半身，動彈不得，只有揮手叫號的份兒，四野充塞着慘厲的呼喊。又過一會，叫聲逐漸沉寂，大泥淖把萬餘鐵甲軍呑得乾乾淨淨。人馬、刀槍、鐵甲，竟無半點痕跡，只有幾百面旗幟散在泥淖之上。

霍青桐高聲傳令：「大隊向西，到黑水河南岸聚集。」回部各隊奉令，向西疾馳。

路上陳家洛與木卓倫互道別來情況。木卓倫心下不安，兩個女兒同是自己至寶至愛，偏偏兩人都愛上了這漢人。依回教規矩，男人可娶四個妻子，但陳家洛並非清眞教徒，聽說漢人只娶一妻，第二個女人就不算正式妻子了，這事不知如何了結，心想：「把清兵殺敗了再說。青兒聰明伶俐，喀絲麗心地純良，姊妹兩人又要好，總有法子。」

大隊傍晚趕到了黑水河南岸。一名騎兵氣急敗壞的趕來報告：「清兵向我軍猛撲，青旗二隊隊長陣亡，黑旗二隊隊長重傷，兩隊兄弟傷亡很重。」霍青桐道：「叫青旗二隊副隊長督戰，不許退卻一步。」那騎兵下去傳令。

木卓倫道：「咱們上去增援吧？」霍青桐道：「不！」轉頭對親兵道：「全軍就地休息，不許舉火，不許出聲，大家吃乾糧。」命令下傳，一萬多人在黑暗中默默休息。遠遠傳來黑水河水聲濺濺，清兵與回兵殺聲震天。

一名騎兵急速奔來，報道：「青旗二隊副隊長又陣亡，弟兄們抵擋不住啦！」霍青桐道：「青旗三隊隊長，你這隊上去增援，那邊隊伍歸你指揮。」那隊長長刀一舉，大聲答應，領隊去了。

章進叫道：「霍青桐姑娘，我也去廝殺，好嗎？」霍青桐道：「各位剛才辛苦啦，再休息一會吧。」章進見她指揮大軍，威風凜凜，不敢再說。

青旗三隊上去不久，喊聲大作，自是雙方戰鬥慘烈。又過好一會，霍青桐見戰士精力已復。叫道：「青旗各隊在東邊沙丘後面埋伏，白旗隊、哈薩克、蒙古各隊在西邊埋伏。」長劍一揮，說道：「大夥兒上去！」

衆人在親兵擁護下向前馳去，越向前奔，殺聲越響。馳到近處，金鐵交鳴之聲鏗然大作。只見回人戰士奮力守住黑水河支流上的幾座木橋，鑲黃旗清兵前仆後繼，拚死衝前奪橋。霍青桐叫道：「退後！」守橋的戰士向兩旁一撤，數千名鐵甲軍蜂湧過橋。霍青桐見清兵過來了一半，叫道：「拉去木條！」數百名回人早已牽了馬匹藏在河岸之下，橋上的木樑事先都已拆鬆，用粗索縛在馬上，一聲令下，鬆韁鞭馬，百餘匹馬奮蹄向前。只聽得喀喇喇數聲大響，木樑拉去，木橋登時折斷，橋上數百名鐵甲軍墮入河中。清兵登時分爲兩截，隔河相望，相救不得。

霍青桐令旗一揮，埋伏着的隊伍掩殺上來。清兵訓練有素，雖在混亂之中，仍聽參領、佐領指揮，集合在一起，排成陣勢。回人衝到清兵陣前數百步處，突然停步。霍青桐又是令旗一招。只聽得轟隆、轟隆，巨響連珠不絕，震耳欲聾，黑烟瀰漫，清兵脚下到處炸藥爆發，只炸得血肉橫飛，隊伍登時大亂，對面亂箭射來，無處可逃，紛紛墮河。清兵身上鐵甲厚重，一落河水，立時沉底，餘下來的潰不成軍，不多時盡數被回人大軍殲滅。白雪皚皚的河岸上到處是屍體兵戈，旌旗衣甲。對岸清兵嚇得心膽俱裂，向葉爾羌城中退去。

霍青桐道：「渡河追擊！」戰士架起木橋，大軍向葉爾羌城衝去。

葉爾羌城中居民早已撤離一空。霍阿伊見正白旗清兵攻到，依着妹子事先囑咐，稍加抵抗，便率隊退出。不久鑲黃旗清兵從黑水河潰退下來，與城中大軍會合。喘息甫定，主帥兆惠也率領百餘殘兵趕到。兆惠見鑲黃旗精兵又遭大敗，驚怒交集，忽然部下稟報，數百名官兵喝了水井的水中毒而死。兆惠派一隊兵到城外取水，剛想休息，只見滿天通紅，城中到處火光燭天。親兵連珠價急報，四城起火。原來回疆盛產石油，許多地方掘地見油，霍青桐早就下令各處民房中貯藏石油，少數伏兵一點燃，登時把全城燒成一隻大火爐。

兆惠在親兵擁衞下冒火突烟，奪路逃命。城內清兵自相踐踏。親兵在兵卒叢中揮刀亂砍，殺開一條血路。奔到西門，對面大隊鐵甲軍湧來，報說城門已被回人堵住，衝不出去。兆惠轉而向東。這時火勢更烈，鐵甲一被火炙，熱不可當，衆清兵紛紛卸去鐵甲，亂奔亂竄。葉爾羌城內人馬雜沓，喊聲震天。

混亂中一小隊人馬奔來，大叫：「大將軍在那裏？」兆惠的親兵叫道：「在這裏。」當先一人如風趕到，正是和爾大，對兆惠道：「東門敵兵少，咱們向東衝。」兆惠雖在危急之中，仍然鎮靜，率領將士向東門突圍。回人萬箭射來，清兵沒了鐵甲，死傷纍纍，數次衝不出去。城中火勢更烈，淸兵已被燒死了數千名，焦臭中人欲嘔，滿城盡是哭喊之聲。

正危急間，張召重手持長劍，率領一隊淸兵馳到，內外夾擊，把兆惠救了出去。

霍靑桐等在高地望見。木卓倫連叫：「可惜！可惜！」霍靑桐道：「靑旗四隊隊長，你率本隊去增援，堵死東門。」那隊長領隊去了。兆惠旣已逃出，城中淸兵羣龍無首，四門都被回人重兵堵住，東逃西竄，最後盡皆燒死在這座大熔爐之中。

霍靑桐道：「燒狼烟！」親兵點燃了早就準備好的大堆狼糞，黑烟巨柱沖天而起。原來狼糞之烟最濃，大漠上數十里外均可望見。周綺問徐天宏道：「燒這個幹麼呀？」徐天宏道：「那是與遠處的人通消息。」果然過不多時，西面二十多里外也是一道黑烟升起。徐天宏道：「在那邊更西的人見了這道烟，也會點燃狼糞。這樣一處傳一處，片刻之間就可把信號傳到數百里外。」周綺點頭道：「這法子眞好。」

回人連打三個大勝仗，殲滅淸兵精兵三萬餘人。成千成萬戰士互相擁抱，在葉爾羌城外高歌舞蹈。

霍靑桐傳集各隊隊長，說道：「各隊人馬到預定地點駐紮，晚上每個人要燒十堆火，各堆火頭距離越遠越好。」

淸兵正紅旗精兵一萬餘人在都統德鄂率領之下，向西猛追回人黑旗第三隊。黑旗隊坐騎都是特選的駿馬，直馳入大漠之中。德鄂奉了兆惠之命，務必追到回兵，一鼓殲滅，是以銜尾疾追。兩軍人馬烟塵滾滾，蹄聲如雷，奔出數十里地。忽然斜刺裏衝出數千頭牛羊來。淸兵大喜，紛紛捕殺，飽餐了一頓，追勢稍緩。

黑旗三隊不久就與白旗一隊會合，繼續奔逃，始終不與清兵接仗。到了傍晚，遙見東邊狼烟升起，白旗一隊隊長叫道：「翠羽黃衫已打了勝仗，咱們轉向東方！」衆戰士精神大振，勒韁回馬。清兵見回人忽然回頭，很是奇怪，上前衝殺，那知回人遠遠兜了過去。德鄂叫道：「你們逃到天邊，我們追到天邊。」

兩隊回兵連夜奔逃，清兵正紅旗鐵甲軍緊追不捨。都統德鄂一心要立大功，沿途馬匹不斷倒斃，他下令死了坐騎的軍士步行隨後，其餘騎兵繼續急追。馳到半夜，幾騎軍士奔來報稱：「大將軍在右前方。」德鄂忙向右迎上，見兆惠率領着三千多名殘兵敗卒，狼狽不堪。

兆惠見正紅旗精兵開到，精神一振，心想：「敵兵大勝之後，今晚必定不備，我軍出其不意進攻，當可轉敗爲勝。」於是下令向黑水河旁挺進。行了二三十里，前哨報知回人大軍在前紮營。兆惠與德鄂、張召重、和爾大等登高一望，不由得一股涼氣從心底直冒上來。

但見漫山遍野布滿了火堆，放眼望去，無窮無盡，隱隱只聽得人喧馬嘶，不知有多少回兵。兆惠默然不語。和爾大道：「原來回人有十多萬兵隱藏在這裏，咱們以寡敵衆，怪不得……怪不得受了……一些小小挫折。」他們怎知這是霍青桐虛張聲勢，她命每名回兵燒十堆火，遠遠望來，自是聲勢驚人。

兆惠下令道：「各隊趕速上馬，向南撤退，不許發出一點聲息。」命令傳了下去，衆兵將不及吃飯，立卽上馬。和爾大道：「據嚮導說，這裏向南要經過英奇盤山脚下，大雪之後，山路甚是難行。」兆惠道：「敵兵聲勢如此浩大，你瞧到處都是他們的隊伍。富德將軍有一支兵越戈壁而來，咱們只有向東南去和他會師。」和爾大道：「大將軍用兵確然神妙。」兆惠哼了一聲，大敗之後再聽這些諂諛之言，臉皮再厚，可也不易安然領受。

大軍南行，道路愈來愈險，左面是黑水河，右面是英奇盤山，黑夜中星月無光，只有山上白雪映出一些淡淡光芒。兆惠下令：「誰發出一點聲息，馬上砍了。」清兵大都來自遼東，知道山上積雪甚厚，一發聲音震動積雪，便會釀成雪崩巨災。衆人小心翼翼，下馬輕步而行。走了十多里，道路愈陡，幸而天色漸明，清兵一日一夜戰鬥奔馳，個個臉無人色。

忽然前面發喊，報稱有回人來攻，德鄂親率精兵上前迎敵。只見數百名回人從山坡上俯衝而下，將到臨近，突然下馬，每人拔出一柄匕首，插入馬臀。馬匹負痛，向清兵陣裏狂衝過來。道路本狹，登時擠成一團，人馬紛紛落河。回人從捷徑向山上攀登，投下無數巨石，登時把道路封住。德鄂急令大軍後退，卻聽後隊喊聲大作，原來後路也被截斷了。

德鄂親冒矢石，向前猛衝，只見英奇盤山頂上新月大纛迎風飄揚，大纛下站着十多人在指揮督戰。兆惠下令：「向前猛衝，不顧死傷。」一隊鐵甲軍開了上去，一半人持盾擋箭，一半人抬起路上的大石、馬匹、屍首、傷兵，盡數投入河中，清除了道路，一鼓作氣猛的衝去。前面數十名回人擋住。道路狹窄，清兵雖多，難以一湧而上，後面部隊卻繼續推上來，一時間路口擠滿了人馬。

擋路的回人突然散開，身後露出數十門土炮來，清兵嚇得魂飛天外，發一聲喊，轉身便逃。土炮放處，鐵片鐵釘直往陣中轟來。總算那土炮只能放得一次，再放又要填塞炸藥鐵片，搞上半天，清兵都已退開。這數十炮轟死了二百多名清兵，又把他們去路截斷。

兆惠又急又怒，忽聽得悉悉之聲，頸中一涼，一小團雪塊掉入衣領，抬頭望時，只見山峯上雪塊緩緩滾落。和爾大叫道：「大將軍，不好啦，快向後退！」兆惠掉轉馬頭，向後疾奔。衆親兵亂砍亂打，把兵卒向河中亂推，搶奪道路。只聽雪崩聲愈來愈響，積雪挾着沙石，從天而降，猶如天崩地裂一般，轟轟之聲，震耳欲聾。

和爾大與張召重左右衞護兆惠，奔出了三里多遠。回頭只見路上積雪十多丈，數千精兵全被埋在雪下，連都統德鄂也未逃出。向前眺望，一般的是積雪滿途，行走不得。兆惠身處絕境，四萬多精兵在一日兩夜之間全軍覆沒，悲從中來，放聲大哭。

張召重道：「大將軍，咱們從山上走。」他左手拉住兆惠，提氣往山上竄去。和爾大施展輕功，手執單刀在後保護。

霍青桐在遠處山頭望見，叫道：「有人要逃，快去截攔。」數十名蒙古兵在小隊長率領下飛奔而來，跑到臨近，見爬上來的三人都穿大官服色，十分欣喜，摩拳擦掌，只待活捉。兆惠暗暗叫苦，心想今日兵敗之餘，還不免被擒受辱。

張召重一言不發，提勁疾上。他一手挽了兆惠，在這冰雪凍得滑溜異常的山上仍是步履如飛。和爾大雖然空手，拚了命還是追趕不上。張召重爬上山頂，一提之下，將兆惠甩起。數十名蒙古兵同時撲到。張召重把兆惠挾在腋下，「一鶴沖天」，從人圈中縱出。蒙古兵撲了個空，互相撞得頭腫鼻歪，回身來追，兩人早衝下山去了。和爾大被一名蒙古兵撲到扭住，兩人滾倒在地。其餘蒙古兵搶上前來，將他橫拖倒曳，拉到霍青桐面前。

這時各隊隊長紛紛上來報捷。這一役正紅旗清兵全軍覆沒，逃脫性命的除兆惠與張召重外，不過身手特別矯捷而運氣又好的數十人而已。

霍青桐等回到營帳，回人戰士將俘虜陸續解來。這時回人已攻破清兵大營，糧草兵戈，繳獲無數。俘虜中忽倫四兄弟也在其內。回人戰士報稱，攻進大營時發現他們被縛着放在篷帳之中。陳家洛詢問原委，忽倫大虎說：「兆大將軍怪我們幫你，要殺我們四人的頭，說等打了勝仗再殺。」陳家洛向霍青桐求情，放了四人。四兄弟自回遼東，仍做獵戶去了。

這時哨探又有急報，戈壁中有清兵四五千人向南而來。霍青桐一躍而起，帶了十隊回兵上前迎敵。行了數十里，果見前面塵頭大起，霍青桐令旗一招，兩隊青旗回兵乘着戰勝餘威，向前猛衝。原來這是兆惠副手富德帶來的援兵，途中與兆惠及張召重相遇，得知清兵大軍覆沒，忙收集殘兵，向東撤退，那知終於被霍青桐攔住。清兵兼程赴援，人困馬乏，人數又少，怎擋得住回人大軍乘銳衝擊。

兆惠不敢再戰，下令車輛馬匹圍成一個圓圈，清兵弓箭手在圈內固守。回兵幾次衝鋒，衝不進去。霍青桐道：「他們負隅死守，強攻損失必重。現今我衆彼寡，不如圍困。」木卓倫道：「正該如此。」霍青桐下令掘壕。回兵萬餘人一齊動手，在清兵弩箭不及之處，四周掘起長壕深溝，要將清兵在大漠之中活活餓死渴死。到得傍晚，霍阿伊又帶領了回人援兵數千到達，在長壕之前再堆土堤。

回人在黑水河英奇盤山脚大破清兵，再加圍困，達四月之久，史稱「黑水營之圍」。

文泰來站在高處，遠遠望見兆惠身旁一人指指點點，正是張召重，心中大怒，從回人手中接過弓箭。徐天宏道：「這奸賊原來在此，只怕太遠，射他不到。」文泰來施展神力，拍的一聲，一張鐵胎弓登時拉斷，當下拿過兩張弓來，併在一起，一箭扣雙弦，將兩張鐵胎弓都拉滿了，手一放，羽箭如流星般直向張召重面門飛去。張召重一驚：「相距這麼遠，怎會有箭射來？」身子一側，那箭噗的一聲，插入他身邊一名親兵胸膛之中。

衞春華道：「四哥，咱們衝進去捉這奸賊。」徐天宏道：「不行！不可犯了霍青桐姑娘的將令。」文泰來、衞春華等點頭稱是。衆人望着張召重，恨聲不絕，說道：「終有一日要拿住這奸賊碎屍萬段。」

只聽得軍中奏起哀樂，回人在地下挖掘深坑，將陣亡的將士放入坑內，面向西方，然後埋葬。陳家洛等很是奇怪，詢問身旁的戰士。那人道：「我們是伊斯蘭教徒，死了魂歸天國，肉體直立，面向西方聖地麥加。」羣雄聽了嗟嘆不已。

埋葬已畢，木卓倫率領回人全軍大禱，感謝眞神佑護，打了這樣一場大勝仗。祈禱完畢，全軍歡聲雷動，各隊隊長紛到霍青桐面前舉刀致敬。

衞春華道：「這一仗把清兵殺得心碎膽裂，也給咱們出了一口惡氣。」徐天宏沉吟道：「皇帝明明跟咱們結了盟，怎麼卻不撤軍？難道他這是故意的，要把滿清精兵在大漠中滅掉？」文泰來道：「我才不相信那皇帝呢。他怎能料到霍青桐姑娘會打這大勝仗？他派張召重來，用意顯然不善。」衆人議論了一會，猜測不透。

大家又都讚霍青桐用兵神妙。余魚同道：「孫子曰：『我專爲一，敵分爲十，是以十攻其一也，則我衆而敵寡。』想不到回部一位年輕姑娘用兵，竟是暗合孫子兵法。」周綺睜大了一雙圓眼，道：「你胡說八道！她打仗打得這樣好，你還說她是孫子兵法？我說是爺爺兵法，老祖宗兵法！」衆人都大笑不已。

說話之間，只見陳家洛眼望霍青桐，顯得又是關切，又是擔心。衆人循着他目光轉頭望去，見她臉色蒼白，瞪着火光呆呆出神。駱冰走近前去，想逗她說話。霍青桐站起來相迎，突然身子一幌，吐出一口鮮血。駱冰嚇了一跳，忙搶上扶住，問道：「青妹妹，怎樣？」霍青桐不語，努力調勻氣息，喉口一甜，又吐出一口血來。香香公主、木卓倫、霍阿伊、陳家洛、周綺等都奔過來慰問。香香公主急得連叫：「姊姊，別再吐啦。」把姊姊扶入帳中，展開毡毯讓她躺下。

木卓倫心中痛惜，知道女兒指揮這一仗殫智竭力，親身衝鋒陷陣，加之自己和部將都對她懷疑，她自然要滿懷氣苦，而最令她難受的，只怕是陳家洛和她妹子要好了，一時也想不出話來安慰，嘆了口氣，走出帳來。

他各處巡視，只聽得四營都在誇獎霍青桐神機妙算。走到一處，見數百名戰士圍着一位阿訇，聽他講話。那阿訇道：「穆聖遷居到麥地那的第二年，墨克人來攻。敵人有戰士九百五十人，戰馬一百匹，駱駝七百頭，個個武裝齊全。穆聖部下只有戰士三百十三人，戰馬兩隊，駱駝七八十頭，甲六副。敵人強過三倍，但穆聖終於擊敗了敵人。」一名少年叫道：「咱們這次也是以少勝多。」阿訇道：「不錯，霍青桐姑娘依循穆聖遺教，領着咱們打勝仗，願眞主保佑她。可蘭經第三章中說：『在交戰的兩軍之中，這一軍是為主道而戰的，那一軍是不信道的，眼見那一軍有自己的兩倍。阿拉卻用他的佑護，扶助他所喜愛的人。』」衆戰士歡聲雷動，齊聲大叫：「眞主保佑翠羽黃衫，她領着咱們打勝仗。」

木卓倫想着女兒，一夜沒好睡。次日一早，天還沒亮，便到霍青桐帳中探視，揭開帳門見帳中無人，嚇了一跳，忙問帳外衛士。那衛士道：「霍青桐姑娘在一個時辰前出去了。」木卓倫道：「到那裏去？」衛士道：「不知道。這封信她要我交給族長。」木卓倫搶過信來，見信上寥寥寫着數字：「爹爹，大事已了，只要加緊包圍，淸兵指日就殲。女兒青上。」

木卓倫呆了半晌，問道：「她向那裏去的？」那衛士向東方一指。

木卓倫躍上馬背，向前直追，趕了半個時辰，茫茫大漠上一望數十里沒一個人影，怕她已轉了方向，只得回來。走到半路，香香公主、陳家洛、徐天宏等已得訊迎來。衆人十分憂急，都知霍青桐病勢不輕，單身出走，甚是凶險。

回到大帳，木卓倫派出四小隊人往東南西北追尋。傍晚時分，三小隊都廢然而返，派到東面的那小隊卻帶來了一個身穿黑衫的漢人少年。

余魚同一呆，原來那人正是穿男裝的李沅芷，忙迎上去，道：「你怎麼來了？」李沅芷又是高興、又是難受，道：「我來找你啊，剛好遇上他們。」一指那小隊回兵道：「他們就把我帶來啦。咦，你怎麼不穿袈裟啦？」余魚同笑道：「我不做和尙了。」李沅芷心花怒放，眼圈一紅，險險掉下淚來。

香香公主見找不到姊姊，十分焦急，對陳家洛道：「姊姊到底爲甚麼啊？怎麼辦呢？」陳家洛道：「我這就去找她，無論如何要勸她回來。」香香公主道：「我同你一起去。」陳家洛道：「好，你跟你爹說去。」香香公主去跟木卓倫說，要與陳家洛同去找尋姊姊。木卓倫心亂如麻，知道霍青桐就是爲了他們而走，這兩人同去，只怕使她更增煩惱，卻又不知如何是好，頓足道：「你們愛怎樣就怎樣吧，我也管不得許多了。」香香公主睜大了一雙眼睛望着父親，見他眼中全是紅絲，知他憂急，輕輕拉着他手。

李沅芷對別人全不理會，不斷詢問余魚同別來情形。陳家洛對香香公主道：「你姊姊的意中人來啦，他定能勸她轉來。」香香公主喜道：「眞的麼！姊姊怎麼從來不跟我說。啊，姊姊壞死啦。」走到李沅芷面前，細細打量。木卓倫聽了一愣，也過來看。

李沅芷與木卓倫曾見過面，忙作揖見禮，見到香香公主如此驚世絕俗的美貌，怔住了說不出話來。香香公主微笑着對陳家洛道：「你對這位大哥說，我們很是高興，請他和我們同去找姊姊。」陳家洛這才和李沅芷行禮厮見，說道：「李大哥怎麼也來啦？別來可好？」李沅芷紅了臉，只是格格的笑，望着余魚同，下巴微揚，示意要他說明。余魚同道：「總舵主，她是我陸師叔的徒弟。」陳家洛道：「我知道，我們見過幾次。」余魚同笑道：「她是我師妹。」陳家洛驚問：「怎麼？」余魚同道：「她出來愛穿男裝。」

陳家洛細看李沅芷，見她眉淡口小，嬌媚俊俏，那裏有絲毫男子模樣？曾和她數次見面，只因有霍青桐的事耿耿於懷，從來不願對她多看，這一下登時呆住，腦中空蕩蕩的甚麼也不能想，霎時之間又是千思萬慮，一齊湧到：「原來這人是女子？我對霍青桐姑娘可全想岔了。她曾要我去問陸老前輩，我總覺尷尬，問不出口。她這次出走，豈不是爲了我？她妹子對我又如此情深愛重，卻教我何以自處？」衆人見他突然失魂落魄的出神，都覺奇怪。

駱冰得知李沅芷是女子，過來拉住她手，很是親熱，見了她對余魚同的神態，再回想在天目山、孟津等地的情形，今日又是風沙萬里的跟到，她對余魚同的心意自是不問可知，心想余魚同對自己一片痴心，現今有這樣一位美貌姑娘眞誠見愛，大可解他過去一切無謂苦惱，只是見他神情落寞，並無欣慰之意，實在不妥，須得盡力設法撮合這段姻緣才是。李沅芷問道：「霍青桐姊姊呢？我有一件要緊事對她說。」駱冰道：「霍青桐妹妹不知去了那裏，我們正在找她。」李沅芷道：「她獨個兒走的麼？」駱冰道：「是啊，而且她身上還有病呢。」李沅芷急道：「她朝那個方向走的？」駱冰道：「本來是向東北走的，後來有沒轉道，就不知道了。」李沅芷連連頓足，說道：「糟啦，糟啦！」

衆人見她十分焦急，忙問原因。李沅芷道：「關東三魔要找翠羽黃衫報仇，你們是知道的了。這三人一路上給我作弄了個夠。他們正跟在我後面。現下霍青桐姊姊向東北去，只怕剛好撞上。」

原來李沅芷在孟津寶相寺中見余魚同出家做了和尙，悲從中來，掩面痛哭。余魚同竟然硬起心腸，寫了一封信留給陳家洛等人，對她不理不睬，飄然出寺。李沅芷哭了一場，收淚追出時，余魚同已不知去向。她追到孟津城內，在各處寺院和客店探尋。那知意中人沒尋着，卻又見到了滕一雷、顧金標、哈合台三人。

他們從寶相寺出來，在一家僻靜客店休息。李沅芷偷聽他們談話，知道要去回部找翠羽黃衫報仇。她惱恨三人欺逼余魚同，於是去買了一大包巴豆，回到客店，煎成濃濃一大碗汁水，盛在酒瓶裏，混入滕一雷等住的客店，等到他們上街閒逛，進房去將巴豆汁倒入桌上的大茶壺裏。

關東三魔回店，口渴了倒茶便喝，雖覺有點異味，也只道茶葉粗劣，不以爲意。到了夜半，三人都腹痛起來，這個去了茅房回來，那個又去。三人川流不息，瀉了一夜肚子。第二天早晨肚瀉仍未止歇，三人精疲力盡，委頓不堪，本來要上路的，卻也走不動了。滕一雷把酒店老闆找來大罵，說店裏東西不乾淨，吃壞了肚子。客店老闆見三人兇得厲害，只得連連陪笑，請了醫生來診脈。那醫生怎想得到他們遇上暗算，只道是受了風寒，開了一張驅寒暖腹的方子。客店老闆掏錢出來抓藥，叫店小二生了炭爐煎熬。

李沅芷從客店後門溜進去偷看，見三魔走馬燈般的上茅房，心下大樂，又見店夥煎藥，乘他走開時，揭開藥罐，又放了一大把巴豆在內。

滕一雷等吃了藥，滿擬轉好，那知腹瀉更是厲害。李沅芷一不做二不休，半夜裏跳進藥材鋪，在幾十隻抽屜裏每味藥抓了一撮，不管它是熟地大黃、當歸貝母，還是毛茛狼毒、紅花黃芪，一古腦兒的都去放入了藥罐。次日店夥生起了炭爐再煎，濃濃的三碗藥端了上去。關東三魔一口喝下，數十味藥在肚子裏胡鬧起來，那還了得，登時把生龍活虎般的三條大漢折騰得不成樣子。好在他們武功精湛，身子強壯，三條性命才賸下了一條半，每人各送半條。陳家洛騎了白馬向西急趕之時，怎想得到關東三魔還在孟津城中大瀉肚子。

滕一雷知道必有蹊蹺，只當是錯住了黑店，客店老闆謀財害命，於是囑咐兩人不再喝藥，過了一日，果然好些。顧金標拿起鋼叉，要出去殺盡掌櫃店夥。滕一雷一把拉住，說道：「老二，且慢。再養一日。等力氣長了再幹，說不定店裏有好手，眼下廝殺起來怕要吃虧。」一顧金標這才忍住氣。

到得傍晚，店夥送進一封信來，信封上寫着：「關東三魔收啓。」滕一雷一驚，忙問：「誰送來的？」店夥道：「一個泥腿小廝送來的，說是交給店裏鬧肚子的三位爺們。」滕一雷打開一看，只氣得暴跳如雷。顧金標與哈合台接過來，見紙上寫道：「翠羽黃衫，女中英豪，豈能怕你，三個草包。畧施小懲，巴豆吃飽。如不速返，決不輕饒。」字體娟秀，滕一雷看得出確是女子手筆。顧金標把字條扯得粉碎，說道：「我們正要去找她，這賤人竟在這裏，那再好不過。」三人不敢再在這客店居住，當卽搬到另一處，將養了兩日，這才復原。在孟津四處尋訪，卻那裏有翠羽黃衫的踪迹？

這時李沅芷已在黃河幫中查知衞春華趕到、紅花會衆人已邀了余魚同齊赴回部。她心上人既走，也就不再去理會三魔，便卽跟着西去。三魔找不到霍青桐，料想她必定返歸回部，便向西追蹤，在甘肅境內又撞見了李沅芷。滕一雷見她身形依稀有些相熟，一怔之下，待細看時，她早已躲過。

次晨關東三魔用過早飯，正要上道，忽然外面進來了十多人，有的肩挑，有的扛抬，都說滕爺要的東西送來了。滕一雷見送來的是大批鷄鴨蔬菜、鷄蛋鴨蛋，還有殺翻了的一頭牛與一口豬，喝問：「這些東西幹甚麼？」抬豬捉鷄的人道：「這裏一位姓滕的客官叫我們送來的。」店夥道：「就是這位客官姓滕。」送物之人紛紛放下物事，伸手要錢。顧金標怒道：「誰要這許多東西來着？」

正吵嚷間，忽然外面一陣喧嘩，抬進了三口棺材來，還有一名仵作，帶了紙筋石灰等收殮屍體之物，問道：「過世的人在那裏？」掌櫃的出來，大罵：「你見了鬼啦，抬棺材來幹麼？」仵作道：「店裏不是死了人嗎？」掌櫃劈面一記巴掌打去。仵作一躲，說道：「這裏不是明明死了三個人？一個姓滕，一個姓顧，還有一個蒙古人姓哈。」顧金標怒火上沖，搶上去一掌。那仵作一交摔倒，吐出滿口鮮血，還帶出了三枚大牙。

忽然鼓樂吹打，奏起喪樂，一個小廝捧了一副輓聯進來。滕一雷雖然滿懷怒氣，卻已知是敵人搗鬼，展開輓聯，見上聯寫道：「草包三隻歸陰世」，下聯是「關東六魔聚黃泉」，上聯小字寫道：「一雷、金標、合台三兄千古」，下聯寫道：「盟弟焦文期、閻世魁、閻世章敬輓」，一塊橫額題着四字：「携手九原」。字迹便是先前寫信女子的手筆。

哈合台把輓聯扯得粉碎，抓住那小廝胸口，喝問：「誰叫你送來的？」那小廝顫聲道：「是……是一位公子爺，給了我一百文錢，說有三個朋友死……死在這裏，要我送來。」哈合台知他是受人之愚，把他一摔，那小廝仰天直摜出去，放聲大哭。滕一雷再問送物、送棺材、奏樂的各人，都說是一位公子爺差他們來的。

滕一雷抄起銅人，說道：「快追！」三人闖出店去，四下搜索，那裏有甚麼公子爺的蹤影？滕一雷道：「快向前追，抓住那丫頭把她細細剮了。」他們仍道是霍青桐搗鬼，怒不可遏，拚命趕路。這天到了涼州，在客店歇下，到得半夜，後院忽然起火，三人跳起來察看。滕一雷見燒去的只是一堆柴草，一怔之下，猛然醒悟，說道：「老二、老四，快回房。」趕回房內，果然三個包裹已經不見，炕上卻放着三串燒給死人的紙錢。

滕一雷躍上屋頂，不見人影。顧金標拍案大罵：「有種的就光明正大見個輸贏，這般偷雞摸狗，算他媽的甚麼好漢？」滕一雷道：「這一來，明天房飯錢也付不出啦！」顧金標怒道：「得快想法兒除了這賤貨，否則給她纏個沒了沒完。」滕一雷道：「不錯，老二、老四，你們想怎麼辦？」

這三人武藝雖好，頭腦卻不靈便，想了半天，只想出一條計策，那就是晚上睡覺大家不脫衣服，輪流守夜，一見敵蹤，立即跳出去廝殺。滕一雷明知這辦法並不高明，可是三個臭皮匠無論如何變不成一個諸葛亮，也只索罷了。哈合台道：「房飯錢怎麼辦？現下出去弄點呢，還是明兒一早撤腿就跑？」顧金標道：「反正以後還得用，我出去拿些吧。」

他飛身上屋，四下一望，看準了一家最高大的樓房，跳了進去，心想不論偷搶，弄到幾百兩銀子好走路。見一間房裏有燈光透出，伏身察看，忽然身後拍喇喇一聲響亮，一疊瓦片拋在地下跌得粉碎，有人大叫：「捉飛賊啊，捉飛賊啊！」叫聲嬌嫩，卻是女音。顧金標嚇了一跳，但自恃武藝高強，並不理會，跳進房去，只見幾個傭僕正在賭錢，桌上放了幾百文銅錢，見他進來，嚇得齊聲大叫。

顧金標暗叫：「晦氣！」正想退出，外面梆子急敲，火把明亮，十多人持刀拿棍趕來，忙破窗而出，躍上屋頂，祇聽得颼的一聲，腦後生風，他回手一叉，把擲來的一塊石子砸飛，一縱身間，已搶到投擲石子之處，人剛撲到，迎面一劍刺來。微光下見那人身穿黑衣，身手矯健，顧金標連日受氣，始終找不到敵人，這時那裏再肯放過，刷刷刷三叉，儘往敵人要害刺去。那人正是李沅芷，見顧金標出叉迅捷，拆了數招，虛幌一劍，回身就走。顧金標持叉趕去，見那人回手一揚，一陣細小暗器嗤嗤之聲，破空而至，他在孟津郊外吃過苦頭，知道金針厲害，當即一個觔斗翻下屋頂。下面衆人吆喝擁上，顧金標鋼叉揮動，衆人刀棍紛紛脫手。他再上屋頂追尋時，敵人早已不知去向。

顧金標回歸客店，氣憤憤的說了經過。哈合台連連嘆氣，道：「早知道我就和你同去，兩個人總截得住他。」滕一雷道：「還說甚麼？這就走吧，別等天明付不出房飯錢，面子上太也過不去。」剛結束定當，忽然有人拍門，三人相望了一眼，各持兵刃在手。哈合台去開門，進來的卻是店中掌櫃。他手中拿了燭台，說道：「小店本錢微薄，請客官們結了房飯錢再走。」原來他在夢中給人推醒，告訴他這三人沒錢付賬，就要溜之大吉。他披衣坐起，推醒他的人已不知去向，忙來拍門，果見滕一雷等要走。

顧金標發了橫，說道：「老子沒錢使啦。櫃上先借一百兩銀子再說！」鋼叉嗆啷啷一抖，迫着掌櫃的去拿銀子。掌櫃苦着臉轉身出去，忽然外面喊聲大作，一羣人大叫：「別讓飛賊跑了！」三魔從大門中望出去，只見店外燈籠火把齊明，人聲喧嘩，總有百十來人，一疊聲的大叫：「捉飛賊啊！捉飛賊。」滕一雷銅人一擺，叫道：「上屋！」顧金標扭斷了櫃台上的鎖，抓了一把碎銀子放在袋裏，三人上屋而去。

關東三魔心想掌櫃半夜裏來要賬，這許多人來捕拿，一定也是霍青桐搗的鬼。顧金標和李沅芷當面交過手，見他是個漢人少年，不是回族女子，只道敵人另有幫手，不敢托大，三人每晚眞的輪流守夜。口中汚言穢語，自不知罵了多少髒話。

這天快到嘉峪關，滕一雷道：「此去是敵人的地界，可要加意小心。」後半夜是哈合台輪值，正有些迷迷糊糊，忽聽屋子後面兩塊小石投在地上，知道夜行人「投石問路」探聽動靜，忙悄悄推開窗子，掩到後面去想生擒敵人。等了好一陣，始終不見有人跳下房來，前面顧金標卻大叫起來。哈合台一驚：「糟啦，又中了調虎離山之計。」忙奔回去，只見滕顧兩人手中拿了燭台，逃出房外，十分狼狽。哈合台拿燭台往窗口一照，吃了一驚，只見屋裏地上、炕上、桌上都是青蛇與癩蝦蟆，到處亂蹦亂跳，窗口有兩個竹簍，顯是敵人用來裝青蛇、蝦蟆的。滕一雷罵道：「也眞難爲這臭丫頭，捉了這許多醜傢伙來。」

他們又怎知道，李沅芷因余魚同對她無情，心中萬分氣苦，這事用強不行，軟求也不行，滿腔怨怒，無處出氣，一路上儘想出諸般刁鑽古怪的門道來和他們爲難。這些青蛇與蝦蟆是她花了錢叫頑童捉的。雖是兒戲胡鬧，卻也令三魔頭痛萬分。他們做夢也想不到，所以受到這種種困擾，竟是因那醜臉秀才不肯愛這位提督小姐而致。

幾次三番的一鬧，關東三魔晚上不敢再住客店，儘往古廟農家借宿。李沅芷知道自己武功與他們相差太遠，也不敢明目張膽的招惹，希奇古怪的惡作劇卻仍是層出不窮。她一個嬌滴滴的姑娘萬里獨行，黃沙侵體，相思磨心，若不拿三魔來出氣洩憤，只怕途中早就病倒了。就這樣，四人前前後後的來到回疆。

衆人聽李沅芷咭咭咯咯的說來，又是好笑，又是吃驚，都爲霍青桐擔心。陳家洛道：「事不宜遲，我馬上尋她去。」徐天宏道：「關東三魔不可輕敵，得多去幾人。總舵主兩位先去。李姑娘和他們最熟，第二撥接應，唔，一個人去太危險，請十四弟同去。我們夫妻第三撥接應。四哥四嫂和其餘各位在這裏守着張召重。」陳家洛道：「好！」駱冰把白馬牽過來讓他乘坐。香香公主騎了紅馬奔來，道：「走吧！」兩人並轡而去。

不久余魚同與李沅芷、徐天宏和周綺兩撥，先後離了大營，向東北方追去。

當日午後，文泰來等正和木卓倫在帳中閒話，回兵來報，和爾大被人救去，看守他的四名戰士都被人殺了。

木卓倫吃了一驚，和文泰來等同去察看，見三名回兵中劍而死，另一名胸口插着一柄匕首，柄上縛着一張白紙，上寫：「張召重拜上紅花會衆位英雄」十二字。文泰來一股怒氣從心中直冒上來，將字條揉成一團，力透掌心。衞春華要討來看，文泰來攤開手掌，字條已成片片碎紙，隨風如蝴蝶般飄出帳外。木卓倫心下驚佩：「上次與他們無塵道長交了手，只道天下英雄盡於此矣，那知這位文四爺卻也如此了得。」文泰來對木卓倫道：「木老英雄，你在這裏圍困清兵，我們去追張召重那奸賊。」木卓倫點頭稱是。文泰來率領衞春華、章進、駱冰、心硯四人，在大漠中辨認馬蹄足迹，連夜追蹤。

霍青桐大勝之後，心中反覺說不出的寂寞凄涼。那天晚上在帳中思潮起伏，聽帳外回人彈着東不拉，唱着纏綿的情歌，更增惆悵，想起父親對自己懷疑，意中人又愛上自己妹子，妹子是己所深愛，決不願和她爭奪情郎，柔腸百轉之下，悄悄起身，留了一信給父親，帶了兵刃和師父所賜的兩頭巨鷹，上馬向東北而行，心想：「還是去跟着師父，隨二老在大漠中四處飄泊。這個身子，就在茫茫黃沙中埋葬了吧。」

她病勢不輕，仗着從小練武，根基堅實，勉強支撐。在大漠中行了十多日，離天山雙鷹所居的玉旺崑還有四五日路程，已是疲累不堪，當晚見一個沙丘旁生着些乾枯了的鐵草，便讓坐騎咬嚼，張開了小帳篷過夜。

睡到半夜，忽聽遠處有馬蹄之聲，三乘馬從東而來，走到沙丘之旁，坐騎去吃乾草，不肯走了，三人便下馬休息。他們隔着沙丘沒瞧見霍青桐的帳篷，三人說起話來。霍青桐聽他們說的是漢語，當時迷迷糊糊的也不在意，忽聽一人罵道：「這翠羽黃衫害得咱們好苦！」霍青桐心中一震，忙用心傾聽，又聽另一人怒罵：「這賊婆娘，老子抓到她不抽她的筋、剝她的皮，老子十八代祖宗都不姓顧。」原來這三人就是關東三魔，他們追入大漠，聽說回人在西與清軍交兵，便向西趕來。三人不敢向回人問路，在沙漠中兜了個大圈子，比李沅芷落後了十多日，這晚說也湊巧，只因雙方坐騎都要吃草，竟和霍青桐只隔一個小小沙丘。

當日陳家洛趕來報信，連日軍務倥偬，霍青桐又故意避開，因此關東三魔尋仇之事沒機會提及。陳家洛眼見她在大軍環衞之中，區區三魔，又何足懼？也不急於述說。霍青桐聽這三人竟是衝着自己而來，只道是兆惠手下的殘兵敗將，再聽下去，卻又不對。

只聽一人道：「閻六弟這樣好的功夫，我就不信一個娘們能害死他，這婆娘定是使用詭計。」另一人道：「那還用說？所以我說老二老四，這次可千萬別莽撞。這裏回人成千成萬，咱們只能暗算，決不能跟她明鬥。」霍青桐這才恍然，原來是關東六魔一派的人到了。大漠上一望數十里，自己又在病中，無論如何躲不開，只有見機行事，用計脫身。又聽一人道：「皮囊裏的水越來越少啦，此去也不知還要再走幾日才找得到水，打明兒起大家再要少喝。」說着便在沙丘旁睡倒。霍青桐心想：「我不如自己迎上去，想法兒領他們去見師父。」

次日清晨，關東三魔睜開眼，見了霍青桐的小帳篷，愕感訝異。霍青桐這時已脫去黃衫，帽上的翠羽也拔了下來，把長劍衣服等包在包中，空手走出帳來。滕一雷見她一個單身女子，說道：「姑娘，你有水嗎？分一點給我們。」說着拿出一錠銀子。霍青桐搖搖頭，示意不懂他的漢語。哈合台用蒙古話說了一遍。霍青桐部下有蒙古兵，天山北路蒙回雜處，她也會蒙古話，當下用蒙語答道：「我的水不能分，翠羽黃衫派我送一封要緊的信，現今趕去回報，坐騎喝少了水跑不快。」一面說，一面收拾帳篷上馬。

哈合台搶上前去，拉住她坐騎轡頭，問道：「翠羽黃衫在那裏？」霍青桐道：「你們問她幹麼？」哈合台道：「我們是她朋友，有要緊事找她。」霍青桐嘴一扁道：「當面扯謊！翠羽黃衫在玉旺崑，你們卻向西南去，別騙人啦！」一抖韁繩要走。哈合台拉住轡頭不放，說道：「我們不識路，你帶我們走吧！」對滕顧二人道：「她是到那賊婆娘那裏去的。」

關東三魔見她一臉病容，委頓不堪，說話時不住喘氣，眼看隨時就會倒斃，沒半分像是身有武功，自是毫不懷疑，欺她不懂漢語，一路大聲商量，決定將到玉旺崑時先把她殺了，然後去找翠羽黃衫。顧金標見她雖然容色憔悴，但風致楚楚，秀麗無倫，不覺起了色心。

霍青桐見他不住用眼瞟來，色迷迷的不懷好意，心想他們雖然不認得自己，但到玉旺崑尚有四五天路程，這數日中跟這三個魔頭同行同宿，太過危險，於是撕下身上一塊花布，縛在一頭巨鷹脚上，拿出一塊羊肉來餵鷹吃了，把鷹往空中一丟，那鷹振翼飛入空際。滕一雷起了疑心，問道：「你幹甚麼？」霍青桐搖搖頭。哈合台用蒙古話詢問。

霍青桐道：「從這裏去，今後七八天的路程都沒水泉。你們水帶得這麼少，怎麼夠喝？

把鷹放了，讓牠們自己去找水喝。」說着又把另一頭鷹放了。哈合台道：「兩頭鷹又喝得了多少水？」霍青桐道：「渴起上來，一點水也能救命。再過幾天你們便知道啦。」她怕他們下手加害，故意把道路說得長些。哈合台喃喃咒罵：「在我們蒙古，就算在沙漠中，那有接連七八天的路程上找不到水的。眞是鬼地方！」

晚間在沙漠上過夜，霍青桐在火堆旁見顧金標的眼光不住溜來，暗暗吃驚，走進小帳篷後，拔劍在手，斜倚在帳門口，不敢就睡，等到二更時分，果然聽到有脚步聲輕輕走近。她心中劇跳，額頭冷汗直冒，心想：「數萬淸兵都滅了，可別在這三人手中遭到報應。」忽覺身上一寒，一陣冷風從帳外吹進，原來帳門的布帶已被顧金標扭斷，走進帳來。

他怕霍青桐叫喊起來，給老大、老四聽到不雅，上來就想按住她嘴，那知卻按了個空，毯子中竟沒有人，再伸手到一旁去摸，頸子上一涼，一件鋒利的兵刃抵住了項頸。霍青桐用漢語低聲道：「你動一動，我就刺！」顧金標空有一身武藝，要害給人制住，那敢動彈？霍青桐道：「伏在地下！」顧金標依言伏下。霍青桐劍尖抵住他的背心，坐在地上。兩人僵持不動。霍青桐心想：「如殺了這壞蛋，那兩人不肯干休，只好挨到師父來救再說。」

等了一個更次，滕一雷半夜醒來，發覺顧金標不見了，跳了起來，叫道：「老二，老二！」霍青桐低喝：「快答應，說在這裏。」顧金標無奈，只得叫道：「老大，我在這裏啊！」滕一雷笑罵：「這風流的賊脾氣總是不改，你倒會享福。」

第二天清晨，霍青桐直挨到滕一雷和哈合台在帳外不住催促，才放顧金標出去。哈合台怨道：「老二，咱們是來報仇，可不是來胡鬧。」顧金標恨得牙癢癢地，有苦不敢說，如把這件倒霉事說出來，那可是終身之羞，決意今晚定要遂了心願，到得地頭再把她一叉戳死。

到得半夜，顧金標右手握虎叉，左手拿火摺，闖進帳篷，心想就算這女子會武，三招兩式，還不手到擒來，火光下見她縮在帳篷角裏，心中大喜，撲了上去，突覺脚上一緊，暗叫不好，待要反躍出帳，雙脚已被地下繩圈套住。他彎腰想去奪繩，被霍青桐用力一拉，站立不穩，仰天跌倒，只聽她低聲喝道：「別動！」長劍劍尖已點在小腹之上。

霍青桐心想：「像昨晚那樣再僵持一夜，我可支持不住了。但又不能只斃他一人，必須三賊一齊廢了！」低聲道：「叫你那老大進來！」顧金標慣走江湖，知她用意，默不作聲。霍青桐手上加勁，劍尖透進衣裏，劃破了一層皮。顧金標知道小腹中劍最爲受罪，好是好不了，可是一時又不得便死，不敢再強，低聲道：「他不肯來的。」霍青桐低喝：「好，那就戳死了你再說！」手上又畧加勁。顧金標只得叫道：「老大，你來，快來啊！」霍青桐道：「你笑！」顧金標皺着眉頭，哈哈的乾笑幾聲。霍青桐道：「笑得快活些！」顧金標肚裏咒罵：「你奶奶雄，還快活得出？」可是劍尖已經嵌在肉裏，只得放大聲音勉強一陣傻笑，中夜聽來，直如梟鳴。

滕一雷和哈合台早給吵醒。滕一雷罵道：「老二別快活啦，養點氣力吧。」霍青桐見他不來，低聲道：「叫老四來！」顧金標又叫了幾聲。哈合台雖做盜賊生涯，卻不欺辱婦孺，對顧金標的行徑本已十分不滿，只因他是盟兄，不好怎麼說他，這時只裝沒聽見。

霍青桐暗暗切齒：「我如脫此難，不把這三個奸賊殺了，難解今日之羞。」右手持劍，左手把繩子在顧金標身上繞來繞去，縛了個結實，這才放心，但倚在帳邊，不敢睡着。

挨到天明，見顧金標居然橫了心呼呼大睡，霍青桐揮馬鞭將他沒頭沒腦的抽了一頓，劍尖對準他心口，喝道：「哼一聲就宰了你！」顧金標滿臉是血，只得苦撐。霍青桐心想：「這事雖已鬧穿，但如殺了他，大禍馬上臨頭，不如讓他多活一時，預計師父今日下午就可來迎。」解去他身上繩索，推他出帳。

滕一雷見他臉上血痕斑斑，大起疑心，說道：「老二，這婆娘是甚麼路數？可別着了人家道兒。」顧金標心想，這女子雖在病中，仍有勁力將自己拉倒，她身上帶劍，會說漢語，決非尋常回人姑娘，對滕一雷一霎眼睛，道：「咱們擒住她。」兩人慢慢向她走近。

霍青桐見兩人舉止有異，突然奔向馬旁，長劍疾伸，刺穿了顧金標與哈合台馬背上盛水的革囊，接着一劍，把滕一雷馬背上最大的水囊割下，搶在手中，一躍上馬。滕一雷等三人一呆，見兩皮袋水流了一地，登時被黃沙吸乾。在大漠之中，這兩袋水可比兩袋珠寶更加珍貴。三人又氣又急，各挺兵刃上來廝拚。

霍青桐伏在馬背上不住咳嗽，叫道：「你們過來我又是一劍！」劍尖指住最後一隻水囊。關東三魔果然停步不動。霍青桐咳了一陣，說道：「我好意領你們去見翠羽黃衫，你們卻來欺侮我。這裏到有水的地方還有六天路程，你們不放過我，我就刺破了水囊，大家在沙漠中乾死。」關東三魔面面相覷，做聲不得，暗罵她這一招果然毒辣。滕一雷心想：「暫且答應，等挨過了大沙漠再擺佈她。」便道：「咱們不難為你，大家走吧。」霍青桐道：「你們在前面走！」於是三男在前，一女在後，在大漠上行進。

走到中午，烈日當空，四個人都唇焦舌乾。霍青桐只覺眼前金星直冒，腦中一陣陣發暈，心想：「難道今日我畢命於此？」只聽哈合台道：「喂，給點水喝！」他轉過身來，手中拿着一隻瓦碗。霍青桐打起精神，說道：「把碗放在地下。」哈合台依言把碗放在沙上。霍青桐又道：「你們退開一百步。」顧金標有些遲疑。霍青桐道：「不退開就不給水。」顧金標喃喃咒罵。三人終於退開。霍青桐躍馬上前，拔去革囊上塞子，在瓦碗裏注了大半碗水，催馬走開。三人奔上來，你一口我一口，把水喝得涓滴不賸。

四個人上馬又行，過了兩個多時辰，道旁忽然出現一叢青草。滕一雷眼睛一亮，大叫：「前面必定有水！」霍青桐暗暗心驚，苦思對策，但頭痛欲裂，難以思索，正焦急間，突然長空一聲鷹唳，黑影閃動，一頭巨鷹直撲下來。霍青桐大喜，伸出左臂，那鷹歛翼停在她肩頭，見鷹腿上縛着一塊黑布，知道師父馬上就到，狂喜之下，眼前又是一陣發黑。

滕一雷心知必有古怪，手一揚，一枝袖箭向她右腕打來，滿擬打落她手中長劍，再來搶奪水囊。霍青桐揮劍擊去袖箭，一提馬韁，向前飛馳。關東三魔大聲吆喝，隨後追來。馳出七八里，霍青桐手脚酸軟，再也支持不住，被馬一顛，跌了下來。

三魔大喜，催馬過來。霍青桐掙扎着想爬起上馬，只是手脚酸軟，使不出力，人急智生，把水囊的皮帶子往巨鷹頭頸中一纏，將鷹向上丟出，口中一聲唿哨。原來天山雙鷹性喜養鷹，把巨鷹從小捉來訓練，以爲行獵傳訊之用，他們夫婦所以得了這個名號，也與愛鷹有關。霍青桐這頭鷹是她師父訓練好了的，一聽唿哨，就帶着水囊，振翅向天山雙鷹飛去。

滕一雷見水囊被鷹帶起，一急非同小可，兜轉馬頭，向鷹疾追。顧金標和哈合台均想：「這丫頭反正逃不了，追回水囊要緊！」也縱馬狂奔。顧金標手一翻，拿了一柄小叉便向巨鷹射去，只聽皮鞭噼啪一聲響，手腕上一疼，小叉射出去的準頭偏了，打在旁邊，卻是哈合台用馬鞭打了他一下。顧金標怒道：「幹麼？」哈合台道：「這一叉要是打中了水囊，還有命嗎？」顧金標一想不錯，俯身馬鞍，向前急奔。他是遼東馬賊，騎術最精，轉眼間已追在滕一雷之前。水囊中裝着大半袋水，份量不輕，那鷹帶了後飛行不快，與三人始終是不卽不離的相差那麼一程子路。

三人追出十多里，急馳下馬力漸疲，眼見再也追不上了，突然間那鷹如長空墮石，俯衝下去，前面塵頭起處，兩騎馬疾馳而來。那鷹打了兩個旋子，落在其中一人肩頭。

關東三魔催馬上前，見兩人一個是禿頭的紅臉老頭，另一個是滿頭白髮的老婦。那老頭厲聲喝道：「霍青桐呢？」三人一楞不答。那老頭解下巨鷹頸上水囊，將鷹往空中一拋，大聲唿哨，那鷹一聲唳鳴，往來路飛去。兩個老人不再理睬三魔，跟在巨鷹之後追去。滕一雷知道他們隨着巨鷹去救那回女，自恃武藝高強，也不把兩個老人放在心上，而且水囊已被他們拿去，非奪回不可，手一擺，三人隨後趕來。

那兩個老人正是天山雙鷹，十多里路幌眼卽到，見那鷹直撲下去，霍青桐躺臥在地。關明梅飛身下馬搶近，霍青桐投身入懷，哭了出來。關明梅見愛徒落得這副樣子，十分駭異，忙問：「誰欺侮你啦？」這時關東三魔也已趕到，霍青桐向三人一指，暈了過去。關明梅厲聲喝道：「老頭子還不動手？」左手抱着霍青桐，右手拔去水囊塞子，慢慢倒水到她口裏。

陳正德聽得妻子呼喝，知道三人是敵，兜轉馬頭，向三魔衝去，奔到臨近，長臂探出，向哈合台胸口抓去。哈合台手腕翻轉，摔打擋開。陳正德手腕上麻辣辣的一陣疼痛，心中一楞：「這點子手下好快，勁道倒也不小。」不等兜轉馬頭，凌空躍起，又向他抓去。哈合台左手擋開，右手反抓對方胸口。陳正德猛喝一聲，揮掌劈去，擊在他手臂之上。哈合台全身一震，坐身不穩，跌下馬來。滕一雷與顧金標大驚，雙雙來救。哈合台下馬時翻了個觔斗，站在地下，一柄匕首已抽在手中，撲上前來。

陳正德左掌在顧金標面前虛幌，右手已抓住他的叉頭往外一擰。顧金標只覺虎口發麻，但他身手也極矯健，左手兩柄小叉隨着飛出。陳正德一低頭，獵叉已被他奪了回去，心想：「那裏跑出來這三個野種，武功如此了得，怪不得徒兒要吃虧。」

斗覺腦後風生，獨足銅人橫掃而來。陳正德轉身搶攻，一矮身，雙掌直取滕一雷下盤。關東大魔銅人回轉，向他「玉枕穴」點到。陳正德一驚，咦了一聲，跳開兩步，說道：「你這傢伙會打穴。」滕一雷道：「不錯！」銅人幌動，又點向他肩頭「雲門穴」。這銅人只有獨足，手卻有一對，雙手過頂合攏，正是一把厲害的閉穴橛。這銅人極爲沉重，除點穴外又能橫掃直砸，比鋼鞭鐵鎚尤爲威猛。陳正德想武林中的打穴器械，不論判官筆、閉穴橛，還是點穴鋼環，總是輕巧靈便，取其使用迅捷，認穴準確，他居然能以這笨重武器打穴，自是勁敵，當下提起全副精神，點打劈擊，空手與三人拚鬥。

關明梅見霍青桐悠悠醒轉，這才放心，回頭一望，卻見丈夫已處於劣勢。陳正德長劍放在馬背上不及取出，他躍起時那馬受驚，奔出十餘丈之外。他心傲好勝，不肯過去取劍，以空手鬥這三名江湖好手，漸漸不敵。

關明梅長劍出手，加入戰團，一招「朔風狂嘯」，向滕一雷後心刺去，滕一雷回過銅人一擋，關明梅不等劍招使老，早已變招，唰唰唰三劍，快如電閃。滕一雷沒到過西北，不知「三分劍術」的招數，心中驚疑，暗想這瘦瘦小小的老太婆怎地劍法如此凌厲，只得守緊門戶，靜以待變。關明梅連刺八劍，一劍快似一劍，那是「三分劍術」中的絕招，稱爲「穆王八駿飲瑤池」，但見滕一雷雖然手忙脚亂，還是奮力擋住，也暗讚他了得。

陳正德這邊勁敵一去，立佔上風，雙掌飛舞，招招不離敵人要害，倏地矮身，抓起顧金標射落在地的兩柄小叉，兵器在手，更是如虎添翼，使開蛾眉刺招術，欺身直進，和哈合台快如閃電般拆了七八招，嗤的一聲，哈合台左臂中叉，劃破了一條口子。

顧金標見情勢不利，突向霍青桐奔去。陳正德大驚，撇下哈合台，搶來攔阻。人未趕到，小叉已經脫手，筆直向他後心飛來。顧金標左手一伸，想接住小叉，那知自己這件兵刃一到敵人手中已大不相同，飛來的勁道大極，雖然拿到了叉尾，卻沒能抓住，忙屈膝一蹲，小叉颼的一聲，從頭頂飛過，站起身來時，陳正德已經趕到。哈合台忙奔過來相助，以二敵一，兀自抵擋不住，那邊滕一雷自顧不暇，難以相救。

霍青桐坐在地下，見師父師公逐漸得手，甚是喜慰。五人兵刃撞擊，愈打愈烈。忽然遠處傳來長聲號叫，聲音甚是慘厲，叫聲中充滿着恐懼、飢餓，和兇惡殘忍之意，似是百獸齊吼，久久不息。霍青桐一躍而起，驚呼：「師父，你聽！」雙鷹劇鬥正酣，聽到這號叫之聲，不約而同的跳開數步，側耳靜聽。關東三魔正被逼得手忙脚亂，迭遇凶險，忽然一鬆，只顧喘氣，不敢上前追殺。

只聽叫聲漸響，同時遠處一片黑雲着地湧來，中間夾着隱隱鬱雷之聲。天山雙鷹臉色大變，陳正德飛縱而出，牽過馬匹。關明梅把霍青桐抱起，躍上馬背。陳正德拔起身子，站在馬背之上，叫道：「你上來瞧瞧，那裏可以躲避。」關明梅把霍青桐在馬上放好，跳到了陳正德的馬上。陳正德雙手高舉過頂，關明梅在丈夫肩上一搭，縱身站在他手掌之中。

關東三魔見敵人已然勝定，突然住手不戰，在馬背上叠起羅漢來，不禁面面相覷，愕然不解。顧金標罵道：「兩個老傢伙使妖法？」滕一雷見二老驚慌焦急，並非假裝，知道必有古怪，但猜測不出，只得凝神戒備。

關明梅極目四下瞭望，叫道：「北面好像有兩株大樹！」陳正德急道：「不管是不是，快去！」關明梅躍到霍青桐馬上。二老一提馬韁，也不再理會三魔，向北疾馳。

哈合台見他們匆忙中沒帶走水囊，俯身拾起。這時呼號之聲愈響，聽來驚心動魄。顧金標突然叫道：「是狼羣……」說這話時已臉如死灰。三人急躍上馬，追隨雙鷹而去。

跑了一陣，只聽得身後虎嘯狼嘷，奔騰之聲大作，回頭望時，烟塵中只見無數虎豹、野駱駝、黃羊、野馬疾奔逃命，後面灰撲撲的一片，不知有幾千幾萬頭餓狼追趕而來。

萬獸之前卻有一人乘馬疾馳，那馬神駿之極，奔在虎豹之前數十丈處，似乎帶路一般。晛眼之間，那乘馬已從身旁掠過。三魔見騎者一身灰衣，塵沙飛濺，灰衣幾已成為黃衣，那人似是個老者，面目卻看不清楚。那人回頭叫道：「尋死嗎？快跑呀！」滕一雷的坐騎見到這許多野獸追來，聲勢兇猛已極，嚇得脚都軟了，膝蓋一彎，把他拋在地下。

滕一雷急躍站起，十幾頭虎豹已從身旁奔過。羣獸逃命要緊，那裏還顧得傷人。滕一雷暗叫：「我命休矣！」張口狂呼。顧哈兩人聽見叫聲，忙回馬來救，只見迎面餓狼如潮水般湧到。滕一雷手揮銅人護身，明知無用，但臨死還要掙扎，霎時間一頭巨狼露出雪白利齒，奔到跟前。突然身旁馬蹄聲響，那灰衣老者縱馬過來，左手一伸，已拉住他後領，把他肥大的身軀提了起來，向哈合台馬上擲去。滕一雷使出輕功，一個觔斗，坐在哈合台身後。三人兜轉馬頭，疾馳逃命。

天山雙鷹帶着霍青桐狂奔，他們久處大漠，知道這狼羣最是兇惡不過，不論多厲害的猛獸，遇上了無一倖免。再跑一陣，前面果然是兩株大樹，雙鷹暗叫：「慚愧！這次總算不致塡於餓狼之腹了。」馳到臨近，陳正德一躍上樹，關明梅把霍青桐遞上，陳正德接住，扶她坐上高處的樹枝。就這麼一躭擱，狼嗥聲又近了些。關明梅提起馬鞭，在兩匹馬身上猛抽幾下，叫道：「自己逃命去吧，可顧不得你們了！」兩馬急奔而去。

三人剛在樹上坐穩，狼羣已然迫近，當先一人卻是那灰衣老者。關明梅大驚失色，叫道：「是他！」陳正德喝道：「哼，果然是他。」側目斜視，見妻子一臉惶急，不禁心頭有氣，說道：「要是我遇險，只怕你還沒這麼着急。」關明梅怒道：「這當口還吃醋？快救人！」右手攀住樹枝，身子掛下。陳正德哼了一聲，右手拉住她的左手，兩人盪了起來。待那灰衣老者坐騎馳到，陳正德直撲而下，左手攔腰把他抱住，提了起來。

那老者出其不意，身子臨空，坐騎卻筆直向前竄了出去，脚底下全是虎豹、黃羊之屬。他一個觔斗翻到樹上站住，見是天山雙鷹，不由得滿臉怒色。陳正德道：「怎麼？袁兄也怕狼麼？」那老者怒道：「誰要你多事？」關明梅道：「喂，你也別太古怪，咱當家的救你，總沒救錯。」陳正德聽妻子幫他，洋洋得意。那老者冷笑道：「救我？你們壞了我的大事啦！」

陳正德笑道：「你給餓狼嚇胡塗了，快息一息吧！」那老者怒道：「我袁某豈怕這羣畜生！」

這灰衣老者就是陳家洛的師父天池怪俠袁士霄。他幼時與關明梅青梅竹馬，一起長大，互生情愫，只是他性子古怪，兩人因小事爭執，一言不合，袁士霄竟遠走漠北，十多年沒回來，音訊全無。關明梅只道他永遠不歸，後來就嫁給了陳正德。不料婚後不久，袁士霄忽然回鄉。兩人黯然神傷，不在話下。陳正德十分不快，幾次去尋袁士霄晦氣，但武功不及，若不是袁士霄看在關明梅面上相讓，他已吃大虧，一怒之下，便携妻遠走回部。那知袁士霄舊情難忘，也移居天山，雖然素不造訪，但覺得與意中人相隔不遠，心中較安，也是一番痴情之意。陳正德見他跟來，自然恚怒異常。關明梅爲避嫌疑，盡量不與舊日情侶見面，陳正德卻總是不免多心，加之關明梅心中鬱悶，脾氣更加急躁，夫妻數十年來不斷齟齬。三人現今都已白髮蒼蒼，然而於這段糾纏不清的情緣，仍是無日不耿耿於懷。

陳正德這次救了袁士霄，很是得意，心想你一向佔我上風，今後對我感不感恩？關明梅卻聽袁士霄說壞了他的大事，不解其意，問道：「怎地壞了你的大事？」袁士霄道：「這羣畜生近來越生越多，實是沙漠中一個大害。好幾個回人聚居的部落，給狼羣連人帶畜，吃了個精光。我佈置了一個機關，引狼羣去自投死路，那知卻要他來多事？」

陳正德知他所說是實，訕訕的很不好意思。袁士霄見關明梅神色歉然，安慰她道：「陳大哥和你也是好意，我謝謝你們就是。」陳正德道：「你怎生佈置的？」袁士霄忽然叫道：「救人要緊！」一躍下樹，墮入狼羣。

這時關東三魔已被狼羣趕上，三人背靠背的奮戰，兩匹坐騎早已給狼羣撕成碎片。三人雖用兵刃打死了十多頭狼，但羣狼不斷猛撲。三人身上都已受了七八處傷，眼見難支，袁士霄突然飛墮，雙掌起處，兩頭餓狼天靈蓋已被擊碎。他抓起哈合台往樹上拋去，叫道：「接着！」陳正德一把抓住。袁士霄如法炮製，把滕一雷和顧金標擲了上去，跟着兩掌打死兩頭餓狼，抓住死狼項頸，猛揮開路，衝到樹下躍上。關東三魔死裏逃生，見他殺狼易於搏兎，手法之快，勁力之重，生平從所未見，等他上樹，不住稱謝。

數百頭餓狼繞着大樹打轉爬搔，仰頭叫嘷。遠處數十頭虎豹已被狼羣追上圍住，搏鬥吼叫之聲，充塞空際。羣獸騰挪奔躍，撕打咬嚙，慘烈異常。轉瞬之間，虎豹都被狼羣嚼碎，吃得乾乾淨淨。樹巔各人都是江湖豪客，但這般可怖的場面也是首次看見，無不心驚。

陳正德接到關東三魔時，隨手在樹上一放，這時圓睜怪眼，瞪着三人。霍青桐道：「師公，這三個不是好人！」陳正德道：「好，拿他們餵狼！」雙掌一錯，就要上前，但見樹下羣狼嚼食虎豹駝羊的慘狀，又有點不忍，就這麼一遲疑，滕一雷叫道：「這邊來！」向旁邊一株樹上躍了過去，顧、哈兩人也跟着縱去。

關明梅向霍青桐道：「青兒，怎樣？」她要看霍青桐的主意，是不是要趕盡殺絕。霍青桐心腸一軟，說道：「算了吧！」想起自己的煩惱，長嘆一聲，流下淚來。她隨即定神，朗聲向三魔道：「我便是翠羽黃衫霍青桐，你們要找我報仇，怎不過來？」滕一雷等三人聽說她便是霍青桐，又驚又悔，又是憤怒，卻又怎敢過來？

狼羣來得快，去得也快，在樹下盤旋叫嘷了一陣，又追逐其餘野獸去了。

關明梅命霍青桐參見天池怪俠。袁士霄見她一臉病容，從衣囊中拿出兩粒朱紅色的藥丸，說道：「給你吧，這是雪參丸。」天山雙鷹素知雪參丸之名，乃是用珍奇藥材配製而成，眞有起死回生之功。關明梅道：「快謝！」

霍青桐待要施禮，袁士霄已一躍下樹，疾奔而去，有如一條灰綫，不一刻在滾滾黃塵中變成了一個黑點。

陳家洛摟住香香公主，雙腿一挾，白馬騰空竄出。張召重一把拉住白馬馬尾，用力後拉。但白馬向前猛竄，反將他身子拖得揚了起來，帶出火圈。

# 第十六回　我見猶憐二老意　誰能遣此雙姝情

關明梅抱着霍青桐下樹，叫她先吞服一顆雪參丸。霍青桐吞了下去，只覺一股熱氣從丹田中直冒上來，登時全身舒泰。關明梅道：「你眞造化，得了這靈丹妙藥，就好得快了。」陳正德冷冷的道：「就是不吃這藥，也死不了。」關明梅道：「難道說你寧願青兒多受苦楚？」陳正德道：「要是我啊，寧可死了，也不吃他的藥丸。你呢？就算身上沒病，也想吃他給的藥。」關明梅怒火上沖，正要反唇相稽，見霍青桐珠淚瑩然，楚楚可憐，就忍住不說了，把她負在背上，向北而去。陳正德跟在後面，一路嘮嘮叨叨的說個不休。

三人回到玉旺崑雙鷹的居所。霍青桐服藥後再睡了一覺，精神便好得多了。關明梅坐在她床邊詢問，幹麼一個人帶病出來。霍青桐把計殲清兵、途遇三魔等事詳細說了，可是始終沒說出走的原因。關明梅性子急躁，不住追問。

霍青桐對師父最為敬愛，不再隱瞞，哭道：「他……他和我妹子好，我調兵的時候……爹爹和大夥兒都疑我有私心。」關明梅跳了起來，叫道：「就是你送短劍給他的那個甚麼陳總舵主？」霍青桐點點頭。關明梅怒道：「這人喜新棄舊，你妹子又如此沒姊妹之情。兩人都該殺了。」霍青桐急道：「不，不……」關明梅道：「我去給你算這筆賬！」說着衝出房去。陳正德聽得妻子大叫大嚷，忙過來看，兩人在門邊險些一撞。關明梅道：「跟我來！去殺兩個負心無義之人！」陳正德道：「好！」夫妻倆奔了出去。

霍青桐跳起身來，要追出去說明原委，身上卻只穿着內衣，心頭一急，暈了過去。待得醒轉，師父和師公早已去得遠了。她知這兩人性子急躁異常，武功又高，陳家洛一人決計敵不過，如眞把他和妹子殺了，那如何是好？當下顧不得病中虛弱，上馬趕去。

一路上關明梅說天下負心男子最是該殺，氣憤憤的道：「青兒這把古劍是罕有的珍物，好心送了給他，對他何等看重？他卻將青兒置於腦後，又看上了她的妹子，眞該千刀萬剮。」陳正德道：「青兒的妹子怎地也如此無恥，搶奪親姊姊的人，把她氣成這副樣子。」

雙鷹走到第三天上，見前面沙塵揚起，兩騎馬從南疾馳而來。關明梅「啊」的一聲叫了出來。陳正德問道：「甚麼？」這時也已看清，迎面馳來的正是陳家洛，便卽伸手拔劍。關明梅道：「慢着，你瞧他們坐騎多快，縱馬一逃，可追不上了。咱們假裝不知，慢慢下手不遲。」陳正德點點頭，兩人迎了上去。

陳家洛也見到了他們，忙催馬過來，下馬施禮，道：「有幸又見到兩位前輩。兩位可見到霍青桐姑娘麼？」關明梅心中痛罵：「你還假惺惺的裝作惦記她。」說道：「不見呀！有甚麼事情？」忽然眼前一亮，只見一個極美的少女縱馬來到跟前。陳家洛道：「那是你姊姊的師父，快下來見禮。」香香公主下馬施禮，笑道：「我常聽姊姊說起兩位。你們見到我姊姊嗎？」陳正德心想：「怪不得這小子要變心，她果然比青兒美得多。」關明梅心想：「小姑娘，居然也如此奸滑。」她不露聲色，假問原委。陳家洛說了。關明梅道：「好，咱們一起找去。」四人並轡同行，向北進發。

關明梅見兩人都是面有憂色，心想：「做了壞事，內心自然不安，但不知他們找尋青兒爲了甚麼。兩人一起來，多半是存心把她氣死。」越想越恨，落在後面，悄聲對丈夫說道：「待會你殺那男的，我殺那女的。」陳正德點頭答應。

到得傍晚，四人在一個沙丘旁宿營，吃過飯後圍坐閒談。香香公主從囊中取出一枝牛油蠟燭點起。雙鷹在火光下見兩人男的如玉樹臨風，女的如芍藥籠烟，眞是一對璧人，暗暗嘆息：「這般的人才，心術卻如此之壞。」

香香公主問陳家洛道：「你說姊姊當眞沒有危險？」陳家洛實在也十分擔憂，但爲了安慰她，說道：「你姊姊武功很好，人又聰明，幾萬清兵都給她殺了，一定沒事。」香香公主對他是全心全意的信任，聽他說姊姊沒事，就不再有絲毫懷疑，說道：「不過她有病，找到她後，還是勸她回去休息的好。」陳家洛點頭道：「是。」

關明梅認定他們是一搭一擋的演戲，氣得臉都白了。香香公主忽向陳正德道：「老爺子，咱們來玩個遊戲好嗎？」陳正德向妻子一望。關明梅緩緩點頭，示意別讓對方起疑。陳正德說：「好！甚麼遊戲？」香香公主向關明梅和陳家洛一笑，道：「你們也來，好不好？」兩人點頭同意。

香香公主把馬鞍子拿過來放在四人之間，在鞍上放了一堆沙，按得結實，再在沙堆上放一枝小蠟燭，說道：「咱們用這把小刀，將沙堆上的沙一塊塊的切下來，切到最後，誰把蠟燭弄掉下來，就罰他唱歌、講故事、或者跳舞。老爺子先來。」把小刀遞給了陳正德。

陳正德幾十年沒玩孩子們的玩意了，這時拿着小刀，臉上神情甚是尷尬。關明梅一推他手肘，道：「切吧！」陳正德嘻嘻一笑，把沙堆切下了一塊，將小刀交給妻子。關明梅也切了一塊，輪不到三個圈，沙堆變成了一條沙柱，比蠟燭已粗不了多少，只要稍微一碰，蠟燭隨時可以掉下。陳家洛拿小刀輕輕在沙柱上挖了一個凹洞。香香公主笑道：「你壞死啦！」接過小刀在另一邊挖了個小孔。這時沙柱已有點搖幌，陳正德接過小刀時右手微微顫抖。關明梅笑罵：「沒出息。」香香公主笑着代他出主意，道：「你輕輕挑去一粒沙子也算。」

陳正德依言去挑，手上勁力稍大，沙柱一幌坍了，蠟燭登時跌下，陳正德大叫一聲。香香公主拍手大笑。關明梅與陳家洛也覺有趣。

香香公主笑道：「老爺子，你唱歌呢還是跳舞？」陳正德老臉羞得通紅，拚命推搪。關明梅與丈夫成親以來，不是吵嘴就是一本正經的練武，又或是共同對付敵人，從未這般開開心心的玩耍過，眼見丈夫憨態可掬，心中直樂，笑道：「你老人家欺侮孩子，那可不成！」陳正德推辭不掉，只得說道：「好，我來唱一段次腔，販馬記！」用小生喉嚨唱了起來，唱到：「我和你，少年夫妻如兒戲，還在那裏哭……」不住用眼瞟着妻子。

關明梅心情歡暢，記起與丈夫初婚時的甜蜜，如不是袁士霄突然歸來，他們原可終身快樂。這些年來自己從來沒好好待他，常對他無理發怒，可是他對自己一往情深，有時吃醋吵嘴，那也是因愛而起，這時忽覺委屈了丈夫數十年，心裏很是歉然，伸出手去輕輕握住了他手。陳正德受寵若驚，只覺眼前朦朧一片，原來淚水湧入了眼眶。關明梅見自己只露了這一點兒柔情，他便感激萬分，可見以往實在對他過份冷淡，向他又是微微一笑。

這對老夫妻親熱的情形，陳家洛與香香公主都看在眼裏，相視一笑。四人又玩起削沙遊戲來。這次陳家洛輸了，他講梁山伯與祝英台的故事。

天山雙鷹對這故事當然很熟，但這時兩人不約而同的想到，梁祝是有情人而不能成爲眷屬，自己夫婦卻能白首偕老，雖然過去幾十年中頗有隔閡齟齬，這時卻開始融洽，臨到老來兩情轉篤，確是感到十分甜美。

香香公主第一次聽到這故事，她起初不斷好笑，說梁山伯不知祝英台是女扮男裝，實在笨死啦。陳家洛心想：「我不知李沅芷是女扮男裝，何嘗不笨？」轉念又想，也正因此而得與香香公主相愛，卻又未免辜負了霍青桐的一番心意，喜愧參半，不由得嘆了口氣。

接着陳正德又輸了一次，他卻沒有甚麼好唱的了。關明梅道：「我來代你，我也講一個故事。」香香公主拍手叫好。關明梅講的是王魁負桂英的故事。

夜已漸深，香香公主感到身上寒冷，慢慢靠到關明梅身邊。關明梅見她嬌怯畏寒，輕輕把她摟住，又把她被風吹亂了的秀髮理了一理。關明梅講這故事，本想在殺死二人之前教訓一頓，讓他們自知罪孽，死而無怨，講到一半，只覺香氣濃郁，似乎身處奇花叢中，住口低頭看時，見香香公主已在自己懷中睡着了。天山雙鷹並無子女，老夫婦在大漠之中有時實在寂寞異常。關明梅忽想：「要是我們有這樣一個玉雪可愛的女兒，可有多好！」這時燭火已被風吹熄，淡淡星光下見她臉露微笑，右臂抱住自己身體，就如小兒抱着母親一般。

陳正德道：「大家休息吧！」關明梅低聲道：「別吵醒她！」輕輕站起，把她抱入帳篷，取毡毯給她蓋上，只聽她在夢中迷迷糊糊的道：「媽，拿點羊奶給我小鹿兒吃，別餓壞了牠。」關明梅一怔，道：「好，你睡吧！」輕輕退出，心想：「她明明是個天眞無邪、心地善良的孩子，怎會做出這等事來？」見陳家洛另支帳篷，與香香公主的帳篷隔得遠遠地，微微點頭。

陳正德走過來低聲道：「他們不住一個帳篷。」關明梅點點頭。陳正德又道：「他還不睡，反來覆去的儘瞧着那柄劍。等他睡了再下手呢，還是過去指明他的罪，給他來個明白的？」關明梅很是躊躇，道：「你說呢？」陳正德心中充滿了柔情密意，渾無殺人的心思，說道：「咱們且坐一會，等他睡着了再殺，讓他不知不覺的死了吧。」

陳正德携了妻子的手，兩人偎倚着坐在沙漠之中，默默無言。不久陳家洛進帳睡了。又過了半個時辰，陳正德道：「我去瞧瞧他睡着了沒有。」關明梅點點頭，可是陳正德並不站起，口裏低低哼着不知甚麼曲調。關明梅道：「好動手了吧？」陳正德道：「應該幹了。」但兩人誰也沒先動，顯是都下不了決心。

天山雙鷹生平殺人不眨眼，江湖上喪生於他們手下的不計其數，這時要殺兩個睡熟的人，竟然下不了手。漸漸星移斗轉，寒氣加甚，老夫妻倆互相摟抱。關明梅把臉藏在丈夫的懷裏，陳正德輕輕撫摸她的背脊。過不多時，兩人都睡着了。

第二天早晨陳家洛與香香公主醒來，見二老已經離去，都感奇怪。香香公主忽道：「你瞧，那是甚麼？」陳家洛轉頭一看，見平沙上寫着八個大字：「怙惡不悛，必取爾命」。每個字都有五尺見方，想是用劍尖劃的。陳家洛皺起眉頭，細思這八個字的含意。香香公主不識漢字，問道：「畫的甚麼？」陳家洛不願令她擔心，道：「他們說有事要先走一步。」香香公主道：「姊姊這兩位師父眞好……」話未說完，突然跳起，驚道：「你聽！」

陳家洛也已聽得遠處隱隱一陣陣慘厲的呼叫，忙道：「狼羣來啦，快走！」兩人匆忙收拾帳篷食水，上馬狂奔。就這樣一躭擱，狼羣已經奔到，幸而兩人所乘的坐騎都神駿異常，片刻之間卽把狼羣拋在後面。羣狼飢餓已久，見了人畜，捨命趕來，雖然距離已遠，早已望不見蹤影，還是循着沙上足迹，一路追蹤。

陳家洛和香香公主跑了半日，以爲已經脫險，下馬喝水，剛生了火要待煮食，狼嘷又近。兩人疾忙上馬，到天黑時估計已把狼羣拋後將近百里，才支起帳篷宿歇，睡到半夜，那白馬縱聲長嘶，亂跳亂嘶，把陳家洛吵醒，只聽得狼羣又已逼近。兩人不及收拾帳篷，提了水囊乾糧，立卽上馬。這般逃逃停停，在大漠中兜了一個大弧形，始終擺脫不了狼羣的追逐，卻已累得人困馬乏。那紅馬終於支持不住，倒斃於地，兩人只得合騎白馬逃生。白馬載負一重，奔跑愈慢，到第三日上已不能把狼羣遠遠拋離。

陳家洛心想：「若非這馬如此神駿，早已累死，全虧得牠接連支持了兩日兩夜，但只要再跑半日，也非倒斃不可。」又行了一個多時辰，見左首有些小樹叢，縱馬過去，下馬說道：「且在這裏守着，讓馬休息。」和香香公主合力堆起一堵矮矮的沙牆，採了些枯枝放在牆頭，生起火來，霎時間成爲一個火圈，將二人一馬圍在中間。

佈置好不久，狼羣便已奔到。羣狼怕火，在火圈旁盤旋號叫，卻不敢逼近。陳家洛道：

「等馬氣力養足了，再向外衝。」香香公主道：「你說能衝出去麼？」陳家洛心中實在毫無把握，但爲了安慰她，說道：「當然行。」

香香公主見那些餓狼都瘦得皮包骨頭，不知有多少天沒吃東西了，道：「這些狼也很可憐。」陳家洛笑了一笑，心道：「這孩子的慈悲心簡直莫名其妙，我們快成爲餓狼肚裏的食物了，她卻在可憐牠們，還不如可憐自己吧。」望着她雙頰紅暈，肌膚白得眞像透明一般，再見火圈外羣狼露出又尖又長的白牙，饞涎一滴滴的流在沙上，嗚嗚怒嗥，只待火圈稍有空隙，就會撲將上來，不覺一陣心酸。

香香公主見到他這等愛憐橫溢的目光，知道兩人活命的希望已極微小，走近身去，拉着他手，說道：「和你在一起，我甚麼也不怕。我倆死了之後，在天國裏仍是快快活活的永不分離。」陳家洛伸手把她摟在懷裏，心想：「我可不信有甚麼天國。那時她在天上，我卻在地獄裏。」又想：「她穿了白衣，倚在天堂裏白玉的欄干上。她想着我的時候，眼淚一滴滴的掉下來。她眼淚一定也是香的，滴在花上，那花開得更加嬌艷芬芳了……」

香香公主轉過頭來，見他嘴角邊帶着微笑，臉上卻是神色哀傷，嘆了一口氣，正要合眼，忽見火圈中有一處枯枝漸漸燒盡，火光慢慢低了下去。她叫了一聲，跳起身去加柴，三頭餓狼已竄了進來。陳家洛一把將她拉在身後。白馬左腿起處，已將一頭狼踢了出去。陳家洛身子一偏，抓住一頭巨狼的頭頸。向另一頭灰狼猛揮過去，那狼跳開避過，又再撲上。另外兩頭狼又從缺口中衝進。陳家洛用力一擲，將手中那狼拋將過去，三頭狼滾作一團，互相亂咬狂叫，出了火圈。他拾起地下燒着的一條樹枝，向大灰狼打去。那狼張開大口，人立起來咬他咽喉。他手一送，將一條燒紅的樹枝塞入狼口，兩尺來長的樹枝全部沒入，那狼痛徹心肺，直向狼羣中竄去，滾倒在地。

陳家洛在缺口中加了柴，眼見枯枝愈燒愈少，心想只得冒險去撿。好在樹木就在身後，相距不過十餘丈，於是左手拿起鈎劍盾，右手提了珠索，對香香公主道：「我去撿柴，你把火燒得旺些。」香香公主點頭道：「你小心。」可是並不在火中加柴。她知道這一點兒枯枝培養着兩人生命之火，火圈一熄，兩人的生命之火也就熄了。

陳家洛劍盾護身，珠索開路，展開輕功向樹叢躍去。羣狼見火圈中有人躍出，猛撲上來，當先兩頭早被珠索打倒。他三個起落，已奔近樹旁，這些灌木甚爲矮小，不能攀上避狼，當下左手揮動鈎劍盾，右手不住攀折樹枝。數十頭餓狼圍在他身邊，作勢欲撲，每次衝近，都被盾上明晃晃的九枝鈎劍嚇退，他採了一大批柴，用腳踢攏，俯身拿珠索一縛。就在這時，一頭惡狼乘隙撲上，他劍盾一揮，那狼登時斃命，但劍上有鈎，狼身鈎在劍上落不下來，餘狼連聲咆哮。他急忙用力一扯，把狼屍扯下來擲出。羣狼撲上去搶奪咬嚼。他乘機提起那綑樹枝，回進火圈。

香香公主見他無恙歸來，高興得撲了上來，縱身入懷。陳家洛笑着攬住了她，把樹枝往地下一擲，抬起頭來，不由得大吃一驚。原來火圈中竟然另有一人。那人身材魁梧，身上衣服已被餓狼撕得七零八落，手中提劍，全身是血，臉色卻頗爲鎮靜，冷冷的望着他，正是死對頭火手判官張召重。

兩人相互瞪視，都不說話。香香公主道：「他從狼羣中逃出來，想是瞧見這裏的火光，奔了過來。你瞧他累成這樣子。」從水囊中倒了一碗水遞過。張召重接住，咕嘟咕嘟一口氣喝下，伸袖子在臉上一抹，揩去汗血。香香公主「呀」的一聲叫了出來，認出他是在兆惠大營中曾與陳家洛打鬥的那個武官，後來在沙坑中又曾與文泰來等惡戰過的。陳家洛劍盾擋胸，珠索一揮，叫道：「上吧！」

張召重目光呆滯，突然仰後便倒，原來他救了和爾大後，出來追蹤陳家洛和香香公主，中途也遇上了狼羣。和爾大為狼羣所咬，他仗着武功精絕，連殺數十頭惡狼，奪路逃命，在大漠中奔馳了一日一夜，坐騎倒斃，只得步行奔跑，無飲無食，又熬了一日，遠遠望見火光，拚命搶了進來。他全仗提着一口內息苦撐，一鬆勁後再也支持不住，暈了過去。

香香公主要過去救護，陳家洛一把拉住，道：「這人陰險萬分，別上他當。」過了半晌，見他毫無動靜，這才走近察看。

香香公主拿些冷水澆在他額頭上，又在他口裏灌了些羊乳。張召重悠悠醒來，喝了半碗羊乳，重又睡去。陳家洛心想鬼使神差，教這大奸賊送入我手，這時要殺他不費吹灰之力，但乘人之危，非大丈夫行徑，而且喀絲麗心地仁善，見我殺這無力抗拒之人，必定不喜。但要是饒了他，等他養足力氣，自己可不是他敵手。一時拿不定主意，轉頭一望，見香香公主望着張召重，眼中露出憐憫之意。陳家洛一見到她這副眼神，當即決定再饒這奸賊一次，心想眼下三人共處絕境，這廝武功卓絕，待他力氣復原，卻是殺狼的一個好幫手，兩人合力，或能把香香公主救出，單靠自己卻萬萬不能，於是也喝了幾口羊乳，閉目養神。

過了一會，張召重醒了過來。香香公主遞了一塊乾羊肉給他，替他用布條縛好腿上幾處狼牙所咬的傷痕。張召重見他兩人以德報怨，不覺慚愧，垂頭不語。陳家洛道：「張大哥，咱們現今同在危難之中，過去種種怨仇，只好暫時抛在一邊，總要同舟共濟才好。」張召重道：「不錯，咱倆現在一鬥，三人都成爲餓狼腹內之物。」他休息了一個多時辰，精神力氣稍復，暗暗盤算脫困之法，心想：「天幸這兩人又撞在我手裏。三人都被羣狼吃了，那沒有話說。如能脫卻危難，須當先發制人，殺了這陳公子，再把這美娃娃擄去。今後數十年的功名富貴是拿穩的了。」

陳家洛心想如此僵持下去，如何了局，見到火圈外有許多狼糞，想起霍青桐燒狼烟傳訊之法，於是用珠索把狼糞撥近，聚成一堆，點燃起來，一道濃烟筆直昇向天際。張召重搖頭道：「就算有人瞧見，也不敢來救。除非有數千大軍，才能把這許多惡狼趕開。」陳家洛也知這法子無濟於事，但想聊勝於無，不妨寄指望於萬一。

天色漸晚，三人在火圈中加了樹枝，輪流睡覺。陳家洛對香香公主低聲道：「這人很壞，我睡着時，你得加意留心着他。」香香公主點頭答應。陳家洛把樹枝堆在他與張召重之間，防他在自己睡着時突施暗算，香香公主可無力抵禦。

睡到中夜，突然狼嗥之聲大作，震耳欲聾，三人驚跳起來。只見數千頭餓狼都坐在地下，仰頭望着天上月亮，齊聲狂嗥，聲調淒厲，實是令人毛骨悚然。叫了一陣，數千頭餓狼的聲音又倏然而止。這是豺狼數萬年世代相傳的習性，直至後來馴伏爲狗，也常在深夜哭叫一陣。

次日黎明，三人見狼羣仍在火圈旁打轉，毫無走開之意。陳家洛道：「只盼有一隊野駱駝經過，才能把這些惡鬼引開。」突然遠處又有狼嗥，向這邊奔來。張召重皺眉道：「惡鬼越來越多了。」

塵沙飛揚之中，忽見三騎馬向這邊急奔而來，馬後跟着數百頭狼。等到馬上乘者瞧見這邊餓狼更多，想從斜刺裏避開，這邊的餓狼已迎了上去，登時把三騎圍在垓心。馬上三人使開兵器，奮力抵擋。

香香公主叫道：「快去接他們進來呀！」陳家洛對張召重道：「咱們救人去。」兩人手執兵器，向三騎馬衝去，兩下一夾攻，殺開一條血路，把三騎接引到火圈中來。只見一匹馬上另有一人，雙手反綁，伏在馬鞍之上，身子軟軟的不知是死是活，看打扮是個回人姑娘。那三人跳下馬來，一人把那回人姑娘抱下。

香香公主忽然驚叫：「姊姊，姊姊！」奔過去撲在那女子身上。陳家洛吃了一驚，香香公主已把那女子扶起，只見她玉容慘淡，雙目緊閉，正是翠羽黃衫霍青桐。

原來霍青桐扶病追趕師父師公，不久就遇到關東三魔，她無力抵抗，拔劍要想自盡，被顧金標撲上奪去長劍，登時擒住。關東三魔擒得仇人，歡天喜地。依哈合台說，當場把她殺了，給三位盟兄弟報仇。顧金標卻心存歹念，說要擒回遼東，在三位盟兄弟靈前活祭。顧金標是把兄，執意如此，哈合台拗他不過。當下一同回馬啓程東歸。走了一天，被霍青桐故意誤指途逕，竟在大漠中迷失方向。這天遠遠看見一道黑烟，只道必有人家，逕自奔來，那知卻是陳家洛燒來求救的狼烟。

顧金標見陳家洛縱上來要搶人，虎叉嗆啷啷一抖，喝道：「別走近來，你要幹麼？」

霍青桐全身虛弱，在狼羣圍攻中已暈了過去，這時悠悠醒轉，斗然間見到陳家洛與妹子，心中一股說不出的滋味，不知是傷心還是歡喜。

香香公主對陳家洛哭道：「你快叫他放開姊姊。」陳家洛道：「你放心！」轉頭對顧金標道：「你們是甚麼人？爲甚麼擒住我的朋友？」滕一雷搶上兩步，擋在顧金標身前，冷冷打量對面三人，說道：「兩位出手相救，在下這裏先行謝過。請教兩位高姓大名。」陳家洛未及回答，張召重搶着道：「他是紅花會陳總舵主。」三魔吃了一驚，滕一雷又問：「請教閣下的萬兒。」張召重道：「在下姓張，草字召重。」滕一雷咦了一聲，道：「原來是火手判官，怪不得兩位如此了得。」當下說了自己三人姓名。

陳家洛暗暗發愁，心想羣狼之圍尚不知如何得脫，接連又遇上這四個硬對頭，現下只有設法要他們先行放開霍青桐再說，說道：「咱們的恩仇暫且不談，眼前餓狼環伺，各位有何脫險良方？」這句話把三魔問得面面相覷，答不出來。哈合台道：「要請陳當家的指教。」陳家洛道：「咱們合力禦狼，或許尚有一綫生機。要是自相殘殺，轉眼人人都塡於餓狼之腹。」滕哈兩人微微點頭，顧金標怒目不語。陳家洛又道：「因此請顧老兄立卽放了我這朋友。大夥共籌退狼之策。」顧金標道：「我不放，你待怎樣？」陳家洛道：「那麼咱們七人之中，輪到你第一個去餵狼。」顧金標虎叉一抖，喝道：「我卻要先拿你去餵狼！」陳家洛道：「我這朋友你是非放不可！咱倆不動手，大家也未見得能活，只要一動手，不論誰勝誰敗，總是鬧個兩敗俱傷，那就死定了。顧朋友三思吧。」

滕一雷低聲道：「老二，先放了再說。」顧金標好容易把一個如花似玉的霍青桐擒到在手，這時寧可不要性命也不肯放，不住搖頭。滕一雷心下盤算：「我們三人對他三人，人數是一樣。但聽說火手判官劍術拳法，是武林中數一數二人物。瞧這姓陳的適才殺狼身手，也着實了得。這美貌少女既與他們在一起，手下想必不弱。當眞打起來，只怕不是對手。」他這一思量，不覺氣餒，低聲道：「老二，你放不放？鬧起來我可無法幫你。」

顧金標過不了這色字關，執迷不悟，他也知道張召重的名氣，決定單獨向形貌文弱的陳家洛挑戰，惡狠狠的道：「你如贏得我手中虎叉，把這女子拿去便了。是英雄好漢，咱二人就單打獨鬥，一決勝敗。」陳家洛實不願這時在狼羣之中自相殘殺，微微沉吟，尚未答話，張召重已搶着道：「你放心，我誰也不幫就是。」這句話似是對陳家洛說，其實卻是說給顧金標聽，要他不必疑慮，儘管挑戰。

顧金標大喜，叫道：「你要是不敢，那就別管旁人閒事。否則的話，拳脚兵刃，兄弟都可奉陪。我三個盟弟都喪在紅花會手裏，此仇豈可不報？」最後這句話卻是說給滕哈二人聽的，意思說我是爲了公憤，並非出於私慾，你們可不能袖手不理。

陳家洛向霍青桐姊妹一望，見霍青桐臉露怨憤，香香公主焦慮萬狀，把心一橫，想道：「這姊妹兩人都對我有情，我今日爲她們死了，報答了她們的恩義，也免得我左右爲難，傷了她們手足之情。」慨然道：「這位姑娘是我好朋友，我拚得性命不在，也要你放。」霍青桐眼圈一紅，心想他對我倒也不是全無情義。顧金標道：「我也拚得性命不在，決不肯放。」張召重笑道：「好吧，那麼你們拚個你死我活吧。」三魔聽他語氣，已辨出他對陳家洛頗有幸災樂禍之心。

陳家洛道：「咱二人拚鬥，不論是你殺了我，還是我殺了你，對別人都無好處。這樣吧，咱二人一起出去殺狼。誰殺得多，就算誰勝。」他想這法子至少可稍減羣狼的威脅，不致把禦狼的力量互相抵消。哈合台首先贊成，鼓掌叫好。張召重道：「要是陳當家的得勝，顧二哥就把這位姑娘交給他。要是顧二哥殺的狼多，陳當家的不得再有異言。」

陳家洛和顧金標怒目相視，俱不答應，只因殺狼之事，誰都沒必勝把握，可是又決不能讓霍青桐落入對方手裏。陳家洛心想：他使獵虎叉，一定擅於打獵，或許殺狼有高強手段。顧金標卻想：他要比賽殺狼，料來有相當把握，我偏不上他的當，說道：「你要和我鬥，那就是拚賭性命。輕描淡寫的玩意，可沒興致陪你玩。」

張召重忽道：「在下與三位今日雖是初會，但一向是很仰慕的。至於陳當家的呢，我們過去頗有點過節，但此刻也不談了。我雙方誰也不幫。現今我有個主意，既可一決勝敗，雙方也不傷和氣。各位瞧着成不成？」滕一雷聽他說與陳家洛有樑子，心中一喜，忙道：「張大哥請說。火手判官威震武林，主意必定是極高明的。」張召重微微一笑，道：「不敢。咱們身處狼羣包圍之中，自相拚鬥，總是不妙。陳當家的你說是不是？」陳家洛點點頭。張召重又道：「比賽殺狼吧，這位顧二哥又覺得太過隨便，不是好漢行徑。我獻一條計策：你們兩位赤手空拳的一起走入狼羣，誰膽小，先逃了回來，誰就輸了。」

衆人聽了，都是心中一寒，暗想此人好生陰毒，赤手空拳的走入狼羣，誰還能活着性命回來？張召重又道：「要是那一位不幸給狼害了，另一位再回進火圈，也算勝了。」陳家洛雙眉一揚，說道：「要是咱兩人都死了，那怎樣？」哈合台道：「我敬重你是條好漢子，着落在我身上，釋放這位姑娘就是。」陳家洛道：「哈兄的話我信了，這位姑娘你們可也不能欺侮她。」伸手向香香公主一指。哈合台道：「皇天在上，我答應了陳當家的。如有異心，教惡狼第一個吃我。」陳家洛抱拳道：「好，多謝了。」心中盤算已定，別說狼羣圍伺，就算一條狼也沒有，自己孤身遇上這四個強敵，也必有死無生，現下捨了自己一條性命，如能僥天之倖，救出霍青桐姊妹，那也心願已足，漢家光復的大業，只好偏勞紅花會衆兄弟了，把劍盾珠索往地下一擲，向顧金標一擺手道：「顧朋友，走吧！」

顧金標拿着虎叉，躊躇不決。他雖是亡命之徒，但要他空手走入狼羣，可實在不敢。張召重只怕賭賽不成，激他道：「怎麼？顧朋友有點害怕了吧？這本來很是危險。」顧金標仍是沉吟。

香香公主不懂他們說些甚麼，只是見到各人神色緊張。霍青桐卻每句話都聽在耳裏，見陳家洛甘願爲她捨命，心中感動異常，叫道：「你別去！寧可我死了，也不能讓你有絲毫損傷。」她平素眞情深藏不露，這時臨到生死關頭，情不自禁的叫了出來。只聽得噹啷一聲，一柄獵虎叉擲在地下。

顧金標見她對陳家洛如此多情，登時妒火中燒。他性子狂暴，脾氣一發作，那就是天不怕地不怕了，叫道：「我就是給豺狼咬掉半個腦袋，也不會比你這小子先回來。走吧！」

陳家洛向霍青桐和香香公主一笑，並肩和顧金標向火圈外走去。霍青桐嚇得又要暈去，叫道：「別……別去……」香香公主卻睜着一雙黑如點漆的眼珠，茫然不解。

兩人正要走出火圈，滕一雷忽然叫道：「慢着。」兩人停步轉身。滕一雷道：「陳當家的，你身上還有把短劍。」陳家洛笑道：「對不起，我忘了。」解下短劍，走到霍青桐面前，道：「別傷心！你見了這劍，就如見到我一樣。」將劍放在她身上。

霍青桐流下淚來，喉中哽住了說不出話，就在這時，一個念頭在腦中忽如電光般一閃，低聲道：「你低下頭來。」陳家洛低頭俯耳過去。霍青桐低聲說道：「用火摺子！」陳家洛一怔，隨即恍然，轉頭對張召重道：「張大哥，剛才我忘了解下短劍，請你公證人再瞧一瞧。」張召重在陳顧兩人衣外摸了一遍，說道：「顧二哥，請你把暗器也留下吧。」

顧金標氣憤憤的把十多柄小叉從懷中摸出，用力擲在地下，把辮子在頭頂一盤，神情大變，眼中如要噴出血來，突然奔到霍青桐跟前，一把抱住，正要低頭去吻，忽然後心被人抓住，提起來往地下一摜。顧金標平日和盟兄弟練武，大家交手慣了的，知道這一下除了哈合台再無別人，果然聽得哈合台喝道：「老二，你要不要臉？」顧金標一摔之後，頭腦稍覺清醒，大吼一聲，發足向狼羣中衝去。

陳家洛雙足一點，使開輕功，已搶在他之前。

羣狼本來在火圈外咆哮盤旋，忽見有人奔出，紛紛撲上。顧金標心知這次遇上了生平從所未有的凶險，只好多挨一刻是一刻，見兩頭惡狼從左右同時撲到，身子一偏，左手疾探，已抓住左邊那狼的項頸，右手搶住牠的尾巴，提了起來。武學之中有一套功夫叫做「櫈拐」，據說有一位武林前輩夏夜在瓜棚裏袒腹乘涼，忽然敵人來襲，一時之間，四面八方都是手執兵刃的強敵。他身無武器，隨手提起一條板櫈，擱架擊打，把敵人打得大敗而逃。這套功夫流傳下來，武林中學的人着實不少，以備赤手遇敵時防身之用。因長櫈所在都有，會了這套武術，便如處處備有兵器。顧金標抓住這狼，靈機一動，便將之當作板櫈，展開「櫈拐」中的招數，橫掃直劈，舞了開來。狼身長短與板櫈相近，也有四條腿，他舞得呼呼生風，羣狼一時倒撲不近身。

陳家洛使的卻是「八卦遊身掌」身法，在狼羣中東一幌，西一轉，四下亂跑。這本是威震河朔王維揚的拿手功夫，在杭州獅子峯上，曾打得張召重一時難以招架。陳家洛當日在鐵膽莊與周仲英比武，也曾使過。他的造詣比之王維揚自是遠遠不及，卻也是脚步輕捷，身法變幻。初時羣狼倒也追他不上，但餓狼紛紛湧來，四下擠得水洩不通，教他再無發足奔跑的餘地。他知這套武功已管不了事，當下從懷中取出火摺，迎風一幌，火摺點亮，揮了個圈子。火摺上的火光十分微弱，羣狼卻立時大駭，紛紛倒退，雖然張牙舞爪，作勢欲撲，終究不敢撲上，只在喉頭發出嗚咽咆哮之聲。

香香公主猛見陳家洛衝入狼羣，大惑不解，奔到霍青桐跟前，說道：「姊姊，他幹甚麼呀？」霍青桐垂淚道：「他爲了救咱們姊妹，寧可送掉自己性命。」香香公主先是一驚，隨卽淡淡一笑，說道：「他死了，我也不活。」霍青桐見她處之泰然，心想她說這句話出乎自然，便似是天經地義之事，旣無心情激盪，也不用思索，可見對他的痴愛，已自然而然成爲她心靈中的一部份了。

張召重見陳顧兩人霎時都被羣狼圍住，心中暗喜，突見陳家洛取出火摺，惡狼嚇得後退，不覺一呆，但想火摺不久就會燒完，也只不過稍延時刻而已。

滕、哈二人卻只瞧着顧金標，先見他大展剛勇，提着一頭巨狼舞得風雨不透，各自心喜，忽見他使一招「懶漢門門」，舉起巨狼向外猛碰，跟迎面撲上來的一頭狼當頭一撞。兩頭狼都急了，不顧三七二十一張口就咬，一頭臉上咬得見骨，另一頭頸中鮮血淋漓。羣狼見血，更加蜂湧而來，撲上來你一口我一口，將顧金標手中的巨狼撕得稀爛，最後只賸他左手一個狼頭，右手連着尾巴的一個狼臀。這麼一來，情勢登時危急，他想再去抓狼，一頭惡狼扭頭便咬，若非縮手得快，左手已被咬斷，同時右邊又有兩頭餓狼撲了上來。

哈合台解下腰中所纏鋼絲軟鞭，叫道：「老大，我去救他。」滕一雷還未回答，霍青桐冷冷的道：「關東豪傑要不要臉？」哈合台登時楞住，再看狼羣中兩人情勢，又已不同。

陳家洛見火摺子快要點完，忙撕下長衣前襟點燃了，脚下不住移動，奔向灌木。就這麼慢得一慢，兩頭惡狼迎面撲到。他矮身從兩狼之間穿了過去，折了一條樹枝在手，運勁反手一擊，將搶在前面的餓狼打得腦漿迸裂。羣狼撲上去分屍而食，追逐他的勢頭登時緩了。他忙拾起一段枯枝點燃了，拿在手中揮動，驅開羣狼，一有空隙，立卽又攀折樹枝，增大火頭，片刻之間，已在身周布置了一個小小火圈，將餓狼相隔在外。

霍青桐和香香公主見他脫險，大喜若狂。那邊顧金標卻已難於支持，他想倣效陳家洛的法子，身邊卻沒帶着火摺，只得揮拳與餓狼的利爪銳齒相鬥，手上脚上接連被咬。

哈合台大驚，對霍青桐道：「算陳當家的贏了就是！」拔出她身上短劍，割斷她手脚上的繩索，又道：「現下我可去救他了！」軟鞭揮動，疾衝出去，但奔不到幾步，羣狼密密層層的湧來，腿上登時被咬了兩口，雖然打死了兩頭狼，卻已無法前進。滕一雷大叫：「老四，回來。」哈合台倒躍回來，取了一條點燃的樹枝，想再衝出，但相距太遠，眼見顧金標就要被羣狼撲倒。他提高聲音，向陳家洛叫道：「陳當家的，你贏啦，我們已放了你朋友。請你大仁大義，救救顧老二。」

陳家洛遠遠望去，果見霍青桐已經脫縛，站在當地，心想：「為了對付惡狼，多一個幫手好一個。」拾起一根點燃的樹枝，向顧金標擲去，叫道：「接着！」顧金標雙臂雙腿全是鮮血，眼見樹枝投來，縱身躍起，在空中接住，揮了個圈子。豺狼怕火，那是數萬年來相傳的習性，見他手上有火，立卽退開。顧金標揮動樹枝，慢慢向陳家洛走來。陳家洛又擲過去一條樹枝。顧金標雙手有火，走近樹叢。

陳家洛道：「快撿柴。」當下兩人各用枝條縛了一綑樹枝，負在背上，手中拿了點燃的樹枝，揮動着向火圈走去。羣狼不住怒嗥，讓出一條路來。

兩人越走越近，陳家洛走在前面，香香公主靠近火圈，張開了雙臂，迎他回來。陳家洛臉露微笑，正要縱入，霍青桐叫道：「慢着，讓他先進來。」陳家洛登時醒悟，放下柴束，住足回頭，讓顧金標先進火圈。他想雙方曾有約言，誰先進火圈誰輸，雖然自己救了他性命，但只怕這類無義小人臨時又有反覆。

顧金標滿眼紅絲，拋下背上枯柴，舉起火枝往陳家洛面上一幌，乘他斜身閃避，舉掌向他背後猛推，想將他推進火圈。陳家洛側身閃避，這一掌從衣服上擦過。顧金標右手又是一揮，一根火枝對準了他臉上擲去。

陳家洛頭一低，那火枝直飛進火圈之中。顧金標衝面一拳，他八十一路長拳講究的是勢勁鋒銳，出手快捷，一拳方發，次拳跟上。陳家洛見他只一轉眼間便以怨報德，心中大怒，右手伸出拿他脈門，左手一招「金針渡刦」，直刺他面門，那是「百花錯拳」中一招以指當劍之法。顧金標從未見過這古怪拳法，一楞之下，疾忙倒退，左脚踏在一頭餓狼身上。那狼痛得大叫，張口便咬，陳家洛一招得勢，不容他再有緩手之機，掌劈指戳，全是「百花錯拳」中最厲害招數。滕一雷、哈合台站在火圈邊觀戰，見了他這路拳法，都感心驚。

陳家洛左手雙指疾向對方太陽穴點去，顧金標伸臂擋格，回敬一拳，料想他定然後退，那知他竟然不理會，飛起左脚，顧金標胯上早着，一個踉蹌，右拳已被抓住。陳家洛運勁一拖，乘着敵人向後一掙之勢，突然間改拖爲送，顧金標又是一個出其不意，己力再加上敵勁，那裏還站立得定，登時仰跌。這一交只要摔倒，四周環伺的羣狼立時湧上，那裏還有完整屍骨？火圈中各人都驚叫起來。

顧金標危急中一個「鯉魚打挺」，突然身子拔起，左掌揮落，把一頭向上撲來的餓狼打落，借勢在空中一個觔斗，頭上脚下的順落下來。陳家洛左足一點，從他身側斜飛而過，右手連揮，已分別點中他左腿膝彎和右腿股上穴道。顧金標雙脚着地時那裏還站立得住，暗叫：「完蛋！」雙手在地上一撐，又想翻起，羣狼已從四面八方撲到。

陳家洛搶得更快，伸出右手抓住他後心，揮了一圈。顧金標兇悍已極，下半身雖然動彈不得，大喝一聲，雙拳齊發，猛力向陳家洛胸口打到，要和他拚個同歸於盡。陳家洛罵了一聲：「惡強盜！」左指其快如風，又在他「中府」、「璇璣」兩穴上一點。顧金標雙拳打到半途，手臂突然癱瘓，軟軟垂下。陳家洛把他身子又揮了一圈，逼開撲上來的餓狼，便欲向遠處狼羣中投去。

霍青桐叫道：「別殺他！」陳家洛登時醒悟：「卽使殺了此人，還是彼衆我寡，且與滕哈二人結了死仇，不如暫時饒他，賣一個好，那麼自己與張召重爭鬥之時，他們或許可以兩不相助。」手臂迴縮，轉了個方向，將他拋入火圈，這才縱身躍回。

哈合台接住顧金標，陳家洛再行着地。這次性命的賭賽，終於是陳家洛贏了。

他正要上前和霍青桐、香香公主敍話，霍青桐忽叫：「留神後面！」只覺腦後風生，疾忙低頭矮身，兩頭餓狼從頭頂竄過。原來兩狼眼見到口的美食又進火圈，飢餓難當之下，鼓起勇氣，跳了進來。一頭餓狼逕向香香公主撲去，陳家洛搶上抓住狼尾，用力疾扯。那狼負痛，回頭狂嗥，同時另一頭狼也撲了過來。陳家洛反掌斬去，那狼偏頭避讓，一掌斬在頸裏，在地下打了個滾，撲上來又咬。霍青桐掉轉短劍劍頭，柄前尖後，向陳家洛擲去，叫道：「接着！」陳家洛伸手一抄，攬住劍柄，挺劍向左邊巨狼刺去。這狼身軀巨大，竟然十分的靈便狡猾，閃避騰挪，陳家洛連刺兩劍都被牠躲了開去。

這時火圈外又有三頭狼跟蹤躍入，一頭被哈合台用摔跤手法抓住頭頸摜出圈外，另一頭被張召重一劍斬爲兩段，第三頭卻在與滕一雷纏鬥。哈合台把顧金標帶回來的樹枝加旺了火頭，羣狼才不繼續進來。

這邊陳家洛挺劍向左虛刺，惡狼那知他是虛招，向右閃避，短劍早已收回，自右方猛刺而下。惡狼這時萬萬躲避不開，也是情急智生，突張巨口，咬住了劍鋒。陳家洛用力向前一送，那狼舌頭雖被劃破，但知這是生死關頭，仍是忍痛咬緊。陳家洛向後迴拔，那狼死不放鬆，身子被提了起來，兩行利齒卻在劍鋒上猶如生了根一般。陳家洛心中焦躁，身子一側，飛腿踢中了另一條撲上來的惡狼後臀，那狼汪汪大叫，飛出火圈。他奮力一掙，隨着左手一掌，打在巨狼雙目之間。那狼向後一仰，他手中頓覺一鬆，短劍終於拔出。衆人只覺寒光一閃，短劍劍鋒上紫光四射。

陳家洛這一掌已把巨狼打得頭骨破碎而死，可是牠口中還是咬着一段劍刃。衆人都感奇怪，短劍明明在陳家洛手裏，又未斷折，狼口中的劍刃又從何而來？

陳家洛走上前去，左手三指平捏半段劍刃向後一拉，豈知那狼雖死，牙齒仍如鐵鉗般牢牢咬住劍刃。他右手用短劍在狼顎上一劃，狼臉筋骨應手而斷，直如切豆腐一般。他心感詫異，舉起短劍看時，臉上突覺寒氣侵膚，不覺毛骨悚然，劍鋒發出瑩瑩紫光，已非霍青桐所贈之劍，但劍柄仍然一模一樣。他更是不解，俯身拾起狼口中那段劍刃，這才發覺劍刃中空，宛如劍鞘，把短劍插入劍鞘，全然密合。原來這短劍共有兩個劍鞘，第二層劍鞘開有刃口，劍尖又十分鋒銳，見者自然以爲便是劍刃，豈知劍內另有一柄砍金斷玉、鋒銳無匹的寶劍。霍青桐贈送短劍之時，曾說故老相傳，劍中蘊藏着一個極大秘密，一向無人參透得出。今日若非機緣巧合，巨狼死命咬住，兩下用力拉扯，才拔出了第二層劍鞘，否則有誰想得到這柄鋒利的短劍之中，竟是劍內有劍？

這時滕一雷已將火圈中最後一頭狼打死，先解開顧金標被點的穴道，拔出匕首，割下四條狼腿，在火上燒烤。霍青桐叫道：「快拿開，你們不要性命嗎？」滕一雷愕然道：「甚麼？」霍青桐道：「這些餓狼聞到烤肉香氣，那裏還忍耐得住？」滕一雷心想不錯，忙把狼腿從火上拿開。顧金標坐着喘息了一會，裹縛了身上六七處給惡狼咬傷的大創口，至於較小的創口，一時也無暇理會，只覺飢餓難當，拿起狼腿，鮮血淋漓的吃了起來。

香香公主將短劍拿在手裏把玩，讚嘆第二層劍鞘固然設想聰明，而且手工精巧已極，絲毫不露破綻。她向劍鞘裏一張，見裏面有一粒白色的東西，搖了幾搖，卻倒不出來。她取過一根細樹枝，在鞘裏輕輕一撥，一顆白色的小丸滾了出來。陳家洛和霍青桐見了都感奇怪，聚首細看，見是一顆蠟丸。陳家洛問霍青桐道：「打開來瞧瞧，好不好？」霍青桐點點頭。他手指微一用勁，蠟丸破裂，裏面是個小紙團，攤開紙團，卻是一張薄如蟬翼的紗紙，紙上寫着許多字，都是古文回字，旁邊是一張地圖，畫得密如蛛網。

張召重望見他們發現了這張紙，假裝取柴添火，走來走去偷看了幾眼，見紙上寫的都是回文，一字不識，不禁大失所望。

陳家洛回文雖識得一些，苦不甚精，紙上寫的又是古時文字，全然不明其義，於是把紙攤在霍青桐前面。霍青桐一面看一面想，看了半天，把紙一摺，放在懷裏。陳家洛道：「那些字說的甚麼？」霍青桐不答，低頭凝思。香香公主知道姊姊的脾氣，笑道：「姊姊在想一個難題，別打擾她。」

霍青桐用手指在沙上東畫西畫，畫了一個圖形，抹去了又畫一個，後來坐下來抱膝苦苦思索。陳家洛道：「你身子還弱，別多用心思。紙上的事一時想不通，慢慢再想，倒是籌劃脫身之策要緊。」霍青桐道：「我想的就是既要避開惡狼，又要避開這些人狼。」說着小嘴向張召重等一努。香香公主聽姊姊叫他們作「人狼」，名稱新鮮，拍手笑了起來。

霍青桐又想了一會，對陳家洛道：「請你站上馬背，向西瞭望，是否有座白色山峯。」

陳家洛依言牽過白馬，躍上馬背，極目西望，遠處雖有叢山壁立，卻不見白色山峯，凝目再望一會，仍是不見，向霍青桐搖搖頭。

霍青桐道：「照圖上所示，那古城離此不遠，理應看到山峯。」陳家洛跳下馬背，問道：「甚麼古城？」霍青桐道：「小時就聽人說，這大沙漠裏埋着一個古城。這城本來十分富庶繁榮，可是有一天突然颳大風沙，像小山一樣的沙丘一座座給風捲起，壓在古城之上。城裏好幾萬人沒一個能逃出來。」轉頭對香香公主道：「妹妹，這些故事你知道得最清楚，你說給他聽。」

香香公主道：「關於那地方有許多故事，可是那古城誰也沒親眼看見過。不，有好多人去過的，但很少有人能活着回來。據說那裏有無數金銀珠寶。有人在沙漠中迷了路，無意中闖進城去，見到這許多金銀珠寶，眼都花了，自然開心得不得了，將金銀珠寶裝在駱駝上想帶走，但在古城四周轉來轉去，說甚麼也離不開那地方。」

陳家洛問道：「爲甚麼？」香香公主道：「他們說，古城的人一天之中都變成了鬼，他們喜歡這個城市，死了之後仍然不肯離開。這些鬼不捨得財寶給人拿走，因此迷住了人，不讓走。只要放下財寶，一件也不帶，就很容易出來。」陳家洛道：「就只怕沒一個肯放下。」霍青桐道：「是啊，見到這許多金銀珠寶，誰肯不拿？他們說，要是不拿一點財寶，反而在古城的屋裏放幾兩銀子，那麼水井中還會湧出清水來給他喝。銀子放得多，清水也就越多。」陳家洛笑道：「這古城的鬼也未免太貪心了。」

香香公主道：「我們族裏有些人欠了債沒法子，就去尋那地方，總是一去就永不回來。

有一次，一個商隊在沙漠裏救了一個半死的人。他說曾進過古城，可是出來時走來走去儘在一個地方兜圈子，他見到沙漠上有一道足迹，以爲有人走過，於是拚命的跟着足迹追趕，那知這足迹其實就是他自己的，這麼兜來兜去，終於精疲力盡，倒地不起。那商隊要他領着大夥兒再去古城，他死不答允，說道：就是把古城裏所有的財寶都給了他，也不願再踏進這鬼城一步。」

陳家洛道：「在沙漠上追趕自己的足迹兜圈子，這件事想想也覺可怕。」香香公主道：「還有更可怕的事呢。他獨個兒在沙漠中走，忽然聽到有人叫他名字。他隨着聲音趕去，聲音卻沒有了，甚麼也沒瞧見，就這樣迷了路。」陳家洛道：「有人忽然發見這許多財寶，歡喜過度，神智一定有點失常，沙漠中路又難認，很容易走不回來。要是他下了決心不要財寶，頭腦一清醒，就容易認清楚路了。倒不一定是有鬼迷人。」

霍青桐靜靜的道：「劍鞘裏藏着的，就是去那座古城的路徑地圖。」陳家洛「啊」的一聲。

香香公主笑道：「我們不想要金銀財寶。就算拿到了，那些鬼也不放人走。這張地圖沒甚麼用，倒是這口劍好，這般鋒利，遇到敵人的兵器時，只怕一碰就能削斷。」拔下三根頭髮，放在短劍的刃鋒之上，道：「聽爹爹說，眞正的寶劍吹毛能斷，不知這劍成不成？」對着短劍刃鋒吹一口氣，三根頭髮立時折爲六段。她喜得連連拍手。霍青桐拿出一塊絲帕，往上丟去，絲帕緩緩飄下，舉起短劍一撩，絲帕登時分爲兩截。

張召重和關東三魔齊聲喝采，都不禁眼紅身熱。

陳家洛嘆道：「寶劍雖利，殺不盡這許多餓狼，也是枉然。」霍青桐道：「地圖上畫明，古城環繞着一座參天玉峯而建。照圖上看來，那山峯離此不遠，應該可以望見，怎麼會影蹤全無，可教人猜想不透。」香香公主道：「姊姊你別用這些閒心思啦，就是找到了山峯，又有甚麼用處？」霍青桐道：「那麼咱們就可逃進古城。城裏有房屋，有堡壘，躲避狼羣總比這裏好得多。」陳家洛叫道：「不錯！」躍身而起，又站上馬背，向西凝望，但見天空白茫茫的一片，那裏有山峯的影子？

張召重等見他們說個不休，偏是一句話也不懂，陳家洛又兩次站上馬背瞭望，不知搗甚麼鬼。四人商量逃離狼羣之法，說了半天，毫無結果。香香公主取出乾糧，分給衆人。

香香公主這時想起了她養着的那頭小鹿，不知有沒有吃飽，抬起了頭，望着天邊痴想，突然叫道：「姊姊，你看。」霍青桐順着她手指望去，只見半空中有一個黑點，一動不動的停在那裏，問道：「那是甚麼？」香香公主道：「是一頭鷹，我瞧着牠從這裏飛過去，怎麼忽然在半空中停住不動了。」霍青桐道：「你別眼花了吧？」香香公主道：「不會，我清清楚楚瞧着這鷹飛過去的。」陳家洛道：「倘若不是鷹，那麼這黑點是甚麼？但如是鷹，怎麼能在空中停着不動？這倒奇了。」三人望了一會，那黑點突然移動，漸近漸大，轉眼間果然是一頭黑鷹從頭頂掠過。

香香公主緩緩舉起手來，理一下被風吹亂了的頭髮。陳家洛望着她晶瑩如玉的白手，在雪白的衣襟前橫過，忽然省悟，對霍青桐道：「你看她的手！」霍青桐瞧了瞧妹子的手，道：「喀絲麗，你的手眞是好看。」香香公主微微一笑。陳家洛笑道：「她的手當然好看，可是你留意到了嗎？她的手因爲很白，在白衣前面簡直分不出甚麼是手，甚麼是衣服。」霍青桐道：「嗯？」香香公主聽他們談論自己的手，不禁有點害羞，眼睛低垂的靜聽。

陳家洛道：「那隻鷹是停在一座白色山峯的頂上啊！」霍青桐叫了起來：「啊！不錯，不錯。那邊的天白得像羊乳，這高峯一定也是這顏色，遠遠望去就見不到了。」陳家洛喜道：「正是。那鷹是黑色的，所以就看得清清楚楚。」香香公主這才明白，他們談的原來是那古城，問道：「咱們怎麼去呢？」霍青桐道：「得好好想一想。」取出地圖來又看了好一回，道：「等太陽再偏西，倘若那眞是一座山峯，必有影子投在地上，就能算得出去古城的路程遠近。」陳家洛道：「可別露出形迹，要教這些壞蛋猜測不透。」霍青桐道：「不錯，咱們假裝是談這條狼。」

陳家洛提過一條死狼，三人圍坐着商量，手中不停，指一下死狼鼻子，又拔一根狼毛細細觀察，拉開狼嘴來瞧牠牙齒。日頭漸漸偏西，大漠西端果然出現了一條黑影，這影子越來越長，像一個巨人躺在沙漠之上。三人見了，都是喜動顏色。霍青桐在地下畫了圖形計算，說道：「這裏離那山峯，大約是二十里到二十二里。」一面說，一面將死狼翻了個身。陳家洛把一條狼腿拿在手裏，撥弄利爪，道：「咱們如再有一匹馬，加上那白馬，三人當能一口氣急衝二十幾里。」霍青桐道：「你想法兒讓他們心甘情願的放咱們出去。」

陳家洛道：「好，我來試試。」隨手用短劍剖開死狼肚子。

張召重和關東三魔見他們翻來翻去的細看死狼，不住用回語交談，很是納悶。張召重道：「這死狼有甚麼古怪？陳當家的，你們商量怎生給牠安葬嗎？」陳家洛登時靈機一動，道：

「我們是在商量如何脫險。你瞧，這狼肚子裏甚麼東西也沒有。」張召重道：「這狼肚子餓了，所以要吃咱們。」關東三魔聽着都笑了起來。哈合台道：「我們上次遇到狼羣，躲在樹上，羣狼在樹下打了幾個轉，便卽走了。這一次卻耐心眞好，圍住了老是不走。」滕一雷道：「上次幸得有黃羊駱駝引開狼羣。這當兒只怕周圍數百里之內，甚麼野獸都給這些餓狼吃了個乾淨，只賸下我們這一夥。」陳家洛道：「這些狼肚裏空成這個樣子，只要有一點東西是可以吃的，那裏還肯放過？」張召重道：「你瞧這死狼瞧了半天，原來發見的是這麼一片大道理。」陳家洛道：「要逃出險境，只怕就得靠這道理。」

關東三魔同時跳起身來，走近來聽。張召重忙問：「陳當家的有甚麼好法子？」陳家洛道：「大家在這裏困守，等到樹枝燒完，又去採集，可是總有燒完的時候，那時七個人一齊送命，是不是？」張召重與關東三魔都點了點頭。陳家洛道：「咱們武林中人，講究行俠仗義，捨身救人。此刻大夥同遭危難，只要有一個人肯爲朋友賣命，騎馬衝出，狼羣見這裏有火，不敢進來，見有人馬奔出，自然一窩蜂的追去。那人把狼羣引得越遠越好，其餘六人就得救了。」張召重道：「這個人卻又怎麼辦？」陳家洛道：「他要是僥倖能遇上淸兵回兵大隊人馬，就逃得了性命。否則爲救人而死，也勝於在這裏大家同歸於盡。」

滕一雷道：「法子是不錯，不過誰肯去引開狼羣？那可是有死無生之事。」陳家洛道：「滕大哥有何高見？」滕一雷默然。哈合台道：「咱們來拈鬮，拈到誰，誰就去。」張召重正在想除此之外，確無別法，聽到哈合台說拈鬮，心念一動，忙道：「好，大家就拈鬮。」

陳家洛本想自告奮勇，與霍靑桐姊妹三人衝出，卻聽他們說要拈鬮，如再自行請纓，只怕引起疑心，說道：「那麼咱五人拈吧，兩位姑娘可以免了。」顧金標道：「大家都是人，幹麼免了？」哈合台道：「男子漢大丈夫，不能保護兩個姑娘，已是萬分羞愧，怎麼還能讓姑娘們救咱們出險？我寧可死在餓狼口裏，否則就是留下了性命，終身也教江湖上朋友們瞧不起。」滕一雷卻道：「雖然男女有別，但男的是一條命，女的也是一條命。除非不拈鬮，要拈大家都拈。」他想多兩個人來拈，自己拈到的機會就大爲減少。顧金標對霍青桐又愛又恨，心想你這美人兒大爺不能到手，那麼讓狼吃了也好。

四人望着張召重，聽他是何主意。張召重已想好計謀，知道決計不會輪到自己，心想：「這兩個美人兒該當保全，一個是皇上要的，另一個我自己爲甚麼不要？」當下昂然說道：「大丈夫寧教名在身不在。張某是響噹噹的男子漢，豈能讓娘兒們救我性命？」滕顧二人見他說得慷慨，不便再駁。顧金標道：「好，就便宜了這兩個娘兒。」滕一雷道：「我來作鬮！」俯身去摘樹枝。

張召重道：「樹枝易於作弊。用銅錢作鬮爲是。」從袋裏摸出十幾枚制錢，挑了五枚同樣大小的，其餘的放回袋裏，說道：「這裏是四枚雍正通寶，一枚順治通寶，各位請看，全是一樣大小。」滕一雷逐一檢視，見無異狀，說道：「誰摸中順治通寶，誰就出去引狼。」張召重道：「正是如此。滕大哥，放在你袋裏吧。」滕一雷把五枚銅錢放入袋內。

張召重道：「那一位先摸？」他眼望顧金標，見他右手微抖，笑道：「顧二哥莫怕。生死有命，富貴在天，我先摸！」伸手到滕一雷袋裏，手指一捏，已知厚薄，拈了一枚雍正通寶出來，笑道：「可惜，我做不成英雄了。」張開右掌，給四人看了。原來四枚雍正通寶雖與順治通寶一般大小，但那是雍正末年所鑄，與順治通寶所鑄的時候相差了八十年左右。順治通寶在民間多用了八十年，磨損較多，自然要薄一些。只是厚薄相差甚微，常人極難發覺。張召重在武當門中練芙蓉金針之前，先練錢鏢。錢鏢的準頭手勁，與銅錢的輕重大小極有關係，他手上銅錢揑得熟了，手指一觸，立能分辨。

其次是陳家洛摸，他只想摸到順治通寶，便可帶了二女脫身，那知不如人願，卻摸到一枚雍正通寶。張召重道：「顧二哥請摸吧。」顧金標拾起虎叉，嗆啷啷一抖，大聲道：「這枚順治通寶，註定是要我們兄弟三人拿了，這中間有弊！」張召重道：「各憑天命，有甚麼弊端？」顧金標道：「錢是你的，又是你第一個拿，誰信你在錢上沒做記號。」張召重鐵青了臉道：「那麼你拿錢出來，大家再摸過。」顧金標道：「各人拿一枚制錢出來，誰也別想冤誰。」張召重道：「好吧！死就死啦，男子漢大丈夫，如此小氣。」

滕一雷把袋裏所賸的三枚制錢拿出來還給張召重，另外又取出一枚雍正通寶，顧哈兩人拿出來的也都是雍正通寶。其時上距雍正不遠，民間所用制錢，雍正通寶遠較順治通寶爲多。陳家洛道：「我身邊沒帶銅錢，就用張大哥這枚吧。」張召重道：「畢竟是陳當家的氣度不同。四枚雍正通寶已經有了，順治通寶就用這一枚。顧老二，你說成不成？」顧金標怒道：「不要順治通寶！銅錢上順治、雍正，字就不同，誰都摸得出來。」其實要在頃刻之間，憑手指撫摸而分辨錢上所鑄小字，殊非易事，顧金標雖然明知，卻終不免懷疑，又道：「你手裏有一枚雍正通寶是白銅的，其餘四枚都是黃銅的，誰拿到白銅的就是誰去。」張召重一楞，隨即笑道：「一切依你！只怕還是輪到你去餵狼。」手指微一用力，已把白銅的銅錢揑得微有彎曲，和四枚黃銅的混在一起。顧金標怒道：「要是輪不到你我，咱倆還有一場架打！」張召重道：「當得奉陪。」隨手把五枚制錢放在哈合台袋裏，說道：「你們三位先拿，然後我拿，最後是陳當家的拿。這樣總沒弊了吧？」他自忖：「卽使只留下兩枚，我也能拿到黃銅的。這姓陳的小子很驕傲，不會跟我爭先恐後。」

他這麼說，關東三魔自無異言。滕一雷道：「老四，你先摸吧。」哈合台道：「老大還是你先來。」張召重笑道：「先摸遲摸都是一樣，毫無分別。」關東三魔見他在生死關頭居然仍是十分鎭定，言笑自若，也不禁佩服他的勇氣。

哈合台伸手入袋，霍青桐忽以蒙古話叫道：「別拿那枚彎的。」哈合台一怔，第一枚摸到的果然有點彎曲，忙另拿一枚，取出一看，正是黃銅的。

原來五人議鬮之時，霍青桐在旁冷眼靜觀，察覺了張召重潛運內力揑彎銅錢。她見關東三魔中哈合台爲人最爲正派，先前顧金標擒住了她要橫施侮辱，哈合台曾力加阻攔，這次又是他割斷她手脚上的繩索，因此以蒙古話示警報德。

第二個是顧金標摸。哈合台用遼東黑道上的黑話叫道：「扯抱（別拿）轉圈子（彎的東西）。」顧滕兩人側目怒視張召重，心想：「你這傢伙居然還是做了手脚。」旣知其中機關，自然都摸到了黃銅制錢。

陳家洛與張召重先聽霍青桐說了句蒙古話，又聽哈合台說了句古裏古怪的話，甚麼「扯抱轉圈子」，不知是甚麼意思，臉上都露出疑惑之色。陳家洛眼望霍青桐，香香公主搶着道：「別拿那枚彎的。」霍青桐也用回語道：「白銅的制錢已給這傢伙揑彎了。」陳家洛心道：

「我們正要找尋藉口離去。現下輪到這奸賊去摸，他定會拿了不彎的黃銅制錢，留下白銅的給我。我義不容辭的出去引狼，她們姊妹就跟我走。我們顯得被迫離開，決不會引起疑心。」張召重心想：「這次你被狼果腹，死了也別怨我。」便要伸手到哈合台袋中。

陳家洛忽見顧金標目光灼灼的望着霍青桐，心中一凜：「只怕他們用強，不讓兩姊妹和我一起走，那可糟了。」這時張召重的手已伸入袋口，陳家洛再無思索餘地，叫道：「你拿那枚彎的吧，不彎的留給我。」

張召重一怔，將手縮了回來，道：「甚麼彎不彎的？」陳家洛道：「袋裏還有兩枚制錢，一枚已給你捏彎了，我要那枚不彎的。」一伸手，已從哈合台袋裏把黃銅制錢摸了出來，笑道：「你作法自斃，留下白銅的給你自己！」張召重臉色大變，長劍出鞘，喝道：「說好是我先摸，怎麼你搶着拿？」一劍「春風拂柳」，向陳家洛頸中削去。

陳家洛頭一低，右手雙指戳他頸側「天鼎穴」。張召重竟不退避，迴劍斜撩，一招「斜陽一抹」，反削他手指。陳家洛也不躲縮，手腕翻處，右手小指與拇指中暗挾着的短劍抖將上來，噹的一聲，已把敵劍攔腰削斷，短劍乘勢直送，張召重只覺寒氣森森，青光閃閃，寶劍直逼面門。他面臨凶險，仍欲危中取勝，左手五指突向陳家洛雙目抓去，這一招勢道凌厲無比。陳家洛舉左臂一擋，短劍下刺敵人小腹。這麼緩得一緩，張召重已化解了險招，反身一躍，退出三步。關東三魔與霍青桐見兩人這幾下快如閃電，招招間不容髮，不禁駭然。

陳家洛乘勢進逼，猱身直上。張召重手中沒了兵器，半截長劍突向霍青桐擲去。陳家洛怕她病中無力，不能閃避，如箭般斜身射出，擋在她面前，伸手在劍柄上一擊，半截長劍落在地下。那知張召重這一下卻是聲東擊西，一將他誘到霍青桐身邊，立旣縱到香香公主身旁，拿住她雙手，轉身喝道：「快出去！」陳家洛一呆，停了脚步。張召重叫道：「你不出去，我把她丟出去餵狼！」將香香公主提起來打了個圈子，只要一鬆手，她立即飛入狼羣。

這一下變起倉卒，陳家洛只覺一股熱血從胸腔中直衝上來，腦中一亂，登時沒了主意。張召重又叫：「你快騎馬出去，把狼引開！」陳家洛知道這奸賊心狠手辣，說得出做得到，處此情勢之下，只得解開白馬韁繩，慢慢跨上。

張召重又提着香香公主轉了個圈子，叫道：「我數到三，你不出火圈，我就拋人。一——二——三！」他「三」字一出口，只見兩騎馬衝出火圈。

原來霍青桐乘三魔一齊注視陳張兩人之際，已割斷韁繩，跨上馬背，手中揮動火把，縱馬衝出，心想：「他先前爲我拚命而入狼羣，現下我爲他捨身。我也不去甚麼古城，讓餓狼在大漠中將我咬成碎片，一了百了。但願他和喀絲麗得脫危難，終身快樂。」就在此時，陳家洛也縱馬出了火圈。

關東三魔齊聲驚叫，陳家洛已揪住兩頭撲上來的餓狼頭頸，右腿在白馬頸側一推，左腿在馬腹上一捺，那馬靈敏異常，立即回頭轉身。陳家洛脚尖在馬項下輕輕一點，那馬一聲長嘶，四足騰空，躍入火圈。陳家洛大喝聲中，將兩頭惡狼向張召重擲去。張召重眼見兩狼張牙舞爪的迎面撲到，只得放下香香公主，縮身閃避。陳家洛兩把圍棋子雙手齊發，俯身伸臂，攬住香香公主的纖腰，雙腿一挾，那白馬又騰空竄出火圈。

張召重反手猛劈，將一頭狼打得翻了個身，向前俯身急衝，陳家洛匆忙中所發的圍棋子本沒準頭，都給他避了開去。張召重這一衝守中帶攻，左手一把抓住白馬馬尾，用力後拉，要把白馬硬生生拉回。但他身子凌空，無從借力，那白馬又力大異常，向前猛竄之際，反將他身子拖得揚了起來，帶出火圈。他雙腿後挺，一個觔斗正待翻上馬背，再行搶奪香香公主，忽覺背後風生，知道不妙，半空中疾忙換勢反躍，又倒翻一個觔斗。陳家洛短劍向他後心刺出，只道必定得手，那知此人武功實在高強，身在空中，於千鈞一髮之際仍能扭轉身軀，只見他右足在一頭餓狼頭上一點，躍回了火圈。

霍青桐揮舞着火把，早已深入狼羣。陳家洛縱馬追去，但見有惡狼撲上，都被他短劍一揮，不是刺中咽喉，就是削去了尖嘴，眞如砍瓜切菜，爽脆無比。兩騎馬不一刻已衝出狼羣，向西疾馳，衆狼不捨，隨後趕來。

兩匹馬奔跑比羣狼迅速得多，轉瞬就把狼羣拋在數里之外。要知衝出狼羣不難，難的是在如何擺脫這些餓狼窮日累夜、永無休止的追逐。三人暫脫於難，狂喜之下，情不自禁的擁在一起。霍青桐隨卽臉上一紅，輕輕推開陳家洛手臂，縱馬向西疾奔。

二騎三人奔行不久，山石漸多，道路曲折，空中望去山峯不遠，地面行走路程卻長。直跑到天黑，那白色山峯才巍然聳立在前。霍青桐道：「據圖中所繪，古城環繞這山峯而建，看來此去不過十多里了！」三人下馬休息，取水給馬飲了。

陳家洛不住撫摸白馬的鬣毛，心想若不是得此駿馬之力，自己雖能衝出，香香公主仍在奸賊之手，那麼自己也必不忍離去，勢非重回火圈不可。霍青桐想起適才和陳家洛擁抱，臉上又是一陣發燒，此刻三人相聚，心中自也消了先前要以死相報的念頭。

三人休息片刻，馬力稍復，狼羣之聲又隱隱可聞。陳家洛道：「走吧！」躍上了另一匹馬。霍青桐望了他一眼，明白他的用意，於是與妹子合乘白馬，再向西行。

夜涼如水，明月在天，雪白的山峯皎潔如玉。香香公主望着峯頂，道：「姊姊，我想山頂上一定有仙人，你說有嗎？」霍青桐右手提韁，左手摟着她，笑道：「咱們去瞧瞧吧，不知是男仙還是女仙。」談笑之間，山峯的影子已投在他們身上。三人仰望峯巔，崇敬之心，油然而生。陳家洛心道：「古人說：高山仰止。咱三人大難不死，這時尤感山川之美。」

山峯雖似觸手可及，但最後這幾里路竟是十分的崎嶇難行。此處地勢與大漠的其餘地方截然不同，遍地黃沙中混着粗大石礫，丘壑處處，亂岩嶙嶙，坐騎幾無落蹄之處，行得數里，一眼望去，山道竟有十數條之多，不知那一條才是正路。

陳家洛道：「這麼許多路，怪不得人們要迷路了。」霍青桐取出地圖，在月光下看了一會，說道：「圖中說，入古城的道路是『左三右二』。」陳家洛問道：「甚麼叫做『左三右二』？」霍青桐道：「圖上也沒說明白。」

猛聽得萬狼齊嗥，悽厲曼長，聲調哀傷。三人都是毛骨悚然。香香公主道：「牠們哭得這樣傷心，不知爲了甚麼？」陳家洛笑道：「想來是爲了肚子餓。」霍青桐道：「這時已當子夜，羣狼停下來對月嗥叫，只待叫聲一停，立旣發性狂追。咱們快找路進去。」

陳家洛道：「這裏左邊有五條路，圖上說『左三右二』，那麼就走第三條路。」霍青桐道：「倘若前面是絕路，再退回來就來不及了。」陳家洛道：「那麼咱三人死在一起！」香香公主道：「好，姊姊，咱們走吧。」霍青桐聽得「三人死在一起」這句話，胸口一陣溫暖，眼眶中忽然濕了，一提馬韁，從第三條路上走了進去。

路徑愈走愈狹，兩旁山石壁立，這條路顯是人工鑿出來的，走了一陣，右邊出現三條岔路。霍青桐大喜，道：「得救啦，得救啦。」三人精神大振，催馬走上第二條路。只是道路不知已有多少年無人行走，有些地方長草比人還高，有些地方又全被沙堆阻塞，三人下馬牽引，才將馬匹拉過沙堆。陳家洛隨手搬過幾塊岩石，放在沙堆之上，阻擋羣狼的追勢。

行不到里許，前面左邊又是三條歧路。香香公主忽然驚叫一聲，原來路口有一堆白骨。陳家洛下馬察看，辨明是一個人和一頭駱駝的骸骨，嘆道：「這人定是徬徨歧途，難以抉擇，以致暴骨於斯。」三人從第三條路進去，這時道路陡陡，一綫天光從石壁之間照射下來，只覺陰氣森森，寒意逼人。

不多時路旁又現一堆白骨，骸骨中光亮閃耀，竟是許多寶石珠玉。霍青桐道：「這人拿到了這麼多珠寶，可是終究沒能出去。」陳家洛道：「我們走的是正路，倘且時時見到骸骨，錯路上只怕更是白骨累累了。」香香公主道：「咱們出來時誰也不許拿珠寶，好嗎？」陳家洛笑道：「你怕那些鬼不讓咱們出來，是不是？」香香公主道：「你答應我吧！」

陳家洛聽她柔聲相求，忙道：「我一定不拿珠寶，你放心好啦。」心想：「有你姊妹二人相伴，全世界的珍寶加在一起也比不上。」突然又暗自慚愧：「我為甚麼想的是姊妹二人？」

三人高低曲折的走了半夜，天色將明，人困馬乏。霍青桐道：「歇一會吧。」陳家洛道：「索性找到房子之後，放心大睡。」霍青桐點點頭。

行不多時，陡然間眼前一片空曠，此時朝陽初升，只見景色奇麗，莫可名狀。一座白玉山峯參天而起，峯前一排排的都是房屋。千百所房屋斷垣牘瓦，殘破不堪，已沒一座完整，但建築規模恢宏，氣象開廓，想見當年是一座十分繁盛的城市。一眼望去，高高矮矮的房子櫛比鱗次，可是聲息全無，甚至雀鳥啾鳴之聲亦絲毫不聞。三人從沒見過如此奇特可怖的景象，爲這寂靜的氣勢所懾，連大氣也不敢喘上一口。隔了半晌，陳家洛當先縱馬進城。

這地方極是乾燥，草木不生，屋中物品雖然經歷了不知多少年月，但大部仍然完好。三人走進最近的一所房屋。香香公主見廳上有一雙女人的花鞋，色澤仍是頗爲鮮艷，輕輕喊了一聲，想拿起來細看，那知觸手間登時化爲灰塵，不由得嚇了一跳。陳家洛道：「這地方是個盆地，四周高山拱衞，以致風雨不侵，千百年之物仍能如此完好，實是罕見罕聞。」

三人沿路只見遍地白骨，刀槍劍戟，到處亂丟。陳家洛道：「故事中說這古城是被天降黃沙所埋，看情形完全不像。」霍青桐道：「是啊！那有沙埋的痕迹？倒像是經過了一場大戰，全城居民都給敵人殺光一般。」香香公主道：「城外千百條岔道，如果不知秘訣，任誰都要迷路。敵人不知怎麼進來的。」霍青桐道：「那定是有奸細了。」走進一所房子，取出地圖放在桌上，伏身細看。那知桌已朽爛，外形雖仍完整，她雙臂一壓，立即垮倒。

霍青桐拾起地圖，看了一會，道：「這些屋子已如此朽壞，只怕禁不起狼羣的撲擊。」指着圖中一處道：「這是城子中心，又畫着這許多記號，多半是個重要所在，如是宮殿堡壘，建築一定牢固。咱們到那裏去避狼吧。」陳家洛道：「好！」

三人循着圖中所畫道路，向前走去。城中道路也是曲折如迷宮，令人眼花撩亂，如不是有圖指示，也眞走不出來。

走了小半個時辰，來到圖中所示中心，三人不禁大失所望，原來便是玉峯山脚，卻那裏有甚麼宮殿堡壘。只是玉峯近看尤其美麗，通體雪白，瑩光純淨，做玉匠的只要找到小小的一塊白玉，已然終身吃着不盡，那知這裏竟有這樣一座白玉山峯。三人抬頭仰望，只覺心曠神怡，萬慮俱消，暗暗讚歎造物之奇。

一片寂靜之中，遠處忽然傳來隱隱的狼嗥，香香公主驚叫起來：「狼羣來啦！難道惡狼也有地圖？這眞奇了。」陳家洛笑道：「惡狼的鼻子就是地圖。咱們走過的地方留下了氣息，羣狼跟着追來，永遠錯不了。」霍青桐笑道：「你身上這麼香，別說是狼，就是人，也能跟着來……」話說到一半，突然指着地圖，對陳家洛道：「你瞧，這明明是山峯，怎麼裏面還畫了許多路？」陳家洛看了，道：「難道山峯裏面是空的，可以進去？」

霍青桐道：「除此之外，再無其他原因……怎樣進去呢？」細看圖上文字解釋，用漢語輕輕讀了出來：「如欲進宮，可上大樹之頂，向神峯連叫三聲：『愛龍阿巴生』！」香香公主道：「愛龍阿巴生，那是甚麼？」霍青桐道：「是句暗號吧，可是那裏有甚麼大樹了？」聽狼嗥之聲又近了些，說道：「進屋躲起來吧！」

三人轉過身來，回頭向就近的屋子奔去。陳家洛跨出兩步，忽見地下凸起一物，形狀有異，俯身看時，盤根錯節，卻是個極大的樹根，叫道：「大樹在這裏！」兩姊妹走過來看。香香公主道：「那株大樹只賸下這個樹根。」霍青桐道：「爬到樹頂一叫，宮門就開，那宮殿必在山峯之內。難道這句話眞是符咒，有甚麼仙法不成？」

香香公主一向相信神仙，忙道：「仙法當然是有的。」陳家洛笑道：「那時候山峯裏有人，一聽見暗號，推動裏面機關，山峯上就現出洞口來。」

香香公主嘆道：「過了這許多年，裏面的人一定都死啦。」仰望山峯，忽道：「只怕洞門就在那邊。你們瞧，上面不是有鑿出來的踏脚麼？」陳家洛和霍青桐也都見到了山峯上有斧鑿痕迹，都十分喜歡。

陳家洛道：「我上去瞧瞧。」右手握了短劍，凝神提氣，往峭壁上奔去，上得丈餘，舉劍戳入玉峯，一借力，再奔上丈餘，已到踏脚的所在。霍青桐和香香公主齊聲歡呼。

陳家洛向下揮了揮手，察看峯壁，洞口的痕迹很是明顯，只是年深月久，洞口已被沙子堵塞。他左手緊抓峯壁上一塊凸出的玉岩，右手用短劍撥去沙子，將洞旁碎塊玉石一塊塊抽出來，抛向下面，不多一刻，抽空的洞口已可容身。他爬進去坐下。從懷中拿出點穴珠索，解開了一條條接將起來，懸掛下去。

霍青桐將珠索縛在妹子腰上。陳家洛雙手交互拉扯，把她慢慢提起。快提到洞口，香香公主忽然驚呼。陳家洛左手向上一揮，將她提近身來，右手伸去，攬住了她纖腰，安慰道：「別怕，到啦！」香香公主臉色蒼白，叫道：「狼！狼！」

陳家洛向下望時，只見七八頭惡狼已衝到峯邊，霍青桐揮舞長劍，竭力抵拒。那白馬振鬣長嘶，向古城房屋之間飛馳而去。

陳家洛忙從洞口抽下幾塊玉石，居高臨下，用重手法將霍青桐身邊的幾頭狼打得四散奔逃，隨即掛下珠索。霍青桐怕自己病後虛弱，無力握繩，於是劍交左手，繼續揮動，右手把珠索縛在腰裏，叫道：「好啦！」陳家洛用力一扯，霍青桐身子飛了起來。

兩頭餓狼向上猛撲，霍青桐長劍一揮，削下一個狼頭，另一頭狼卻咬住了她靴子不放。香香公主嚇得大叫。霍青桐在空中彎腿把狼拉近，又是一劍把狼攔腰斬爲兩截，上半截狼身仍是連着皮靴一起拉上。

陳家洛扶她坐下，去拉半截死狼，竟拉之不脫，忙問：「沒咬傷麼？」霍青桐皺眉道：「還好。」從他手中接過短劍，切斷狼嘴，只見兩排尖齒深陷靴中，破孔中微微滲出血來。香香公主道：「姊姊，你脚上傷了。」幫她脫去靴子，撕下衣襟裹傷。陳家洛掉轉了頭，不敢看她赤裸的脚。香香公主裹好傷後，指着下面數千頭在各處房屋中亂竄的狼大罵：「你們這些壞東西，咬痛了姊姊的脚，我再不可憐你們啦。」

陳家洛和霍青桐都不禁微笑，轉頭向山洞內望去，黑沉沉的甚麼也瞧不見。霍青桐取出火摺一幌，嚇了一跳，原來下去到地總有十七八丈高，峯內地面遠比外面的爲低。陳家洛道：「這洞久不通風，現在還下去不得。」過了好一會，料想洞內穢氣已大部流出，陳家洛道：「我先下去瞧瞧。」霍青桐道：「下去之後，再上來可不容易了。」

陳家洛微笑道：「不能上來，也就算了。」霍青桐臉上一紅，目光不敢和他相接。

陳家洛把珠索一端在山石上縛牢，沿着索子溜下，繩索盡處離地還有十丈左右，沿壁又溜數丈，輕飄飄的縱下地來，着地處甚爲堅實。他伸手入懷去摸火摺，才想起昨日與顧金標在狼羣中賭命之時已把火摺點完，仰首大叫：「有火摺麼？」霍青桐取出擲下。他接住幌亮，火光下只見四面石壁都是晶瑩白玉，地下放着幾張桌椅，伸手在桌上一按，桌子居然仍是堅牢完固，原來山洞密閉，不受風侵，是以洞中物事並不朽爛。他折下椅子一隻脚點燃起來，就如一個火把。

霍青桐姊妹一直望着下面，見火光忽強，又聽陳家洛叫道：「下來吧！」霍青桐道：「妹妹，你先下去！」香香公主拉着繩索慢慢溜下，見陳家洛張開雙臂站在下面，眼睛一閉就跳了下去，隨卽感到兩條堅實的臂膀抱住了自己，再把自己輕輕放在地下。接着霍青桐也跳了下來，陳家洛抱着她時，只把她羞得滿臉飛紅。

這時峯外羣狼的嗥叫隱隱約約，已不易聽到。陳家洛見白玉壁上映出三人影子，自己身旁是兩位絕世美女，經玉光一照，尤其明艷不可方物，但三人深入峯腹，吉凶禍福，殊難逆料，生平遭遇之奇，實以此時爲最了。

香香公主見峯內奇麗，欣喜異常，拿起燃點的椅脚，逕向前行。陳家洛又折了七條椅脚捧在手裏。三人走過了長長一條甬道，前面山石阻路，已到盡頭。陳家洛心中一震，暗想：「難道過去沒通道了麼？進退不得，如何是好？」只見盡頭處閃閃生光，似有一堆黃金，走近看時，卻是一副黃金盔甲，甲冑中是一堆枯骨。

那副盔甲打造得十分精緻。香香公主道：「這人生前定是個大官貴族。」霍青桐見胸甲上刻着一頭背生翅膀的駱駝，道：「這人或許還是個國王或者是王子呢。聽說那些古國中，只有國王才能以飛駱駝作徽記。」陳家洛道：「那就像中土的龍了。」從香香公主手中接過火把，在玉壁上察看有無門縫或機關的痕迹，火把剛舉起，就見金甲之上六尺之處，有一把長柄金斧插在一個大門環裏。

霍青桐喜道：「這裏有門。」陳家洛將火把交給了她，去拔金斧，但門環上的鐵銹已銹住斧柄，取不出來。他拔出短劍，刮去鐵銹，雙手拔出金斧，入手甚是沉重，笑道：「如果這柄金斧是他的兵器，這位國王陛下膂力倒也不小。」

石門上下左右還有四個門環，均有兩尺多長的粗大鐵鈕扣住，他削去鐵銹，將鐵鈕一一掀起，抓住門環向裏一拉，紋絲不動，於是雙手撐門，用力向外推去，玉石巨門嘰嘰發聲，緩緩開了。這門厚達丈許，那裏像門，直是一塊巨大的岩石。

三人對望了一眼，臉上均露欣喜之色。陳家洛右手高舉火把，左手拿劍，首先入門，一步跨進，脚下喀喇一聲，踏碎了一堆枯骨。他舉火把四周照看，見是一條僅可容身的狹長甬道，刀劍四散，到處都是骸骨。

霍青桐指着巨門之後，道：「你瞧！」火光下只見門後刀痕累累，斑駁凹凸。

陳家洛駭然道：「這裏的人都給門外那國王關住了。他們拚命想打出來。可是門太厚，玉石又這麼堅硬。」霍青桐道：「就算他們有數十柄這般鋒利的短劍，也攻不破這座小山般的玉門。」陳家洛道：「他們在這裏一定想盡了法子，最後終於一個個絕望而死……」香香公主道：「別說啦！別說啦！」只覺這情景實在太慘，不忍再聽。陳家洛一笑，住口不說了。

霍青桐道：「那國王怎麼儘守在門外不走，和他們同歸於盡？這可令人想不透了。」拿出地圖一看，喜道：「走完甬道，前面有大廳大房。」

三人慢慢前行，跨過一堆堆白骨，轉了兩個彎，前面果然出現一座大殿。走到殿口，只見大殿中也到處都是骸骨，刀劍散滿了一地，想來當日必曾有過一場激戰。香香公主嘆道：

「不知道為甚麼要這樣惡鬥？大家太太平平、高高興興的過日子不好嗎？」

三人走進大殿，陳家洛突覺一股極大力量拉動他手中短劍，噹的一聲，短劍竟爾脫手，插入地下。同時霍青桐身上所佩長劍也掙斷佩帶，落在殿上。三人嚇了一大跳。霍青桐俯身拾劍，一彎腰間，忽然衣囊中數十顆鐵蓮子嗤嗤嗤飛出，錚錚連聲，打在地下。

這一驚當眞是非同小可，陳家洛左手將香香公主一拖，與霍青桐同時向後躍開數步，雙掌一錯，凝神待敵，但向前望去，全無動靜。陳家洛用回語叫道：「晚輩三人避狼而來，並無他意，冒犯之處，還請多多擔待。」隔了半晌，無人回答。

陳家洛心想：「這裏主人不知用甚麼功夫，竟將咱們兵刃憑空擊落，更能將她囊中鐵蓮子吸出。如此高深的武功別說親身遇到，連聽也沒聽見過。」又高聲叫道：「請貴主人現身，好讓晚輩參見。」只聽大殿後面傳來他說話的回聲，此外更無聲息。

霍青桐驚訝稍減，又上前拾劍，那知這劍竟如釘在地上一般，費了好大的勁才拾了起來，一個沒抓緊，又是噹的一聲被地下吸了回去。

陳家洛心念一動，叫道：「地底是磁山。」霍青桐道：「甚麼磁山？」陳家洛道：「到過遠洋航海的人說，極北之處有一座大磁山，能將普天下懸空之鐵都吸得指向南方。他們飄洋過海，全靠羅盤指南針指示方向。鐵針所以能夠指南，就由於磁山之力。」

霍青桐道：「這地底也有座磁山，因此把咱們兵刃暗器都吸落了？」陳家洛道：「多半如此，再試一試吧。」

他拾起短劍，和一段椅脚都平放於左掌，用右手按住了，右手一鬆，短劍立即射向地下，斜插入石，木頭的椅脚卻絲毫不動。陳家洛道：「你瞧，這磁山的吸力着實不小。」拾起短劍，緊緊握住，說道：「黃帝當年造指南車，在迷霧中大破蚩尤，就在明白了磁山吸鐵的道理。古人的聰明才智，令人景崇無已。」她姊妹不知黃帝的故事，陳家洛簡畧說了。

霍青桐走得幾步，又叫了起來：「快來，快來！」陳家洛快步過去，見她指着一具直立的骸骨。骸骨身上還掛着七零八落的衣服，骨格形狀仍然完整，骸骨右手抓着一柄白色長劍，刺在另一具骸骨身上，看來當年是用這白劍殺死了那人。霍青桐道：「這是柄玉劍！」陳家洛將玉劍輕輕從骸骨手中取過，兩具骸骨支撑一失，登時喀喇喇一陣響，垮作一堆。

那玉劍刃口磨得很是鋒銳，和鋼鐵兵器不相上下，只是玉質雖堅，如與五金兵刃相碰，總不免斷折，似不切實用。接着又見殿中地下到處是大大小小的玉製武器，刀槍劍戟都有，只是形狀奇特，與中土習見的迥然不同。陳家洛正自納罕，霍青桐忽道：「我知道啦！」微微一頓，道：「這山峯的主人如此處心積慮，佈置周密。」陳家洛道：「怎麼？」霍青桐道：「他仗着這座磁山，把敵人兵器吸去，然後命部下以玉製兵器加以屠戮。」

香香公主指着一具具鐵甲包着的骸骨，叫道：「瞧呀！這些攻來的人穿了鐵甲，更加被磁山吸住，爬也爬不起來了。」見姊姊還在沉思，道：「這不是很清楚了嗎？還在想甚麼呀？」霍青桐道：「我就是不懂，這些手拿玉刀之人既然殺了敵人，怎麼又都一個個死在敵人身旁？」陳家洛也早就在推敲這個疑團，一時難以索解。

霍青桐道：「到後面去瞧瞧。」香香公主道：「姊姊，別去啦！」霍青桐一怔，見她臉現惻然之色，伸手挽住她臂膀，道：「別怕！那邊或許沒死人了。」

走到大殿之後，見是一座較小的殿堂，殿中情景卻尤爲可怖，數十具骸骨一堆堆相互糾結，骸骨大都直立如生時，有的手中握有兵刃，有的卻是空手。陳家洛道：「別碰動了！如此死法，定有古怪原因。」霍青桐道：「這些人大都是你砍我一刀，我打你一拳，同時而死。」陳家洛道：「武林中高手相搏，如果功力悉敵，確是常有同歸於盡的。但這許多人個個如此，可就令人大惑不解了。」

三人繼續向內，轉了個彎，推開一扇小門，眼前突然大亮，只見一道陽光從上面數十丈高處的壁縫裏照射進來。陽光照正之處，是一間玉室，看來當年建造者依着這道天然光綫，在峯中度準位置，開鑿而成。

三人突見陽光，雖只一綫，也大爲振奮。石室中有玉床、玉桌、玉椅，都雕刻得甚是精緻，床上斜倚着一具骸骨。石室一角，又有一大一小的兩具骸骨。

陳家洛熄去火把，道：「就在這裏歇歇吧。」取出乾糧清水，各自吃了一些。霍青桐道：「那些餓狼不知在山峯外要等到幾時，咱們跟牠們對耗，糧食和水得儘量節省。」

三人數日來從未鬆懈過一刻，此時到了這靜室之中，不禁困倦萬分，片刻之間，都在玉椅上沉沉睡去了。

陳家洛和霍青桐、香香公主姊妹二人共入玉峯，想到兩姊妹一個是可敬可感，一個是可親可愛，實在是難分輕重。

# 第十七回　為民除害方稱俠　抗暴蒙污不愧貞

張召重與關東三魔見狼羣一窩蜂般疾追陳家洛等三人而去，雖覺兩個如花美女膏於狼吻未免可惜，但自身得脫大難，卻也不勝慶幸。四人坐下休息，烤食火圈中的死狼。顧金標見樹枝又將燒盡，懶得去採，把狼糞撥在火裏，添火燒烤狼肉。過不多時，一柱黑烟沖天而起，雖經風吹，仍是裊裊不散。

正在飽餐狼肉之際，忽然東邊又是塵頭大起。四人見狼羣又來，忙去牽馬。這時只賸下了兩匹馬，都是關東三魔帶來的。張召重伸手挽住一匹馬的韁繩，哈合台縱身撲到，搶住韁繩，喝問：「你想幹麼？」張召重揮掌正待打出，見滕一雷和顧金標都挺兵刃逼上前來。他長劍已被陳家洛削斷，手中沒了兵刃，急中使詐，叫道：「忙甚麼？那又不是狼！」關東三魔回頭一望，張召重已翻身上了馬背。他一瞥之下，見烟塵滾滾中竟是大羣駝羊，並無餓狼蹤迹，隨口撒謊，不料說個正着。他本擬上馬向西奔逃，這時下不了台，兜轉馬頭，反向烟塵之處迎去，叫道：「我上去瞧瞧。」

奔出不及一里，只見迎面一騎馬急馳而來，衝到跟前，乘者韁繩一勒，那馬斗然停住，再也不動。張召重心中暗讚：「好騎術！」乘者是個灰衣老者，見他是清軍軍官裝束，用漢語問道：「狼羣呢？」張召重向西一指。這時大羣駝羊已蜂湧而至，後面一個禿頭紅臉老者、一個白髮矮小老婦騎着馬押隊，只聽羊咩馬嘶之聲，亂成一片。

張召重正要詢問，關東三魔已牽了馬過來，見了那灰衣老者立卽恭敬施禮，說道：「又見着你老人家啦。你老人家好？」那老者哼了一聲，道：「也沒甚麼不好。」原來就是天池怪俠袁士霄。

天山雙鷹那天清晨捨下陳家洛與香香公主後，想起霍青桐病體未痊，急着趕回看望，走了兩天，只見袁士霄趕着大羣駝羊而來。陳正德爲了討好愛妻，過去着實親熱。袁士霄見他忽然改性，關明梅則在一旁微笑，很感奇怪。

陳正德道：「袁大哥，趕這一大羣駝羊去那裏啊？」袁士霄白眼一翻，道：「我給你弄得傾家蕩產了呀。」陳正德奇道：「怎麼啊？」袁士霄道：「上次我買了許多駱駝牛羊，滿想把狼羣引入陷阱，那知……」陳正德笑道：「那知給我這糟老頭子瞎搗亂，壞了大事。」袁士霄道：「可不是麼？我有甚麼法子？只好再弄錢去買駝羊啊！」陳正德笑道：「袁大哥花了多少錢？小弟賠還你的。」自那晚起妻子對他溫柔體貼，他往常暴躁妒忌的性格竟爾大變，一心要討妻子歡喜，居然對袁士霄低聲下氣，加意遷就，實是前所未有。袁士霄道：「誰要你賠？」陳正德笑道：「那麼我們給你効一點小勞！聽你差遣，同去找狼如何？」袁士霄向關明梅一望，見她微笑點頭，就道：「好吧！」於是三人趕了駝羊，循着狼糞蹤迹，一路尋來。這天望見遠處狼烟，地下狼糞又越來越多，只怕狼羣就在左近，有人被困求救，忙朝着烟柱奔來，遇見了張召重與關東三魔。

張召重不知這老者是何等樣人，但見三魔執禮甚恭，心知必非尋常人物。袁士霄四下察看了一回，對四人道：「咱們去捉狼，你們都跟我來。」四人吃了一驚，怔住了說不出話來，心想這老兒莫非瘋了，見了狼羣逃避猶恐不及，居然說去捉狼。關東三魔曾蒙他救命，又知他有一身驚人武功，不敢怎樣。張召重卻鼻子中哼了一聲，說道：「我還想再吃幾年飯，恕不奉陪。」說了轉身要走。

陳正德大怒，一把向他腰裏抓去，喝道：「你不聽袁大俠吩咐，莫非想死？」張召重運力右掌，一招「烘雲托月」，手腕翻過，下肘轉了個小圈，向陳正德爪上打去，剛要打到，日光下見他五指猶如鷹爪，心裏一驚，立卽收轉手掌，變招握拳，向他手腕猛擊。陳正德一抓不中，也是變拳打落。兩人雙臂相格，功力悉敵，不分上下，各自震開三步，心中都暗暗稱奇：怎麼在大漠之中竟會遇上如此高手？

張召重喝道：「朋友，請留下萬兒來。」陳正德罵道：「憑你也配做我朋友？你到底聽不聽袁大俠吩咐？」張召重交手一招，已知這老兒武功與自己相若，可是他口口聲聲稱那灰衣老者爲「袁大俠」，十分尊敬，看來那人武功更高。到底袁大俠是誰？一時卻想不起來，心想武林中儘有浪得虛名之輩，莫給他騙了，但若倔強不從，他們六人聯上了手，自己孤身決不能敵，當下不亢不卑的說道：「在下想請教袁大俠的高姓大名，倘若確是前輩高人，自當遵命。」

袁士霄道：「哈哈，你考較起老兒來啦！老兒生平只考較別人，從不受人考較。我問你，剛才你使『烘雲托月』，後變『雪擁藍關』，要是我左面給你一招『下山斬虎』，右面點你『神庭穴』，右脚同時踢你膝彎之下三寸，你怎生應付？」張召重一呆，答道：「我下盤『盤弓射鵰』，雙手以擒拿法反扣你脈門。」袁士霄道：「守中帶攻，那也是武當門下的高手了。」

張召重一驚，暗想：「我只跟那禿頭老兒拆了一招，再答了他一句話，他竟然便知我武功門派。」只聽袁士霄道：「當年我在湖北，曾和馬眞道長印證過武功。」

張召重胸頭一震，臉如死灰。袁士霄又道：「我右手以綿掌『陰手』化解你的擒拿，左肘直進，撞你前胸……」張召重搶着道：「那是大洪拳的『肘鎚』。」袁士霄道：「不錯，但是這『肘鎚』只是虛招，待你含胸拔背，我左掌突發，反擊你面門。當年馬眞道長就躲不開這一招，後來是我說了給他聽。且看你會不會拆。」

張召重潛心思索，過了一會，道：「要是你變招快，我自然來不及躲，我發『鴛鴦腿』攻你左脅，使你不得不閃避收招。」袁士霄哈哈一笑，道：「這招不錯，當今武當門中，多半武功以你爲第一。」張召重道：「我隨即點你胸口『玄機穴』！」袁士霄喝道：「好！攻勢綿若江湖，的是高手。我踏西北『歸妹』，攻你下盤。」張召重道：「我退『訟』位，進『无妄』，點『天泉』。」

顧金標和哈合台聽他二人滿口古怪詞句，大惑不解。哈合台一扯滕一雷的衣襟，悄聲問道：「他們說的是甚麼黑話？」滕一雷說道：「不是黑話，是伏羲六十四卦方位和人身穴道。」顧哈二人這才明白，原來這兩人是在嘴頭比武，從來只聽說有「紙上談兵」，如此口上搏鬥卻是聞所未聞。

只聽袁士霄道：「右進『明夷』，拿『期門』。」張召重道：「退『中孚』，以鳳眼手化開。」袁士霄道：「進『既濟』，點『環跳』，又以左掌印『曲垣』。」張召重神色緊迫，頓了片刻，道：「退『震』位，又退『復』位，再退『未濟』。」

哈合台低聲道：「怎麼他老是退？」滕一雷向他搖搖手。只聽兩人越說越快，袁士霄笑吟吟的神色自若，張召重額頭不斷滲汗，有時一招想了好一陣才勉強化開。關東三魔均想：「倘若眞是對敵，那容你有思索餘地，只要慢得一慢，早就給人打倒了。」

兩人口上又拆了數招，張召重道：「旁進『小畜』，虛守中盤。」袁士霄搖手道：「這招不好，你輸啦！」張召重道：「請教。」袁士霄道：「我竄進『賁』位，足踢『陰市』，又點『神封』，你解救不了。」張召重道：「話是不錯，但你既在『賁』位，只怕手肘撞不到我的『神封穴』。」袁士霄道：「不用手肘！你不信，就試試！小心了。」右腿飛起，向他膝上三寸處「陰市穴」踢到，張召重反身躍開，叫道：「你如何傷我……」語聲未畢，袁士霄右手一伸，已點中他胸口「神封穴」。張召重胸口一痛，立時咳嗽不止，忙伸手在左胸推宮過血，咳嗽方停。袁士霄笑道：「如何？」

衆人見他身子微動，手指一顫之間便已點中對方穴道，武功當眞深不可測，盡皆駭然。

張召重神色沮喪，不敢再行倔強，道：「在下聽袁大俠吩咐就是。」陳正德道：「你這武功，在武林中也算頂兒尖兒的了。請教閣上萬兒。」張召重道：「在下姓張名召重。不敢請教三位。」陳正德道：「啊，原來是火手判官。袁大哥，他是馬眞道長的師弟。」袁士霄點頭道：「嗯，他師兄不及他。咱們走吧。」一馬當先，向前馳去。

駝羊羣中雜着不少馬匹，張召重和哈合台挑兩匹騎了，六人押着畜隊跟着袁士霄而去。馳了一會，張召重問陳正德道：「老爺子，狼很多呀，怎麼個捉法？」關東三魔也在惴惴不安，很是關切。陳正德道：「你們瞧袁大俠的手勢行事便是，幾頭小狼，有甚麼可怕的，眞沒出息。」張召重就不再問，心想他既如此十拿九穩，難道我就示弱於他？其實陳正德也不知袁士霄如何捉狼，只是老氣橫秋的信口胡吹，想起狼羣的兇惡，心中實在也是大爲慄慄。關明梅知他虛張聲勢，不禁暗暗好笑。

跑了一陣，袁士霄兜轉馬頭，對衆人道：「這裏的狼糞很新鮮，狼羣過去不久，看來向西二十多里，就可和這羣惡鬼遇上。再走十里，大家換一匹坐騎。」衆人點頭答應。袁士霄又道：「等追到狼羣，我當先領路。你們六位三人在左，三人在右，將駝馬趕在中間，別讓逃亂了，以免狼羣分散。」滕一雷待要詢問詳情，袁士霄已轉頭向前。

各人馳了十八九里，狼糞越來越濕。關明梅道：「狼羣就在前面了。怎麼聽到了這許多駝馬叫聲，竟不追來？」陳正德道：「這也眞奇了。」再走數里，地勢陡變，見羣山圍繞，中間一座白玉高峯參天而起。天山雙鷹久在大漠，早聽說過這玉峯的諸般神奇傳說，不意今日得能親見，只見陽光斜照玉峯，隱隱泛彩，奇麗無倫。

袁士霄叫道：「狼羣走進迷宮裏去了，大家鞭打駝馬！」各人舉起馬鞭，往駝馬身上抽去，一時駝鳴馬嘶之聲大作。過不多時，一頭大灰狼從叢山中奔了出來。

袁士霄長鞭一揮，在空中辟拍抽擊，高聲大叫，縱馬向南疾奔。天山雙鷹、張召重、關東三魔六人押着大隊駝馬跟隨其後。奔出數里，後面狼嗥之聲大作。陳正德回頭一望，只見灰撲撲的一片，不知有幾千幾萬頭餓狼張牙舞爪的追來。他縱馬追上張召重與關東三魔，見四人雖然強自鎮定，但都臉如土色。哈合台眼中如要滴血，狂叫吆喝，催趕駝馬，他是牧人出身，熟悉駝馬性子，好幾匹駝馬要離隊奔逃，都被他或用口叫，或以鞭打，盡數驅趕歸隊，竟沒走散一頭。關明梅讚道：「哈大哥，好本事！」

狼羣雖然兇狠頑強，但奔跑的長力不夠，十多里後，已給拋得不見蹤影。再馳出十多里，袁士霄叫道：「休息一會吧！」衆人下馬喝水吃肉。哈合台把駝馬趕在一塊。袁士霄見他約束牲口的本領極精，笑道：「多虧了你。」待得狼羣追近，駝馬隊已休息了好一會。

這般追追停停，向南直跑了七八十餘里。前面塵頭起處，兩名回人馳到，叫道：「袁老爺子，成功了麼？」袁士霄道：「來啦，來啦！你叫大夥兒預備。」兩名回人掉頭先行。衆人見前面有了接應，放下了一大半心。

奔不多時，只見大漠上出現了一座極大的圓形沙城。奔近時，見城牆高逾四丈，牆上有一狹小門口，袁士霄一馬當先，進了城門，天山雙鷹和哈合台驅趕大隊駝馬都跟了進去。駝馬隊將盡，羣狼也已奄至。張召重馳到門口，稍一遲疑，一拉馬韁，從牆邊繞了開去。滕一雷和顧金標見狀，也勒馬繞開。

成千成萬頭餓狼蜂湧衝進沙城，向駝馬撲咬。等到狼羣盡數入城，突然胡笳大鳴，兩旁沙溝裏猛然搶出數百名回人來。每人背上都負了沙袋，湧向城門，紛紛拋下沙袋，片刻之間，已將門口堵死。

張召重見他們拍手歡呼，心想不知那老頭兒怎樣了，見數十名回人站在沙城牆頂，於是躍下馬來，沿踏級奔上牆頂，只見衆回人手持長索，正在把袁士霄等四人吊上來。他向下一望，嚇了一跳，那沙城徑長百餘丈，內面城牆陡削，係以沙磚砌成，外面用細泥堊光，光溜溜的絕無落脚之處，數百匹駝馬和千萬頭餓狼擠在城中，撕咬嗥叫，血流遍地。

袁士霄和天山雙鷹站在牆頂，哈哈大笑，得意已極。陳正德道：「狼羣爲害天山南北，殺人無算，數百年來始終難以驅除。袁大哥一舉將之滅絕，這番大功造福百世。爲民除害，才是眞正的大俠。」袁士霄道：「咱們在這裏吃了回族老哥們幾十年飯，今日總算小小有一點報答。」又道：「若非衆人齊心合力，我一人又怎辦得到？單這座沙城，三千多人就整整造了半年時光。今日你們幾位也幫了大忙。」關明梅道：「要餓死這些惡狼，只怕還得很長一段時候呢。」袁士霄道：「可不是麼？還有這許多駝馬，先讓這羣畜生飽餐了一頓。」

衆回人歡聲大作，高歌相慶。幾名首領更向袁士霄等極口稱謝，拿出羊肉和馬乳酒來招待。爲首的回人道：「翠羽黃衫在黑水圍困清兵，我們在這裏圍困狼羣。狼已入伏，大夥兒這就幫她去了……」話未說完，突然望見張召重站在遠處，身上卻是清官裝束，很是疑惑，但想他既與袁士霄同來滅狼，也不便多問。

陳正德道：「袁大哥，我有一件事非說不可，你可別見怪。」袁士霄笑道：「哈，你臨到老了，居然學會了客氣。」陳正德道：「你的徒弟人品太壞，可得好好管教管教。」袁士霄一楞，道：「甚麼？家洛？」陳正德道：「不錯！」把他拉在一旁，將陳家洛先騙了霍青桐的心、後來又移愛他妹子的事說了。袁士霄怒道：「家洛很講信義，決無此事。」關明梅道：「那是我們親眼見到的。」說了如何遇到陳家洛與香香公主。

袁士霄呆了半晌，不由得不信，怒火大熾，叫道：「我受他義父重託，把他從小撫養長大，那知他人品如此卑劣，我日後有何面目見于大哥於地下？」關明梅見他憤激氣苦，眼中淚珠瑩然，自是內心難受失望已極，正想出言相勸，袁士霄叫道：「咱們去找這三人來當面對質，我決不容他欺心負義。」

關明梅低聲道：「大家當面把話說個明白，那最好不過，別把話憋在心裏，一憋就是幾十年，害了人家，也害了自己。」袁士霄聞絃歌而知雅意，這數十年來，他日夜深悔少年時意氣用事，以致好好一對愛侶不能成爲眷屬，眼前的關明梅雖然白髮滿頭，在他心中所見，卻仍是她十八九歲時那個明眸皓齒、任性愛嬌的大姑娘。他眼望遠處，嘆道：「咱們今日還能見面，我也已心滿意足，這一輩子總算是不枉的了。」

關明梅望着漸漸在大漠邊緣沉下去的太陽，緩緩說道：「甚麼都講個緣法。從前，我常常很是難受，但近來我忽然高興了。」伸手把陳正德大褂上一個鬆了的扣子扣上了，又道：「一個人天天在享福，卻不知道這就是福氣，總是想着天邊拿不着的東西，那知道最珍貴的寶貝就在自己身邊。現今我是懂了。」陳正德紅光滿面，神采煥發，望着妻子。

關明梅走到袁士霄身邊，柔聲道：「一個人折磨自己，折磨了幾十年，甚麼罪過也該贖清了，何況本來也沒甚麼罪過。我很快活，你也別再折磨自己了吧！」袁士霄不敢回頭，突然飛身上馬，說道：「去找他們吧！」天山雙鷹乘馬隨後跟去。

張召重見強敵離去，登時精神大振。皇帝派他來尋訪陳家洛和香香公主，這兩人不知有否膏於狼吻，必須去訪查確實，以便回奏。他想：「姓陳的小子和這兩個女人要是都給狼吃了，那沒話說。要是還活着，那小子武功只比我稍遜一籌，霍青桐一出手相助，我馬上要敗，還是攛掇這三魔同去為妙。」於是一扯顧金標的袖子，兩人走開幾步。張召重低聲道：「顧二哥，你想不想你那美人兒？」顧金標只道他存心譏嘲，怒道：「你待怎樣？」張召重道：「我和那姓陳的小子有仇，要去殺他，你如同去，那美人就是你的了。」顧金標遲疑道：「只怕這三人都已給狼吃了……老大又不知肯不肯去？」張召重道：「要是給狼吃了，那是你沒福消受。你老大嗎，我去跟他說。」顧金標點點頭，心想：「老大不好女色，不見得肯同去。」

張召重走到滕一雷跟前，說道：「滕大哥，我要去找那姓陳的小子算帳。要是你肯相助一臂之力，他那柄短劍就是你的。」如此寶物，學武的人那個不愛？滕一雷想：就算陳家洛已葬身狼腹，那短劍也決吃不下去，當下就答應了。張召重大喜，只聽滕一雷叫道：「老四，咱們走吧。」哈合台正在沙城牆頂，與衆回人興高采烈的談論狼羣，聽老大相呼，轉頭叫道：「那裏去？」滕一雷道：「去找紅花會陳當家他們。要是他們屍骨沒給吃完，就給他們葬了，也算是大家相識一場。」哈合台自與余魚同及陳家洛相識之後，對紅花會人物很是欽佩，聽滕一雷說要去給陳家洛安葬，自表贊同。當下四人向回人討了乾糧食水，上馬向北，循原路回去。

走到半夜，滕一雷想就地宿歇，張召重與顧金標卻極力主張連夜趕路，又行了一陣，皓月在天，照得如同白晝一般，忽見路旁一個人影一閃，鑽進了一座石砌的大墳之中。四人起了疑心，縱馬來到墳前。張召重喝問：「甚麼人？」

過了半晌，一個頭戴花帽的回人腦袋從墳墓的洞孔中探了出來，嘻嘻一笑，說道：「我是這墳裏的死人！」他說的是漢語，四人都不禁嚇了一跳。顧金標喝道：「是死人，這夜晚幹麼出來？」那人道：「出來散散心。」顧金標怒道：「死人還散心？」那人連連點頭，說道：「是，是，諸位說得對。算我錯啦，對不住，對不住！」說着把頭縮了進去。哈合台哈哈大笑。顧金標大怒，下馬伸手入墳，想揪他出來，那知摸來摸去掏他不着。

張召重道：「顧二哥，別理他，咱們走吧！」四人兜轉馬頭，正要再走，忽見一頭瘦瘦小小的毛驢在墳邊嚼草。顧金標喜道：「乾糧吃得膩死啦，烤驢肉倒還眞不壞！常言道：天上龍肉，地下驢肉。」縱馬上去，伸手牽住了韁繩，見驢子屁股光禿禿的沒有尾巴，笑道：「不知誰把驢尾巴先割去吃了……」

話聲未畢，只聽得颼的一聲，驢背上多了一人，月光下看得明白，正是剛才鑽進墳裏去的那人。他身手好快，一幌之間，已從墳裏出來，飛身上了驢背。四人不敢輕忽，忙勒馬退開。這人哈哈大笑，從懷裏拿出一條驢子尾巴，幌了兩幌，說道：「驢子尾巴上今天沾了許多污泥，不大好看，因此我把它割下來了。」

張召重見這人滿腮鬍子，瘋瘋癲癲，不知是甚麼路道，於是一提馬韁，坐騎倐地從毛驢旁掠過，右手揮掌向他肩頭打去。那人一避，張召重左手已把驢尾奪過，見驢尾上果然沾有污泥，忽然間頭上一涼，伸手一摸，帽子卻不見了，只見那人捧着自己的帽子，笑道：「你是清兵軍官，來打我們回人。這頂帽兒倒好看，又有鳥毛，又有玻璃球兒。」

張召重又驚又怒，隨手把驢尾擲了過去，那人伸手接住。張召重雙掌一錯，跳下馬來，叫道：「你是甚麼人？來來來，咱們比劃比劃！」

那人把張召重的官帽往驢頭上一戴，拍手大笑，叫道：「笨驢戴官帽，笨驢戴官帽！」雙腿一挾，毛驢向前奔出。張召重拔步趕去，突聽呼的一聲響，風聲勁急，有暗器擲來，當卽伸手接住，冷冰冰，光溜溜，竟是自己官帽上那枚藍寶石頂子，更是怒不可遏，便這麼一阻，驢子已經遠去，當卽拾起一塊石子，對準他後心擲去。

那人卻不閃避，張召重大喜，心想這下子可有得你受的，只聽噹的一聲，石子打在一件鐵器之上，嗡嗡之聲不絕，便似是打中了鐵鈸銅鑼之類的樂器一般。那人大叫大嚷：「啊喲，打死我的鐵鍋啦，不得了，鐵鍋一定沒命啦。」四人愕然相對，那人卻去得遠了。

隔了良久，張召重才罵道：「這傢伙不知是人是鬼？」三魔搖頭不語。張召重道：「走吧，這鬼地方眞是邪門，甚麼怪物都有。」

四人驅馬急馳，中途睡了兩個時辰，翌日一早趕到了迷城之外，雖見歧路岔道多得出奇，但狼糞一路撒佈，正是絕好的指引，循著狼糞獸迹，到了白玉峯前，抬頭便見到陳家洛挖的洞穴。

陳家洛睡到半夜，精力已復，一綫月光從山縫中照射進來，只見霍青桐和香香公主斜倚在白玉椅上沉沉入睡，靜夜之中，微聞兩人鼻息之聲，石室中瀰漫着淡淡清香，花香無此馥郁，麝香無此淸幽，自是香香公主身上的奇香了。

他思潮起伏：不知峯外羣狼現下是何模樣，自己三人能否脫險？脫險之後，那皇帝哥哥又不知能否確守盟言，將滿洲胡虜逐出關外？

忽聽得香香公主輕輕嘆了口氣，嘆聲中滿是欣愉喜悅之情，尋思：「她身處險地，卻如此安心，那是甚麼原因？自然因她信我必能帶她脫離險境，終身對她呵護愛惜了。」

「我心中眞正愛的到底是誰？」這念頭這些天來沒一刻不在心頭縈繞，忽想：「那麼到底誰是眞正的愛我呢？倘若我死了，喀絲麗一定不會活，霍青桐卻能活下去。不過，這並不是說喀絲麗愛我更加多些……我與忽倫四兄弟比武之時，霍青桐憂急擔心，極力勸阻，對我十分愛惜。她妹妹卻並不在乎，只因她深信我一定能勝。那天遇上張召重，她笑吟吟的說等我打倒了這人一起走，她以爲我是天下本事最大的人……要是我和霍青桐好了，喀絲麗會傷心死的。她這麼心地純良，難道我能不愛惜她？」

想到這裏，不禁心酸，又想：「我們相互已說得清清楚楚，她愛我，我也愛她。對霍青桐呢，我可從來沒說過。霍青桐是這般能幹，我敬重她，甚至有點怕她……她不論要我做甚麼事，我都會去做的。喀絲麗呢？喀絲麗呢？……她就是要我死，我也肯高高興興的爲她死……那麼我不愛霍青桐麼？唉，實在我自己也不明白，她是這樣的溫柔聰明，對我又如此情深愛重。她吐血生病，險些失身喪命，不都是爲我麼？」

一個是可敬可感，一個是可親可愛，實在難分輕重。

這時月光漸漸照射到了霍青桐臉上，陳家洛見她玉容憔悴，在月光下更顯得蒼白，心想：「雖然我們相互從未傾吐過情愫，雖然我剛對她傾心，立卽因那女扮男裝的李沅芷一番打擾，使我心情有變，但我萬里奔波，趕來報訊，不是爲了愛她麼？她贈短劍給我，難道只爲了報答我還經之德？儘管我們沒說過一個字，可是這與傾訴了千言萬語又有甚麼分別？」又想：「日後光復漢業，不知有多少劇繁艱巨之事，她謀畧尤勝七哥，如能得她臂助，獲益良多……唉，難道我心底深處，是不喜歡她太能幹麼？」想到這裏，矍然心驚，輕輕說道：「陳家洛，陳家洛，你胸襟竟是這般小麼？」又過了半個多時辰，月光緩緩移到香香公主的身上，他心中在說：「和喀絲麗在一起，我只有歡喜，歡喜，歡喜……」

他睜大眼睛望着頭頂的一綫天光，良久，良久，眼見月光隱去，眼見日光斜射，室中慢慢的亮了。香香公主打了個呵欠醒來，睜開一半眼睛向着他望了望，微微一笑，臉色就像一朵初放的小花。

她緩緩坐起身來，忽然驚道：「你聽！」只聽得外面甬道上隱隱傳來幾個人的脚步之聲。在這千百年的古宮之中，怎會有人行走？難道眞的有鬼？只聽脚步聲愈來愈近，雖然相距甚遠，但在寂靜之中，一步一步的聽得淸淸楚楚。兩人寒毛直豎，都驚呆了。陳家洛一拉霍靑桐的手臂，她從夢中驚醒過來。三人疾奔出去。

奔到大殿，陳家洛撿起三柄玉劍，每人手中拿了一把，低聲道：「玉器可以辟邪。」這時脚步聲已到殿外。三人躲在暗處，不敢稍動。只見火光閃晃，走進四個人來。當先兩人手執火把，卻是張召重與顧金標。

忽然噹啷、噹啷數聲響處，張召重等四人兵刃脫手飛出，落在地下。滕一雷的獨足銅人雖仍在手，鏢囊中的十二隻鋼鏢卻激射出去。

陳家洛知道機不可失，乘他們目瞪口呆、驚惶失措之際，大喝一聲，手持玉劍，從暗處跳將出來，拍拍兩劍，已把張顧兩人手中火把打落，殿中登時漆黑一團。張召重雙掌護身，返身奔出。關東三魔隨後跟出，只聽砰的一聲，又是一聲「啊唷」，不知誰在石壁上重重撞了一頭。

四人脚步聲漸漸遠去，霍青桐忽然驚呼：「啊唷，糟糕，快追，快追！」陳家洛立時醒悟，摸索着疾追出去，甬道還未走完，只聽得嘰嘰之聲，接着蓬的一聲大響，石門已給關上。陳家洛飛身撲到，終於遲了一步，石門後光溜溜的無着手之處，那裏還拉得開來？

霍青桐和香香公主先後奔到。陳家洛回過身來，撿了一塊木材點燃，但見石門上刀劈斧砍之痕累累，盡是那些骸骨生前拚命掙扎的遺迹。霍青桐慘然道：「完啦！」香香公主拉着她手道：「姊姊，別怕！」陳家洛強自笑道：「我們三人畢命於此，也眞奇怪得緊。」不知何故，心中忽然感到一陣輕鬆，竟有如釋重負之意，拾起地下的一個骷髏頭骨，說道：「老兄，老兄，你多了三個新朋友啦。」香香公主嗤的一聲，笑了出來。霍青桐向兩人白了一眼，隔了半晌，說道：「咱們回去玉室，靜下心來好好想一下。」

三人回歸玉室。霍青桐伏身祈禱，然後拿出地圖來反覆審視，苦苦思索。陳家洛知道處此絕境，若能脫身，不是來了外援，就是張召重等改變心思，進來捉拿自己。但這地方如此隱秘，外援如何能到？而張召重等適才受了這般大驚嚇，十九不敢再進來冒險。

香香公主忽道：「我想唱歌。」陳家洛道：「你唱吧！」她斜坐在白玉椅上，柔聲唱了起來。霍青桐似乎全沒聽到她的歌聲。雙手捧住了頭，皺着眉頭出神。香香公主唱了一會，住口不唱了，道：「姊姊，你息一忽兒吧！」站起身來，走到白玉床邊，對躺在床上的那具骸骨道：「對不住啦，請你挪一挪，讓點地方出來，給我姊姊休息！」輕輕把骸骨置在一堆，推在床角，忽然「咦」了一聲，撿起一卷東西，道：「這是甚麼？」

陳家洛和霍青桐湊近去看，見是一本羊皮冊子，年深日久，幾已變成了黑色，在陽光下一照，見冊中寫滿了字迹，都是古回文。羊皮雖黑，但文字更黑，仍歷歷可辨。霍青桐翻幾頁看了，一指床上的骸骨，說道：「是這女子臨死前用血寫的，她叫瑪米兒。」陳家洛道：「瑪米兒？」香香公主道：「那是『很美』的意思。想來她活着的時候生得很美。」

霍青桐放下羊皮卷，又去細看地圖。陳家洛道：「難道地圖上畫着另有出路？」霍青桐道：「似乎甚麼地方有個秘密通道，不過我就是想不通。」陳家洛嘆了一口氣，對香香公主道：「你把這瑪米兒姑娘的絕命書譯給我聽，好麼？」香香公主點點頭，輕輕唸了起來：

「城裏成千成萬的人都死了，神峯裏暴君的衆衞士和伊斯蘭的勇士們都死了。我的阿里已到了眞主那裏，他的瑪米兒也要去了。我把我們的事寫在這裏，讓眞主的兒子們將來知道，不管是勝或敗，我們伊斯蘭的勇士們戰鬥到底，永不屈服！」

陳家洛道：「原來這位姑娘不但美麗，而且勇敢。」香香公主繼續唸道：

「暴君隆阿欺壓了我們四十年。這四十年中，他徵了千萬百姓來給他造了這座迷城，在神峯中開鑿了宮殿。這些百姓都給他殺了。他死了之後，他的兒子桑拉巴比他更兇狠。伊斯蘭教徒養十頭羊，每年要給他四頭，養五頭駱駝，每年要給他兩頭。我們一年比一年窮了。那一家有美麗的姑娘，就給他拉進迷城中去。進了迷城之後，沒一個能活着出來。

「我們是伊斯蘭教的英雄兒女，能受這些異教徒的欺壓嗎？當然不能！二十年之中，我們的戰士曾五次攻打迷城，總是因爲不識路徑，走不出來。有兩次曾攻進了神峯，暴君桑拉巴卻不知使甚麼妖法，把我們戰士的刀劍都收去了，終於給他的衞士殺得一個不賸。」

陳家洛道：「那就是大殿下這座磁山作怪了。」香香公主點點頭，接着唸下去：

「這一年，我剛十八歲，我爸爸媽媽都給桑拉巴手下的人殺了，我哥哥做了伊斯蘭敎徒的族長。春天，我遇見了阿里。他是我族裏的英雄。他殺死過三頭老虎，羣狼見了他就四散奔逃，天山頂上的兀鷹嚇得不敢下來。他抵得過十個好漢，不，抵得過一百個。他的眼睛像麋鹿那樣溫柔，他的身體像鮮花那樣美麗，可是他的威武卻像沙漠中颳的大風……」

陳家洛笑道：「這位姑娘喜歡誇大，把她意中人說得這麼了不起。」香香公主神色端嚴，道：「爲甚麼說她誇大？難道世界上沒這樣的人麼？」又唸下去：

「阿里來到我們帳裏，和我哥哥商量攻打迷城。他得到了一部漢人寫的書，他說他想了一年，懂得了武功的道理，就算空手沒有刀劍，也能把桑拉巴的武士們打死。於是他招了五百個勇士，把他想到的道理敎給他們，他們又練了一年。這時我已經是阿里的人了。我第一眼見到他，就是他的了。他是我的心，是我的鮮血，是我的容貌。他對我說，他一見了我，就知道這次一定能夠打勝。他們練好了武功，可是不知道迷城的路徑，更加不知道神峯裏的秘密。阿里和我哥哥商量了十天十夜，沒有法子。因爲外面的人一走進迷城，就給他們殺了。沒一個人能活着出來。大夥兒一起又商量了十天十夜，仍然沒有法子。本事再大，再勇敢，進不了迷城，總是一場空。

「我說：『哥哥啊，讓我去吧！』他們知道我說的是甚麼意思。阿里是大勇士，但他忽然流下淚來。於是我帶了一百頭山羊，在迷城外面放牧。第四天上，桑拉巴手下的人就把我捉去獻給了他。我哭了三天三夜才順從他。他很喜歡我，我要甚麼就給我甚麼。」

陳家洛聽到這裏，對這位古代姑娘不禁肅然起敬。心想她以一個十八歲的姑娘，竟能犧牲自己，眞是了不起，而能犧牲寶貴的愛情，那是更加的了不起。只聽香香公主又唸道：

「起初，桑拉巴不許我走出房門一步，但是他越來越喜歡我了。我每天想念我們的人，想念在大草原中放羊唱歌，那眞是快活。我最想念的，是我的阿里。桑拉巴見我一天一天的憔悴瘦弱，問我要甚麼。我說要到各處去逛逛。他忽然大怒，打了我一掌，於是我有七個白天不跟他說話，有七個黑夜不向他笑。第八天上，他帶我出去了，以後每隔三天，他帶我出去一次，先在迷城各處玩，後來甚至到了迷城的口子上。我把每一條道路都記得清清楚楚，最後，就算我瞎了眼睛，也能在迷城各處來去，不會迷路了。

「這花了大半年時光，我想哥哥和阿里一定已等得很不耐煩，可是我還沒知道神峯的秘密，後來，我肚子裏有了孩子，那是桑拉巴的孽種。他很喜歡，我卻恨得每天哭泣。他問我要甚麼，我說：『我給你懷了孩子，但是你一點也不愛我。』他說：『我不愛你？你要甚麼東西，難道我不肯給你麼？你要大海底下的紅珊瑚呢，還是南方的藍寶石？』我說：『人家說，你有一座翡翠池，美麗的人在池裏洗了澡更加美，醜的人洗了就更加醜。』

「他的臉蒼白了，聲音顫抖了，問我是誰說的。我騙他說我做了個夢，是神仙說的。其實，我也不知道是不是眞的有翡翠池，不過宮裏的女人都這樣偷偷的說，桑拉巴從來不准誰看到，連說也不許說。他說：『去洗澡是可以的，不過誰見到這池子之後，就得舌頭割掉，以免把秘密說了出去，這是祖宗定下的規矩。』他求我別去，我一定要去。我說：『你心裏一定以爲我很醜，我在翡翠池洗了澡，你怕我更加醜了。』終於他帶我去了。

「到這翡翠池，要從神峯的宮殿裏經過。我身上帶了一把小刀，想在翡翠池中刺死他，因爲宮裏到處都有兇惡的衛士守衛，翡翠池四周卻一個人也沒有，可是小刀給大殿底下的磁山收去了。這樣，我知道了磁山的秘密。我洗了澡後，不知道是不是真的更加美麗些，不過他是更愛我了。但他還是割去了我的舌頭，怕我把秘密說出去。我知道了一切，但沒法去告訴哥哥和阿里。

「我日日夜夜向眞主祈禱，眞主終於聽見了他可憐女兒的聲音。眞主賜給了我聰明智慧。桑拉巴有一把短劍，佩在身上從不離開。這柄短劍有兩層鞘子，裏面一層鞘子就像是一把劍一般。我向他討了來。我畫了一張迷城的地圖，把進出的通道仔仔細細的畫在上面，我把地圖封在一顆蠟丸裏，藏在第二層劍鞘裏面。在我生了孩子的第三個月，他帶我出去打獵。我乘沒人見到，就把短劍丟在迷城外面的鷹博湖裏。我回來之後，放了許多鷹出去，在鷹脚上都寫上了『鷹博湖』的名字。」

霍青桐撇下地圖，凝神聽妹子譯讀古冊：

「有幾頭鷹被桑拉巴手下人射了下來，他們見到『鷹博湖』的名字，心想鷹博湖很出名，大漠上幾歲的孩兒也都知道，所以也不起疑心。我知道這許多鷹中，一定會有一兩頭給我們族裏的人捉到，哥哥和阿里就會到鷹博湖中去仔細找尋，就會知道迷城的路徑。

「唉，那知道他們雖然找到了短劍，卻查不出劍中的秘密，不知道劍鞘中另有劍鞘。哥哥和阿里說，我送這把劍出來，定是叫他們進攻，去殺暴君桑拉巴。他們就攻了進來。大部份勇士都迷了路，轉來轉去永遠沒能出來。我的哥哥，我那力氣比兩頭駱駝還要大的哥哥，就這樣迷失了。阿里和其餘勇士捉到了一個桑拉巴的手下，迫着他帶路，攻進了神峯。在大殿上，他們的刀劍都被磁山收了去，桑拉巴的武士拿玉刀玉劍來殺他們。然而阿里和他的勇士學會了本事，雖然空手，仍是一個個的和他們一起戰死。桑拉巴見他手下的武士都死了，阿里又緊緊迫着他，就逃進玉室來，想帶我從翡翠池旁逃出去……」

霍青桐跳了起來，叫道：「啊，他們從翡翠池旁逃出去。」香香公主唸道：

「阿里追了上來，我一見到他，忍不住就撲上去。我們抱在一起，他用許多好聽的名字來叫我，我沒了舌頭，不能還叫他，可是他懂得我心裏的聲音。那卑鄙的桑拉巴，可惡的桑拉巴，比一千個魔鬼還要壞一萬倍的桑拉巴，突然從後面一斧……」

香香公主唸到這裏，情不自禁的尖叫一聲，把羊皮古冊丟在床上，滿臉驚懼之色。

霍青桐輕輕拍她肩頭，撿起古冊，繼續譯唸下去：

「……從後面一斧，將我的阿里的頭砍成了兩半，他的血濺在我身上。桑拉巴從床上抱起孩子，放在我手裏，叫道：『咱們快走！』我舉起那個孽種，用力往地下一摔，他就死在阿里的鮮血堆裏。桑拉巴見我摔死了自己的兒子，驚得呆了，舉起了黃金的斧頭，我伸長了頭頸讓他砍，他忽然嘆了口氣，從來路衝了出去。

「阿里到了眞主身旁，我也要跟他去。我們的勇士很多，桑拉巴的武士都被我們殺光了，他一定也活不成。他永遠不能再來欺壓我們伊斯蘭教徒。他兒子給我摔死了，他的後代也不能來欺壓我們，因為他沒後代了。以後我們的人就能在沙漠上草原上平安過活，年輕姑娘可以躺在他心愛的人懷裏唱歌。我哥哥、阿里和我都死了，可是我們已打敗了暴君。暴君的堡壘造得再堅固，我們還是能夠攻破。願眞神安拉佑護我們的人民。」

霍青桐唸到最後一個字，緩緩把古冊掩上，三人深為瑪米兒的勇敢和貞烈所感動，很久說不出話來。香香公主眼中都是淚水，嘆道：「為了使大家不受暴君的欺侮，她竟肯離開自己像心肝一樣的人，她願意舌頭給割掉，還親手摔死自己的兒子……」

陳家洛斗然一驚，身上冷汗直冒，心想：「比起這位古代的姑娘來，我實是可恥極矣。我身繫漢家光復大業的成敗，心中所想的卻只是一己的情慾愛戀。我不去籌劃如何驅逐胡虜，還我河山，卻在為愛姊姊還是愛妹妹而糾纏不清……我曾逞血氣之勇，親送喀絲麗到清兵營中，全不想萬一失手，豈非誤了光復大事？現今又陷身這山腹之中。我死不足惜，可是怎對得起紅花會數萬弟兄，怎對得起天下在韃子鐵蹄下受苦受難的父老姊妹？」越想越是難受，額頭汗水涔涔而下。

香香公主見他神色有異，掏出手帕來給他抹去汗水。陳家洛手一格，推開了手帕。香香公主見他忽現厭惡之色，不禁錯愕。陳家洛一定神，登時心軟，接過她手帕抹汗，打定了主意：「光復大業成功之前，我決不再理會自己的情愛塵緣，她兩姊妹從今而後都是我的好朋友，都是我的妹子。」拔出短劍，一劍插入圓桌的桌面，立覺神清氣爽，連日來煩惱一掃而空。香香公主見他臉有喜色，這才放心。

這一切霍青桐卻如不聞不見，她又再細看地圖，揣摸古冊中所寫的語句，沉吟道：「這遺書中說，桑拉巴來到這玉室，要和她一起逃到翡翠池邊去，然而這玉室已是盡頭，再無通路……後來桑拉巴並沒逃出去，仍然從原路殺回。想來他有異常勇力，伊斯蘭勇士們擋他不住，被他衝出大門，把伊斯蘭戰士都關在裏面，一直到死……不過地圖上明明畫着，另有通道通到池邊……」

陳家洛心中不再受愛慾羈絆，頭腦立時清明，叫道：「如有通道，必在這玉室之中。」想起在杭州提督府地道中救文泰來時，張召重曾從牆上密門逸脫，於是點起火把，在玉室壁上細看有無縫隙，上下四周都照遍了，並無發見。霍青桐查察玉床，也不見有何異狀。陳家洛又想起文泰來所述在鐵膽莊中被捕之事，叫道：「難道桌子底下另有地道？」伸手在圓桌桌面下用力一抬，石桌紋絲不動，喜道：「定是桌子有古怪。」依他力氣，就算石桌有千斤之重，這一抬之下也必稍動，但看那石桌又無特異之處，不論橫推直拉，桌腳始終便如釘牢在地下一般。霍青桐拿火把到桌脚下一照，心中登時涼了，原來圓桌是整塊從玉石中彫刻出來的，連在地上，自然抬不動了。

三人勞頓半天，毫無結果，肚子卻餓了。香香公主拿出醃羊肉和乾糧，大家吃一些，靠在椅上養神。

過了大半個時辰，日光漸正，射到了圓桌桌面。香香公主忽道：「啊，桌上還刻着花紋。」走近細看，見刻的是一羣背上生翅的飛駱駝，花紋極細，日光不正射時全然瞧不出來，刻工甚是精緻，然而駱駝的頭和身子卻並不連在一起，各自離開了一尺多位置。她忍不住拿住圓桌邊緣，自右自左一扳，圓桌的邊緣與桌心原來分為兩截，可以移動，但扳得寸許便不動了。

陳家洛和霍青桐一齊使力，慢慢把邊緣扳將過去，使得刻在桌緣一圈的駱駝頭與刻在桌心的駱駝身子連成一體，剛剛湊合，只聽軋軋連聲，玉床上出現了一個大洞，下面是一道梯級。三人又驚又喜，齊聲大叫。

陳家洛舉起火把，當先進入，兩人跟在後面。轉了四五個彎，再走十多丈路，前面豁然開朗，竟是一大片平地。四周羣山圍繞，就如一隻大盆一般，盆子中心碧水瑩然，綠若翡翠，是個圓形的池子，隔了這千百年，竟然並不乾枯，想來池底另有活水源頭。

三人見了這奇麗的景色，驚喜無已。霍青桐笑道：「喀絲麗，遺書上說，美麗的人下池洗澡，可以更加美麗，你去洗一下吧。」香香公主紅了臉，笑道：「姊姊年紀大先洗。」霍青桐笑道：「啊喲，我可越洗越醜啦。」香香公主轉頭對陳家洛道：「你評評這個理。姊姊欺侮人，說她自己不美。」陳家洛微笑不語。霍青桐道：「喀絲麗，你到底洗不洗？」香香公主搖搖頭。霍青桐走近池邊，伸下手去，只覺清涼入骨，雙手捧起水來，但見澄淨清澈，更無纖毫苔泥，原來圓池四周都是翡翠，池水才映成綠色。就口而飲，甘美沁入心脾。三人喝了個飽，只見潔白的玉峯映在碧綠的池中，白中泛綠，綠中泛白，明艷潔淨，幽絕清絕。香香公主伸手玩水，不肯離開。

霍青桐道：「現下要想法子怎生避開外面那四個惡鬼。」陳家洛道：「咱們先把瑪米兒的遺骨拿出來葬在池邊，好嗎？」香香公主拍手叫好，又道：「最好把她的阿里和她葬在一起。」陳家洛道：「好，想來玉室角落裏的就是阿里的遺骨。」

三人重回到玉室，撿起骸骨，只見阿里的骸骨旁有一綑竹簡。陳家洛提了起來，穿竹簡的皮帶已經爛斷，竹簡一提就散成片片，見簡上塗了黑漆，簡身仍屬完整，簡上用朱漆寫着密密的漢字。

陳家洛心頭一喜，卻見頭一句是「北冥有魚，其名爲鯤」，翻簡看下去，見一篇篇都是「莊子」。他初時還道是甚麼奇書，這「莊子」卻是從小就背熟了的，不禁頗感失望。

香香公主問道：「那是甚麼呀？」陳家洛道：「是我們漢人的古書，這些竹簡雖是古董，可是沒甚麼用，只有考古家才喜歡。」隨手擲在地上，竹簡落下散開，只見中間有一片有些不同，每個字旁加了密密圈點，還寫着幾個古回文。陳家洛撿了起來，見是「莊子」第三篇「養生主」中「庖丁解牛」那一段，指着回文問香香公主道：「這是些甚麼字？」香香公主道：「破敵秘訣，都在這裏。」陳家洛一怔，道：「那是甚麼意思？」霍青桐道：「瑪米兒的遺書中說，阿里得到一部漢人的書，懂得了空手殺敵之法，難道就是這些竹簡？」陳家洛道：「莊子教人達觀順天，跟武功全不相干。」丟下竹簡，捧起遺骨走了出來。三人把兩副遺骨同穴葬在翡翠池畔，祝告施禮。

陳家洛道：「咱們出去吧。那匹白馬不知有沒逃脫狼口。」香香公主道：「全靠牠救了我們性命。牠很聰明，又跑得快……」陳家洛想起狼羣之兇狠，白馬之神駿，不禁惻然。

霍青桐忽問：「那篇『莊子』說些甚麼？」陳家洛道：「說一個屠夫殺牛的本事很好，他肩和手的伸縮，脚與膝的進退，刀割的聲音，無不因便施巧，合於音樂節拍，舉動就如跳舞一般。」香香公主拍手笑道：「那一定很好看。」霍青桐道：「臨敵殺人也能這樣就好啦。」

陳家洛一聽，頓時呆了。「莊子」這部書他爛熟於胸，想到時已絲毫不覺新鮮，這時忽被一個從未讀過此書的人一提，眞所謂茅塞頓開。「庖丁解牛」那一段中的章句，一字字在心中流過：「方今之時，臣以神遇，而不以目視，官知止而神欲行，依乎天理，批大郤，導大窾，因其固然……」再想到：「行爲遲，動刀甚微，謋然已解，如土委地，提刀而立，爲之四顧，爲之躊躇滿志。」心想：「要是眞能如此，我眼睛瞧也不瞧，刀子微微一動，就把張召重那奸賊殺了……」霍青桐姊妹見他突然出神，互相對望了幾眼，不知他在想甚麼。

陳家洛忽道：「你們等我一下！」飛奔入內，隔了良久，仍不出來。兩人不放心了，一同進去，只見他喜容滿臉，在大殿上的骸骨旁手舞足蹈。香香公主大急，以爲他神智胡塗了，叫道：「你幹麼呀？」陳家洛全然不覺，舞動了一會，又呆呆瞪視另一堆骸骨。香香公主叫道：「你別嚇人呀，來吧！」只見他依照着一具骸骨的姿勢，手足又動了起來。

霍青桐聽他在舉手投足之中勢挾勁風，恍然大悟，原來他是在鑽研武功，拉着妹子的手道：「別怕，他沒事，咱們在外面等他吧！」

兩人回到翡翠池畔，香香公主道：「姊姊，他在裏面幹甚麼呀？」霍青桐道：「想是他看了那些竹簡之後，悟到了武功上的奇妙招數，在照着骸骨的姿勢研探，咱們別去打擾他。」香香公主點點頭，隔了一會，又問：「姊姊，你怎麼不也去練？」霍青桐道：「竹簡上的漢字很古怪，我不明白，再說，他練的武功很高深，我還不能練。」香香公主嘆了一口氣，道：「現下我知道了。」霍青桐道：「甚麼？」香香公主道：「大殿上那許多骸骨，原來生前都會高深武功，他們兵器被磁山吸去之後，就空手和桑拉巴手下的武士對打。」霍青桐道：「對啦。不過這些人也未必武功極好，料來他們學會了幾招最厲害的殺手，在緊急關頭就和敵人同歸於盡。」香香公主道：「唉，這許多人都很勇敢……啊喲，他學來幹甚麼呢？難道也要和敵人同歸於盡嗎？」霍青桐道：「不，武功好的人，不會和敵人同歸於盡的。他總是在鑽研這些招數的奇妙之處。」

香香公主微微一笑，道：「那我就放心啦！」望着碧綠的湖水，忽道：「姊姊，咱們一起下去洗澡好麼？」霍青桐笑道：「眞胡鬧。他出來了怎麼辦？」香香公主笑道：「我眞想下去洗澡。」望着清涼的湖水呆呆出神，輕輕的道：「要是我們三個能永遠住在這裏，那可有多好！」霍青桐怦然心動，滿臉暈紅，忙仰頭瞧着白玉山峯。

等了良久，陳家洛仍不出來。香香公主脫下皮靴，把脚放在水裏，將頭枕在姊姊腿上，望着天上悠悠白雲，慢慢睡着了。

余魚同將削斷了的金笛拿了出來，說道：「師叔，這段笛子倒是純金的。」李沅芷不肯接，駱冰硬把半截金笛塞在她手裏。

# 第十八回　驅驢有術居奇貨　除惡無方從佳人

余魚同和李沅芷一起出來尋訪霍青桐，自然明白七哥派他們二人同行的用意。李沅芷一片深情，數次相救，他自衷心感激，然她越是情痴，自己越是不由自主的想避開她，甚麼原因可也說不上來。一路上李沅芷有說有笑，他卻總是冷冷的。李沅芷惱了，一天早晨，偷偷躲在一個沙丘後面，瞧他是否着急。那知他見她不在，叫了幾聲沒聽得答應，就逕自向前走了。李沅芷氣苦之極，在沙丘後面哭了一場，打起精神再追上去。余魚同淡淡的道：「啊，你在後面，我還道你先走了呢！」饒是李沅芷機變百出，對這心如木石之人卻是束手無策。她打定了主意：「他眞逼得我沒路可走之時，我就一劍抹了脖子。」

行到中午，忽見迎面沙漠中一跛一拐的來了一頭瘦小驢子，驢上騎着一人，一顚一顚的似在瞌睡。走到近處，見那人穿的是回人裝束，背上負了一隻大鐵鍋，右手拿了一條驢子尾巴，小驢臀上卻沒尾巴，驢頭上竟戴了一頂清兵驍騎營軍官的官帽，藍寶石頂子換成了一粒小石子。那人四十多歲年紀，頦下一叢大鬍子，見了二人眉花眼笑，和藹可親。

余魚同心想霍青桐在大漠上英名四播，回人無人不知，便勒馬問道：「請問大叔，可見到翠羽黃衫麼?」卻擔心他不懂漢語。那知那人嘻嘻一笑，以漢語問道：「你們找她幹麼呀？」余魚同道：「有幾個壞人來害她。我們要通知她提防。要是你見着她，給帶個訊成不成呀？」那人道：「好呀！怎麼樣的壞人？」李沅芷道：「一個大漢手裏拿個獨脚銅人，另一個拿柄虎叉，第三個蒙古人打扮。」那人點頭道：「這三個人確是壞蛋，他們想吃我的毛驢，反給我搶來了這頂帽子。」余李兩人對望了一眼。余魚同道：「他們還有同伴麼？」那人道：「就是這個戴官帽的了，你們是誰呀？」余魚同道：「我們是木卓倫老英雄的朋友。這幾個壞蛋在那裏?可別讓他們撞着翠羽黃衫。」那人道：「聽說霍青桐這小妮子很不錯哪。要是四個壞蛋吃不到我毛驢，肚子餓了，把這大姑娘烤來吃了，可不妙啦！」

李沅芷心想關東三魔是有勇無謀之輩，一個清軍軍官，更加不放在心上，不如找上前去，想法子結束了他們，教這瞧不起人的余師哥佩服我的手段，於是問道：「他們在那裏?你帶我們去，給你一錠銀子。」那人道：「銀子倒不用，不過得問問毛驢肯不肯去。」把嘴湊在驢子耳邊，嘰哩咕嚕的說了一陣子話，然後把耳朵湊在驢子口上，似乎用心傾聽，連連點頭。

二人見他裝模作樣，瘋瘋癲癲，不由得好笑。那人聽了一會，皺起眉頭說道：「這驢子戴了官帽之後，自以爲了不起啦。牠瞧不起你們的坐騎，不願意一起走，生怕沒面子，失了自己身分。」余魚同一驚：「這人行爲奇特，說話皮裏陽秋，罵盡了世上趨炎附勢的暴發小人，難道竟是一位風塵異人？」

李沅芷瞧他的驢子又跛又瘦，一身污泥，居然還擺架子，不由得噗哧一笑。那人眼睛一橫道：「你不信麼？那麼我的毛驢就和你們的馬匹比比。」余李二人胯下都是木卓倫所贈駿馬，和這頭跛腿小驢自有雲泥之別。李沅芷道：「好呀，我們贏了之後，你可得帶我們去找那三個壞蛋。」那人道：「是四個壞蛋。要是你們輸了呢？」李沅芷道：「隨你說吧。」那人道：「那你就得把這頭毛驢洗得乾乾淨淨，讓牠出出風頭。」李沅芷笑道：「好吧，就是這樣。咱們怎樣個比法？」

那人道：「你愛怎樣比，由你說便是。」李沅芷見他說話十拿九穩，似乎必勝無疑，倒生了一點疑慮，心想：「難道這頭跛脚驢子當眞跑得很快？」靈機一動，道：「你手裏拿着的是甚麼呀？」那人把驢子尾巴一幌，道：「毛驢的尾巴。牠戴了官帽，嫌自己尾巴上有泥不美，所以不要了。」余魚同聽他語帶機鋒，含意深遠，更加不敢輕忽，向李沅芷使個眼色，要她留神。

李沅芷道：「你給我瞧瞧。」那人把驢尾擲了過來，李沅芷伸手接住，隨手玩弄，一指遠處一個小沙丘，道：「咱們從這裏跑到那沙丘去。你的驢子先到是你勝，我的馬先到是我勝。」那人道：「不錯，驢子先到是我勝，馬先到是你勝。」李沅芷對余魚同道：「你先到那邊，給我們作公證！」余魚同道：「好！」拍馬去了。

李沅芷道：「走吧！」語聲方畢，猛抽一鞭，縱馬直馳，奔了數十丈，回頭一望，見那毛驢一跛一拐，遠遠落在後面。她哈哈大笑，加緊馳驟，突然之間，一團黑影從身旁掠過，定睛看時，竟是那人把驢子負在肩頭，放開大步，向前飛奔。她這一驚非同小可，險險坐鞍不穩，跌下馬來，疾忙催馬急追。但那人奔跑如風馳電掣一般，始終搶在馬頭之前。不到片刻，兩人奔到沙丘，終於是騎人的驢比人騎的馬搶先了丈餘。李沅芷把手中驢尾用力向後擲出，叫道：「馬先到啦！」

那人和余魚同愕然相顧，明明是驢子先到，怎麼她反說馬先到？那人道：「喂，大姑娘，咱們說好的：驢子先到我勝，馬先到你勝，是不是？」李沅芷伸手掠着在風中飛揚的秀髮，說道：「不錯。」那人道：「咱們並沒說一定得人騎驢子，是不是？」李沅芷道：「不錯。」那人道：「不管是人騎驢，還是驢騎人，總之是驢子先到。你得知道，牠是戴官帽的，笨驢做了官，可就騎在人頭上啦。」

李沅芷道：「咱們說好的，驢子先到你勝，馬先到我勝，是不是？」那人道：「對啦！」李沅芷道：「咱們並沒說，到了一點兒驢子也算到，是不是？」那人一拉鬍子，道：「這我可胡塗啦，甚麼叫做『到了一點兒驢子』？」李沅芷指着那條被她遠遠擲在後面的驢尾巴，道：「我的馬整個兒到了，你的驢子可只到了一點兒，牠的尾巴還沒有到！」

那人一呆，哈哈大笑，說道：「對啦，對啦！是你贏了，我領你們去找那四個壞蛋去吧。」過去拾起驢尾，對驢子道：「笨驢啊，你別以爲戴了官帽，就不要你那泥尾巴啦！人家可沒忘記啊。你想不要，人家可不依哪。」縱身騎上驢背，道：「笨驢啊，你騎在人頭上騎不了多久，人又來騎你啦！」

余魚同見那驢子雖只幾十斤重，就如一頭大狗一般，但負在肩頭而跑得疾逾奔馬，卻非具深湛武功不可，忙上前行了一禮，說道：「我這個師妹很是頑皮，老前輩別跟她一般見識。請你指點路徑，待晚輩們去找便是，可不敢勞動你老大駕。」那人笑道：「我輸了，怎麼能賴？」轉過驢頭，叫道：「跟我來吧！」余魚同見他肯一同前去，心中大喜。他知關東三魔武功驚人，和自己又結了深仇，若在大漠之中撞到，可實是一樁禍事，有這個大鬍子回人相助，那就不怕了。

三人並轡緩緩而行。余魚同請教他姓名，那人微笑不答，不住瘋瘋癲癲的說笑話，可是妙語如珠，莊諧並作，或諷或嘲，連李沅芷也不禁暗自欽佩。

跛脚驢子走得極慢，行了半日，不過走了三十里路，只聽後面鸞鈴響處，徐天宏和周綺趕了上來。余魚同給他們引見道：「這位是騎驢大俠，他老人家帶我們去找關東三魔。」徐天宏聽他說得恭敬。忙下馬行禮。那人也不回禮，笑道：「你老婆該多歇歇了，幹麼還這般辛苦趕道啊？」徐天宏愕然不解。周綺卻面上一紅，揚鞭催馬，向前疾奔。

那人熟識大漠中道路，傍晚時分領他們到了一個小鎮。將走近時，只見鷄飛狗走，塵揚土起，原來一大隊清兵剛剛開到，衆回人拖兒携女，四下逃竄。徐天宏奇道：「清兵大部就殲，少數的殘餘也都已被圍，怎麼這裏又有清兵？」說話之間，迎面奔來二十餘個回民，後面有十餘名清兵大聲吆喝，執刀追來。那些回民突然見到騎驢的大鬍子，大喜過望，連叫：「納斯爾丁・阿凡提，快救我們！」徐天宏等不懂他們說些甚麼，只聽見他們不住叫「納斯爾丁・阿凡提」，想來就是他的名字了。阿凡提叫道：「大家逃啊！」一提驢韁，向大漠中奔去，衆回人和清兵隨後跟來。

奔了一段路，距小鎮漸遠，幾名回人婦女落了後，被清兵拿住。周綺忍耐不住，拔刀勒馬，轉身砍去，呼呼兩刀，將一名清兵的腦袋削去了一半。其餘清兵大怒，圍了上來。徐天宏、余魚同、李沅芷一齊回身殺到。周綺突然胸口作惡，眼前金星亂舞。一名清兵見她忽爾收刀撫胸，撲上來想擒拿，周綺「哇」的一聲，嘔吐起來，沒頭沒腦都吐在那清兵臉上。只見他伸手在臉上亂抹，周綺隨手一刀將他砍死，不覺手足酸軟，身子幌了幾幌。徐天宏忙搶過扶住，驚問：「怎麼？」

這時余魚同和李沅芷已各殺了兩三名清兵。其餘的發一聲喊，轉頭奔逃。阿凡提把背上鐵鍋提在手中，伸手一揮，罩在一名清兵頭上，叫道：「鍋底一個臭冬瓜！」李沅芷挺劍刺去，那清兵眼被蒙住，如何躲避得開，登時了帳。阿凡提提起鐵鍋，又罩住了第二名清兵，李沅芷跟着一劍。也不知他用甚麼手法，鐵鍋罩下，清兵必定躲避不開。他鍋子一罩，李沅芷跟上一劍，片刻之間，兩人把十多名清兵殺得乾乾淨淨。李沅芷高興異常，叫道：「鬍子叔叔，你的鍋子眞好。」阿凡提笑道：「你的切菜刀也很快。」

余魚同見李沅芷殺了許多清兵，心想：「她爹爹是滿清提督，她卻毫無顧忌的大殺清兵。那麼她的的確確是決意跟着我了。」心中一陣爲難，不禁長嘆一聲。

這時徐天宏擒住了一名清兵，逼問他大隊官兵從何而來。那清兵跪地求饒，結結巴巴的半天才說清楚。原來他們是從東部開到的援軍，聽說兆惠大軍兵敗，正兼程赴援。徐天宏從回民中挑了兩名精壯漢子，請他們立即到葉爾羌城外去向木卓倫報信，以便布置應敵，兩名回人答應着去了。徐天宏在那清兵臀上踢了一脚，喝道：「滾你的吧！」那清兵沒命的狂奔而去。

徐天宏回顧愛妻，見她已神色如常，不知剛才何以忽然發暈，問道：「甚麼地方不舒服？」

周綺臉上一陣暈紅，轉過了頭不答。阿凡提笑道：「母牛要生小牛了，吃草的公牛會歡喜得打轉，可是吃飯的公牛哪，卻還在那兒東問西問。」徐天宏大喜，滿臉堆歡，笑問：「老前輩你怎知道？」阿凡提笑道：「這也眞奇怪。母牛要生小牛，公牛不知道，驢子卻知道了。」衆人哈哈大笑，上馬繞過小鎭而行。

到得傍晚，衆人紮了帳篷休息。徐天宏悄問妻子：「有幾個月啦？我怎不知道？」周綺笑道：「你這笨牛怎會知道。」過了一會，道：「咱們要是生個男孩，那就姓周。爹爹媽媽一定樂壞啦。可別像你這般刁鑽古怪才好。」徐天宏道：「以後可得小心，別再動刀動槍啦。」周綺點頭道：「嗯，剛才殺了個官兵，血腥氣一沖，就忍不住要嘔，眞受罪。」

第二天早晨，阿凡提對徐天宏道：「過去三十里路，就到我家。我有一個很美的老婆在那裏……」李沅芷插嘴道：「眞的麼？那我一定要去見見。她怎麼會喜歡你這大鬍子？」阿凡提笑道：「哈哈，那是秘密。」對徐天宏道：「你老婆騎了馬跑來跑去，拳打脚踢，對肚裏那頭小牛只怕不好，還是在我家裏休息，等咱們找到那幾個壞蛋，幹掉之後，再回來接她。」徐天宏連聲道謝。周綺本來不願，但想到自己兩個哥哥、一個弟弟都已死了，自己懷的孩子將來要繼承周家的香烟，也就答應了。

到了鎭上，阿凡提把衆人引到家裏，他提起鍋子，噹噹噹一陣敲。內堂裏出來了一個三十多歲的女人，果然相貌甚美，皮膚又白又嫩，見了阿凡提，歡喜得甚麼似的，口中卻不斷咒罵：「你這大鬍子，滾到那裏去啦？到這時候才回家，你還記得我麼？」阿凡提笑道：「快別吵，這我可不是回來了麼？拿點東西出來吃啊，你的大鬍子餓壞啦。」阿凡提的妻子笑道：「你瞧着這樣好看的臉，還不飽麼？」阿凡提道：「你說得很對，你的美貌臉蛋兒是小菜，但要是有點麵餅甚麼的，就着這小菜來吃，那就更美啦。」她伸手在他耳上狠狠扭了一把，道：「我可不許你再出去了。」轉身入內，搬出來許多麵餅、西瓜、蜜糖、羊肉饗客。李沅芷雖不懂他們夫婦說些甚麼，但見他們打情罵俏，親愛異常，心中一陣淒苦。

正吃之間，外面聲音喧嘩，進來一羣回人，七張八嘴的對阿凡提申訴糾紛爭執。阿凡提又說又笑的給他們排解了，衆人都滿意而出。人剛走完，又進來兩人，一個是童子，一個是脚夫。那童子道：「納斯爾丁，胡老爺說，你借去的那隻鍋子該還他啦。」阿凡提向周綺瞧了一眼，笑道：「你去對胡老爺說，他的鍋子懷了孕，就要生小鍋啦，現下不能多動。」那童子一呆，轉身去了。

阿凡提轉頭問那脚夫：「你找我甚麼事？」那脚夫道：「去年我在鎮上客店裏吃了一隻鷄，臨走時要掌櫃結帳。掌櫃說：『下次再算吧，不用急。』我想這人倒很好，便道了謝上路了。過了兩個月我去還帳，他扳着手指，嘴裏嘮嘮叨叨的，好似這筆帳有多難算似的。我說：『你那隻鷄到底值多少錢，你說好啦！』掌櫃擺擺手，叫我別打擾他。」

阿凡提的妻子插嘴道：「一隻鷄嗎，就算是最大的肥鷄，也不過一百銅錢！」那脚夫道：「我本來也這麼想，那知掌櫃又算了半天，說道：『十二兩銀子！』」阿凡提的妻子拍手驚叫：「啊喲，一隻鷄那有這麼貴？十二兩銀子好買幾百隻鷄啦。」那脚夫道：「是呀，我也這麼說。那掌櫃說：『一點兒沒錯，你倒算算看，要是你不吃掉我的鷄，這鷄該下多少蛋？這些蛋會孵成多少小鷄？小鷄長大了，又會下多少蛋？……』他越算越多，說道：『十二兩銀子還是便宜的啦！』我當然不肯給，他就拉我到財主胡老爺那裏去評理。胡老爺聽了掌櫃的話，說很有道理，叫我快還。他說要是不快還帳哪，那些蛋再孵成小鷄，我可不得了哪。納斯爾丁，你倒給我評評這個理看……」

說到這裏，剛出去的童子又回來說道：「胡老爺說，鍋子會懷甚麼孩子？他不相信，叫你快把鐵鍋還給他！」阿凡提到厨房裏拿了一隻小鐵鍋出來，交給童子道：「這明明是鍋子的兒子，你拿去給胡老爺吧。」那童子將信將疑，拿了鐵鍋去了。阿凡提對那脚夫道：「你要胡老爺當衆評理。」脚夫道：「要是我輸了，豈不是反要賠二十四兩銀子？」阿凡提道：「別怕，輸不了。」

過了半個時辰，那脚夫進來道：「納斯爾丁大叔，胡老爺已招集了大夥在評理啦，請你快去。」阿凡提道：「我在這裏有事，過一會再來。」坐着和妻子說笑，跟衆人聊天。那脚夫很是焦急，接連奔進來催了幾次，阿凡提才慢條斯理的去了。

徐天宏等都跟着去看熱鬧，只見市集上聚着七八百人，一個穿花綢皮袍的大胖子坐在中間，料來就是胡老爺了。這時衆人等着阿凡提，已很心焦。胡老爺叫道：「阿凡提，這脚夫說你來幫他說話，怎麼這時候才來？」阿凡提施禮問安，笑道：「對不起，因爲有一件要緊事，所以來遲了。」胡老爺說：「難道還有比評理更要緊的事麼？」阿凡提道：「當然啦，你瞧，我明天要種麥子啦，可是麥種還沒炒熟下肚呢，這怎麼行？我炒了三斗麥種，吃了老半天才吃完，因此躭擱啦。」說着連連施禮。胡老爺和客店掌櫃同時叫了起來：「眞是胡說八道，把麥種吃了，怎麼還能下種？你這瘋子，還來幫人家說話。」

旁聽的衆人也都鬨笑起來，阿凡提卻只摸着大鬍子，笑眯眯的不作聲。過了一陣，嘈雜之聲漸息，阿凡提道：「你說吃下去的麥子不能下種，那麼脚夫吃下去的鷄，怎麼還能下蛋？」衆人一想，都叫了起來：「不錯，不錯，吃下去的鷄怎麼還能下蛋？」大家高聲歡呼，把阿凡提抬了起來。胡老爺見衆意如此，只得宣布：「脚夫吃了客店掌櫃一隻鷄，應該還一百銅錢。」那脚夫歡天喜地的把一串銅錢交給掌櫃，笑道：「以後可再也不敢吃你的鷄啦。」掌櫃收了，一言不發就走。衆回人笑罵，有些孩子往他背上丟石塊。

胡老爺走到阿凡提面前，道：「我借給你的鍋子生了個孩子，那很好。甚麼時候再生第二胎哪？」阿凡提愁眉苦臉的道：「胡老爺，你的鍋死啦。」胡老爺怒道：「鍋子怎麼會死？」阿凡提道：「鍋子會生孩子，當然會死。」胡老爺叫道：「你這騙子，借了我鐵鍋想賴。」阿凡提也叫道：「好吧，大家評評理。」胡老爺想起貪便宜收了他的小鐵鍋，這時張揚開來大失面子，眞是啞子吃黃蓮，說不出的苦，連連擺手，擠在人叢中走了。

阿凡提騙倒了平時專門欺壓窮人的財主胡老爺，得意非凡，仰天大笑。忽然後面一個聲音叫道：「大鬍子，又做甚麼傻事啦？」阿凡提回頭一看，見是天池怪俠袁士霄，心中大喜。他二人一回一漢，分居天山南北，所作所爲盡是扶危濟困、行俠仗義之事，兩人素來交好。阿凡提一把拉住袁士霄手臂，笑道：「哈哈，你這老傢伙來啦，快到我家裏看我老婆去。」袁士霄笑道：「你老婆有甚麼了不起，成日猴子獻寶似的……」

話未說完，徐天宏與余魚同已搶上來拜見。袁士霄道：「罷了，罷了，我又不是你們師父，磕甚麼頭？家洛呢？」徐天宏道：「總舵主比我們先走一步……呀，陳老爺子和老太太也來啦！」轉身向站在袁士霄身後的天山雙鷹施禮，見關明梅牽着陳家洛乘坐的白馬，心中一驚，問道：「這馬老前輩從那裏見到的？」

關明梅道：「我見過你們總舵主騎這馬，所以認得，剛才見牠在沙漠裏亂奔亂闖，我們三人費了好大的勁才拉住了。」徐天宏大驚，說道：「難道總舵主遇險？咱們快去救。」

衆人齊到阿凡提家裏，飽餐之後，與周綺作別。徐天宏、周綺夫婦成親以來首次分別，自是依依不捨。阿凡提的妻子見丈夫回家才半天，便又要出門，拉住他鬍子大哭大鬧。阿凡提笑嘻嘻的安慰，說道：「我找了一位太太來陪你。她跟你一樣年輕美貌，肚裏又懷了個孩子，那是一共有兩個人陪你啦。勝於我一個大鬍子。」她只是哭鬧不停，叫道：「我不許你大鬍子走，不許你大鬍子走！」阿凡提笑道：「你要留住我的鬍子？好！」突然拔下十幾根鬍子，塞在她的手裏，奪門而出。

阿凡提騎了這頭大狗似的驢子，雙脚幾乎可以碰到地面，遠遠望去，驢子就如生了六條腿一般。袁士霄道：「大鬍子，你騎的是甚麼呀？是老鼠呢還是貓？」阿凡提道：「老鼠那有這麼大呀？」袁士霄道：「那多半是一頭大老鼠。」徐天宏和余魚同聽着二人說笑，心中掛念陳家洛，說甚麼也笑不出來。李沅芷騎了駱冰的白馬，放鬆韁繩，由牠在前領路。

阿凡提的驢子實在走得太慢，行到傍晚，不過走了三十多里路，大家都急了。徐天宏對阿凡提道：「老前輩，我們總舵主恐怕遭到了危難，我們想先走一步。」阿凡提道：「好吧，好吧。到前面鎮上，我另買一頭中用些的驢子就是。這頭笨驢不中用，牠偏偏還自以爲了不起。」催驢趕上，與李沅芷並轡而行。

白馬比毛驢高出一半，阿凡提仰頭問李沅芷道：「大姑娘，你爲甚麼整天不高興呀？」李沅芷忽然想起，這位怪俠雖然假作痴呆，其實聰明絕倫，回人有甚麼爲難之事，向他請教，立即應手而解，便道：「鬍子叔叔，對付不識好歹的人，你有甚麼法子？」阿凡提道：「我拿鐵鍋往他頭上一罩，你就一劍。」李沅芷搖頭道：「不成，比如說他是你很……很親近的人。你待他越是好，他越是發驢子脾氣。」阿凡提一扯鬍子，已了然於胸，笑道：「我天天騎驢子，對付笨驢的倔脾氣，倒很有幾下子。不過這法子可不能隨便教你。」

李沅芷柔聲道：「鬍子叔叔，要怎樣才能教呀？」阿凡提道：「咱們還得打個賭，你贏了我才教。」李沅芷笑道：「好呀，咱們再來賽跑。」阿凡提道：「賭別的吧，賽跑你準輸。」取出驢尾來一幌，道：「我不會再上你當啦。」李沅芷道：「你不信就試試。」阿凡提道：「好，瞧你又有甚麼鬼門道。」指着前面的一個小市鎮道：「誰先到第一間屋子誰贏！」李沅芷道：「好呀，鬍子叔叔，你又輸了！」雙腿微微一挾，一提韁，那白馬如箭離弦，騰空竄出。

阿凡提負起驢子，發足追來。這白馬是數世一見的神駒，這一發力奔馳，直如雷轟電掣一般，他如何追趕得上？還沒追得一半路，白馬已奔到市鎮。阿凡提放下驢子，呵呵大笑道：「又上了這小妮子的當。我雖知這是匹好馬，那想得到竟有這麼快。」

徐天宏等見他如此武功，盡皆驚佩，一頭幾十斤的小驢負在背上並不爲奇，奇的是他脚下竟如此神速，若非這匹寶馬，尋常坐騎非給他追上不可。

穿過市鎮，行不多時，驀地裏白馬一陣長嘶，騰躍狂奔。李沅芷大驚勒韁，竟然約束不住。衆人見白馬發狂，都吃了一驚，散開了追趕攔截。只見白馬直向大漠中急衝，奔到幾個人面前，斗然停住，李沅芷下馬與他們說話。遠遠望去，那些是甚麼人卻瞧不清楚。

突然那白馬又回頭馳來，奔到半途，徐天宏與余魚同認出馬上之人已換了駱冰，心中大喜，忙迎上去。雙方走近，見後面是文泰來、衞春華、章進、心硯四人，最後一人白髮蒼蒼，背負長劍，拉住了李沅芷的手在不住詢問，竟是武當派前輩綿裏針陸菲青。原來那白馬戀主，又有靈性，遠遠望見駱冰，就沒命的奔去。

余魚同搶到陸菲青跟前，雙膝跪下，叫了聲：「師叔！」伏地大哭。陸菲青伸手扶起，淚水也不禁撲簌簌的流了下來，嗚咽道：「我得知你師父的噩耗之後，連日連夜趕來，途中與文四爺他們遇上，他們也正在追捕這奸賊……你放心，咱爺兒倆定要給你師父報仇！」當下雙方廝見了。文泰來等都掛慮陳家洛的安危。

衆人到市鎮打尖，阿凡提去買驢子，李沅芷悄悄跟在後面。阿凡提也不理她，自行選了一頭高頭健驢，身高幾有原來那頭沒尾驢的兩倍。阿凡提把沒尾驢折價讓給了驢販，笑道：「官帽害死了這笨驢，可不能讓這畜生再戴了。」一把官帽摔在地下，踏得稀爛。李沅芷等他付了銀兩，替他牽過驢子，笑吟吟的和他並肩而行。

阿凡提道：「我從前養了一頭毛驢，那脾氣眞是倔得嚇人。我要牠走，牠偏偏站住，要牠站着呢，這傢伙又給你打個圈兒。有一天呀，我要牠拉了車兒上磨坊去，就只這麼幾十步了，那知忽然說甚麼也不肯走啦。越是趕，越是後退，哄也不行，打也不行，管牠叫親爺爺親奶奶呢，也不成，你猜我怎麼辦？」李沅芷知他在妙語點化，當下用心傾聽，不敢嬉笑，道：「你老人家總有法子。」阿凡提笑道：「好呀，大姑娘想女壻，甚麼也肯，本來叫我鬍子叔叔，現今可叫『你老人家』啦！」李沅芷臉一紅，道：「我是說你的驢子呀！」

阿凡提道：「不錯，不錯。後來我一想，成啦！我拉這笨驢轉了個身，磨坊在東，我讓驢子朝着西邊，然後使勁的趕，牠仍是一步一步的倒退，退呀退的，這可到了磨坊啦。」李沅芷喃喃自語：「你要牠往東，牠偏偏往西……那麼你就要牠往西。」阿凡提一豎拇指，道：「不錯，就是這麼辦。後來哪，我又想出了一個法兒。」李沅芷忙問：「甚麼？」阿凡提道：「我在鞭子上掛了一個胡蘿蔔，伸在笨驢前面。笨驢想吃胡蘿蔔，不住向前走，一直走了幾十里路，到了我要牠去的地方，這才把胡蘿蔔給牠吃。」李沅芷立時領悟，笑道：「多謝你老人家指教。」阿凡提笑道：「現下你去找你的胡蘿蔔吧！」

李沅芷尋思：「余師哥最想得到的，是甚麼東西？剛才他見到我師父，哭成這個樣子，那麼對他最要緊的，莫過於殺張召重給馬師伯報仇了。這麼說來，得想法子去殺張召重。」轉念一想：「張召重武藝高強，我又怎殺得了他？再說，就算殺了，他也只是感激我而已，不會像驢子望着胡蘿蔔那樣，一路追個不停。」又想：「我小時候見到傭人的兒子玩泥娃娃，哭着要，他不肯給，我偏偏一定要。這鬍子叔叔說得不錯，我越是對他好，他越是避開我。以後倒不如冷冷淡淡的，等他覺得我好時，再讓他來嚐嚐苦苦求人的滋味。驅趕倔脾氣的笨驢，就得用大鬍子叔叔的法子。」心下打算已定，眞的對余魚同不理不睬起來。駱冰與徐天宏冷眼旁觀，都覺奇怪。阿凡提只是拉着大鬍子微笑。

阿凡提換了脚力，行得快了數倍，一行人蹄踏黃沙，途隨白馬，來到白玉峯前。那白馬對狼羣猶有餘怖，到了進入古城的歧道處，就停步不前了。駱冰一再驅趕，白馬無論如何不肯再前行一步。袁士霄道：「狼羣大隊曾聚在這裏，咱們循着狼糞一路尋進去吧。」衆人見到狼糞甚多，想到陳家洛的安危，都是心焦如焚。駱冰下了白馬，與文泰來共乘一騎。

曲曲折折的走了半天，忽聽得脚步聲響，歧路上轉出四個人來，當先一人正是張召重。徐天宏一聲唿哨，連同衞春華、章進、心硯一齊散開，往四人後路抄去。張召重斗見羣雄，一驚非小，尤其看到師兄陸菲靑，登時臉色蒼白，額上冷汗直冒。余魚同手揮金笛，便要撲上去拚命。袁士霄左手抓住他臂膀輕輕一拉，余魚同身不由主的退回。

袁士霄指着張召重罵道：「前幾天和你相遇，還道你是武當派的一位高手，那知竟是個無惡不作的匪類，連自己師兄也忍心害了。爽爽快快，給我自己了斷吧。」

張召重見對方至少有五人和自己功力相若，有的甚至在自己之上，以力相拚，必無倖理，當下硬起頭皮，道：「我這邊只有四人，你們倚多爲勝，張某死在此地，又何足爲恥？」袁士霄大怒，心想：「那三人能力敵羣狼，倒也都是硬手，他們四人齊上，我一人可對付不了，但有大鬍子相幫，那也成了。」哼了一聲，說道：「要殺你這惡徒，也用得着倚多取勝？你們四人一齊上來，我只和這大鬍子兄弟兩人接着。你們四個傢伙只要能和我們兩人打個平手，就放你走路。」

張召重向阿凡提注目打量，見他面容黝黑，一叢大鬍子遮住了半邊臉，笑得雙眼瞇成了兩條縫，不似身懷絕技的高人，心想：「這姓袁的確是武功驚人，遠勝於我，難道這大鬍子回人也厲害之極？關東三魔中有一人相助，我或可和這姓袁的打成平手，餘下兩人對付這個回子，想來也行了。」身處此境，也已不容他有何異言，便道：「那麼我們就試一試，請袁……袁大俠手下容情。」袁士霄厲聲道：「我手下是毫不容情的。」轉頭對阿凡提道：「大鬍子，在這許多新朋友面前，咱哥兒倆可別出醜了。」阿凡提道：「我鄉下佬見官，有點兒怯，只怕不成。」身子一幌，也沒見他抬腿動足，已下了驢子。張召重見他身法，驀地想起，原來就是那晚在墓地中搶他帽子的怪人，不覺凜然一驚。

袁士霄叫道：「都上來吧。用心打，別打主意想逃，在我老兒手下可跑不了。」

哈合台走上一步，對袁士霄說：「袁大俠於我三兄弟有救命大恩，我們萬萬不敢接你老人家的招。再說，我們跟這姓張的也只相會，並無交情，犯不上爲他助拳。」他見張召重行爲卑鄙，早就老大瞧他不起，只是他此刻猝遇衆敵，再要出言損他，未免有討好對方、自圖免禍之嫌，是以只說到此處爲止。三魔並排站在一旁，竟是擺明了置身事外。

袁士霄眉頭一皺，說道：「他們不肯動手，只賸下了你一個，那怎麼辦？我三十歲那一年，曾向祖師爺立過重誓，從此而後，決不跟人單打獨鬥。」說着向天山雙鷹瞥了一眼。原來他當年生怕自己妒火焦焚、狂性大發之下，竟會將陳正德打死，是以立此重誓，約束自己，當下又道：「大鬍子，只有麻煩你了。」

阿凡提解下背上鍋子，笑道：「好吧，好吧，好吧。」呼的一聲，鍋子當頭向張召重罩到。張召重向左躍開，凝神瞧他使的是甚麼兵刃，只見黑黝黝，圓兜兜，一面凹進，一面凸出，凸的一面還有許多煤烟，竟像是隻鐵鍋。阿凡提笑道：「你心裏一定在想：這是甚麼呀？

倒像是隻鍋子。跟你說，這正是一隻鍋子。你們淸兵無緣無故的到回部來，打爛了許多鍋子，

害得我們回人吃不了飯。好哇，現今鍋子來打淸兵啦！」語聲未畢，又是一鍋向張召重當頭

罩下。

張召重一招「仙鶴亮翅」，倏地斜穿閃過，回手出掌，向對方肩頭打到。阿凡提身子微挫，

左手在鍋底一擦，一手煤烟往他臉上抹去。

張召重自出道以來，身經百戰，從未遇到過這樣的怪人，只見他右手提鍋，左手抹烟，

脚步歪歪斜斜，不成章法，然而自己攻出的兇狠招數，卻每次都被他輕易避開，那裏敢有絲

毫怠忽，當下展開無極玄功拳，抱元歸一，全身要害守得毫無漏洞。道路本極狹窄，地下又

是山石嶙峋，兩人擠在這兇險之地，攻守拒擊，登時鬥得激烈異常。袁士霄嘆道：「奸賊呀

奸賊，憑你這身功夫，本也是難得之極的了，若不是心地如此歹毒，我老頭子忍不住要起愛

才之心。」余魚同忙道：「不行，老爺子，不行！」

心硯問衞春華道：「九爺，這位鬍子大爺使的是甚麼招術？」衞春華搖搖頭。這邊天山

雙鷹、陸菲靑、文泰來等也不懂阿凡提的武功家數，都暗暗稱奇。突然間阿凡提左腿飛起，

鍋子橫擊，張召重無處躱避，急從鍋底鑽出。不料阿凡提左掌張開，正候在鍋子底下。張召

重待得驚覺，已不及閃避，當下左拳一個「沖天砲」，猛向鍋底擊去。阿凡提叫道：「吃飯傢

伙，打破不得！」鍋子向上一提，隨手抹去，張召重臉上已被抹上五條煤烟。

兩人均各躍開。阿凡提叫道：「來來來，勝負未決，再比一場。」張召重望着他手中鐵

鍋，瞋目不語。阿凡提道：「呀，是了，你沒帶兵刃，輸了也不服氣。」轉頭對李沅芷道：

「大姑娘，你的切菜刀借給胡蘿蔔用一下。」

兩人相鬥之時，李沅芷挨得最近，只待張召重一被鍋子罩住，立卽搶上一劍，豈知自己心事竟被這怪俠說了出來，不覺滿臉緋紅。阿凡提說話素來瘋瘋癲癲，旁人聽他管張召重叫「胡蘿蔔」，也都不以爲意，那知中間另藏着一段風光旖旎的女兒情懷。阿凡提見她不動，把嘴俯在她耳邊，低聲說道：「你把切菜刀給他，我仍然能抓住他。」李沅芷點點頭，擲出長劍，叫道：「劍來了，接着！」

張召重右手一抄接住劍柄，突然轉身，左手一揚，一把芙蓉金針向阻住退路的徐天宏、衞春華諸人迎面擲去。徐天宏等知道厲害，疾忙俯身，只覺頭頂風聲颯然，張召重已竄了過去。他奔到哈合台身邊，伸左手扣住了他右手脈門，叫道：「快走！」

哈合台登時身不由主，被他拉着往迷城中急奔。滕一雷與顧金標不及細思，隨後跟去。這一來變起倉卒，等徐天宏等站起身來，四人已轉了彎。袁士霄和阿凡提均各大怒，倏地拔起身子，如兩隻大鶴般從徐天宏等頭頂躍過。天池怪俠身法好快，人未落地，已一把抓住滕一雷的後領，把他一個肥肥的身軀甩了起來。滕一雷也不知道抓着他的是誰，只覺身子懸空，使不出力，忙揮獨足銅人向後疾點，忽覺自己身子被一股極大力量擲了出去，只慘叫得一聲，已撞在半山腰裏，腦漿迸裂而死。

袁士霄擲死滕一雷，脚下毫不停留，轉了個彎，見前面是三條歧路，不知張召重從那一條路逃走，向右一指，叫道：「大鬍子，你追這邊。」又向左一指，對天山雙鷹道：「你們兩位追這邊。」自己從中間那條路上追了下去。片刻之間，四人廢然折回，都說只轉了一個彎，前面又各出現岔路，無從追尋。

徐天宏在路上仔細察看，說道：「這堆狼糞剛給人踏了兩脚，他們定是循着狼糞向內逃竄。」袁士霄道：「不錯，快追。」衆人隨着狼糞追進，直趕到白玉峯前，仍不見張召重等三人的蹤影。

衆人在各處房屋中分頭搜尋，不久衞春華就發見了峯腰中的洞穴。袁士霄和陳正德首先躍上，接着陸菲青、文泰來、關明梅等也都縱了上去。其他輕功較差的，由陸菲青和文泰來一一用繩子吊上，最後賸下心硯。阿凡提笑道：「小兄弟，我試試你的膽子！」一把抓住他後心，喝道：「接着！」把他身子向洞口拋去，文泰來一把抱住，阿凡提隨卽跳上。

這時袁士霄剛推開了石門。那門向內而開，要是外面被人扣住，裏面千軍萬馬也衝突不出，但自外入內十分容易。原來當年那暴君開鑿山腹玉宮，自恃迷城道路千岔萬迴，外敵決難侵入，擔心的反是變生肘腋，內叛在山腹負隅頑抗，因此把宮門造成如此模樣。

袁士霄當先急行，衆人在甬道中魚貫而入。徐天宏折下了桌脚椅脚，點成火炬，各人分着拿了。追到大殿上時，各人兵刃都被磁山吸去，不免大吃一驚。阿凡提身手敏捷，搶上將飛出的鐵鍋一把抓住，才沒打破。衆人追敵要緊，也不及細究原因，拾回兵刃，直入玉室，見床邊又有一條地道。衆人愈走愈奇，在這山腹之內誰都不敢作聲，只是跟着袁士霄疾走。突然眼前大亮，只見碧綠的池邊六人夾水而立。遠遠望去，池子那邊是陳家洛、霍青桐和香香公主，這邊就是張召重、顧金標和哈合台了。

衆人大喜，心硯高聲大叫：「少爺，少爺，我們都來啦！」

文泰來等快步迎上。關明梅大叫：「孩子，你怎樣？」霍青桐叫道：「師父師公，我好！你們快將這奸賊殺了。」說着向顧金標一指。陳正德上次空手出戰三魔，險些吃虧，這時再不托大，拔出長劍，向顧金標左肩刺去。顧金標二次進來時已在大殿上拾回兵刃，當下抖動虎叉，和陳正德鬥了起來。這邊關明梅和哈合台也動上了手。

羣雄各執兵刃，慢慢圍攏，監視着張召重。李沅芷的劍借了給張召重，陸菲青把在杭州獅子峯上奪自張召重的凝碧劍給了她。

顧哈兩人情急拚命，勉強支持了十餘招，雙鷹的三分劍術愈逼愈緊，兩人只有招架的份兒。劍光飛舞中只聽陳正德一聲猛喝，顧金標胸口見血。陳正德接着又是一劍，指向對方下盤。顧金標向左急避，陳正德飛起一腿，撲通一聲，水花四濺，顧金標跌入翡翠池中，一縷鮮血從池水中泛了上來。

那邊哈合台也已被關明梅劍光罩住。余魚同想起哈合台數次相救之德，知道師叔與雙鷹交情極好，忙對陸菲青道：「師叔，這個不是壞人，你救他一救。」陸菲青道：「好。」見關明梅上刺一劍，下刺一劍，左刺一劍，右刺一劍，哈合台滿頭大汗，臉無人色，不住倒退。陸菲青突然躍出，錚的一聲，白龍劍架開了關明梅長劍，叫道：「大嫂，這人還不算壞，饒了他吧。」關明梅見陸菲青說情，總得給他面子，當卽收劍。陸菲青轉過頭來，見哈合台不住喘息，因使勁過度，身子抖動，喝道：「快謝了關大俠不殺之恩。」

哈合台心想結義六兄弟死賸自己一人，活着又有何意味，叫道：「我何必要她饒命！」又要撲上廝殺，忽聽水聲一響，顧金標從水面下鑽了出來，慢慢游近池邊，哈合台抛去彎刀，搶過去拉起。顧金標受傷甚重，又喝了不少水，委頓不堪。哈合台不住給他胸口揉搓，毫不理會身邊眾人。霍青桐奔到臨近，罵了聲：「奸賊！」挺劍向顧金標胸口刺去。

哈合台情急之下，舉臂擋格。霍青桐一劍直下，眼見就要將他手臂削斷。袁士霄想起他引狼入阱時之功，撿起一塊小石子擲出，噹的一聲，霍青桐手臂發麻，長劍震落在地，不禁一呆。袁士霄道：「料理了那姓張的惡賊再說，這兩人逃不了。」

張召重被羣雄圍住，見顧哈兩人惡戰之後，束手待縛，文泰來、阿凡提、陳家洛、陸菲青等四下牢牢監視，那裏更有脫身之機，長嘆一聲，正要拋劍就戮，忽然陸菲青身後一人閃出，正是李沅芷。她手執長劍，直衝過來，罵道：「你這奸賊！」眾人一楞，李沅芷已撲到張召重身前，低聲道：「我來救你。」刷刷刷數劍，疾刺而至。張召重不明她是何用意。李沅芷忽然脚下假意一滑，向前一撲，低聲道：「快拿住我。」張召重大悟，乘她一劍削來，舉劍擋格，左手已抓住她手腕，噹的一聲，自己長劍已被削斷，一瞥之下，見她手中所持竟是自己的凝碧劍，眞是喜上加喜。

這時文泰來、余魚同、衞春華、陳正德同時搶上救人。張召重凝碧劍揮了個圈子，金笛雙鈎一起斷折。文泰來和陳正德疾忙收招，兵刃才沒受損。張召重將寶劍點在李沅芷後心，喝道：「讓道！」這一下變出不意，眾人眼見巨奸就縛，那知李沅芷少不更事，勇猛貪功，反而變成他的護身符。

李沅芷假意軟軟的靠在張召重肩頭，似乎被他點中穴道，動彈不得。張召重見眾人面面相覷，不敢來攻，正要尋路出走，李沅芷在他耳邊低聲道：「回到山腹中去。」他一想不錯，大踏步走向地道。

袁士霄和陳正德惱怒異常，一個撿起一粒石子，一個摸出三枚鐵菩提，齊向張召重後心打去。張召重弓背俯身，讓過暗器，脚下絲毫不停，奔入地道。只聽得李沅芷大叫一聲：「啊喲！」陸菲青一驚，叫道：「大家別蠻幹，咱們另想別法。」他也眞怕張召重不顧一切，傷害了他徒兒。

衆人緊跟張召重身後，追入地道，只霍青桐手執長劍，怒目望着顧金標。哈合台忙着給盟兄包紮胸前傷口，對身旁一切猶如不聞不見。陳家洛怕霍青桐孤身有失，走到地道口前停了步，對香香公主道：「咱們在這裏陪你姊姊。」

張召重拉着李沅芷向前急奔，衆人不敢過份逼近，甬道中轉彎又多，無法施放暗器。奔完甬道，眼見張召重就要越過石門，袁士霄一挫身，正要竄上去攻他後心，黑暗中只聽得一陣嗤嗤嗤之聲，忙貼身石壁，叫道：「大鬍子，鐵鍋！」阿凡提搶上兩步，鐵鍋倒轉，一陣輕輕的錚錚之聲過去，鐵鍋中接住了數十枚芙蓉金針。

阿凡提叫道：「炒針兒吃啊，炒針兒吃呀！」就這樣緩得一緩，張召重和李沅芷已奔出石門，兩人合力將門拉上，將鐵條插入門扣。袁士霄和陳正德搶上來拉門，但石門內面無可資施力之處。兩人都是火氣奇大，這時豈有不破口怒罵之理？

張召重又將金斧斧柄插入鐵環，喘了一口長氣，對李沅芷道：「多謝李小姐相救！」李沅芷笑道：「我爸爸和張師叔都是朝廷命官，我自然要救你。」張召重道：「李軍門近來安好，太夫人安好。」說着打了個千請安，竟是按着官場規矩行起禮來。

李沅芷道：「你是師叔，我可不敢當。咱們快想法逃走。師父一定瞧得出是我救你，要是給他追上了，可沒命啦。」張召重道：「他們人多，咱們快回內地，多約幫手，再來擒拿。」李沅芷道：「他們一定回去池邊，繞道追過來。張師叔，得快想法子。在這大漠之上，可不容易逃脫啊！」張召重武功甚高，人也奸猾，計謀卻是平平，當下皺起了眉頭，一時想不出法子。李沅芷似乎焦急異常，伏在石上哭泣起來。

張召重忙加勸慰：「李小姐，別怕，咱們一定逃得了。」李沅芷哭道：「就算逃出了迷城，不用一兩天，又得給他們趕上。媽呀，嗚嗚……媽呀！」張召重給她哭得心煩意亂，連連搓手。李沅芷忽然破涕爲笑，問道：「你小時候捉過迷藏嗎？」

張召重自幼父母雙亡，五歲時就由師父收養學藝，馬眞和陸菲青都比他年長得多，因此這些孩子的玩意都沒玩過，當下臉現迷惘之色，搖了搖頭。李沅芷道：「咱們在迷城中躲了起來。他們一定找不到，以爲咱們逃出去啦，在外面拚命追趕。咱們過得三四天再慢慢出來。」張召重大拇指一翹，道：「李小姐眞聰明！」隨卽道：「可是咱們沒帶糧食，三四天……」李沅芷道：「外面馬背上又有乾糧又有水。」張召重喜道：「好，咱們快躲起來。」兩人緣着長索攀上峯腰洞口。這長索是張召重和三魔上次進出山腹時所留，哈合台是牧人，身上愛帶長索。兩人轉身出洞，再沿山壁溜下，各自牽了一匹馬，向外奔出。

走到分歧路口，李沅芷道：「你瞧地下這狼糞，本來出外是往左，咱們偏偏往右……」說到這裏，見牽着的那匹馬尾巴揚起，就要拉糞，忙取下馬背上的糧袋水囊，把兩匹馬的馬頭牽過向左，猛力一鞭，兩馬負痛，放蹄疾奔而去。張召重愕然不解，問道：「甚麼？」李沅芷笑道：「他們尋到這裏，見馬蹄印和新鮮馬糞都在左邊正路上，自然向左邊追出去。」張召重大喜，道：「妙計，妙計！」

　　兩人從歧路向右。每走上一條岔路，李沅芷都用三塊小石子在隱蔽處叠個記號。張召重道：「這裏道路千叉萬支，要是沒了這記號，咱倆也眞的沒法子找路出去。」行了半日，兩旁山壁愈逼愈緊，也不知已轉了多少彎，走了多少岔路。李沅芷見天色漸暗，說道：「就在這裏歇吧。」兩人吃了乾糧，喝了水，坐着休息。張召重道：「另一匹馬上的糧袋水囊沒來得及取下，眞是可惜。」李沅芷道：「只好省着點兒用。」張召重道：「是。」李沅芷把糧袋和水囊放在張召重身邊，說：「你好好看着，這是咱們的命根子。」張召重點頭答應。李沅芷走開十多丈，找了個乾淨地方睡倒。

　　睡到半夜，張召重忽聽李沅芷一聲驚叫，疾忙跳起身來，只見她指着來路，叫道：「一隻大灰狼，快快！」張召重拔出凝碧劍，飛步追了出去，轉了兩個彎，不見狼蹤，生怕迷路，不敢再追，退回來時，卻不見了李沅芷的蹤影，叫得一聲：「李小姐！」只見地下濕了一片，水囊已然傾翻，忙搶上拾起，見囊中只賸點點滴滴，正自懊喪，李沅芷已從那邊山道中轉了出來，道：「那邊又有一隻狼，衝過來搶水喝。」張召重一舉水囊，道：「想不到惡狼還不死乾淨，你瞧！」李沅芷坐在地下，雙肩聳動，又哭了起來。張召重道：「旣沒了水，這裏沒法多待。再熬一天，就冒險出去吧。」李沅芷站起身來，道：「我出去探探，你在這裏等我。」張召重道：「咱們一起去。」李沅芷道：「不，再遇上他們，你還有命麼？我總好些。」張召重一想不錯，道：「李小姐可要千萬小心。」李沅芷道：「嗯，你的寶劍借給我吧。」

張召重把凝碧劍遞過。

李沅芷接劍回身，循着記號從原路出來，每到一處岔路，便照樣擺上三塊小石子，只是在眞記號邊上多撒一堆沙子。張召重如自行出來，見了這些記號，一定分不出眞假，東轉西轉、無所適從之餘，非仍回原地不可。她一路佈置，心中暗暗好笑，自忖假造狼訊，倒翻水囊，那張召重居然絲毫不覺，這一來可逃不出自己的掌握了。

天色將明，已走上正路，只聽得轉彎角上有人在破口大罵：「瞧我抽不抽這惡賊的筋，剝不剝他的皮？」又有一人笑道：「要抽筋剝皮，也得先找到這惡賊才行。」李沅芷大叫一聲：「啊喲！」倒在地下，假裝昏了過去。

說話的正是袁士霄和阿凡提，他們拉不開石門，只得回到池邊。霍青桐從地圖中找到了秘道，從後山繞了出來，張召重和李沅芷早已不知去向。袁士霄正在大發脾氣，忽然聽得叫聲，尋聲過來，見李沅芷倒在地下，又驚又喜，一探尙有鼻息，身上又沒傷痕，這才放心，急忙施救，李沅芷卻只是不醒。袁士霄焦急起來，阿凡提笑罵：「這頑皮女孩，倘若是我女兒呀，不結結實實揍一頓才怪。」見她還在裝腔作勢，不肯醒轉，說道：「要是眞的暈了過去，那麼我打十幾鞭都不會動。」一抖驢鞭，刷的一鞭打在她肩上。

袁士霄正要出言怪他魯莽，李沅芷卻怕他再打，睜開了眼睛，「啊」的一聲叫了出來。阿凡提得意非凡，笑道：「我的鞭子比你甚麼推宮過血高明多啦，一鞭她就醒了。」袁士霄心想：「大鬍子倒眞有兩下子。」忙俯身問道：「沒受傷麼？那奸賊呢？」李沅芷道：「我給他拿住了，怕得要命，昨晚半夜裏他睡得迷迷糊糊了，我才偷偷逃了出來。」袁士霄道：「他在那裏？快帶我去找。」李沅芷道：「好。」站起身來，身子一幌一幌的，袁士霄伸手扶住。阿凡提道：「你們兩人去吧，我在這裏等着。」袁士霄怪目一翻，道：「大鬍子想偷懶？好吧，就沒有你，我也對付得了。」

兩人離去不久，陸菲青、陳正德、陳家洛、文泰來等分頭在各處搜索之後都陸續彙齊。阿凡提也不跟他們說起，聽他們紛紛議論，只是微笑。章進與心硯押着顧金標與哈合台，遠遠坐在地下。又過一陣，袁士霄和李沅芷回來了。衆人大喜，陸菲青和駱冰忙搶上去慰問。袁士霄向阿凡提道：「大鬍子，你又佔了便宜，省得白走一趟。她認不出道啦。我們兩人轉來轉去，險些回不出來。」

衆人一商量，都說如捉不到張召重決不回去，可是這迷城道路如此變幻，如何尋他得着？徐天宏和霍青桐雖都極富智計，卻也想不出善法。徐天宏道：「要是有兩頭狼犬就好啦……」陳正德道：「我們家裏倒有大狼犬，就可惜遠水救不得近火。」說話之間，徐天宏見阿凡提嘴角邊露着微笑，知他必有高見，走近身去，道：「我們實在不知怎麼辦，請老前輩指示一條明路。」阿凡提向余魚同一指，笑道：「明路就在他身上，怎麼不要他找去？」余魚同愕然道：「我？」阿凡提點點頭，仰天長笑，跨上驢子，飄然而去。

徐天宏起初還以爲他開玩笑，細加琢磨，覺得李沅芷的言語行動之中破綻甚多，心想這事只怕得着落在她身上，於是悄悄去和駱冰說了。駱冰一想有理，倒了一碗水，拿了一塊燒羊肉給李沅芷，說道：「李家妹妹，你眞有本事，怎麼能逃得脫那壞蛋的毒手？」李沅芷道：「那時我都嚇胡塗啦，拚命奔跑，只怕給這惡賊追上了，亂闖亂衝，甚麼路也認不出，眞是天保佑，居然瞎摸了出來。」料知駱冰定要查問途徑，把她問話先給堵住了。

駱冰本來將信將疑，也不知她是否眞的不知道張召重藏身之所，待聽她推得一乾二淨，心裏反倒雪亮了，暗笑：「小妮子好狡猾！」說道：「妹妹你細細想一想，定能認得出來去的途徑。」李沅芷嘆道：「要是我心境好一點，不這麼失魂落魄似的，本來也不會這麼胡塗，竟然忘記得沒一點兒影子。」駱冰心道：「來啦，來啦。」低聲悄語：「你的心事我都明白，只要你幫我們這個大忙，大夥兒一定也幫你完成心願。」李沅芷臉上一陣飛紅，隨卽眼圈兒也紅了，低聲道：「我是個沒人疼的，逃出來幹麼呀？還不如給那姓張的殺了乾淨。」駱冰聽她語氣一轉，竟又撒起賴來，知道自己是勸她不轉的了，說道：「妹妹你累啦，喝點水歇歇吧。」李沅芷點點頭。

駱冰把余魚同拉在一旁，跟他低聲說了好一陣子。余魚同神色先是頗見爲難，後來又是咬牙切齒，終於下了決心，一拍大腿，道：「好，爲了給恩師報仇，我甚麼都肯。」

李沅芷自管閉目養神，對他們毫不理會，過了一會，聽得余魚同走到身旁，說道：「師妹，你數次救我性命，我並非不知好歹，眼下要請你再幫我一個大忙。」說着施下禮去。

李沅芷道：「啊喲，余師哥，怎麼行起禮來啦？咱們是同門，要我做甚麼，你吩咐着不就行了嗎？」余魚同聽她語氣顯得極爲生份，這時有求於她，只是說道：「張召重那奸賊害死我恩師，只要有誰能助我報仇，我就是一生給他做牛做馬，也仍是感他大德。」

李沅芷一聽大怒，心想：「要是你娶了我，竟是一生做牛做馬這麼苦惱？」脖子一轉，臉上登時便如罩了一層嚴霜，發作道：「眼前放着這許多大英雄大俠客，還有你的甚麼鐘舵主、鼓舵主，你幹麼不求他們幫去？你一路上避開人家，倒像一見了我，就害了你、累了你似的。我有這份本事幫你麼？你再不給我走開些，瞧我用不用好聽的話罵你。」

衆人正商議如何追尋張召重，也沒留心駱冰、余魚同、李沅芷三人，忽聽李沅芷提高了嗓子，面紅耳赤的發起怒來，又見余魚同低下了頭訕訕的走開，都感愕然。

徐天宏和駱冰見余魚同碰了一鼻子灰，只有相對苦笑，把陳家洛拉在一邊，低語商量。陳家洛道：「咱們請陸老前輩去跟她說，她對師父的話總不能不聽……」話未說完，猛聽得心硯與章進一個驚叫，一個怒吼，急忙回頭，只見顧金標正發狂般向霍青桐奔去。

陳家洛大驚，斜竄出去，卻相距遠了，難以阻攔。衞春華搶上擋住，被顧金標用力一摔，退出兩步。只見他和身向霍青桐撲去，叫道：「你殺了我吧！」霍青桐又驚又怒，舉劍向他當胸刺去。他竟不閃避招架，反而胸膛向前一挺，波的一聲，長劍入胸。

霍青桐回抽長劍，一股鮮血從他胸前直奔出來，濺滿了她黃衫。衆人圍攏來時，顧金標已倒在地下。哈合台伏在他身邊，手忙脚亂的想止血，但血如泉湧，那裏止得住？顧金標嘆道：「冤孽，冤孽！」哈合台道：「老二，你有甚麼未了之事？」顧金標道：「我只要親一親她的手，死也瞑目。」熬住一口氣，望着霍青桐。

哈合台道：「姑娘，他快死啦，你就可憐可……」霍青桐一言不發，轉身走開，臉已氣得慘白。顧金標長嘆一聲，垂首而死。

哈合台忍住眼淚，跳起身來，指着霍青桐的背影大罵：「你這女人也太狠心，你殺他，我不怪你，那是他自己不好。可是你的手給他親一親，讓他安心死去，又害了你甚麼？」章進喝道：「別胡說八道，給我閉住了鳥嘴。」哈合台毫不理會，仍是怒罵。章進上前要打，給余魚同攔住了。

陸菲青說道：「你們那焦文期焦三爺是我殺的，此後許多糾紛，都因此而起。關東六兄弟現下只賸了你一人。我們都知你爲人正派，不忍加害，你就去吧。日後如要報仇，只找我一人就是。」哈合台也不答腔，抱着顧金標的屍身大踏步走出去。

余魚同撿了一隻水囊，一袋乾糧，縛在馬上，牽馬追上去，說道：「哈大哥，我仰慕你是條好漢子，這匹馬請你帶了去。」哈合台點點頭，把顧金標的屍身放上馬背。余魚同從水囊中倒了一碗水出來，自已喝了半碗，遞給哈合台道：「以水代酒，從此相別。」哈合台仰脖子喝乾。余魚同抽出金笛，那笛子被張召重削去了一截，笛中短箭都已脫落，但仍可吹奏，當下按宮引商，吹了起來。

哈合台一聽，曲調竟是蒙古草原之音，等他吹了一會，從懷中摸出號角，嗚嗚相和。原來當日哈合台在孟津黃河中吹奏號角，余魚同暗記曲調，這時相別，便吹此曲以送。衆人聽二人吹得慷慨激昂，都不禁神往。一曲既終，哈合台收起號角，頭也不回的上馬而去。

駱冰向哈合台與余魚同的背影一指，對李沅芷道：「這兩人都是好男兒。」李沅芷道：「是麼？」駱冰道：「你幹麼不幫他個大忙？」李沅芷嘆道：「要是我能幫就好了。」駱冰笑道：「妹妹，咱們眞人面前不說假話。你不肯說，等到陸伯父來逼你，就不好啦！」李沅芷道：「別說我認不出路，就算認出，我不愛領又怎樣？自古道女子要三從四德，這三從中可沒『從師』那一條。」

駱冰笑道：「我爹只教我怎樣使刀怎樣偷東西，孔夫子的話可一句也沒教過。好妹子，你給我說說，甚麼叫做三從四德？」李沅芷道：「四德是德容言工，就是說做女子的，第一要緊是品德，然後是相貌、言語和治家之事了。」駱冰笑道：「別的倒也還罷了，容貌是天生的，爺娘生得我醜，我有甚麼法兒？那麼三從呢？」李沅芷惱道：「你裝傻，我不愛說啦。」掉過了頭不理她。駱冰一笑走開，去對陸菲青說了。

陸菲青沉吟道：「三從之說，出於儀禮，乃是未嫁從父，既嫁從夫，夫死從子。這是他們做官人家的禮教，咱們江湖上的男女可從不講究這一套。」駱冰笑道：「本來嘛，未嫁從父是應該的。從不從夫，卻也得瞧丈夫說得在不在理。夫死從子更是笑話啦。要是丈夫死時孩子只有三歲，他不聽話還不是照揍？」陸菲青搖頭嘆道：「我這徒兒也眞刁鑽古怪，你想她幹麼不肯帶路？」駱冰道：「我想她意思是說，除非她爹叫她說，她才未嫁從父。可是李軍門遠在杭州，就算在這裏，他也不會幫咱們。眼下只有從第二條上打主意啦。」陸菲青道：「第二條？她又沒丈夫。」駱冰笑道：「那麼咱們馬上就給她找個丈夫。只要丈夫叫她領路，她一定既嫁從夫了。」

陸菲青給她一語點醒，徒兒的心事他早就了然於胸，師侄余魚同也儘相配得上，他本想在大事了結之後設法給他們撮合，看來這事非趕着辦不可了，笑道：「講了這麼一大套三從四德，原來是爲了這個。那眞是城頭上跑馬，遠兜轉了。」於是兩人和陳家洛商量，再把余魚同叫過來一談，當下決定，請袁士霄任男方大媒，請天山雙鷹任女方大媒。

袁士霄和雙鷹這時都在山壁高處瞭望，想找尋張召重藏身所在的蹤迹，但千丘萬壑，那有絲毫端倪？陸菲青把他們請了下來，將此中關鍵所在簡畧說了。袁士霄呵呵大笑，說道：「陸老哥，難爲你教出這樣一個好徒兒來，咱們大夥兒全栽在這女娃子手上了。」

衆人笑吟吟的走到李沅芷跟前。陸菲青道：「沅兒，我跟你師生多年，情同父女。你一個少年女子孤身在外，我很是放心不下，令尊又不在此間，我只好從權，師行父責，要給你找個歸宿。」李沅芷低下了頭不作聲。陸菲青又道：「你余師哥自從你馬師伯遇害之後，自然也歸我照料了。你們兩人結爲夫婦之後，互相扶持，也好讓我放下了這副擔子。」

這一切本來全在她意料之中，但這時在衆人面前說了出來，還是羞得她滿臉通紅，低聲道：「這全憑爹爹作主，我怎知道？」

章進嘴快，衝口而出：「你還有不願意的嗎？在天目山時大夥兒到處找你不着，原來躲在他……」衛春華左手一翻，按住了他嘴。

陸菲青道：「令尊曾留余師侄在府上住了這麼久，青眼有加，早存東床坦腹之選。咱們在這裏先下了文定，將來稟明令尊，他必定十分歡喜。」李沅芷垂頭不語。

駱冰叫道：「好，好，李家妹妹答允了。十四弟，你拿甚麼東西下定。」余魚同身上一摸，除了銀兩之外，甚麼也沒帶，正感爲難，忽然觸手一涼，卻是他金笛被張召重所削斷的那一段，撿起來想日後再要金匠釺上去的，當下摸了出來。說道：「師叔，小侄身邊沒甚麼貴重物事。這段笛子倒是純金的。」陸菲青笑道：「這再好也沒有，等將來你們大喜之日，再把兩段金笛鑲在一起。」羣雄紛紛向兩人道賀。李沅芷不肯接，駱冰硬把半截金笛塞在她手裏，笑問：「你拿甚麼回給他呀？」

李沅芷這時滿心歡暢，容光煥發，笑道：「我什麼也沒有。」陸菲青笑道：「沅兒，你用的暗器不也是純金的。」駱冰拍手笑道：「不錯。」將她暗器囊搶了過來，撿了十枚芙蓉金針，交給余魚同收起。陳家洛笑道：「這可稱之爲『針笛奇緣』了！」

香香公主見大家興高采烈，問陳家洛做甚麼。陳家洛說了，香香公主大喜，一手挽了他手臂，一手挽了姊姊，走上前去，除下手上的白玉戒指，套在李沅芷手指上，說道：「我們三個，給你，恭喜你。」霍青桐忽然暗自神傷，心想：「如不是你女扮男裝，攪出這番事來……」陳家洛笑道：「咱們若在玉宮裏帶了幾柄玉刀玉劍出來，倒可送給他們作賀禮。」霍青桐微微一笑，點了點頭。

袁士霄和天山雙鷹已向霍青桐問明了三人自狼羣脫險、同入玉宮的經過，又見三人相互間神情親密，看來陳家洛並非喜新棄舊，忘義負心，霍青桐對他和妹子亦無怨恨之意，三老心中均感欣慰。天山雙鷹均想：「幸虧當日沒魯莽殺了這二人，否則袁大哥固然不依，連我們徒兒也要……」也要如何，卻是難以設想了。

交定道賀已畢，衆人分別借故走開。余魚同見四周已無旁人，說道：「師妹，張召重那奸賊在哪裏呀？」李沅芷見他全無溫存之態、纏綿之意，第一句話就問張召重，心中老大不快，說道：「我怎知道呀？」

余魚同臉色慘白，忽地跪下，咚咚咚的磕了三個響頭，哭道：「我當年家破人亡，不能自立，幸蒙恩師見憐收留，授我武藝。我未能報答恩師一點半滴恩情，他就慘被張召重害死。師妹，求求你指點一條明路。」這一下大出李沅芷意料之外，見他又磕下頭去，不覺狼狽失措，忙伸手拉起，摸出手帕丟給他，柔聲道：「快擦乾眼淚，我帶你去就是。」

突然間忽喇一聲，駱冰從山後拍手跳了出來，唱道：「小秀才，不怕醜，怕老婆，忙磕頭！」

李沅芷羞得滿臉通紅，跳起身來向內急奔。余魚同一呆。駱冰揮手叫道：「快追上去呀！」余魚同立時醒悟，拔足跟去。駱冰高聲大叫，衆人隨後一齊追去。

張召重苦等李沅芷不回，吃了些乾糧，心頭思潮起伏，盤算脫險之後如何邀集幫手，大破紅花會。又想李沅芷是提督之女，人又美貌，自己壯年未婚，如能娶她爲妻，於功名前途大有好處，從回疆回到杭州路途遙遠，一路上使點計謀，把她騙上手再說。如意算盤打得正響，前面人影一幌，正是李沅芷笑吟吟的回來。

張召重大喜，迎了上去，忽然李沅芷身後一人倏地撲將上來。張召重一驚，退開一步，左掌「撥雲見日」，向旁掠出。那人從他掌下穿過，右手斷笛疾戳，左手兩指前伸，直撲到他懷裏。張召重看清楚那人是馬眞的徒弟余魚同，心中一寒，右掌「白露橫江」一格，左手迎擊，待他閃避，右手已抓住他後心，猛喝一聲，將他向山岩上摜了過去。

李沅芷大驚，撲上抱住，但張召重這一摜勁力奇大，帶得她也向山石上撞去，突覺背心雙掌一擋，推得她和余魚同一齊摔在地下，雖然跌得狼狽，卻未受傷，兩人雙雙躍起，才知是陸菲青出掌相救。余魚同道：「師妹，多謝你又救了我一次。」李沅芷白了他一眼，低聲道：「你還向我說這個『謝』字？」

張召重眼見強敵齊至，轉身要逃，只聽身旁呼呼兩響，兩人已掠過身邊，擋在前面，正是袁士霄和陳正德，背後陸菲青喝道：「姓張的，你還待怎的？跟我們走吧！」張召重霎時間萬念俱灰，哼了一聲，轉身垂手走出。當下陸菲青、陳家洛、文泰來、霍青桐等在前，袁士霄、陳正德、關明梅等在後，將他夾在中間，走了出來。

張召重本以爲李沅芷不愼爲敵人發見，衆人暗暗跟了進來，只有自認晦氣，走了一程路，見前面李沅芷側身和駱冰說話，笑逐顏開，顯見一股子喜氣從心中直透出來，這一下子氣炸心肺，咬牙切齒的暗罵：「好，原來是你這小丫頭賣了我！」

各人捕到元兇巨惡，無不歡喜異常，到太陽快下山時，已走出迷城。陳家洛拿出點穴珠索，對章進和心硯道：「把他反背綑了。」章進接過珠索。張召重忽地大吼一聲，猛竄出去，左手伸出，已勾住李沅芷手腕，夾手把凝碧劍奪過，右掌一招「白虹貫日」，使足全力向她後心擊去。李沅芷身子急偏，卻那裏避得開，這掌正中左臂，喀喇一響，手臂已斷，張召重第二掌隨着打到。陸菲青在他奪劍時已知不妙，第一掌打出時不及相救，這時猱聲疾上，也是一掌打出，直擊他太陽穴。張召重右掌翻轉，拍的一聲，雙掌相抵，各自震退數步。兩人自在師門同窗習藝以來，二十餘年中從未交過手。各自砥礪功夫，這時雙掌相震，都覺對方功力深厚，與在師門時已大不相同。

李沅芷身受重傷，倒在地下。駱冰把她扶起，見她已痛得暈了過去。袁士霄摸出一顆丸藥，塞在她口裏。羣雄見張召重到此地步還要肆惡，無不大怒，團團圍住。

張召重心想：「人人都有一死，我火手判官可要死得英雄！」橫劍當胸，傲然說道：「你們是一起來呢？還是一個個依次來？我瞧還是一齊上好些！」

陳正德怒道：「你有甚麼本事，敢說這樣的大話？我先來鬥鬥。」文泰來道：「陳老爺子，這奸賊辱我太甚，讓在下先上。」余魚同叫道：「他害死我恩師，我本領雖不及他，但要第一個打。四哥，等我不成時你來接着。」衆人都恨透了他，紛要爭先。陳家洛道：「咱們不如來拈鬮。」袁士霄道：「他不是我對手，我不打了吧。」徐天宏道：「我們不是他對手，我和四嫂、九弟、十弟、十四弟、十五弟一起拈。我們六個人合力鬥他。」

張召重道：「陳當家的，咱們在杭州時曾有約比武，這約會還作不作數呀？」陳家洛知他要挑自己動手，說道：「不錯，那次在獅子峯上你傷了手，咱們說定比武之約延期三個月，現下正好完了這個心願。」張召重道：「那麼我先陪陳當家的玩玩，另外衆位緩一步如何？」他和陳洛多次交手，知他武功還遜自己一籌，如能將他擒住，用以挾制，或可設法脫身，倘若擒他不住，也要打死這個紅花會大頭腦，自己再死，也算夠了本。

徐天宏猜到他心思，叫道：「擒拿你這奸賊，若要總舵主親自出手，要我們紅花會衆兄弟何用？九弟、十弟、十四弟，咱們上啊！」衞春華、章進、余魚同、心硯都欺上兩步。

張召重哈哈大笑，說道：「我只道紅花會雖然犯上作亂，總還講江湖上道義。那知竟是沒信沒義的匪類！」

陳家洛手一擺，道：「七哥，他不和我見個輸贏，死不甘心。姓張的，不論你使甚麼奸計，今日要想逃命，那叫做痴心妄想。你上來！」張召重凝碧劍一抖，說道：「究竟還是你爽快，露兵刃吧！」陳家洛道：「用兵刃勝你，算得甚麼英雄？我就是空手接着。」

張召重大喜，有了這可乘之機，那肯放過，忙道：「要是我用劍勝不得你空手，我當場自刎，用不到旁人再動手。要是我勝了你呢？」陳家洛道：「那自有別位前輩和兄弟們接上。你是盼我說：勝了我就放你走路。嘿嘿，到了今天，你還不知已經惡貫滿盈麼？」張召重長劍一伸，喝道：「人生在世，有誰不死？死活之事，張某也不放在心上。」陳家洛道：「在杭州提督府地牢之中，文四爺和我擒住你後饒你不死；獅子峯上、兆惠大營之外，又曾兩次饒你；日前在狼羣，再救你一次性命。紅花會對你可算得仁至義盡。那知你至死不悟，今日任憑如何，決不能饒了。」張召重道：「你上吧，我也讓你四招不還手就是。」陳家洛道：「好！」縱身而上，劈面兩拳。張召重一矮身子，躲了開去，果然沒有還手。

陳家洛右脚橫踩，乘張召重縱起身來，突然左腿鴛鴦連環，跟着橫掃一脚。照一般拳術，對手既然躍起，自然繼續攻他身子，使他身在空中，難以躲避，但陳家洛這一腿卻踢在他脚下空處，只是時刻拿揑極準，敵人落下時剛好湊上。這正是「百花錯拳」中的精微之着，令人難以逆料。袁士霄見愛徒將自己所創拳術運用得十分巧妙，甚是得意，轉頭向關明梅道：「怎樣？」陳正德接口道：「果然不凡！」

張召重見陳家洛突使怪招，不及閃避，只得一劍「斗柄南指」，向他胸口刺去。陳家洛收腿側身，兩下讓過。章進罵道：「無恥奸賊，你說讓四招，怎麼又還手了？」張召重臉一沉，更不打話，凝碧劍寒光起處，嗤嗤嗤一陣破空之聲，向陳家洛左右連刺。

陸菲青暗暗心驚：「這惡賊劍法竟如此精進，當年師父壯盛之時，似也沒如此快捷。」提劍在手，凝神望着陳家洛，只要他稍有失利，立卽上前相救。只見兩人愈打愈快，陳家洛的人影在劍光中穿來插去，張召重柔雲劍法雖精，一時也奈何他不得。

旁邊余魚同和駱冰扶着李沅芷，這時她已悠悠醒轉，只覺臂上胸口，陣陣劇痛，睜眼見到余魚同扶着自己，心中大慰。余魚同道：「痛得還好麼？待會請陸師叔給你接骨，你忍一忽兒。」李沅芷微微一笑，又閉上了眼。

香香公主拉着姊姊的手，道：「他怎麼不用兵器？勝得了麼？」霍青桐道：「咱們有這許多人，不用怕。」心硯焦急萬分，恨不得衝過去插手相助，問霍青桐道：「姑娘，你說公子沒危險麼？」霍青桐記起前事，白了他一眼，轉頭不理。心硯大急，想要分辯謝罪，一雙眼又不敢離開陳家洛身上。

文泰來虎目圓睜，眼光不離凝碧劍的劍尖。衞春華雙鈎鈎頭已被削斷，但仍緊緊握在手中，全身便如是一張拉滿了的弓一般。駱冰腕底扣着三柄飛刀，眼光跟着張召重的後心滴溜溜地打轉。

李沅芷又再睜開眼來，忽然輕輕驚呼，向東一指。余魚同轉頭望去，只見面前出現了一片奇景：遠處一座碧綠的大湖，水波清漪，湖旁白塔高聳，屋宇櫛比，竟是一座大城。余魚同一驚跳起，但隨即想到這是沙漠中的海市蜃樓，景色雖奇，卻盡是虛幻。其餘各人凝神觀戰，都沒見到。

李沅芷道：「那是甚麼啊？咱們回到了杭州嗎？」余魚同低聲道：「那是太陽光反射出來的幻象。你閉上眼養一會兒神吧。」李沅芷道：「不，這寶塔是杭州雷峯塔。我跟爹爹去玩過的。爹爹呢？我要爹爹。」余魚同允她婚事，本極勉強，只是爲了要給恩師報仇，一切全顧不到了，這時見她身受重傷，神智模糊，憐惜之念不禁油然而生，輕輕拍着她手背道：「咱們這就動身回去，我跟你去見你爹爹。」李沅芷嘴角邊露出一絲微笑，忽問：「你是誰？」余魚同見她雙目直視，臉上沒一點血色，害怕起來，答道：「我是你余師哥，咱倆今兒定了親啊。以後我一定好好待你。」李沅芷垂下淚來，叫道：「你心裏是不喜歡我的，我知道。你快帶我見爹爹去，我要死啦。」一眼望遠處幻象，道：「那是西湖，我爹爹在西湖邊上做提督，他……他……你認識他麼？」

余魚同心裏一陣酸楚，想起她數次救援之德，一片痴情，自己卻對她不加理睬，要是她傷重而死，如何是好？一時忘情，伸手把她摟在懷裏，低聲道：「我心裏是眞正愛你的，你不會死。」李沅芷嘆了口氣。余魚同道：「快說：『我不會死！』」李沅芷胸口一陣劇痛，又暈了過去。張召重這一掌勁力凌厲，她斷臂之外，胸口更受震傷。

這時張召重和陳家洛翻翻滾滾，已折了一百餘招。初時陳家洛的「百花錯拳」變招倏出，張召重又在強敵環伺之下，不免氣餒，手中雖有兵刃，卻也不敢莽進，一面要解拆對方古怪繁複、不成章法的拳術，一面要找尋空隙，想一舉將他擒住，再見陸菲青、駱冰、霍青桐等人手中似都扣着暗器，於是更加嚴守門戶，不敢露出絲毫空隙，以防旁人暗襲，這樣一分神，雙方打成了平手。再拆數招，張召重心想：「再耗下去，是何了局？就算勝了這姓陳的小子，他們和我車輪大戰，打不死我，也把我拖得累死。」這時對「百花錯拳」的格局已大致摸熟，即使對方突使怪招，也可應付得了，膽子一壯，劍法忽變。

他柔雲劍術施展開來，連綿不斷，記記都是進手招數，登時攻守易勢，陳家洛連連倒退。

倏地張召重一招「耿耿銀河」，凝碧劍一劍橫削，隨卽千頭萬緒般亂點下來，眞若天上繁星一般。陳家洛眼見無法招架，忽地跳出圈子，要避開他這番招招相連的攻勢，再行回擊。衞春華和章進齊向張召重撲去。

凝碧劍「耿耿銀河」一招術尚未使完，張召重更不停手，颼颼兩劍，衞章兩人均已帶傷。文泰來猛喝一聲，挺刀正要縱前，陳家洛已掠過他身邊，輕輕兩掌，打向張召重面門。這兩掌看來全不使力，但部位恰到好處，他不論低頭躲避還是回劍招架，都已不及，只聽聲音清脆，拍拍兩下耳光。張召重又驚又怒，提劍退出三步，瞋目怒視。

衆人明見陳家洛已落下風，忽然輕描淡寫的上去拍了兩記耳光，都是大爲驚奇。衞章兩人乘機退下，好在受傷均不甚重，駱冰和心硯分別給他們包紮。

陳家洛對余魚同道：「十四弟，煩你給我吹一曲笛子。」余魚同臉一紅，忙將李沅芷放在地下，橫笛口邊，問道：「吹甚麼？」陳家洛微一沉吟，道：「霸王雖勇，終當命喪烏江，你吹『十面埋伏』吧！」余魚同不明他的用意，但總舵主有命，當下奮起精神，吹了起來。金笛比竹笛的音色本更激越，這曲子尤其昂揚，一開頭就隱隱傳出兵甲金戈之音。

陳家洛雙掌一錯，說道：「上來吧！」身子一轉，虛踢一脚，猶如舞蹈一般。張召重見他後心露出空隙，遇上了這良機，手下那裏還肯容情，長劍直刺。

衆人驚呼聲中，陳家洛忽地轉身，左手已牽住張召重的辮尾，配合着余魚同笛中節拍，把辮子在凝碧劍上一拉，一條油光漆黑的大辮登時割斷。陳家洛右手拍的一掌，張召重肩頭又中。他連挨三掌，雖然掌力不重，並未受傷，然而憑自己武功，非但沒能讓過，而且竟沒看出對方使的是何手法，辮子被截，更是奇恥，但他究是內家高手，雖敗不亂，又再倒退數步，凝神待敵。

陳家洛合着曲子節拍，緩步前攻，趨退轉合，瀟洒異常。霍靑桐大喜，對香香公主道：「你瞧，這就是他在山洞裏學的武功。」香香公主拍手笑道：「這模樣眞好看。」陳家洛伸手拍出，張召重舉劍擋開，反手一撩，兩人又鬥在一起。張召重凝劍嚴守，只要對方稍近，立卽快如閃電般還擊數下，擊刺之後，隨卽收劍防禦。

陳正德對袁士霄道：「袁大哥，我今日才當眞對你佩服得五體投地。你徒兒已是如此，做兄弟的跟你可實在相差太遠了。」袁士霄沉吟不語，心中大惑不解，陳家洛這套功夫非但不是他所授，而且武林中從所未見。他見多識廣，可算得舉國一人，卻渾不知陳家洛所使拳法是何家數，看來與任何流派門戶都不相近。他隔了一會，才道：「不是我教的，我也教不出來。」天山雙鷹知他生平不打誑語，這並非自謙之辭，都是暗暗稱奇。

余魚同越吹越急，只聽笛中鐵騎奔騰，金鼓齊鳴，一片橫戈躍馬之聲。陳家洛的拳法初時還感生疏滯澀，這時越來越順，到後來猶如行雲流水，進退趨止，莫不中節，打到一百餘招之後，張召重全身大汗淋漓，衣服濕透。忽然間笛聲突然拔高，猶如一個流星飛入半空，輕輕一爆，滿天花雨，笛聲緊處，張召重一聲急叫，右腕已被雙指點中，寶劍脫手。陳家洛隨手兩掌，打在他背心之上，縱聲長笑，垂手退開。這兩掌可是含勁蓄力，厲害異常。張召重低下了頭，脚步踉蹌，就如喝醉酒一般。

章進口中咒罵，想奔上去給他一棒，被駱冰拉住。只見張召重又走了幾步，終於站立不穩，撲地倒了。羣雄大喜，徐天宏和心硯上去按住縛了。張召重臉色慘白，毫不抵抗。

余魚同放下笛子，忙看李沅芷時，見她昏迷未醒，甚是着急。陳家洛道：「師父，陸老前輩，咱們拿這惡賊怎麼辦？」余魚同咬牙切齒的說道：「拿去餵狼，他下毒手害死我師父，現今又……又……」袁士霄道：「好，拿去餵狼！咱們正要去瞧瞧那批餓狼怎樣了。」衆人覺得這奸賊作惡多端，如此處決，正是罪有應得。

陸菲青將李沅芷斷臂上的骨骼對正了，用布條緊緊縛住。袁士霄又拿一顆參雪丸給她服下，搭了她脈搏，對余魚同道：「放心，你老婆死不了。」駱冰低聲笑道：「你抱着她，她就好得快些。」

衆人向圍住狼羣的沙城進發，無不興高采烈。途中袁士霄問起陳家洛的拳法來歷，陳家洛詳細稟告了。袁士霄喜道：「這眞是可遇不可求的奇緣。」

數日後，衆人來到沙城，上了城牆向內望去，只見羣狼已將駝馬吃完，正在爭奪已死同類的屍體，猛撲狂咬，慘厲異常，饒是羣雄心豪膽壯，也不覺吃驚。香香公主不忍多看，走下城牆去自和看守的回人說話。

余魚同把張召重提到城牆牆頭，暗暗禱祝：「恩師在天之靈，你的朋友們與弟子今日給你報仇雪恨。」從徐天宏手裏接過單刀，割斷縛住張召重手足的繩索，左腿橫掃，把他踢落。羣狼不等他着地，已躍在半空搶奪。

張召重被陳家洛打中兩掌，受傷不輕，仗着內功深湛，經過數日來的休養，已好了大半。

他被推入狼城，早已不存生還之想，但臨死也得竭力掙扎一番，雙腿將要着地，四周七八頭餓狼撲了上來，他紅着雙眼，兩手伸出，分別抓住一頭餓狼的項頸，橫掃了一個圈子，登時把羣狼逼退數步。他慢慢退到牆邊，後心貼牆，負隅拚鬥，抓住兩頭惡狼，依着武當雙鎚的路子使了開來，呼呼風響，羣狼一時倒也難以逼近。

羣雄知他必死，雖恨他奸惡，但陳家洛、駱冰等心腸較軟，不忍卒覩，走下城牆。

陸菲青雙目含淚，又是憐憫，又是痛恨，見張召重使到二十四招「破金鎚」時，一頭餓狼撲將上來，向他腿上咬去，張召重一縮腿，狼牙撕下了他褲子上長長一條布片。陸菲青腦海中突然湧現了三十餘年前舊事：那一日他和張召重兩人瞞了師父，偷偷到山下買糖吃，師弟摔了一交，褲子在山石上勾破了。張召重愛惜褲子，又怕師父責罵，大哭起來。他一路安慰，回山之後，立即取針綫給師弟縫補破褲。又想到這套「破金鎚」鎚法也是自己親自點撥的。當年張召重聰明穎悟，學藝勤奮，師兄弟間情如手足，不料他後來貪圖富貴，竟然愈陷愈深。眼見到師弟如此慘狀，不禁淚如雨下，心想：「他雖罪孽深重，我還是要再給他一條自新之路，重做好人。」叫道：「師弟，我來救你！」湧身一躍，跳入了狼城。

衆人大吃一驚，只見他脚未着地，白龍劍已舞成一團劍花，羣狼紛紛倒退，他站到張召重身旁，說道：「師弟，別怕。」張召重眼中如要噴出火來，忽地將手中兩狼猛力擲入狼羣，和身撲上，雙手抱住了他，叫道：「反正是死了，多一個人陪陪也好。」陸菲青出其不意，白龍劍落地，雙臂被他緊緊抱住，猶如一個鋼圈套住了一般，忙運力掙扎，但張召重獸性大發，決意和他同歸於盡，拚死抱住，那裏掙扎得開？羣狼見這兩人在地下翻滾，猛撲上來撕咬。師兄弟各運內家功力，要把對方翻在上面，好讓他先膏狼吻。

陳家洛等在城牆脚下忽聽城牆頂上連聲驚呼，忙飛步上牆。這時陸菲青想起自己好心反得慘報，氣往上沖，手足一軟，被張召重用擒拿手法拿住脈門，動彈不得。

張召重左手一拉，右手一舉，已將陸菲青遮在自己身上。衆人驚呼聲中，文泰來與余魚同雙雙躍下。文泰來單刀連揮，劈死數狼。羣狼退開數步。余魚同握着從徐天宏手裏接來的鋼刀，跳落時因城牆過高，立足不穩，翻了個觔斗方才站起，看準張召重肩頭，用刀頭戳將下去。張召重慘叫一聲，抱着陸菲青的雙臂登時鬆了。這時羣雄已將長繩掛下，先將陸菲青與余魚同縋上，隨卽又縋上文泰來。看下面時，羣狼已撲在張召重身上亂嚼亂咬。

衆人心頭怦怦亂跳，一時都說不出話來，想到剛才的兇險，無不心有餘悸。

隔了良久，駱冰道：「陸伯伯，你的白龍劍沒能拿上來，很是可惜。」袁士霄道：「再過一兩個月，惡狼都死光了，就可拿回來。」

傍晚紮營後，陳家洛對師父說了與乾隆數次見面的經過。袁士霄聽了原委曲折，甚感驚異，從懷裏摸出一個黃布包來，遞給他道：「今年春間，你義父差常氏兄弟前來，交這布包給我收着，說是兩件要緊物事。他們沒說是甚麼東西，我也沒打開來看過，只怕就是皇帝所要的甚麼證物了。」

陳家洛道：「一定是的。義父既有遺命，徒兒就打開來瞧了。」解開布包，見裏面用油紙密密裹了三層，油紙裏面是一隻小小的紅木盒子，掀開盒蓋，有兩個信封，因年深日久，紙色都已變黃，信封上並無字迹。

陳家洛抽出第一個信封中的紙箋，見箋上寫了兩行字：「世倌先生足下：將你剛生的兒子交來人抱來，給我一看可也。」下面簽的是「雍邸」兩字，筆致圓潤，字迹潦草。

袁士霄看了不解，問道：「這信是甚麼意思？那有甚麼用，你義父看得這麼要緊？」陳家洛道：「這是雍正皇帝寫的。」袁士霄道：「你怎知道？」陳家洛道：「徒兒家裏清廷皇帝的賜書很多，康熙、雍正、乾隆的都有，因此認得他們的筆迹。」袁士霄笑道：「雍正的字還不錯，怎地文句如此粗俗？」陳家洛道：「徒兒曾見他在先父奏章上寫的批文，有的寫：『知道了，欽此』。提到他不喜歡的人時，常寫：『此人乃大花臉也，要小心防他，欽此』。」袁士霄呵呵大笑，道：「他自己就是大花臉，果然要小心防他。」又道：「這信是雍正所寫，那又有甚麼了不起？」陳家洛道：「寫這信時還沒做皇帝。」

袁士霄道：「你怎知道？」陳家洛道：「他署了『雍邸』兩字，那是他做貝勒時的府第。而且要是他做了皇帝，就不會稱先父爲『先生』了。」袁士霄點了點頭。

陳家洛扳手指計算年月，沉吟道：「雍正還沒做皇帝，那時候我當然還沒生，二哥也沒生。姊姊是這時候生的，可是信上寫着『你剛生的兒子』，嗯……」想到文泰來在地道中所說言語，以及乾隆的種種神情，叫道：「這正是絕好的證據。」袁士霄道：「怎麼？」陳家洛道：「雍正將我大哥抱了去，抱回來的卻是個女孩。這女孩就是我大姊，後來嫁給常熟蔣閣老的，其實是雍正所生的公主。我眞正的大哥，現今做着皇帝。」袁士霄道：「乾隆？」

陳家洛點了點頭，又抽出第二封來。他一見字迹，不由得一陣心酸，流下淚來。袁士霄問道：「怎麼？」陳家洛哽咽道：「這是先母的親筆。」拭去眼淚，展紙讀道：

「亭哥惠鑒：你我緣盡今生，命薄運乖，夫復何言。余所日夜耿耿者，吾哥以頂天立地之英雄，乃深受我累，不容於師門。我生三子，一居深宮，一馳大漠，日夕所伴之二兒，庸愚頑劣，令人神傷。三官聰穎，得託明師，余雖愛之念之，然不慮也。大官不知一己身世，儼然而爲胡帝。亭哥，亭哥，汝能爲我點化之乎？彼左臀有殷紅硃記一塊，以此爲證，自當入信。余精力日衰，朝思夕夢，皆爲少年時與哥共處之情景。上天垂憐，來生而後，當生生世世爲夫婦也。妹潮生手啓。」

陳家洛看了這信，驚駭無已，顫聲問道：「師父，這信……信上的『亭哥』，難道就是我義父嗎？」袁士霄黯然道：「可不是嗎？他幼時與你母互有情意，後來天不從人願，拆散鴛鴦，因此他終生沒有娶妻。」陳家洛道：「我媽媽當年爲甚麼要義父帶我出來？爲甚麼要我當義父是我親生爸爸一般？難道……」

袁士霄道：「我雖是你義父知交，卻也只知他因壞了少林派門規，被逐出師門。這等恥辱之事，他自己不說，別人也不便相問。不過我信得過他是響噹噹的好漢子，光明磊落，決不做虧心之事。」一拍大腿，說道：「當年他被逐出少林，我料他定是遭了不白之冤，曾邀集武林同道，要上少林寺找他掌門人評理，險些釀成武林中的一件大風波。後來你義父盡力分說，說全是自己不好，罪有應得，這才作罷。但我直到現今，還是不信他會做甚麼對不起人的事，除非少林寺和尙們另有古怪規矩，那我就不知道了。」說到這裏，猶有餘憤。

陳家洛道：「師父，我義父的事你就只知道這些麼？」袁士霄道：「他被逐出師門之後，隱居了數年，後來手創紅花會，終於轟轟烈烈的做出一番大事來。」陳家洛問的是自己身世，袁士霄卻反來覆去，儘說當年如何爲于萬亭抱不平之事。

陳家洛又問：「義父和我媽媽爲甚麼要弟子離開家裏，師父可知道麼？」袁士霄氣憤憤的道：「我邀集了人手要給你義父出頭評理，到頭來他忽然把過錯全攬在自己身上。這般給大家當頭澆一盆冷水，我的臉又往那裏擱去？因此他的事往後我全不管啦。他把你送來，我就教你武藝，總算對得起他啦。」

陳家洛知道再也問不出結果了，心想：「圖謀漢家光復，關鍵在於大哥的身世，中間只要稍有失錯，那就前功盡廢。此事勢所必成，遲早卻是不妨。我須得先到福建少林寺走一遭，探問明白。雍正當時怎樣換掉孩子？我大哥明明是漢人，雍正爲何讓他繼任皇位？在那兒總可問到一些端倪。」當下把這番意思對師父說了。袁士霄道：「不錯，去問個仔細也好，就怕老和尚古怪，不肯說。」陳家洛道：「那只有相機行事了。」

師徒倆談論了一會，陳家洛詳述在玉峯中學到的武功，兩人印證比劃，陳家洛更悟到不少精微之處。兩人談得興起，走出帳來，邊說邊練，不覺天色已白，這才盡興。

袁士霄道：「那兩個回人姑娘人品都好，你到底要那一個？」陳家洛道：「漢時霍去病言道：『匈奴未滅，何以家爲？』弟子也是這個意思。」袁士霄點點頭道：「很有志氣，很有志氣。我去對雙鷹說，免得他們再怪我教壞了徒弟。」言下十分得意。陳家洛道：「陳老前輩夫婦說弟子甚麼不好？」袁士霄笑道：「他們怪你喜新棄舊，見了妹子，忘了姊姊，哈哈！」陳家洛回思雙鷹那晚不告而別，在沙中所留的八個大字，原來含有這層意思，想來不覺暗暗心驚。

次日，陳家洛告知羣雄，要去福建少林寺走一遭，當下與袁士霄、天山雙鷹、霍青桐姊妹作別。香香公主依依不捨。陳家洛心中難受，這一別不知何日再能相見？如得上天佑護，大功告成，將來自有重逢之日，否則衆兄弟埋骨中土，再也不能到回部來了。霍青桐遠送出一程，早也柔腸百結，黯然神傷，但反催妹子回去，香香公主只是不肯。

陳家洛硬起心腸，道：「你跟姊姊去吧！」香香公主垂淚道：「你一定要回來！」陳家洛點點頭。香香公主道：「你十年不來，我等你十年；一輩子不來，我等你一輩子。」陳家洛想送件東西給她，以爲去日之思，伸手在袋裏一摸，觸手生溫，摸到了乾隆在海塘上所贈的那塊溫玉，取出來放在香香公主手中，低聲道：「你見這玉，就如見我一般。」香香公主含淚接了，說道：「我一定還要見你。就算要死，也是見了你再死。」陳家洛微笑道：「幹麼這般傷心？等大事成功之後，咱們一起到北京城外的萬里長城去玩。」香香公主出了一會神，臉上微露笑意，道：「你說過的話，可不許不算。」陳家洛道：「我幾時騙過你來？」香香公主這才勒馬不跟。

陳家洛時時回頭，但見兩姊妹人影漸漸模糊，終於在大漠邊緣消失。

羣雄控馬緩緩而行，這一役雖擊斃了張召重，但也傷了李沅芷、衞春華、章進三人，李沅芷傷勢尤重。余魚同大仇得報，甚是歡慰，對李沅芷又是感激，又是憐惜，一路上不避嫌疑，細心呵護。

衆人行了數日，又到了阿凡提家中，那位騎驢負鍋的怪俠卻又出外去了。周綺聽說張召重已死，胞弟之仇已報，很是高興。依陳家洛意思，要徐天宏陪她留在回部，等生下孩子，身子康復之後，再回中原。但周綺一來嫌氣悶，二來聽得大夥要去福建少林寺，此行可與她爹爹相會，吵着定要回去。衆人拗不過，只得由她。徐天宏雇了一輛大車，讓妻子及李沅芷在車裏休息。

回入玉門關後，天時漸暖，已有春意。衆人一路南下，漸行漸熱，周綺愈來愈是慵困，李沅芷的傷臂卻已大好了。她棄車乘馬，一路與駱冰咭咭呱呱的說話。旁人都奇怪這兩人談個沒完沒了，不知怎地有這許多事兒來說。

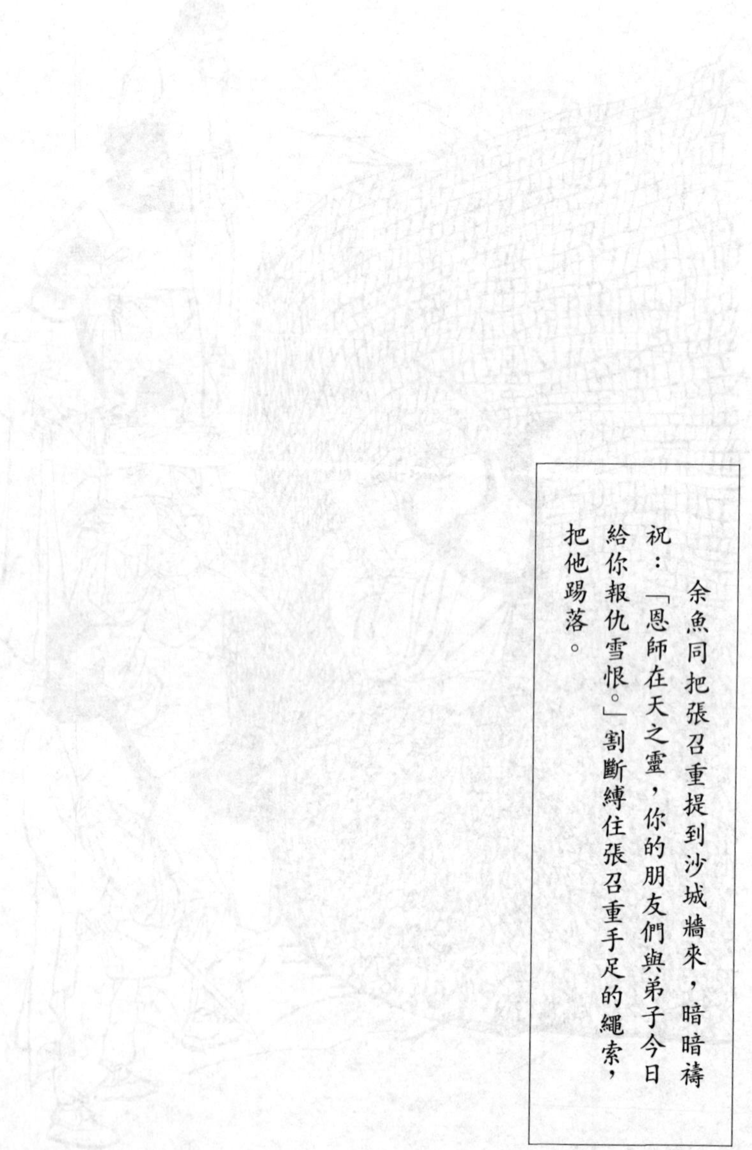

余魚同把張召重提到沙城牆來，暗暗禱祝：「恩師在天之靈，你的朋友們與弟子今日給你報仇雪恨。」割斷縛住張召重手足的繩索，把他踢落。

# 第十九回　心傷殿隅星初落　魂斷城頭日已昏

這日來到福建境內，只見滿山紅花，蝴蝶飛舞。陳家洛心想：「要是喀絲麗在此，見了這許多鮮花，可不知有多歡喜。」

又行數天，將近德化城時，行經一座茂密的樹林，章進忽然大叫一聲，飛奔而前，只見那邊樹上一人雙足凌空，是個投繯自盡的男子。章進抱住那人雙足，將他舉了起來，大叫：「快來，快來！」駱冰兩把飛刀擲出，割斷了掛在樹枝上的布帶。章進將那人橫放地下，陸菲青給他胸口推宮過氣，過了一陣，那人悠悠醒來，放聲大哭。

這人約莫二十四五歲，打扮似是個做手藝的。章進焦躁，罵道：「老子救活了你，幹麼還哭？」福建話本甚特異，但那人似到外省去過，打着半鹹半淡的官話道：「爺們還是讓我死的好！」衛春華道：「你是短了錢銀呢？還是遭了冤屈？我們可以幫你呀。」那人道：「不是爲錢，也沒人寃枉小人。」說罷又哭。

駱冰見他頸中掛着一個繡花荷包，色澤鮮艷，用麻繩牢牢繫住，似怕死後給人拿走了，猜想此事或與女人有關，問道：「你的情妹子不肯嫁你麼？」那人臉露驚奇之色，說道：「她是死路一條，我索性死了爽快。」駱冰道：「她爲甚麼死路一條？」那人道：「方大人今年告老回鄉，見銀鳳生得好看，要娶她做第十一房姨太太……」說着又哭了起來。

章進聽得茫然不解，喝道：「亂七八糟，老子一點不懂，甚麼方大人、銀鳳的？」駱冰笑道：「銀鳳自然是他的情妹子了。他倒是個多情種子呢。」章進道：「那方大人在那裏？娶了你的銀鳳沒有？」那人道：「德化城裏最大的房子就是方大人的，去年他家裏蓋新房子，小的還去幫過工。他……他今天……今天要討銀鳳……」章進道：「你這人沒出息，幹麼不和這姓方的去拚命？」駱冰笑道：「他有你章十爺的一成本事就好啦！」問那人道：「你叫甚麼名字？做甚麼手藝？」那人道：「小人叫周阿三，是做木匠的。」

周綺聽這人也姓周，先有了三分好感，又見他哭得可憐，說道：「你帶我們去見那姓方的。」周阿三畏畏縮縮的不敢。徐天宏見妻子和章進都是一股莽勁，心裏暗笑，說道：「你帶我們到你家裏去，包在我們身上，叫那姓方的不敢娶你的銀鳳便是。」周阿三將信將疑，領了衆人來到德化城內自己家裏。

那銀鳳家裏姓包，是開豆腐店的，就在周阿三的隔壁，門外掛燈結綵，一副做喜事的模樣。徐天宏命周阿三把銀鳳的父親包老頭請過來，只見他愁眉苦臉，神色悽慘，那裏有做新丈人的喜色。衆人一問，才知那方大人今年已七十多歲，本在安徽做藩台，新近告老回鄉，地方上沒一個不怕他。包老頭的女兒才十八歲，自幼和周阿三情投意合，早有嫁娶之約，嫁給這垂死之人做小自然是一百個不願意，但懼他權勢，不敢不依。依章進和周綺說，就要去殺了那姓方的，但陳家洛道：「咱們身有大事，別多生枝節。」叫心硯取出一百兩銀子來，送給包老頭和周阿三，叫他們帶了銀鳳趕緊逃走。包周兩人千恩萬謝，忙回去收拾。

周綺這時已有七八個月身孕，一路上徐天宏和駱冰管得她緊，不能多動，酒更是半滴不得沾唇，本已厭煩之極，見陳家洛不許跟那姓方的爲難，更是氣悶，乘徐天宏不防，溜了出來到街上亂走。德化城本來不大，不多一會就來到方宅門口，只見大門中伕役進進出出，把魚肉鷄鴨及一罎罎酒抬了進去，不覺酒癮大起，便跟了進去。

方府這天賀客盈門。衆僕役見她大模大樣的進來，雖然穿得樸素，但氣派端嚴，不敢怠慢，忙讓到內堂敬茶。周綺心想他們倒敬重於我，也就喝着武夷清茶，咬着瓜子，自得其樂。不一會開出席來，方府雖是娶妾，但方老太爺方有德在外作官數十年，老來衣錦還鄉，存心要顯顯威風，是以這席午宴也十分豐盛。周綺與那些姑娘太太們語言不通，不去理會旁人，酒到杯乾，飲得自由自在，倒也暢快。

喝了十多杯，方老太爺由兩個兒子扶着，顫巍巍的到各席來敬酒。周綺見他鬚眉皆白，還要蹧蹋人家女兒，心中暗罵。待他走到臨近，見他左頰上有一大塊黑記，黑記上稀稀疏疏的生着幾根長毛，驀地想起丈夫先前所說的話來。那日她母親問他身世，他說他一家都被一個姓方的府台所害，那方府台左臉上有大塊黑記，莫非是此人不成？徐天宏是浙江紹興人，她衝口而出：「方老爺，你在紹興做過府台麼？」方老太爺聽到她一口北方口音，微感奇怪，說道：「你這位太太很面生，老頭子記性不好，在紹興見過我麼？」這話正是自認在紹興做過官。周綺點點頭，不言語了。方老太爺也不在意，另去敬酒。

周綺本想上前將他一拳打死，替丈夫報了血海深仇，但身子一動，就感胸口發悶，手足酸軟，暗罵肚子裏這小孽障害得我好苦，斟了三杯酒仰脖子喝下，大踏步往外走出。衆女賓見這女人粗野無禮，交頭接耳的竊竊譏笑。周綺回到周阿三家裏，不久徐天宏與駱冰也從外面回來，兩人到處尋她不見，正自焦急，見了她這才放心，見她臉上紅撲撲的酒意盎然，正要開口埋怨，周綺搶先把遇到方老太爺的事說了。

徐天宏想起父母兄姊慘死的情形，眼中冒火，但怕殺錯了人，道：「我去打聽一下。」過了半個多時辰，他直衝進來，對陳家洛道：「總舵主，我仇人確是在此，你許不許我報仇？」陳家洛沉吟道：「七哥這大仇是非報不可的，這老賊已七十多歲，稍有躭擱，莫要給他得個善終，可成了咱們畢生的恨事。只是咱們另有大事，這番舉動可別讓人疑心到紅花會頭上。」說到這裏，包老頭帶了女兒和周阿三過來叩謝，說再過兩個時辰，方家就要來迎娶，現下收拾已畢，要趕緊逃走。

李沅芷靈機一動，道：「不如把事情推在他們身上，反正他們是要逃走的了。」余魚同道：「怎麼？」李沅芷笑道：「請你做新娘子哪！」駱冰笑道：「還是她扮新郎，你扮新娘吧。」李沅芷紅了臉道：「哼，人家明明出個好主意，你偏來開玩笑。」駱冰道：「好妹子，那你說吧。」李沅芷笑道：「叫他穿了新娘子的衣服，等轎子來時，他就坐了去。咱們都扮作送親的。」駱冰拍手笑道：「好呀，拜過堂後，等到洞房花燭，大家一齊動手。別人只道是女家出的花樣，誰也不會疑心到紅花會身上。」徐天宏這時關心則亂，一時想不出主意來，聽了李沅芷這個計策，也連聲叫好。

陳家洛命衞春華與心硯先把包家父女及周阿三護送出城，讓他們遠走高飛。大家買了衣物，裝扮起來。余魚同扮女人雖然頗不願意，但這是李沅芷出的主意，不便拂她之意，又是爲七哥報仇雪恨，委屈一下也說不得了。新娘的紅衣頭罩都是現成的，就是他一雙大脚有點礙事，但把裙子放低些，遮掩得一時，也就成了。

申牌時分，方府的轎子與迎親的喜娘等等都來了。駱冰與李沅芷扶着頭披紅巾的余魚同進了轎子。衆人在長衣內各藏兵刃，一路跟到方家。男子娶妾，要妾侍向丈夫和正室磕頭。余魚同無奈，只得盈盈拜將下去。方有德喜得呵呵大笑，摸出兩個金踝子來做見面禮。余魚同老實不客氣的收了。

喜筵過後，接着是要鬧房，衆人都擁到新房中來。徐天宏緊緊擠在方有德身邊，右手摸着袋裏的匕首，眼見時辰將到，正要動手，忽然一名家丁匆匆走進房來，說道：「成總兵和幾位客人來向大人道喜。」方有德道：「他怎麼到德化來啦？」忙迎出去。徐天宏等寸步不離，只見廳上坐着一位武官，下首四人身穿內廷侍衞服色。

徐天宏臉色登變，認出其中一人是在黃河渡口交過手的清宮侍衞瑞大林，正要招呼各人，文泰來虎吼一聲，已向那武官撲去。原來那人便是隨同張召重去鐵膽莊捉拿他的成璜。這人因立了此功，從記名總兵升爲實授，分發閩南。這天瑞大林等四名侍衞奉皇帝密旨前來找他。這五人從永安府來到德化，聽說方藩台娶妾，便來擾一杯喜酒，趕場熱鬧，那知竟與紅花會羣雄狹路相逢。

成璜出其不意，隨手拿起椅子一擋，喀喇一聲，梨花木的椅脚被文泰來一掌劈斷了兩根。

成璜見來勢兇惡，從桌底鑽了過去，隔桌望見竟是文泰來，這一下嚇得魂飛天外，往外直奔。羣雄取出兵刃，與瑞大林等四名侍衞交起手來。侍衞們如何能敵？呼嘯一聲，從人叢中穿了出去，跨上馬背飛奔。文泰來等推開嚇得東倒西撞的賀客女賓往外追時，五人都已逃得遠了。只聽內堂驚叫哭喊，亂成一片。

余魚同穿着大紅女服，手揮金笛，旁邊一個駱冰，一個李沅芷，從內堂殺將出來。羣雄尋方有德時，卻已不見。周綺大罵：「老不死老奸巨猾，溜得倒快。」衞春華、章進、心硯等前前後後找了一遍，影蹤不見。徐天宏對陳家洛道：「總舵主，怎麼清宮侍衞忽然在此出現？莫非另有奸謀？」陳家洛道：「正是，這須得探查明白。」徐天宏道：「私仇事小，咱們先查明侍衞的事再說。」陳家洛讚道：「七哥深明大義。」當下率領眾人，追了出去，一問途人，知那些武官是往東逃去。羣雄紛紛上馬，出德化城東門疾追。

奔了三四十里，在一家飯鋪中打尖，詢問飯鋪伙計，知道成璜等過去不久。文泰來道：「我這馬脚力快，衝上去攔住五個狗賊。」駱冰道：「他們有五個，別落了單。諒他們也逃不了。」文泰來知道妻子自從他身遭危難，對他照顧特別週到，也不忍讓她擔心，於是與眾人一齊追趕。

當晚羣雄在仙遊歇夜，次日趕到郊尾，聽鄉人說五個武官已轉而向北。陳家洛笑道：「他們逃的路程眞好，這裏向北正往莆田少林寺，咱們雖然趕人，可沒走寃枉路。」馳了數十里，天色將黑，離少林寺已近，羣雄在望海鎭上找一家客店歇了。陸菲青、文泰來、衞春華、徐天宏、心硯等五人出去分頭打聽衆侍衞的下落。

文泰來查不到成璜等蹤迹，心中焦躁。這時天已入夜，蟬聲甫歇，暑氣未消，他袒開胸口，拿着一柄大葵扇不住搧風，走了一陣，迎風一陣酒香，前面是家小酒店，望見店門兀自開着，尋思正好喝幾碗冷酒解渴，走進店內，不覺一怔，正是踏破鐵鞋無覓處，得來全不費功夫，成璜、瑞大林及三名侍衛正在飲酒談笑。

五人斗然見他闖進店來，大吃一驚，登時停杯住口。文泰來有如不見，叫道：「店家，拿酒來。」店小二答應了，拿了酒壺、酒杯、筷子放在他面前。文泰來喝道：「杯子有甚麼用？拿大碗來。」噹的一聲，把一塊銀子擲在桌上。店小二見他勢猛，不敢多說，拿了一隻大碗出來，斟滿了酒。文泰來舉碗喝了一口，讚道：「好酒！」店小二道：「這是本地出名的三白酒。」文泰來道：「宰一口豬，該喝幾碗？」店小二不懂他意思，但又不敢不答，隨口道：「三碗吧！」文泰來道：「好，拿十五隻大碗，篩滿了酒！」抽出長刀，砍在桌上。店小二嚇了一跳，依言拿出十五隻大碗，擺滿了一桌，都倒上了酒。成璜等面面相覷，驚疑不定，見文泰來攔在門口，都不敢出來。

成璜和瑞大林見不是路，站起來想從後門溜走。文泰來大喝一聲，宛似半空打了個霹靂，叫道：「老子酒還沒喝，性急甚麼？」成瑞兩人站着便不敢動。文泰來左足踏在長櫈之上，兩口就把一碗酒喝乾，叫道：「好酒！」又喝第二碗。店小二識趣，切了兩斤牛肉牛筋，放在盤裏托上來。文泰來喝酒吃肉，不一刻，十五碗酒和兩斤牛肉吃得乾乾淨淨。成璜和瑞大林心驚膽戰，相顧駭然。其餘三名侍衛互相使個眼色，各提兵刃，猛撲上來。

文泰來酒意湧上，全身淌汗，待三人撲到，右足猛一抬腿，把桌子踢得飛了起來，桌上酒碗盤子，乒乒乓乓的跌成一地。他不及拔刀，提起長櫈便向三名侍衛橫掃過去。那三名侍衛身手也甚了得，一個展動花槍，避開長櫈，分心刺到，另兩人一個使刀，一個雙手握着蛾眉鋼刺，直欺近身。文泰來舉櫈直上，力敵三人，混戰中那使刀的一刀砍在櫈上，急切間拔不出來，文泰來左掌一翻，劈面打在他鼻樑正中，只打得五官血肉模糊、頭骨震碎而死。這時蛾眉雙刺正刺到文泰來右脅，他順手拔下砍在櫈上的單刀，劈將下來。

那人雙刺堪堪刺到，忽覺頭頂風勁，知道不好，左脚急挫，打滾避開。那使槍的抖起個碗大槍花，「毒龍出洞」，向文泰來小腹刺去。文泰來左手撒去單刀，一把抓住槍桿。那人用力回奪，卻怎敵得住文泰來的神力，這一拉之下，反踉踉蹌蹌的跌將過來。文泰來右手提起長櫈，椿在他胸口，發力推出，那人直靠上土牆，再運勁一推，土牆登時倒了，將那人壓在磚石泥土之中。

酒店中塵土飛揚，屋頂上泥塊不住下墮，文泰來轉身再打，見那使蛾眉刺的胖侍衛蜷成一團，一動也不動了，提將起來，見他臉如金紙，早已氣絕，卻是嚇死了的。文泰來長嘯一聲，找成璜和瑞大林時，卻已不見，想是乘亂逃走了。

出得店來，一陣涼風拂體，抬頭曉星初現，已是初更時分。他回入酒店，提了單刀，四下找尋，飛身躍上一家高房屋頂，四下瞭望，只見兩條黑影向北狂奔，心中一喜，躍下屋來，提刀急追。追出數里，眼前是一大片蔴田，蔴桿長得正高，兩個黑影鑽入蔴田，就此隱沒。他提刀也鑽了進去，一路吆喝追逐。蔴田走完，見是黑壓壓的一片樹林。

在林中尋了一陣不見，心念一動，躍起身來，抓住一條橫枝，攀到樹巔，四下觀看，見遠處似有個小村落，但房屋都甚高大。見兩個黑影已奔近房屋，若非身子幌動，黑夜中還眞看不出來。文泰來暗叫慚愧，在樹林中瞎摸了半天，險些兒給他們逃走了，當卽躍下地來，逕向那村落奔去。他足下一使勁，耳畔風生，片刻卽到，正見那兩人越過牆去。

文泰來叫道：「往那裏逃？」衝到牆邊，星光稀微下見這些房屋都是碧瓦黃牆，卻是一座大叢林，繞到廟前抬頭一望，見山門正中金字寫着「少林古剎」四個大字。他心中一震：「原來到了少林寺。福建少林寺雖是嵩山下院，素聞寺中僧人武功之強，不下嵩山本寺。這是故總舵主出身之所，我可不能魯莽了。」但成璜、瑞大林二人昔日實在欺辱太甚，決不能就此罷休，見廟門緊閉，提刀跳上牆頭。

牆下是空蕩蕩一個大院子，側耳一聽，聲息全無，不知成璜和瑞大林逃向何處，於是伏下身子，遊目察看。忽然大殿殿門呀的一聲開了，一個胖大和尚走了出來，倒拖着一柄七尺多長的方便鏟，喝道：「好大膽，亂闖佛門聖地！」文泰來拱手道：「弟子追趕兩名官府鷹犬，驚動了大師，還請恕罪。」那和尚道：「你旣會武，應知少林寺是甚麼地方，怎地帶刀入廟，如此無禮？」文泰來心頭火起，轉念一想，黑夜之中，持刀亂闖山門，確有不該之處，又一拱手，說道：「在下這裏謝過！」當卽反躍跳出牆外，袒胸坐在樹下，心想：「那兩個臭賊總要出來，我在這裏等着便了。」

剛坐定不久，那胖和尚躍上牆來，喝道：「你這漢子怎麼還不走，賴在這裏想偷東西麼？」文泰來怒道：「我自坐在樹下，干你甚事？」胖和尚道：「你吃了老虎心、豹子膽，到少林寺來撒野！快走快走！」文泰來再也按捺不住，喝道：「我偏不走，你待怎地？」那胖和尚一言不發，舉起方便鏟，呼的一聲，從牆頭縱下，只聽鏟上鋼環錚錚亂響，鏟隨身落，方便鏟長達一尺的月牙鋼彎已推到他胸前。

文泰來正待挺刀放對，轉念一想，總舵主千里迢迢前來，正有求於此，莫因我一時之忿而壞了大事，於是幌身避開鏟頭，倒提單刀，轉身便走。奔不數步，眼前白光閃動，一個和尚使兩把戒刀，直砍過來。文泰來不欲交鋒，斜向竄出。兩個和尚叫道：「擲下兵器，就放你走路。」文泰來更不理會，只待奔入林中，忽聽頭頂風聲響動，忙往左一讓，蓬的一聲，一條禪杖直打入土中，泥塵四濺，勢道猛惡，一個矮瘦和尚橫杖擋路。

文泰來道：「在下此來並無惡意，請三位大師放行。明早再來陪罪。」那矮瘦和尚道：「你既敢夜闖少林，必有驚人藝業，露一手再走。」不等他回答，禪杖橫掃而至。文泰來低頭從杖下鑽過。那使戒刀的叫道：「好身手！」雙刀直劈過來，使方便鏟的也過來夾攻。

文泰來連讓三招，對方兵刃都是間不容髮的從身旁擦過，知道這三人都是少林寺中的高手，如再相讓，黑夜中稍不留神，非死卽傷，三僧縱無殺己之意，一世英名不免付於流水，當下呼呼呼連劈三刀，從三件兵器的夾縫中反攻出去，身法迅捷之極。

三個和尚突然同時唸了聲「阿彌陀佛」，跳出圈子。使禪杖的和尚道：「我們是本寺達摩院上座三僧。」向使戒刀的和尚一指道：「他法名元悲。」指着使方便鏟的道：「他法名元痛。我叫元傷。居士高姓大名？」文泰來道：「在下姓文名泰來。」元痛道：「啊，原來是奔雷手文四爺，怪不得如此好本事。文四爺夜入敝寺，可是奉了貴會于萬亭老當家的遺命麼？」

文泰來道：「于老當家並無甚麼言語，在下追逐鷹爪，誤入貴寺，務乞恕罪。」

三個和尚低聲商議了幾句。元痛道：「文四爺威名天下知聞，今日有幸相會，小僧想請教高招。」文泰來道：「少林寺是武學聖地，在下怎敢放肆？就此告辭。」還刀入鞘，一拱手，轉身便走。

三僧見他只是謙退，只道他心虛膽怯，必有隱情，心想紅花會故總舵主于萬亭是少林寺革逐的弟子，莫非他是來爲首領報怨洩憤？互相一使眼色，元痛抖動方便鏟，鋼環亂響，直戳過來。文泰來是當世英雄，那能在敵人兵刃下逃走，只得揮刀抵敵。

元痛一柄方便鏟施展開來，月牙燦然生光，寒氣迫人。文泰來這時酒意已過，精力愈長，刀法招招精奇。元痛漸漸抵敵不住，元傷挺起禪杖，上前雙戰。鬥到酣處，元悲的戒刀也砍將入來。文泰來以一敵三，兀自攻多守少，猛見月光下數十條人影照在地下，對方衆僧大集，不由得心驚。

就這麼微一分神，元傷禪杖橫掃，打中文泰來刀背，火花迸發，那刀飛將起來，直落入林中去了。文泰來身子一挫，奔雷手當眞疾如迅雷，右手已抓住元痛斜砸而下的方便鏟鏟柄，用力一擰，元痛方便鏟脫手。文泰來飛出一腿，踢在他膝蓋之上，元痛一個肥大的身軀直跌出去。這時元傷的禪杖與元悲的戒刀已同時攻到，文泰來倒掄方便鏟，噹的一聲大響，一鏟正打在禪杖之上。兩件精鋼的長大兵刃相交，只震得山谷鳴響，回聲不絕。元傷虎口震裂，滿手鮮血，嗆啷啷，禪杖落地。文泰來側身避過戒刀，舉鏟直進，挺向元悲。元悲嚇得忘了抵擋，門戶大開，眼見鏟頭月牙已推到面門。文泰來不欲傷人，正想收鏟，突覺頭頂嗤嗤有暗器之聲，正待閃避，噹的一響，手中一震，方便鏟被重物撞得盪開尺許，又聽叮叮兩聲輕響，跟着樹上掉下兩個人來。

文泰來收鏟躍開，一回頭，見陳家洛等都到了，心中一喜，轉過身來，卻見對面人叢中一個身材高大、白鬚飄拂的老者踏步上前，哈哈笑道：「文四爺，好好，大家都來啦。」周綺大叫：「爹！」奔了上去。那人正是鐵膽周仲英。

文泰來一低頭，見鏟頭已被打陷了一塊，月牙都打折了，心下佩服鐵膽周名不虛傳。再看地下兩人，不覺大奇，一是成璜，另一個就是瑞大林。原來兩人逃入寺中，被監寺逐出，偷偷躲在樹上，見文泰來力戰三僧得勝，瑞大林在樹上暗放袖箭，卻被大痴禪師以鐵菩提打落，接着又將兩人打了下來。

周仲英當下給紅花會羣雄與少林寺僧衆引見。原來當日周仲英和孟健雄、安健剛、周大奶奶離天目山後，南下福建，來參少林寺謁見方丈天虹禪師。南北少林本是一家，武功家數也無多大分別。周仲英在武林中聲名極響，南少林僧衆素來仰慕。雙方印證切磋武功，極是投機。天虹禪師懇切相留，周仲英一住不覺就是數月，這晚聽得連連警報，說有一個高手夜闖山門，已與達摩院上座三僧交上了手，於是跟着出來，那知竟是文泰來。

當下文泰來向監寺大苦大師告了騷擾之罪，要把成璜與瑞大林帶走。大苦道：「這兩位施主既來本寺避難，佛門廣大，慈悲爲本，文施主瞧在小僧臉上，放了他們走吧！」文泰來無奈，只得依了。大苦遣走成瑞二人，邀羣雄入寺。天虹禪師已率領達摩院首座天鏡禪師、戒持院首座大癲、藏經閣主座大痴等在大殿上迎接。互通姓名後，天虹向陸菲青道：「久仰武當綿裏針陸師傅的大名，今日有幸得見，眞是山剎之光。」陸菲青遜謝。天虹邀羣雄到靜室獻茶，問起來意。

陳家洛心中一酸，忽地在天虹面前跪倒，雙目流淚。天虹大驚，忙伸手扶起，道：「陳總舵主有話請說，如何行此大禮？」陳家洛道：「在下有個不情之請，按照武林規矩，原是不該出口。但爲了億萬生靈，斗膽向老禪師求告。」天虹道：「請說不妨。」陳家洛道：「于萬亭于老爺子是我義父……」一聽到于萬亭之名，天虹倏然變色，白眉掀動。

陳家洛當下把自己與乾隆的關係原原本本說了，最後說到興漢驅滿的大計，求天虹告知他義父被革出派的原由，要知道此事是否與乾隆的眞正身世有關，說到這裏，聲音已有些哽咽，道：「望老禪師念着天下百姓……」

天虹默然不語，長眉下垂，雙目合攏，凝神思索，衆人不敢打擾。過了一盞茶時分，天虹眼睜一綫，但見兩道精光直射出來。陸菲青、陳家洛、文泰來等心中都是一凜：「這位老方丈內功修爲如此深湛。」只聽他說道：「少林寺數百年向例，本寺弟子違犯清規戒律情由，不得向外人洩露。陳總舵主遠道來寺，求問被逐弟子于萬亭的俗世情緣。此事按照寺規，本不可行……」羣雄聽到這裏，心中都是一喜，只聽他又道：「但此事有關普天下蒼生氣運，本寺破例，請陳總舵主派人往戒持院自取案卷。」陳家洛躬身道謝。知客僧引羣雄到客舍休息。

陳家洛正自欣喜，卻見周仲英皺起眉頭，面露憂色。徐天宏問道：「爹，內中另有難處麼？」周仲英道：「方丈師兄請陳總舵主派人去取案卷，要知前赴戒持院須得經過五座殿堂，每一殿有一位武功極高的大師駐守，要衝過五殿，唉，甚難，甚難！」

眾人一聽，才知還得經過一場劇鬥，文泰來道：「周老爺子是兩不相助的了。咱們幾個勉強試試吧！」周仲英搖頭道：「難在須得一個人連闖五殿，若是有人相助，寺中也遣人相助，勢成混戰，那可大大不妥。這五殿的護法大師一位強似一位。就算過得前面數殿，力鬥之餘，最後一兩殿實難闖過。」

陳家洛沉吟道：「這是我家門之事，或者我佛慈悲，能放我過去也不一定。」當下脫去長衣，帶了一袋圍棋子，腰上插了短劍，由周仲英領到妙法殿來。

周仲英來到殿口，低聲道：「陳當家的，如闖不過去，就請回轉。咱們另想別法。千萬不可勉強，免受損傷。」陳家洛點頭答應。周仲英叫道：「諸事如意！」站在一旁。

陳家洛推門進內，只見殿上燭火明亮，一僧坐在蒲團之上，正是監寺大苦大師。他站起身來，笑道：「是陳總舵主親自賜教，再好也沒有了，我請教幾路拳法。」陳家洛站在下首，拱手道：「請！」

大苦左手握拳，翻轉挽一大圜，右掌上托。陳家洛識得此招是「隻手擎天」，知他是以「醉拳」來和自己過招。他雖曾學過此拳，但想起當日和周仲英在鐵膽莊比武，自己用少林拳來對他少林拳，險遭大敗，此時再也不敢輕忽，當下雙手一拍，倏地分開，一出手便是「百花錯拳」的絕招。大苦出其不意，險些中掌，順勢一招「怪鳥搜雲」，仰跌在地，手足齊發，隨即跳起，只見他脚步欹斜，雙手亂舞，聲東擊西，指前打後，跌跌撞撞，真如醉漢一般。陳家洛識得此拳，當下凝神拆解。兩人拳法都是自成一家，不依常規。大苦的「醉拳」雖只一十六路，但下盤若虛而穩，拳招似懈實精，翻滾跌撲，顧盼生姿。

兩人鬥到酣處，大苦一個飛騰步，全身凌空，落下來足成絞花，一招「鐵牛耕地」，右拳沖擊對方下盤。陳家洛斜身後縮，知他一擊不中，又將上躍成為「鷂子翻身」，看準部位，等他左足落地，突然右脚勾出，伸手在他背上輕輕一按。大苦翻不過來，俯伏跌了下去。陳家洛雙手在他肩頭一托，大苦借勢躍起，才沒跌倒，臉上脹得通紅，向裏一指，道：「請進吧！」陳家洛拱手道：「承讓！」

進去又是一殿，戒持院首座大癲大師坐在正中，見他進來，便卽站起，提起身旁一條粗大禪杖在地下一頓，只震得牆壁搖動，屋頂簌簌的落下許多灰塵。陳家洛暗驚：此人力氣好大，只見他左手扶杖，右手向左右各發側掌，左手提杖打横，右手以陽手接住，踏上兩步，正是「瘋魔杖」的起手式。陳家洛見他發掌時風聲颯然，脚步沉凝，不敢輕敵，拔出短劍，脫去外鞘，一陣寒光激射而出。大癲見了劍光，不覺一震，左手斜擊，拗杖横擊，這「虎尾鞭勢」又快又沉。陳家洛矮身從杖下穿過，還了一劍。兩人兵器一個極長，一個極短，在殿上迴旋激鬥。

陳家洛見過蔣四根的槳法，知道這瘋魔杖法猛如瘋虎，驟若天魔，杖法脫胎於少林寺緊羅那王所傳的一百單八路棍法，又摘取大小「夜叉棍」、「取經棍法」等精華，端的厲害。自來杖法多用長手，使者必具極大勇力，大癲尤其天生神武，只見他「翻身劈山」、「夜叉探海」、「雷針轟木」，招招狠極猛極，猶如發瘋着魔，將一根數十斤鑌鐵禪杖狂舞亂打。

陳家洛心下暗讚，要如此使杖，才當得起「瘋魔」兩字，當下不敢搶入力攻，一味騰挪閃避，料想他如此勇悍，定然難以持久，只待他銳氣稍挫，再行攻入。那知大癲內功深湛，根基極固，惡鬥良久，杖法中絲毫不見破綻，反而越舞越急，毫無衰象，竟把陳家洛直逼向牆角裏去。大癲見他無處退避，雙手掄杖，一招「迴龍杖」向下猛擊。

陳家洛心想以後還有三位高手，不可戀戰耗力，見這狠招下來，決意險中求勝，竟不閃避。大癲雖然勇猛，平素從不殺生，那肯無故傷人性命？禪杖砸到離他頭頂二尺之處，斗然提起，改砸為掃，滿擬將他掃倒，叫他知難而退，也就罷了。陳家洛本待禪杖將到頭頂時突然撲入對方懷中，以短攻近，忽見他半路改勢，勁力微滯，當即隨機應變，左手抓住杖頭，右手短劍劃出，禪杖登時斷為兩截，兩人各執了一段。

大癲大怒，撲上又鬥，陳家洛躍開丈餘，一躬到地，說道：「大師手下容情，在下感激不盡。」大癲不理，挺着半截禪杖直逼過來，但畢竟使不順手，不數合又被短劍削斷。

陳家洛心中歉然，只怕他要空手索戰，逕自奔入後殿。大癲只因一念之仁反遭挫敗，甚是氣忿，數步追不上，大叫一聲，將半截禪杖猛力擲在地下，火花四濺。

陳家洛來到第三殿，眼前一片光亮，只見殿中兩側點滿了香燭，何止百數十枝。藏經閣主座大痴大師笑容可掬，說道：「陳當家的，你我來比劃一下暗器。」陳家洛躬身道：「請大師指教。」大痴笑道：「你我各守一邊，每邊均有九枝蠟燭，九九八十一柱香，誰先把對方的香燭全部打滅，誰就勝了。這比法不傷和氣。」向殿心拱桌一指道：「袖箭、鐵蓮子、菩提子、飛鏢，各種暗器桌上都有，用完了可以再拿。」

陳家洛在衣囊中摸了一把棋子，心想：「這位大師在暗器上必有獨到的功夫。我若平時向趙三哥多討教幾下，這時也可多一點把握。」說道：「請吧！」大痴笑道：「客人先請。」陳家洛尋思：「我先顯一手師父教的滿天花雨，來個先聲奪人。」拿起五顆棋子，一把擲了出去，對面牆脚下五柱香應聲而滅。大痴讚道：「好俊功夫。」頸中除下一串念珠，扯斷珠索，拿了五顆念珠在手，也是一擲打滅五香。

風聲起處，陳家洛又打滅五柱綫香。大痴連揮兩下，九燭齊熄。燭火一滅，黑暗中香頭火光看得越加清楚，那就易取準頭。陳家洛心想：「正該如此，我怎麼沒想到？」九顆棋子分三次擲出，直奔燭頭，只聽叮叮叮一陣響，燭火毫無動靜，九顆棋子都在半途被大痴打了下來，不覺一呆，大痴卻乘機打滅了四柱綫香。待他再發，陳家洛也擲棋子去迎擊念珠，但因自己這邊燭火已滅，香頭微光，怎照得清楚細小的念珠？對方五顆念珠只擊中了兩顆，其餘三顆卻又打滅了三柱香。

對比之下，大痴已勝了九燭二香，他以念珠極力守住九枝燭火，一面乘隙滅香，再交鋒數合，又多勝了十四柱香。陳家洛出盡全力，也只打滅了兩枝蠟燭。他心裏一急，大痴乘勢直攻，一口氣打滅了十九柱香。

陳家洛見對面燭火輝煌，自己這邊只剩下寥寥二十多柱香，心想：「難道第三殿便闖不過去？」危急中忽然想起趙半山的飛燕銀梭，當下看準方位，把三顆棋子猛力往牆邊擲去。大痴見他亂擲，暗笑畢竟是年輕人沉不住氣，一輸就大發脾氣。那知三顆棋子在牆上一碰，反彈轉來，一顆落空，餘下兩顆把兩枝燭火打滅。大痴吃了一驚，不由得喝采。

陳家洛如此接連發出棋子，撞牆反彈，大痴無法再守住燭火，好在他已佔先了數十枝香，這時再不去理會對方滅燭，雙手連揮，加緊滅香。突然間殿中一片黑暗，陳家洛已將蠟燭盡行打熄，但他這一邊點燃的綫香卻也只賸下七枝，對面卻點點星火，何逾三數十枝，正自氣沮，忽聽大痴叫道：「陳當家的，我暗器打完啦，大家暫停，到拱桌上拿了再打。」

陳家洛一摸衣囊，也只賸下五六粒棋子，只聽大痴道：「你先拿吧。」陳家洛走到拱桌之前，靈機一動，心想：「這是大事所繫，只好要一下無賴了。」左手兜起長衫下襟，右手在拱桌桌面上一抹，把桌上全部暗器都攞入衣襟，躍回已方，笑道：「一、二、三，我要發暗器啦。」大痴撲到桌邊伸手一摸，桌上空空如也。陳家洛鐵蓮子、菩提子一連串射將出去，片刻之間，把對面地下的香火滅得一星不留。

大痴手中沒有暗器，眼睜睜的無法可施，哈哈大笑，道：「陳當家的，眞有你的，這叫做鬥智不鬥力！你勝了，請吧！」陳家洛道：「慚愧，慚愧。在下本已輸了，只因事關重大，出於無奈，務請原諒。」大痴大師脾氣甚好，不以爲忤，笑道：「後面兩殿是我兩位師叔把守，我兩位師叔武功深湛，還請小心。」陳家洛道：「多謝大師指點。」心下感激，再入內殿。

裏面一殿也是燭火明亮，殿堂卻較前面三殿小得多。殿中放了兩個蒲團，達摩院首座天鏡禪師盤膝坐在左側蒲團上，見陳家洛進來，起立相迎，道：「請坐吧！」陳家洛不知他要如何比試，依言坐上右側蒲團，心想大癲、大痴已如此功力，天鏡是他師叔，又是達摩院首座，武功之精，不言可喻，自己多半不是敵手，只好隨機應變了。

天鏡禪師身材極高，坐在蒲團上比常人也矮不了多少，兩頰深陷，全身似乎無肉，瞧上去不怒自威。天鏡道：「你連過三殿，足見高明。雖然你義父已不屬少林門下，但說來你總是晚輩，我也不能跟你平手過招。這樣吧，你能和我拆十招不敗，就讓你過去。」陳家洛站起施禮，道：「請老禪師慈悲。」天鏡哼了一聲，道：「請坐，接着！」

陳家洛剛坐上蒲團，只覺一股勁風當胸撲到，忙運雙掌相抵，只和他手掌一碰，立覺猛不可當，如是硬接，勢非跌下蒲團不可，忙使招「分手」，想把勁力引向一旁消解。那知天鏡的掌力剛猛無儔，「分手」竟然黏他不動，只得拚着全身之力，強接了這招。

陳家洛這一招雖然接住了，但已震得左膀隱隱作痛。天鏡禪師叫道：「第二招來了。」陳家洛不敢再行硬架，待得掌到，身子一偏，反拳攔打他臂彎，這是「百花錯拳」中的妙着，敵人勢須收掌相避。不料天鏡右臂「橫掃千軍」，肘彎倏地對準他拳面橫推過來。這一下來勢快極，陳家洛拳力未發，已被對方肘部抵住，忙脚上使勁，身子直拔起來，避開了這一推，落下來仍坐在蒲團之上。天鏡見他變招快捷，能坐着急躍，點了點頭，反掌回抓。

陳家洛見他一招招越來越是厲害，心想這十招只怕接不完，忽聽鐘聲鏜鏜，原來天已微明，寺中撞動巨鐘，心念一動，左掌輕飄飄的隨着鐘聲拍了過去。天鏡「咦」了一聲，回掌撥開。陳家洛使出在玉峯中學到的掌法，迴旋如意，隨着鐘聲一掌一掌的拍去。天鏡全神貫注，出掌相敵，拆到鐘聲止歇，陳家洛收掌道：「再拆下去，晚輩接不住了。」

天鏡道：「好好，已拆了四十餘招，果然掌法精妙，請吧。」陳家洛站起身來，正要走動，突然一幌，立足不穩，忙扶壁站住，只覺眼前金星亂閃。天鏡扶他坐下，說道：「你最初硬接我第一招時傷了氣，靜靜的調勻一下呼吸，不礙事。」陳家洛閉目坐在蒲團上，依言運氣，過了一會，這才內息順暢，但雙掌雙臂都已微腫，隱隱脹痛，心想這位老禪師眞個厲害。天鏡道：「你這路掌法是那裏學來的？」陳家洛說了。天鏡道：「西域有此精妙掌法，令我大開眼界。你如一上來就用這掌法，手臂也不會受傷了。」

陳家洛道：「弟子受了傷，最後一殿是一定闖不過去了，求老禪師指點明路。」天鏡道：「過不去，就回頭。」陳家洛心想：「釋家叫人回頭，我們豪俠之輩卻講究一往無前，死而不悔。」於是行了個禮，鼓勇踏入後殿。

一進門，吃了一驚，原來裏面是小小一間靜室，少林寺方丈天虹禪師端坐禪床，心想天鏡已如此厲害，天虹是少林寺第一高手，自己如何能敵？這靜室甚是窄隘，比試的一定不是拳脚暗器之類，多半是較量內功，那更無取巧餘地了，正自驚疑不定，天虹禪師合十躬身，說道：「請坐。」陳家洛在禪床一邊坐了。見兩人之間有張小几，几上小香爐中檀香青烟裊裊上昇，對面壁上掛着一幅白描的寒山拾得圖，寥寥不多幾筆，卻畫得兩位高僧神采栩栩。

天虹禪師沉吟了一會，道：「從前有一人善於牧羊，以至豪富，可是這人生性慳吝，不肯用錢……」陳家洛聽他忽然講起故事來，不覺大爲詫異，當下凝神傾聽，聽他繼續講道：「有一人很是狡詐，知他愚魯，而且極想娶妻，就騙他道：『我知道有一女子十分美貌，替你娶做妻子吧。』牧羊人很是喜歡，給了他許多財物。過了一年，那人又道：『你妻子已給你生了一個兒子。』牧羊人從未見過妻子，但聽說已生兒子，更加高興，又給了他許多財物。後來那人又道：『你兒子已經死啦！』牧羊人大哭不已，萬分悲傷。」陳家洛頗務雜學，聽他說到這裏，已知是引述佛家宣講大乘法的「百喻經」，聽他又道：「其實世上的事無不如此，皇位、富貴、便如那牧羊人的妻子兒子一般，都是虛幻。又何必苦費心力以求，得了爲之歡喜，失了爲之悲傷呢？」

陳家洛道：「從前有一對夫婦，有三個餅。每人各吃了一個，賸下一個。兩人約定，誰先說話，誰就沒餅吃。」天虹聽他也在引述「百喻經」，點了點頭。陳家洛接着道：「兩人僵住了不說話。不久有一個賊進來，把他們家裏的財物都拿了。夫婦倆因有約在先，眼睜睜的瞧着不說話。那賊見他們如此，大了膽子，就在丈夫面前侵犯他的妻子。丈夫仍然不理。妻子忍不住叫了起來。賊人拿了財物逃走了。那丈夫拍手笑道：『好啊，你輸啦，餅歸我吃。』」天虹禪師本來就知這故事，但聽到此處，也不禁微笑。陳家洛道：「爲了一點小小的安閒享樂，反而忘卻了大苦。爲了口腹之慾，卻不理會賊子搶己財物，侵犯自己親人。佛家當普渡衆生，不能忍心專顧一己。」

天虹嘆道：「諸行無常，諸法無我。人之所滯，滯在未有。若託心本無，異想便息。」陳家洛道：「衆生方大苦難。高僧支道林曾有言道：桀紂以殘害爲性，豈能由其適性逍遙？」天虹知他熱心世務，決意爲生民解除疾苦，也甚敬重，說道：「陳當家的滿腔熱血，可敬可佩。老衲再問一事，就請自便。」陳家洛道：「請老禪師指點迷津。」

天虹道：「從前有個老婆婆，臥在樹下休息，忽有大熊要來吃她。老婆婆繞樹奔逃，大熊伸掌至樹後抓拿，老婆婆乘機把大熊兩隻前掌捺在樹幹之上，熊就不能動了，但老婆婆也不敢放手。後來有一人經過，老婆婆請他幫忙，一同殺熊分肉。那人信了，按住熊掌。老婆婆脫身遠逃，那人反而爲熊所困，無法脫身。」陳家洛知他寓意，說道：「救人危難，奮不顧身，雖受牽累，終無所悔。」

天虹拂塵一舉，道：「請進吧。」陳家洛跨下禪床，躬身行禮，說道：「弟子擅闖重地，方丈恕罪。」天虹點了點頭。陳家洛轉身入內，只聽身後數聲微微嘆息之聲。

轉過長廊，來到一座殿堂，殿中點着兩支巨燭，微微搖幌，四壁都是一座座的木櫃，櫃上貼着黃紙標籤。他拿了燭台，一路找去，找到了「天」字輩的木櫃，打開櫃門，見有三個黃布包袱，左首一個包袱上朱筆寫着「于萬亭」三字，不覺手一幌動，數滴燭油濺了出來，當下鎮攝心神，輕輕將包袱提出，心中默祝，解了開來。

包中是一件繡花的男人背心，還有一件撕爛了的白布女衣，上面點點斑斑，似乎都是血迹，年深日久，早已變黑，此外便是一個黃紙大摺。陳家洛打開摺子，登時心中酸痛，上面寫的正是他義父的筆迹。

陳家洛從頭讀起：「福建莆田少林寺下院門下第二十一代天字輩俗家弟子于萬亭帶罪敬白。弟子出身農家，自幼貧苦，從小與左隣徐家女兒潮生相識，兩人年長後甚相親愛……」陳家洛讀到這裏，心中突突亂跳，想道：「難道義父犯規之事和我姆媽有關？」再看下去：「……我二人後來私訂終身，約定弟子非徐女不娶，徐女非弟子不嫁。先父過世後，連年天旱，田中沒有收成，弟子出外謀生，蒙恩師慈悲，收在座下。繳上繡花背心，乃弟子離鄉時徐女所贈。」

陳家洛越看越是驚疑，再看下去：「弟子未入本派武學堂奧，即便下山，只因掛念徐女恩情，塵緣不能割捨，待歸故鄉，驚悉徐女之父竟已將女嫁於當地豪族陳門。弟子傷痛之際，夜入陳府探視。仗師門所授武藝，爲一己私情而擅闖民居，此所犯戒律一也。及後徐女隨夫移居都門，弟子戀念不捨，三年後復去探望，是夜適逢徐女生育，得一男兒，紛紜之中，弟子僅在窗外張望數眼。四日後弟子重去，徐女神色倉皇，告以所生之子已爲四皇子胤禛掉去，歸還者竟爲一女。未及竟談，樓外突來雍邸血滴子四人，皆爲高手，顯爲胤禛派來視察者，想是陳府如有人洩露機密，卽殺之滅口。弟子驚而逃逸，爲其追及，激戰中弟子額間中刀受傷，拚死盡殺血滴子，回樓暈倒。徐女以內衣爲弟子裹傷。所呈血衣，卽爲該物。弟子預聞皇室機密，顯露少林武功，爲師門惹禍，此所犯戒律二也。」

陳家洛讀到這裏，拿着母親的舊衣，不禁淚如泉湧，過了一會，再讀下去：「……此後十餘年間，弟子雖在北京，但潛心武學，不敢再與徐女會面。及至雍正暴斃，乾隆接位。弟子推算年月，知乾隆卽爲徐女之子，心恐雍正陰險狠毒，預遣刺客加害徐女滅口，故當夜又入陳府，藏於徐女室內。是夜果來刺客兩人，皆爲弟子所殺，並在其身上搜出雍正遺旨，現一併呈上。」

陳家洛翻到最後，果見黃摺末端黏着一張字條，上面寫着：「如朕大歸之時，陳世倌及其妻徐氏未死，速殺之。」正是雍正親筆，字後蓋着小小硃印，是篆文「武威」兩字。陳家洛曾聽義父說起，雍正手下養着一批密探刺客，號稱「血滴子」，專爲皇帝幹暗殺的勾當。雍正密令血滴子殺人，便以「武威」硃印爲記。心想：「那時義父武功已經極高，兩名血滴子自然不是他敵手，他爲了救我姆媽，連我爸爸也無意中救了，想必雍正知他在世之時，我父母決計不敢吐露此事，是以一直忍到死後。」

再讀摺子：「乾隆大抵不知此事，是以再無刺客遣來。但弟子難以放心，乃化裝為傭，在陳府操作賤役，劈柴挑水，共達五年，確知已無後患，方始離去。弟子以名門弟子，大膽妄為，若為人知，不免貽羞師門，敗壞少林清譽，此弟子所犯戒律三也。」

陳家洛看到這裏，眼前一片模糊，過去種種不解之事：母親為甚麼要自己隨義父出走，母親為甚麼寫了給自己的遺書又復燒毀，為甚麼母親去世之後義父卽傷心而死，對母親遺書上「威逼嫁之陳門」，「半生傷痛」等零碎字句，登時全都瞭然，只覺一股說不出的滋味，不知是痛心，還是憐惜？心想義父為了保護姆媽，居然在我家甘操賤役五年之久，實是情深義重。其時我年稚幼，不知家中數十傭僕之中，竟然有此一位一代大俠。

出了一會神，拭淚再看：「弟子犯此三大戒律，深自惶恐，謹將經過始末，陳於恩師座前，跪求開恩發落。」于萬亭的供詞至此而止，下面是兩行硃筆的批文，想是他師父所寫的了，文曰：「于萬亭犯三戒律，如皤然悔改，皈依三寶，則我佛十惡尚恕，豈不恕此乎？若戀塵緣，不能具大智慧力斬斷情絲，則立卽逐出我派。願好自為之，善哉善哉！」摺子到這裏，以後就沒有文字了。

陳家洛心想：「總是我義父心頭放不下我姆媽，不能出家為僧，終於被革出少林派。他自知過失在己，因此我師父邀集江湖好漢來給他出頭評理，他要一力推辭。」

這時心裏疑團盡解，抬起頭來，只見天邊曉星初沉，東方已現曙色，於是吹滅燭火，將各物仍然包入黃布，提了布包，關上櫃門，慢慢出院，只見迎面一尊彌勒佛笑容可掬，俯視着出院之人。心想：「當年我義父被逐出山門，從戒持院出來之時見到這尊佛像，不知心裏是何滋味？」一路經過五殿，各殿闃無一人。

出得最後一殿時，周仲英、陸菲青，及紅花會羣雄一齊迎上。衆人心神不定，等候了半夜，見他安然無恙，手中提着布包，俱各大喜，等走近時，卻見他神態疲憊，雙目紅腫，又都感驚異。陳家洛把經過約畧說了，只是於義父和母親一段情誼，有關名節，卻不明言，又道：「這裏的事已經了結，咱們就去找那兩名鷹爪，還要給七哥報仇。」衆人稱是。周仲英陪陳家洛入內向天虹、天鏡兩位禪師辭行，收拾起行。

剛出寺門，周綺忽然臉色蒼白，險些暈倒。周仲英忙扶她入內休息，想是懷孕之身，旅途勞頓，前日又在方家大飲一場，動了胎氣，少林寺精通醫理的僧人給她一搭脈，說不能再行長途跋涉，須得就地靜養，等待生產。周綺到此地步也只有苦笑點頭了。

衆人一商量，決定周仲英夫婦師徒及徐天宏五人留着相陪照料，待她產後將息康復，再來京師會齊。周仲英在寺西五里處租了幾間民房居住。陸菲青、陳家洛等一行取道北行。

羣雄在德化大鬧之後，不敢再行入城。晚間文泰來、衞春華、余魚同、心硯四人改裝進城探訪，不但瑞大林與成璜的消息打探不到，方家也已舉家避禍，不知逃奔到那裏去了。

一路向北，這天到了山東泰安，在分舵中得報刑堂香主石雙英從北京趕到。羣雄一聽大喜，忙迎出去。心硯奔上前去，叫道：「十二爺，那奸賊死啦！」石雙英一楞。心硯又道：「張召重，張召重！」石雙英喜道：「張召重死了？」心硯道：「正是，給餓狼吃得乾乾淨淨。」石雙英不及細問，向陳家洛等衆人行過了禮，進入內堂。陳家洛道：「十二哥，你傷路辛苦。」陳家洛道：「京裏可有甚麼消息？」石雙英道：「多謝總舵主掛懷，已全好了。陸老前輩、總舵主、各位哥哥一路辛苦。」陳家洛道：「京裏可有甚麼消息？」

石雙英神色黯然，道：「京裏倒沒事。我是趕來稟報木卓倫老英雄全軍覆沒的訊息。」陳家洛大驚失色，站起身來，定了定神，問道：「甚麼？」羣雄無不震驚。駱冰道：「咱們離開回部之時，兆惠的殘兵敗將在黑水營被圍得水洩不通，淸兵麼又會得勝？」

石雙英嘆了一口氣，道：「淸軍突然增兵，從南疆開來大批援軍，與被圍的兆惠殘部內外夾擊。據逃出來的回人說，那時霍青桐姑娘正在病中，不能指揮。木卓倫老英雄和他兒子力戰而死，霍青桐姑娘下落不明。」陳家洛心中一痛，跌坐在椅。陸菲青道：「霍青桐姑娘一身武藝，淸軍兵將怎能傷害於她？」

陳家洛等都知這是他故意寬慰，亂軍之中，一個患病的女子如何得能自保？駱冰問道：「霍青桐姑娘有個妹子，回人叫她爲香香公主，你可聽到她的消息麼？」說着使眼色。石雙英會意，但又不能憑空揑造，只得道：「這倒沒聽見。她旣是著名人物，如有損傷，京都必有傳聞。我在京裏沒聽到甚麼，想必沒事。」

陳家洛豈不知衆人是在設詞相慰，說道：「兄弟入內休息一會。」衆人都道：「總舵主請便。」陳家洛入內之後，駱冰對心硯道：「你快進去照料。」心硯急奔進去。衆人想到木卓倫和霍阿伊竟爾戰死，雖然保鄉衞土，捐軀疆場，也自不枉了一世豪傑，但總不免爲之傷感。霍青桐姊妹生死未卜，想來也是凶多吉少了。大家心情沮喪，默默無言。

過不多時，陳家洛掀簾而出，說道：「咱們快吃飯，早日趕到北京去吧。」羣雄見他忽然開朗，都感詫異。陸菲青低聲對文泰來道：「以前我見你們總舵主總有點兒女情長，英雄氣短。這番如此看得開，放得下，眞乃是領袖羣倫的豪傑，這個我眞的服了。」文泰來大拇指一翹，加緊吃飯。

一路上羣雄見陳家洛強作笑語，但神色日見憔悴，都感憂急，卻也難以勸慰。不一日到了北京。石雙英已在雙柳子胡同買下一所大宅第。無塵、常氏雙俠、趙半山、楊成協五人已先在宅中相候。衆人約畧談過別來情由。

陳家洛道：「趙三哥，請你帶同心硯去見白振。你把皇帝給我的『來鳳』琴和四嫂盜來的玉瓶送了去，要白振轉呈，皇帝就知咱們來了。」趙半山與心硯遵囑而去，過了半日，回來覆命。

心硯道：「我和趙三爺……」趙半山笑道：「怎麼還是爺不爺的？」心硯道：「是了。我和趙三……趙三哥到白振家裏找他。今兒他沒當值，正在家裏，見了三哥的名帖，忙迎出來，拉着我們到前門外喝了好一陣子酒，才放我們回來，着實親熱。」陳家洛點點頭，心知白振是感念自己在錢塘江邊救他一命，是以與前全然不同了。

次日一早，白振過來回拜，與趙半山寒暄了一陣，然後求見陳家洛，神態甚是恭謹，悄聲道：「皇上命我領陳公子進宮。」陳家洛道：「好，請白老前輩稍待片刻。」入內與陸菲青等商議。衆人都說該當嚴加戒備，以防不測。當下陸菲青、無塵、趙半山、常氏雙俠、衞春華等六人隨陳家洛進宮。文泰來率領餘人在宮外接應。

七人有白振在前導引，各處宮門的侍衞都恭謹行禮。各人見皇宮氣象宏偉，宮牆厚實，重重防衞，均感肅然。走了好一刻，兩名太監急行而來，向白振道：「白大人，皇上在寶月樓，命你帶陳公子朝見。」白振道：「是。」轉頭對陳家洛道：「此去已是禁宮，請公子命各位將兵刃留下。」衆人雖覺此事甚險，也只得依言解下刀劍，放在桌上。

白振帶領衆人穿殿過院，來到一座樓前。那樓畫樑彫棟，金碧輝煌，樓高五層，甚是精雅華美。兩名太監從樓上下來，叫道：「傳陳家洛。」陳家洛一整衣冠，跟着進樓，無塵等六人卻被阻在樓外。

陳家洛隨太監拾級而上，走到第五層，進入房去，只見乾隆笑吟吟的坐着。陳家洛跪下行君臣之禮，甚是恭敬。乾隆笑道：「你來啦，很好。坐吧。」一揮手，太監都走了出去。陳家洛仍是垂手站立。乾隆道：「坐下好說話。」陳家洛才謝了坐下。

乾隆笑道：「你瞧我這層樓起得好不好？」陳家洛道：「若不是皇宮內院，別處那有這般精緻的高樓華廈？」乾隆笑道：「我是叫他們趕工鳩造的，前後還不到兩個月呢。要是時候充裕，還可再造得考究些。不過就這樣，也將就可以了。」陳家洛應道：「是。」心想起這座寶月樓，又不知花了多少民脂民膏，爲了趕造，只怕還殺了不少不得力的工匠與監工呢。乾隆站起身來，道：「你剛去過回部，來瞧瞧，這像不像大漠風光。」陳家洛跟着他走到窗邊，向外望去，不覺吃了一驚。

這本是個萬紫千紅、迴廊曲折的御花園，先前從東面來時，只覺一片豪華景色，富貴氣象，但登高西望，情景卻全然不同，里許的地面上全鋪了黃沙，還有些小小沙丘，仔細看來，尚看得出拆去亭閣、塡平池塘、挖走花木的種種痕迹。這當然沒有大漠上一望無際的雄偉氣勢，但具體而微，也有一點兒沙漠的模樣。

陳家洛道：「皇上喜歡沙漠上的景色？」乾隆笑而不答，反問：「怎樣？」陳家洛道：「那也是極盡人力的了。」只見黃沙之上，還搭了十幾座回人用的帳篷，帳篷邊繫着三頭駱駝，想起霍青桐姊妹，不由得一陣心酸，再向前望，只見數百名工人還在拆屋，想是皇帝嫌這沙地不夠大，還要再加擴充。陳家洛心中奇怪：「這一片乾澄澄、黃巴巴的沙地有甚麼好看？在繁花似錦的御花園中搭了回人帳篷，像甚麼樣子？他的心思眞是令人難以捉摸。」

乾隆從窗邊走回，向几上的「來鳳」古琴一指，道：「爲我再撫一曲如何？」陳家洛見他始終不提正事，也不便先說，於是端坐調絃，彈了一曲「朝天子」。乾隆聽得大悅。陳家洛彈奏之間，微一側頭，忽然見到一張几上放着那對回部送來求和的玉瓶，瓶上所繪的香香公主似在對自己含睇淺笑，錚的一聲，琴絃登時斷了。

乾隆笑道：「怎麼？來到宮中，有些害怕麼？」陳家洛站起身來，恭恭敬敬的說道：「天威在邇，微臣失儀。」乾隆哈哈大笑，甚是得意，心想：「你終於怕了我了。」陳家洛低下頭來，忽見乾隆左手裏着一塊白布，似乎手上受傷。乾隆臉上微紅，將手縮到背後，說道：「我要的東西，都拿來了麼？」陳家洛道：「是我的朋友拿着，就在樓下。」乾隆大喜，拿起桌上小槌在雲板上輕敲兩下，一名小太監走了進來。乾隆道：「叫跟隨陳公子的人上來。」小太監答應了下樓。

陸菲青等在樓下等着，不知陳家洛和皇帝談得如何，過了一會，聽得樓頭隱隱傳下琴聲，稍覺放心。小太監下樓傳見，六人跟着他上樓。走到第二層樓梯，忽然身後脚步聲急，兩人快步走上樓來。無塵與衞春華走在最後，往兩旁一讓路，那兩人從中間搶上，見常氏雙俠並不讓路，低叱一聲：「讓開！」各伸手臂，揷向常氏雙俠腰部，向外猛推。

常氏雙俠均想：「那一個龜兒子如此無禮？」當下運勁反撞。那兩人一推，見常氏雙俠紋絲不動，卻有一股極大勁力反撞出來，都吃了一驚。這時常氏雙俠也已向兩旁側身，讓出路來，見這兩人太監打扮，一人空手，一人捧着一隻盒子，剛才這一出手，顯然武功精湛。內侍中居然有此好手，倒也出人意外。一瞥之間，兩名太監已走到陸菲青與趙半山身後。兩人互望了一眼，各伸右掌向陸趙兩人肩頭抓去，喝道：「讓開吧！」陸趙兩人忽覺有人來襲，陸菲青使招「沾衣十八跌」，趙半山使了半招「單鞭」，當即把來勢化解了。

兩名太監所抓不中，卻受到內勁反擊，當下搶上樓頭，回頭向陸趙二人怒目橫視。一人對白振道：「白老二，皇上又選侍衞麼？」白振笑道：「這幾位是武學高人，哪能像咱們這般俗氣。」兩名太監哼了一聲，上樓去了。

陸菲青等見這兩名太監身懷絕藝，卻是操此賤役，而對白振又是毫不客氣，都是心中懷疑，不知兩人是甚麼來頭。

轉眼間上了第五層樓。白振在簾外稟道：「陳公子的六名從人在這裏侍候。」一名小太監掀簾出來，道：「在這裏等一下。」過了一會，那兩名會武功的太監空着手出來，向六人打量了一會，下樓去了。那小太監道：「進去吧。」

六人隨着白振進去，見乾隆居中而坐，陳家洛坐在一旁。陳家洛一使眼色，站了起來。陸菲青等無奈，只得向乾隆跪倒磕頭。無塵肚裏暗暗咒罵：「臭皇帝！那日在六和塔上，嚇得你魂不附體，今日卻擺這臭架子。老道若不是瞧着總舵主的面子，一劍在你身上刺三個透明窟窿。」

陳家洛從趙半山手裏接過一個密封的小木箱來，放在桌上，說道：「都在這裏了。」乾隆道：「好，你先去吧！我看了之後再來傳你。」陳家洛磕頭辭出。乾隆道：「這琴你拿回去。」陳家洛應道：「是。」抱起了琴，交給衞春華，說道：「皇上既已破了回部，臣求聖恩，下旨不要殺戮無辜。」乾隆不答，揮手命衆人走出。

陳家洛無奈，只得率衆隨白振出房。到了樓下，那兩名會武的太監迎了上來，叫道：「白老二，是甚麼好朋友呀？給咱哥倆引見引見。」

白振對這兩名太監似乎頗爲忌憚，對陳家洛等道：「我給各位引見兩位宮裏的高手。這位是遲玄遲公公，這位是武銘夫武公公。」陳家洛欲圖大事，對宮裏每個人都不願得罪，拱手微笑道：「幸會，幸會。」白振向遲武兩人道：「這位陳公子，是皇上巡幸江南時相遇的。皇上着實寵幸，這回特地召見，不久準要大用了。」遲玄笑道：「這般漂亮的後生哥兒，做大學士怕還早着點吧？」陳家洛聽他語氣輕薄，隱忍不言。常氏兄弟怒目而視，就差「龜兒子」沒罵出口。白振又替陸菲靑、無塵等逐一引見。

原來遲武二人都是雍正手下血滴子的兒子。雍正差遣姓遲姓武兩名血滴子暗殺了王公大臣後，怕洩露秘密，又將二人暗害，把他們兒子淨了身收爲太監。遲武兩人自幼進宮，得父親身前僚友指點，學了一身武藝，但江湖上的著名人物卻全無所知，聽了無塵等響噹噹的名頭，毫不在意。

武銘夫笑道：「咱們親近親近。」兩人各自伸手，來握陸菲青與趙半山的手。他們上樓時抓陸趙二人肩頭不中，很不服氣，這時要再試一試。遲玄學的是六合拳，武銘夫專精通臂拳。兩人一握上手，使勁力捏，存心要陸趙叫痛。那知遲玄用力一捏，趙半山手滑溜異常，就如一條魚那樣從掌中滑了出去。陸菲青綽號「綿裏針」，武功外柔內狠。武銘夫一使勁，登時如握到一團棉花，心知不妙，疾忙撤手，掌心已受到反力，總算撤手得早，未曾受傷，強笑道：「陸老兒好精的內功。」

遲玄向常氏兄弟道：「這兩位生有異相，武功必更驚人，咱親近親近。」

常氏兄弟讓遲武兩人握住了手，均想：「這兩個沒卵子的龜兒，手下倒還挺硬，給點顏色他們瞧瞧。」當下使出黑沙掌功夫，遲武二人臉上失色，額頭登時一粒粒黃豆大的汗珠滲了出來。

遲武兩人是皇太后的心腹近侍，仗着皇太后的寵幸，頗爲驕橫，平時和侍衛們頗有點面和心不和。這時白振見他們吃苦，故作不見，心中暗暗高興。

常氏兄弟微微一笑，放開了手。遲武二人痛徹心肺，低頭見到手上深深的黑色指印，向雙俠恨恨的瞪了一眼，轉頭就走。衞春華心想：「以張召重如此武功，當日在烏鞘嶺上被常五哥一握，尚且受創甚重，何況你這兩個傢伙？」

白振直送到宮門外。文泰來和楊成協、章進等人在外相迎。

乾隆等陳家洛走後，屏退太監，打開小木箱，見了雍正諭旨和生母親筆所寫的書信，心想自己左臂上確有殷紅斑記，若非親生之母，焉能得知？此事千眞萬確，更無絲毫懷疑，追懷父母生養之恩，不禁嘆息良久，命小太監取進火盆，把信件證物一一投入火裏，眼見烈燄上騰，心下甚是輕鬆愉快，一轉念間，把小木箱也投入火盆，只燒得滿室生溫。

乾隆望着几上玉瓶出了一會神，對小太監道：「傳那人上來。」小太監下樓半晌，回上來跪稟：「奴才該死，娘娘不肯上來。」乾隆一笑，接着又微微嘆了口氣，向几上的玉瓶一指，起身下樓。兩名小太監抱了玉瓶跟來。

走到下面一層，站在門外的宮女挑起門簾，乾隆走進房去，滿樓全是鮮花，進了內室，兩名宮女從太監手裏接過玉瓶，輕輕放在桌上。

室內一名白衣少女本來向外而坐，聽得脚步聲，倏地轉身面壁。乾隆一揮手，衆宮女退了出去，正要開口說話，門簾掀開，遲玄與武銘夫兩名太監走了進來，垂手站在門邊。乾隆怒道：「你們來幹甚麼？快出去。」遲玄道：「奴才奉太后懿旨，保護皇上。」乾隆道：「我好好的，保護甚麼？」遲玄道：「皇太后知道她……娘娘性子不……性子剛強，怕再傷了皇上萬金之體。」乾隆望了望自己受傷的左手，喝道：「不用！快出去！」遲武二人只是磕頭，卻不退出。乾隆知道他們旣奉太后之命，無論如何是不肯出去的了，便不再理會，轉頭對那白衣少女道：「你回過頭來，我有話說。」說的卻是回語。

那少女不理不睬，右手緊緊握着一柄短劍的劍柄。乾隆嘆了口氣道：「你瞧桌上是甚麼。」那少女本待不理，但終究好奇，過了一會，側頭斜眼一望，見到了那對羊脂白玉瓶。她這一回頭，乾隆和遲武兩人只覺光艷耀目，原來這少女就是香香公主。

木卓倫兵敗之後，香香公主爲兆惠部下所俘。兆惠記得張召重的話，知道皇帝要這女子，於是特遣淸兵，香車寶輿，十分隆重的送到北京皇宮來。

當日乾隆見了玉瓶上香香公主的肖像，便即神魂顛倒。後來玉瓶爲駱冰所盜，乾隆大怒，殺了兩名看守玉瓶的侍衞，但思念瓶上美人愈加熱切，於是派張召重去回部傳令，務必要將此美人送京。他一遣出張召重，就日日盼望，忽想美人到來，言談不通，豈非減了情趣，虧他倒也一片誠心，竟傳了教師學起回語來。他人本聰明，學得又甚專心，數月間便已粗通，曾賦詩一首云：「萬里馳來卓爾齊，恰逢嘉夜宴樓西。面詢牧盛人安否，那更傳言藉譯鞮。」在詩下自註道：「蒙古回語皆熟習，弗藉通事譯語也。」於學會了說回語，頗爲沾沾自喜。

但香香公主一縷情絲，早已牢牢縛在陳家洛身上，乾隆又是她殺父大仇，怎肯相從？她幾次受逼不過，想圖自盡，但每次總想到陳家洛曾答允過，要帶她上長城城頭玩耍。她自與陳家洛相識，見他採雪蓮、逐淸兵、救小鹿、出狼羣、赴敵營、進玉峯，在危難中幹過無數驚險之事，對他的說話已無絲毫懷疑，他旣說過帶她到長城上去，定然會去，是以不論乾隆如何軟誘威逼，她始終充滿信心，堅定抗拒，心想：「我就像當時給狼羣困住一樣，這頭狼要吃我，但我那郞君總會來救我出去。」

乾隆眼見她一天天的憔悴，怕她鬱悶而死，倒也不敢過份逼迫，又招集京師巧匠，建造了這座寶月樓給她居住。樓宇落成後他大爲得意，自撰「寶月樓記」，寫道：「名之寶月者，抑亦有肖乎廣寒之庭也」，並有「葉嶼花臺雲錦錯，廣寒乍擬是瑤池」的「寶月樓詩」，把香香公主大捧而特捧，比之爲嫦娥，比之爲仙子。

但香香公主毫不理會，寶月樓中一切珍飾寶物，她視而不見，只是望着四壁郎世寧所繪的工筆回部風光，呆呆出神，追憶與陳家洛相聚那段時日中的醉心樂事。

乾隆有時偷偷在旁形相，見她凝望想念，嘴角露着微笑，不覺神爲之蕩，這天實在忍不住了，伸手過去拉她手臂，突然寒光一閃，一劍直刺下來。總算香香公主不會武藝，而乾隆身手又頗敏捷，急躍避開，但左手已被短劍刺得鮮血淋漓。他嚇得臉青唇白，全身冷汗，從此再也不敢對她有絲毫冒瀆。這事給皇太后知道後，命太監去繳她短劍。香香公主拔劍當胸，只要有人走近，立卽自殺。乾隆只得令衆人退開，不得干擾。

香香公主又怕他們在飲食中下藥迷醉，除了新鮮自剖的瓜果之外，一概不飲不食。乾隆在武英殿旁造了一座回人型式的浴池供她沐浴，她卻把自己衣衫用綫縫了起來。她生有異徵，多日不沐，身上香氣卻愈加濃郁。一個本來不懂世事、天眞爛漫的少女，只因身處憂患，獨抗宮中無數邪惡之人的煎迫，數十日之內，竟變得精明堅強，洞悉世人的奸險了。

她這時乍見玉瓶，心頭一震，怕乾隆又施詭計，回頭面壁，緊緊握住劍柄。乾隆嘆道：「我以前見了玉瓶上你的肖像，只道世上決無如此美人，不料見了眞人，實是天下任何畫工所不能圖繪於萬一。」香香公主不理。乾隆又道：「你整日煩惱，莫要悶出病來。你可想念家鄉嗎？到窗邊來瞧瞧。」吩咐太監，取鐵鎚來起下釘住窗戶的釘子，打開了窗。原來乾隆怕她傷心憤慨，跳樓自盡，是以她所住的這一層的窗戶全部牢牢釘住。

香香公主見乾隆和兩名太監站在窗邊，哼了一聲，嘴唇扁了一扁。乾隆會意，站起來走到東首，又揮手命遲武兩人走開。香香公主見他們遠離窗邊，才慢慢走近，向外一望，只見一片平沙，搭了許多回人的帳幕，遠處是一座伊斯蘭教的禮拜堂，心裏一酸，兩顆淚珠從面頰上緩緩滾下，想起父親哥哥及無數族人都慘被乾隆派去的兵將害死，一股怨憤，從心底直衝上來，一回頭，抓起桌上一隻玉瓶，猛向乾隆頭上摔去。

武銘夫一個箭步搶在前面，伸出左手相接，豈知玉瓶光滑異常，雖然接住了，還是滑在地下，跌成了碎片。一瓶剛碎，第二瓶跟着擲到，遲玄雙手合抱，玉瓶仍從他手底溜下，一聲清脆之聲過去，稀世之珍就此毀滅。

武銘夫怕她再出手傷害皇帝，縱上去伸手要抓。香香公主回過短劍，指在自己咽喉。乾隆急叫：「住手！」武銘夫頓足縮手。香香公主急退數步，丁冬一聲，身上跌下了一塊東西。武銘夫怕是暗器之屬，忙俯身拾起，見是一塊佩玉，轉過身來交給皇帝。

乾隆一拿上手，不覺變色，只見正是自己在海寧海塘上送給陳家洛的那塊溫玉，上面用金絲嵌着「情深不壽，強極則辱，謙謙君子，溫潤如玉」四句銘文。他給陳家洛時曾說要他將來贈給意中人作爲定情之物，難道這兩人之間竟有情緣？忙問：「你識得他？」頓了一頓，又道：「這玉從那裏來的？」

香香公主伸出左手，道：「還我。」乾隆妒意頓起，問道：「你說是誰給你的，我就還你。」香香公主道：「是我丈夫給我的。」這一句回答又大出他意料之外，忙問：「你嫁過人了？」香香公主傲然道：「我的身子雖然還沒嫁他，我的心早嫁給他了。他是世上最仁慈最勇敢的人。你捉住我，他定會將我救出去。你雖是皇帝，他不怕你，我也不怕你。」

乾隆越聽越不好受，恨恨的道：「我知道你說的人是誰？他是紅花會總舵主陳家洛，只是個江湖匪幫的頭子，有甚麼希奇了？」香香公主聽他提到陳家洛的名字，心中喜悅，登時容光煥發，道：「是麼？你也知道他。你還是放了我的好。」

乾隆一抬頭，猛見對面梳裝枱上大鏡中自己的容貌，想起陳家洛丰神俊朗，文武全才，自己哪一點能及得上他？不由得又妒又恨，猛力一揮，溫玉擲出，將鏡中自己的人影打得粉碎，玻璃片撒滿了一地。香香公主搶上去拾起佩玉，用衣襟拂拭撫摸，甚是憐惜。乾隆更是惱怒，一頓足，下樓去了。

他回到平時讀書作詩的靜室，看到案頭一首做了一半的「寶月樓詩」，那兩句「樓名寶月有嫦娥，天子昔時夢見之」，平仄未叶，才調稍欠，本想慢慢推敲，倘若聖天子洪福齊天，百神呵護，忽然筆底下自行鑽出幾句妙句來，也未可知，但這時氣惱之下，隨手將詩箋扯得粉碎，坐了半天，滿腔憤怒才慚慚平息，心想：「我貴爲天子，奄有四方，這個異族女子卻如此倔強，不肯順從，原來是這陳家洛在中間作怪……他勸我驅逐滿洲人出關，回復漢家天下，本是美事，只是畫虎不成反類犬，別要大事不成，反而斷送了自己的性命。這件事這幾個月來反覆思量，難以決斷，到底如何是好？」

想到此事，心底一個已盤算了千百遍的念頭又冒將上來：「現今我要怎樣便怎樣，何等逍遙自在，這件大事就算能成，亦不免處處受此人挾制，自己豈非成了傀儡？又何必捨實利而圖虛名？」再想：「這回族女子一心一意都放在他身上，好，咱們兩件事一併算帳。」當下心意已決，命太監召白振進來。

不一刻白振進來聽旨。乾隆道：「在寶月樓每層樓上各派四名一等侍衛，樓外再派二十名侍衞，不許露出半點痕迹。」白振答應了。乾隆又道：「宣陳家洛來此，我有要緊說話，命他別帶從人。」白振接旨，先行分派侍衞，然後去召陳家洛。

陳家洛又聞宣召，入內與衆人商議。陸菲青、文泰來等都很擔憂，均說爲甚麼不許隨帶從人，只怕內有陰謀。陳家洛道：「從回部與少林寺拿來的證物，我都已呈給皇上。他剛見過我，立卽又叫我去，定爲商議此事。這是我漢家山河興復大業，就是刀山油鍋，也要去走一遭。」對無塵道：「道長，要是我不能回來，紅花會就請道長統領，給兄弟報仇。」無塵慨然道：「總舵主放心。」陳家洛又道：「你們這次別去接應，他如存心害我，在宮外接應也來不及，反而多有損折。」羣雄見情勢如此，只得應了。

陳家洛與白振再進禁城，已是初更時分，兩名太監提了燈籠前導。只見月上樹梢，照得地下一片花影，陳家洛隨着太監又上寶月樓來。這次是到第四層，太監一通報，乾隆立命入內。那是樓側的一間小室，乾隆坐在榻上呆呆出神。陳家洛跪拜了。乾隆命坐，半晌不語。陳家洛見對面壁上掛着一幅仇十洲繪的漢宮春曉圖，工筆庭院，人物意態如生，旁邊是乾隆所寫的一副對聯：「企聖効王雖勵志，日孜月矻祇慚神」，隱然有自比漢皇之意。乾隆見他在看自己所寫的字，笑問：「怎樣？」陳家洛道：「皇上胸襟開闊，自是神武天子氣象。將來大業告成，則漢驅暴秦，明逐元虜，都不及皇上德配天地、功垂萬代。」

乾隆聽他歌功頌德，不禁怡然自得，撚鬚微笑，陶醉了一陣，笑道：「你我份雖君臣，情爲兄弟，以後要你好好輔佐我才是。」陳家洛聽了這話，知他看了各件證物與書信之後，已承認二人的兄弟關係，同時話中顯然並非背盟，正是要共圖大事之意，不禁大喜，疑慮頓消，跪下磕頭道：「皇上英明聖斷，眞是萬民之福。」

乾隆待他站起，嘆道：「我雖貴爲天子，卻不及你的福氣。」陳家洛愕然不解。乾隆道：「去年八月間，我在海寧塘邊曾給你一塊佩玉，這玉你可帶在身邊？」陳家洛一楞，道：「皇上命臣轉送他人，臣已經轉贈了。」乾隆道：「你眼界極高，既然能當你之意，那必是絕代佳人了。」陳家洛眼眶一紅，道：「可惜她現今生死未卜，不知流落何方。待皇上大事告成，臣走遍天涯海角，也要找到她。」乾隆道：「這個姑娘是你十分心愛之人了？」陳家洛低聲道：「是。」

乾隆道：「皇后是滿洲人，你是知道的？」陳家洛又道：「是。」乾隆道：「皇后侍我甚久，爲人也很賢德。要是我和你共圖大事，她必以死力爭，你想怎麼辦？」這句話陳家洛如何能答，只得道：「皇上聖見，微臣愚魯，不敢妄測。」乾隆道：「家國不能兩全，日來叫我大費躊躇。眼下我有一件心事，可惜無人能替我分憂。」陳家洛道：「皇上但有所命，臣萬死不辭。」乾隆嘆道：「本來君子不奪人之所好，但這是命中注定的寃孽。唉，情之所鍾，奈何奈何？你到那邊去瞧瞧吧！」說着向西側室門一指，站起身來，上樓去了。

陳家洛聽了這番古裏古怪的言語，大惑不解，定了定神，掀開厚厚的門帷，慢慢走了進去，見是一間華貴的臥室，室角紅燭融融，一個白衣少女正望着燭火出神。

他在深宮之中斗然見到香香公主，登時呆住，身子一幌，說不出話來。香香公主聽得脚步聲，先把手中的短劍緊緊一握，抬起頭來，只見對面站着的竟是自己日思夜想的情郎，滿臉怒色立時變爲喜容，歡叫一聲，急奔過去，投身入懷，喊道：「我知道你一定會來救我的。我耐心等着，你終於來了。」陳家洛緊緊抱着她溫軟的身體，問道：「喀絲麗，咱們是在做夢麼？」香香公主仰臉搖了搖頭，兩滴珠淚流了下來。

陳家洛滿懷感激，心想這皇帝哥哥眞好，知道她是我的意中人，萬里迢迢的把她從回部接來，讓我和她在這裏相會，使我出其不意，驚喜交集。他攬着香香公主的腰，低下頭去，情不自禁的在她唇上親吻。兩人陶醉在這長吻的甜味之中，登時忘卻了身外天地。

過了良久良久，陳家洛才慢慢放開了她，望着她暈紅的臉頰，忽見她身後一面破碎的鏡子，兩人互相摟抱着的人影在每片碎片中映照出來，幻作無數化身，低聲道：「你瞧，世界上就是有一千個我，這一千個我總還是抱着你。」

香香公主斜視碎鏡，從袋裏摸出那塊佩玉，說道：「他把我這玉搶去打碎了的。幸好沒砸壞了玉。」陳家洛驚問道：「誰？」香香公主道：「那壞蛋皇帝。」陳家洛一驚更甚，忙問：「爲甚麼？」香香公主道：「他逼迫我，我說我不怕，因爲你一定會救我出去。他就很生氣，想拉我，但我有這把劍。」

陳家洛腦中一陣暈眩，呆呆的重複了一句：「劍？」香香公主道：「嗯，我爹爹被他們害死時，我在他身邊。他拿這柄劍給我，叫我被敵人侵犯時就舉劍自殺。只有爲了保護伊斯蘭教女子的貞潔而自殺，眞主阿拉才不會責罰，否則自殺之後，會墮入火窟。」

陳家洛低下頭來，見到她衣衫用綫密密縫住，心想這個柔弱天眞的女孩子爲了抵抗暴力，不知已有多少次臨到生死交界的關頭，心中又是愛憐，又是傷痛，把她攬在懷裏，過了半晌，寧定心神，細想眼前的局面。

首先想到：「皇帝把喀絲麗接到宮來，原來是自己要她。他在御花園中建造沙漠，搭回人篷帳，起回教禮拜堂，當然都是爲了討好她。可是喀絲麗誓死不從。他威逼誘騙，不知已使了多少手段，結果始終無效。他剛才嘆說不及我有福氣，就指這件事了。」抱着香香公主的身子，見她迷迷糊糊的合上了眼，自是這些日子來孤身抗暴，心力交瘁，此時乍見親人，放寬了心懷，再也支持不住，不禁沉沉睡去。又想：「他讓我見她，是甚麼用意？他提到皇后的情份，說欲圖大事只得不顧皇后，家國之間，必須有所取捨。是了，他的意思是……」想到這裏，不禁冷汗直冒，身子一陣發顫。香香公主也微微動了一下，只聽她安心的嘆了口氣，臉露微笑，如花盛放。

「我該爲了喀絲麗而和皇帝決裂，還是爲了圖謀大事而勸她順從？」這念頭如閃電般在腦子裏幌了兩幌，這是個痛苦之極的決定，實在不願去想，可是終於不得不想：「她對我如此深情，拚死爲我保持清白之軀，深信我定能救她，難道我竟忍心離棄她、背叛她？但要是顧全了喀絲麗和我兩人，一定得和哥哥決裂。這百世難遇的復國良機就此放過，我二人豈非成了千古罪人？」腦中一片混亂，直不知如何是好。

香香公主忽然睜開眼來，說道：「咱們走吧，我怕再見那壞蛋皇帝。」陳家洛道：「好，咱們就走。」接過她手中短劍，牙齒一咬，心想：「千古罪人就是千古罪人！我們衝不出去，兩人就一齊死在這裏。要是僥倖衝出，我和她在深山裏隱居一世，也總比讓她受這傖夫欺辱的好。」走到窗邊，遊目四望，要察看有無侍衛太監阻擋，只見近處寂靜無聲，遠方卻是一片燈火。凝神眺望，看清楚燈火都是工匠所點，他們爲了要造一塊假沙漠，正在拆平許多民房，定是乾隆旨意峻急，是以成千成萬的人正在連夜動工。

一見之下，怒火直冒上來，心道：「這一來，不知有多少百姓要無家可歸？」

隨卽想到：「這皇帝好大喜功，不卹民困，如任由他爲胡虜之長，如此欺壓漢人，天下千千萬萬百姓不知要吃多少苦頭。要是上天當眞注定非如此不可，這些苦楚就讓我和喀絲麗兩人來擔當吧。」

想到此處，眞是腸斷百轉，心傷千迴，定了定神，對香香公主道：「你等一下，我出去一下就回來。」香香公主點點頭，從他手裏接過短劍，微笑着目送他出室上樓。

走到樓上，只見乾隆鐵青着臉坐在榻上，一動不動。陳家洛道：「國事爲重，私情爲輕，我可勸她從你。」乾隆大喜，跳下榻來，叫道：「當眞？」陳家洛道：「嗯，不過你得立個誓。」說話兩眼盯住了他。乾隆避開他眼光，問道：「立甚麼誓？」陳家洛道：「倘若你不是誠心竭力把滿洲韃子趕出關外，那怎麼樣？」乾隆想了一想，道：「要是這樣，就算我生前榮華無比，我死後陵墓給人發掘，屍骨爲後人碎裂。」帝皇圖的是萬世不拔之基，陵寢不保，自是極重的誓言了。

陳家洛道：「好，我就去勸她，不過我得和她出宮去。」乾隆一驚，道：「出宮？」陳家洛道：「正是，她現下恨你入骨，在宮裏她不能安心聽我說話，我要帶她到長城上去好好開導。」乾隆疑心大起，道：「幹麼走得這麼遠？」陳家洛道：「我曾答應帶她到長城城頭去玩耍，完了這心願之後，我以後永遠不再見她。」乾隆道：「你一定帶她回來？」陳家洛道：「我們在江湖上混的人，信義兩字看得比性命還重。君子一言，快馬一鞭！」

乾隆一時拿不定主意，心想他若是帶了這美人高飛遠走，卻去那裏找他？沉吟半晌，又想：「除了他設法開導，決無別法令她相從。他決心要圖大事，定不致爲一女子而負我。」於是一拍桌子，叫道：「好，你們去吧！」等陳家洛辭別下樓，向着身後帷帳說道：「帶領四十名侍衞，一路跟着他，千萬別讓走了。」白振在帷帳裏面連聲答應。

陳家洛回到第四層樓，携着香香公主的手，道：「咱們走吧。」香香公主大喜。兩人並肩下樓，一路出宮。宮中侍衞早已接到旨意，也不阻攔。香香公主心中歡暢無比，她素來深信情郎無所不能，見事情如此順利，輕輕易易的就出了宮門，卻也不以爲奇。

兩人出得宮來，天已微明。心硯牽了白馬，正在那裏探頭探腦的張望，一見陳家洛，疾忙奔來，見香香公主站在他身旁，更是驚喜。陳家洛接過馬韁，道：「我要出城一天，到天晚纔能回來，叫大家放心好啦。」心硯望着兩人同乘向北，正要回去，忽然身後馬蹄聲疾，數十名侍衞縱馬追了下去，當先一人身形枯瘦，正是白振，心中一驚，忙奔回報信。

白馬出得城來，越跑越快。香香公主靠在陳家洛懷裏，但見路旁樹木幌眼即過，數月來的悲愁一時盡去。那馬腳力非凡，不到半天，已過清河、沙河、昌平等地，來到南口。

陳家洛道：「咱們去瞧瞧明朝皇帝的陵墓。」縱馬直向天壽山馳去。過了牌坊和玉石橋後，只見一座大碑，寫着「大明長陵神功聖德碑」九個大字，碑右刻着乾隆所書的幾行題字：「明之亡非亡於流寇，而亡於神宗之荒唐，及天啓時閹宦之專横，大臣志在祿位金錢，百官專務鑽營阿諛。及思宗卽位，逆閹雖誅，而天下之勢，已如河決不可復塞，魚爛不可復收矣。而又苛察太甚，人懷自免之心，小民疾苦而無告，故相聚爲盜，闖賊乘之，而明社遂屋。嗚呼！有天下者，可不知所戒懼哉？」

陳家洛瞧着這幾行字，默默思索：「他知道小民疾苦而無告，故相聚爲盜。倒也不是沒有見識。」香香公主道：「你瞧的是甚麼啊？」陳家洛道：「那是皇帝寫的字。」香香公主恨道：「這人壞死啦，別瞧他。」拉着他手向內走去，只見兩旁排着獅、象、駱駝、麒麟以及文武百官的石像。香香公主望着石駱駝，想起家鄉，淚水湧到了眼裏。

陳家洛心想：「和她相聚只剩下今朝一日，要好好讓她歡喜才是。過了今天，我兩人終生再沒快樂的日子了。」於是打起精神，笑道：「你想騎駱駝是不是？」將她抱起，輕輕一躍，兩人都騎上了駝背，口裏吆喝，催石駱駝前進。香香公主笑彎了腰，過了一會，嘆道：「要是這駱駝眞能跑，把咱倆帶到天山脚下，可有多好。」陳家洛道：「那你要做甚麼？」香香公主眼望遠處，悠然神往，道：「那時候我可忙啦。要摘花朶兒給你吃，要給羊兒剪毛，要給小鹿餵羊奶，要到爹爹、媽媽、哥哥的墳上去陪他們，要想法子找尋姊姊……」陳家洛心頭一震，忙問：「你姊姊怎麼了？」香香公主淒然道：「那天夜裏，清兵突然從四面八方殺到，姊姊正在生病。亂軍中都衝散了，後來我始終沒再聽到她的消息。」

陳家洛黯然半晌，兩人上馬又行。一路上山，不多時到了居庸關，只見兩崖峻絕，層巒疊嶂，城牆綿亙無盡，如長蛇般蜿蜒於叢山之間。香香公主道：「花這許多功夫造這條大東西幹甚麼？」陳家洛道：「那是爲了防北邊的敵人打進來。在這長城南北，不知有多少人擲了頭顱，流了鮮血。」香香公主道：「男人眞是奇怪，大家不高高興興的一起跳舞唱歌，偏要打仗，害得多少人送命受苦，眞不知道有甚麼好處。」陳家洛道：「要是皇帝聽你的話，你叫他別去打邊疆上那些可憐的人，好麼？」

香香公主見他說得鄭重，道：「我永遠不再見這壞皇帝。」陳家洛道：「倘若你能使他聽你的話，那麼你一定要勸他別做壞事，給百姓多做點好事。你答應我這句話。」香香公主笑道：「你說得眞古怪。你要我做甚麼事，難道我有不肯聽的麼？」陳家洛道：「喀絲麗，多謝你。」香香公主嫣然一笑。

兩人携手在長城外走了一程。香香公主道：「我忽然想到一件事。」陳家洛道：「甚麼？」香香公主道：「今天我玩得眞開心，是因爲這裏風景好麼？不是的。我知道是因爲和你在一起。只要你在我身旁，就是在最難看的地方，我也會喜歡的。」陳家洛越是見她歡愉，心裏越是難受，問道：「你有甚麼事想叫我做的麼？」香香公主一怔，道：「你待我眞好，甚麼都給我做好了。我要的東西，我不必說，你就去給我拿了來。」說着從懷裏摸出那朶雪中蓮來，蓮花雖已枯萎，但仍是芳香馥郁，笑道：「只有一件事你不肯做，我要你唱歌，你卻推說不會。」

陳家洛笑道：「我眞的從來沒唱過歌。」香香公主假裝扳起了臉，道：「好，以後我也不唱歌給你聽。」陳家洛心想：「我倆今生今世，就只有今日一天相聚了。我唱個歌給她聽，讓她笑一下，也是好的。」說道：「小時候曾聽我媽媽的使女唱過幾首曲子，我還記得。我唱給你聽，你可不許笑。」香香公主拍手笑　：「好好，快唱！」

陳家洛想了一下，唱道：「細細的雨兒濛濛凇凇的下，悠悠的風兒陣陣的颳。樓兒下有個人兒說些風風流流的話，我只當是情人，不由得口兒裏低低聲聲的罵。細看他，卻原來不是標標緻緻的他，嚇得我不禁心中慌慌張張的怕。」

陳家洛唱畢，把曲中的意思用回語解釋了一遍，香香公主聽得直笑，說道：「原來這個大姑娘眼睛不大好。」正自歡笑，忽見陳家洛眼眶紅了，兩行淚水從臉上流了下來，驚道：「幹麼你傷心啊？啊，你定是想起了你媽媽，想起了從前唱這歌的人。咱們別唱了。」

兩人在長城內外看了一遍，見城牆外建雉堞，內築石欄，中有甬道，每三十餘丈有一墩台。陳家洛見了這放鋒火的墩台，想起霍青桐在回部燒狼烟大破清兵，這時不知生死如何，更是愁上加愁，雖然強顏歡笑，但總不免流露傷痛之色。

香香公主道：「我知你在想甚麼？」陳家洛道：「是麼？」香香公主道：「嗯，你在想我姊姊。」陳家洛道：「你怎知道？」香香公主道：「以前我們三個人一起在那古城裏，雖然危險，可是我見你是多麼快樂。唉，你放心好啦！」陳家洛拉住她手，問道：「喀絲麗，你說甚麼？」

香香公主嘆道：「以前我是個小孩子，甚麼也不懂。可是我在皇宮裏住了這些日子，我天天在回想跟你在一起的情景，從前許多不懂的事，現今都懂了。我姊姊一直在喜歡你，你也喜歡她。是麼？」陳家洛道：「是的，我本來不該瞞你。」香香公主道：「不過我知道，你也是眞心喜歡我的。我沒有你，我就活不成。咱們快去找姊姊，找到之後，咱三人永遠快快樂樂的在一起，你說那可有多好。」說到這裏，眼中一陣明亮，臉上閃耀着光采，心中歡愉已極。陳家洛緊緊握着她手，柔聲道：「喀絲麗，你想得眞好，你和你姊姊，都是世界上最好最好的人。」

香香公主站着向遠眺望，忽見西首太陽照耀下有水光閃爍，側耳細聽，水聲有如琴鳴，喜道：「你聽，這聲音多美。」陳家洛道：「那是彈琴峽。」香香公主道：「去瞧瞧。」

兩人從亂山叢中穿了過去，走到臨近，只見一道清泉從山石間激射而出，水聲淙淙，時高時低，眞如音樂一般。

香香公主走到水邊，笑道：「我在這裏洗洗脚，可以麼？」陳家洛笑道：「你洗吧。」她除下鞋襪，踏入水裏，只覺一陣清涼，碧綠的清水從她白如凝脂的脚背上流過。陳家洛猛見自己身影倒映在水裏，原來日已偏西，從衣囊裏拿出些乾糧來兩人吃了。香香公主靠在他的身上，一面吃餅，一面用手帕揩脚。

陳家洛一咬牙，說道：「喀絲麗，我要對你說一件事。」她轉過身來，雙手摟着他，把頭藏在他的懷裏，低聲道：「我知道你愛我。你不說我也明白。不用說啦。」他心裏一酸，一句衝到口邊的話又縮了回去，過了一陣，道：「咱們在玉峯裏看到那瑪米兒的遺書，你還記得麼？」香香公主道：「她現在和她的阿里一起住在天上，那很好。」陳家洛道：「你們伊斯蘭教相信好人死了之後，會永遠在樂園裏享福，是不是？」香香公主道：「那當然是這樣。」陳家洛道：「我回到北京之後，就去找你們伊斯蘭教的阿訇，請他教導我，讓我好好做一個伊斯蘭教的教徒。」

香香公主大喜過望，想不到他竟會自願皈依伊斯蘭教，仰起頭來，叫道：「大哥，大哥，你眞的這樣好麼？」陳家洛道：「我一定這樣做。」香香公主道：「你爲了愛我，連這件事也肯了。我本來是不敢想的。」陳家洛緩緩的道：「因爲今生我們不能在一起。我要在死了之後，天天陪着你。」

香香公主聽了這話，猶如身受雷轟，呆了半晌，顫聲道：「你……你說甚麼？今生我們不能在一起？」陳家洛道：「是的，過了今天，咱們不能再相見了。」香香公主驚道：「爲甚麼？」身子顫動，兩顆淚珠滴到了他衣上。

陳家洛溫柔欵欵的摟着她，輕聲道：「喀絲麗，只要我能陪着你，就是沒飯吃，沒衣穿，天天受人打罵侮辱，我也是甘心情願。可是你記得瑪米兒嗎？那個好瑪米兒，爲了使她族人不受暴君欺侮壓迫，寧願離開她心愛的阿里，寧願去受那暴君欺侮……」香香公主的身子軟垂了下來，伏在他腿上，低聲道：「你要我跟從皇帝？要我去刺死他麼？」

陳家洛道：「不是的，他是我的親哥哥。」於是將自己和乾隆的關係、紅花會的圖謀、六和塔上的盟誓、以及今日乾隆之所求，都原原本本的說了。她聽到最後，知道自己日夜所盼、已經到了手的幸福，一下子又從手裏溜了出去，心裏一急，不覺暈了過去。

等到醒來，只覺陳家洛緊緊的抱着她，自己衣上濕了一塊，自是他眼淚浸濕了的。她站起身來，柔聲道：「你等我一下。」慢慢走到遠處一塊大石上，向西伏下，虔誠禱告，祈求眞神阿拉指點她應當怎樣做，淡淡的日光照射在她白衣之上，一個美麗無倫的背影中流露着無限的淒苦，無限的溫柔。她慢慢轉過身來，說道：「你要我做甚麼，我總是依你。」

陳家洛縱身奔去，兩人緊緊抱住，再也說不出話來。她低聲道：「早知道只有今天一天，我也不到這裏來了。我要你整天抱着我不放。」陳家洛不答，只是親她。過了好一陣，她忽然說道：「離開家鄉之後，我從來沒有洗過澡，現在我要洗一洗。」取出短劍，割斷了衣服上縫的綫，脫了外衣。

陳家洛站起身來，道：「我在那邊等你。」香香公主道：「不，不！我要你瞧着我。你第一次見我，我正在洗澡。今天是最後一次……我要你看了我之後，永遠不忘記我。」陳家洛道：「喀絲麗，難道你以爲我會忘記你嗎？」她求道：「我說錯啦，大哥，你別見怪。你別走啊。」陳家洛只得又坐下來。

但見她將全身衣服一件件的脫去，在水聲淙淙的山峽中，金黃色的陽光照耀着一個絕世無倫的美麗身體。陳家洛只覺得一陣暈眩，不敢正視，但隨即見到她天眞無邪的容顏，忽然覺得她只不過是一個三四歲的光身嬰兒，是這麼美麗，可是又這麼純潔，忽想：「造出這樣美麗的身體來，上天眞是有一位全知全能的大神吧？」心中突然瀰漫着崇敬感謝的情緒。

香香公主慢慢抹去身上的水珠，緩緩穿上衣服，自憐自惜，又復自傷，心中在想：「這個身體，永遠不能再給親愛的人瞧見了。」抹乾了頭髮，又去偎倚在陳家洛的懷裏。

陳家洛道：「我跟你說過牛郎織女的故事，你還記得麼？」香香公主道：「記得，你還敎我一個歌，說是：一年雖只相逢一次，卻勝過了人間無數次的聚會。」陳家洛道：「是啊，咱倆不能永遠在一起，但眞神總是敎咱倆會見了。在沙漠上，在這裏，咱倆過得這麼快活，雖然時候很短，但比許多一起過了幾十年的夫妻，咱倆的快活還是多些吧。」

香香公主聽着他柔聲安慰，望着太陽慢慢向羣山叢中落下去，她的心就如跟着太陽落下去一般，忽然跳了起來，高聲哭道：「大哥，大哥，太陽下山了。」

陳家洛聽了這話，眞的心都碎了，拉着她的手道：「喀絲麗，我要你受這麼多的苦！」

香香公主望着太陽落下去的地方，低聲道：「太陽要是能再昇起來，就是很短很短的一下子也好……」陳家洛道：「我是爲了自己的同胞，受苦是應該的，可是那些人你從來沒見過，你從來沒愛過他們……」香香公主道：「我愛了你，他們不就是我自己的人嗎？我們所有的回人兄弟，你不是也都愛他們麼？」眼見天色越來越黑，太陽終於不再昇上來，她心裏一陣冰冷，說道：「咱們回去吧，我很快樂，這一生我已經夠了！」

陳家洛黯然無語，兩人上馬往來路回去。香香公主不再說話，也不回頭再望一眼剛才兩人共享過的美景。

走不到半個時辰，忽聽馬蹄聲大作，數十人從暮色蒼茫中迎面而來，領頭的正是金鈎鐵掌白振，他一見陳家洛與香香公主，登時臉現喜色，左手向後一揮，跳下馬來，站在道旁，後面跟着的四十名侍衛也紛紛下馬。白振奉旨監視兩人，那知他們騎的白馬奔馳如飛，尋常馬匹如何追得上，一路打聽，調換坐騎，也不敢吃飯休息，直追到傍晚，正自憂急，忽與兩人狹路相逢，眞如天上掉下了活寶來那麼歡喜。

陳家洛瞧也不瞧，逕自催馬向前。忽然南方馬蹄聲又起，衞春華一馬當先奔來，大叫：「總舵主，我們都來啦。」跟着陸菲青、無塵、趙半山、文泰來、常氏雙俠等先後趕到。

陳家洛一把抓住乾隆，拍拍拍幾下，重重打了他三巴掌，喝道：「你還記得當日的誓言嗎？」乾隆那敢作聲，疾趨而出。

# 第二十回　忍見紅顏墮火窟　空餘碧血葬香魂

乾隆自陳家洛帶了香香公主去後，心中怔怔不寧，漸漸天色大明，又眼見太陽從東方昇到頭頂，太監開上御膳來，雖是山珍海味，卻食不下嚥。這天他也不朝見百官，整日坐起又睡倒，睡倒又坐起，派了好幾批侍衛出去打探消息，直到天色全黑，月亮從宮牆上昇起，還是沒一個侍衛回報。

他在寶月樓上十分焦急，只得儘往好處去想，向着壁上的「漢宮春曉圖」獃獃的凝望，突然想到：「這妮子既然喜歡他，定也喜歡漢裝。待會他們回宮，他定已勸服她從我。我何不穿上漢裝，叫她驚喜一番？」於是命太監取明人的衣冠。可是深宮之中，那裏來的明人衣冠？還是一名小太監聰明，奔到戲班子裏去拿了一套戲服來，服侍他穿了。乾隆大喜，對鏡一照，自覺十分風流瀟洒，忽見鬢旁有幾莖白髮，急令小太監拿小鉗子來鉗去。

正低了頭讓小太監鉗髮，忽聽背後輕輕的脚步之聲，一名太監低聲喝道：「皇太后慈駕到！」乾隆吃了一驚，抬起頭來，鏡中果然現出太后，只見她鐵青了臉，滿是怒容。乾隆疾忙轉身道：「太后還不安息麼？」扶着她在炕上坐下。太后揮揮手，衆太監退了出去。

隔了好一陣，太后沉聲說道：「奴才們說你今天不舒服，沒上朝，也沒吃飯。我瞧你來啦！」乾隆道：「兒子現下好了。只是吃了油膩有點兒不爽快，沒甚麼，不敢驚動太后。」太后哼了一聲，道：「是吃了回子的油膩呢，還是漢人的油膩呀？」乾隆一驚，答道：「想是昨天吃了烤羊肉。」太后道：「那是咱們的滿洲菜呀，嗯，你做滿洲人做厭了。」

乾隆不敢回答。太后又問：「那個回子女人在那裏？」乾隆道：「她性子不好，兒子叫人帶出去訓導去了。」太后道：「她隨身帶劍，死也不肯從你。叫人訓導，有甚麼用？是要誰去開導她？」乾隆見她愈問愈緊，只得道：「是個老年的侍衛頭兒，姓白的。」

太后抬起了頭，好半天不作聲，冷笑了幾下，陰森森的道：「你現今四十多歲啦，還要娘做甚麼？」乾隆大驚，忙道：「太后請勿動怒，兒子有過，請太后教導。」太后道：「你是皇帝，是天下之主，愛怎麼做就怎麼做，愛撒甚麼謊就撒甚麼謊。」乾隆知道太后耳目衆多，這事多半已瞞她不過，低聲說道：「開導那女子的，還有一個是兒子在江南遇到的士子，這人才學很好……」太后厲聲道：「是海寧陳家的是不是？」

乾隆低下了頭，那裏還敢做聲。太后道：「怪不得你穿起漢人衣衫來啦！幹麼你還不殺我？」說這句話時，已然聲色俱厲。乾隆大吃一驚，雙膝脆下，連連磕頭，說道：「兒子若有不孝之心，天誅地滅！」

太后一拂衣袖，走下樓去。乾隆忙隨後跟去，走得幾步，想起自己身上穿着明人衣冠，給人見了可不成體統，匆匆忙忙的換過了，一問太監，知道太后在武英殿的偏殿，於是加快腳步進殿，說道：「太后息怒，兒子有不是的地方，請太后教誨。」

太后冷冷的問道：「你連日召那姓陳的進宮幹甚麼？在海寧又幹了些甚麼事？」乾隆垂頭不語。太后厲聲喝道：「你眞要恢復漢家衣冠麼？要把我們滿洲人滅盡殺絕麼？」乾隆顫聲道：「太后別聽小人胡言，兒子那有此意？」太后道：「那姓陳的你待怎樣處置？」乾隆道：「他黨羽衆多，手下有不少武功高強的亡命之徒，兒子所以一直和他敷衍，乃是要找個良機，把他們一網打盡，以免斬草不除根，終成後患。」太后聽了容色稍霽，問道：「這話可眞？」

乾隆聽得太后此言，知已洩機，更無抉擇餘地，心一狠，決意一鼓誅滅紅花會羣雄，答道：「三日之內，就要叫那姓陳的身首異處。」太后陰森的臉上露出了一絲笑容，道：「好，這才不壞了祖宗的遺訓。」頓了一頓，道：「嘿，你跟我來。」站起身來，走向武英殿正殿。乾隆只得跟了過去。

太后走近殿門，太監一聲吆喝，殿門大開。只見殿中燈燭輝煌，執事太監排成兩列，八名王公跪下接駕，太后與乾隆走到殿上兩張椅中坐下。乾隆向下看時，見那八名王公都是皇室貴族，爲首的是自己兄弟和親王弘晝。此外是莊親王允祿、履親王允祹、怡親王弘曉、果親王弘瞻、裕親王廣祿、顯親王衍璜，以及信郡王德昭，都是皇室的近親。乾隆心神不定，不知太后這番布置主何吉凶。

太后緩緩說道：「先帝崩駕之時，遺命八旗旗兵由宗室八人分統，只是這些時候來邊疆連年用兵，先帝的遺命一直沒能遵辦。眼下賴祖宗福蔭，今上聖明，回疆已然削平，從今日起，八旗旗兵歸你們八人分帶，務須用心辦事，以報皇上的恩典。」八人忙磕頭謝恩。

乾隆心想：「原來她還是不放心，要分散我的兵權。」太后道：「請皇上分派吧。」乾隆心想：「這次大大落了下風，反正已不想舉事，暫時分散兵權也是無妨。眼看她部署周密，我若是不允，她定然另有對付之策。」於是把正黃、鑲黃、正白、鑲白、正紅、鑲紅、正藍、鑲藍八旗旗兵分派給了八王統領。

八名王公暗暗納罕，均想：按照本朝開國遺規，正黃、鑲黃、正白三旗，由皇帝自將，稱爲上三旗，餘下五旗稱爲下五旗。每一旗由滿洲都統統率。此時太后分給八王統領，卻是大大的不符祖宗規矩了，擺明是削弱皇帝權力之意，眼見太后懿旨嚴峻，不敢推辭，當下磕頭謝恩，有的心想：「明日還是上摺歸還兵權爲是，免惹殺身之禍。」

太后手一揮，遲玄托着一個盤子上前跪下，盤中鋪着一塊黃綾，上放鐵盒。太后拿起鐵盒，揭開盒蓋，拿出一個小小的卷軸來。乾隆側頭看去，見卷軸外是雍正親筆所書「遺詔」兩字，旁邊註着一行字道：「國家有變，着八旗親王會同開拆。」乾隆登時臉色大變，心想原來父皇早就防到日後機密洩漏，如自己敢於變更祖宗遺規，甚至反滿興漢，遺詔中必定命八旗親王廢他而另立新君。他隨即鎮定，說道：「先帝深遠謀慮，明見百世。兒子只要及得上先帝萬一，太后就不必再爲兒子操心了。」

太后把遺詔交給和親王，道：「你把先皇遺詔恭送到雍和宮綏成殿，派一百名親兵日夜看守。」頓了一頓，又道：「就是有今上御旨，也不能離開一步。」和親王領了慈旨，把遺詔送到雍和宮去了。雍和宮在北京西北安定門內，本是雍正未登位時的貝勒府。雍正死後，乾隆追念父皇，將之擴建成爲一座喇嘛廟。

太后布置已畢，這才安心，打了個呵欠，嘆道：「這萬世的基業，可要好好看着啊！」

乾隆送太后出殿，忙召侍衞詢問。白振稟道：「陳公子已送娘娘回宮，娘娘在寶月樓候駕。」乾隆大喜，急速出殿，走到門口，回頭問道：「路上有甚麼事嗎？」白振道：「奴才等曾遇見紅花會的許多頭腦，幸虧陳公子攔阻，沒出甚麼事。」

乾隆到了寶月樓上，果見香香公主面壁而坐，喜道：「長城好玩麼？」香香公主不理。乾隆心想：「待我安排大事之後再來問你。」走到鄰室，命召福康安進宮。

不多時，福康安匆匆趕到。乾隆命他率領驍騎營軍士到雍和宮各殿埋伏，密囑了好一陣子，福康安領旨去了。乾隆又命白振率領衆侍衞在雍和宮內外埋伏，安排已定，說道：「明兒晚我在雍和宮大殿賜宴，你召陳公子、紅花會所有的頭腦和黨羽齊來領宴。」白振聽了這話，才知是要把紅花會一網打盡，心想那定是有一場大廝殺了，磕了頭正要走出，乾隆忽道：「慢着！」白振回過頭來，乾隆道：「召雍和宮大喇嘛呼音克！」

待呼音克進來磕見，乾隆問道：「你來京裏有幾年了？」呼音克道：「臣服侍皇上已二十一年了。」乾隆道：「你想不想回西藏去啊？」呼音克磕頭不答。乾隆又道：「西藏有達賴和班禪兩個活佛，幹麼沒第三個？」呼音克道：「回皇上，這是向來的規矩，自從國師……」乾隆攔住了他的話頭，說道：「要是我封你做第三個活佛，去管一塊地方，沒人敢違旨吧？」呼音克喜從天降，連連磕頭，說道：「聖皇降恩，臣粉身難報。」乾隆道：「現下我叫你做一件事。你回去召集親信喇嘛，預備了硝磺油柴引火之物，等他傳訊給你時，」說着向白振一指，又道：「你就放火燒宮，從雍和宮大殿和綏成殿燒起。」

呼音克大吃一驚，磕頭道：「這是先皇的府邸，先皇遺物很多，臣不敢……」乾隆厲聲道：「你敢違旨麼？」呼音克嚇得遍體冷汗，顫聲道：「臣……臣……臣遵旨辦理。」乾隆道：「這事只要洩漏半點風聲，我把你雍和宮八百名喇嘛殺得一個不賸。」隔了一會，溫言道：「綏成殿有旗兵看守，可要小心了，到時可把這些兵將一起燒在裏面。事成之後，你就是第三位活佛了。去吧！」手一揮，呼音克又驚又喜，謝了恩和白振一同退出。

乾隆布置已畢，暗想這一下一箭雙鵰，把紅花會和太后的勢力一鼓而滅，就可安安穩穩做太平皇帝了，心頭十分舒暢，見案頭放着一張琴，走過去彈了起來，彈的是一曲「史明五弄」，彈不數句，鏗鏗鏘鏘，琴音中竟充滿了殺伐之聲，彈到一半，錚的一聲，第七根絃忽然斷了。乾隆一怔，哈哈大笑，推琴而起，走到內室來。

香香公主倚在窗邊望月，聽得脚步聲，寒光一閃，又拔出了短劍。

乾隆眉頭一皺，遠離坐下，道：「陳公子和你到長城去，是叫你來刺殺我嗎？」香香公主道：「他是勸我從你。」乾隆道：「你不聽他的話？」香香公主道：「他的話我總是聽的。」乾隆又喜又妒，道：「那麼你爲甚麼帶着劍？把劍給我吧！」香香公主道：「不，要等你做了好皇帝。」乾隆心想：「原來你要如此挾制於我。」一時之間，憤怒、妒忌、色慾、惱恨，百感交集，強笑道：「我現今就是好皇帝。」

香香公主道：「哼，剛才我聽你彈琴，你要殺人，要殺很多人，你……你是惡極了。」

乾隆一驚，心想原來自己的心事竟在琴韻中洩漏了出來，靈機一動，說道：「不錯，我是要殺人。你那陳公子剛才已給我抓住了。你從了我，我瞧在你面上，可以放他。要是不從，嘿嘿，你知道我要殺很多人。」香香公主大驚，顫聲道：「你要殺死自己親弟弟？」乾隆鐵青了臉道：「他甚麼都對你說了？」香香公主道：「我不信你抓得住他。他比你能幹得多。」乾隆道：「能幹？哼，就算今天還沒抓住，明天呢？」香香公主不語，暗自沉吟。

乾隆又道：「我勸你死了這條心吧，我是好皇帝也罷，惡皇帝也罷，你總是永遠見不着他了。」香香公主急道：「你答應他做好皇帝的，怎麼又反悔？」乾隆厲聲道：「我愛怎樣就怎樣，誰管得了我？」他剛才受太后挾制，滿腔憤怒，不由得流露了出來。

霎時之間，香香公主便似胸口給人重重打了一拳，想道：「原來皇帝是騙他的，早知這樣，我何必回來？」一時悔恨達於極點，險些暈倒。

乾隆見她臉上突然間全無血色，自悔適才神態太過粗暴，說道：「只要你好好服侍我，我自然也不難爲他，還會給他大官做，敎他一世榮華富貴。」

香香公主一生之中，從沒給人如此厲害的欺騙過，她本來還只見到皇帝的兇狠，這時才知道惡人還能這麼奸險，心想：「皇帝這麼壞，定要想法子害他。他雖然本事比皇帝大，可是不知道親哥哥會存心害他的啊。我一定須得讓他明白，好敎他不會上了皇帝的當。可是怎麼去通知他呢？」乾隆見她皺眉沉思，稚氣的臉上多了一層凝重的風姿，絕世美艷之中，重增華瞻，不覺瞧得呆了。

香香公主想道：「宮裏全是皇帝的手下人，誰能給我送信？事情緊急，只有這麼辦。」

說道：「那麼你答應不害他？」乾隆大喜，隨口道：「不害他，不害他！」香香公主見他說得沒半分誠意，心中恨極，一個純樸的少女在皇宮中住得多日，也已學會了怎樣對付敵人，於是不動聲色的道：「我明天一早要到淸眞禮拜堂去，向眞神祈禱之後，才能從你。」乾隆大喜，笑道：「好，明天可不能再賴了。」又道：「宮裏也有淸眞禮拜堂，我特地給你起的。再過得幾天，等一切布置就緒，以後你就不用再出宮去做禮拜了。」

香香公主見他笑嘻嘻的下樓，找到紙筆，寫了一封信給陳家洛，警告他皇帝有加害之心，反滿興漢之想全成虛幻，請他即速設法相救，一同逃出宮去，寫畢，用一張白紙將信包住，白紙上用回文寫道：「請速送交紅花會總舵主陳家洛。」她想回人個個對她爹爹和姊姊十分尊敬，對自己也極崇仰，在禮拜堂中只要俟機交給任何一個回人，誰都會設法送到。

她寫了信後，心神一寬，想到皇帝背盟為惡，反使自己與情郎有重聚的機會，陳家洛無所不能，要救自己出宮，自非難事，想到此處，心頭登覺甜蜜無比，整日勞頓之後，靠在床上便睡着了。

朦朧間聽得宮中鐘聲響動，睜開眼來，天已微明，忙起身梳洗。服侍她的宮女知她不許別人近身，只是在旁邊瞧着，見她神采煥發，都代她歡喜。香香公主把書信暗藏在袖，走下樓來。抬轎的太監已在樓下侍候，衆侍衞前後擁衞，將她送到了西長安街淸眞寺門口。

香香公主下了轎，望到伊斯蘭教禮拜堂的圓頂，心中又是歡喜又是難受，俯首走進教堂，只見左右各有一人和她並排而行。她抬起頭來，見是兩個回人，心中一喜，正要把揑在手裏的書信遞過去，和右面那人目光一接，不禁遲疑，緩緩縮回了手。那人雖是回人裝束，可是面目神情，全不是她族人模樣，又向左邊那人一望，也似有異。她低聲問道：「你們是皇帝派來看守我的嗎？」她說的是回語，那兩人果然不懂，都隨意點了點頭。

她一陣失望，轉過身來，只見身後又跟着八名回人裝束的皇宮侍衛，眞正回人都被隔得遠遠地。她快步向寺中教長走近，說道：「這信無論如何請你送去。」那教長一愣，香香公主將信塞入他手中。突然間一名侍衛搶上前來，從教長手中將信奪了去，在他胸口重重一推。教長一個踉蹌，險些跌倒。衆人愕然相顧，都不知發生了何事。

教長怒道：「你們幹甚麼？」那侍衛在他耳邊低聲喝道：「別多管閒事！我們是宮裏當差的。」那教長一嚇，不敢多言，便領着衆人俯伏禮拜。

香香公主也跪了下來，淚如泉湧，心中悲苦已極，這時只剩下一個念頭：「怎地向他示警，教他提防？就是要我死，也得讓他知道提防。」

「就是要我死！」這念頭如同閃電般掠過腦中：「我在這裏死了，消息就會傳出去，他就會知道。不錯，再沒旁的法子！」但立即想到了「可蘭經」第四章中的話：「你們不要自殺。阿拉確是憐憫你們的。誰爲了過份和不義而犯了這嚴禁，我要把誰投入火窟。」穆罕默德的話在她耳中如雷震般響着：「自殺的人，永墮火窟，不得脫離。」她並不怕死，相信死了之後可以升上樂園，將來會永遠和心愛的人在一起，「可蘭經」上這樣說：「他們在樂園裏將享有純潔的配偶，他們得永居其中。」可是如果自殺了，那就是無窮無盡的受苦！

想到這裏，不禁打了一個寒戰，只覺全身冷得厲害，但聽衆人喃喃誦經，教長正在大聲講着樂園中的永恒和喜悅，講着墮入火窟的靈魂是多麼悲慘。對於一個虔信宗教的人，再沒比靈魂永遠沉淪更可怕的了，可是她沒有其他法子。愛情勝過了最大的恐懼。她低聲道：「至神至聖的阿拉，我不是不信你會憐憫我，但是除了用我身上的鮮血之外，沒有別的法子可以教他逃避危難。」於是從衣袖中摸出短劍，在身子下面的磚塊上劃了「不可相信皇帝」幾個字，輕輕叫了兩聲：「大哥！」將短劍刺進了那世上最純潔最美麗的胸膛。

紅花會羣雄這日在廳上議事，蔣四根剛從廣東回來，正與衆人談論南方各地英豪近況，忽報白振來拜，陳家洛單獨接見。白振傳達皇上旨意，說當晚在雍和宮賜宴，命紅花會衆位香主一齊赴宴，皇上親自與會，因怕太后和滿洲親貴疑慮，是以特地在宮外相會。陳家洛領旨謝恩，心想喀絲麗定是勉爲其難，從了皇帝，是以他對興漢大業加倍熱心起來，心中說不出的又喜又悲，送別白振後與羣雄說了。衆人聽得皇帝信守盟約，行將建立不世奇功，都很興奮。無塵、陸菲青、趙半山、文泰來等人吃過滿淸官員不少苦頭，對乾隆的話本來不大相信，這時見大事進行順利，都說究竟皇帝是漢人，又是總舵主的親兄弟，果然大不相同。只是陳家洛爲了興復大業，割捨對香香公主之情，都爲他難過。

陳家洛怕自己一人心中傷痛，冷了大家的豪興，當下強打精神，和羣雄縱論世事，後來談到了武藝。無塵說道：「總舵主，你這次在回部學到了精妙武功，露幾手給大家瞧瞧怎樣？」陳家洛道：「好，我正要向各位印證請教，只怕有許多精微之處沒悟出來。」向余魚同道：「十四弟，請你吹笛。」余魚同道：「好！」

李沅芷笑吟吟的奔進內室，把金笛取了出來。駱冰笑道：「好啊，把人家的寶貝兒也收起來啦。」李沅芷臉一紅不作聲。

自那日李沅芷被張召重擊斷左臂，一路上余魚同對她細加呵護，由憐生愛，由感生情，這才是一片眞心相待。李沅芷一往情深的痴念，終於有美滿收場，自是芳心大慰。

兩人這一日談到那天在甘涼道上客店中初會的情景，李沅芷說很羨慕他用金笛點倒公差的本事，抱怨師父不肯傳她點穴功夫。余魚同笑道：「陸師叔雖然年老，總不便在你身上指點，也不能讓你摸他。穴道認不準，怎麼教？等將來咱倆成了夫妻，我再教你吧。」李沅芷笑道：「那麼我倒錯怪師父了。」余魚同笑道：「要我傳你點穴功夫，那也可以，但你得磕頭拜師。」李沅芷笑道：「呸，你想麼？」從那日起，余魚同就把使笛打穴的入門功夫先教會了她。李沅芷把笛子借來練習，因此這些日子來那枝金笛一直在她身邊。

陳家洛隨着笛聲舞動掌法，羣雄圍觀參詳。無塵笑道：「總舵主，你用這掌法竟打倒了張召重，我用劍給你過過招怎樣？」說着仗劍下場。陳家洛道：「好，來吧！」揮掌向他肩頭拍去。無塵一劍斜刺，不理陳家洛的手掌攻到，逕攻對方腰眼。陳家洛側身繞過，笛聲中攻他後心。無塵更不回頭，倒轉劍尖，向後便刺，部位時機，無不恰到好處，正是追魂奪命劍中的絕招「望鄉回顧」。陳家洛身子一側，翻掌拿他手腕。無塵明知這一劍刺不中，但沒想到他反攻如此迅捷，脚下一點，向前竄出三步，手腕一抖，長劍又已遞出。旁觀羣雄，齊聲叫好。兩人雖是印證武功，卻也絲毫不讓，單劍斜走，雙掌齊飛，打得緊湊異常。

正門到酣處，忽然胡同外傳來一陣漫長淒涼的歌聲。羣雄也不在意，卻聽那歌聲越來越近，似是成千人齊聲唱和，悲切異常，令人聞之墮淚。

心硯久在大漠，知是回人所唱悼歌，好奇心起，奔出去打聽，過了一會從外面回來，臉色灰白，脚步踉蹌，走近陳家洛身邊，顫聲叫道：「少爺！」

無塵收劍躍開。陳家洛回頭問道：「甚麼？」心硯道：「香……香……香香公主死了！」羣雄齊都變色。陳家洛只覺眼前一黑，俯伏摔了下去。無塵忙擲劍在地，伸手拉住他臂膀。

駱冰忙問：「怎麼死的？」心硯道：「我問一個回人大哥，他說是在清眞禮拜堂裏祈禱之時，香香公主用劍自殺。」駱冰又問：「那些回人唱些甚麼？」心硯道：「他們說：皇太后不許她遺體入宮，交給了清眞寺。他們剛才將她安葬了，回來時大家唱歌哀悼。」

衆人大罵皇帝殘忍無道，逼死了這樣一位善良純潔的少女。駱冰一陣心酸，流下淚來。陳家洛卻一語不發。衆人防他心傷過甚，正想勸慰，陳家洛忽道：「道長，我學的掌法還沒使完，咱們再來。」緩步走到場子中心，衆人不禁愕然。

無塵心想：「讓他分心一下以免過悲，也是好的。」於是拾起劍來，兩人又鬥。羣雄見陳家洛步武沉凝，掌法精奇，似乎對剛才這訊息並不動心，互相悄悄議論。李沅芷低聲在余魚同耳邊道：「男人家多沒良心，爲了國家大事，心愛的人死了一點也不在乎。」余魚同吹着笛子，心想：「總舵主好忍得下，倘若是我，只怕當場就要瘋了。」

無塵顧念陳家洛遭此巨變，心神不能鎭攝，不敢再使險招。兩人本來棋逢敵手，功力悉匹，無塵一有顧忌，兩招稍緩，立處下風。只見劍光掌影中，無塵不住後退，他一招不敢疾刺，收劍微遲，陳家洛左手三根手指已搭上了他手腕，兩人肌膚一碰，同時跳開。無塵叫道：

「好，好，妙極！」

陳家洛笑道：「道長有意相讓。」笑聲未畢，忽然一張口，噴出兩口鮮血。羣雄盡皆失色，忙上前相扶。陳家洛淒然一笑，道：「不要緊！」靠在心硯肩上，進內堂去了。

陳家洛回房睡了一個多時辰，想起今晚還要會見皇帝，正有許多大事要幹，如何這般不自保重，但想到香香公主慘死，卻不由得傷痛欲絕。又想：「喀絲麗明明已答應從他，怎麼忽又自殺，難道是思前想後，終究割捨不下對我的恩情？她知道此事非同小可，如無變故，決不至於今日自殺，內中必定別有隱情。」思索了一回，疑慮莫決，於是取出從回部帶來的回人衣服，穿着起來，那正是他在冰湖之畔初見香香公主時所穿，再用淡墨將臉頰塗得黝黑，對心硯道：「我出去一會兒就回來。」心硯待要阻攔，知道無用，但總是不放心，悄悄跟隨在後。陳家洛知他一片忠心，也就由他。

大街上人聲喧闐，車馬雜沓，陳家洛眼中看出來卻是一片蕭索。他來到西長安街清眞禮拜寺，逕行入內，走到大堂，俯伏在地，默默禱祝：「喀絲麗，你在天上等着我。我答應你皈依伊斯蘭敎，決不讓你等一場空。」抬起頭來，忽見前面半丈外地下青磚上隱隱約約的刻得有字，仔細一看，是用刀尖在磚塊上劃的回文：「不可相信皇帝」，字痕中有殷紅之色。陳家洛一驚，低頭細看，見磚塊上有一片地方的顏色較深，突然想到：「難道這是喀絲麗的血？」俯身聞時，果有鮮血氣息，不禁大慟，淚如泉湧，伏在地下號哭起來。

哭了一陣，忽然有人在他肩頭輕拍兩下，他吃了一驚，立即縱身躍起，左掌微揚待敵，一看之下又驚又喜，跟着卻又流下淚來。那人穿着回人的男子裝束，但秀眉微蹙，星目流波，正是翠羽黃衫霍青桐。原來她今日剛隨天山雙鷹趕來北京，要設法相救妹子，那知遇到同族回人，驚聞妹子已死，匆匆到禮拜寺來爲妹子禱告，見一個回人伏地大哭，叫着喀絲麗的名字，因此拍他肩膀相詢，卻遇見了陳家洛。

正要互談別來情由，陳家洛突見兩名清宮侍衞走了進來，忙一拉霍青桐的袖子，並肩伏地。兩名侍衞走到陳家洛身邊，喝道：「起來！」兩人只得站起，眼望窗外，只聽得叮噹聲響，兩名侍衞將劃着字迹的磚塊用鐵鍬撬起，拿出禮拜寺，上馬而去。

霍青桐問道：「那是甚麼？」陳家洛垂淚道：「要是我遲來一步，喀絲麗犧牲了性命，用鮮血寫成的警示也瞧不到了。」霍青桐問道：「甚麼警示？」陳家洛道：「這裏耳目衆多，我們還是伏在地下，再對你說。」於是重行伏下，陳家洛輕聲把情由擇要說了。

霍青桐又是傷心，又是憤恨，怒道：「你怎地如此胡塗，竟會去相信皇帝？」陳家洛慚愧無地，道：「我只道他是漢人，又是我的親哥哥。」霍青桐道：「漢人就怎樣？難道漢人就不做壞事麼？做了皇帝，還有甚麼手足之情？」陳家洛哽咽道：「是我害了喀絲麗！我……我恨不得即刻隨她而去。」

霍青桐覺得責他太重，心想他本已傷心無比，於是柔聲安慰道：「你是爲了要救天下蒼生，卻也難怪。」過了一會，問道：「今晚雍和宮之宴，還去不去？」陳家洛切齒道：「皇帝也要赴宴，我去刺殺他，爲喀絲麗報仇。」霍青桐道：「對，也爲我爹爹、哥哥，和我無數同胞報仇。」

陳家洛問道：「你在清兵夜襲時怎能逃出來？」霍青桐道：「那時我正病得厲害，清兵突然攻到，幸而我的一隊衞士捨命惡鬥，把我救到了師父那裏。」陳家洛嘆道：「喀絲麗曾對我說，我們就是走到天邊，也要找着你。」霍青桐禁不住淚如雨下。

兩人走出禮拜堂，心硯迎了上來，他見了霍青桐，十分歡喜，道：「姑娘，我一直惦記着你，你好呀！」霍青桐這半年來慘遭巨變，父母兄妹四人全喪，從前對心硯的一些小小嫌隙，那裏還放在心上，柔聲說道：「你也好，你長高啦！」心硯見她不再見怪，很是高興。

三人回到雙柳子胡同，天山雙鷹和羣雄正在大聲談論。陳家洛含着眼淚，把在清眞寺中所見的血字說了。陳正德一拍桌子，大聲道：「我說的還有錯麼？那皇帝當然要加害咱們。這女孩子定是在宮中得了確息，才捨了性命來告知你。」衆人都說不錯。關明梅垂淚道：「我們二老沒兒沒女，本想把她們姊妹都收作乾女兒，那知……」陳正德嘆道：「這女孩子雖然不會武功，卻大有俠氣，難得難得！」衆人無不傷感。

陳家洛道：「待會雍和宮赴宴，長兵器帶不進去，各人預備短兵刃和暗器。酒肉飯菜之中，只怕下有毒物迷藥，決不可有絲毫沾唇。」羣雄應了。陳家洛道：「今晚不殺皇帝，解不了心頭之恨，但要先籌劃退路。」陳正德道：「中原是不能再住的了，大夥兒去回部。」羣雄久在江南，離開故鄉實在有點難捨，但皇帝奸惡凶險，人人恨之切齒，都決意撲殺此獠，遠走異域，卻也顧不得了。

陳家洛命文泰來率領楊成協、衞春華、石雙英、蔣四根在城門口埋伏，到時殺了城門守軍，接應大夥出城西去，命心硯率領紅花會頭目，預備馬匹，帶同弓箭等物在雍和宮外接應；

又命余魚同立即通知紅花會在北京的頭目，遍告各省紅花會會衆，總舵遷往回部，各地會衆立即隱伏，以防官兵收捕。

他分派已畢，向天山雙鷹與陸菲青道：「如何誅殺元凶首惡，請三位老前輩出個主意。」陳正德道：「那還不容易？我上去抓住他脖子一扭，瞧他完不完蛋？」陸菲青笑道：「他既存心害咱們，身邊侍衞一定帶得很多，防衞必然周密。正德兄扭到他頸子，他當然完蛋，就只怕扭不到他頸子。」無塵道：「還是三弟用暗器傷他。」天山雙鷹在六和塔上見過趙半山的神技，對他暗器功夫十分心折，當下首先贊同。

趙半山從暗器囊裏摸出當日龍駿所發的三枚毒蒺藜來，笑道：「只要打中一枚，就教他夠受了！」心硯見到毒蒺藜是驚弓之鳥，不覺打了個寒噤。陳家洛道：「我怕那姓龍的還在宮裏，有解藥可治。」趙半山道：「不妨，我再用鶴頂紅和孔雀膽浸過。他解得了一種，解不了第二種。」陸菲青對駱冰道：「你的飛刀和我的金針也都浸上毒藥吧。」駱冰點頭道：「咱們幾十枚暗器齊發，不管他多少侍衞，總能打中他幾枚。」

陳家洛見衆人在炭火爐上的毒藥罐裏浸熬暗器，想起皇帝與自己是同母所生，總覺不忍，但隨即想到他的陰狠毒辣，怒火中燒，拔出短劍，也在毒藥罐中熬了一會。

到申時三刻，衆人收拾定當，飽餐酒肉，齊等赴宴。過不多時，白振率領了四名侍衞來請。羣雄各穿錦袍，騎馬前赴雍和宮。白振見衆人都是空手不帶兵刃，心下暗暗嘆息。

到宮門外下馬，白振引着衆人入宮。綏成殿下首已擺開了三席素筵，白振肅請羣雄分別坐下。中間一席陳家洛坐了首席，左邊一席陳正德坐了首席，右邊一席陸菲青坐了首席。佛像之下居中獨設一席，向外一張大椅上鋪了錦緞黃綾，顯然是皇帝的御座了。陸菲青、趙半山等人心中暗暗估量，待會動手時如何向御座施放暗器。

菜肴陸續上席，衆人靜候皇帝到來。過了一會，脚步聲響，殿外走進兩名太監，陳家洛等認得是遲玄和武銘夫兩人。太監後面跟着一名戴紅頂子拖花翎的大官，原來是前任浙江水陸提督李可秀，不知何時已調到京裏來了。李沅芷握住身旁余魚同的手，險些叫出聲來。遲玄叫道：「聖旨到！」李可秀、白振等當即跪倒。陳家洛等也只得跟着跪下。

遲玄展開敕書，宣讀道：「奉天承運皇帝制曰：國家推恩而求才，臣民奮勵以圖功。爾陳家洛等公忠體國，宜錫榮命，爰賜陳家洛進士及第，餘人着禮部兵部另議，優加錄用。賜宴雍和宮。直隸古北口提督李可秀陪宴。欽此。」跟着喝道：「謝恩！」

羣雄聽了心中一涼，原來皇帝奸滑，竟是不來的了。

李可秀走近陳家洛身邊，作了一揖，道：「恭喜，恭喜，陳兄得皇上如此恩寵，眞是異數。」陳家洛謙遜了幾句。李沅芷和余魚同一起過來，李沅芷叫了一聲：「爹！」李可秀一驚，回頭見是失蹤近年、自己日思夜想的獨生女兒，眞是喜從天降，拉住了她手，眼中濕潤，顫聲道：「沅兒，沅兒，你好麼？」李沅芷道：「爹……」可是話卻說不下去了。李可秀道：「來，你跟我同席！」拉她到偏席上去。李沅芷和余魚同知他是愛護女兒，防她受到損傷。兩人互相使了個眼色，分別就坐。

遲玄和武銘夫兩人走到中間席上，對陳家洛道：「哥兒，將來你做了大官，可別忘了咱倆啊！」陳家洛道：「決不敢忘了兩位公公。」遲玄手一招，叫道：「來呀！」兩名小太監托了一隻盤子過來，盤中盛着一把酒壺和幾隻酒杯。遲玄提起酒壺，在兩隻杯中斟滿了酒，自己先喝一杯，說道：「我敬你一杯！」放下空杯，雙手捧着另一杯酒遞給陳家洛。

羣雄注目凝視，均想：「皇帝沒來，咱們如先動手，打草驚蛇，再要殺他就不容易。這杯酒雖是從同一把酒壺裏斟出，但安知他們不從中使了手脚，瞧總舵主喝是不喝？」

陳家洛早在留神細看，存心尋隙，破綻就易發覺，果見酒壺柄上左右各有一個小孔。遲玄斟第一杯酒時大拇指捺住左邊小孔，斟第二杯酒時，拇指似乎漫不經意的一滑，捺住了右邊小孔。陳家洛心中瞭然，知道酒壺從中分爲兩隔，捺住右邊小孔則剛剛相反。遲玄捧過來的這杯從右出來，斟出來的是盛在右邊一隔中的酒，捺住左邊小孔時，左邊一隔中的酒流不隔中斟出，自是毒酒，心想：「哥哥你好狠毒，你存心害我，怕我防備，先賜我一個進士，叫我全心信你共舉大事。若非喀絲麗以鮮血向我示警，這杯毒酒是喝定的了。」

他拱手道謝，舉杯作勢要飲。遲玄和武銘夫見大功告成，喜上眉梢。陳家洛忽將酒杯放下，提起酒壺另斟一杯，斟酒時捺住右邊小孔，杯底一翻，一口乾了，把原先那杯酒送到武銘夫前面，說道：「武公公也喝一杯！」武銘夫和遲玄兩人見他識破機關，不覺變色。陳家洛又捺住左邊小孔，斟了一杯毒酒，說道：「我回敬遲公公一杯！」

遲玄飛起右足，將陳家洛手中酒杯踢去，大聲喝道：「拿下了！」大殿前後左右，登時湧出數百名手執兵刃的御前侍衞和御林軍來。

陳家洛笑道：「兩位公公酒量不高，不喝就是，何必動怒？」武銘夫喝道：「奉聖旨：

紅花會叛逆作亂，圖謀不軌，立即拿問，拒捕者格殺勿論。」

陳家洛手一揮，常氏雙俠已縱到遲武二人背後，各伸右掌，拿住了兩人的項頸。兩人待要抵敵，已然周身痳木，動彈不得。陳家洛又斟一杯毒酒，笑道：「這眞是敬酒不吃吃罰酒了。」駱冰和章進各拿一杯，給遲武兩人灌了下去。衆侍衞與御林軍見遲武被擒，只是吶喊，不敢十分逼近。

紅花會羣雄早從衣底取出兵刃，無塵身上只藏一柄短劍，使用不便，縱入侍衞人羣之中，夾手奪了一柄劍來，連殺三人，當先直入後殿，羣雄跟着衝入。

李可秀拉着女兒的手，叫道：「在我身邊！」他一面和白振兩人分別傳令，督率侍衞攔截，一面拉着女兒，防她混亂中受傷。余魚同見狀，長嘆一聲，心想：「我與她爹爹勢成水火，她終究非我之偶！」一陣難受，揮笛衝入。

李沅芷右手使勁一掙，李可秀拉不住，當即被她掙脫。李沅芷叫道：「爹爹保重，女兒去了！」反身躍起，縱入人叢。李可秀大出意外，急叫：「沅芷，沅芷，回來！」她早已衝入後殿，只見余魚同揮笛正與五六名侍衞惡戰，形同拚命。李沅芷叫道：「師哥，我來了！」余魚同一聽，心頭一喜，精神倍長，刷刷數笛一輪急攻，李沅芷仗劍上前助戰，將衆侍衞殺退。兩人携手跟着駱冰，向前直衝。

這時火光燭天，人聲嘈雜，陳家洛等已衝到綏成殿外，一看之下，甚是驚異。只見數十名喇嘛正和一羣淸兵惡戰，眼見衆喇嘛抵敵不住，白振卻督率了侍衞相助喇嘛，把衆淸兵趕入火勢正旺的殿中。陳家洛怎知乾隆與太后之間勾心鬥角的事，心想這事古怪之極，但良機莫失，忙傳令命羣雄越牆出宮。

李可秀與白振已得乾隆密旨，要將紅花會會衆與綏成殿中的旗兵一網打盡，但二人一個念着女兒，一個想起陳家洛的救命之恩，都對紅花會放寬了一步，只是協力對付守殿的旗兵。過不多時，旗兵全被殺光燒死。綏成殿中大火熊熊，將雍正的遺詔燒成灰燼。

羣雄躍出宮牆，不禁倒抽一口涼氣，只見雍和宮外無數官兵，都是弓上弦，刀出鞘，數千根火把高舉，數百盞孔明燈幌來幌去，射出道道黃光。陳家洛心想：「他布置得也眞周密，惟恐毒藥毒不死我們！」轉眼之間，無塵與陳正德已殺入御林軍隊伍。四下裏箭如飛蝗，齊向羣雄射來。霍靑桐大叫：「大家衝啊！」羣雄互相緊緊靠攏，隨着無塵與陳正德衝殺。但清兵愈殺愈多，衝出了一層，外面又圍上一層。

無塵劍光霍霍，當者披靡，力殺十餘名御林軍，突出了重圍，等了一陣，見餘人並未隨出，心中憂急，又翻身殺入，只見七八名侍衞圍着章進酣鬥。章進全身血汚，殺得如痴如狂。無塵叫道：「十弟莫慌，我來了！」刷刷刷三劍，三名侍衞咽喉中劍。餘人發一聲喊，退了開去，無塵道：「十弟，沒事麼？」忽然呼的一聲，章進揮棒向他砸來。無塵吃了一驚，側身讓過。章進連聲狂吼，叫道：「衆位哥哥都給你們害了，我不要活了！」狼牙棒着地橫掃。無塵叫道：「十弟，十弟，是我呀！」章進雙目瞪視，突然撇下狼牙棒，叫道：「二哥啊，我不成了！」無塵在火光下見他胸前、肩頭、臂上都是傷口，處處流血，自己只有單臂，無法相扶，咬牙道：「你伏在我背上，摟住我！」蹲下身子，章進依言抱着他頭頸。無塵只覺一股股熱血從道袍裏直流進去，當下奮起神威，提劍往人多處殺去。

劍鋒到處，淸兵紛紛讓道，忽見前面官兵接二連三的躍在空中，顯是被人提着拋擲出來的，無塵心想：「除四弟外，別人無此功力，莫非城門有變？」仗劍衝去，果見文泰來、駱冰、余魚同、李沅芷四人正與衆侍衞惡戰。無塵叫道：「總舵主他們呢？」余魚同道：「不見啊，咱們到那邊去找！」無塵心中一寬，心想章進受傷甚重，是以胡言囈語，未必大夥都已死傷。文泰來刀砍掌劈，殺開了一條血弄堂，四人隨後趕去。

無塵奔到文泰來身旁，叫道：「城門口怎樣？」文泰來道：「那邊沒事。我不放心，過來瞧瞧！」無塵道：「來得正好！」他雖然負了章進，仍是一劍便殺一人，長劍起處，淸軍兵將無人能避。

突然李沅芷高聲叫道：「總舵主！」只見陳家洛從火光中掠過，東竄西晃，似乎在尋人。陸菲青從西首殺出，叫道：「大夥退向宮牆！」遙見遠處火光中一根翠羽不住幌動。陸菲青道：「總舵主，你領大夥退到牆邊，我去接她出來！」說着手揮長劍，往霍靑桐那邊殺去。陳家洛與文泰來當先開路，又退回到牆邊。

無塵叫道：「十弟，下來吧！」章進只是不動，駱冰去扶他時，只覺他身子僵硬，原來已經氣絕。駱冰伏屍大哭。文泰來正在抵敵衆侍衞，接應趙半山、常氏雙俠等過來，聽得駱冰哭聲，不由得洒了幾點英雄之淚，怒氣上衝，揮刀連斃三敵。

羣雄逐漸聚攏，這時陸菲青和霍靑桐已會合在一起，人叢中只見那根翠羽慢慢移來，但到相隔數十步時，再也無法走近。常氏雙俠奪了兩桿長槍，衝去接了過來。霍靑桐臉色蒼白，一身黃衫上點點斑斑盡是鮮血。陳家洛叫道：「咱們再衝，這次可千萬別失散了。」話聲方畢，雍和宮內颼颼颼數聲，連射了幾枝箭出來。原來李可秀和白振手下人衆殺盡了綏成殿中守殿的旗兵後，蜂湧而至。紅花會這一來前後受敵，處境更是險惡。

正危急間，正面御林軍忽然紛紛退避，火光中數十名黃衣僧人衝了進來，當先一人白鬚飄動，金刀橫砍直斬，威不可當，正是鐵膽周仲英。羣雄大喜，只聽周仲英叫道：「各位快跟我來！」文泰來抱起章進屍身，隨着衆人衝出。只見天鏡禪師率着大苦、大癲、大痴、元痛、元悲、元傷等少林僧人，正與御林軍接戰。

霍青桐見衆人殺敵甚多，但不論衝向何處，敵兵必定跟着圍上，抬頭四望，果見鼓樓屋頂上站着十多人，內中四人手提紅燈分站四方，羣雄殺奔西方，西方那人高舉紅燈，殺奔東方，東方便有紅燈舉起。霍青桐對陳家洛道：「打滅那幾盞紅燈便好辦了！」趙半山聽了，從地下撿起一張弓，拾了幾枝箭，弓弦響處，四燈熄滅。

羣雄喝一聲采。清兵不見了燈號，登時亂將起來。霍青桐又道：「屋頂上諸人之中，必有主將在內，咱們擒賊先擒王！」衆人知她在回部運籌帷幄，曾殲滅兆惠四萬多名精兵，眞是女中孫吳，說話必有見地。無塵叫道：「四弟、五弟、六弟，咱們四個去！」文泰來和常氏雙俠齊齊答應。四人有如四頭猛虎，直撲出去，御林軍那裏攔阻得住？

陳家洛與天鏡禪師等跟着殺出，眼見就要衝出重圍，突然喊聲大振，李可秀和白振率領親兵侍衞圍了上來。一陣混戰，又將羣雄裹在核心。李沅芷、駱冰、以及七八名少林僧人都受了傷。

無塵等衝到牆邊，躍上鼓樓，早有七個人過來阻攔。這些人竟是武功極好的高手，常氏雙俠合敵三人，一時未分勝敗。無塵與文泰來都是以一對二，在屋頂攻拒進退，打得十分激烈。無塵心中焦躁，想道：「怎麼這裏竟有這許多硬爪子？」

只見屋角上衆人擁衛之中，一名頭戴紅頂子的官員手執佩刀令旗，正在指揮督戰。無塵叫道：「這些鷹爪都交給我！」左一劍「心傷血污池」直刺敵人胸膛，右一劍「膽裂奈何橋」，逕斬對手雙足。這兩人或縮身，或縱躍，無塵長劍已指向纏着文泰來的兩名侍衛，「千刃刀山」斜戳左股，「萬斛油鍋」橫削右腰，招招快極狠極。

文泰來緩出手來，向那紅頂子大官直衝過去。左右衛士見他來勢兇猛，早有四人挺刀阻截。文泰來在火光中猛見那官員回過頭來，吃了一驚，險些失聲叫出：「總舵主！」這官員面貌幾乎與陳家洛一模一樣，若不是服色完全不同，眞難相信竟是兩人。他斗然想起，妻子曾說到徐天宏設計取玉瓶、捉拿王維揚之事，總舵主喬扮官員，竟被衆人誤認爲驍騎營統領兼九門提督福康安，那麼這人必是福康安無疑。眼下羣雄身處危境，如不抓到此人，只怕無法脫難，當下身形一縮，從兩柄大刀的刃鋒下鑽過，逕向福康安撲去。

統率御林軍兜捕紅花會的，正是乾隆第一親信的福康安。乾隆因火燒雍和宮之事萬分機密，是以命他總領其事。但怕他遇到兇險，特選了十六名一等侍衛，專門負責護他一人。衆侍衛中又有兩人上前阻擋，餘人擁着福康安避到另一間屋子頂上。無塵數招之下，已傷了兩名侍衛，突然斜奔橫走，在衆侍衛中穿來插去，這裏一劍，那裏一脚，片刻間已連施七八下毒招。文泰來再度緩出手來，雙足使勁，躍在半空，向福康安頭頂猛撲而下。

這時地下驍騎營官兵與衆侍衛已見到主帥處境兇險，他身旁雖有十多名高手侍衛保護，兀自攔阻不住這兩個怪傑所向無敵的狠撲，又有七八人躍上屋來相助。餘人也暫不向紅花會餘人進迫，都舉頭凝視屋頂的激鬥，突見文泰來飛撲而下，不由得齊聲驚呼。

福康安不會武功，當此危急之際，也只得舉起佩刀仰砍，同時兩枝長槍、兩柄大刀齊向文泰來身上刺砍。文泰來心想：這一下抓不到，他後援即到，再無機會了。雙臂一振，兩桿長槍騰在空中，一足踹在左邊一名侍衛胸前，右手一拳擊中右邊一名侍衛面門，大喝一聲，兩名剛躍上屋頂的侍衛嚇得跌了下去。福康安驚得手足都軟了，被文泰來一把當胸揪住，舉在半空。四下裏的清兵不約而同的又是大聲驚叫。

這時常氏雙俠已打倒三名侍衛，雙雙躍到，往文泰來身旁一站，取出飛抓，亮光閃閃，舞成徑達兩丈的一個大圈子，清兵那敢過來？只見福康安舉起令旗，顫聲高叫：「大家住手！各營官兵與衆侍衛各歸本隊！」

驍騎營官兵與衆侍衛見本帥被擒，都是大驚失色。奉旨衛護福康安的侍衛中有三人不理會常氏雙俠飛抓厲害，奮勇衝上。無塵叫道：「五弟、六弟，放這三個鷹爪過來！」雙俠一收飛抓躍開，只道無塵要親自取他們性命，那知無塵長劍直指福康安咽喉，笑道：「來吧，來吧！」三名侍衛停步遲疑，互相使個眼色，又都躍開。文泰來雙手微一用力，福康安臂上痛入骨髓，只得高聲叫道：「快收兵，退開！」清兵侍衛不敢再戰，紛紛歸隊。

陳家洛叫道：「咱們都上高！」羣雄奔到牆邊，一一躍上。趙半山點查人數，除章進傷重斃命外，其餘尚有八九人負傷，幸喜都不甚重。

火光中又見孟健雄與徐天宏扶着周綺躍上屋頂。只見她頭髮散亂，臉如白紙。周仲英罵道：「你怎麼也來了？不保重自己身子！」周綺叫道：「我要孩子，孩子，還我孩子來！」

陳家洛見她神智不清，忙亂中不及細問，用紅花會切口傳令：「咱們攻進宮去，殺了皇帝給十哥報仇！」羣雄轟然叫好，駱冰把這話譯給陸菲青、天鏡禪師、天山雙鷹、霍青桐等人聽了，衆人舉刀響應。天鏡禪師道：「少林寺都教他毀了，老衲今天要大開殺戒！」陳家洛驚問：「怎麼，少林寺毀了？」天鏡禪師道：「不錯，已是燒成白地。天虹師兄護法圓寂了。」陳家洛一陣難受，愈增憤慨。衆人擁着福康安，從御林軍的刀槍劍戟中走出去，只見走了一層又是一層，圍着雍和宮的兵將何止萬人。羣雄饒是大膽，也不覺心驚，暗想要不是擒住了他們頭子，無論如何不能突出重圍。

待走出最後一層清兵，見心硯領着紅花會的頭目，牽了數十匹馬遠遠站着等候。各人紛紛上馬，有的一人一騎，有的一騎雙乘，縱聲高呼，一陣風般向皇宮衝去。

徐天宏跑在陳家洛身旁，叫道：「總舵主，退路預備好了麼？」陳家洛道：「九哥他們在城門口接應。你們怎麼也剛巧趕到？」徐天宏恨道：「方有德那奸賊，那奸賊！」陳家洛道：「怎麼？」徐天宏道：「他勾結成璜、瑞大林，調兵夜襲少林寺。天虹老禪師不肯出寺，在寺中給燒死了。他們還搶了我的兒子去！」陳家洛聽見他生了個兒子，想說句「恭喜」，卻又縮住。徐天宏道：「天鏡師伯率領僧衆找這幾個奸賊報仇，直追到北京來。咱們去雙柳子胡同找你，才知你們在雍和宮。」

這時衆人已奔近禁城，御林軍與衆侍衞在後緊緊跟隨，雖不交鋒，但毫不放鬆。徐天宏轉頭對天山雙鷹道：「要是皇帝得訊躲了起來，深宮中那裏去找，請兩位前輩先趕去探明如何？」他想二老最是好勝，適才無塵與文泰來擒拿福康安大顯威風，他們夫婦卻未顯技立功。天山雙鷹齊聲應道：「好，我們就去！」徐天宏從衣袋裏摸出四枚流星火炮，交給陳正德道：「見到皇帝，能殺馬上就殺，如他護衛衆多，請老前輩放流星爲號。」關明梅道：「好！」雙鷹躍過宮牆，直往內院而去，身手快捷，直和鷹隼相似。

天山雙鷹在屋頂上飛奔，只見宮門重重，庭院處處，怎知皇帝躲在何處？關明梅道：「抓個太監來問。」陳正德道：「正是！」兩人一躍下地，隱身暗處，側耳靜聽，想查到聲息，過去抓人，忽聽脚步聲急，兩人直奔而來。陳正德低聲道：「這兩人有武功。」關明梅道：「不錯，跟去瞧瞧。」語聲方畢，兩個人影已從身邊急奔過去。

雙鷹悄沒聲的跟在兩人身後，見前面那人身裁瘦削，武功甚高，後面那人是個胖子，脚步卻沉重得多。前面那人時時停步等他，不住催促：「快，快，咱們要搶在頭裏給皇上報訊。」雙鷹一聽大喜，他們去見皇帝，正好帶路，暗暗感激後面那胖傢伙，要不是他脚步笨重，夫婦倆在後跟躡勢必給前面那人發覺。四人穿庭過戶，來到寶月樓前。前面那人道：「你在這裏等着。」那大漢應了站住，那瘦子逕自上樓去了。

雙鷹一打手勢，從樓旁攀援而上，直上樓頂，雙足鈎住樓簷，倒掛下來，見一排長窗，外面是一條畫廊，欄干上新漆的氣味混着花香散發出來，窗紙中透出淡淡的燭光。兩人縱身落入畫廊，只見一個人影從窗紙上映了出來。關明梅用食指沾了唾液，輕輕濕了窗紙，附眼往裏一張，果見乾隆坐在椅上，手裏搖着摺扇，跪在地上稟報的瘦子原來便是白振。

只聽白振奏道：「綏成殿已經燒光了，看守的親兵沒一個逃出來。」乾隆喜道：「很好！」白振又叩頭道：「奴才該死，紅花會的叛徒卻擒拿不到。」乾隆驚道：「怎麼？」白振道：「太后身邊的遲玄與武銘夫兩人要敬甚麼毒酒，洩漏了機關，動起手來。奴才正在管綏成殿的事，給遲武兩人放了他們出去。」乾隆嗯了一聲，低頭沉吟。

陳正德指指白振，又指指乾隆，向妻子打手勢示意：「我鬥那白振，你去刺殺皇帝。」關明梅點了點頭，兩人正要破窗而入，白振忽然拍了兩下手掌。關明梅一把拉住丈夫手臂，左手搖了搖，示意只怕其中有甚麼古怪，瞧一下再說，果然床後、櫃後、屏風後面悄沒聲的走出十二名侍衛來，手中各執兵刃。天山雙鷹均想：「保護皇帝的必是一等高手，我兩人貿然下去，如刺不到皇帝，反令他躲藏得無法尋找，不如等大夥到來。」只見白振低聲向一名侍衛說了幾句，那侍衛下樓，把那大漢帶了上來。

那大漢一身黃衣，叩見皇帝，等抬起頭來，雙鷹大出意外，原來是一名喇嘛。乾隆道：「呼音克，你辦得很好，沒露出甚麼痕迹麼？」呼音克道：「一切全遵皇上旨意辦理，綏成殿連人帶物，沒留下一丁點兒。」乾隆道：「好，好，好！白振，我答應他做活佛的。你去辦吧。」白振道：「是！」呼音克大喜，叩頭謝恩。

兩人走下樓來，白振道：「呼音克，你謝恩吧！」呼音克一楞，心想我早已謝過恩了，但皇帝的侍衛總管既如此說，便又向寶月樓跪下叩頭，忽覺得項頸中一陣冰涼，兩名侍衛的佩刀架在頸中。呼音克大驚，顫聲道：「怎……怎麼？」白振冷笑道：「皇上說讓你做活佛，現在就送你上西天做活佛。」手一揮，兩名侍衛雙刀齊下，跟着兩名太監拿了一條毡毯過來，裏了呼音克的屍身去了。

忽然遠處人聲喧嘩，數十人手執燈籠火把蜂湧而來。白振疾奔上樓，稟道：「有叛徒作亂，請皇上退回內宮。」乾隆在杭州見過紅花會羣雄的身手，知道衆侍衛實在不是敵手，也不多問，立即站起。

陳正德放出一個流星，嗤的一聲，一道白光從樓頂升起，劃過黑夜長空，大聲喊道：「我們等候多時，想逃到那裏去？」兩人知道羣雄趕到還有一段時候，這時先把皇帝絆住要緊，當下破窗撲入樓中。

衆侍衛不知敵人到了多少，齊吃一驚，只見樓梯口站着一個紅臉老漢、一個白髮老婦。兩名侍衛當先衝下迎敵。白振把乾隆負在背上，四名侍衛執刀前後保護，從欄干旁跳下，逕行奔向第三層樓。關明梅手一揚，打出了三枚鐵蓮子，對手一避，她已縱身站在三四兩層之間的欄干上，挺劍直刺乾隆左肩。

白振大駭，倒縱兩步，早有兩名侍衛挺刀上前擋住。陳正德與三名侍衛交手數合，立知均是高手勁敵，當即施展輕身功夫，在樓房中四下遊走，不與衆侍衛纏鬥。白振一聲唿哨，四名侍衛從四角兜抄過來，後面又是三人，七人登時將陳正德困在中間。鬥了十餘回合，陳正德回劍擋開左邊一桿短槍、一個鏈子錘，右面一鞭掃到，拍的一聲，打中了他右臂，陳正德數十年來對敵，連油皮也未擦傷過一塊，這一下又痛又怒，當即劍交左手，一招「旋風捲黃沙」一把衆人逼退數步，低頭一劍直刺，戳死了那名揮鞭傷他的侍衛。

關明梅見丈夫受傷，猛衝上前接應，兩人退到第二層樓。陳正德見羣雄尚未到達，只怕自己夫婦纏不住這十多名高手侍衞，被他們衝下樓去，忙乘隙搶到樓外又放了個流星，回進樓中，見妻子守到樓梯上，打數回合，退一級，扼險拒敵，當眞是寸土必爭。幸而樓梯狹窄，最多容得下三四名敵人同時進攻，但仰面拒戰，十分吃力。陳正德心想何不以攻爲守？當下仗劍撲向乾隆。衆侍衞搶上抵禦，他早已退開，向攻擊關明梅的侍衞背後連刺數劍，待得有人上來相助，他又向乾隆攻去，衆侍衞忙不迭的過來護駕。這般反客爲主，立時爭到了機先。衆侍衞心慌意亂，被他刺傷了兩名。關明梅也搶上了四級樓梯。

白振見情勢不利，對一名侍衞道：「馬兄弟，你背皇上。」這人便是在杭州曾被紅花會抓去過的馬敬俠。他蹲下身子，把皇帝負在背上。白振長嘯一聲，雙爪向陳正德抓去。兩人一交上手，陳正德就無法脫身，心中暗暗叫苦，加之右臂受傷，越戰越痛，單敵白振已是勉強，何況還有四五名侍衞圍攻。白振雙掌翻飛，招招不離敵人要害。陳正德全神貫注的招架，不提防背後一名侍衞突然冷劍偷襲，刺入他後心。

那侍衞正喜得手，被陳正德奮力回肘猛撞，登時頭骨撞破而死。陳正德所受這一劍正中要害，知道今日要畢命於斯，大喝一聲，神威凜凜。白振吃了一驚，倒退一步。陳正德提劍向乾隆猛力擲去。馬敬俠見長劍疾飛而至，要待退讓，卻已不及，他只怕傷了皇帝，拚着手掌重傷，舉手去格，但這劍正是陳正德臨終一擲，那是何等功力？何等義憤？馬敬俠的肉掌怎能擋格得開？波的一聲，手掌被削去半隻，長劍直刺入胸膛之中，對穿而過。

陳正德大喜，心想這一劍也得在乾隆胸前穿個透明窟窿，自己一條命換了一個皇帝，雖死也值得了！

白振及衆侍衛見長劍沒入馬敬俠胸膛，關明梅見丈夫受傷擲劍，個個大驚失色，顧不得互鬥，各自過來搶救。

白振忙把乾隆抱起，問道：「皇上，怎樣？」乾隆已嚇得臉色蒼白，強自鎮定，微笑道：「總算我先有防備。」白振見那劍從馬敬俠身後穿出半尺，乾隆胸口衣服數層全被刺破，不覺駭然，但皇帝竟未受傷，又驚又喜，道：「皇上洪福齊天，眞是聖天子有百神呵護。」他那知乾隆變盟之後，深恐紅花會前來報復，想起二十多年前雍正皇帝半夜裏被俠客割去首級的慘狀，甚是寒心，因此這幾日來外衣之內總是襯了金絲軟甲，果然救了一命。

白振把乾隆負在背上，見樓梯上已無人阻攔，唿哨一聲，衆侍衛前後擁衛，直奔下樓。將出寶月樓門，乾隆忽然驚呼，掙下地來，只見樓下門口當先一人正是陳家洛。他身後火光劍影，數十名英雄豪傑站在當地。乾隆反身急奔上樓。衆侍衛蜂湧而上。兩名侍衛走得稍慢，被常氏雙俠截住，鬥不數合，三個少林僧上前夾攻，立時擊斃。

陳家洛等見了流星訊號，急向寶月樓奔來，但一路有侍衛相拒攔阻，邊打邊進，牽延了時刻，殺到寶月樓時，皇帝被天山雙鷹絆住，竟未逃出。羣雄大喜，急搶上樓。文泰來虎吼一聲，叫道：「啊哈，原來在此！」卻是成璜和瑞大林手執兵刃，站在床前。陳家洛一上樓，立即分派各人守住通道。無塵仗劍站在第三層通下來的梯口，常氏雙俠守住上來的梯口，趙半山、大苦、大癲、大痴分守東南西北四面窗口。

霍青桐見師父抱住師公不住垂淚，忙走過去，只見陳正德背上傷口中的血如泉湧，汩汩流出。陸菲青也搶了過來，拿出金創藥給他敷治。陳正德苦笑搖了搖頭，對關明梅道：「我對不住你……累得你幾十年心中不快活，你回到回部之後，和袁……袁大哥去成爲夫妻……我在九泉，也心安了。陸兄弟，你幫我成就了這樁美事……」

關明梅雙眉豎起，喝道：「這幾個月來，難道你還不知道我對你的一片心嗎？」陸菲青心想：「他人都快死了，你們這對寃家還吵甚麼？就算口頭上順他幾句又有何妨？」正要開言相勸，關明梅叫道：「這樣你可放了心吧！」橫劍往喉中一勒，登時氣絕。霍青桐和陸菲青雖近在身旁，但那裏料想得到她如此剛烈，都是不及相救。陳正德放聲大哭，突然哭聲頓息。陸菲青俯身下去，只見他抱着妻子身體，兩人都死在血泊裏了。霍青桐伏在雙鷹身上，痛哭不已。

陳家洛手執短劍，指着乾隆道：「且不說六和塔中盟言如何，我們在海寧塘上曾擊掌爲誓，決不互相加害，你卻用毒酒暗算於我，今日還有甚麼話說？」說着走上兩步，短劍劍尖寒光閃閃，對準他的心口，凜然說道：「你認賊作父，殘害百姓，乃是天下仁人義士的公敵！你我兄弟之義，手足之情，再也休提。今日我要飲你之血，給所有死在你手裏的人報仇。」乾隆嚇得臉無人色，全身發抖。

天鏡禪師踏步上前，喝道：「我們在少林寺清修，與世無爭，你何以派了贓官，將佛門勝地燒得片瓦不存？今日老衲要開殺戒了。」成璜忽地竄出，舉起齊眉棍當頭猛砸下來。天鏡不閃不避，右手撩住棍梢一拖。成璜收脚不住，向前跌來。天鏡反手一掌，拍的一聲，把他半個頭打進脖子裏去，登時斃命。天鏡右手一抖，齊眉木棍斷成三截。衆侍衛見這個老和尚如此神威，那個再敢上前。

白振到此地步，只得挺身而出，叫道：「待我來接老禪師幾招。」天鏡哼了一聲，待要進招，陳家洛道：「師叔，待弟子來。」天鏡道：「好！」陳家洛道：「白老前輩請！」呼的一掌橫劈過來。白振舉臂欲格，不料陳家洛手掌忽然轉彎，拍的一聲，打在他肩頭。白振大吃一驚：「我與他在杭州交手時勢均力敵，怎麼不到一年，他功力陡然大進？」轉念未畢，陳家洛又是兩掌打到。白振避開一掌，接了一掌，知道不是敵手，跳開一步，叫道：「且住！」

乾隆忽道：「他是你救命恩人，又何必再打？」白振知皇帝已有疑他之意，從侍衞手裏接過一柄刀來，說道：「陳總舵主，我不是你對手。」陳家洛道：「我敬重你是條漢子，只要你不再給皇帝賣命，那就去吧！」趙半山守在東面窗口，往旁側一讓。白振淒然一笑，道：「多謝兩位美意。在下不能保護皇上，那是不忠；不能報答閣下救命之恩，那是不義。不忠不義，有何面目生於天地之間？」回刀往自己項頸中猛力砍落，一顆首級飛了起來，蓬的一聲，落在地下。

陳家洛扶起霍青桐來，把短劍遞在她手裏，說道：「你爹爹媽媽、哥哥妹妹、兩位師父，以及無數同族父老兄弟姊妹，都死在此人手裏。你親手殺了他吧！」霍青桐接過短劍，向乾隆走去。

瑞大林挺着鋸齒刀來攔，文泰來斜刺裏躍到，左手抓住他背心提起，右拳如擂鼓般在他胸口連擊八九拳，手一鬆，瑞大林胸骨脊骨齊斷，軟軟的一團掉在地下。當日他與七名侍衞捉拿文泰來，先施偷襲，令他身受重傷，此仇這時方始得報。文泰來見霍青桐持劍上來，乾隆身旁只剩下寥寥五六名侍衞，哈哈一笑，讓在一旁監視。

霍青桐走上數步，忽聽得樓下人聲鼎沸。趙半山回頭外望，只見得寶月樓外火把齊明，御林軍、侍衛、太監等等何止三四千人，齊來救駕。文泰來走到窗口，高聲喝道：「皇帝在這裏。誰敢上來，老子先把皇帝宰了。」他威風凜凜，聲若雷震，這一聲大喝，樓下衆人登時肅靜無聲。徐天宏和心硯將白振、瑞大林、馬敬俠、成璜等人的屍體擲將下來。衆侍衛見這些高手都死於非命，更加不敢亂動，只怕傷了皇帝。

寶月樓上羣雄也是默不作聲，凝視霍青桐手持寒光閃閃的短劍，一步步走向乾隆。

突然間床帳後人影一幌，一個人奔出來擋在乾隆身前，霍青桐一楞停步，見這人是個白鬚老者，手中卻抱着一個嬰兒。那老者右手將嬰兒舉在面前，微微冷笑，左手伸出五指，虛揑在嬰兒喉頭。那嬰兒又白又胖，吮着小指頭兒，十分可愛。周綺撲了出來，大叫：「還我孩子！」縱身上去就要奪那嬰兒。那老頭叫道：「你上來吧，你要死孩子，你上來。」周綺失神落魄般呆在當地。

這老人便是曾任安徽巡撫的方有德。那日在福建德化娶妾，被羣雄趕來一場大鬧，他老奸巨滑，在人叢中溜了，後來會到成璜、瑞大林，知道皇帝欲得紅花會羣雄而甘心，於是定下奸計，率領軍馬夜襲少林寺，燒死了天虹老方丈，還把周綺的兒子搶了來。他知這是大功一件，因此與瑞大林等趕到北京來朝見皇帝。乾隆連夜召見，想細問少林寺中是否還留下甚麼和他身世有關的痕迹。他三人上樓之時，正逢陳家洛等殺到。方有德躲在帳後不敢露面，這時見事勢緊急，他雖不會武藝，但陰鷙果決，立即抱了嬰兒出來。

僵持片刻，方有德道：「你們都退出宮去，我就還你們孩子！」霍青桐罵道：「你這魔鬼，你騙人！」她激動中說的是回語，方有德不懂。羣雄眼見乾隆已處在掌握之中，就是天下所有的精兵銳甲一齊來救，也要先把皇帝殺了再說，那知忽然出來一個手無寸鐵、不會武藝的老人，懷抱一個嬰兒，就把衆人制得束手無策。羣雄望着陳家洛，等他示下。

陳家洛望着霍青桐，想起香香公主爲乾隆逼死，霍青桐全家的血海深仇，豈可不報？再見到天山雙鷹與章進的屍身，不覺悲憤衝心。但一轉眼見徐天宏滿臉又是驚惶又是擔心的神色，不禁又望了一眼抱在方有德手裏的那個孩子。這嬰兒還只有兩個月大，憨憨的笑着，伸出小手，去摸按在他頸裏方有德那隻乾枯凸筋的大手。陳家洛心中一凜，回過頭來，只見天鏡眼中閃爍着慈和的光芒，陸菲青輕輕嘆息，周仲英白鬚飄動，身子微顫。周綺張大了口，一副神不守舍的樣子。

陳家洛心想：「周老爺子爲了紅花會，斬了周家血脈，這孩子是他傳種接代的命根……但今日不殺皇帝，以後他加意防備，只怕再無機緣報此大仇，那便如何是好？」正自沉吟，忽聽周綺一聲呼叫，又要撲上前去，卻被駱冰和李沅芷拉住，只是拚命掙扎，連無塵、文泰來、常氏雙俠等素來殺人不眨眼的豪傑，臉上也均有不忍之色。趙半山手扣暗器，隨便一枚發出，必制方有德的死命，只是這孩子實在太過脆弱，萬一方有德臨死之時手指使勁揑死了他，那便如何是好？他扣着暗器的手微微發顫，饒是周身數十種暗器，竟是一枚不敢妄發。

霍青桐回過身來，將短劍還給陳家洛，低聲道：「死了的人已歸天國！要教這孩子長大之後，記得咱們的大仇！」陳家洛點點頭，朗聲對方有德道：「好吧，我們不傷皇帝性命，把這孩子給我。」說着還劍入鞘，伸出雙手去接孩子。

方有德陰森森道：「哼，誰相信你？你們出宮之後，才能把孩子還你。」陳家洛大怒，喝道：「我們紅花會言出必踐，難道會騙你這老畜生？」方有德道：「我就是信不過。」陳家洛道：「好，那麼你跟我們出宮。」方有德遲疑不答。

乾隆聽陳家洛饒他性命，心中大喜，那裏還顧方有德的死活，說道：「你跟他們出宮好了。你今日立此大功，我自然知道。」方有德心頭一寒，聽皇帝口氣，是要在他死後給他來個追贈封蔭之類，只得說道：「謝皇上恩典。」

方有德轉頭向陳家洛道：「我跟你們出去，這條老命還想要麼？」他是想陳家洛再答應饒他不死。陳家洛知他心意，怒道：「你作惡多端，早就該進地獄啦。」乾隆怕夜長夢多，對方心意又變，催道：「快跟他們出去。」方有德道：「我一出去，只怕你們留下幾人又害皇上。」陳家洛怒道：「依你說怎樣？」方有德道：「請皇上聖駕先下樓去，我再隨你們出宮。」陳家洛心想到此地步，只得放人，向乾隆道：「好，去吧！」

乾隆再也顧不得皇帝尊嚴，拔刀向樓門飛奔。陳家洛突然伸右手一把拉住，左手拍拍拍，連打他四記耳光，甚是清脆響亮。乾隆兩邊面頰登時腫了起來。眾人出其不意，隔了一陣才轟然喝采。陳家洛罵道：「你記不記得自己發過的毒誓？」乾隆那裏還敢答話？陳家洛手一揮，乾隆打個踉蹌，急奔下樓去了。陳家洛喝道：「拿孩子來！」

趙半山扣住毒蒺藜，望着窗外，只等陳家洛接到孩子，乾隆在樓下出現，就要大顯身手，數十枚餵毒暗器齊往皇帝身上射去。

方有德環顧周遭，籌思脫身之計，說道：「我要親眼見到皇上太平無事，才能交出孩子。」

說着慢慢走向窗口。常伯志罵道：「你這龜兒是死定了的。」緊跟在他身後，只待他一交出孩子，要搶先一掌將他打死。只見乾隆走出樓門，侍衛一擁而上。趙半山喃喃罵道：「奸賊，奸賊！」

方有德見數十名侍衛集在樓下，心想與其在樓上等死，不如冒險跳下，必有侍衛接住，突然抱着孩子，湧身跳出。

羣雄出其不意，驚叫起來。常伯志飛抓抖出，已繞住方有德左腿，用力上甩。方有德身子飛起，孩子脫手，兩人一齊落下。趙半山雙足力蹬，如箭離弦，躍在半空，頭朝下，脚向上，左手前伸，已抓住孩子的一隻小腿，同時右手三枚毒蒺藜飛出，打在方有德頭頂胸前。

這時樓上羣雄、樓下侍衛，無不大叫。趙半山凝神提氣，左手裏彎，已把孩子抱在懷裏，雙足穩穩落地，一招太極拳「雲手」，把撲上來的兩名侍衛推了出去。餘人紛紛攻來。常氏雙俠、徐天宏、周仲英、文泰來齊從樓上躍下，團團護住。趙半山俯首瞧那孩子，只見他手舞足蹈，咯咯大笑，顯然對剛才死裏逃生那一躍大感有趣，還想再來一下。

陳家洛把福康安推到窗口，高聲叫道：「你們要不要他的性命？」乾隆在衆侍衛重重擁衛之下，再無懼怕，火光中突見到福康安被擒，大驚失色，連叫：「住手，住手！」衆侍衛退了下來。周仲英等也不追擊。

原來乾隆的皇后是大臣傅恆的姊姊。傅恆之妻十分美貌，進宮來向皇后請安之時，給乾隆見到了，就和她私通而生了福康安。傅恆共有四子，三個兒子都娶公主爲妻。傅恆矇矇瞳瞳，數次請求讓福康安也尚主而爲額駙，乾隆只是微笑不許。他兒子很多，對這私生子偏生特別鍾愛。福康安與陳家洛面貌相似，只因兩人原是親叔侄，血緣甚近。

陳家洛不知內中尚有這段怪事，但見皇帝着急，胸中已想好了計謀，當下押着福康安，與衆人一齊下樓。周綺搶到趙半山身邊把孩子抱在手裏，喜得如痴如狂。

一邊是紅花會羣雄與少林寺衆僧，另一邊是清宮侍衞與御林軍。寶月樓前本已拆成一片白地，這時猶如兩軍在戰場上列陣對圓一般，只是衆寡懸殊。李可秀明白皇帝心思，叫道：「陳總舵主，你放下福統領，就讓你們平安出城。」陳家洛道：「皇帝怎麼說？」

乾隆剛才吃了四記耳光，面頰腫得猶如熟爛了的桃子，疼痛難當，但見愛子落在對方手裏，只得擺手道：「放你們走，放你們走！」陳家洛道：「福統領送我們出城。」高聲對乾隆道：「天下百姓恨不得食你之肉，寢你之皮，你就是再活一百年，也叫你一百年中日日提心吊膽，夜夜魂夢難安！」轉過身來，說道：「走吧！」

衆人擁着福康安，抱了天山雙鷹和章進的屍身，逕向宮外而去。衆侍衞與御林軍眼睜睜的不敢追趕。

出宮不遠，兩騎馬飛馳追來，李可秀在馬上高聲叫道：「陳總舵主，李可秀有話相商。」羣雄勒馬等候，李可秀和曾圖南縱馬走近。李可秀道：「皇上說道，如放福統領平安歸去，你有甚麼意思，都可答應。」陳家洛雙眉一揚，道：「哼，還有誰會相信皇帝的鬼話？」李可秀道：「務求陳總舵示下，小將好去回稟。」

陳家洛道：「好！第一，要皇帝撥庫銀重建福建少林寺，佛像金身，比前更加宏大。朝廷官府，永遠不得向少林寺滋擾。」李可秀道：「這事易辦。」陳家洛道：「第二，皇帝不可再加重回部各族百姓征賦，俘虜的回部男女，一概放歸。」李可秀道：「這也不難。」陳家洛道：「第三，紅花會人衆散處天下，皇帝不得懷恨捕拿。」李可秀沉吟不語，陳家洛道：「哼，眞要捕拿，難道我們就怕了？這位奔雷手文四爺，不在李軍門衙門裏住過一時麼？」李可秀道：「好，我也斗膽答應了。」

陳家洛道：「明年此日，我們見這三件事照辦無誤，就放福統領回來。」李可秀道：「好，就是這樣。」向福康安道：「福統領，陳總舵主千金一諾，請你寬心。皇上一定下旨辦理這三件事。小將盡心竭力，刻刻以福統領平安爲念，自當監督儘快辦成。陳總舵主或能提前讓福統領回來。」福康安默然不語。

陳家洛想起白振與李可秀攻打綏成殿旗兵之事，雖然不明原因，但想內中必有重大隱情，大可嚇他一跳，說道：「你對皇帝說，綏成殿中之事，我們都知道了。要是他再使奸，可沒好處。」李可秀一驚，只得答應。陳家洛一拱手道：「李軍門，咱們別過了。你升官發財，可別多害百姓呀。」李可秀拱手道：「不敢！」

李沅芷和余魚同雙雙下馬，走到李可秀跟前，跪了下去。李可秀一陣心酸，知道此後永無再見之日，低聲道：「孩子，自己保重！」伸手撫摸她頭髮，兜轉馬頭，回宮去了。李沅芷伏地哭泣，余魚同扶她上馬。

羣雄馳到城門，與楊成協、衞春華等會合。福康安叫開城門。

鐘樓上巨鐘鏜鏜，響徹全城，正交四更。

衆人出得城來，只見水邊一片蘆葦，殘月下飛絮亂舞，再走一程，眼前盡是亂墳。

忽聽一羣人在邊唱邊哭，唱得卻是回人悼歌。陳家洛和霍青桐都是一驚，縱馬上前，問道：「你們悲悼誰啊？」一個老年回人抬起頭來，臉上淚水縱橫，道：「香香公主！」

陳家洛驚問：「香香公主葬在這裏麼？」那回人指着一座黃土未乾的新墳，道：「就在這裏。」霍青桐流下淚來，道：「咱們不能讓妹子葬在這裏。」陳家洛道：「不錯，她最愛那神峯裏面的翡翠池，常說：『我能永遠住在那裏就高興了！』咱們把她遺體運去葬在池邊。」霍青桐含淚道：「正是。」

那老年回人問道：「兩位是誰？」霍青桐道：「我是香香公主的姊姊！」另一個回人叫了起來：「啊，你是翠羽黃衫。」

霍青桐道：「咱們把墳起開來吧。」當下與陳家洛、幾名回人、心硯、蔣四根等一齊動手。少林僧中以方便鏟作兵器的甚多，各人鏟土，片刻之間已把墳刨開，撬起石塊，先聞到一陣幽香，衆人都吃了一驚，墳中竟然空無所有。

陳家洛接過火把，向壙中照去，只見一灘碧血，血旁卻是自己送給她的那塊溫玉。

衆人驚詫不已。衆回人道：「我們明明親送香香公主的遺體葬在這裏，整天沒離開過，怎麼她遺體忽然不見了？」駱冰道：「這位妹妹如此美麗神異，自是仙子下凡。現今又回到了天上。總舵主和霍青桐妹妹不必傷心。」

陳家洛拾起溫玉，不由得一陣心酸，淚如雨下，心想喀絲麗美極清極，只怕眞是仙子。

突然一陣微風過去，香氣更濃。衆人感歎了一會，又搬土把墳堆好，只見一隻玉色大蝴蝶在墳上翩躚飛舞，久久不去。

陳家洛對那老回人道：「我寫幾個字，請你僱高手石匠刻一塊碑，立在這裏。」那回人答應了。心硯取出十兩銀子給他，作爲立碑之資，從包袱中拿出文房四寶，把一張大紙鋪在墳頭。

陳家洛提筆醮墨，先寫了「香塚」兩個大字，畧一沉吟，又寫了一首銘文：

「浩浩愁，茫茫劫，短歌終，明月缺。鬱鬱佳城，中有碧血。碧亦有時盡，血亦有時滅，一縷香魂無斷絕！是耶非耶？化爲蝴蝶。」

羣雄竚立良久，直至東方大白，才連騎向西而去。

（全書完）

**註：**

一、陳家洛之母姓徐名燦，字湘蘋，世家之女，能詩詞，才華敏贍，並非如本書中所云爲貧家出身。筆記中云：「京城元夜，婦女連袿而出，踏月天街，必至正陽門下摸釘乃回。舊俗傳爲『走百病』。海寧陳相國夫人有詞以紀其事。詞云：『華燈看罷移香屧。正御陌，遊塵絕。素裳粉袂玉爲容，人月都無分別。丹樓雲淡，金門霜冷，纖手摩挲怯。三橋婉轉凌波躡。斂翠黛，低迴說。年年長向鳳城遊，曾望蕊珠宮闕。星橋雲爛，火城日近，踏遍天街月。』」

二、乾隆向陳家洛立誓，若生異心，死後陵墓給人發掘。乾隆死後，所葬陵墓稱爲「裕陵」。民國十七年（一九二八）五月，孫殿英部以火藥爆開乾隆及慈禧太后陵墓，搜獲大批寶物而去，乾隆遺體全遭損毀。後溥儀派「內務府總管大臣」寶熙、「侍郎」陳毅（非中共元帥）等去辦理善後。寶熙有「于役東陵日記」，七月十六日記云：「幸將高宗元首及后妃顱骨，全行覓得，其四體百骸，則十不存五。」陳毅所作「東陵紀事詩」有句云：「帝共后妃六，軀惟完其一，傷哉十全主，遺骸不免析」，其註云：「……確爲男體，即高宗也……下頷已碎爲二，檢驗吏審而合之。上下齒本共三十六，體幹高偉，骨皆紫黑色，股及脊猶黏有皮肉……腰肋不甚全，又缺左脛，其餘手指足趾諸零骸，竟無以覓。高宗……自稱『十全老人』，乃賓天百三十年，竟嬰此奇慘……」香港高伯雨先生輯有「乾隆慈禧墳墓被盜紀實」一書。

三、「清宮詞」中，有兩首與本書故事有關，摘錄於下：

鉅族鹽官高渤海，異聞百載每傳疑。冕旒漢制終難復，曾向安瀾駐翠蕤。(原註：海寧陳氏有安瀾園，高宗南巡時，駐蹕園中，流連最久。乾隆中嘗議復古衣冠制，不果行。)

家人燕見重椒房，龍種無端降下方。丹闈幾曾封貝子，千秋疑案福文襄。(原註：福康安，孝賢皇后之胞侄，傅恆之子也，以功封忠銳嘉勇貝子，贈郡王銜，二百餘年所僅見。滿洲語謂后族爲「丹闈」。)

四、趙翼記乾隆喜作詩及用僻典云：「……詩尤爲常課，日必數首，皆用硃筆作草，令內監持出，付軍機大臣之有文學者，用摺紙楷書之，謂之『詩片』。遇有引用故事，而御筆令註之者，則諸大臣歸，遍繙書籍，或數日始得，有終不得者，上亦弗怪也。余扈從木蘭時，讀御製『雨獵』詩，有『着製』二字，不知所出，後始悟『左傳．齊陳成子帥師救鄭』篇：『衣製杖戈』，註云：製，雨衣也。又用兵時諭旨，有硃筆增出『埋根首進』四字，亦不解所謂，後偶閱『後漢書．馬融傳』中始得之，謂『決計進兵』也。聖學淵博如此，豈文學諸臣所能仰副萬一哉……御製詩每歲成一本，高寸許。』」乾隆從古書中隨手翻到一個生僻典故，用在詩中，文學侍從之臣自然難解所謂；而縱明出處，也必佯作不知，或假裝回家查書數日，斯知聖學淵博如此。大概乾隆一意要得香香公主，因此下旨：「埋根首進」。

五、關於陳家洛、無塵道人、趙半山、福康安等人事蹟，「飛狐外傳」中續有敘述。

# 後記

「書劍恩仇錄」是我所寫的第一部小說。從一九五五年到現在，整整二十年了。

我是浙江海寧人。乾隆皇帝的傳說，從小就在故鄉聽到了的。小時候做童子軍，曾在海寧乾隆皇帝所造的石塘邊露營，半夜裏瞧着滾滾怒潮洶湧而來。因此第一部小說寫了我印象最深刻的故事，那是很自然的。但陳家洛這人物是我的杜撰。香香公主也不是傳說中或歷史上的香妃。香香公主比香妃美得多了。本書中所附的香妃插圖，只是讓讀者們看到，乾隆有這樣的一個嬪妃。

海寧在清朝時屬杭州府，是個海濱小縣，只以海潮出名。近代的著名人物有王國維、蔣百里、徐志摩等，他們的性格中都有一些憂鬱色調和悲劇意味，也都帶着幾分不合時宜的執拗。陳家洛身上，或許也有一點這幾個人的影子。但海寧不出武人，即使是軍事學家蔣百里，也只會講武，不大會動武。

歷史學家孟森作過考據，認爲乾隆是海寧陳家後人的傳說靠不住，香妃爲皇太后害死的傳說也是假的。歷史學家當然不喜歡傳說，但寫小說的人喜歡。

乾隆修建海寧海塘，全力以赴，直到大功告成，這件事有厚惠於民。我在書中將他寫得很不堪，有時覺得有些抱歉。他的詩作得不好，本來也沒多大相干，只是我小時候在海寧、杭州，到處見到他御製詩的石刻，心中實在很有反感，現在展閱名畫的複印，仍然到處見到他的題字，不諷刺他一番，悶氣難伸。

除了小學時寫過描紅格子之外，我從來沒練過字，封面上所寫的書名和簽名，不值書法家一哂。對詩詞也是一竅不通，直到最近修改本書，才翻閱王力先生的「漢語詩律學」一書而初識平平仄仄。擬乾隆的詩也就罷了，擬陳家洛與余魚同的詩就幼稚得很。陳家洛在初作中本是解元，但想解元的詩不可能如此拙劣，因此修訂時削足適履，革去了他的解元頭銜。余魚同雖只秀才，他的詩也不該是這樣的初學程度。不過他外號「金笛秀才」，他的功名，就畧加通融，不予革除了。本書的回目也做得不好。本書初版中的回目，平仄完全不叶，現在也不過畧有改善而已。

本書最初在報上連載，後來出版單行本，現在修改校訂後重印，幾乎每一句句子都曾改過。甚至第三次校樣還是給改得一塌胡塗。對負責校對的蔡炎培兄、明報出版部排字領班陳棟兄及各位工友，常有既感且愧之念。

「金庸作品集」全部預計出四十册左右。每一册中都附印彩色插圖，希望讓讀者們（尤其是身在外國的讀者）多接觸一些中國的文物和藝術作品。如果覺得小說本身太無聊，那就看看圖片吧，書後那枚「金庸作品集」的印章是金石家易越石先生所作，謹誌謝意。

「作品集」的出版策劃與印刷，承沈寶新兄、陳華生兄兩位協助良多，實深感激。

一九七五年五月